EL CORAZÓN DEL GUERRERO DEL SOL

SUE LYNN TAN

EL CORAZÓN DEL GUERRERO DEL SOL

Traducción de Patricia Sebastián

⚫ UMBRIEL

Argentina • Chile • Colombia • España
Estados Unidos • México • Perú • Uruguay

Título original: *Heart Of The Sun Warrior*
Editor original: HarperVoyager, un sello de HarperCollins*Publishers*
Traducción: Patricia Sebastián

Mapa: Virginia Norey
Ilustraciones:
nube © chic2view/stock.adobe.com
flor de cerezo © paprika/stock.adobe.com

1.ª edición: julio 2023

Copyright © 2022 by Sue Lynn Tan
Published by arrangement with Harper Voyager,
an imprint of HarperCollins*Publishers*
All Rights Reserved
© de la traducción 2023 *by* Patricia Sebastián
© 2023 *by* Urano World Spain, S.A.U.
Plaza de los Reyes Magos, 8, piso 1.º C y D – 28007 Madrid
www.umbrieleditores.com

ISBN: 978-84-19030-51-1
E-ISBN: 978-84-19699-00-8
Depósito legal: B-9.714-2023

Fotocomposición: Ediciones Urano, S.A.U.
Impreso por: Romanyà-Valls, S.A. – Verdaguer, 1 – 08786 Capellades (Barcelona)

Impreso en España – *Printed in Spain*

Para aquellos que albergan sueños secretos en el corazón.

PARTE
I

La noche vestía el cielo de oscuridad y cubría de sombras la tierra. Mientras que los mortales acababan la jornada y se marchaban a descansar, en la luna, nuestras labores no habían hecho más que comenzar. Unas llamas blancas como la nieve se elevaban desde la tablilla de madera que tenía en la mano. Me agaché y aparté una hoja que había caído sobre el farolillo que tenía delante, forjado con piedra translúcida y hebras de plata trenzadas. Hice descender la tablilla hasta la mecha, que se encendió con un silbido. Me levanté y me sacudí la tierra de la túnica. Una hilera de orbes sin iluminar se desplegaba ante mí de un tono tan pálido como el olivo dulce que florecía por encima: eran farolillos lunares, un millar en total, y no tardarían en arrojar su resplandor sobre el reino de abajo. A pesar del viento y de la lluvia, su luz no vacilaría hasta que estos se extinguieran con el primer aliento del alba.

Cada vez que prendía los farolillos, mi madre me instaba a proceder de forma diligente, a realizar la tarea a mano. Pero yo no tenía su paciencia. Ya no estaba tan acostumbrada a labores tan apacibles, al sosiego y a la calma. Hurgué en mi interior y me aferré a mi energía, la resplandeciente magia que brotaba de mi fuerza vital. Las llamas emergieron de la palma de mi mano y atravesaron los faroles, prendiendo la mitad a su paso. Mi Don era el del Aire, pero el Fuego me resultaba útil en momentos como aquel. El suelo brillaba ahora como el polvo de estrellas y, en el mundo inferior, los mortales habrían levantado el rostro hacia la cuña curva de luz que coronaba el cielo, con la faz parcialmente oculta.

Pocos eran los que componían poemas sobre la medialuna o la inmortalizaban en lienzos, desprovista del elegante arco de una luna creciente o de la perfecta plenitud del orbe. Aferrada tanto a la luz como a la oscuridad, y perdida en algún lugar intermedio. Conseguía que yo, alguien con ascendencia tanto mortal como inmortal, situada a la sombra de mis luminosos padres, me sintiera identificada.

En ocasiones me descubría deslizándome hacia el pasado, invadida por una pizca de remordimiento: me preguntaba qué habría ocurrido si hubiera permanecido en el Reino Celestial, cosechando honores a lo largo de los años, con cada logro engarzado a mi nombre hasta verlo resplandecer como un collar de perlas. Una leyenda por derecho propio, venerada al igual que los héroes como mi padre, Houyi; o amada y adorada como mi madre, la Diosa de la Luna.

Los mortales la honraban durante el festival de mediados de otoño, cuando se celebraban los reencuentros, aunque aquel era el día en que mi madre había ascendido a los cielos. Algunos le rezaban en busca de buena fortuna; otros, de amor. Ignoraban que los poderes de mi madre eran limitados, tal vez por falta de adiestramiento o puede que se tratara de un vestigio de su humanidad; unos poderes fruto del Elixir de la Inmortalidad, el mismo con el que habían obsequiado a mi padre por haber exterminado a las aves del sol. Cuando ella ascendió a los cielos, mis padres se alejaron el uno del otro de forma tan irremediable como si la cuchilla de la muerte los hubiera separado, y lo cierto es que así había sido, pues el cuerpo de mi padre yacía ahora sepultado en una tumba. Una punzada me atravesó el pecho. No había conocido a mi padre; lo apreciaba, aunque era una figura abstracta en el interior de mi mente; mi madre, por su parte, lo había llorado cada día de su existencia inmortal. Quizá por eso el tedio de sus labores no la importunaba, pues proporcionaban alivio a una mente rota de dolor y a un corazón encogido por la pena.

No, no me hacían falta ni el prestigio ni la veneración, al igual que mis padres no los habían pedido. A menudo, la fama iba acompañada de sufrimiento; el éxtasis de la gloria se encontraba entrelazado con el terror, y la sangre no era algo que uno pudiese purgar fácilmente de su conciencia. No me había unido al Ejército Celestial para perseguir sueños tan efímeros como los destellos de los fuegos artificiales, que a su paso dejaban una oscuridad dos veces más densa. Apaciguaría aquella inquietud, descompondría tales deseos. Estar de nuevo en casa con mi madre y con Ping'er, que el amor formara parte de mi vida... aquellas eran las cosas que me hacían sentir íntegra. Era lo que había deseado, por lo que me había esforzado, lo que me había ganado.

A muchos este lugar se les antojaría humilde en comparación con la opulencia del Palacio de Jade. Sin embargo, para mí no existía emplazamiento más maravilloso: el suelo resplandecía como un oleaje iluminado por las estrellas y las flores de olivo dulce colgaban de las ramas como si de racimos de nieve blanca se tratase. En ocasiones me despertaba en mi cama de madera de canelero y me invadía la tensión, preocupada por si aquello no era más que un sueño. Pero la dulzura que impregnaba el ambiente y la tenue luz de los farolillos constituían una sutil aunque incuestionable señal de que estaba en casa, y nadie volvería a alejarme de allí.

La brisa surcó el aire y yo oí un tintineo. El laurel, repleto de semillas tan brillantes como el hielo. De pequeña, había ansiado confeccionar con ellas una pulsera para mi madre, aunque nunca fui capaz de arrancar las semillas. Fruto de la costumbre, envolví una, translúcida y fría, con los dedos. Tiré con fuerza, y aunque la rama descendió y se sacudió, la semilla permaneció en su sitio.

El aire se agitó debido a la llegada de otro inmortal, a pesar de que las guardas no evidenciaron cambio alguno. Agarré de forma instintiva el arco que llevaba cruzado a la espalda. Tras aquel pacífico año en casa, mi fuerza vital se había restablecido mucho antes de lo previsto. Ya no me costaba tensar el Arco del Dragón de Jade; ya no me asustaba la idea de que algún intruso irrumpiera en casa. No obstante, bajé el arma casi de inmediato. Conocía aquella aura tan bien como la mía propia: resplandeciente, brillante como el sol.

—Qué bienvenida tan cálida, Xingyin. —La voz de Liwei resonó teñida de risa—. ¿O es que tienes ganas de que volvamos a batirnos con el arco?

Al girarme lo vi apoyado de brazos cruzados contra un árbol. El pulso se me aceleró, pero mantuve el tono firme.

—Recordarás que gané nuestra última competición. Y desde entonces, he practicado mucho más que tú, Alteza, que no has salido de la corte.

Una pulla intencionada, ya que hacía semanas que no venía de visita. Sin embargo, no tenía derecho a esperar más. A pesar de que nuestra relación se había vuelto más cercana recientemente, no habíamos intercambiado ninguna promesa: éramos al mismo tiempo algo más que amigos y menos de lo que habíamos sido en el pasado. Tras germinar, las semillas de la duda eran mucho más difíciles de erradicar.

Curvó las comisuras de los labios hasta formar una sonrisa.

—Estamos empatados. Tal vez gane yo esta vez.

—Te animo a que lo intentes —dije, levantando la barbilla.

Él se echó a reír y negó con la cabeza.

—Prefiero conservar el orgullo intacto.

Se encaminó hacia mí y se detuvo cuando el dobladillo de su túnica lapislázuli rozó el borde de la mía con un ligero susurro. De la banda de seda gris que le rodeaba la cintura colgaban una tablilla rectangular de jade y una esfera de cristal, en cuyo interior destellaba el tono plateado de mi energía. La Lágrima Celestial, cuya gemela colgaba de mi cinto.

Reprimí tanto el impulso de retroceder un paso como el de acercarme a él.

—No he percibido tu llegada. ¿Has modificado las guardas?

Burlar los encantamientos que protegían mi hogar no era tarea complicada para Liwei, puesto que él me había ayudado a crearlos. Aunque no eran tan poderosos como los del Reino Celestial, una advertencia reverberaba en mi interior cada vez que alguien cruzaba los límites. No me preocupaban nuestros amigos: de quienes desconfiaba era de los desconocidos.

Asintió.

—Si alguien las sabotea, yo también me percataré. Lo que ocurre es que ahora las guardas reconocen mi presencia.

—¿Acaso importa cuando apenas vienes de visita? —Las palabras brotaron antes de que pudiese detenerlas.

Su sonrisa se ensanchó.

—¿Me has echado de menos?

—No. —*Sí*, pero no le daría la satisfacción de oírlo. Y nunca reconocería, ni aunque me pusieran un cuchillo en la garganta, que desde su ausencia, un dolor hueco había anidado en mi interior, y que solo ahora estaba empezando a remitir.

—¿Deseas que me marche? —ofreció él.

Ardía en deseos de darle la espalda, pero sería como propinarme a mí misma una patada en la espinilla.

—¿Por qué no has venido antes? —pregunté en cambio, que era lo que en realidad quería saber.

Su expresión se tornó seria.

—Ha surgido un asunto urgente en la corte: el nombramiento de un nuevo general que comparte el mando del ejército con el general Jianyun. Últimamente, la relación de mi padre con él se ha vuelto tensa.

La culpa me atenazó el pecho. ¿Acaso Sus Majestades Celestiales le guardaban rencor al general Jianyun por haberme defendido hacía un año, el día que conseguí la libertad de mi madre? Recompensaban a aquellos que les servían bien, pero las ofensas las devolvían con creces.

—¿Quién es el nuevo general? —pregunté.

—El ministro Wu —respondió él con gravedad.

Un escalofrío me recorrió al recordar al palaciego que con tanta vehemencia se había opuesto a que se nos mostrase misericordia. De haberse salido con la suya, el emperador habría encadenado a mi madre y a mí me habría condenado a muerte. ¿Había ofendido al ministro sin darme cuenta? ¿O realmente creía que éramos una amenaza para el emperador, a quien, sin duda, guardaba lealtad? Al margen de cuál fuera la respuesta, el estómago se me revolvió ante la idea de que ejerciera semejante influencia sobre el Ejército Celestial.

—Ignoraba que el ministro tuviera dichas aspiraciones —comenté—. ¿Está cualificado para el cargo?

—Pocos rechazarían un nombramiento tan insigne, independientemente de si estuviesen capacitados o no —repuso Liwei—. Permanecí en la corte para prestar mi apoyo al general Janyun con la esperanza de hacer cambiar de opinión a mi padre, pero su determinación es inflexible. A pesar de que el ministro Wu es un súbdito leal, siempre me he sentido incómodo en su presencia, incluso antes de que se pronunciase en tu contra.

—Sin el velo de las emociones, el instinto puede constituir una guía poderosa. —Mientras pronunciaba las palabras, noté un nudo en las entrañas al recordar la traición de Wenzhi. ¿Quién era yo para proclamar tales cosas cuando había sofocado mis propios instintos, viendo solo lo que deseaba creer?

Noté un latido en mi mente semejante a un repiqueteo mudo: alguien había atravesado las guardas. Analicé el silencio, percibiendo los destellos desconocidos de energía. Un puñado de auras inmortales, aunque ninguna me resultaba familiar. Me puse rígida y Liwei entornó los ojos. Él había percibido también a los extraños que habían llegado a mi casa.

Dado que la luna había dejado de ser un lugar de destierro, muchos inmortales nos visitaban. Una desafortunada consecuencia del perdón del emperador era tener que sufrir sus miradas curiosas y comentarios insensibles como si fuera un objeto expuesto para entretenerlos.

¿Qué sentisteis al ser azotada con el Fuego Celestial?, había preguntado un cortesano celestial sin aliento.

Es un milagro que sobrevivierais. Un rostro iluminado por la expectación.

Mientras que otro se había preguntado en voz demasiado alta: *¿Qué hay de las cicatrices? ¿Todavía duelen? Según dicen, nunca llegan a curarse.*

Preocupación fingida. Compasión plagada de deleite. Solidaridad impostada. Tan hueca como las marionetas que manejaban los artistas callejeros del mundo mortal. Si hubiera hallado un ápice de preocupación genuina, no me habría molestado tanto. Pero lo único que despertaba su interés era la codicia por descubrir algún que otro cotilleo que pudiesen compartir. Los dedos me ardían de ganas de tensar el arco y conjurar un relámpago que los hiciera salir huyendo de nuestro salón. No lo hubiera lanzado, pero la mera amenaza habría sido suficiente. Solo la mirada de mi madre y los modales que me había inculcado desde bien pequeña me habían hecho permanecer sentada.

No obstante, prefería, con mucho, su ociosa curiosidad a aquellos que albergaban malicia en el corazón.

Oí un estruendo, algo haciéndose añicos contra la piedra. Me levanté la falda y eché a correr hacia el Palacio de la Luz Inmaculada. Cada vez que golpeaba el suelo con los pies y levantaba la consiguiente polvareda, el Arco del Dragón de Jade rebotaba contra mi espalda. Los pasos de Liwei resonaron a poca distancia mientras él me seguía corriendo.

Las resplandecientes paredes aparecieron frente a mí y justo después, las columnas de nácar. Me detuve junto a la entrada y examiné los fragmentos de porcelana esparcidos por el suelo, bañados en un charco de un líquido dorado claro. Una fragancia suave y dulce flotaba en el aire, relajante y lánguida. Vino, aunque allí no disponíamos de reserva alguna.

Liwei y yo atravesamos las puertas y recorrimos el pasillo que conducía al Salón de la Armonía Plateada, donde recibíamos a las visitas. Las lámparas de jade arrojaban su tenue resplandor sobre los forasteros, quienes se encontraban sentados en sillas de madera en torno a mi madre. Cuando entré en la estancia, volvieron la cabeza hacia mí y se pusieron de pie.

Las borlas de jade del cinto bermellón de mi madre tintinearon mientras se acercaba a nosotros.

—Liwei, cuánto tiempo sin verte —dijo con calidez, prescindiendo de su título, tal y como él la había instado a hacer desde hacía mucho.

—Lamento mi larga ausencia.

Inclinó la cabeza en señal de cortesía.

Estudié uno a uno a nuestros invitados mientras los saludaba. Sus auras no eran poderosas, por lo que cualquier posible incidente sería fácilmente atajado; tampoco advertí amenazadores destellos de metal ni vibraciones sutiles de magia a punto de desplegarse, únicamente perceptibles si uno andaba buscándolas. Un inmortal de aspecto frágil permanecía junto a mi madre. El color de sus ojos era idéntico al del plumaje de un gorrión y su cabello y barba resplandecían como la plata. Una flauta de bambú con una borla verde le colgaba de la cintura. Junto a él se hallaban dos mujeres ataviadas con túnicas de color lila y prendedores turquesas en el pelo. Las manos que alzaron en señal de saludo lucían suaves y sin mácula alguna, como si jamás hubiesen empuñado un arma ni hubiesen trabajado una sola jornada. Respiré con más tranquilidad hasta que posé la mirada en el último invitado. Mientras que sus facciones duras parecían estar talladas en madera, el aspecto del cuello era fibroso y nervudo. Unos hombros anchos se desplegaban bajo su fina túnica de brocado y, sin embargo, el hombre no dejaba de mover los dedos de forma inquieta.

Un cosquilleo de advertencia me recorrió la piel, pero esbocé una sonrisa para disimular mi preocupación.

—Madre, ¿quiénes son nuestros invitados?

—Meina y Meining son unas hermanas del Desierto Dorado. Desean quedarse con nosotras unas semanas para observar las estrellas. —Señaló al inmortal anciano que estaba a su lado—. El maestro Gang, un experimentado músico, ha acudido en busca de inspiración para su última composición. Y este es… —Hizo una pausa y arrugó la frente al mirar al hombre más joven—. Me temo que nos han interrumpido antes de que pudierais decirme vuestro nombre.

El hombre se inclinó hacia nosotras, extendiendo las manos entrelazadas.

—Es un honor conoceros. Me llamo Haoran y soy un vinicultor procedente del Reino del Fénix. Mi benefactora, la reina Fengjin, me pidió que elaborase un vino nuevo y para ello necesito los mejores olivos dulces. Se cuenta que los más hermosos florecen en vuestro bosque, y os ruego humildemente que me permitáis recolectar algunas de las flores. Agradeceré eternamente vuestra infinita generosidad, la cual es conocida en todo el reino.

Retrocedí interiormente ante la servil zalamería de sus palabras, ante su forma de pasear la mirada por el salón. Había algo en él que me ponía los pelos de punta, como si alguien estuviese tocando una melodía con el ritmo equivocado… y no solo tenía que ver con que fuera del Reino del Fénix, el principal aliado del Reino Celestial y el hogar de la exprometida de Liwei. Una negativa osciló en mis labios, un impulso de alejarlo de mi hogar. No solo a Haoran, sino a todos ellos. Allí estábamos a salvo, sumidas en la paz que tanto nos había costado alcanzar.

Como si advirtiera mi inquietud, Haoran se volvió hacia mi madre.

—No serían más que unos pocos días. Traigo un humilde presente, varias tinajas de mi mejor vino, aunque, por desgracia, una de ellas se me ha caído fuera —dijo con astucia.

—Maestro Haoran, sois muy cortés, pero no es necesario ningún regalo —respondió mi madre con amabilidad—. Os damos la bienvenida a todos. Ruego que nos disculpéis por nuestro sencillo modo de vida; no somos propensas a la ceremonia.

El maestro Haoran volvió a inclinar la cabeza.

—Os lo agradezco.

Los demás hicieron una reverencia en señal de agradecimiento antes de abandonar la estancia con mi madre, dejándonos solos en el salón a Liwei y a mí. Me senté en una silla y me llevé el puño a los labios mientras Liwei tomaba asiento a mi lado.

—¿Qué opinas del maestro Haoran? —le pregunté.

—No me importaría probar sus vinos.

No estaba de humor para bromas.

—Tal vez veo problemas donde no los hay. Quizá sea cosa de la costumbre.

Liwei se acercó hacia mí con el semblante serio.

—Confía en tu instinto; yo lo hago. Vigílalos. Si ocurre algo, avísame enseguida.

Al posar la mirada en la Lágrima Celestial que me colgaba de la cintura, la tensión se apoderó de su expresión. Me invadieron los recuerdos: una cueva oscura, una risa burlona, la punta de la espada de Liwei presionándome la carne... y lo cerca que habíamos estado de perdernos el uno al otro.

Contemplé la puerta hasta que el sonido de los pasos desapareció. Por primera vez, unos desconocidos iban a residir entre las paredes de mi hogar. Aparté de la mente el recuerdo de la última vez que me había sentido de ese modo; una chiquilla ocultándose de la Emperatriz Celestial, con la espalda pegada al muro de piedra y medio paralizada por el miedo.

2

Dejé los dedos inmóviles sobre el qin mientras miraba por la ventana. El maestro Haoran se dirigía hacia el bosque como cada noche durante la última semana, con una cesta de bambú atada a la espalda. Su silbido atravesó el aire y me puso los pelos de punta. Unas tijeras plateadas destellaron bajo la luz del atardecer a medida que él las hacía girar con destreza. ¿Serían sus dedos igual de ágiles al empuñar un arma?

—Incluso *yo* puedo intentar reproducir la melodía que estás tocando. —A mi espalda, la voz de mi madre interrumpió mis pensamientos.

Sonreí débilmente y dejé el qin a un lado. Mi madre carecía tanto de habilidad como de interés por la música, por lo que Ping'er había sido quien me había instruido.

Se sentó y entrelazó las manos sobre la mesa.

—No pareces demasiado entusiasmada con nuestros invitados.

—Solo uno en particular me escama. —Incliné la cabeza en dirección a la ventana.

—¿Qué es lo que no te gusta del maestro Haoran? Es educado y considerado.

Mi desagrado no estaba ligado a ningún motivo real. No era más que una sensación, como los cambios en el ambiente provocados por el aura de algún inmortal o el hormigueo que uno notaba cuando lo observaban. Y, tal y como Liwei había dicho, debía confiar en mi instinto... o, al menos, no silenciarlo en pro de lo que deseaba que fuera cierto.

No quería tener razón; no quería que nuestro hogar corriese ningún peligro.

—Es hermético. Está tenso, como si ocultara algo —expliqué de forma vacilante—. Cada vez que le hago una pregunta, se va por las ramas y cambia de tema para no hablar de él mismo.

Las evasivas eran algo con lo que estaba familiarizada después de haber pasado tantos años ocultando mi identidad.

—Quizá no esté acostumbrado a la gente. Algunas personas se sienten incómodas al hablar de sí mismas y prefieren escuchar. —Y añadió—: El maestro Haoran te tiene miedo. ¿Te das cuenta del modo en que lo miras? Con los ojos entornados y los labios fruncidos. —Me tocó la mano con suavidad—. Xingyin, sé que te han hecho daño. Si sospechas de todos, puede que al final aciertes con alguno, pero... acabarás decepcionada igualmente. A veces, al tratar a los demás con desconfianza, esta se vuelve contra ti. Si te niegas a ver lo bueno de la gente, tal vez te pierdas algo valioso que nunca te permitiste descubrir.

Sus palabras se me antojaban ciertas. Últimamente me sorprendía a mí misma hallando expresiones burlonas en las sonrisas, amenazas en los ceños fruncidos. Buscando enemigos en cada esquina.

Mi madre se levantó y se alisó los pliegues de la túnica. Al recorrer la tela con las palmas, los extremos de las flores de loto plateadas brillaron con más intensidad. ¿Se trataba de un ilusión óptica? No creía que fuera cosa de sus poderes: nunca se habían manifestado de ninguna otra manera.

—Venía a decirte que ha llegado Shuxiao.

Me animé al instante. Con la excepción de Liwei, Shuxiao era la persona que más me visitaba y su presencia siempre era bien recibida.

—¿Dónde está?

—En el comedor, persiguiendo a Ping'er para que saque la comida.

Me encaminé hacia allí de inmediato. El suelo estaba pavimentado con baldosas de piedra gris y cubierto con una alfombra de seda en tonos violetas. Una mesa redonda con las patas curvas descansaba en el centro de la estancia, rodeada por taburetes en forma de tonel. El palisandro tenía incrustaciones de nácar iridiscente que conformaban un escenario de flores y pájaros. La mesa podía dar cabida cómodamente a ocho personas, y durante mi infancia, jamás se me hubiera ocurrido que llegaría el día en que resultaría demasiado pequeña.

La comida, que ya estaba servida, desprendía un aroma cálido y delicioso: una sopa espesa repleta de trozos de carne y rodajas de raíz de loto, huevos salteados con hierbas, tiernos brotes de guisantes y cuencos de arroz al vapor. Un menú más sencillo que aquellos a los que estaban habituados en el Reino Celestial, pero con mucho sabor. El maestro Gang se acomodó en un taburete junto a mi madre, mientras que las hermanas procedentes del Desierto Dorado tomaron asiento al otro lado. El maestro Haoran se hallaba ausente, como desde hacía una semana, aunque sus tinajas de vino se encontraban sobre la mesa y nuestras copas, ya llenas. Se trataba de un excelente brebaje matizado con la dulzura de la ciruela. A pesar de que su historia todavía no acababa de convencerme, no había exagerado su habilidad como vinicultor. Las últimas noches había vaciado mi copa sin vacilar y me había quedado profundamente dormida, aunque por las mañanas me despertaba con dolor de cabeza.

Llené dos cuencos con sopa de raíz de loto y me dirigí hacia Shuxiao. Aunque sonrió, el gesto no le alcanzó la mirada.

—¿Qué te preocupa?

No perdí el tiempo en intercambiar cortesías y le tendí uno de los cuencos.

—Últimamente hay tensión en el Palacio de Jade —admitió—. El nuevo general nos tiene atados en corto.

—¿El general Wu? —Se me hacía extraño pronunciar el recién adquirido título del ministro.

Asintió.

—Ahora que el general Jianyun ha quedado relegado, el general Wu lleva la voz cantante en el ejército. Es un hombre rígido y severo. Aplica las normas de forma más estricta, imponiendo castigos ante la más mínima ofensa. Conversar con los demás, incluso durante las comidas, se considera una interrupción de nuestros deberes. Ahora simplemente permanecemos sentados en silencio, sin atrevernos a mirarnos los unos a los otros, como si fuéramos niños bajo la supervisión del tutor más terrible del reino.

Es más fácil controlar a un ejército dividido. Un pensamiento desagradable.

¿Temía el Emperador Celestial que los soldados se uniesen de nuevo en contra de sus deseos? Los soldados no se habían percatado de que brindarme su apoyo podría ser visto como un desafío al emperador: ignoraban lo que había hecho yo para ganarme su ira. La rebeldía que le había mostrado aquel día, el hecho de haber malinterpretado adrede la orden de llevarle las perlas era algo de lo que solo él y yo éramos conscientes. Y seguramente también el recién ascendido general, su consejero de más confianza.

—¿Eso es todo? ¿Que os obligan a comer en silencio? —dije con suavidad, intentando animarla a pesar de mis propias reservas.

Arrugó la nariz.

—Cuesta seguir las reglas cuando cada día se añade una nueva. Dentro de nada, abandonar el palacio sin permiso constituirá una infracción. Y entonces no podré venir de visita.

Aquella idea me inquietó. Cuánto habían cambiado las cosas desde que dejé el Reino Celestial. ¡Cuánto me habrían irritado dichas restricciones! El peor castigo que recordaba era una severa reprimenda del general Jianyun o de Wen... me detuve, apartando de la mente el inoportuno recuerdo.

—¿Qué ocurre si alguien ignora las reglas?

—Lo obligan a permanecer de rodillas. Lo encierran. Lo azotan.

Apreté el cuenco con los dedos.

—Debes tener cuidado.

—Ah, descuida. Nunca antes había sido tan prudente —dijo con voz sentida—. Aunque parecen vigilarme de cerca, sobre todo tras el ascenso del general Wu.

—¿Por qué? —Al no obtener respuesta, inquirí—. ¿Por culpa de nuestra amistad?

Bajó la mirada y removió la sopa con la cuchara.

—Son los demás, que ven amenazas donde no las hay. Pero eso no cambia nada: no me someteré a ellos.

Los remordimientos se apoderaron de mí. Aquello era lo que llevaba temiendo desde el principio, que Shuxiao pudiera salir perjudicada por el simple hecho de ser mi amiga.

—Si la cosa se ha torcido tanto, si buscan excusas para castigarte, ¿por qué sigues allí?

—No puedo marcharme todavía. Mientras sirva al emperador, mi familia permanecerá a salvo. No contamos con amigos influyentes que puedan interceder por nosotros en caso de que surjan problemas de nuevo. Mi hermano pequeño espera unirse al ejército cuando cumpla la mayoría de edad, pero si renuncio, perderá la oportunidad. —Su mirada se tornó distante—. A veces, evitar los problemas no te mantiene a salvo. Las piedrecillas de los márgenes de los senderos también acaban pisoteadas por culpa de pies descuidados, y las palabras ociosas resultan demasiado pesadas cuando se susurran al oído equivocado.

—Tu familia y tú podéis quedaros aquí —le ofrecí de inmediato—. Los ojos del Reino Celestial se encuentran muy lejos.

Aunque siguen clavados aquí, me advirtió una voz en mi interior.

—Ojalá pudiera quedarme —dijo con cierta tristeza—. Pero mi familia se mostrará reacia a mudarse. Una vez que se echan raíces, cuesta mucho arrancarlas.

Me invadió una conocida sensación de nostalgia. Durante los años que había pasado lejos de casa, a menudo me había sentido a la deriva; una mala hierba que había brotado en un terreno extraño y hostil. Paseé la mirada por el salón, contemplando los familiares muebles, la alfombra desgastada, el taburete donde me había sentado siendo una niña. Aquel lugar encerraba incontables recuerdos, y cada uno de ellos era valioso e irremplazable. No obstante, lo más importante eran las personas que vivían entre aquellas paredes. La familia, tanto la de sangre como la elegida, dotaba de corazón a un lugar. Y aquello era más importante que las baldosas o los ladrillos, al margen de que estuviesen hechos de oro, plata o jade.

Los melodiosos acordes de una flauta inundaron el aire. El maestro Gang se había puesto a tocar y la borla de su instrumento oscilaba con cada aliento que tomaba. La conversación de la estancia enmudeció cuando los demás se volvieron hacia él. Tocaba excepcionalmente bien y las notas se elevaban impolutas y genuinas.

Cuando la última nota se desvaneció, mi madre dijo:

—Gracias, maestro Gang. Tenéis un don para la música.

—Sois muy amable, Diosa de la Luna.

—¿Tocáis a menudo para vuestra familia? —preguntó ella.

—Para mi esposa. Le gustaba mucho la música. —Sonrió al tiempo que se volvía hacia mí—. Se dice que vuestra hija tiene talento para la música. ¿Cuándo tendremos el placer de oíros tocar? Me encantaría compartir algunas de mis composiciones con vos.

—Gracias, maestro Gang, pero me resultaría muy difícil tocar después de una actuación como la vuestra. —No rechacé la propuesta por modestia, sino porque prefería tocar para el público que yo eligiera.

Mientras se producía un silencio incómodo, Shuxiao preguntó:

—Maestro Gang, ¿habéis encontrado inspiración aquí?

Él asintió con entusiasmo.

—Ah, teniente, este lugar es maravilloso: el viento que acaricia las hojas, la lluvia que repiquetea sobre el tejado, incluso el suave pliegue del suelo bajo mis pies. Me siento inclinado a permanecer aquí más tiempo, si mi anfitriona me lo permite.

—Quedaos todo lo que deseéis —respondió mi madre con impecable cortesía, aunque distinguí la vacilación en su tono. Puede que ella también extrañase la soledad de nuestro hogar.

Después de comer, acompañé a Shuxiao fuera. El velo de la noche había cubierto el cielo, aunque los farolillos aún no se habían encendido.

Se montó en su nube y yo le toqué el brazo.

—Ten cuidado. No hagas nada que no debas.

—¿Igual que hacías tú? —Su risa sonó hueca mientras meneaba la cabeza—. Me he reformado. Ahora soy el parangón de la obediencia.

Le tendí un paquete envuelto en seda.

—Flores de olivo dulce para Minyi. —Cuando estudiaba con Liwei, ella nos preparaba la comida y ambas nos habíamos hecho amigas.

Shuxiao se lo metió bajo el brazo.

—Los árboles no tardarán en quedarse pelados como sigan presentándose vinicultores y cocineros. ¿Cómo es que conocen las flores?

No respondí, sino que alcé la mano en señal de despedida al tiempo que la nube se alejaba a toda velocidad. No le pasaría nada, me dije a mí misma mientras me dirigía a mi habitación. Shuxiao era astuta, tenía muchos amigos en palacio y Liwei cuidaría de ella. Aunque una vez metida en la cama, su pregunta me estuvo rondando la mente, y mi último pensamiento antes de quedarme dormida fue: ¿Cómo es que el maestro Haoran conocía nuestros olivos dulces? La mayoría de nuestros huéspedes no se molestaban en pasear por el bosque y yo no me había ofrecido a enseñárselo.

PUM. PUM. PUM.

Tras aquello se oyó un nítido murmullo parecido al tintineo de una campanilla de viento. Rítmico pero apagado, como si proviniese de muy lejos.

Abrí los ojos de golpe y parpadeé en la oscuridad. Por la profunda quietud del ambiente, debía de ser muy tarde o demasiado temprano. ¿Me había imaginado aquellos sonidos? Quizá debería haber bebido un poco de vino del maestro Haoran para que mi reposo fuese tan reparador como las noches anteriores.

Pum. Pum. Pum.

Me incorporé de golpe en la cama y agucé el oído. Aquello era *real*, como si alguien estuviese golpeando algo. ¿Y qué era ese murmullo que se oía después como un insistente eco? Hice a un lado las sábanas, me acerqué a la ventana abierta e inhalé el aire fresco impregnado con un ligero aroma dulce. El cielo estaba oscuro y el suelo, imbuido con la luz de la luna. A lo lejos se alzaba el laurel y sus ramas oscilaban como asaltadas por el viento… sin embargo, los olivos dulces permanecían inmóviles.

El miedo se deslizó en mi interior, frío y duro. Me puse una túnica sobre la ropa interior y me la anudé a la cintura con los dedos temblorosos. Me calcé los zapatos, agarré el arco y salí por la ventana. Con la mirada clavada en el tembloroso laurel, me dirigí hacia allí a toda prisa; me tropecé y estuve a punto de caerme. Aquellos extraños golpes sonaron una, dos, tres veces más, y provocaron que el árbol se sacudiera de forma agónica. Me detuve justo antes del claro y agarré el arco con más fuerza.

Había un hombre junto al laurel, de espaldas a mí. Irradiaba un aura espesa y opaca, como sebo coagulado. Me resultaba extrañamente familiar y un hormigueo de advertencia me recorrió. Un destello captó mi atención: la luz de la luna se reflejaba en la curva plateada del filo de un hacha; una borla verde colgaba del mango de bambú. El hacha descendió antes de golpear el laurel, y el metal astilló la corteza. Algo oscuro goteó de la palma de la mano del hombre y se precipitó sobre el árbol… ¿Era sangre? ¿Se había herido a sí mismo? Pero, de pronto, el árbol se estremeció con violencia y las pálidas hojas dejaron escapar un murmullo al tiempo que una semilla caía al suelo, resplandeciendo como si de una estrella fugaz se tratara.

Hice aparecer una ardiente flecha y salí de las sombras, con el corazón latiéndome de forma frenética. El hombre se dio la vuelta y un brusco resuello se me deslizó entre los dientes mientras le apuntaba a la cabeza con la flecha.

El maestro Gang.

Su porte manso y su postura encorvada habían desaparecido: sus ojos marrones brillaban como los de un halcón. *Un disfraz muy hábil*, pensé iracunda, puesto que también había ocultado su poderosa aura. No debería haberme dejado engañar por aquel sencillo encantamiento, el mismo que habíamos usado Liwei y yo para escabullirnos del Palacio de Jade sin que nos descubrieran. De haberme dado cuenta antes, habría desenfundado la espada en lugar de ofrecerle té. Mis sospechas acerca del maestro Haoran me habían impedido ver la verdadera amenaza. Me maldije por dejar que la fragilidad del maestro Gang me hubiese hecho pensar que no era peligroso cuando ya debería saber que las cosas no eran siempre lo que parecían.

—¿Habéis venido a intercambiar canciones? —se burló, mofándose de su oferta anterior.

—No tengo ningún interés en vuestra música —repliqué, con la mirada clavada en el hacha. Tenía unos agujeritos tallados a lo largo del esbelto mango: me di cuenta con un sobresalto de que era su flauta. Las tripas se me revolvieron al pensar que había metido aquella arma en mi casa, y los dedos me ardieron de ganas de soltar la flecha, pero primero quería respuestas—. No os mováis ni echéis mano de la magia. Decidme quién sois y por qué habéis venido.

—¿Por qué iba a hacerlo? —Arrugó los ojos en un aparente gesto de diversión, incluso a pesar de posarlos sobre mi flecha—. No tenéis ningún derecho a preguntarme nada. Lo que busco no os pertenece a vos. —Abrió una de sus manos momentáneamente y vi que unas gruesas cicatrices le recorrían la palma; unos oscuros surcos de piel abultada manchados de sangre.

Un momento de distracción. Volví la cabeza hacia él, aunque demasiado tarde, pues ya estaba abalanzándose sobre mí con el hacha en alto. Giré hacia un lado y disparé la flecha mientras él retrocedía; el proyectil zumbó de forma inofensiva por encima de su cabeza. Su hacha volvió a destellar frente a mí y yo me aparté, retorciéndome mientras la cuchilla me seccionaba un mechón de pelo y lo diseminaba como hierba recién cortada. Si hubiera tardado un segundo más en moverme podría haber acabado hecha pedazos.

Un escalofrío me recorrió la columna; la cuerda del arco se me clavó en los dedos al tiempo que conjuraba otra fecha y la disparaba de inmediato. El rayo siseó, abriéndose paso en el aire y precipitándose hacia él. Algo resplandeció sobre el cuerpo del hombre —un escudo— en el instante en el que la flecha lo alcanzó. Unas vetas de luz blanca crepitaron a lo largo de la barrera. Al fracturarse, la energía del maestro Gang brotó y selló las grietas. Hizo retroceder el brazo y me lanzó el hacha, que giró en el aire como un torbellino plateado. Me eché al suelo y apoyé la mejilla y las palmas de las manos sobre la polvorienta tierra. El hacha silbó por encima de mí y se ensartó en uno de los olivos dulces, cuyos pétalos se esparcieron como la lluvia. Mientras rodaba hacia un lado y me ponía en pie, el hacha se sacudió antes de desprenderse y salir disparada de nuevo hacia el maestro Gang. Vi que una luz amenazadora brotaba de su mano, pero yo no perdí ni un instante en conjurar otra flecha entre las yemas de los dedos y hacerla volar hacia él... Sin embargo, el hombre la esquivó hábilmente y el relámpago desapareció en la oscuridad.

—¿Cuántas veces podéis hacer eso? —Su tono era agradable, casi conversacional.

—Todas las que hagan falta para mataros.

El sudor me recorrió la piel mientras echaba mano de mi energía. El hombre intentó golpearme de nuevo, pero en aquella ocasión, permanecí en el sitio. La magia me brotó de las palmas de las manos en resplandecientes espirales de aire y lo inmovilicé. Lo tiré al suelo con un movimiento de la mano y él se golpeó la parte posterior de la cabeza contra una roca. Un gemido afloró de su garganta mientras cerraba los ojos y dejaba caer el hacha. Me acerqué, cautelosa, con una flecha preparada y los nervios a flor de piel. Parecía demasiado poderoso para haberlo derribado tan fácilmente, y ya me había engañado con anterioridad...

Un grito ahogado quebró el silencio.

—¡Maestro Gang! ¿Estáis herido? —gritó Ping'er detrás de mí, y echó a correr hacia él.

—¡Vuelve, Ping'er!

Salté para ponerme en medio —con demasiada lentitud— al tiempo que el maestro Gang abría los ojos. Se puso en pie de un salto y la agarró del brazo. El hacha voló de nuevo hasta su mano y él le apoyó la monstruosa cuchilla contra el cuello.

—¿Qué hacéis? —Ping'er forcejeó, pero él la agarró con más fuerza y el filo le arañó la piel. Ella se quedó inmóvil de inmediato, respirando de forma afanosa.

—Soltadla. —Tomé una profunda bocanada de aire, reprimiendo el impulso de dejarme llevar por la imprudencia.

—Soltad el arco y retroceded —me advirtió—. Dejadme marchar y nadie saldrá herido.

—¿Y entonces qué impedirá que nos matéis? —le pregunté.

—Os doy mi palabra.

Lo dijo como si su palabra valiera de algo, como si no se hubiese presentado en nuestro hogar envuelto en engaños.

Mientras yo vacilaba, él hundió el arma en la carne de Ping'er y un oscuro reguero de sangre le recorrió la pálida túnica. Un sonido estrangulado brotó de la garganta de la mujer, aunque aun así permaneció mortalmente inmóvil.

—Lastimadla de nuevo y os devolveré el daño multiplicado por diez —dije con mi tono de voz más amenazador—. No me hace falta ningún arma para hacéroslo pagar.

Sus dientes destellaron al tiempo que separaba los labios.

—Desde luego. No me atrevería a enfrentarme a una guerrera de tanto renombre. —Una pizca de burla teñía su voz.

Reprimí la ira y dejé caer el arco al suelo. De inmediato, empujó a Ping'er hacia mí y se alejó corriendo. Mientras la agarraba, una nube descendió y se lo llevó volando hacia el cielo.

Le habría dado caza, pero Ping'er jadeó y se agarró el cuello. La sangre le empapó la palma de la mano y ella se desplomó. Se me revolvió el estómago y me agaché junto a ella; agarré sus manos heladas entre las mías. Utilicé mi energía para curarle la herida y la carne desgarrada se cerró hasta convertirse en una delgada línea blanca. Una chapuza, pero no había nadie cerca que pudiera llevar a cabo la labor con más habilidad.

Ping'er gimió mientras se frotaba las sienes.

—Xingyin, ¿qué ha pasado? ¿Por... por qué ha hecho eso el maestro Gang?

Fruncí el ceño.

—No lo sé. Es un embustero y un ladrón.

Al levantarse, algo se le cayó de la túnica amarilla: una perla alargada que colgaba de una cadena de oro. Un resplandor casi idéntico al de las perlas de los dragones brillaba en su interior, aunque sin rastro de su inmenso poder. ¿La había llevado siempre? ¿Había estado oculta bajo sus ropas todo aquel tiempo?

—Ping'er, ¿qué es esto? —Pasé el dedo por la brillante superficie de la perla, cálida al tacto.

Se le ensombreció la expresión.

—Se formó el día que abandoné mi hogar. Cuando los inmortales del Mar del Sur derramamos lágrimas, solo las que brotan a causa de nuestras más profundas emociones se transforman en perlas.

—¿Echas de menos a tu familia? —Una pregunta desconsiderada y torpe. Por supuesto que sí, aunque Ping'er no había vuelto a casa ni una sola vez en todas estas décadas.

Un brillo asomó en sus ojos, pero ella parpadeó y lo hizo desaparecer. Me aparté, dándole espacio. Algo destelló entre las briznas de hierba: una semilla de laurel. La recogí y la hice rodar entre los dedos; su superficie fría y dura me resultaba familiar, aunque era la primera vez que sostenía una que no estuviera ligada a su rama. Una descarga de energía me recorrió la piel. ¿Por qué había querido llevársela el maestro Gang? ¿Por qué había llegado tan lejos? Desvié la mirada hacia el laurel; el tronco estaba plagado de profundos surcos, como si alguna bestia lo hubiera arañado, y se hallaba embadurnado con un líquido oscuro. ¿Era su sangre? ¿Se había herido al cortar el árbol?

Una fragancia amaderada impregnaba el aire; la savia lustrosa y dorada rezumaba de las grietas y se derramaba sobre la corteza. Los bordes de la madera astillada se extendieron; se entrelazaron unos con otros hasta volver a quedar totalmente integrados entre sí. Levanté la vista hacia las semillas de laurel que asomaban entre las hojas y brillaban como escarcha plateada. Siempre me habían parecido preciosas. Preciosas e inusuales. Sin embargo, una sensación de frialdad me inundó al preguntarme qué secretos escondían en sus brillantes profundidades.

3

Bajo la luz de la última hora de la tarde, el laurel resplandecía como una columna de hielo. Pasé los dedos por la corteza, tan lisa como el mármol; como si nunca hubiera sufrido el asalto de un hacha, como si me lo hubiera imaginado todo.

—¿Es aquí donde pasas el rato? —preguntó Liwei mientras se acercaba.

Hice una mueca.

—Es donde he pasado la noche. Aunque no era mi intención. —Sin perder ni un instante, le conté lo relativo al ataque del maestro Gang.

El semblante se le ensombreció.

—¿Te ha hecho daño?

Meneé la cabeza y le tendí la semilla; era más pequeña que la uña de mi pulgar y algo opaco, parecido a unas volutas de nube, se arremolinaba en su interior.

—El laurel dejó caer esto. Contiene un tipo de magia que soy incapaz de identificar.

Él se la acercó y la examinó con atención.

—Está fría. Su energía es poderosa aunque me es desconocida. Hagamos una prueba.

Levantó la otra palma y la semilla flotó en el aire. Unas llamas de color carmesí la engulleron con un chisporroteo; se elevaron antes de extinguirse bruscamente, dejando la semilla tan calcinada como un fragmento de carbón. Una oleada de alivio me recorrió al ver que, después de todo, no se trataba de ningún tesoro, que no poseía ningún poder misterioso. Sin duda, ninguno que mereciera el esfuerzo que había llevado a cabo el maestro Gang.

—Mira, Xingyin.

La urgencia que desprendía el tono de Liwei me sobresaltó. La semilla volvía a brillar, aunque de forma más tenue, como si se hubiese desprendido de su cáscara exterior. Que hubiese sobrevivido intacta al fuego de Liwei significaba que contenía muchísimo poder.

Desplegué mi magia en un brillante torrente y envolví la semilla con diversas capas de aire; la comprimí hasta que unas delgadas grietas en forma de red cubrieron la superficie. Tensé el cuerpo, incrementando la energía con la intención de triturarla para demostrar que era insignificante; pero un resplandor brotó de las profundidades de la semilla y selló las fisuras.

Liwei entornó los ojos y levantó una mano en dirección al árbol; más llamas brotaron en gruesas oleadas, dispuestas a devorarlo. Estas se extendieron por las hojas plateadas y la corteza y yo retrocedí, reprimiendo una exclamación instintiva de protesta: adoraba aquel laurel, de pequeña había jugado bajo su sombra, cautivada por su belleza. Liwei cerró el puño y el fuego ardió con más intensidad; unas manchas oscuras aparecieron en la corteza…, pero las llamas se estremecieron y sosegaron antes de extinguirse del todo con el silbido del humo. La fulgurante savia se derramó de nuevo y se deslizó por la corteza. Un luminoso destello cubrió el laurel y las marcas de abrasiones se desvanecieron, dejando la madera inmaculada.

—Regeneración. Salvo que jamás me había topado con nada tan poderoso —señaló Liwei, mirando fijamente el árbol.

Recordé la facilidad con la que mi magia había fluido, de una forma que distaba mucho a cuando sacrifiqué mi fuerza vital para liberar a los dragones. Instalada en mi hogar, me había recuperado más rápido de lo que nadie creía posible. Y ahora sabía por qué.

—También me ha curado a mí. Tras regresar apenas podía conjurar las guardas, pero ahora… vuelvo a ser casi tan fuerte como antes.

Un profundo temor se entremezclaba con la sensación de alivio.

—Me alegro. —Liwei inclinó la cabeza hacia mí—. ¿Pero por qué pareces preocupada?

—¿Para qué más puede usarse? ¿Qué quería hacer con ella el maestro Gang? ¿Y quién es él? Porque no se trata de ningún músico inofensivo ni de ningún ladrón de poca monta.

—Lo averiguaremos —me aseguró—. ¿Has conseguido arrancar más semillas?

—No. No funcionó ningún arma, ni las espadas ni las dagas. No conseguí hacerle ni un rasguño; las marcas desaparecieron de inmediato, igual que ha pasado con las llamas que has invocado tú. No sé qué hizo el maestro Gang para lograrlo.

—Puede que su hacha estuviera encantada. ¿Recuerdas algo más de anoche? —preguntó Liwei.

Reflexioné un momento, rebuscando entre la maraña que conformaban mis pensamientos.

—Me sorprendió lo poderoso y rápido que era. Su arma fue capaz de penetrar la corteza del laurel, a diferencia de las nuestras, pero no percibí magia alguna.

Algo captó mi atención entonces, una nube que descendió del cielo en dirección al ala de invitados. ¿Quién la había invocado? Seguimos el rastro de la nube y nos dirigimos a toda prisa al patio del maestro Haoran. Los magnolios brindaban sombra al terreno, sus raíces se ondulaban sobre la hierba y las ramas se entretejían por encima de una mesa redonda de piedra.

Tras dar unos golpecitos en las puertas con celosía, se oyó un juramento amortiguado seguido de unas apremiantes pisadas. Liwei deslizó las puertas y los paneles se abrieron. El interior estaba oscuro, puesto que la tela cubría las ventanas. La luz se filtró a través del umbral. Una dulzura embriagadora inundaba el aire, proveniente de unas bolsas de seda repletas de flores machacadas; algunas de las bolsas estaban anudadas y cerradas mientras que otras se encontraban totalmente abiertas y salpicaban el suelo con pétalos.

El maestro Haoran, que hasta entonces había estado agachado guardando tinajas de vino selladas con tela roja en una caja de madera, se levantó de un salto. Parpadeó y alzó una mano para protegerse el rostro del resplandor.

—¡Cuidado, la luz daña los pétalos!

Utilicé mi poder para arrancar las cortinas de las ventanas y la luz del sol entró a raudales.

—Acabad con esta farsa. No estáis aquí por las flores.

—¿A qué os referís? —Me miró sin comprender—. ¿A qué habéis venido?

—Podríamos haceros la misma pregunta —respondió Liwei con frialdad—. ¿Por qué os marcháis tan pronto, sin despediros de vuestra anfitriona?

—Tengo un problema urgente que atender. Un asunto familiar. —Pronunció las palabras con torpeza y a toda prisa.

Tomado por sorpresa, al maestro Haoran se le daba tan mal mentir como se me había dado a mí antes de que los engaños me hubiesen engalanado la lengua. Pensé con rapidez y todas las piezas encajaron: su llegada con el maestro Gang, su afán por agasajarnos con vino, su apremio por marcharse.

—¿Por qué habéis venido? ¿Por qué nos mentisteis? —exigí saber.

El maestro Haoran se puso rígido y salió disparado hacia la puerta. De la mano de Liwei brotaron unas espirales de fuego que lo envolvieron como una serpiente.

—¡Alto! ¡No me hagáis daño! ¡Os diré todo lo que sé! —Se retorció entre las ondulantes llamas. Sin embargo, el aire no quedó teñido con el olor de la carne quemada: el fuego no lo abrasaba, sino que simplemente lo inmovilizaba.

Me dirigí a él con más suavidad.

—Tendréis más posibilidades de salir de aquí ileso si nos contáis la verdad. —No obstante, si había conspirado para hacernos daño, no mostraría clemencia.

Asintió con brusquedad.

—La reina Fengjin no es mi benefactora. Mis vinos son los mejores del reino, pero los arrogantes mayordomos de palacio se niegan a darme una oportunidad. A su majestad le gustan los vinos de olivo dulce y yo... quería ganarme su favor. El maestro Gang visitó mi tienda y me habló de los olivos dulces de la luna, los cuales se hallan siempre en flor. A cambio, solo me pidió un pequeño favor. Me pareció bastante inocuo, y siempre es costumbre llevarle un regalo a la anfitriona de cualquier lugar.

—El vino. —Me maldije a mí misma por haberlo bebido. El maestro Gang debía de haberle echado algo que nos hiciera dormir. De habérmelo tomado la noche anterior, habría dormido como un tronco, ajena a todo lo que había pasado.

Al contemplar al maestro Haoran y su piel de una palidez enfermiza, la ira que sentía contra él se disipó. Lo habían usado como tapadera: sus insignificantes mentiras me habían distraído, permitiendo así que el verdadero villano vagara sin obstáculos. Al centrarme en un único arbolito, había perdido de vista el bosque.

—¿Qué más os dijo? —insistió Liwei.

—Solo que tenía que recuperar algo que le pertenecía. No creí que tuviera mala intención.

El maestro Gang había dicho lo mismo al enfrentarme a él. Había pensado que era una bravuconada, un embuste para justificar sus acciones.

—¿Quién es? —indagué.

—No me lo dijo y no me atreví a preguntar. —El maestro Haoran se mordió el labio inferior—. Cuando nos conocimos, llevaba un adorno de jade con un sol tallado. No he vuelto a verlo desde entonces.

El símbolo del Reino Celestial. Liwei inhaló poco a poco y yo noté una opresión en el pecho.

—No sé nada más. Lo juro. —Le tembló la voz.

—Suéltalo. A él lo engañaron también —le dije a Liwei.

Cuando las llamas que lo sujetaban desaparecieron, el maestro Haoran se desplomó en el suelo, temblando, aunque su mirada se detuvo en los fardos de seda esparcidos por la habitación.

—Recoge el olivo dulce. Puedes marcharte —le dije.

—Gracias.

Hizo una reverencia y luego agarró todos los fardos que pudo entre los brazos. Abandonó corriendo la habitación sin echar la vista atrás ni una sola vez; el viento sopló en el exterior mientras su nube salía disparada hacia el cielo.

Un tenso silencio se prolongó entre nosotros.

—Hay mucha gente que lleva esa clase de ornamentos —dijo Liwei—. Aunque fuera del Reino Celestial, no significa que haya venido aquí por orden de mi padre. A él no le hace falta tomar medidas de carácter tan retorcido. La luna se encuentra bajo el dominio celestial. De haber querido, podría haberle ordenado a tu madre que permitiera la presencia del maestro Gang.

No si pretendía que sus intenciones permanecieran en secreto. Pero asentí, desesperada por aferrarme a aquella pizca de consuelo. No tenía ningunas ganas de volver a encararme con el Emperador Celestial.

—Debemos seguir investigando —dije—. ¿Tendrá la maestra Daoming más información acerca de la semilla de laurel?

La maestra Daoming era una de las pocas personas del Palacio de Jade en las que confiaba; se había preocupado por mí, a pesar de que no me había dado esa impresión al principio, cuando las lecciones se me atravesaban. No me di cuenta hasta más tarde de que estaba ayudándome a superar mis limitaciones, y solo después de haberle otorgado mi respeto me concedió el suyo.

—Le preguntaré —me aseguró Liwei.

Mientras se guardaba la semilla de laurel en el bolsillo interior de la manga, las grullas bordadas desplegaron las alas como si estuviesen listas para echar a volar. Su túnica estaba confeccionada con el más fino brocado azul y él se la había ceñido a la cintura con una banda de brocado plateado. Recorrí con la mirada la suave columna de su cuello hasta llegar al cabello negro, el cual llevaba recogido en un moño envuelto por una corona de oro y zafiro.

Lucía un aspecto magnífico. Regio y formal. Se apoderó de mí el deseo irracional de haberme vestido con más esmero, de haberme peinado con un estilo diferente en lugar de llevar el cabello semirrecogido, dejando que me cayera por la espalda. En mi hogar no teníamos la necesidad de engalanarnos.

—¿Vas a asistir después a un banquete? —pregunté, a pesar de saber lo poco que le gustaban ese tipo de eventos.

Negó con la cabeza.

—¿Por qué lo preguntas?

—Porque estás… Porque parece que vas vestido para un banquete —terminé la frase con torpeza.

La comisura de la boca se le curvó.

—¿Te gusta?

Lo miré a los ojos.

—Te sienta bien. —No se trataba de un halago: tenía el aspecto que debía tener el príncipe heredero celestial, sin embargo, la disparidad de nuestras posiciones jamás me había parecido tan evidente.

Desplegó su poder y su corona se transformó en un sencillo aro de plata; las grullas de su túnica se quedaron inmóviles antes de desaparecer.

—Nunca se te ha dado bien disimular tus opiniones.

—Por lo menos frente a ti —admití—. Y no hacía falta que hicieras eso.

Aun así, era innegable que me sentía más a gusto así.

—Quería hacerlo. —Hizo una pausa, apartándose un mechón de pelo rebelde de la frente—. Xingyin, me gustaría enseñarte algo.

La intensidad de su voz me sorprendió.

—¿Ahora?

Contempló el cielo, cada vez más oscuro.

—No hay mejor momento. Te traeré de vuelta antes del amanecer.

Me agarró de los dedos y me sacó de la habitación. Fuera, ya había una nube esperando. El viento se deslizó sobre mi rostro mientras nos elevábamos y mi hogar se convertía en un pálido orbe en el horizonte. En una ocasión habíamos volado del mismo modo, dos corazones entrelazados frente a las tormentas que nos separaron.

Cuando la nube se detuvo, levanté la mirada y todo pensamiento me abandonó. Las estrellas resplandecían ante nosotros y abarcaban la totalidad del cielo, tan deslumbrantes como la escarcha iluminada por la luna.

—Liwei, ¿dónde estamos?

Mi aliento formó una nube de vaho en el aire frío.

—En el Río Plateado.

—¿Son esas las estrellas que separaban a la Diosa Hilandera de su esposo mortal? —Se trataba de una leyenda famosa en el Reino Mortal.

Él asintió.

—Esa clase de uniones van en contra de las leyes de nuestro reino. Cuentan que la diosa huyó al mundo inferior hasta que se le ordenó volver al cielo. Su marido se enfrentó a grandes peligros para acompañarla y, tras numerosos sufrimientos, finalmente se les permitió que se reuniesen un solo día al año. El séptimo día del séptimo mes lunar, conocido entre los mortales como el Festival Qixi.

En el pasado, el romanticismo y la belleza etérea de aquella leyenda me habían cautivado. Pero tras haber padecido yo misma grandes penurias, un sentimiento de compasión afloró en mí. No pude evitar pensar en mis padres y en las similitudes con su historia. Tal vez todas esas uniones estaban condenadas a un destino trágico, pues ¿qué futuro les aguardaba a un mortal y a un inmortal cuando la muerte los separaba?

—¿Por qué estás tan triste, Xingyin? —Liwei se inclinó hasta rozarme la cabeza con la suya—. No es más que un cuento.

Sin embargo, los mortales creían que la historia de mi padre era una leyenda, al igual que la del ascenso de mi madre a la inmortalidad. Puede que las historias que más nos conmovían fueran las que habían sido urdidas a partir de una brizna de verdad.

—¿Es cierto? —Deseé que no lo fuera, que nadie tuviera que sufrir semejante destino: el de un corazón invadido por el anhelo, inmerso para siempre en un sentimiento de desesperación.

Guardó silencio un instante.

—Tal vez lo fuera hace mucho tiempo. Ahora este lugar está desierto; aquí no hay nadie salvo nosotros.

—¿Vale la pena sufrir semejante miseria por amor? Una noche a cambio de un año de sufrimiento.

Me agarró la mano con firmeza.

—Depende.

—¿De qué?

—De la noche —dijo con suavidad—. De la persona a la que se espera.

Permanecimos uno al lado del otro, rozándonos con los hombros, contemplando el mar de luz infinita. Oí el murmullo de la seda al tiempo que se metía la mano en la manga y sacaba una horquilla, salpicada de piedras claras. La misma que me había confeccionado y que yo le había devuelto tras su compromiso con otra mujer. Levanté la mirada hacia sus ojos oscuros y una oleada de calor me recorrió.

—Cuando te la entregué en el pasado, fingí que era un regalo a cambio del tuyo. Fui un cobarde por no haberte contado lo que sentía. La primera vez que nos separamos, lamenté que nos dejásemos tantas cosas sin decir y temí no volver a tener la oportunidad. —La voz le temblaba de emoción—. Si me aceptas, me entregaré a ti ahora... para siempre.

La esperanza se abrió paso en mi interior; solo la ensombrecía el recuerdo de haber recorrido ese mismo camino con anterioridad y el dolor que este nos había ocasionado. Nuestras familias. Su reino. Mi corazón cauteloso. Aquellos eran los obstáculos, en apariencia insuperables, que nos separaban. Nuestras familias no intercambiarían obsequios de boda ni se produciría la unión dichosa de dos hogares. La última vez que había visto al Emperador Celestial, él había intentado matarme. Las cicatrices del pecho me ardieron al recordar la agonía indescriptible, que se aferraba a mi carne como una telaraña de dolor. Y además, ¿cómo iba a dejar a mi madre sola de nuevo, sumida en el dolor que le provocaba la muerte de mi padre?

En medio del silencio, Liwei se puso rígido y se apartó.

—Pensé que tú querías lo mismo. Tal vez me haya equivocado.

Sonaba formal, huraño... y lo detesté. Le agarré la mano y entrelacé mis dedos con los suyos.

—Así es. Pero tienes que darme tiempo. Tus padres me detestan, todavía no puedo dejar a mi madre. Y...

Mis palabras se desvanecieron, sin que llegase a pronunciar un nuevo miedo que había brotado en mi interior en ese mismo momento. Si me casaba con Liwei, tendría que vivir en el Palacio de Jade envuelta en seda, encadenada en oro y sujeta a las formalidades. A pesar de que Liwei no era como su padre, ni yo como su madre, nos veríamos sometidos por los mismos grilletes dorados. Yo no era de las que permanecían enjauladas. Aquel año de libertad me había mostrado las posibilidades de una vida alejada de los confines del Reino Celestial. A muchos podría parecerles una fantasía: casarse con el príncipe del reino y vivir en un palacio entre las nubes. Sin embargo, tener una suegra que me odiaba y un suegro que había intentado quitarme la vida constituía más una pesadilla que un sueño.

Liwei sonrió mientras me deslizaba la horquilla por el pelo hasta dejarla bien prendida.

—Esperaré. Me basta con que sientas lo mismo, pero les contaré a mis padres mis intenciones.

—¿De veras? —Mis palabras sonaban teñidas de incredulidad.

—Lo último que quiero es otro compromiso por sorpresa.

La idea me sacudió, seguida por una punzada de ansiedad.

—¿Qué harán?

—Mi madre montará en cólera. Y mi padre... Ya soy demasiado mayor para que me castigue como solía hacer. Lo decepcionaré, igual que he hecho durante la mayor parte de mi vida. Jamás estuvo satisfecho con ninguno de mis progresos.

Me alegraba de que no hubiese sido así, incluso si se me encogían las entrañas ante sus palabras. Yo había sentido la fuerza del descontento del emperador; había sido testigo de cómo había golpeado a Liwei sin vacilar. En aquel momento, odié un poco menos a la Emperatriz Celestial, pues me reconfortaba que al menos uno de los padres de Liwei se preocupara por él y hubiera intentado ayudarlo a su manera.

—No importa, siempre que estemos juntos —dijo él.

Me atrajo hacia él y su mirada se oscureció con una intensidad que me calentó la sangre. No, no dejaría que la duda empañase aquel momento: una dicha semejante resultaba tan valiosa como escasa. Me incliné hacia él, inhalando su aroma a limpio. Hacía mucho que no me abrazaba así. Al deslizar su otra mano alrededor de la curva de mi cintura, el fuego me recorrió las venas y un hambre repentina me consumió; yo le rodeé el cuello con los brazos para acercarme más a él. Sus labios se toparon con los míos, firmes y tiernos, suaves aunque implacables. Había echado tanto de menos aquella dulzura, la tentadora sensación que me embargaba al notar su cuerpo apretado contra el mío. Me abrazó con más fuerza y ambos caímos, como si fuéramos uno solo, sobre los pliegues ondulantes de la nube; su frescor resultó ser un bálsamo para mi piel acalorada.

Cerré los ojos y me dejé llevar por una marea de sueños, tan resplandeciente como aquel río de estrellas.

4

Un zumbido resonó en mi mente y me arrancó del abrazo del sueño. Alguien había atravesado las guardas. Abrí los ojos de golpe mientras examinaba la energía del intruso. Me era familiar, pero aun así un abrasador sentimiento de furia ardió en mi interior.

Wenzhi.

No pensaba ir a su encuentro; lo ignoraría igual que había hecho hasta entonces. Ahora se presentaba más a menudo; agitaba las guardas con una imprudente despreocupación cuando podía haberlas desarticulado con facilidad, igual que había hecho con las del Reino Celestial. Tal vez le divirtiera hacerlas resonar en mi mente como un gong. Quizá así se ahorraba la molestia de despertarme él mismo. Nunca había entrado en mi habitación; puede que no supiera dónde estaba, aunque prefería pensar que no se atrevía. Tras el alboroto inicial, se hizo el silencio. No obstante, su presencia en el balcón de mi casa me molestaba de forma tan implacable como el polvo en los ojos. Wenzhi jamás perdía la paciencia, y solo se marchaba con la llegada del amanecer.

Desde el principio, había reprimido el impulso de echarlo de nuestras tierras. Ignorarlo era la aproximación más eficaz, pues acabaría socavando su férreo orgullo. Detestaba la amargura y la rabia que su presencia despertaba en mí, los recuerdos que me abrasaban. Me pasaba aquellas noches en vela, dando vueltas hasta que la colcha de seda se me enroscaba en el cuerpo, y el único consuelo era imaginarme su infructuosa espera.

Los melodiosos acordes de una cítara se filtraron en mi habitación. Preciosos y evocadores, pero tocados de forma tan suave que, de no haber estado despierta, no los habría oído. Cada nota se prolongaba y se fundía con la siguiente, reverberando con pasión contenida. La melodía hizo que un dolor aflorase en mi interior, y me vino a la cabeza una imagen de la última vez que la había oído: recordé a Wenzhi punteando las cuerdas de su qin justo antes de que yo lo drogara para escapar. Me invadió la rabia. ¿Cómo se atrevía a presentarse aquí? ¿Cómo se atrevía a tocar *aquello*?

Me levanté de la cama, me puse una túnica y me la abroché torpemente con un trozo de seda. Agarré el arco de la mesa, me lo colgué a la espalda y me metí un par de dagas en el cinto por si acaso. Me desplacé rápida pero silenciosamente para no despertar a nadie; recorrí el pasillo y subí las escaleras. Al llegar a lo alto, abrí las puertas y salí al balcón.

Wenzhi estaba sentado en el suelo con las piernas cruzadas y el qin lacado en rojo sobre el regazo; su túnica negra se encontraba desperdigada por el suelo de piedra. Llevaba una parte del largo cabello recogido en un aro de jade mientras que el resto le caía por la espalda. No podía verle el rostro, pues deslizaba las manos hábilmente por las cuerdas del instrumento con la frente inclinada hacia abajo. Detuvo los dedos —interrumpiendo la música— al levantar la mirada hacia mí. Las entrañas se me retorcieron al verle los ojos, cuyo tono plateado me hizo recordar su escalofriante traición.

Lo ataqué de inmediato, arrojándole espirales de aire. Se puso en pie de un salto y giró el cuerpo con elegancia para esquivarme. Sin detenerme ni un instante, me abalancé sobre él, daga en mano, pero él me agarró la muñeca en el aire y me sujetó con firmeza. Me saqué la segunda daga del cinto y un escudo resplandeció sobre su cuerpo justo cuando le golpeé el pecho con la punta. Las chispas saltaron y un calambre me recorrió el brazo. Los dedos se me sacudieron y la daga se me cayó de la mano y golpeó el suelo con un fuerte estrépito.

Permanecimos allí plantados, y un insaciable sentimiento de rabia creció en mi interior hasta que apenas fui capaz de respirar.

—Es un recibimiento mejor que el que esperaba —sonrió sin una pizca de vergüenza—. Si de verdad quisieras matarme, habrías usado el arco.

—Una daga duele más. —Apreté los dientes y le hundí la rodilla en el estómago. Se estremeció y yo me zafé de él y retrocedí. Levanté de inmediato un escudo a mi alrededor, que emitió un destello al posarse sobre mí.

Ladeó la cabeza.

—¿Qué te ha parecido mi canción?

—Me ha gustado tan poco como la última vez. —Cerré los puños a los costados—. Vete. Y no vuelvas.

—Después de todos los meses que has pasado escondida, evitándome, ¿has venido solo para decirme eso?

—No me escondía; no tengo ningunas ganas de volver a verte.

Su expresión era inescrutable.

—Pareces más enfadada que la última vez que nos vimos aquí.

—¿A qué te refieres? ¿Acaso no era un sueño? —exigí saber.

Reflexionó un instante.

—Sí y no.

—Una respuesta exasperante —dije con desprecio—. ¿Qué clase de magia abominable utilizaste?

—No se me ocurriría hacerte eso —dijo con firmeza—. No jugué con tu mente, sino con tu entorno.

No quise reflexionar sobre sus palabras ni sobre su significado.

—Un esfuerzo inútil.

—Disiento. —Hablaba con una seguridad exasperante—. De lo contrario, no habrías venido.

Entorné los ojos al recordar la horquilla de plata, tirada en el cajón donde la había metido.

—¿Por qué me diste la horquilla?

Una leve sonrisa se dibujó en sus labios.

—Pensé que tal vez te gustaría tenerla. Recordarás que casi me arrancas la garganta con ella.

—Fue una pena que fallase.

—No fallaste. Te detuve.

—Qué valiente fuiste al contener a una rehén indefensa —me burlé.

—Eres de todo menos una persona indefensa. —Su sonrisa se hizo más amplia—. Fue un acto de autopreservación por mi parte. Me gustaba mi garganta como estaba: intacta.

Avanzó hacia mí y yo me descolgué el arco.

—Da otro paso y te clavaré la flecha que tanto mereces. ¿Para qué has venido? Sabes perfectamente que no quiero tener nada que ver contigo.

Tensó el cuerpo de forma casi imperceptible.

—Para felicitarte. ¿Cuándo es la boda?

—No hay ninguna boda —respondí sin pensar y lamentando las palabras en cuanto las pronuncié.

Una luz sorprendentemente intensa ardió en su mirada.

—¿No te ha pedido matrimonio o es que has dicho que no? Según los rumores, pocos pensaban que fueras a negarte, aunque nada me gustaría más.

—No me he negado. —Mi tono era cortante y tenía los nervios crispados. Poseía una habilidad para trastornarme que no me gustaba nada—. Diré que sí en cuanto resolvamos ciertos asuntos.

—¿Como el modo de impedir que Sus Majestades Celestiales intenten asesinarte, a ti, su futura nuera? Pregúntate si la actual emperatriz parece satisfecha con su situación. O si serás realmente feliz encerrada en una jaula de oro como el Palacio de Jade durante el resto de tu vida.

—Bonitas palabras, viniendo de la persona que ya me encerró una vez. —Infundí desprecio a cada una de mis palabras, disimulando lo cerca que había estado de dar en el clavo.

Un rubor apagado le trepó por el cuello.

—Xingyin, no te cases con él.

—¿Cómo te *atreves*? —le dije, furiosa—. No significas nada para mí, y menos después de lo que hiciste.

—¿Podrás perdonarme? —Su voz reflejó tensión en lugar de su habitual firmeza—. Si pudiésemos empezar de nuevo…

—Ya no hay vuelta atrás, se *acabó*, Wenzhi. —Noté una sensación pulsante al pronunciar su nombre. Un vestigio del pasado, algo que debía aprender a sofocar—. *Soy* feliz. Creías que me conocías, pero te equivocabas. Solo viste en mí aquello que ansiabas, una herramienta que moldear a tu gusto.

—Igual que tú —replicó—. ¿Alguna vez viste a la persona de carne y hueso que se hallaba detrás del capitán celestial? ¿Llegaste a intentarlo? ¿O no era más que el reemplazo de...?

—Basta. —Levanté la voz, abandonándome a la furia—. Ambos nos equivocamos con el otro, y a pesar de todo, lo «nuestro» se ha acabado.

Negó con la cabeza.

—Empezamos con mal pie. Los dos éramos unos embusteros y unos farsantes; ocultamos quiénes éramos en realidad.

—¿Con mal pie? —repetí con desdén—. Déjate de eufemismos y manipulaciones. No trates de restar importancia a lo que hiciste. Y no te atrevas a compararnos. Mentí porque me vi obligada, no porque quisiera.

—Igual que yo.

—Lo hiciste pensando en ti. En tus ambiciones. Para conseguir la corona.

Apretó la mandíbula.

—No soy de los que se conforman sin más, de los que se pliegan al destino de forma sumisa. Busco oportunidades de mejorar y labrarme mi propia suerte. ¿Por qué debía permitir que aquellos bajo mi protección, así como yo mismo, sufriéramos a manos de mi hermano, cuando él era el heredero? ¿Por qué no debía aspirar a más?

Sus palabras reflejaban de forma inquietante lo que yo había sentido en el pasado; la ambición que había ardido en mi interior al llegar al Reino Celestial. ¿Podía culpar realmente a Wenzhi por aquello? Tal vez yo no hubiese sufrido tanto como él: ignoraba qué habría sido capaz de hacer por mantenerme a salvo y proteger a todos mis seres queridos. Ignoraba la oscuridad que podría haber florecido en mi corazón, el escaso honor con el que tal vez me habría conducido para sobrevivir.

No, me dije a mí misma. Me había visto tentada, me había enfrentado a un peligro indescriptible y, sin embargo, no había perdido el rumbo. Yo *no* era como él.

—No es una cuestión de ambición. Luché por lo que quería, pero nunca tuve la intención de hacer daño a nadie. Mientras que tú… —Fui incapaz de terminar la fase, abrumada por el recuerdo de su traición.

—Nunca quise hacerte daño. —Me perforó con la mirada, del color de las cenizas blanquecinas a la luz de la luna—. Me equivoqué al pensar que la corona era lo más importante. Ahora sé que nada me importa más que tú.

Hablaba con absoluta sinceridad, como si no me hubiese mentido ni tomado prisionera, como si no me hubiese arrebatado las perlas de los dragones y, con ellas, la esperanza de liberar a mi madre. Por no mencionar su malvado plan de destruir el Ejército Celestial. Nos había dejado marchar a Liwei y a mí, pero aquello no borraba lo que había hecho. Nunca olvidaría el modo en que me había estrechado las manos y entregado su corazón… ni lo mucho que lo había deseado yo entonces, ajena a la traición que encerraba aquel gesto.

Me clavé las uñas en la palma de la mano.

—Me da igual. No quiero saber nada de ti. —Si me comportaba de forma despiadada, era culpa de él. La suya no era una afrenta menor que pudiera barrer bajo la alfombra; no estaba en mi naturaleza ser excesivamente magnánima ni indulgente.

—¿Y entonces por qué has venido? ¿Por qué estás hablando conmigo?

Era implacable. Sin embargo, su actitud había cambiado, pues no siguió intentando convencerme, sino que se limitó a no ceder terreno.

—Porque estoy furiosa. Por curiosidad —respondí—. ¿Por qué vienes? No solo hoy, sino todas las noches anteriores.

—¿Hace falta que lo preguntes? Por la oportunidad de verte. —Dejó escapar un áspero suspiro—. Me arrepiento de lo que te hice.

—Es muy fácil decir eso ahora que has conseguido todo lo que querías. Eres el heredero de tu padre; el reino será tuyo.

Me perforó con la mirada.

—Pídeme que renuncie al trono. Dime qué es lo que quieres.

—¿De veras renunciarías? —Mi voz se tiñó de incredulidad.

Permaneció impertérrito.

—¿Es eso lo que haría falta para que me dieses otra oportunidad?

—¿Otra vez con tus jueguecitos, Wenzhi? ¿Es que siempre tienes que ganar sí o sí?

—Tú eres igual.

—Te equivocas —le dije—. Jamás formaré parte de ciertos juegos. A veces, aquellos que creen que han ganado son los que más pierden.

—Solo quiero entender qué es lo que está en juego —replicó.

—Ya nada. Ambos hemos perdido.

Me miró en silencio durante un momento.

—No pensaba que saldrías huyendo. No te he tomado jamás por una cobarde.

El delicado reproche de su tono me hirió. Era lo que pretendía, incitarme a contraatacar, a decir algo que no debería, pero reprimí mis emociones.

—No soy cobarde, pero tampoco soy ninguna insensata.

Suspiró.

—No quiero discutir contigo, Xingyin. Te hice daño. Si me lo permites, me gustaría enmendar el agravio. Si hay algo que desees, no tienes más que pedírmelo.

Era un hombre muy orgulloso y jamás se me hubiera pasado por la cabeza que escucharía de sus labios semejante reconocimiento. Incluso sabiendo todo lo que sabía, el pulso se me aceleró y un dolor familiar afloró en mi interior. Ojalá pudiera eliminar aquella estúpida y sentimental parte de mí que seguía afectada por él, la misma que debería haber muerto en el instante que descubrí su verdadera naturaleza.

Pero ¿podíamos odiar realmente a aquellos a los que habíamos amado? Empezaba a descubrir que dicha transformación no se producía de forma tan fluida como había esperado. Wenzhi tenía razón: había querido hacerle daño, echarle de mi casa, hacerlo desaparecer de mi vida... y, aun así, no deseaba su muerte. Ni entonces ni ahora. Sin embargo, la posibilidad de perdonarlo era una cuestión totalmente diferente. Seguía furiosa; jamás podría volver a confiar en él. Todo sentimiento que hubiera podido albergar hacia su persona, toda esperanza de un futuro juntos había sido destruida de forma irrevocable. No obstante, no podía negar que su oferta me resultaba tentadora, puesto que yo no era de las que desperdiciaba oportunidades. Si se avecinaba el peligro, haría todo lo posible para armarme en su contra.

Me acerqué a la balaustrada, apoyé los codos en la fría piedra y contemplé la tierra luminosa que se extendía por debajo como un mar estrellado.

—Estoy hablando contigo porque nos dejaste marchar a Liwei y a mí, porque tu plan fracasó. Si lo que hiciste nos hubiera costado a mi madre y a mí la libertad de verdad, te habría lanzado una flecha sin pensármelo dos veces.

—¿De verdad? —Su voz se alzó algo desafiante.

Me di la vuelta, dispuesta a marcharme, con una oleada de ira abrasándome las entrañas, pero él se colocó frente a mí.

—Espera. Lo siento. —Extendió los brazos—. Cuando quieras.

Lo fulminé con la mirada y apreté el arco con más fuerza.

—El hecho de que por ahora me contenga no significa que seamos amigos; ni siquiera que dejemos de ser enemigos. Ni que el desprecio que siento por ti haya disminuido.

—No somos amigos. ¿Ni dejamos de ser enemigos? —Su tono desprendía un deje de burla—. Sí que eres generosa.

—Más de lo que te mereces. Pero que te quede bien clara una cosa: jamás olvidaré tu traición. Jamás te perdonaré. Nuestra relación no pasará de esto.

Inclinó la cabeza.

—Lo entiendo, aunque haré lo posible para que cambies de opinión.

El viento se levantó en aquel momento y me agitó el pelo; nuestras túnicas revolotearon de forma salvaje. Se quitó la túnica exterior y me la tendió. Rechacé su ofrecimiento, contemplándola como si se tratara de una serpiente venenosa.

—Busco información —dije en su lugar—. ¿Qué noticias te han llegado últimamente acerca de la Corte Celestial?

Como heredero del Reino de los Demonios, su influencia llegaba muy lejos; seguro que se aseguraban de vigilar de cerca a su mayor rival y enemigo.

Suspiró y volvió a ponerse la túnica.

—Existe otra razón por la que he venido. Y por la que he sido más… insistente. Ten cuidado con el general celestial al que acaban de ascender. Según mis fuentes, demuestra un vivo interés en ti.

—¿El general Wu? ¿Más allá del hecho de que quería que el emperador me condenase a muerte? —Noté un nudo en el estómago. Wenzhi no era de los que pronunciaban esa clase de advertencias a la ligera. Además, llevaba preocupada desde que me había enterado de los problemas de Shuxiao—. ¿Qué te hace pensar que sea así?

—Está llevando a cabo un seguimiento muy cuidadoso de las personas cercanas a ti, de tu hogar. Consulta libros acerca de la luna. Ha conseguido que el emperador volcase aquí su atención.

Una sensación fría se me extendió desde la boca del estómago. Una parte de mí quería confiar en él, tal y como había hecho en el pasado. A pesar de que todavía exhibía las heridas de su engaño, tal vez Wenzhi estuviera al tanto de algo que pudiera serme de utilidad. Le conté el asunto del laurel, poco a poco al principio, aunque hacia el final las palabras fluyeron con más facilidad.

—¿El intruso intentaba echar abajo el árbol o recoger las semillas?

La primera posibilidad no se me había ocurrido, pero recordé el modo en que el maestro Gang se había detenido de forma intencionada después de cada golpe. No se había tratado de un asalto enfurecido para destruir el árbol.

—Quería llevarse las semillas. Por suerte, resultó ser una tarea bastante laboriosa, ya que hicieron falta varios golpes para hacer caer una sola. Se hizo sangre y no solo se manchó las manos sino también el árbol.

—¿Por qué no me enseñas el laurel? —Al no responderle, añadió—: Solo quiero ayudarte. Te lo juro por mi vida.

—No es la primera vez que me haces un juramento.

—Ya no soy la misma persona que entonces.

No me lo creía, y examiné su rostro y el tono de su voz en busca de algún atisbo de engaño. No pensaba que hubiera cambiado: diría cualquier cosa con tal de conseguir lo que quería. No obstante, me vendría bien que una mente tan aguda como la suya valorase la situación. Había una idea que me carcomía: la de que permitirle entrar en casa constituiría una traición, tanto para mí como para Liwei. Pero me encontraba sobre aviso; no volvería a tomarme desprevenida. Y esta vez, si volvía a traicionarme, lo pagaría con creces.

No se oía nada salvo nuestras cautelosas pisadas. Me sentía aliviada de que fuera tarde y todo el mundo estuviera durmiendo, ya que así no tenía que explicarles a mi madre ni a Ping'er su presencia. Wenzhi lo observaba todo con mucha atención, ya fuera una lámpara de seda, los biombos pintados o una mesa de madera tallada. Se detuvo un instante en el jardín y contempló el tejado de plata, la resplandeciente tierra y el bosque de olivos dulces, que eran de un color tan blanco como la luna.

—Sentía curiosidad por tu hogar —dijo en voz baja—. Es precioso.

Asentí secamente en respuesta, sin ganas de entablar una conversación con él.

Mientras nos abríamos paso a través de los árboles, la luz de los farolillos proyectaba nuestra sombra sobre el suelo. Ninguno de los dos volvió a decir nada hasta que llegamos al laurel, cuyas semillas destellaban como si fueran estrellas caídas que hubieran quedado atrapadas en la telaraña que conformaban las ramas. Wenzhi apoyó la palma de la mano en la suave corteza antes de tirar con fuerza de una semilla. No se desprendió, aunque las hojas se sacudieron y la rama se inclinó a causa del tirón.

—El árbol posee una energía extraña. Fría, como casi todo en este lugar, pero también disonante... como si tuviera dos caras —observó.

—¿A qué te refieres? ¿Cuál es su poder?

—No estoy seguro. —Frunció el ceño—. ¿Notaste algo raro al volver?

Vacilé antes de decir:

—Recuperé la fuerza vital antes de lo previsto. Creía que se trataba de algún poder misterioso del que solo me había percatado tras despertar mi magia.

Dirigió un gesto al laurel.

—Pero el poder provenía del árbol.

Regeneración, había dicho Liwei. ¿Por qué anhelaría el emperador tal poder? El Palacio de Jade estaba repleto de sanadores. Evalué a Wenzhi de reojo, intentando descubrir si la luz que reflejaba su mirada era fruto de la preocupación o de la avaricia...

—Xingyin, ¿aún sospechas de mí? —Esbozó una sonrisa irónica—. No deseo ser tu enemigo de nuevo.

—¿Y la próxima vez? —pregunté—. ¿Y si nuestros deseos vuelven a entrar en conflicto? Está claro que antepondrías tus intereses a los míos.

—Claro que no —dijo rotundamente.

—¿Cómo estás tan seguro?

—Porque no lo permitiré. Enfrentarme a ti equivaldría a enfrentarme a mí mismo. —Guardó silencio un instante—. Si te hago daño... yo también saldré herido.

Contemplé su semblante inflexible, desconcertada por su implacable forma de hablar. No supe qué decir, ni me vino a la cabeza queja ni insulto alguno.

—A pesar de lo que creas, no soy sanguinario por naturaleza. Ni tampoco ansío el poder porque sí. Espero poder convencer a mi padre de que la paz es nuestro mejor recurso. Los costes de la guerra son demasiado altos, incluso para el vencedor.

Durante las batallas que combatimos mano a mano, Wenzhi jamás había hallado placer excesivo en la conquista ni se había regodeado en la derrota de nuestros enemigos. Tomaba las decisiones que conllevaran el menor derramamiento de sangre posible, incluso formando parte del ejército de su enemigo. Y estaba convencida de que, por ahora al menos, pretendía ayudarme, de que no quería hacerme daño.

Levantó la cabeza y entornó los ojos. Me quedé inmóvil al percibir la presencia del aura de un inmortal, a pesar de que las guardas no habían hecho sonar advertencia alguna.

Liwei estaba allí.

Noté una opresión en el pecho. No tenía ningún deseo de que se repitiera lo acontecido en su último encuentro, cuando ambos habían desenvainado las espadas. Mientras que Wenzhi y yo contábamos con años de camaradería mutua que contrarrestaban sus ofensas, Liwei lo consideraba —y con razón— un traidor y una amenaza.

Wenzhi inclinó la cabeza.

—No deseo causar problemas.

Antes de que tuviera la oportunidad de responder, un resplandor se deslizó sobre él y lo hizo desaparecer. Al cabo de un momento, una ligera brisa serpenteó entre los árboles al tiempo que el aura de Wenzhi se desvanecía. Se había marchado de manera tan repentina como había aparecido.

Noté que mi sensación de tensión disminuía, a pesar de que un sentimiento de culpa había ocupado su lugar. Liwei salió de entre los árboles y se acercó a mí. Llevaba una túnica gris anudada de forma holgada a la cintura. Debía de haber salido a toda prisa.

—He percibido que alguien atravesaba las guardas. Como es tarde, quería asegurarme de que no se tratara de nada desagradable. —Sonrió—. ¿Otro «huésped» inesperado?

Era la primera vez que Wenzhi se presentaba desde que las guardas habían sido alteradas. Me dispuse a asentir, con una mentira preparada en la punta de la lengua; ¡con qué facilidad se me ocurrían ahora! Pero no podía engañarle de forma tan frívola.

—Era Wenzhi. —Me preparé para su descontento.

Una breve pausa.

—¿Ha venido otras veces?

Su rostro reflejaba calma a pesar del tono tenso que había utiliza-do. Casi deseaba que se enfadara. Que hiciera algo que despertase mis propias emociones y me quitase la sensación de haberlo decep-cionado.

—Sí —confesé—. Me negué a hablar con él.

Tenía una expresión impasible.

—¿Y por qué esta vez sí lo has hecho?

Guardé silencio, reacia a hablarle de la canción. De las cosas sobre las que Wenzhi y yo habíamos conversado en el balcón.

—¿Le has pedido que viniera? —insistió.

—No.

—Pero tampoco le has pedido que se marchara.

Liwei se pasó una mano por el pelo, y los mechones oscuros de su melena resplandecieron en contraste con su túnica blanca. Aquello me hizo pensar en la vez que había salido de la cama a toda prisa y había acudido a mis aposentos, en el Patio de la Eterna Tranquilidad. Cuan-do me había besado con una ternura y un hambre implacables y había despertado la pasión que aún ardía en mi interior. Sin embargo, esta noche, su expresión distaba mucho de ser la de un amante enardecido.

—Creía que lo odiabas, que no querías volver a verlo. Y ahora descubro que habéis estado paseando juntos a medianoche…

—No ha sido así —le dije con firmeza, revelándome contra la punzada de vergüenza que sentía—. Ha querido echarle un vistazo al laurel. Pensé que podría sernos de ayuda.

—¿Se lo has contado? ¿Te fías de él? ¿Después de todo lo que hizo? —Su conmoción resultaba evidente.

Levanté la barbilla.

—No me fío de él, pero tal vez pueda ayudarnos. Quiere enmen-dar las cosas. —Qué poco convincentes sonaban aquellas palabras al pronunciarlas en voz alta; como las mentiras que se les contaban a los niños para ganarse su confianza.

—Lo único que hace es jugar a otro juego porque las reglas han cambiado y él aún quiere ganar —replicó Liwei.

—No es mi amigo, pero podría llegar a ser un aliado. Aisladas como estamos, no me encuentro en una posición como para rechazar la ayuda de nadie —dije con firmeza.

—Yo estoy de tu parte. —Liwei me agarró de la mano—. Confío en ti; es de él de quien no me fío. Prométeme que irás con cuidado.

—Sí —dije con seriedad.

—Tal vez deba modificar las guardas de nuevo para impedir la entrada a *ciertos* intrusos molestos. —Su voz sonaba más ligera; habían desaparecido los últimos trazos de ira.

Me eché a reír, aliviada de que la tormenta hubiese pasado.

—Quizá habría que prohibirles la entrada a *todos* los forasteros.

—Espero no seguir siendo un forastero durante mucho más tiempo. —Me rozó la mejilla con los nudillos, ligeros como plumas, y los hizo descender por el cuello—. La semana que viene es el cumpleaños de mi padre. ¿Me acompañarás a la celebración?

Tragué saliva con fuerza, reprimiendo la queja que afloró en mí de forma instintiva. Parecía más bien la invitación a una ejecución que a un banquete.

Se echó hacia atrás para observar mi rostro.

—Es una oportunidad para tender puentes y cerrar viejas heridas. Para que te conozcan tan bien como yo.

—Iré —dije, aunque se me revolvieron las tripas. Negarme sería como insultar a sus padres, y no podía hacer eso; no podía obligar a Liwei a elegir entre ellos y yo. Al aceptarlo a él, los aceptaba a ellos también, y todos tendríamos que aprender a convivir de algún modo, al margen de las ofensas del pasado.

Solo esperaba que *ellos* opinasen lo mismo.

Tal vez durante el banquete fuera capaz de atenuar las sospechas del emperador y demostrarle que no era ninguna amenaza: era más fácil difamar a los que no son vistos ni oídos. Y si no, indagaría algo más acerca de cuáles eran sus intenciones. Habían sucedido demasiadas cosas a la vez: el traspaso de competencias en el Ejército Celestial.

El robo de las semillas de laurel. El interés del emperador por mi hogar. Las piezas estaban dispuestas sobre el tablero y yo únicamente deseaba saber a qué juego estábamos jugando.

Una cosa estaba clara: había dejado de ser un peón, y si daba un paso, sería por voluntad propia.

5

La tarde estaba despejada y en calma; ni una sola nube se habría atrevido a empañar la celebración del Emperador Celestial. Liwei y yo aterrizamos junto a un lago cristalino rodeado de cipreses elegantes y montañas de un tono lila grisáceo. Sobre el agua florecían unos lotos de puntas doradas, iluminados por cientos de velas flotantes, cuya luz se derramaba sobre las ondas como cintas de fuego. Una multitud de inmortales se había congregado ya en el interior de un gran templete, cuyo tejado de tejas de malaquita brillaba bajo el cielo estrellado. Unas peonías de piedra envolvían la base de cada columna dorada, las cuales parecían brotar del suelo. Entre los árboles colgaban farolillos luminosos de los que pendían racimos de campanillas que tintineaban con la brisa.

Me animé al contemplar semejante regocijo, pues había temido tener que soportar otro ceremonioso banquete en el Salón de la Luz Oriental, un lugar que me traía demasiados recuerdos desagradables.

—¿Dónde estamos? —pregunté.

—En el Lago de la Perla Luminosa. Cuando hay luna llena, como hoy, el reflejo que proyecta sobre el agua es exquisito —explicó Liwei.

Me enderecé el cinto que me ceñía la túnica de seda azul. Al rozar con los dedos las magnolias doradas, estas oscilaron como mecidas por la brisa y dejaron escapar una lluvia de pétalos que pasaron del blanco al rosa. Era preciosa, aunque para el acompañamiento de aquella velada habría preferido llevar el arco colgado a la espalda.

Cuando entramos en el templete, la conversación se detuvo de golpe. Los invitados se volvieron hacia nosotros antes de hacerse a un lado y dejar el camino despejado hasta Sus Majestades Celestiales. Los susodichos parecían dos columnas idénticas de fuego, sentados cada uno en un trono de cornalina y ataviados con túnicas de color bermellón adornadas con dragones y fénix envueltos en ondulantes nubes.

Las palmas empezaron a sudarme. Quería marcharme, pero me obligué a seguir adelante. Me situé frente a los tronos, uní las manos y descendí hasta el suelo. Al inclinar la cabeza, las horquillas de plata que llevaba prendidas firmemente en el cabello se me clavaron en el cuero cabelludo. Ping'er, con sus hábiles dedos, me había hecho un elaborado peinado que me proporcionaba el aspecto de alguien perteneciente a aquella deslumbrante multitud, al menos por una noche.

—Majestades Celestiales, os deseo una feliz celebración.

Mis palabras palidecieron en contraste con los extravagantes cumplidos ofrecidos por los demás, pero cualquier otro saludo más elaborado se me habría atascado en la garganta.

Se produjo un largo silencio antes de que levantase la cabeza hacia el emperador. Unas hileras de perlas entrechocaban sobre aquella mirada glacial, destellando con los rescoldos de una furia latente. La piel se me erizó al recordar el tormento que me había infligido el emperador; la sensación que me había provocado el Fuego Celestial había sido como la de un millar de diminutas cuchillas perforándome.

—En pie. Sed bienvenida.

El tono del emperador era amable y su expresión se había transformado en una máscara de calma. ¿Acaso había imaginado aquel destello de rabia? Actuaba como si nos acabásemos de conocer, como si nunca le hubiera plantado cara y él no hubiera intentado matarme a consecuencia de ello. Tal vez fuera mejor así... si pudiera considerarlo un gesto sincero.

La emperatriz no ocultó sus emociones de forma tan eficaz. No pronunció saludo alguno; había contraído los labios, otorgándoles el aspecto de un capullo escarlata. El tocado de oro que le adornaba el cabello estaba exquisitamente elaborado en forma de peonías y salpicado con turmalinas rosas que se oscurecían hasta adoptar el color de la sangre coagulada, como reflejando sus pensamientos.

Una sonrisa ocultaba mi turbación y una sensación de temor se entrelazaba con la hostilidad que siempre había sentido frente a Sus Majestades Celestiales. Jamás los consideraría familia, pero por el bien de Liwei, prefería que no fuésemos enemigos. Me alegré cuando otra persona se adelantó y llamó su atención, sintiéndome aliviada por alejarme de aquel recibimiento tan frío. No había esperado otra cosa, y deseé fervientemente que la velada hubiese terminado ya. ¿Sería aquella mi vida si me casaba con Liwei? ¿Aquel interminable torbellino de malestar, de palabras huecas y falsos elogios? ¿Cómo lo soportaría?

Alguien pronunció mi nombre y me sacó de mi aturdimiento. Se trataba del general Jianyun y, por primera vez aquella noche, la sonrisa que esbocé fue sincera.

Uní las manos e hice una reverencia a modo de saludo.

—¿Qué tal estáis, general Jianyun?

—Bastante bien. Confío en que Su Alteza te haya informado de los últimos acontecimientos. Las sogas cada vez están más prietas, aunque no sabría decir alrededor de quién se ciñen.

Su rostro exhibía arrugas nuevas, fruto de sus recientes preocupaciones.

—Quizá el emperador entre en razón —repuse, intentando aliviar su desazón.

—Aunque he disgustado a Su Majestad Celestial en alguna que otra ocasión, siempre he velado por sus intereses y los del reino, que es más de lo que puedo decir de otros.

El general Jianyun acostumbraba a ser discreto; debía de encontrarse sometido a un enorme estrés para hacer tales revelaciones. Desplazó la mirada hacia un punto a mi espalda y tensó la boca. Vislumbré por el rabillo del ojo un fragmento de brocado gris con destellos dorados en el dobladillo y las mangas. Y aquellos guantes: la única persona de la Corte Celestial que los llevaba.

—General Wu. —El general Jianyun inclinó la cabeza con un gesto seco.

Estando así de cerca, su aura asaltó mis sentidos, opaca, densa y extrañamente evocadora. No era de extrañar que, tras nuestros encuentros en la Corte Celestial, se me formara un nudo en el estómago al recordar las vilezas que había dicho de mi madre y de mí. Estaba ya volviéndose hacia mí y despegando los labios para formar una sonrisa; unos adornos de jade tintinearon junto a su cintura. Pero había otra cosa situada entre estos: una flauta de bambú con una brillante borla verde que le colgaba del cinto.

Levanté la vista de golpe hacia sus ojos. ¿Cómo había podido pasar por alto su afilado fulgor, aún acompañados de un par de cejas blancas y enmascarados por un rostro lleno de arrugas? Noté una oleada de furia palpitándome en la frente y una bruma roja me oscureció la vista al alargar la mano para agarrarle el guante. Se echó hacia atrás cuando se lo quité y dejé al descubierto unas oscuras cicatrices recorriéndole la palma, las mismas que le había visto al maestro Gang mientras golpeaba el laurel.

—¡Tú! —La bilis me trepó por la garganta al recordarlo sentado junto a mi madre, hablando y riendo con ella.

—Xingyin, ¿qué ocurre? —El tono de Liwei era cauteloso. Un recordatorio de que allí tenía pocos aliados y ninguno al que el emperador escuchase.

Los susurros se extendieron entre la multitud. Me preparé para que me censurasen, para que los invitados salieran en defensa del general. Ninguno lo hizo. Aunque algunos me contemplaban furiosos, otras tantas miradas despectivas recaían sobre el general Wu como si saboreasen su humillación. Unos cuantos se tapaban los labios con las mangas, intercambiando susurros maliciosos. Siempre me había sentido una extraña en la Corte Celestial, pero ¿acaso no era el general uno de los suyos? ¿Por qué no le concedían la misma deferencia que al general Jianyun?

El general Wu me arrebató el guante de las manos. Volvió a ponérselo y los dedos le temblaron un poco.

—Vuestros modales dejan mucho que desear.

—Reservo la cortesía para los que se la merecen. No para embusteros ni ladrones. —Hablé de manera tan firme como pude.

—Xingyin, ¿has confundido al general con otra persona? —preguntó el general Jianyun.

—No me he confundido. —Me volví hacia Liwei—. Las cicatrices que tiene en la mano son idénticas a las del maestro Gang. ¿No reconoces su flauta? —Era la primera vez que se la veía. Puede que no fuera algo que llevase con su ceremonial atuendo de la corte.

Liwei frunció el ceño y miró fijamente al general Wu, como buscando el parecido entre el altivo palaciego y el frágil huésped de la luna.

—Se camufló el rostro y el cabello. —Un disfraz sencillo pero astuto, pues un encantamento más elaborado podría detectarse.

El general Wu se volvió hacia Liwei y le preguntó sonoramente:

—Alteza, ¿deseáis que estas acusaciones infundadas desbaraten la celebración de vuestro padre?

Era un maestro del engaño y su expresión no transmitía otra cosa más que absoluta indignación. Me esforcé por reprimir la furia y moderé mis palabras.

—Sé lo que vi. Sé lo que hiciste.

Liwei me dio un tranquilizador apretón de manos.

—General Wu, infiltrarse con engaños en la propiedad de la Diosa de la Luna supone un atentado contra las normas de la hospitalidad. Es un acto deshonesto e inmoral. —Pronunció las palabras con un tono frío e imperial, y un deje de calculada indiferencia. Se trataba de uno de aquellos juegos palaciegos en los que debía parecer imparcial para influenciar la opinión de los demás.

El general Wu extendió las manos.

—Sirvo a vuestro padre con lealtad y acato todas sus órdenes. Si mis acciones son motivo de ofensa, debéis comunicarle vuestras preocupaciones a él, Alteza.

Una amenaza velada que daba a entender que contaba con el apoyo del emperador. Y este último debía de favorecerlo mucho para que mostrase tan poco respeto frente a Liwei.

—Os aseguro que lo haré —replicó Liwei de forma escueta.

El general Wu hizo una reverencia.

—Si me disculpáis, Alteza. Debo atender a vuestro padre.

Se alejó sin esperar a que se le diera permiso para retirarse.

—Wugang se ha vuelto muy osado —comentó el general Jianyun con desagrado—. Pocos se atreverían ahora a plantarle cara cuando el emperador solo lo escucha a él.

—¿Wugang? —repetí, vacilante.

—El general Wu —explicó el general Jianyun—. Wugang es su auténtico nombre. Así lo conocí yo, aunque prefiere que no se dirijan a él de ese modo.

El general Wu. El maestro Gang. No había mentido; ambos nombres le pertenecían. El taimado cortesano se había convertido en un ambicioso general. El anciano del hacha y el ladrón.

—¿Por qué creéis que vino Wugang a mi casa? —Sentí una punzada de mezquina satisfacción al usar el nombre que tan poco le gustaba, y una parte de mí se preguntaba si el noble general sentiría lo mismo.

—Debe de haber sido por orden del emperador. Jamás actúa sin el permiso de Su Majestad Celestial. —El general Jianyun añadió—: El emperador no habría enviado a ningún otro, puesto que Wugang está más familiarizado con la luna, dado su pasado.

Me lo quedé mirando.

—¿A qué os referís?

—Fue mucho antes de que tu madre ascendiera a los cielos. Por aquel entonces Wugang era mortal.

—¿Mortal? No lo sabía. —Liwei se hizo eco de mi sorpresa.

—Como Wugang es su actual favorito, Su Majestad Celestial prefiere que sus humildes orígenes queden olvidados. Wugang es muy obediente y se ha deshecho de parte de su nombre para desvincularse de su pasado.

—Seguro que los mortales lo agradecen —dije de forma apasionada, reprimiendo la furia por el modo en que los inmortales despreciaban a menudo a los habitantes del mundo inferior. Lo cierto era que teníamos mucho que aprender de su resiliencia y fuerza de voluntad, pues siempre hacían frente a las pruebas que se les presentaban.

El general Jianyun esbozó una ligera sonrisa.

—Estoy de acuerdo.

—¿Cómo llegó Wugang a nuestro reino? —preguntó Liwei.

Al general Jianyun se le arrugó el contorno de los ojos, como si se hubiera sumido en sus pensamientos.

—Wugang era un hombre normal con un rencor muy poco habitual. Su esposa tuvo una aventura con un inmortal, el hijo de un cortesano celestial. Cuando Wugang descubrió la infidelidad, no se encaró con los culpables, sino que partió hacia la montaña Kunlun.

Reprimí un destello de compasión por el dolor que debió de sentir.

—¿Se aventuró allí en busca de una compensación? ¿Fue así como se convirtió en inmortal? —La montaña Kunlun albergaba una poderosa energía mística y era el único lugar de los Dominios Mortales donde a los inmortales se les permitía habitar.

El general Jianyun negó con la cabeza.

—El único modo que tiene un mortal para convertirse en inmortal es tomar el elixir de Su Majestad Celestial. Los planes de Wugang eran mucho más infames. Al llegar a Kunlun, se hizo amigo de un inmortal y descubrió nuestros secretos: que no éramos invulnerables, que podíamos ser eliminados con la ayuda de las armas y la magia de nuestro reino. Después de aquello, le robó el hacha al inmortal y mató con ella a su esposa y su amante.

Se me erizó la piel. Qué frío y despiadado era, qué aterradoramente paciente. *Mi esposa. Era aficionada a la música,* había dicho, refiriéndose a ella en pasado. En aquel momento no le había dado mayor importancia debido a su apacible actitud…, pero la realidad era que la había asesinado con sus propias manos.

—Debería haber sido condenado de acuerdo con la ley mortal —continuó el general Jianyun—. Sin embargo, el padre de la víctima, el cortesano celestial, le suplicó venganza al emperador, escudándose en la vergüenza que suponía que un débil mortal hubiese asesinado a un inmortal. Sus súplicas lo convencieron y el emperador citó a

Wugang en el Palacio de Jade; lo condenó a que talase el laurel eterno utilizando la misma hacha que había robado.

Se me formó un nudo en la boca del estómago.

—¿El laurel de la luna?

—En aquel entonces era diferente y sus hojas, verdes como el jade. Al contrario que ahora, carecía de semillas. Sin embargo, no era un árbol normal y corriente, pues poseía el poder de regenerarse a sí mismo. Y Wugang no tardó en descubrir que era una labor infructuosa, un tormento interminable.

Una tarea imposible.

—¿Cómo ganó el elixir?

—Al principio se le otorgó el melocotón inmortal, aunque no para prolongar su vida, sino su sufrimiento. Se le prometió el Elixir de la Inmortalidad si lograba llevar a cabo la tarea. Una oferta poco sincera, ya que ¿cómo iba un mortal a realizar semejante hazaña? Durante más de cien años, Wugang lo intentó sin descanso. La corte se burlaba de él y lo llamaba «Wugang el talador», a la par que alababan la astucia del emperador. Algunos se congregaban para observarlo y se reían mientras él se deslomaba. Asistí a una de aquellas reuniones, aunque deseé no haberlo hecho. No encuentro ningún placer en burlarme de alguien que ha sido humillado y no puede contraatacar.

No era de extrañar que los celestiales tratasen a Wugang con una mezcla de odio y miedo; antes de que el susodicho llegara al poder, debían de haberle mostrado mucha más malicia.

—¿Acaso el emperador se apiadó de él y revocó el castigo?

La expresión del general Jianyun era seria.

—Puede que fuera inevitable que, tras tantos años de asaltos, se formase un vínculo entre el árbol y su verdugo. Wugang descubrió que su sangre detenía la regeneración del laurel, al menos de forma temporal. Solicitó la presencia del emperador para que fuese testigo del cumplimiento de su tarea, a pesar de saber que si fracasaba acabaría sentenciado a muerte. La corte acudió de buena gana, pues muchos estaban convencidos de que no era más que un alarde sin fundamento. El aspecto de Wugang era de lo más frágil, había quedado reducido a una sombra del fornido mortal que había llegado al principio y tenía las manos destrozadas, llenas de verdugones y heridas.

—¿Por eso lleva esos guantes? ¿Para ocultar las cicatrices? —pregunté.

El general Jianyun asintió.

—Wugang es un hombre orgulloso, aunque lo disimula. Detestaría exhibir un recordatorio tan evidente de su humillación. —Su tono se volvió severo—. Recuerdo su rostro mientras se hería la mano: surcado por la desesperación, carente de esperanza, como si le diera igual vivir o morir. La sangre brotó y salpicó la corteza del laurel, tiñó el suelo que rodeaba las raíces. Un momento después, clavó el hacha en el árbol. Una y otra vez, sin descanso, como si su empeño le hubiese conferido una fuerza inhumana. Hasta que, por fin, el laurel se derrumbó y el estruendo fue tal que incluso los mortales debieron de oírlo.

Fruncí el ceño.

—Pero el laurel sigue en pie; no lo destruyó.

—La orden de Su Majestad Celestial era que Wugang debía *talar* el laurel, no destruirlo... si es que algo así es posible. El laurel solo tardó unos momentos en regenerarse, y un nuevo retoño brotó del tocón marchito y creció hasta que el árbol alcanzó su tamaño original. Sin embargo, las hojas ya no eran verdes, sino de un blanco plateado, y su corteza, totalmente pálida, como recubierta de escarcha. Como si durante su agonía, el laurel hubiese mudado su manto primaveral por uno invernal.

La cabeza me dio vueltas. Aquella debía de ser la razón por la que Wugang tenía tanto interés en la luna, era una cuestión personal; había estado estudiando su aura y había descubierto mi presencia. Por eso me había ignorado antes de saber quién era yo.

—El poder del laurel debe de ser inmenso para haberse regenerado de forma tan rápida y también para restaurar mi fuerza vital.

La expresión del general Jianyun se tornó sombría.

—Pensábamos que solo podía curarse a sí mismo. No reparamos en que podía hacer lo mismo con otros.

—¿Qué pretende hacer con él el emperador? —pregunté.

El general curvó las comisuras de los labios hacia abajo.

—Su Majestad ha perdido la confianza en mí. Ya no comparte conmigo ningún asunto.

Algo más me llamaba la atención.

—Wugang había manchado el laurel con su sangre la noche en que lo sorprendí. A pesar de que la corteza tenía algunos surcos, el árbol estaba por lo demás intacto. No imagino cómo pudo echarlo abajo en el pasado.

El general frunció los labios.

—Desde aquel día, la energía del árbol ha cambiado. Mientras que el poder del laurel se ha fortalecido, su vínculo con Wugang podría haberse debilitado. Tal vez ya no sea capaz de dañarlo como antes.

—Solo lo suficiente como para arrancar sus semillas. —Un pensamiento desagradable me cruzó la mente—. ¿Por qué envió Su Majestad Celestial a Wugang? Podría haberse apoderado de nuestro hogar si hubiese querido.

—Porque la posición de Su Majestad Celestial ya no es inexpugnable. Hay demasiadas miradas puestas en él y numerosas voces que llevaban calladas desde hacía mucho han empezado a hacer preguntas. —El general Jianyun hizo una pausa, frotándose la barbilla de forma reflexiva—. Los dioses que conviven entre nosotros soportan una carga adicional: el deseo de ser adorados, ya sea mediante miedo o amor. Aunque se crean por encima de tales cosas, temen perderlas. Otros inmortales, como nosotros, tenemos menos preocupaciones. Nos importa menos el modo en que se perciben nuestras acciones y el hecho de que se nos difame o se nos adule.

—Una maniobra demasiado brusca podría alertar también a nuestros enemigos —observó Liwei—. Si se presentaran en la luna, podría desatarse una disputa inoportuna. Mi padre de momento está atado de manos, a no ser que se le dé un motivo justificado.

No le daría ningún motivo. Aunque el laurel parecía poseer un poder benévolo, pues curaba en lugar de causar daños, no me fiaba de las intenciones del emperador.

Un estruendo reverberó en el aire, el sonido de un gong al ser golpeado. Todos se volvieron hacia los tronos, donde la emperatriz se había puesto en pie, alzando su copa de jade.

—Un brindis por Su Majestad Celestial, el emperador del Cielo Inmortal. Por diez mil años más de glorioso reinado. Esta noche, la luna brilla intensamente en su honor.

La emperatriz hizo un movimiento con la mano y el techo de malaquita se hizo pedazos; estos se esparcieron en la oscuridad de la noche como si fueran luciérnagas esmeralda. Sin embargo, el lugar donde debería haber estado la luna brillando con todo su esplendor se encontraba vacío.

Mientras yo examinaba el cielo de forma frenética, los invitados dejaron escapar gritos ahogados, con el rostro tenso por la sorpresa y la aprensión. Los murmullos se arremolinaron en el ambiente como un viento fétido.

—¿Y la luna? Ya debería haber salido.

—¿Un eclipse, durante el cumpleaños de Su Majestad Celestial? ¡Un mal presagio, sin duda!

—¿Qué pretende Chang'e con semejante insulto?

Al oír aquello, una sensación gélida me caló hasta los huesos. Mi madre... ¿qué le había ocurrido? Jamás había descuidado la tarea de iluminar la luna; al margen de la angustia, el dolor o la pérdida, siempre había cumplido con su deber. Me volví hacia la entrada, pero mis pies se negaban a moverse, como si estuvieran anclados a una piedra.

—Hija de la Diosa de la Luna, ¿qué pretendéis tu madre y tú con esto? —La emperatriz se aferraba con fuerza a su copa.

—Debo ir a ver a mi madre. ¡Puede que corra peligro! —Intenté moverme de nuevo, resistiéndome a su hechizo. Eché mano de mi poder para liberarme, pero capté la mirada de Liwei y el leve movimiento de su cabeza en señal de advertencia. Usar mi magia en aquel lugar constituiría un desafío descarado a las órdenes de Sus Majestades Celestiales. Debía proceder con cuidado, al menos de momento.

El general Wu dio un paso al frente, con el semblante transformado en una máscara de solemnidad.

—Desde luego, Chang'e es muy osada al llevar a cabo tan funesto presagio, un horrible insulto a nuestro amado emperador. Aunque no es de extrañar, ya que todos conocemos el rencor que profesa la Diosa de la Luna hacia Sus Majestades Celestiales.

¿Cómo se atrevía a difamar a mi madre, que lo había tratado con toda amabilidad? Reprimí una réplica furiosa y bajé la mirada con la intención de transmitir humildad, aunque por dentro ardía de enfado. Lo más seguro era que Sus Majestades Celestiales nos considerasen sumisas y temerosas en lugar de vengativas y orgullosas.

—Mi madre no abriga resentimiento alguno contra Sus Majestades Celestiales —protesté.

—¿Y vos? —intervino el general Wu.

—No... No les deseo ningún mal a Sus Majestades Celestiales. —Mi tono apenas sonó vacilante, pero todos los perspicaces miembros de aquella corte habían captado el significado tácito de mis palabras: que tampoco les deseaba ningún bien.

Liwei unió las manos e hizo una reverencia.

—Excelentísimos padres, Xingyin y su madre no suponen ninguna amenaza. Permitidme ir en busca de la Diosa de la Luna para garantizar su seguridad y pedirle una explicación.

El emperador endureció la expresión y sus nudillos se tornaron blancos sobre el reposabrazos de cornalina.

—Liwei, ¿acaso te trae sin cuidado tu familia y el ultraje del que hemos sido víctimas?

Aquel tono teñido de amenaza era el que resonaba en mis peores pesadillas un instante antes de que me golpease.

—Excelentísimo padre, no albergan intención perniciosa alguna. Las residentes de la luna únicamente desean proteger su hogar. —Liwei se dirigió a él con calma y yo agradecí su firmeza en un momento como aquel, cuando mis emociones se encontraban desbordadas.

—Ya basta, Liwei —dijo la emperatriz con severidad, a pesar de su lividez. Extendió la mano y la magia hizo brillar el aire que nos separaba; el encantamiento que afectaba mis pies se disipó—. Que vaya ella. *Tú* debes permanecer en la celebración de tu padre.

—Afirmáis que no albergan intenciones perniciosas, Alteza —le dijo el general Wu a Liwei con voz sedosa—. ¿Cómo estáis tan seguro de lo que ocultan sus pensamientos? Tal vez os traiga sin cuidado y vuestra lealtad se halle empañada por vuestros sentimientos...

—No olvidéis cuál es vuestro lugar, general —gruñó la emperatriz—. No os extralimitéis. Mi hijo no tiene la culpa.

—Por supuesto que no. —Se inclinó, pero una sonrisa insidiosa le cruzó los labios—. Su Alteza debe de haber sido víctima de un engaño.

Resultaba extraño verlos enfrentados cuando en el pasado ambos se habían unido contra mí. Sin embargo, la emperatriz desconfiaba de aquellos que amenazaban a su hijo, incluso aunque se tratara de antiguos aliados. Noté un nudo en la garganta ante la astuta imagen que intentaba reflejar el general Wu: mi madre y yo, falsas y traicioneras, mientras que Liwei era un necio cuya opinión debía ser ignorada.

Alcé la voz para que se me escuchase.

—Se trata de un error inocente, Majestad Celestial...

El emperador alzó la mano y me hizo callar. Tenía los labios pálidos y los ojos muy abiertos.

—Liwei, ¿a quién guardas lealtad? ¿A tu familia o a esta embustera? Ya le advertí una vez que no tendría piedad si ella o Chang'e eludían alguna vez sus deberes.

—Esposo imperial, Liwei no descuida a su familia... —empezó la emperatriz, pero cuando el emperador se volvió hacia ella, esta se encogió y volvió a sentarse.

Volví a intentarlo, desesperada por marcharme.

—Majestad Celestial, dejad que vaya a ver a mi madre para pedirle una explicación. Liwei os es leal a vos...

—Te guarda lealtad *a ti*. —La voz del emperador estalló como un trueno—. Liwei, llevas demasiado tiempo aletargado. Condena sus acciones y demuestra tu lealtad para con tu familia.

Un silencio siguió a sus palabras, sin que el más mínimo aliento o susurro lo interrumpiera. Era como si se hubiera lanzado un hechizo sobre los presentes y todos se hubieran transformado en piedra. ¿Podía un padre comportarse de manera tan insensible hacia su hijo? No se trataba de una orden —todavía no—, pero sí de una amenaza, y había una línea claramente trazada.

Le rocé el brazo con suavidad a Liwei; ahora me tocaba a mí advertirle para que no actuase con temeridad.

—Quédate aquí; iré yo.

No deseaba quebrar su vínculo con su familia, a pesar de que temía que ya fuera demasiado tarde.

Posó la mano sobre la mía y me dio un apretón antes de soltármela. Hizo a un lado su túnica blanca y plateada y se arrodilló, antes de apoyar las palmas de las manos y la frente en el suelo.

—Excelentísimo padre, soy vuestro hijo y súbdito leal, pero no pienso condenarla. No os ha hecho nada malo a vos ni al reino. —Se puso en pie y me agarró la mano; su piel ya no desprendía calidez, sino que daba la impresión de haber estado en contacto con la nieve.

Un brillo perspicaz iluminó la mirada del general Wu mientras que la emperatriz dejaba escapar un grito ahogado y se llevaba los pálidos nudillos a los labios rojos como la sangre. Liwei se volvió con una expresión sombría en el rostro, dándole la espalda al magnífico esplendor de la Corte Celestial.

La alegría y la tristeza se entretejieron como el fuego y el hielo dentro de mí; un desasosiego demoledor, una ligereza extraordinaria. Aunque había deseado que Liwei no estuviera sujeto a sus obligaciones, jamás le habría pedido aquello; su familia y su legado eran una parte intrínseca de él. Y a pesar de que el miedo se apoderaba de mí cuando pensaba en el modo en que se habían desarrollado los acontecimientos de aquella noche, por el momento, me permití saborear el sueño descabellado que había albergado en mi interior, un sueño en el que ambos vivíamos tan libres como dos grullas surcando el inmenso cielo.

6

M i madre no estaba en casa. Contemplé su cama hecha y la ínfima esperanza que había atesorado de que se hubiera quedado dormida se evaporó.

—¿Estará en el bosque? —se preguntó Liwei.

—No, lo rastreé en busca de su aura mientras lo sobrevolábamos. —Me volví hacia Ping'er—. ¿Qué dijo madre al marcharse?

—Me pidió que llamase a una nube. Lo había hecho ya con anterioridad y le enseñé a montarla. —Unió las manos con el semblante pálido—. ¿Está enfadado el emperador? No será una ofensa tan grave, ¿verdad? Es la primera vez que se le olvida encender la luna en todos estos años.

—Encenderé yo los farolillos —se ofreció Liwei, eludiendo su pregunta.

—¿De qué serviría eso ahora? —La desesperación me invadió al recordar la indignación de la emperatriz, la censura de los invitados al tildar la situación de «mal presagio» y las rencorosas acusaciones del general Wu; todo ello había avivado el mal humor del emperador hasta convertirlo en una llamarada de furia.

—Más vale llevar a cabo la tarea, aunque con retraso, que dejarla sin hacer —dijo, acercándose a grandes zancadas a la puerta.

Me sonrojé por haber hablado de manera tan irreflexiva.

—Liwei, gracias —le dije.

Se detuvo frente a la entrada, con un amago de sonrisa en los labios.

—Xingyin, ya te lo he dicho más veces, entre tú y yo no hay necesidad de darnos las gracias. —Se marchó sin decir nada más, con la
espalda erguida y los hombros más tensos que de costumbre.

Registré la habitación de mi madre, que estaba tan ordenada
como de costumbre; las sobrias estanterías de madera únicamente
exhibían unas pocas plantas y adornos. Sobre la mesita de noche había un libro con un arquero y diez soles ilustrados en la cubierta. La
leyenda de mi padre, la historia de cómo había matado a las aves del
sol. Junto al libro vi un trozo de papel doblado. Lo tomé y me quedé
sorprendida al contemplar los caracteres escritos con unos trazos desconocidos: ¿quién había escrito a mi madre? Leer algo dirigido a otra
persona era una invasión de la privacidad, pero tal vez la nota me
diera alguna pista sobre su desaparición. Desplegué el papel y recorrí
los caracteres con la mirada.

Esta noche hallarás lo que buscas en el reino de los mortales.

Noté una opresión en el pecho, invadida por un mal presentimiento. Corrí hacia mi habitación, tomé el arco y me dirigí al patio
para llamar a una nube. Era una negligencia no haber pensado antes
en aquello. Desde que había recuperado la libertad, había un lugar al
que mi madre volvía siempre que tenía la oportunidad. A pesar de
que estaba mal visto, a pesar de que se arriesgaba a que la castigaran
por entrar en los Dominios Mortales sin permiso.

En la zona donde se unían dos ríos, no muy lejos del lugar en el
que se había encarcelado al Dragón Negro, se alzaba una colina cubierta de flores blancas como la nieve a medio derretir en primavera.
Allí había una tumba de mármol, curva como la medialuna, con los
caracteres del nombre de mi padre grabados en oro. La ceniza de las
varillas de incienso, colocadas no hacía mucho sobre el brasero, caía
desde los ardientes extremos, y un embriagador aroma impregnaba
el aire, invadido por la esperanza y el dolor. Al lado, a modo de ofrenda, había una colección de manzanas, mandarinas y bizcochos amontonados junto a una ramita de olivo dulce, cuyos pálidos pétalos ya

exhibían un borde de color marrón. Mi madre había estado allí, pero ¿dónde se encontraba ahora?

Como utilizar la magia en los Dominios Mortales estaba prohibido, corrí colina abajo, llamándola; recorrí el río, que desprendía un olor a tierra y podredumbre, antes de adentrarme en el bosque donde moraban sombras más oscuras que la noche. ¿Me había equivocado? ¿Acaso no estaba allí? Fue entonces cuando percibí su aura revoloteando de forma tan frenética como las alas de una polilla. Eché a correr en su dirección y casi me desplomé de alivio al encontrarla vagando por los márgenes del bosque; avanzaba con pasos vacilantes e inseguros y la mirada perdida.

—¡Madre! —la abracé y me estremecí al notar lo fría que estaba su piel—. ¿Qué ha pasado? Hoy no has encendido los farolillos.

Separó los labios y susurró:

—Recibí una nota. Decía que viniera aquí.

—La he leído —confesé—. ¿De quién era?

—No estaba firmada. Me la dejaron en la mesita.

—Es un truco. ¿Por qué si no dejaría alguien una nota como esa? ¿Por qué te la haría llegar de un modo tan furtivo? —Ojalá hubiese percibido al intruso cuando atravesó las guardas, pero el banquete del emperador había captado toda mi atención.

—No fue ningún truco. Vi a tu padre. Tenía el pelo gris y un aspecto diferente…, pero lo habría reconocido en cualquier parte. —Levantó los ojos hacia mí, oscuros y muy abiertos—. ¿Por qué ha huido de mí? ¿Por qué se ha escondido?

Un cosquilleo me recorrió la columna.

—No es posible. Padre está muerto.

—Sé lo que vi.

El temblor de su voz me hizo reflexionar. Le acaricié la espalda, intentando tranquilizarla, un reflejo de las veces que ella me había consolado a mí. No mencioné lo enfadado que estaba el emperador ni las acusaciones que nos habían lanzado. El daño ya estaba hecho y lo importante era que ella se encontrara ilesa.

—Te ayudaré a encontrarlo —le dije.

Peinamos juntas el bosque, la orilla del río y la colina, pero no hallamos otra señal de vida que la de los animales salvajes que huían en cuanto nos acercábamos. Cuando los rayos dorados del alba se abrieron paso a través de la oscuridad de la noche, invoqué una nube para que nos llevase de vuelta a casa.

—No pienso marcharme. *Era* él. —Pronunció las palabras con un grito.

—Madre, debes volver —repuse.

—Tu padre...

—Seguiré buscando —le aseguré—. Tú debes marcharte. Ve y descansa. El Emperador Celestial podría convocarte en cualquier momento.

Mi madre palideció ante la mención del emperador y se subió a la nube sin volver a rechistar.

—¿Y qué le digo?

Pensé con rapidez.

—Dile que te quedaste dormida. No menciones que has venido a los Dominios Mortales. Su Majestad Celestial no lo verá con buenos ojos. Es preferible que nos considere incompetentes a que crea que desafiamos su voluntad.

Asintió al tiempo que su nube ascendía, transportada por una suave brisa, pero su mirada permaneció clavada en las tierras de abajo hasta que desapareció en el cielo.

Un sentimiento de culpa me atravesó por haberla obligado a marcharse; sin embargo, avanzaría con más rapidez estando sola. Y lo más importante: quería que volviera a casa, donde estaría a salvo, pues temía que aquello hubiera sido una treta para distraerla y hacerla olvidar sus deberes con el propósito de provocar la ira del emperador... aunque desconocía el motivo.

Volví a recorrer el bosque, atenta ante cualquier rastro de energía inmortal o amago de peligro; seguí el sendero a lo largo del río hasta que este se desvió en dirección a una aldea. Solo entonces me di la vuelta y volví a la colina. Con el despunte del alba y ante la tumba de mi padre, me arrodillé sobre la piedra. Las descoloridas pinturas del mármol eran las representaciones que los mortales habían llevado a cabo de las hazañas de mi padre: en ellas apuntaba con su arco a los diez soles carmesíes del cielo, cabalgaba a la cabeza de un gran ejército, se enfrentaba a un ave monstruosa. Una sensación de tristeza se apoderó de mí; me apoyé sobre los talones y resguardé las manos en el regazo.

—Padre, desearía haberte conocido.

Ignoraba por qué había desenterrado aquellas palabras de lo más profundo de mi ser y las había pronunciado en voz alta. Tal vez fuera cosa del amanecer, el momento en el que la desesperación y la esperanza se entremezclaban. O puede que hubiese bajado la guardia, viéndome reconfortada por la presencia de mi padre, a pesar de que lo único que quedaba fueran sus huesos.

Oí que una rama se partía. Me levanté de un salto y me descolgué el arco de la espalda, reprimiendo el impulso de invocar una flecha. La magia del arma podía llamar la atención, cosa que no deseaba, y además, era poco probable que acabase herida en aquel lugar.

Vi a un mortal al pie de la colina; un hombre que hacía ya mucho que había dejado atrás la flor de la vida. Llevaba el cabello, del tono claro de la ceniza, atado con una larga tira de tela. Tenía la piel curtida y llena de arrugas, y el gesto de sus labios rezumaba amargura. No obstante, vi que su túnica negra envolvía unos hombros anchos y que su porte era semejante al de un ciprés. Avanzó hacia mí de forma acompasada, con la elegancia de un guerrero experimentado. Al posar la mirada en mi arco, abrió los ojos como platos.

—¿Quién sois?

Pocas personas acudían ahora a aquel lugar. Tal vez cuando el recuerdo de las hazañas de mi padre era reciente, los mortales acudían en masa, llevándole ofrendas de flores y comida. Así era como el Dragón Negro había descubierto la existencia de aquel lugar. Sin embargo, la memoria de los mortales era efímera. Estaba segura de que en las casas de té seguían narrándose las historias protagonizadas por Houyi, pues eran leyendas excelentes para conmover a la multitud, ¿pero quién iba a estar dispuesto a recorrer el largo y solitario camino hasta aquella tumba para honrar a un héroe que había muerto hacía tanto tiempo?

El hombre no respondió, pero me contempló con la mirada asombrosamente brillante. Su pecho subía y bajaba, agitado, y no dejaba de tragar saliva, aunque no sabría decir si intentaba hablar o contener las palabras.

—Hija, ya eres toda una mujer —dijo al fin, con la voz tomada por la emoción.

Permanecí inmóvil, reprimiendo la creciente sensación de ligereza que me invadía. Era imposible. Deseaba creerlo con todas mis fuerzas, había soñado con ese momento innumerables veces hasta que el hallazgo del Dragón Negro me había hecho perder por completo la esperanza. Sin embargo, había descubierto que los engaños resultaban a veces muy convincentes, que una cálida sonrisa podía ocultar malicia y que las mentiras más peligrosas eran las que más deseábamos creernos.

—Mi padre está muerto —le dije de forma tajante, sofocando la punzada de dolor que sentía en el corazón.

Hizo una mueca, como si lo hubiera golpeado.

—Bien podría estarlo.

El hombre se dio la vuelta y se alejó con la túnica ondeando.

Contemplé el arco que llevaba colgado del hombro; era de plata y tenía los extremos curvados como colmillos. Noté un pálpito en mi interior que me recordó la primera vez que posé la vista en el Arco del Dragón de Jade; aunque esta vez no percibí tirón alguno, sino una vibración de energía.

Aquella no era un arma mortal.

—¡Esperad! —grité—. Vuestro arco. ¿De dónde lo habéis sacado?

Se detuvo, pero no se volvió.

—Me lo regalaron.

—¿Quién? —Me preparé para la respuesta.

—Tu Emperador Celestial —dijo lentamente—. Aunque fue una recompensa muy pobre para todo lo que me arrebató.

Fue como si alguien me hubiese dejado sin aliento de un golpe y las fuerzas me abandonaran. Me desplomé, temblando, a pesar de que no tenía frío, reprimiendo la peligrosa esperanza que afloraba en mi interior, aunque lo único que quería era dejar que me recorriese de arriba abajo y reescribiese mi futuro. Un futuro con mi familia al completo, en el que tanto mi madre como mi padre formasen parte de mi vida.

—Es imposible —susurré.

El dolor le arrugó los ojos.

—Hija, eres de origen mortal, pero aun así la inmortalidad fluye por tus venas. Tu hogar debería ser este y, sin embargo, vives en la luna. Tú, más que nadie, deberías saber ya que nada es imposible.

Me obligué a pensar con lucidez, a hilar cada pensamiento. Aquel hombre era arquero. Un mortal al comienzo del invierno de su vida. Llevaba el arco de plata de las leyendas, el que aparecía en las ilustraciones del libro de mi madre, en la misma tumba donde ahora nos encontrábamos. Sabía quién era yo. Y al contemplar sus rasgos, el hoyuelo que tenía en la barbilla… supe que yo también lo conocía.

No era ningún truco. Por más que intentara apelar a la razón, aquella certeza brotaba de mi interior. Quería decirle muchas cosas, muchas más de las que había susurrado en la soledad de mi mente y, sin embargo, lo único que emergió de mi garganta fue una palabra vacilante.

—Padre.

Hice una reverencia, reprimiendo las emociones que me embargaban, las ardientes lágrimas que asomaban a mis ojos. Era prácticamente un extraño; jamás había ejercido de padre, al igual que yo nunca había sido su hija. Nos faltaban los recuerdos, la experiencia del *día a día*, que conseguían que un vínculo semejante se fortaleciese. Y, sin embargo, en el fondo, existía entre ambos una conexión innegable forjada a través de la carne, la sangre y algo más profundo, imposible de descifrar.

Se le humedecieron los ojos y esbozó una sonrisa que suavizó los duros ángulos de su rostro.

—Me llamo Xingyin. Madre me llamó así por las estrellas.

Resultaba extraño que una hija le dijera a su padre aquellas palabras, pero tal vez lo desconocía y no sabía cómo preguntármelo.

—Un buen nombre —dijo con la voz ronca—. Eres más alta que tu madre, aunque te pareces a ella.

Aunque tiernas, sus palabras eran un recordatorio desagradable de que mientras nosotras habíamos ignorado su existencia, él había sido siempre consciente de la nuestra.

—Madre llora tu ausencia; cree que estás muerto. Debes de haberla visto por los alrededores. ¿Por qué no has hablado con ella? —No pude reprimir el deje de recriminación de mi voz, ya que podría haberle ahorrado su sufrimiento.

—No podía.

¿Era arrepentimiento lo que se reflejó en su rostro? ¿Añoranza, pena o ira? Pensé en que ella le había quitado el elixir, aquel que el emperador le había otorgado, el mismo que había decidido no tomar por ella.

—¿La culpas? ¿Y a mí, por poner en peligro su vida? —Me atreví a formular la pregunta cuya respuesta ansiaba y a la vez temía.

Dejó escapar un largo suspiro.

—Confieso que al principio estaba furioso. Cuando la vi volar hacia el cielo me pregunté si todo habría sido un plan para convertirse en inmortal, en una diosa. Solo después me di cuenta de mis errores: dejé que mis miedos acallasen los suyos, ignoré a los médicos que me decían aquello que no quería oír, lo cual me aterrorizaba más que todas las batallas que había librado. Es lo que ocurre cuando se te venera: empiezas a creer que eres infalible, que puedes manipular el destino. Pero en el mundo existen algunas cosas que ningún poder es capaz de alterar.

Guardó silencio antes de añadir:

—Le habría dado el elixir a tu madre si me lo hubiese pedido. Es lo primero que debería haber hecho.

—¿Por qué dejaste que todos creyesen que habías muerto? —indagué.

—Durante mi última batalla me abatieron y perdí el conocimiento. Cuando me recuperé, vi que me habían dejado abandonado en un paraje extraño. Tardé meses en volver y quedé conmocionado al descubrir que las noticias acerca de mi muerte abundaban. Sin embargo, aquello también me otorgó libertad, la oportunidad de volver a vivir mi vida sin que las órdenes o las súplicas de los demás me obligasen a dirigirme allí donde acechaba el peligro. —Posó la mirada en el suelo—. También albergué la esperanza de que a tu madre le llegaran las noticias de mi muerte. Incluso si ya no me amaba, tal vez acudiera a presentar sus respetos, aunque fuera por obligación, y así quizá podría volver a verla.

Su expresión se ensombreció.

—Aguardé. Al principio con muchas ganas, sin dejar de pensar en todo lo que nos diríamos. No debí molestarme. Cuando quise darme cuenta, los años se me habían echado encima. Mi esperanza se transformó en temor y luego en vergüenza… Me avergonzaba que viera el aspecto que tengo ahora cuando el paso del tiempo no ha hecho mella en ella. Y cuando por fin la vi, era demasiado tarde. —Se rozó las arrugas de las mejillas con las puntas de los dedos.

Noté una opresión en el pecho. A pesar de su separación, mis padres todavía se amaban.

—No la culpes a ella, padre. No ha podido venir antes.

—¿Por qué no? —Formuló la pregunta como si le hubiera atormentado todo ese tiempo.

—El Emperador Celestial la castigó por haber tomado el elixir. No pudo abandonar la luna hasta hace un año.

Cerró el puño.

—No me sorprende. Fue el Emperador Celestial quien me engañó, obligándome a abandonar mi hogar con mentiras y falsas promesas. No me refiero a este lugar, sino a mi hogar de verdad, en el Mar del Este.

—¿*Eras* inmortal? —En cuanto pronuncié las palabras, enrojecí por haber dicho algo tan cruel y desconsiderado.

—Hace mucho, antes de experimentar esta vida mortal.

—Padre, ¿qué te pasó? ¿Por qué no me lo contó madre?

—No lo sabía. Y por aquel entonces yo tampoco. Cuando los inmortales renacen en el mundo inferior, pierden los poderes y los recuerdos y solo los recuperan cuando regresan al cielo. —Se descolgó el arco y se agachó a mi lado.

—¿Era habitual que se enviase a los inmortales a los Dominios Mortales? —pregunté.

—Era muy poco frecuente. Aunque puede ayudar a fortalecer los poderes de uno, muy pocos inmortales están dispuestos a someterse a las dificultades de una vida mortal. Solo se experimenta en situaciones muy graves y con el consentimiento del Emperador Celestial, ya que el elixir es necesario para devolverlos al cielo.

Contemplé el Arco del Dragón de Jade y recordé la expresión de reconocimiento que se había reflejado en su rostro, el inexplicable vínculo que había existido siempre entre el arma y yo.

—¿Estuviste en el Mar del Este con los dragones?

Adoptó una expresión distante.

—Algunos se referían a mí como su soberano. Un título vacuo, ya que nunca me serví de ellos en beneficio propio.

Mi padre era el mítico guerrero que había salvado a los dragones al vincular su esencia a las perlas. Qué extraño resultaba aquel destino cíclico que me había llevado por el mismo camino, aunque en mi caso, para liberar a los dragones. ¿Por eso me había respondido el arco? Recorrí uno de los extremos con la mano y la luz se extendió por el jade. El arma palpitó en mis manos y por primera vez sentí que se desvinculaba de mí con un afán repentino; aquello disipó el último rastro de duda que pudiese tener.

Le tendí el arco con las palmas hacia arriba.

—Padre, ¿es tuyo?

Un sentimiento de pesar me sacudió el estómago; no me había dado cuenta del cariño que le había tomado.

Vaciló un instante antes de apartarlo. La calma se apoderó del arco y la luz se desvaneció.

—Ahora es tuyo. Me he acostumbrado al mío; hemos pasado por muchas cosas juntos.

Una oleada de alivio —egoísta y superficial— me recorrió mientras bajaba las manos.

—Padre, ¿cómo acabaste en los Dominios Mortales?

Un destello peligroso iluminó sus ojos.

—El Emperador Celestial había codiciado durante mucho tiempo el poder de los dragones. Tal vez no era consciente de que este tenía limitaciones, de que morirían si los convertía en instrumentos de guerra. Quizá le daba igual. Desconfiaba de mí, aunque nunca le di motivos, ya que yo, al contrario que él, carecía de ambiciones de poder.

El temor me provocó un cosquilleo en la piel. Otra complicación entre mi familia y la de Liwei. ¿Acaso nos libraríamos de ellas alguna vez?

Mi padre se frotó la frente con las yemas de los dedos.

—El emperador me hizo llamar. Situó frente a mí a los ancianos más respetados del reino, quienes me juraron que los Dominios Mortales se enfrentaban a una grave amenaza y que solo yo podía salvarlos.

—Las aves del sol —dije lentamente—. Estaban emparentadas con la Emperatriz Celestial, que las apreciaba de todo corazón. Creí que el emperador las había dejado vagar a su antojo para no enfadarla, pero ¿y si fue una estratagema para tenderte una trampa y debilitarte? ¿Para adueñarse del poder de los dragones?

Asintió con la cabeza.

—Ese tipo de treta sería muy propia de él, dada su naturaleza astuta y codiciosa.

—¿Por qué le creíste, si sabías cómo era? —le pregunté.

—Fui un necio y no hice demasiadas preguntas. Sentí un orgullo inmenso de que se me encomendase tan noble tarea. Creí las palabras de aquellos respetables celestiales que afirmaron que para proteger a los mortales, debía convertirme en uno de ellos. Puede que el emperador también los engañase a ellos: no hay mejor mentiroso que el que está convencido de que dice la verdad. El emperador me aseguró que me protegería y que me concedería el elixir en cuanto cumpliera con mi misión. Lo juró por su honor y la vida de sus descendientes, fue una promesa sagrada e inquebrantable.

Tomó una profunda bocanada de aire antes de proseguir.

—De manera que accedí. Les devolví las perlas a los dragones… Fue lo último que hice antes de tomarme el té del olvido, que me borró los recuerdos antes de que me arrojasen a los Dominios Mortales.

—¿Cómo es que lo recuerdas si te bebiste el té? —inquirí.

—En el frasco quedó una gota del elixir. Después de que tu madre se marchase, me la bebí… aunque a veces deseé no haberlo hecho. Recuperar dichos recuerdos no es en absoluto agradable. La rabia y la pena son dos bestias despiadadas que se alimentan del corazón y de la mente de una persona.

Algo me llamó la atención.

—El soberano de los dragones desapareció hace siglos, pero las aves del sol fueron abatidas hace apenas unas décadas.

—Esa es la magnitud de los engaños del emperador —dijo, furioso—. Se me envió al mundo inferior demasiado pronto y tuve que vivir una vida mortal tras otra hasta que, al fin, se produjo la catástrofe vaticinada y las diez aves del sol surcaron los cielos. Un inmortal apareció y me obsequió con el arco y un colgante de jade para protegerme de las llamas de las aves. Incluso los emperadores deben hacer honor a su palabra, sobre todo aquellos que juran por la vida de sus parientes. Además, ni los dragones ni yo éramos ya una amenaza para él.

Rocé con los dedos el colgante que llevaba alrededor del cuello y tiré de él. Estaba rajado y había perdido su poder, aunque lo llevaba puesto por una cuestión puramente sentimental. Mi padre se lo quedó mirando y tragó saliva de pronto, emocionado.

—Le regalé ese colgante a tu madre. Le dije que la protegería, pero me equivocaba. Ningún amuleto habría sido capaz de protegerla del peligro que corría —dijo en voz baja—. El resto lo habrás oído ya en los cuentos. Abatí a las aves; cumplí con mi deber, creyéndome un héroe, cuando en realidad no era más que un incauto al que el emperador había engañado.

Su rostro enrojeció de ira. Sin embargo, si el emperador no lo hubiera engañado, nunca habría conocido a mi madre. Me costaba lamentar las circunstancias que me habían dado la vida.

—No me arrepiento —dijo con firmeza.

—¿Por madre?

—Por ambas. Cuando el emperador me concedió el elixir, lo consideré un obsequio magnánimo, pues ignoraba la auténtica razón que había detrás. Incluso si lo hubiera sabido, no habría cambiado nada.

—Pero fue madre la que se bebió el elixir. —¿Acaso el emperador había fingido un arrebato de cólera ante aquel giro de los acontecimientos para contentar a la corte? Puede que también pretendiera infundir miedo para que nadie le desobedeciera. Se me ocurrió entonces que, siendo mortal, mi padre no había tenido que sufrir la furia de la emperatriz celestial, puesto que los inmortales no podían castigarlos sin una causa justificada.

—No debería haber venido —dijo él—. Permanecí alejado un tiempo porque ver a tu madre me causaba dolor y alegría a partes iguales.

En mi interior se desplegó una oleada de inquietud.

—¿Por qué has venido hoy?

—Recibí una nota. Sentía curiosidad, aunque intuía que algo no cuadraba. Hoy tu madre no era la misma. Parecía inquieta, como si estuviese buscando algo. Me tomó desprevenido y me vio antes de que pudiese esconderme.

¿Quién había enviado la nota? ¿Quién había conspirado para que mi madre olvidase sus deberes? Me vino a la mente la imagen de Wugang regodeándose, la presteza con la que había acusado a mi madre de traición durante el banquete. Además, conocía nuestra casa, sabía dónde dejar la carta; podría haberle ordenado a uno de sus criados que lo hiciera. Y como él mismo había sido mortal, estaba familiarizado con aquel reino. ¿Había sido todo un elaborado plan para proporcionarle al emperador una excusa para criticarnos? Se me secó la garganta solo de pensarlo.

—Hija, sé que ha sido egoísta por mi parte, pero quería hablar contigo aunque fuera solo una vez. No sabía si dispondría de otra oportunidad. No se lo cuentes a tu madre. No quiero causarle más dolor ni tampoco que tenga que llorarme por segunda vez.

Le sobrevino un ataque de tos y se llevó un trozo de tela a la boca mientras el cuerpo se le sacudía. Al bajar la tela, vi que estaba empapada de un líquido oscuro. Sangre. Las tripas se me retorcieron.

—Padre, ¿estás enfermo? —Al no responder, pensé en las numerosas dolencias que podían acabar con la vida de un mortal. Lo agarré de la mano y desplegué una pequeña cantidad de mi magia para evitar que me detectaran. Aunque no era sanadora, tenía ciertas habilidades de curación. Ahondé en su cuerpo, buscando la causa de su malestar. Sin embargo, no hallé ningún hueso que debiera ser soldado, ninguna herida que cerrar. No podía curar las enfermedades que se engendraban en el interior del organismo, las que estaban arraigadas en la carne, puesto que los inmortales no las padecíamos. Y aunque hubiera podido, era incapaz de proteger a mi padre de lo que amenazaba su vida con más gravedad, y no podía devolverle lo que el tiempo le había robado... a no ser que le devolviera también la inmortalidad.

—¿Te dará el emperador otro elixir? —pregunté con urgencia.

—Ya cumplió con su obligación, jamás me entregará otro.

La desesperación se apoderó de mí, pesada y sombría.

—¿Qué puedo hacer, padre?

La sonrisa le hizo rejuvenecer; vi al hombre al que mi madre había amado, con una mirada que desprendía calidez y amabilidad. Pero entonces las sombras volvieron a posarse sobre su semblante, otorgándole un aire plomizo.

—El hecho de haberte visto, de haberte oído llamarme «padre»... es más que suficiente, más de lo que jamás habría esperado. No quiero que corras peligro. No hay nada que hacer, pues los médicos me han dicho que me queda poco tiempo.

Levanté la barbilla y examiné la tumba de mármol, donde estaban pintados sus logros. Era un milagro y asimismo casi una maldición haber encontrado a mi padre solo para descubrir que se estaba muriendo. El sufrimiento que me aguardaba contaminaba el sentimiento de dicha. *No*, me corregí, no era ninguna maldición, sino una oportunidad. No era demasiado tarde, al menos mientras siguiera con vida.

Teníamos la oportunidad de volver a ser una familia, de reparar el daño. Una recompensa que superaba todos mis sueños, aunque sabía lo mucho que me costaría obtenerla.

—Soy tu hija —le dije—. Y te llevaré de vuelta a casa.

7

La luna brillaba desde los Dominios Mortales como un disco plateado en contraste con la oscuridad de la noche. Mi madre había llevado a cabo su tarea, aunque de poco iba a servir para apaciguar la ira del Emperador Celestial; un crudo recordatorio de su ausencia del día anterior. Me entristecí al pensar que mi madre y Liwei se habían ganado su desaprobación; me habría importado menos si se hubiera enfadado solo conmigo. Ya me había enfrentado antes a la ira del emperador y había sobrevivido, aunque por los pelos.

No podía dejar que aquello me amedrentara. Mi padre estaba enfermo. Se moría. Tenía que ayudarlo, y nadie conocía mejor a los mortales que el Guardián de sus Destinos. Nos había dado clase a Liwei y a mí en el pasado, aunque yo deseaba haber sido una alumna más atenta. Podría haber acudido al Palacio de Jade para verlo, pero allí había demasiados curiosos y alguien se habría ido de la lengua. Por suerte, estaba al tanto de su rutina y sabía que todas las noches descendía al mundo inferior.

Escudriñé el cielo con avidez, pero no vi ni rastro de él. Me aparté los largos faldones azules de mi túnica y me hundí en la nube. Llevaba un cinturón ancho del que colgaban mi bolsa y la lágrima. Me había ceñido las mangas a las muñecas con un cordón de seda y había encantado este último para que permaneciera sujeto o se desatase a mi orden. Aunque el atuendo no me favorecía tanto como el vestido que había llevado al banquete del emperador, resultaba mucho más adecuado para la tarea que tenía entre manos. Ping'er me había ayudado a confeccionar la prenda entre suspiros intencionados y sacudidas de cabeza. Había pasado por casa solo para cambiarme, decidida a evitar a Liwei y a mi madre y las preguntas inquisitivas que pudieran hacerme.

El aire se sacudió y vi que una nube se elevaba por delante de mí. Encima viajaban un inmortal de pelo blanco que se aferraba a un bastón de jade y una mujer más joven con el cabello negro recogido en un moño. Fruncí el ceño; hubiera preferido que el Guardián estuviera a solas. Surqué los cielos tras ellos de forma sigilosa y aterrizamos en las afueras de una ciudad mortal rodeada por un muro de piedra gris. La tranquilidad reinaba a aquellas horas de la noche; hacía ya rato que la gente había cenado y se había ido a la cama.

Bajé al suelo de un salto y los seguí a una distancia prudencial. Se detuvieron de forma abrupta y yo retrocedí y me oculté entre el bambú, cuyos tallos reflejaban la luz plateada de la luna.

—¿Quién sois? Los inmortales tienen prohibido venir aquí sin un buen motivo. —La voz del Guardian de los Destinos Mortales desprendía un tono de reprimenda.

Salí de mi escondite, uní las manos e hice una profunda reverencia.

—Honorable maestro.

Aunque hacía mucho que no me daba clase, aquel lazo nos vincularía para siempre.

—¿Xingyin? —dijo lentamente, separando en sílabas mi nombre—. ¿Qué haces aquí? ¿Y Su Alteza? Hay mucha gente preocupada por él.

Recordé el denso silencio que se había producido cuando Liwei se arrodilló ante los tronos.

—Tal vez deberían haber alzado la voz cuando tocaba.

—Eso no es justo. Solo ha pasado un año desde que dejaste el Reino Celestial; seguro que no se te ha olvidado cómo funcionan allí las cosas. —Su tono era severo, como si estuviéramos de nuevo en clase—. ¿Quién osaría desafiar a Su Majestad Celestial sin temer las consecuencias? ¿Habría cambiado algo si alguien más hubiera alzado la voz o simplemente habría desatado la ira del emperador? No desprecies a aquellos que aguardan el momento oportuno para entrar en acción. No todas las batallas se ganan a golpe de espadas ni se resuelven con un solo estoque.

Bajé la cabeza.

—Perdonadme. Me he precipitado.

El Guardián suspiró.

—Por favor, comunícale a Su Alteza que, aunque haya depredadores rondando, mucha gente apoyaría su regreso. Ten en cuenta que Su Alteza se encuentra más vulnerable estando ausente.

Me mordí el labio mientras un terror egoísta me consumía. Preferiría no volver a la Corte Celestial. La felicidad se me antojaba una posibilidad esquiva, sepultada bajo el criterio censurador de Sus Majestades Celestiales y ligada a un deber que no deseaba. No guardaba lealtad al Reino Celestial. ¿Qué me importaba a mí el poder que una vida junto a la realeza pudiera proporcionarme, o la oportunidad de dejar mi huella en el reino, de moldearlo según mis creencias? Un bosque florido o una orilla apacible me parecían más atractivos que todos los banquetes del cielo.

No obstante, la herencia familiar de Liwei era una parte fundamental de él y estaba entretejida con su identidad, honor y orgullo. Los emperadores eran su familia, la única que tenía. No podía pedirle que renunciara a ellos, ni siquiera a cambio de mi felicidad.

—Se lo diré. —Miré a la mujer con la esperanza de que se marchara y así poder expresarme con total libertad. Cuando el Guardián se volvió hacia la ciudad mortal, dejé de lado toda cautela—. Distinguido Guardian, me gustaría pediros consejo acerca de un asunto privado.

Se acarició la barba con los nudosos dedos.

—Confío totalmente en Leiying, mi aprendiz.

¿Deseaba que otra persona fuera testigo de nuestra conversación? No quería ni imaginarme lo que haría el emperador si descubría que mi padre seguía vivo. Debía proceder con cautela.

—¿Es el elixir el único modo que tiene un mortal de transformarse en inmortal? —Adopté un tono ligero, como si se tratara de mera curiosidad.

—Sí.

El alma se me cayó a los pies, aunque no esperaba otra cosa; el general Jianyun tenía razón.

—¿Cómo puede obtenerse el elixir? —Formulé la pregunta con demasiada rapidez y mi urgencia quedó patente.

Entornó la mirada.

—¿Por qué lo preguntas?

Qué fácil me resultaría mencionar el nombre de Liwei para que el Guardián respondiera sin rechistar. Le había dado clase durante mucho más tiempo, su vínculo era muy estrecho... y, sin embargo, fui incapaz de hacer aflorar la mentira. No podía arriesgarme a perjudicar más la reputación de Liwei, a levantar las sospechas de su padre en caso de que el Guardián le contase nuestra conversación.

—No puedo contároslo —confesé—. Aunque se trata de un asunto importante para mí.

—No me está permitido compartir dicha información.

Uní las manos y resistí el impulso de suplicar. ¿Qué más daba el orgullo cuando estaba en juego la vida de mi padre? Aunque por la expresión del Guardián, sería inútil. Antes de que tuviera la ocasión de decir nada más, la mujer meneó la cabeza y dirigió la mirada al bambú: una invitación inequívoca. La esperanza prendió en mi interior. Al ser la aprendiz del Guardián, tal vez dispusiera de la información que buscaba y no tuviera reparos en compartirla conmigo. Dicha información tendría un precio, sin duda, pero menos abusivo de lo que otros me habían exigido antes.

Le dirigí otra reverencia al Guardián, disimulando mi impaciencia.

—Distinguido maestro, os agradezco los consejos.

—Xingyin, vivimos tiempos extraños e inciertos —repuso con seriedad—. Ten cuidado y vigila a Su Alteza.

—Por supuesto —respondí.

El Guardián se encaminó entonces hacia la ciudad junto a su aprendiz, que lo seguía a unos pasos de distancia. Me metí entre los árboles de bambú y permanecí agachada. El silencio se vio interrumpido en alguna que otra ocasión por el murmullo de las hojas y los ruiditos de alguna criaturilla correteando de acá para allá. Dejé escapar un largo suspiro; los aromas de aquel reino me mareaban: la fragancia de la lluvia mezclada con la podredumbre de las hojas marchitas, los arenosos matices de la sal y la tierra.

Las horas pasaron y seguí sin ver rastro de la aprendiz. Justo cuando me levantaba para marcharme, pensando que la había malinterpretado, noté una sacudida en el ambiente: dos auras inmortales se aproximaban. A Leiying la acompañaba un hombre de estatura similar aunque con una complexión más delgada. Los pómulos marcados, los labios carnosos y las amplias cejas conferían a su rostro un aire llamativo, y su sonrisa confiada dejaba entrever que era consciente de su encanto.

—Siento haberos hecho esperar. Mi hermano, Tao, tarda demasiado en prepararse. —El tono de Leiying era tanto de resignación como de exasperación.

Él no le hizo ni caso, sino que me miró de arriba abajo antes de posar la vista en el arco que llevaba colgado a la espalda.

—Pasable.

—No sé si puedo decir lo mismo *de ti*. —Le devolví la mirada evaluadora, fijándome en su túnica de brocado turquesa y su cinto de oro, un atuendo tan ornamentado como el de un miembro de la realeza.

Sonrió y echó la cabeza hacia atrás.

—Mi hermana me ha comentado que estás buscando el Elixir de la Inmortalidad. Si es así, podemos ayudarnos mutuamente.

—¿A qué te refieres? —pregunté con cautela.

Leiying chasqueó la lengua con impaciencia.

—También andamos tras el elixir.

Entorné los ojos. ¿Acaso era aquello una trampa para deshacerse de una rival?

—¿Cuántos hay?

—Uno para cada uno —respondió Leiying—. No sé cuándo creará otro Su Majestad Celestial; su elaboración le desgasta mucho los poderes.

—¿Por qué queréis el elixir? —pregunté.

—Alguien a quien tenemos aprecio lo necesita —dijo Tao.

—¿Quién?

Los hermanos intercambiaron una mirada cautelosa.

—Buscabas ayuda. Y te la hemos ofrecido. No podemos decirte más.

—Y tampoco vamos a preguntarte para qué lo quieres *tú* —añadió Tao con énfasis—. Es lo más seguro. Cuanto menos digamos, mejor para todos.

Tenía razón, pues yo no pensaba contarles mis intenciones. Y era reacia a discutir con mis recién descubiertos aliados, a pesar de que tenía curiosidad por saber qué ocultaban.

—¿Qué habéis planeado?

—Hay que robar el elixir.

Un escalofrío me recorrió al oírlo decir aquello sin rodeos. El corazón se me aceleró, esperanzada, a pesar de que la razón me instaba a que me negara.

—¿Dónde está guardado el elixir? —acabé preguntando.

—En la cámara del Tesoro Imperial —replicó Tao.

Retrocedí, impactada.

—¿Queréis que los tres nos colemos en el Tesoro Imperial? Es una locura. —Durante todos los años que había pasado en el Palacio de Jade, jamás me había aventurado allí. Aunque la sala me había despertado curiosidad, no había querido llamar la atención con una visita imprevista… y lo que más había deseado en aquel entonces no se hallaba entre sus muros.

—Solo dos. Tú y yo —aclaró Tao, impertérrito—. No pienso poner en peligro a mi hermana.

—No saldrá bien.

—¿Y cómo propones que nos apoderemos del elixir? ¿Crees que el emperador nos lo entregará sin más? —replicó Leiying.

—Llevo años husmeando en el Palacio de Jade a la espera del momento adecuado. He estado lo bastante cerca del elixir como para inhalar su fragancia —me aseguró Tao—. Entraremos y saldremos de la cámara sin que nos descubran.

—¿Cómo? —insistí—. Para que la cosa funcione, debo estar al tanto de todo.

—Tengo la llave.

—¿De dónde la has sacado? ¿Funcionará? —Quizá estaba esperando a que me diera una buena razón para negarme, algo que me quitara de una vez por todas la idea de la cabeza.

—La conseguí como consigo todo lo que no me pertenece. —Se pasó los dedos por las elegantes prendas—. Eres de lo más suspicaz. Tranquila, te aseguro que la llave funcionará. Ya la he usado en el pasado.

Hice caso omiso de su pulla.

—¿Para qué os hago falta yo?

—Para deshacerte de los molestos vigilantes que custodian el elixir. Será pan comido para una guerrera tan hábil como tú. —Alzó las manos, delicadas y elegantes—. Yo tengo mano para la apropiación, no para el combate.

Me mordí el interior de la mejilla y me vino a la cabeza la imagen de mi padre: no la del poderoso guerrero de las leyendas, sino la del hombre maltrecho, tanto en cuerpo como en espíritu. No disponía de demasiado tiempo, ya que ¿y si moría?

—He oído que los inmortales recuperan los recuerdos al volver al cielo. ¿Y qué hay de los recuerdos de un mortal? —le pregunté a la aprendiza del Guardián.

—La muerte borra los recuerdos mortales —dijo Leiying con gravedad—. Una vez que desaparecen, no pueden recuperarse.

Noté que se me formaba un nudo de terror en el pecho. Mi padre no había conocido a mi madre siendo inmortal. Si no lo salvaba durante su ciclo de vida mortal, olvidaría a mi madre y el amor que compartían. No me reconocería. Sería un extraño para nosotras.

La tentación rivalizó con un sentimiento de cautela.

—Si nos descubren, no seré la única que pague las consecuencias —dije, pensando en mi madre y en Liwei.

—No nos descubrirán. Conozco el palacio como la palma de la mano y no tengo ningunas ganas de pudrirme toda la eternidad en una prisión celestial. Allí no les tienen demasiado aprecio a los ladrones. —Tao hizo una mueca—. Ve camuflada y con el rostro oculto por si acaso. Cúbreme las espaldas y déjame a mí el resto. No hay mejor momento que este. Debido a los cambios de mando en el ejército, las defensas de palacio se han visto debilitadas. Hay menos guardias de servicio y las guardas no son tan fuertes como en el pasado.

Era evidente que el general Wu no era tan eficiente como el general Jianyun.

—¿Le habéis contado a alguien más el plan? —pregunté, preocupada por si nos descubrían.

Tao ladeó la cabeza.

—Eres la primera a la que se lo hemos propuesto. Te lo hemos pedido a ti porque lo deseas tanto como nosotros y se te da bien disparar con el arco; como mínimo lo llevas en la sangre.

Contemplé a los hermanos, percibiendo únicamente una urgencia equivalente a la mía. Y si nos descubrían, todos sufriríamos las consecuencias. La idea de robarle al Emperador Celestial me inundó de inquietud. Sin embargo, por debajo corría un terror más profundo: la posibilidad de perder a mi padre justo cuando había dado con él.

—Muy bien —acepté.

—Mañana por la noche. Nos reuniremos en el bosque de alcanforeros, justo al sur del Tesoro Imperial. —Tao intercambió una mirada cautelosa con su hermana—. Una cosa más. No puedes contarle a nadie nuestro plan, y menos al príncipe Liwei.

—¿Por qué no?

Un destello iluminó la mirada de Tao.

—¿Y si Su Alteza intentase detenerte? ¿Y si le contara al Guardián de los Destinos Mortales que mi hermana anda metida en el asunto? Si no puedes prometernos que guardarás la máxima discreción, tendremos que buscarnos un aliado en otra parte.

Se me retorcieron las tripas, pero asentí escuetamente. No quería mentir a Liwei, a pesar de que no sabía cómo contarle la verdad. Sin embargo, aquella era la mejor oportunidad que tenía de ayudar a mi padre y no pensaba fallarle.

La preocupación se apoderó de mí durante todo el viaje de vuelta. Al apearme de la nube, me encontré a Liwei apoyado en una de las columnas de nácar que flanqueaban la entrada. Esperándome, sin duda.

Deslizó la mirada sobre mi atuendo y ardí en deseos de alisarme la túnica, pues después de haber pasado horas agachada, se me había arrugado. Mis prendas distaban mucho de los vestidos de seda bordados que había llevado en el Palacio de Jade.

—Me gusta eso que llevas —dijo en voz baja—. Te queda bien.

Una oleada de calor me recorrió al oír sus palabras. Le di un golpecito al cordón de seda que me rodeaba la muñeca y este se soltó y onduló en el aire.

—Y también resulta útil. Los cordones están encantados para atarse por sí solos.

Me agarró de la muñeca y tomó un extremo del cordón para volver a colocarlo en su sitio.

—Son demasiado delicados. Puede que necesites algo más resistente. —Observó, pasando un dedo por encima. Los hilos resplandecieron al entrar en contacto con su magia y se transformaron en rígidas tiras de color marrón que se entrecruzaron en torno a mis muñecas. Por la vibración de energía que notaba en la piel, supe que no se trataba de un material normal y corriente; era más flexible que el cuero, pero también más resistente.

—Gracias. —Me los acerqué para examinarlos—. ¿Qué es?

—Resiste incluso la más afilada de las cuchillas, aunque no durante demasiado tiempo. —Examinó mi rostro y yo me tensé—. ¿Dónde has estado? No te he visto en todo el día —me preguntó.

—En los Dominios Mortales. Fui a visitar la tumba de mi padre. —Me guardé el resto para mí.

Un aire de comprensión le oscureció la mirada.

—Sé lo mucho que lo lloras.

Dudé antes de preguntar:

—Liwei, ¿qué sabes del Elixir de la Inmortalidad? —No quería robarle a su padre. Si existía alguna alternativa, iría tras ella... pero si no, no vacilaría.

—Su elaboración es algo que solo mi padre conoce. Tiene el secreto bien guardado, pues es un elemento capaz de cambiar el destino del mundo inferior. —Hizo una pausa—. ¿Por qué lo preguntas?

Me sobrevino el anhelo de confiárselo todo, pero le había dado mi palabra a Tao. No obstante, le contaría lo que pudiera, pues no deseaba que hubiera más mentiras entre nosotros.

—Mi padre está vivo. Me lo encontré en los Dominios Mortales —dije, vacilante. Incluso ahora se me antojaba un sueño, a pesar de que todas mis esperanzas se encontraban entrelazadas con una sensación de miedo.

Liwei se me quedó mirando con los ojos como platos.

—El Dragón Negro dijo que había muerto. ¿Por qué crees que se trata de tu padre?

—Por edad encaja. Lleva un arco de nuestro reino. Conocía mi pasado y el de mi madre.

—Muchos cazafortunas afirman cualquier cosa para conseguir la ayuda de un inmortal —me advirtió.

—El corazón me dice que es mi padre. —Me toqué el pecho con las yemas de los dedos.

Liwei me agarró de las manos.

—Quieres creerle, Xingyin, pero podría tratarse de una coincidencia o de un engaño. Muchos mortales conocen la leyenda de tus padres, e innumerables más encajan por edad. Tal vez encontrase el arma en la montaña Kunlun. Por lo menos *considera* la posibilidad de que el mortal no sea quien dice ser.

Lo que decía tenía su lógica, aunque sus dudas me afectaron. Sí, deseaba que fuera cierto, pero no ignoraba los hechos. En el pasado lo había permitido. Sin embargo, aunque mi confianza había quedado magullada, creía que una parte de mí percibía la verdad: que mi padre estaba vivo.

—Es mi padre. El Arco del Dragón de Jade…

—¿Lo del elixir tiene que ver con él? —Liwei me agarró con más fuerza—. Es demasiado peligroso. Debemos indagar más sobre dicho mortal; no debemos precipitarnos.

Recordé la tos de mi padre, la sangre carmesí que había manchado la tela. El tiempo no era algo de lo que dispusiera.

—Está enfermo. Necesita el elixir.

—Mi padre no nos lo dará ni a ti ni a mí —dijo Liwei con gravedad—. Nos quedan pocos aliados en el Palacio de Jade y no podemos actuar de forma impulsiva. No corras ningún riesgo hasta que estés segura.

Esbocé una sonrisa y asentí, aparentemente conforme, pero me odiaba por tener que engañarlo. Liwei no creía que el mortal fuera mi padre; no lo culpaba, puesto que el dragón nos había contado que estaba muerto, y resultaba imposible explicar la sensación de certeza que solo yo percibía. No podía pedirle más a Liwei ni darle más quebraderos de cabeza ni causar más tensiones entre su familia y él. Aunque la razón más importante por la que contuve la lengua —razón en la que yo misma evitaba pensar— era porque me preocupaba que se opusiera a mi plan, que intentara disuadirme... y que yo siguiera adelante a pesar de todo.

Tenía razón: el emperador jamás me daría el elixir, y por eso se lo iba a quitar. Y si fracasaba, lo más seguro para mis seres queridos era que no estuvieran al tanto, porque estaba convencida de que el Emperador Celestial sabía cómo sonsacar la verdad.

—¿Has pensado ya qué vas a hacer? —le pregunté, cambiando a un tema menos peliagudo—. Me encontré con el Guardián por casualidad en los Dominios Mortales. Me dijo que había mucha gente en la corte que apoyaría tu regreso.

—No tengo pensado volver. Aún no.

Me quedé más tranquila, aunque no hallaba dicha alguna en cuestiones que a él le causaban dolor.

—Sé lo mucho que aprecias a tu familia; nunca pretendí hacerte elegir. —Guardé silencio un momento y pregunté—. ¿Te arrepientes?

—No. En esta ocasión el reino no se encuentra amenazado, ni existe alianza alguna que asegurar. Esta vez... no te librarás de mí tan fácilmente. —Su mirada se oscureció—. Aunque desearía no haberme marchado de esa manera, desearía no haber decepcionado a mis padres.

Fue tu padre el que no estuvo a la altura, quise decirle. Liwei no tenía por qué verse forzado a tomar una decisión con la que, sin duda, todos saldrían perdiendo.

—Decía en serio lo que te propuse hace años en el mercado. —Había un deje melancólico en su voz.

Los puestos del claro. La fragancia amaderada del té impregnando el ambiente. Una caracola blanca en la palma de la mano. Recordé sus palabras como si las hubiera pronunciado el día anterior: *Podríamos recorrer el reino; nos detendríamos donde quisiéramos y, cuando nos aburriéramos, nos marcharíamos.*

—Sería una vida estupenda —repetí lo que me dijo en aquella ocasión.

—Siempre y cuando estemos juntos. —Posó en mí su oscura mirada y se me aceleró el corazón—. Aunque a veces me preocupa que quiera atarme a alguien tan feroz como tú.

—Aún estás a tiempo. —Adopté un tono más afilado—. No he aceptado. Tienes libertad absoluta para escapar.

—Jamás podré alejarme de ti.

Acerqué mi rostro al suyo, atraída por la calidez de su tono. Agachó la cabeza y me rozó los labios de forma tierna antes de besarme con más firmeza. Me acarició la mejilla y enredó los dedos en mi cabello. Una oleada de calor prendió en mi interior al tiempo que me acercaba más a él. Me derretí en sus brazos, deleitándome con su contacto. Ninguno de los dos volvió a emplear otro lenguaje que no fuera el de nuestra respiración entrelazada, que acalló las voces de mi cabeza y sepultó todo pensamiento acerca de los peligros que se avecinaban.

Al menos por el momento.

8

El desayuno transcurrió sin demasiado alboroto, pues ya no había invitados a los que agasajar. Las hermanas del Desierto Dorado se habían marchado, tal vez percibiendo nuestro malestar o por haber oído rumores acerca del descontento del emperador. Yo me alegré, pues no estaba de humor para mantener conversaciones ociosas. Mi madre me sirvió un cuenco de congee; el arroz, de una textura sedosa, se encontraba salpicado de bayas de goji, raíces de ginseng y tiernos trozos de pollo. Unas rodajas de huevo en salazón con yemas de color bermellón adornaban la superficie, junto con un puñado de cacahuetes tostados y virutas de cebolleta.

Al llevarme la cuchara de porcelana a la boca, las guardas reverberaron en mi mente a modo de advertencia. Me quedé rígida y me volví hacia mi madre y Liwei.

—Tenemos visita.

Liwei dejó su cuenco a un lado.

—¿Cuántos?

Me llevé una mano a la sien e intenté distinguir a los recién llegados.

—Más de una decena.

—Pondremos una excusa —dijo mi madre secamente—. Después de lo ocurrido con el farsante del «maestro Gang», no pienso ofrecer alojamiento a nadie más.

Le había contado quién era en realidad y que nos había difamado en la Corte Celestial. No quería que volviera a engañarla.

Oí unos pasos cada vez más fuertes en el pasillo; avanzaban de forma comedida y sin prisa. ¿Cómo se atrevían a entrar sin permiso? O bien se sentían con derecho a hacerlo o les traían sin cuidado las consecuencias; las tripas se me retorcieron solo de pensarlo.

Las puertas se abrieron de par en par. Unos soldados celestiales invadieron la estancia; llevaban espadas sujetas a los costados. Una sensación gélida me invadió al verlos en mi casa, una antigua desazón mezclada con temores nuevos.

Un inmortal enjuto de mandíbula puntiaguda dio un paso adelante: el ministro Ruibing, un cortesano de alto rango. Unos anillos marrones le rodeaban las pupilas, como las semillas de la sandía, y tenía los labios finos y anchos. La túnica de brocado granate se le agitaba en torno a los zapatos y un trozo rectangular de jade destellaba en su sombrero ceremonial.

Mi madre palideció e hizo una reverencia a modo de saludo.

—Ministro Ruibing, ¿a qué debemos el honor?

El ministro sorbió por la nariz mientras la examinaba con los ojos entornados. Cerré los puños ante su falta de civismo, a pesar de que un mal presentimiento me invadió al contemplar el pergamino imperial de brocado amarillo que sujetaba entre las manos. Tenía bordados dos dragones idénticos rodeando el sol, el diseño preferido del Emperador Celestial.

Blandió el rollo con una exagerada floritura.

—Traigo un edicto de Su Majestad Celestial, el Emperador Supremo del Reino Celestial, Protector de los Dominios Mortales, Señor del Sol, la Luna y las Estrellas. Que su reinado dure diez mil años más.

Nos arrodillamos, según dictaba la costumbre, y apoyamos las palmas y la frente en el suelo. El ministro Ruibing se tomó su tiempo para desenrollar el pergamino; probablemente el hecho de vernos arrodilladas ante él lo deleitaba. Ostentaba el porte pomposo de una persona que disfruta de la autoridad que se le ha conferido.

—Todos los presentes deben prestar atención y obedecer —recitó de forma cantarina—. La diosa Chang'e queda destituida de su cargo como custodia de la luna a consecuencia del vergonzoso incumplimiento de sus funciones y del ultraje perpetrado contra Su Majestad Celestial. Tanto ella como los demás habitantes de la luna deberán aguardar su castigo en el lugar presente. Ninguno de ellos podrá abandonar los terrenos. El incumplimiento de dichas órdenes se considerará un acto de hostilidad contra el Reino Celestial.

Desvió la mirada, impregnada de malicia, hacia Liwei.

—Alteza, me han ordenado que, si por casualidad os encontraba aquí, os comunicase lo siguiente: Su Majestad Celestial os insta a regresar al Palacio de Jade sin demora y a permanecer a la espera del castigo correspondiente por vuestra conducta.

Noté que se me abría un vacío en el pecho y una protesta brotó de mis labios:

—No ha hecho nada malo, ni tampoco mi madre. No pretendía ofender a nadie, es la primera vez que tiene un despiste. Solicito una audiencia con Su Majestad Celestial. Permitidme explicarle...

—Gracias, ministro Ruibing —intervino Liwei poniéndose de pie—. Partiré con vos de inmediato.

Liwei me llevó al otro extremo de la sala. Se colocó frente a mí, tapándome con el cuerpo el resto de la estancia y la detestable presencia del ministro.

—No hagas nada. Mi padre no te va a conceder audiencia. Considerará tu petición como un desafío a su autoridad y solo lo enfurecerá más. Ya está lo bastante enfadado como para encerraros a todas para siempre.

Tragué saliva con fuerza; detestaba que me invadiera la sensación de que se avecinaba una catástrofe, así como aquella impotencia paralizante. No quería que Liwei se marchase, pero la luna ya no era ningún refugio, sino el lugar más peligroso del reino. Me mordí la lengua con fuerza, deleitándome con la punzada de dolor. En momentos como aquel, la sangre era preferible a las lágrimas.

—No te vayas con el ministro. —Palabras imprudentes, cargadas de egoísmo.

Negó con la cabeza.

—Negarse sería como reconocer la culpa. Debo descubrir qué es lo que ha envenenado los oídos de mi padre y defenderme de las viles acusaciones vertidas sobre mi persona. —Sonrió y añadió con seguridad—: Todo saldrá bien. Conozco el funcionamiento de la corte y sé distinguir a los amigos de los enemigos.

Quería acompañarlo, pero no me atrevía a dejar a mi madre. Además, mi presencia haría más mal que bien; se nos había ordenado permanecer en la luna y ni el emperador ni su corte me tenían en alta estima.

Liwei me rozó la mejilla con gesto serio.

—Pondré fin a todo esto. Conseguiré que tu familia y tú estéis a salvo.

—Debes ir con cuidado —le dije, detestando el temblor que desprendía mi voz. La decisión era de Liwei, experto en lidiar con los tejemanejes de la Corte Celestial—. Si no vuelves, iré a buscarte. —No eran palabras vacías ni una expresión de ternura para facilitar su partida.

—Debes permanecer aquí. El palacio no tardará en tomar precauciones contra ti; ya no podrás acceder cuando quieras —advirtió—. No llames la atención.

—¿Tomar precauciones contra mí? —repetí lentamente—. ¿Por qué?

—Es el procedimiento habitual con aquellos a los que se considera una amenaza y que han cometido alguna infracción contra el reino.

—No se ha demostrado nada —me quejé.

—Aún —repuso Liwei—. Pero que mi padre haya hecho venir al ministro con un decreto tan severo no es más que una mera formalidad. Anunciará su veredicto dentro de un día o dos para que parezca que la corte está sopesando el asunto. Nadie se opondrá a él.

La conmoción se apoderó de mí, sofocando cualquier rastro de duda que todavía me suscitase el plan de Tao. En cuanto se dictara la sentencia, resultaría imposible acceder al Palacio de Jade sin ser descubiertos; incluso si conseguía eludir el castigo que el emperador tenía pensado para nosotras, jamás podría hacerme con el elixir. Mi padre moriría. De manera que aquella noche era mi única oportunidad y no podía desperdiciarla.

El ministro Ruibing frunció el ceño cuando nos acercamos; tenía las manos entrelazadas a la espalda.

—Daos prisa, Alteza —espetó.

Mientras la cólera me invadía por la falta de respeto del ministro, Liwei levantó la barbilla en un gesto de regia arrogancia.

—No olvidéis con quién estáis hablando, ministro Ruibing. Guardo fidelidad a mi padre y obedeceré su orden. —Sus palabras constituían un gráfico recordatorio de que, a pesar de su desprestigio actual, seguía siendo el hijo del emperador… y la balanza podía volver a inclinarse a su favor con la misma facilidad con la que el viento cambiaba de rumbo.

—Por supuesto, Alteza. —Se produjo un instante de silencio y el ministro Ruibing se apresuró a inclinarse. Había esperado toparse con un hijo desesperado por recuperar el favor de su padre y no con el inquebrantable príncipe que se alzaba ante él; sin embargo, como todo hábil cortesano, se adaptó a las circunstancias con repugnante facilidad.

El ministro les dirigió un gesto a los soldados y ocho de ellos se separaron del resto y se aproximaron a nosotros. Reconocí a Feimao entre ellos, el arquero junto al que había luchado durante mi primera misión en el Ejército Celestial. Sentí una oleada de alivio que quedó rápidamente sofocada al contemplar su sombría expresión.

—Estos soldados permanecerán aquí —dijo el ministro Ruibing.

—¿Somos prisioneras? —preguntó mi madre con frialdad.

El ministro esbozó una sonrisa de suficiencia.

—Si lo preferís, podéis pensar en ellos como los encargados de velar por vuestra seguridad. Las órdenes proceden directamente del general Wu, así que cuando llegue tendréis la ocasión de debatir la cuestión con él.

—¿Dónde está el general? —Había creído que también se presentaría, pues la escena le proporcionaría enorme placer.

El ministro contempló a Liwei durante un instante antes de volver la mirada hacia mí.

—El general Wu está ocupado con unos asuntos urgentes de la corte.

Sin duda, el general estaba aprovechándose de la difícil situación en la que Liwei se había visto envuelto. Un sabor amargo me humedeció la boca al contemplar cómo los soldados rodeaban a Liwei como si se tratara de un villano en lugar del inmortal más magnífico del reino. Me los quedé mirando hasta que se marcharon, reprimiendo el impulso de ir tras ellos y con el corazón invadido por el miedo. Y a pesar de que la luz del sol se filtraba por las ventanas, mi hogar jamás me había parecido tan sombrío.

9

Me deslicé por los pasillos procurando no hacer ruido. Los soldados no conocían mi aura, pero la camuflé de todas formas. Me escabullí por la entrada y me detuve al ver a Feimao, que estaba fuera. Iba ataviado con su armadura y llevaba un arco en la mano; según recordaba, tenía una puntería excelente.

—¿Qué haces aquí? —dijo con educada indiferencia, como si no me conociera.

—Disfrutar de la brisa nocturna —respondí con firmeza.

—¿Con eso? —Miró fijamente el arco de madera que llevaba colgado al hombro.

Por suerte, no llevaba el Arco del Dragón de Jade por miedo a que alguien lo reconociese.

—Una costumbre que tengo, igual que tú. ¿Por qué me preguntas eso? —Lo miré a los ojos sin inmutarme—. El ministro Ruibing ha dicho que habíais venido para protegernos.

Guardó silencio un instante.

—Creo que ambos sabemos que eso no es verdad.

Su franqueza me sorprendió.

—He oído que las cosas han cambiado mucho en el Ejército Celestial desde la última vez que presté servicio —dije con un tono más cálido. Un recordatorio de que en el pasado habíamos luchado mano a mano en la caverna de Xiangliu.

Feimao asintió, adoptando una postura menos rígida.

—Ahora el ejército está dividido. Se nos cuestiona por nuestras antiguas lealtades. Se nos castiga con dureza y celeridad y, a menudo, sin que se haya llevado a cabo una investigación adecuada.

Sus palabras se hacían eco de las de Shuxiao.

—¿No hay nadie que pueda interceder?

—Nadie se atreve a llevarle la contraria al general Wu; los pocos que lo han intentado has sido relevados de sus puestos o expulsados.

—Siento oír eso —dije con suavidad.

—Yo también lo siento —replicó él.

Quise indagar más, pero él me dirigió una inclinación de cabeza.

—Mi turno acaba al amanecer, cuando se despierta el resto. —Se encaminó hacia el bosque sin esperar mi respuesta.

Descarté la posibilidad de que se tratara de una trampa. Feimao era un soldado honorable, leal al general Jianyun, y me había apoyado cuando desafié al emperador. Por precaución, esperé hasta que hubo desaparecido entre los árboles. Solo entonces invoqué una nube y una corriente de viento como método de propulsión.

El Palacio de Jade se alzaba en el horizonte; la oscuridad de la noche atenuaba los colores de los dragones del tejado. Una ráfaga repentina de aire me revolvió el pelo y, al darme la vuelta, vi que un inmortal, con los ojos tan brillantes como estrellas, surcaba los cielos detrás de mí. Me detuve para poner fin a su persecución, pues temía alertar a los guardias celestiales. Cuando Wenzhi se aproximó, la estela violeta de su nube pasó por encima de la mía.

—¿Qué haces aquí? —exigí saber.

—Me disponía a hacerte una visita, pero he visto que te marchabas.

—¿Me has seguido?

—Más bien intentaba no perderte la pista —dijo con una leve sonrisa—. No hay nadie que surque el viento más rápido que tú.

Su elogio despertó en mí una chispa de calidez que sofoqué de inmediato. Su opinión me traía sin cuidado.

—¿Qué quieres, Wenzhi? No puedo perder el tiempo.

—He oído lo que ocurrió en el Lago de la Perla Luminosa.

Sus labios se redujeron a una delgada línea.

—Confieso que estoy decepcionado. Esperaba que se comportase de nuevo como un necio.

Me sonrojé ante el significado de sus palabras; no obstante, una oleada de impaciencia me sacudió, pues iba con retraso.

—Te felicito por lo bien informado que estás. Debo marcharme ya. No me sigas —advertí.

Me recorrió con la mirada, deteniéndose en la espada que llevaba sujeta al costado, en el arco que me colgaba del hombro.

—Rezumas temeridad, Xingyin.

—No es asunto tuyo —le respondí con frialdad.

—Ya lo creo que sí —me corrigió—. Debe de tratarse de algo terrible para que estés aquí tú sola. ¿Qué les ocultas a los demás? ¿Qué temes que descubra tu amado?

Al no responderle, se aproximó más a mí y saltó a mi nube. Cuando el dobladillo de su túnica verde oscuro rozó el de la mía, resistí el impulso de retroceder; me negaba a que descubriera lo mucho que me inquietaba su presencia.

—¿Por qué vas al Palacio de Jade? —preguntó—. No podrás entrar; detectarán tu presencia de inmediato.

—¿A qué te refieres? —Mi tono era cauteloso.

—Esta noche han modificado las guardas que rodean el palacio. —Hizo una pausa y añadió—: Estoy al tanto de la visita del ministro Ruibing. Según recuerdo, era un imbécil pomposo. ¿Qué quería?

—¿Cómo sabes...?

—Procuro estar al corriente de esa clase de cosas —me interrumpió—. Las defensas del Reino Celestial. Tu bienestar.

Las puntas de las orejas me ardían. Hice caso omiso a su pregunta anterior e inquirí:

—¿Es verdad eso que dices sobre las guardas?

En su mirada se reflejó una expresión de exasperación que me era familiar.

—Si no me crees, adelante. Te detendrán antes de que puedas cruzar las puertas. —Ladeó la cabeza—. Creo que será lo mejor; así tus planes se irán al traste. El intento de allanamiento constituirá una infracción mucho más leve que lo que sea que hayas planeado.

—No pueden descubrirme. No se me permite abandonar la luna. —Cerré la boca, arrepintiéndome de habérselo contado. Si me sorprendían desobedeciendo el edicto del emperador, correríamos diez veces más peligro. Y si intentaba sabotear las guardas, tal vez hiciera sonar una alarma, lo que provocaría la llegada de una legión de recelosos soldados.

Wenzhi me dirigió una reverencia burlona.

—Quizá yo sea de ayuda. Tengo experiencia con lo de colarme en lugares en los que no debería.

Me lo quedé mirando.

—¿Por qué ibas tú a ayudarme?

—Como ya te dije, deseo resarcirme. Y también prefiero que sigas con vida y que no acabes encerrada en alguna prisión celestial. De ahí me costaría más sacarte. —Y añadió con énfasis—: No me deberás nada. Tómatelo como una compensación por todo lo que te hice.

—Nada de lo que hagas compensará *jamás* tus errores —dije, mordaz.

—Bueno, pues como una compensación *parcial* —se corrigió, aunque una expresión ilegible le surcó el rostro.

La idea de recibir favores suyos no me hacía la menor gracia y tampoco confiaba en él lo suficiente como para contarle el plan. Sin embargo, no pensaba correr el riesgo de que me descubrieran por una cuestión de orgullo; no jugaría con nuestra vida.

—Ayúdame a acceder a palacio, pero no me sigas —le dije.

—¿Me contarás lo que te propones?

Sonreí alegremente.

—No.

Dejó escapar un suspiro.

—¿Qué quieres que haga?

—Que sabotees las guardas de la Puerta Occidental. —La cara me ardió al pensar en mi hipocresía. En el pasado le había echado en cara aquella jugarreta y ahora le pedía ayuda para que hiciera lo mismo.

—A menos que dispongas de un ejército invasor, las guardas de palacio no pueden forzarse desde el exterior —me explicó.

Ignoraba aquello. Las misiones que había llevado a cabo para el Ejército Celestial me habían llevado siempre a tierras lejanas; jamás había tenido que vigilar los muros del Palacio de Jade.

—¿Puedes alejar a los guardias de la puerta? —pregunté—. ¿Hacer algo para distraerlos?

—Preferiría que me dieras una tarea más difícil. —Al no responder, me dirigió una inclinación de cabeza—. Como desees.

—Gracias. —Sentir gratitud por él me inquietaba.

—Si al amanecer todavía no has salido, entraré a por ti. —Un brillo plateado iluminó su mirada.

—No necesito tu ayuda para salir de allí —repuse secamente.

—Pero sí para entrar. —Alzó la mano para acallar mi réplica—. Tengo plena confianza en tus habilidades, pero a veces la suerte nos juega malas pasadas.

Volvió a su nube sin mediar otra palabra y emprendió el vuelo hacia la oscuridad de la noche.

Recordé la advertencia de Tao acerca de ir camuflada, así que me cubrí la nariz con un trozo de tela negra y me lo anudé a la nuca. Distaba mucho de ser un disfraz perfecto, pero no era lo bastante hábil como para ocultarme con un encantamiento y mucho menos para mantenerlo. Además, había aprendido a no menospreciar los artificios más sencillos, pues a menudo eran los que se pasaban por alto con mayor facilidad.

Una corriente de energía poderosa y feroz atravesó el aire. Oí unos gritos por delante y un grupo de auras inmortales se alejaron a toda prisa, atraídas por la conmoción. Wenzhi había sacudido las puertas con una eficacia despiadada. Noté cómo se me tensaban las entrañas mientras atravesaba las barreras invisibles y me encogí de forma instintiva, a la espera de una sacudida. Sin embargo, lo único que percibí fue un roce frío en la piel semejante al de una llovizna… y justo después me encontré al otro lado de los muros, de vuelta en el Palacio de Jade.

No vi que me persiguiera ninguna nube mientras cruzaba volando los exuberantes jardines que dividían el Recinto Exterior del Recinto Interior; las flores y los árboles salpicaban el paisaje como tinta derramada. Oía un leve rumor, el mismo torrente rítmico que me había ayudado a dormir innumerables noches. Descendí un poco, inhalando la dulzura del jazmín y la glicina, inmersa durante un momento en los cálidos ecos de alegres recuerdos. ¿Estaba Liwei por allí? ¿Se encontraba a salvo? Quería ir a buscarlo, pero si lo hacía acabaría sumiéndonos en un peligro aún mayor, pues conseguiría que sospechasen aún más de él. No era el momento de dar rienda suelta a impulsos imprudentes. La emperatriz cuidaría de él, y al margen de lo que sucediera, seguía siendo el hijo del emperador.

Al otro lado del Recinto Interior se hallaba el núcleo del Palacio de Jade: el Salón de la Luz Oriental, la Cámara de Reflexión y el Tesoro Imperial, repartidos por los extensos terrenos. Un edificio circular de mármol rojo se alzaba sobre la hierba como un anillo de cobre sobre un lecho de seda. Unos intrincados grabados de vides, hojas y flores recorrían sus muros. Dos leones de piedra flanqueaban las puertas lacadas, que se encontraban adornadas con oro, y las tejas de lapislázuli recubrían el tejado conformando una elegante pendiente. La luz de la luna le confería a todo el conjunto un tinte blanco y plateado. Unos cuantos soldados celestiales ataviados con relucientes armaduras se hallaban apostados frente a la entrada del Tesoro, mientras el resto patrullaba los terrenos.

Después de que mi nube aterrizase en un bosquecillo de alcanforeros, yo me oculté en las sombras y me abrí paso en silencio hacia la solitaria figura de negro.

Tao me dirigió una sonrisa y señaló la tela que me cubría el rostro.

—Has leído demasiados cuentos protagonizados por mortales.

—¿Acaso no me dijiste que me camuflara? —Le lancé un trozo de tela—. Más vale cubrirse con esto que dejar que alguien te vea la cara.

—No me hace falta. —Lo apartó a un lado con desdén mientras un brillo le recorría la piel, como si el sol se reflejase en él. Sin embargo, me fijé en que tenía los ojos más juntos; los labios, más delgados;

y su nariz había adquirido un aspecto más chato y ancho. Si no hubiera estado mirándolo, habría pensado que se trataba de otra persona. Aun así, su aura era la misma y reverberaba ligeramente, casi de forma imperceptible.

Fruncí el ceño.

—¿Cómo has hecho eso? No he notado que usaras la magia.

—Es una habilidad innata, la única que me sirve de algo. —Se secó el sudor de la frente, respirando de forma agitada—. Resulta útil, dada mi profesión.

—¿Es como la magia de los espíritus de zorro? —pregunté.

Negó con la cabeza.

—No es algo tan poderoso. Solo soy capaz de deformar mis rasgos para que no se me reconozca; los espíritus de zorro pueden adoptar la forma de otro. También he oído hablar de encantamientos muy inusuales que consiguen reflejar no solo los atributos físicos, sino también el aura y la voz.

—Una habilidad peligrosa. Aunque indudablemente útil en momentos como este. —Lo contemplé esperanzada—. ¿Eres capaz de camuflar mis rasgos?

—No. No soy demasiado poderoso, cosa que me permite pasar desapercibido. Me costaría muchísimo mantener activos dos espejismos.

Asentí, procurando ignorar el sentimiento de decepción.

—¿Cómo vamos a entrar?

Tao señaló uno de los paneles de la pared, de un tono más claro que el resto. Había creído que era un reflejo de la luna, pero me fijé en que había otros idénticos esparcidos de forma uniforme a lo largo de las paredes de mármol.

—Cada uno conduce a una cámara diferente del tesoro. Este es el que debemos usar nosotros. —Me tendió un disco de jade con una flor de melocotón tallada—. Yo entretendré a los soldados. En cuanto entres, déjame la llave en el suelo. No llames la atención ni uses demasiado la magia para evitar alertar a los guardias.

—¿Qué hay de los otros encantamientos de protección? —Me parecía improbable que ninguna barrera más nos separase del tesoro.

—No hay ninguno más. Los objetos de dentro cuentan con un sistema de autoprotección más eficaz que cualquier otra cosa.

Se me erizó el vello de la nuca.

—¿A qué te refieres?

Sin embargo, su figura fluctuó y se desvaneció. Los árboles se agitaron a lo lejos: Tao se había puesto ya manos a la obra. Los guardias captaron el movimiento y la mayoría se apresuró a inspeccionar la zona; solo dos de ellos permanecieron en la entrada.

Me agaché, agarré un puñado de piedrecitas y las lancé lo más lejos posible. Estas emitieron un ruido sordo al aterrizar y los guardias desviaron la mirada. Eché a correr de inmediato hacia la entrada y me pegué a las paredes. Justo al lado del panel había un hueco tallado con la misma forma que la flor del disco de jade, integrado a la perfección con los grabados. Se me aceleró el corazón cuando coloqué el ornamento en el hueco y lo encajé sin problemas. El panel comenzó a brillar y desapareció, y yo escondí la llave tras un matojo de hierba antes de colarme en la cámara.

A mi espalda, la puerta volvía a tener la solidez de la piedra. El aire del interior estaba viciado, como si hiciera décadas que ningún ser vivo hubiera accedido a aquella estancia. Examiné la vasta cámara, que era incluso más grande que el Salón de la Armonía Plateada de mi casa. En el centro había una mesa redonda de caoba con un elegante patrón floral grabado; encima había varios montones ordenados de libros y pergaminos. No vi ningún taburete, tal vez porque nadie visitaba aquella sala; desde luego, nadie cuyo propósito fuera pasar el rato. Las estanterías de madera de olmo recubrían las paredes, repletas de exquisitas esculturas de criaturas míticas y adornos de oro, porcelana y jade. A lo largo de las paredes había unos arbolitos de hojas verdes y elegantes ramas que apenas llegaban a la rodilla.

La puerta volvió a brillar y Tao apareció.

Sin mediar palabra, se dirigió a una estantería situada al fondo de la estancia. Al pasar los dedos por el papel pintado, un crujido rasgó el silencio. Detrás había un hueco con una caja redonda lacada del tamaño de la palma de mi mano. Se encontraba exquisitamente tallada en forma de peonía, con los pétalos carmesíes pegados unos a otros. Seis libélulas de jade reposaban sobre los pétalos; tenían las alas translúcidas, el cuerpo iridiscente y las antenas doradas.

Me dispuse a tomar la caja, pero Tao me agarró del brazo; me dio la sensación de que sus dedos eran como barras de hielo. Señaló las libélulas entre temblores.

—Esos bichos pican. Su veneno es insoportable; la última vez casi no lo cuento.

—¿Las libélulas? —Mi voz sonó teñida de duda. Eran preciosas, estaban tan bien hechas que casi me parecía oír el zumbido de sus alas. Al acercarme para examinarlas, se sacudieron: las alas comenzaron a revolotear y sus ojos, rojos como rubíes, destellaron; a continuación sacaron unos afilados aguijones del abdomen. Retrocedí de un salto, lista para arrasar con ellas con el torbellino de viento que ya asomaba a mis dedos...

—Quieta; los guardias percibirán la magia —siseó Tao, y señaló mi arco con un asentimiento de cabeza—. ¿No puedes usar un arma?

Desenvainé la espada justo cuando las libélulas salieron disparadas con un zumbido amenazador; los extremos de sus alas refulgían como cuchillos afilados y un líquido claro y resplandeciente rezumaba de sus aguijones. Se abalanzaron sobre nosotros, con aquellos ojos rojos como la sangre clavados en Tao y en mí. Se me erizó la piel al tiempo que alzaba un brazo y les dirigía un golpe con la espada; sin embargo, las libélulas me esquivaron a una velocidad asombrosa y volvieron a lanzarse sobre mí. Me aparté para sortearlas y estoqueé de forma frenética a la que tenía más cerca; las alas se le partieron, emitiendo un tintineo parecido al del cristal al romperse. Mi espada destelló como un torbellino plateado a medida que acababa con cada una de ellas, y finalmente solo quedaron fragmentos rotos esparcidos por el suelo.

Lancé un suspiro —demasiado pronto— y los trozos comenzaron a sacudirse. Los cuerpos se prolongaron, y las alas, las cabezas y las extremidades crecieron hasta que cada fragmento inconexo volvió a formar una nueva criatura; estas se elevaron en el aire y zumbaron como una plaga de langostas.

Tao abrió los ojos de par en par.

—No tenía ni idea de que pudieran hacer *eso*.

—Deberías haberme hablado de ellas desde el principio —le solté. Se sonrojó.

—Te dije que me hacían falta tus habilidades. Me... Me daba miedo que no vinieras; ya parecías bastante reacia.

—Tao, tú y yo hablaremos largo y tendido después. —No aparté la vista de la grotesca imagen que conformaban los resplandecientes aguijones y los ojos llameantes; aquel dichoso zumbido y los golpeteos, parecidos a los de unas pinzas, me provocaban un pitido en los oídos.

El enjambre se abalanzó hacia nosotros. Agarré a Tao del brazo y eché a correr; volqué la mesa de caoba y nos resguardamos detrás, antes de llevarla rodando hasta un rincón de la estancia. Las libélulas se estamparon contra el otro lado y algunas de las alas se clavaron en la mesa; una de las puntas llegó a astillar la madera. Se me hizo un nudo en la garganta y el estómago se me revolvió.

Agarré una urna de latón esmaltada con crisantemos amarillos de un estante y se la tendí a Tao.

—Tenemos que atraparlas.

Las manos le temblaron al tomarla.

—¿Qué? *¿Por qué?* —preguntó en un tono angustiado.

—No podemos usar la magia ni aniquilarlas. Si se te ocurre una idea mejor, soy todo oídos —dije con fervor—. Yo las atrapo y tú las encierras. Mantén la tapa cerrada en todo momento.

Me desabroché las tiras que llevaba atadas a las muñecas, agradecida de que Liwei hubiera transformado el material, pues a aquellas criaturas no les habría costado nada desgarrar la seda. Los cordones se elevaron en el aire y, a mi orden, se entretejieron hasta formar una pequeña red. Sin perder ni un instante, tomé la red y se la arrojé a las libélulas. Conseguí atrapar tres, que se sacudieron de forma salvaje; el resto se hizo a un lado antes de abalanzarse de nuevo sobre mí. Me agaché, pero me rasparon el cuello y las mejillas con las alas. Las heridas me abrasaban y yo vacié la red en la urna con el corazón acelerado, sacudiéndola con fuerza para desprender a las criaturas. Cuando cayó la última, Tao cerró de golpe la tapa y la mantuvo en su sitio, a pesar de que su rostro había adoptado un tono grisáceo.

Era una danza frenética; hacía girar la red en el aire para atrapar a las libélulas y luego las metía en la urna. Una de las veces, Tao fue demasiado lento y unas cuantas escaparon, por lo que tuvimos que volver a atraparlas. Otra se escabulló de la red y le hizo a Tao un corte en la oreja con el ala.

—Lo siento —dije entre jadeos mientras la sangre le corría por el cuello. El zumbido se hizo más fuerte, como si las libélulas se enfervorizaran al percibir el cálido aroma.

—Que no se te vuelvan a escapar —dijo con un hilillo de voz.

Por fin, atrapamos todas las libélulas; el roce de sus alas contra el latón resultaba espeluznante y el chirrido me puso de los nervios. Tao se inclinó sobre la urna y colocó los brazos alrededor de la tapa; la sujetó con fuerza. Saqué un cordón de la red y até el recipiente con él. En cuanto los nudos estuvieron bien asegurados, hice a un lado la urna, que se sacudió antes de detenerse y enmudecer.

Tao se desplomó a mi lado y se limpió la sangre de la oreja, temblando.

—No pienso volver a hacer eso.

Ignoré lo mucho que me pesaban las extremidades y le tiré de la manga.

—Venga, tenemos que irnos.

Nos levantamos y nos aproximamos dando tumbos hasta la caja lacada de la estantería. Cada uno de los pétalos de la peonía era perfecto y se curvaba ligeramente alrededor de los bordes. Tao tomó la caja, cuyos lados eran totalmente simétricos. La sujetó con firmeza entre las palmas y la retorció. Los pétalos se sacudieron un instante y, tras desplegarse, dejaron al descubierto un interior adornado de topacios. Se oyó un chasquido y una grieta se extendió por la caja igual que un albaricoque partido en dos. Un aroma a melocotones almibarados impregnó el aire —de una dulzura embriagadora— y la boca se me hizo agua de pronto.

Tao contempló el interior de la caja y la respiración se le aceleró.

—¿Están ahí dentro los elixires? —pregunté con impaciencia.

—Sí. —Levantó la cabeza y examinó la estancia, que estaba hecha un desastre—. Será mejor que lo recojamos todo.

Me puse manos a la obra a toda prisa; devolví la mesa a su sitio y volví a dejar encima los libros y los pergaminos. Acto seguido, enderecé las estanterías y escondí los adornos rotos en un rincón oscuro de la sala. Distaba mucho de estar perfecta, pero con suerte daría el pego lo suficiente en caso de que alguien echara un vistazo rápido.

—¿Los tienes? —le pregunté a Tao.

Asintió y volvió a colocar la caja en el estante. Al encaminarnos hacia la puerta, la piedra comenzó a iluminarse. El pánico se apoderó de mí al tiempo que Tao y yo nos escondíamos detrás de la estantería más cercana, agazapados entre los arbolitos y con la urna al lado.

El panel se desvaneció. Dos soldados altos y de hombros anchos entraron. ¿Se trataba de una visita rutinaria o alguien nos había oído? Los soldados se detuvieron y uno volvió la cabeza, como si hubiera escuchado algo. Respiré de forma entrecortada, y la tela que me cubría la boca se sacudió mientras agarraba con fuerza la empuñadura de la espada. Un fuerte golpeteo desbarató el silencio: la urna se sacudió en el suelo. El hombre se volvió hacia esta de inmediato, con la mano aferrada a la lanza.

Me quedé paralizada, pero no tardé en sacudirme el estupor. Tomé la urna a toda prisa y quité los cordones; abrí la tapa y arrojé el contenido a los guardias. Las libélulas salieron disparadas, zumbando enfurecidas. Los soldados palidecieron, pero eran hombres bien entrenados, pues alzaron las lanzas y golpearon el aire con rítmicas estocadas; uno de ellos pidió refuerzos. A medida que las libélulas se hacían pedazos —algunas habían vuelto ya a regenerarse—, más guardias entraban corriendo en la sala y obstruían la entrada. Las criaturas se abalanzaron hacia ellos y les picaron la cara y el cuello. Unos bultos de una tonalidad entre violácea y rojiza les brotaron en la piel y los soldados jadearon de dolor. Tao y yo echamos a correr hacia la puerta, pero uno de los soldados nos bloqueó el paso de un salto y blandió la espada en mi dirección. Lo ataqué con fervor, haciéndolo retroceder. Se nos acababa el tiempo. Los soldados no tardarían en sobrepasar a las libélulas y nos detendrían; un hechizo empezaba ya a sacudir el aire.

Agarré la empuñadura de la espada con ambas manos y la levanté para bloquear el golpe del soldado; el brazo me palpitó mientras apartaba su arma a un lado. El hombre se tambaleó hacia atrás, moviendo los brazos para recuperar el equilibrio, y acto seguido su espada trazó de nuevo un arco en mi dirección. Me eché a un lado y la cuchilla atravesó el punto donde hacía un momento había estado mi pecho. Me agaché y le propiné un puntapié en el estómago. Soltó un grito ahogado, a pesar de que se lanzó hacia delante para intentar agarrarme la tela de la cara. Me aparté y le recorrí el brazo con la espada, desgarrándole la carne. La sangre salió a borbotones y un grito abandonó su garganta; el zumbido de las libélulas se intensificó hasta límites insospechados.

Eché mano de mis poderes y lo aparté con una tormenta de aire, pues la cautela era ya innecesaria. Al menos seguía sin vérsenos la cara; teníamos la oportunidad de escapar ilesos, aunque esta se antojaba cada vez más lejana.

—¡Vienen más soldados! —gritó Tao.

Abandonamos la cámara a toda prisa y cruzamos corriendo la hierba. Invoqué un torrente de magia y una nube apareció mientras intentábamos dar esquinazo a los soldados. Nos montamos apresuradamente y un silbido amenazador atravesó el aire. Tao y yo nos agachamos, conteniendo la respiración al tiempo que las flechas pasaban volando por encima. El sudor me caía de la frente y me dolían las extremidades, pero no se me ocurrió detenerme; aumenté la energía e imprimí más velocidad al viento, que nos hizo ascender de forma sinuosa para despistar a cualquiera que pretendiera darnos caza.

Volamos en silencio durante un buen rato, atentos ante cualquier señal de peligro. Solo cuando el resplandor de la luna nos mostró el camino a través de la noche, me quité la tela de la cara. Hasta entonces no le había dado importancia, pero agradecía habérmela puesto. Si alguien me hubiera reconocido... me estremecí solo de pensarlo.

Tao se había rodeado el cuerpo con los brazos.

—Por los pelos. Hemos tenido mucha suerte.

Asentí, examinando los cortes, en forma de red ensangrentada, que me habían dejado las libélulas. Tao, a mi lado, se curaba una herida profunda en el brazo; la sangre aún le goteaba de la oreja.

—¿Te duele? —pregunté.

—No. —La voz le temblaba un poco.

—Deja que te examine la herida —me ofrecí, preguntándome si sería más profunda de lo que parecía.

Negó con la cabeza.

—No es grave.

—¿Tienes los elixires? —Ya estaba imaginándome el rostro iluminado por el orgullo de mi padre. La alegría de mi madre cuando lo llevase a casa.

Tao metió la mano en la túnica y sacó una botellita del tamaño del pulgar. Estaba hecha de jade blanco translúcido y unas delicadas filigranas de oro adornaban el tapón. Un líquido brillante se arremolinaba en su interior; su aroma a miel resultaba casi abrumador.

Sonreí y alargué la mano..., pero entonces Tao dejó caer los hombros al tiempo que el aire que lo rodeaba resplandecía; su rostro y su cuerpo se desdibujaron como si la niebla lo hubiera envuelto.

—¿Qué ocurre? ¿Estás bien? —Me dispuse a agarrarlo del brazo para tranquilizarlo, pero mis dedos le atravesaron la carne como si fuera humo.

—Lo... Lo siento. Solo había uno. —El semblante se le descompuso y la voz, teñida de remordimiento, se desvaneció con el viento.

Le devolví la mirada, aturdida e invadida por el miedo. ¡Había arriesgado tanto! ¡Había llegado tan lejos! La furia prendió en mi interior y yo me abalancé sobre él; traté de aferrarme a la forma espectral de la botella que tenía en la mano, pero era como intentar agarrar un fragmento del cielo.

Era demasiado tarde: se había desvanecido. Me habían tomado el pelo, había arriesgado la vida en vano... y lo peor de todo, le había fallado a mi padre.

10

La luz de los farolillos lunares disminuyó al tiempo que el amanecer despuntaba. Casi anhelaba el regreso de la noche, tan oscura como mis pensamientos. Había estado a punto de llevar a mi padre a casa y ahora... el elixir era historia. Cerré los puños mientras maldecía a Tao, a su hermana y a mí misma por haber confiado en ellos. Aun así, era incapaz de quitarme de la cabeza la expresión angustiada que había adoptado Tao al desvanecerse. ¿Había esperado encontrar dos elixires en vez de uno? ¿Habría tomado yo una decisión diferente, habría sacrificado la vida de mi padre por la de un desconocido? En cualquier caso, si alguna vez volvía a toparme con él, correspondería su egoísmo con la misma moneda. Yo, al igual que él, había arriesgado la vida; el elixir era tan mío como suyo, y al robármelo había perdido cualquier derecho que hubiese tenido sobre este.

Los soldados celestiales que montaban guardia en mi casa no me eran familiares. Feimao debía de haber acabado su turno. El día anterior había atravesado las puertas sin vacilar y ahora tenía que escabullirme como una ratera. Me dirigí sigilosamente a la parte de atrás, trepé por una columna de nácar y me columpié hasta el balcón. Mientras me deshacía de mis ropas y me ponía una túnica violeta que había dejado allí escondida, posé la mirada en el reino de abajo, cubierto por la suave bruma de la mañana. Un sentimiento de pesadumbre se apoderó de mí al recordar las noches que había pasado allí, sumida en un ocioso recogimiento. ¿Recuperaría alguna vez la paz que había sentido entonces?

El pasillo estaba desierto cuando me dirigí a mi habitación. Abrí las puertas y al entrar me sobresalté al ver a Shuxiao sentada a la mesa junto con el general Jianyun. Sus tazas de té estaban vacías y la espada de Shuxiao, tirada en el suelo. ¿Llevaban mucho esperando?

—No deberíais estar aquí —solté. Tras recordar mis modales, le dirigí una reverencia al general Jianyun—. El edicto del emperador...

—Estoy al tanto —dijo Shuxiao con la frente arrugada—. ¿Dónde estabas? No tenías permitido salir.

Miré al general Jianyun. Seguía siendo consejero del emperador y, además, era más seguro para él que no lo supiera. No obstante, su inesperada presencia me provocó un escalofrío.

—¿Sabéis algo de Liwei? —pregunté, eludiendo la pregunta de Shuxiao.

—Nadie tiene permitido ver a Su Alteza. El emperador ha ordenado que permanezca aislado en sus aposentos —explicó de forma sombría el general Jianyun.

Me mordí el interior de la mejilla.

—¿Ha hablado Liwei con su padre?

El general Jianyun negó con la cabeza.

—Su Majestad Celestial se niega a concederle una audiencia hasta que Su Alteza se disculpe... cosa que no ha hecho. Los pocos consejeros que se han atrevido a expresar preocupación por el trato del príncipe tampoco han conseguido hacer entrar en razón al emperador.

—Pero no hemos venido por eso. —Shuxiao parecía preocupada—. Los soldados se aproximan en este preciso momento liderados por el general Wu.

El miedo me recorrió la columna.

—¿Por qué?

—El emperador ha dictado la sentencia en relación a tu madre. A todas vosotras. —Dejó escapar un suspiro—. Permaneceréis confinadas en la torre.

Sentí un vacío en las entrañas al pensar que iban a encerrarnos a Ping'er, a mi madre y a mí en un lugar como aquel. La torre era una prisión celestial situada a las afueras del reino; allí se encontraban confinados monstruos horribles como el Diablo de los Huesos. Era un lugar desolador y envuelto en sombras, ya que entre sus muros no había puertas ni ventanas, nada que proporcionase ni un atisbo de luz.

—¿Durante cuánto tiempo? —pregunté con dificultad.

Fue el general Jianyun quien respondió:

—No se ha establecido una duración determinada.

—Tal vez nos deje allí para siempre. —Un sentimiento de desesperación me invadió las entrañas y se aferró a mí con fuerza. El emperador les había hecho lo mismo a mi madre y a los dragones; sus castigos se prolongaban de forma indefinida sin que jamás se les mostrase clemencia. Con el paso de los años, la gente olvidaría nuestro nombre, que quedaría sepultado; no seríamos más que las protagonistas de otro cuento aleccionador acerca de los peligros de desafiar al Emperador Celestial.

—Algunos intentamos defender a tu madre. Chang'e jamás había desatendido sus deberes; tuvo que tratarse de un desliz inocente. —Al general Jianyun se le oscureció el semblante—. Pero unos cuantos tergiversaron nuestras palabras y alegaron que aquel lapsus, inaudito hasta entonces, tuvo que haber sido intencionado, pues se produjo precisamente durante el cumpleaños de Su Majestad Celestial. Otros fueron un paso más allá y afirmaron que aquel insulto a Su Majestad Celestial constituía una traición y tenía como objetivo debilitar su posición, envalentonar a los disidentes y sumir al reino en la desgracia.

—Tienen un concepto demasiado elevado de nosotras. No fue más que un error inofensivo.

—En el palacio de Jade ningún error es «inofensivo». Sobre todo los que desatan la ira del emperador —repuso Shuxiao.

—¿Qué vas a hacer? —preguntó el general Jianyun.

—¿Cuántos soldados son? ¿Cuándo llegarán? —Me obligué a preguntar.

A Shuxiao se le ensombreció el semblante.

—Más de un centenar. Aparecerán hoy o mañana, a más tardar.

—¿Un *centenar*? —repetí, aturdida. ¿Esperaban que nos enfrentásemos a ellos? No se trataba de ninguna petición cortés para que nos entregásemos; el emperador había enviado a una tropa con el propósito de avasallar al enemigo y capturar a cualquiera que se negase a rendirse. Hacía un año, los soldados celestiales se habían puesto de mi lado y ahora... marchaban hacia mi hogar.

Mi mayor miedo, mi peor pesadilla, se había hecho realidad.

—No permitiré que nos encierren —dije, movida por el instinto.

Se produjo un breve silencio antes de que el general Jianyun carraspease.

—¿Y qué pasa con el laurel?

—Que se lo queden si así nos dejan en paz. —Hablaba de forma precipitada, con el mismo temor de una niña que negocia en vano para retrasar un castigo inevitable.

—No sabemos para qué se utilizaría si cayese en malas manos —adujo el general Jianyun—. Aunque no comprendamos su poder, tampoco podemos ignorarlo.

—¿Cómo vamos a enfrentarnos a ellos? Y no lo digo solo porque nos superan en número, sino porque esos mismos soldados me ayudaron en el pasado. —La idea de atacar a aquellos junto a los que había luchado codo con codo me asqueaba.

—El Ejército Celestial ya no es lo que era. —El general Jianyun hablaba con pesadumbre—. Los soldados que te defendimos aquel día hemos sido apartados; se ha cuestionado nuestra lealtad. Muchos se han marchado y a los que quedan se los ha enviado a tierras lejanas.

Su apoyo les había costado caro. A pesar de tratarse de un simple gesto de gratitud, habían herido el amor propio del Emperador Celestial. Lo había considerado uno de los mejores momentos de mi vida, pero ahora la culpa lo había contaminado.

El tiempo corría y los soldados del emperador estaban cada vez más cerca. Escudriñé el rostro del general Jianyun, en busca de orientación, pero el hombre permaneció en silencio. En ocasiones no había respuestas, sino que había que inventarlas sobre la marcha.

Uní las manos e hice una profunda reverencia.

—Gracias por avisarnos. Pido disculpas por mi descortesía, pero tal vez sea más seguro que os marchéis antes de que aparezcan los soldados.

Las arrugas de la frente del general Jianyun se hicieron más profundas, como líneas trazadas en la arena.

—¿Qué vas a hacer?

No respondí; tenía los nervios a flor de piel. Lo único que siempre había querido era que me dejasen vivir en paz con mi familia y, sin embargo, cada paso que daba hacía que corriésemos más peligro.

No, me susurró una vocecilla en mi cabeza. *Aspirabas a algo más. Quisiste ayudar a los dragones. Desafiaste al emperador para obligarlo a pasar por el aro. Intentaste robar el elixir. Incluso ahora intentas hallar la forma de detener el ataque. Jamás te conformaste con dejar las cosas tal y como estaban... siempre aspiraste a más.*

La paz no fluye por tus venas.

Me desgarré la suave carne del labio al mordérmelo. Había permanecido callada, intentando evitar la furia del emperador, creyendo, como una tonta, que los rencores del pasado quedarían olvidados al cabo de una década más o menos. ¿Qué me importaban a mí los aspectos políticos del reino, las cesiones de poder? Yo no tenía ningún tipo de influencia en aquellos asuntos. Sin embargo, las semillas de la traición habían sido sembradas y su fruto debía recogerse. Ni el emperador confiaba en mí ni yo en él. Se me revolvió el estómago al pensar en el laurel en manos del emperador, y la situación resultaba todavía más aterradora porque desconocía las consecuencias.

Si tuviéramos aliados propios a los que acudir en busca de refugio... El príncipe Yanxi no podría acogernos; no arriesgarían su alianza con el Reino Celestial. Todavía tenía la escama que me había regalado el Dragón Largo. ¿Podría pedirles ayuda a los dragones, no para que atacasen a los soldados, sino para huir? No obstante, detectarían su presencia y los dragones no tenían ningún deseo de acabar enfrentados de nuevo al Emperador Celestial. No los pondría en peligro a no ser que fuera estrictamente necesario, cuando hubiese agotado otras vías.

Las dudas empañaban mi determinación, que oscilaba como una llama atrapada en el viento. Todos los posibles senderos estaban repletos de peligros. Si huíamos, el emperador no nos perdonaría, nos perseguiría por todo el reino. Tampoco podíamos luchar, pues nos superaban en número. La única alternativa era permanecer allí y aceptar el castigo; no obstante, ¿me atrevería a confiar en la benevolencia del emperador? ¿En que con el tiempo recapacitase y nos dejase libres?

Las palabras del Emperador Celestial afloraron a mi mente, aquello que me había advertido el día que conseguí la libertad de mi madre: *Como Diosa de la Luna, todavía recae sobre ella el deber de asegurarse de que la luna corone el firmamento cada noche. Sin excepción.*

Aquella era la segunda ofensa de mi madre contra el Emperador Celestial, una ofensa que revestía, además, un cariz personal. No mostraría misericordia alguna, aunque tampoco era propenso a ella. Sus Majestades Celestiales no sentían ningún aprecio por mi familia y aquella era la oportunidad perfecta para deshacerse de nosotras.

Una parte de mí se alegraba de que Liwei no estuviese allí. Se habría opuesto a la invasión celestial, lo que lo habría enfrentado a su padre, ya que este último habría visto aquello como una traición imperdonable. De este modo, Liwei podría alegar que desconocía mis planes porque, a decir verdad, acababan de ocurrírseme.

—Huiremos.

Los remordimientos me invadían, mezclados con un sentimiento de culpa, pero no confiaba en la justicia que se impartía en el Reino celestial.

La decepción ensombreció el rostro del general Jianyun. Tal vez esperaba que me quedase a defender el laurel. Quizá creía que en mi interior ardía una pizca del heroísmo de mi padre. Yo no era tan noble ni tan valiente. Puede que algunos me considerasen egoísta, pero solo tenía en mente el bienestar de los míos. Había cumplido con mi deber para con el reino y la única recompensa que había recibido a cambio era su desconfianza.

—Lo entiendo. Ve con cuidado —dijo al fin.

—Debemos prepararnos —repuso Shuxiao.

—¿Debemos? —pregunté.

Se cruzó de brazos en un gesto de aparente desafío.

—No me iré hasta que hayáis conseguido huir.

—¿Cómo voy a dejar que te quedes aquí? —repliqué.

—No es decisión tuya —dijo con fiereza.

Vacilé; quería que permaneciese a mi lado, pero temía exponerla al peligro.

—Gracias —conseguí decir, a pesar de la opresión que notaba en el pecho. Habría hecho lo mismo por ella.

—General Jianyun —se dirigió a él Shuxiao—. ¿Podríais avisar a mi familia? Decidles que se oculten hasta que vuelva a ponerme en contacto con ellos.

Una oleada de amargura me abrasó las entrañas al oír aquello; detestaba que tuviese que llegar a tales extremos, que nos obligasen a huir. Aunque la huida no me parecía un acto vergonzoso; ya lo había hecho antes. No nos sacrificaría por una causa que poco tenía que ver con nosotras. Lo más importante era conservar la libertad y la vida, aquello sobre lo que se asentaban la esperanza y la promesa de un nuevo comienzo.

Llamé a la puerta de mi madre con golpes cortos y enérgicos. Salió de su habitación vestida con una túnica blanca. Me alegré de que Ping'er estuviera con ella, sentada a la mesa y sirviendo el té en dos tazas.

No perdí ni un instante y les dije urgentemente:

—Los soldados celestiales vienen hacia aquí. Debemos huir.

—¿Huir? ¿Por qué? —Abrió mucho los ojos, sorprendida.

—El emperador nos ha condenado a prisión. Pretende encerrarnos en la torre. Se nos ha acusado de insultar a Su Majestad Celestial, de albergar un propósito malintencionado al no haber iluminado la luna durante su cumpleaños.

La recorrió un escalofrío.

—Se equivocan. ¿No podemos explicárselo?

—No serviría de nada. Resulta imposible convencer a aquellos que se niegan a asumir sus errores. —La agarré de las manos y me estremecí por dentro al notar lo frías que las tenía. Estaba asustada… igual que yo—. Están empeñados en creer que somos unas traidoras. No causaste ningún daño cuando olvidaste iluminar la luna; fue un acto inofensivo, al igual que cuando te tomaste el elixir de padre o cuando los dragones les llevaron agua a los mortales que sufrían. El Emperador Celestial no tolera que nadie hiera su orgullo o amenace su posición. Le importan más las apariencias que la intención que uno tenga. —Me di cuenta entonces de lo mucho que debía de odiarme: era la chica ante la que sus soldados se habían inclinado, la misma a la que había tenido la intención de matar aquel día.

—¿Debemos huir? —A mi madre se le quebró la voz. Aquel era el único lugar de los Dominios Inmortales que conocía; en el pasado había sido su prisión y ahora, su hogar.

—Sí. Su Majestad Celestial no revocará la sentencia y nadie abogará por nosotras… por lo menos, nadie a quien el emperador vaya a escuchar. Somos una espina que arde en deseos de arrancar. Además, ansía nuestro hogar y esta es la excusa perfecta para apoderarse de él.

Ping'er frunció el ceño.

—¿Pero no lo enfurecerá aún más que desobedezcamos su edicto?

—Desde luego. —Una temeraria oleada de satisfacción me inundó al oír sus palabras—. Aunque a estas alturas ya poco más podemos perder.

Aparte de la vida. ¿Estaba siendo una inconsciente al permitir que corriésemos peligro? ¿Acaso la cárcel no era mejor que la muerte? Pero no era aquel el dilema al que nos enfrentábamos; luchábamos por nuestra libertad, por la oportunidad de vivir como quisiéramos. Y no pensaba confiarle al emperador nuestra seguridad.

Mi madre levantó la cabeza con una expresión más calmada en el rostro.

—Estamos listas.

EL CORAZÓN DEL GUERRERO DEL SOL   131

—Ping'er y tú debéis marcharos primero. Yo no tardaré en alcanzaros con Shuxiao. Distraeremos a los soldados que están montando guardia para que podáis escapar de forma segura.

Mi madre me perforó con la mirada.

—No pienso irme sin ti.

—Madre, si los celestiales te capturan, serás su rehén. Y entonces no podré llevar a cabo lo que debo hacer. Y si nos marchamos a la vez, percibirán nuestra ausencia y nos darán caza. Shuxiao y yo podemos esquivar a los soldados, pero Ping'er y tú...

—Soy débil, ya lo sé. —Mi madre apartó la mirada—. Ojalá pudiera ayudar. Ojalá mi magia fuera como la tuya.

Tal vez los poderes de mi madre fueran más sutiles, como los de Tao, o dispusiera de habilidades que desconocía. En cualquier caso poseía una fortaleza de la que yo no me había percatado siendo pequeña; en aquella época me había parecido frágil y delicada. Sin embargo, la primera vez que había tenido que marcharme de casa, yo me había convertido en un amasijo aterrado mientras que ella había permanecido serena, sin que su determinación vacilase. Fue Ping'er la que me había dicho: *Es más fuerte de lo que crees.*

—No, madre —le dije con dulzura—. La magia no es el único poder que existe; cada una de nosotras es poderosa a su manera. Me has mantenido a salvo todos estos años, ahora me toca a mí protegerte. A las dos —dije, agarrándole la mano también a Ping'er.

Mi madre respiró hondo.

—No hagas ninguna tontería. Ten cuidado y procura que no os detengan. Prométemelo.

—Lo prometo —convine de inmediato, haciendo caso omiso al sentimiento de culpa que me sacudía.

Había una parte del plan que no le había contado, una que seguía tomando forma mientras hablábamos. Shuxiao y yo habíamos pensado en distraerlos, pero ¿y si en vez de eso le tendíamos una trampa a Wugang? No era el rencor lo que me movía, sino el deseo instintivo de acabar con aquella horrible amenaza, ya que ¿quién si no iba a encargarse de recoger las semillas de laurel?

Mi madre y Ping'er recogieron algunas pertenencias. Antes de salir por la puerta, mi madre me abrazó con fuerza. Cerré los ojos e inhalé su fragancia, mezclada con la dulzura de los olivos.

—Ten cuidado, Estrellita. —Ping'er me tocó la mejilla con suavidad—. Las estrellas brillan con más intensidad durante las noches más oscuras.

Noté un nudo en la garganta al oír el apodo de mi infancia. Inhalé profundamente, conteniendo las emociones que me embargaban. Solo cuando se hubieron marchado, me desplomé en el suelo y rocé las baldosas de piedra con las yemas de los dedos. Un último adiós.

Aquello fue lo único que me permití. Me levanté y me dirigí a mi habitación. Lo primero que tomé fue el Arco del Dragón de Jade. Llevaba la espada sujeta a un costado y una daga en el cinto.

Qué arrogante había sido al pensar que nunca más tendría que volver a huir. Pero, esta vez, estaría preparada... y mis seres queridos me acompañarían.

11

Mi madre había llevado a cabo su tarea y la luna resplandecía como un mar de plata. Dejar los farolillos apagados nos habría traído problemas, pues habría levantado las sospechas de los soldados. Salió del bosque y se aproximó hacia Shuxiao y hacia mí con un trozo de madera en la mano del que asomaba una delgada estela de humo.

—Madre, ¿estás lista? —pregunté en voz baja.

Asintió con lágrimas en los ojos, aunque estas no eran fruto del miedo ni del desasosiego provocado por la pérdida inminente de nuestro hogar. Desde que yo tenía memoria, mi madre había llevado a cabo el mismo ritual nocturno: vagaba por el bosque llorando a mi padre; era el único momento en el que se permitía dar rienda suelta a su pena en vez de dejarla embotellada en su interior. De pequeña, su aparente frialdad cuando la interrumpía durante aquellos momentos me había hecho sentir mal; no había sido consciente hasta años más tarde de que el motivo era que no quería que la viese llorar. Me asaltó el impulso de confesarle que mi padre seguía vivo; me costaba guardar el secreto cuando era lo que más anhelaba, pero aun así, reprimí las palabras. El vínculo entre mi padre y yo era nuevo y desconocido, pero le había dado mi palabra; respetaría su decisión. Y mi madre ya había sufrido bastante por su separación. No avivaría sus esperanzas para que estas volvieran a acabar hechas pedazos. No hasta que hallara el modo de salvarlo. No hasta que diera con el embaucador de Tao.

—Asegúrate de que los soldados te vean entrar y luego sal por el balcón con Ping'er —le indiqué—. Dos nubes os esperan al otro lado del bosque. Shuxiao y yo nos reuniremos con vosotras a orillas del Mar del Sur.

—No os entretengáis —me recordó mi madre con los labios fruncidos, igual que siempre que sospechaba que tramaba algo.

Pero su mirada ya no conseguía que me desmoronase ni confesase la verdad entre tartamudeos.

—Descuida —respondí con firmeza.

Una vez dicho aquello, se marchó; los soldados celestiales de la entrada apenas repararon en ella. En su lugar centraron la atención en mí y me observaron de forma cautelosa antes de apartar la vista. Me quedé mirando los luminosos muros de mi hogar, sus iridiscentes columnas... memoricé cada una de las losetas y piedras, igual que cuando me había marchado por primera vez. La pena contenida me provocaba un dolor en el pecho. ¡Cómo echaría de menos aquel lugar! No obstante, mientras siguiéramos con vida, la esperanza de volver a casa también permanecería viva... por exigua que pareciera en aquel momento.

El viento se levantó y una avalancha de auras inmortales sacudió el aire. Las nubes cubrieron el hasta entonces despejado cielo nocturno. Uní las manos, frías y aun así perladas de sudor.

—Han venido antes de lo previsto —dijo Shuxiao en voz baja.

Noté que mi interior se endurecía.

—Pues debemos marcharnos.

Bajo la atenta mirada de los soldados, nos encaminamos a paso tranquilo hasta llegar al bosque; una vez allí, echamos a correr, hincando los pies en la resplandeciente tierra. Nos detuvimos frente al reluciente laurel; sus hojas tintineaban como piezas de plata. Aunque era precioso, en aquel instante lo detestaba más que nada en el mundo. Si aquel árbol no existiera, el emperador jamás habría puesto sus miras en mi hogar y nosotras no nos habríamos visto obligadas a huir.

Alcé la mano y una brisa emergió desde la punta de mis dedos. Esta serpenteó entre los olivos dulces que había al otro lado del bosque, rodeándolos y haciendo crujir sus ramas. Un señuelo para captar la atención de los soldados y permitir así que mi madre y Ping'er escapasen sin problema. Cuando percibimos que sus auras se alejaban, Shuxiao y yo entretejimos unos delicados hilos de aire recubiertos de llamas translúcidas y los colocamos en torno al tronco del laurel, urdiendo una trampa que se accionase al golpearla.

Una sensación de embestida me sacudió como si acabase de golpearme la cabeza contra una piedra. Me estremecí mientras las guardas que Liwei y yo habíamos levantado con tanto esmero quedaban despedazadas con la misma facilidad que el papel de arroz; el rugido que oía en la mente se desvaneció y dejó en su lugar un silencio atronador que me provocó escalofríos.

Los temblores recorrieron el suelo y la tierra se diseminó sobre nuestros zapatos. Shuxiao abrió mucho los ojos y señaló hacia delante. Unas volutas de color claro rasgaron la oscuridad de la noche como si fueran unos dedos arañando el cielo; el aroma ahumado y amargo de la ceniza se mezclaba con la dulzura de la canela chamuscada. Mi hogar… estaba en llamas. Las danzarinas llamas devoraron los muros otrora blancos y el humo gris se elevó en espiral. Una angustia desgarradora anidó en mi interior y unos jadeos ahogados me brotaron de la garganta.

Shuxiao me agarró del hombro:

—Ya llorarás más tarde.

Me armé de valor, asentí y le di la espalda a aquella visión infernal. Un resplandor atravesó la oscuridad al tiempo que una descarga de luz pasaba disparada junto a mí y golpeaba a Shuxiao en las costillas. La chica soltó un grito ahogado y retrocedió, pero yo la agarré del brazo —ahora me tocaba a mí ser su ancla— mientras ella posaba la palma sobre la herida y dejaba fluir la magia para cerrarla. Utilicé mis poderes para urdir un escudo sobre ambas justo antes de que otra descarga malintencionada de luz se precipitase hacia nosotras y chocase contra nuestra barrera.

Apareció un inmortal ataviado con la armadura celestial y blandiendo un hacha enorme. Sus ojos marrones destellaban y llevaba el

pelo recogido en un reluciente moño. Wugang, que iba sin sus soldados; una oportunidad que no pensaba desaprovechar.

Esbozó una sonrisa burlona.

—¿Sigues aquí? No eres tan lista como creía.

—¿Vienes solo? —repliqué—. No *eres* tan listo como te crees.

Saqué la espada en vez del arco, ya que la luz atraería a todos los
celestiales que estuviesen por los alrededores. Sin embargo, no hizo
amago de defenderse, sino que dejó que la hoja del hacha reposara
sobre el suelo mientras él se apoyaba en el mango.

—¿Por qué nos odias? —pregunté de sopetón; llevaba mucho
tiempo queriendo saber el motivo—. No te hemos hecho nada.

Se encogió de hombros.

—Querida mía, no te odio en absoluto. Llámalo más bien un
encontronazo de destinos: te interpones en el camino de lo que
quiero.

La rabia prendió en mí ante su insensibilidad, su perversa y venenosa maldad. Tensé los dedos en torno a la empuñadura de mi espada. *Date prisa*, me instó una vocecilla en mi cabeza, la parte que no se
hallaba incapacitada por el terror ni asqueada por la destrucción innecesaria de mi casa. ¿Y qué si se negaba a luchar?

Me abalancé hacia él, arma en ristre, al tiempo que él enarbolaba
el hacha. Nuestras cuchillas chocaron de forma estridente, arañándo-
se; la muñeca me palpitó por la fuerza del impacto. Shuxiao se levantó
de un salto y atacó a Wugang desde un lado, pero él curvó el cuerpo
hacia dentro para eludir el golpe. Usó el peso del cuerpo para impri-
mirle más fuerza al hacha y me echó a un lado; a continuación, nos
lanzó una brillante llamarada de magia. Aparté a Shuxiao sin perder
ni un instante y giré hacia un lado para evitar el ataque.

Wugang levantó las palmas, rebosantes de poder, y un escudo se
deslizó sobre él.

—No me equivoqué al poner en duda tu lealtad, teniente.

—No habéis hecho nada para ganárosla —replicó Shuxiao.

—Poco leal. Desobediente. Carente de talento. Es hora de purgar
el Ejército Celestial y deshacerse de reclutas inútiles.

La ira me sacudió mientras volvía a atacarlo. La espada de Shuxiao voló junto a la mía, rápida y despiadada; sin embargo, Wugang se movió con sorprendente destreza. Esquivó el siguiente ataque de Shuxiao, girando sobre sí mismo, y le propinó una patada en el vientre. Ella se desplomó, pero volvió a levantarse de inmediato y le lanzó una descarga de hielo al hombro. Cuando Wugang retrocedió con un grito ahogado, yo me lancé hacia él y dirigí la espada hacia su pecho. La punta metálica chocó contra las escamas de su armadura, pero, aun así, su escudo aguantó. Agarré la empuñadura de la espada con ambas manos y usé toda la fuerza de la que fui capaz; la magia me brotó de las palmas de las manos e impregnó la cuchilla. El escudo de Wugang se fracturó y yo hundí más la espada, dispuesta a perforarle la carne...

Un grito me sacudió y reverberó en mis oídos. La voz de mi madre. ¿Por qué seguía allí? Al quedarme paralizada, Wugang hizo mi espada a un lado y retrocedió. Fui tras él de inmediato, pero los soldados celestiales se precipitaban desde los árboles como ríos dorados. El alma se me cayó a los pies al ver a Feimao empujando a mi madre hacia delante mientras otro soldado con la complexión de un buey sujetaba con fuerza a Ping'er.

—Nos han descubierto —susurró mi madre—. Lo siento.

—Soltad las armas —ordenó Wugang con una sonrisa astuta, cuando apenas un momento antes había tenido la punta de mi espada pegada al torso—. Si haces cualquier tontería, será tu madre la que pague las consecuencias.

Feimao le colocó la espada en la nuca a mi madre. Una estocada hacia arriba y seccionaría el núcleo de su fuerza vital. Examiné su rostro en busca de un destello de duda, de algún gesto que me tranquilizase..., pero su semblante permaneció inexpresivo.

La furia ardió en mi interior, entrelazada con la gelidez del miedo. Estuve tentada de lanzarles un vendaval y tirar a Wugang al suelo..., pero me obligué a sofocar mis poderes y solté la espada. Odiaba aquella sensación de impotencia; aquella trabazón estéril.

Wugang inclinó la cabeza en dirección a mi madre con inesperada cortesía, como si hubiera adoptado de nuevo la simpática personalidad del Maestro Gang.

—Chang'e, me entristece corresponder a la hospitalidad que me mostraste de este modo.

—Podrías dejarnos marchar y ahorrarte el disgusto —le solté.

—No es un asunto que esté en mis manos. —Su voz estaba teñida de pesar.

Mi madre lo fulminó con la mirada.

—¿Qué quieres de nosotras?

—No deberíais haber intentado desafiar las órdenes de Su Majestad Celestial. Se os ordenó permanecer aquí a la espera de su justo juicio. Desobedecer un edicto constituye una ofensa grave, así como atacar al general nombrado por el emperador —dijo Wugang de forma solemne.

—¿Su justo juicio? —repetí con desprecio—. ¿Deberíamos haber esperado aquí a ser encarceladas?

—No soy yo quien os juzga —replicó él—. No soy más que un siervo de Su Majestad Celestial.

—No te hagas el digno, que no te pega. —Moví la cabeza hacia el laurel—. Fuiste *tú* quien le habló al emperador de este lugar. Orientaste aquí su mirada y lo envenenaste contra nosotras.

No negó mis palabras, sino que se dirigió a mi madre:

—Aquellos que se rebelan se enfrentan a castigos más severos. Ten por seguro que le pediré al emperador que tenga clemencia contigo. Sin embargo, tu hija posee una actitud rebelde que debe ser erradicada.

—No necesito que me hagas ningún favor —dijo mi madre con un tono glacial—. Sobre todo si es uno que va a perjudicar a mi familia.

Wugang abrió las manos.

—Vamos, Chang'e, no discutamos. No hay muchos como nosotros: mortales que han ascendido a los cielos. ¿En quién vamos a confiar si no es en el otro?

Su voz sonaba de forma peculiar: zalamera. Casi esperanzada. No creía que fuera lujuria; no miraba a mi madre con deseo. ¿Sentiría una conexión especial con ella a causa de su ascendencia mortal? ¿Se sentiría solo? Al fin y al cabo, no tenía demasiados motivos para albergar una buena opinión de los inmortales, los únicos con los que se había relacionado en todos estos años. Y todos sus seres queridos del mundo inferior habían muerto.

—¿Me pides que confíe en ti? —Mi madre levantó la barbilla—. ¿Cuando has atacado a mi familia, nos has mentido y te has apoderado de nuestro hogar?

Se quedó rígido y apretó con más fuerza el mango de bambú. ¿Era la misma hacha que le había robado al inmortal? ¿La que había utilizado para asesinar a su esposa?

—¿Por qué usas la flauta como mango? —Aunque mi pregunta era resultado de la curiosidad y de la necesidad de desviar su atención de mi madre, quería llegar a entender el funcionamiento de su mente. La mejor forma de derrotar a un enemigo era aprenderse sus movimientos, descubrir sus pensamientos y miedos más íntimos.

—Me la regaló alguien indigno. La uso como recordatorio para no volver a depositar jamás la confianza en otra persona. —A pesar de que su voz sonaba cargada de amargura, desprendía también otro matiz... ¿arrepentimiento, tal vez?

—Nos contaste que a tu esposa le gustaba oírte tocar. Ella te regaló la flauta... y tú la usaste para matarla —dije lentamente, con el estómago revuelto por culpa del asco.

Wugang esbozó una sonrisa tensa.

—Mi arma te despierta mucha curiosidad.

—He oído que la usaste para cortar un árbol, aunque te costó bastante —dije con un tono deliberadamente ofensivo para intentar provocarlo y que actuase con temeridad.

—¿Y cómo es que algo así ha llegado a tus oídos?

—Los cuentos llegan a todas partes, incluso se cantan en las casas de té de los mortales —mentí—. Deben de compadecerte mucho.

—¡Jamás se atreverían! —Su rostro se contorsionó antes de volver a relajarse; la máscara de nuevo en su sitio—. ¿Sabías que los mortales tienen sus propias historias acerca de la Diosa de la Luna? Cuentan que le robó el elixir al noble Houyi porque albergaba el deseo egoísta de convertirse en diosa. Algunos dicen que incumplió el pacto que había llevado a cabo con él para compartir el elixir y se lo tomó todo ella. Tomárselo entero otorga la inmortalidad; sin embargo, la mitad del brebaje les habría proporcionado una vida muy larga, más que lo que duran las vidas mortales. Jamás habría imaginado que tras un exterior tan gentil latía un corazón tan despiadado. No sabes lo mucho que aplaudo que eligieras desdeñar el amor. —Su sonrisa se encontraba cargada de malicia. Le había devuelto la hostilidad multiplicada por diez.

—No me conoces, ni sabes lo que es el amor. —La voz de mi madre era implacable y fría. Jamás había visto aquella faceta suya, que irradiaba hielo y nieve; la diosa ante la que se postraban los mortales.

—El amor no sirve de nada —se burló Wugang—. Es fugaz, voluble y tan caprichoso como el viento. Al final lo único que aporta es tristeza, ya sea por culpa de la indiferencia, la traición o el rencor. Aquellos que son verdaderamente poderosos no necesitan amor; no es más que una debilidad y hoy ha supuesto vuestra perdición.

Su burla me hizo enfurecer.

—Puede que nunca te hayan amado de verdad. Tal vez jamás hayas amado a nadie realmente. —Un golpe bajo, sirviéndome de su dolor y empuñándolo como una arma.

Se echó a reír, aunque su risa carecía de alegría.

—¿Qué es el amor en comparación con una vida eterna?

—¿Por eso sirves al Emperador Celestial a pesar de lo mal que te trató? — Una parte de mí todavía tenía la esperanza de influir en él. De hacerle cuestionar su lealtad al emperador.

—Aquellos que nacéis inmortales ni siquiera pensáis en la muerte. Al margen de que seáis esclavos o el mismísimo emperador, sois incapaces de comprender el temor que provoca un final inevitable. Por eso a tu madre se la desterró en lugar de elogiarla, hasta que tú, su manipuladora hija, embaucaste al Emperador Celestial y el trato le salió mal. Tuviste suerte de no acabar muerta ese día; fue un error que hoy quedará subsanado.

—Aunque no serás tú quien lo subsane. —Me esforcé por mantener la calma. Era experto en desviar mis ataques y devolvérmelos.

—Su Majestad Celestial ha sido muy generoso conmigo. La inmortalidad es el mayor honor al que podría aspirar un mortal. Un honor digno de cualquier precio, de cualquier insulto o *traición*… ¿No es así, Chang'e? —Esbozó una sonrisa cruel.

El impulso de abalanzarme hacia Wugang, de golpearlo con los puños si fuera necesario, se apoderó de mí. Pero el rostro de mi madre se retorció de furia mientras le hundía el codo en las tripas a Feimao. Él la soltó y se tambaleó hacia atrás, a pesar de que era un soldado experimentado y zafarse de su agarre no debería haber sido tan fácil. Al toparme con su mirada, vi en sus ojos un destello perspicaz y yo agaché la cabeza en señal de silencioso agradecimiento.

Shuxiao y yo echamos a correr hacia mi madre, pero un soldado nos cortó el paso. Otro atacó a mi madre con la lanza y la hirió en el brazo. La sangre de color carmesí rezumaba del profundo corte que surcaba su piel. Lancé un grito al tiempo que Wugang le dirigía al soldado una furiosa reprimenda. El hombre bajó el arma de inmediato y agarró a mi madre del brazo. Ella forcejeó y la sangre manó aún más y se esparció por las ondulantes raíces del laurel. El árbol exhaló un largo suspiro, melancólico y cargado de nostalgia, si es que algo así era posible. Se estremeció y abrió las ramas en forma de abanico, y sus semillas cayeron al suelo como gotas de lluvia.

Las contemplé sin aliento, tiradas en la hierba como luminosas perlas de hielo. Había cientos de ellas. Miles, quizá, aunque incontables más permanecían aferradas a las ramas.

—Prendedlas —les ladró Wugang a sus soldados con la mirada iluminada de repentina avaricia.

Antes de que pudiera moverme, los celestiales nos lanzaron a mi madre, a Shuxiao y a mí unas espirales brillantes y las tres quedamos atrapadas. Estas me abrasaron la piel, y me dolieron aún más al retorcerme; unas ronchas me afloraron en las muñecas. Esforzándome por mantener la calma, invoqué una ráfaga de energía y deshice las ligaduras, pero más cuerdas aparecieron y se me enroscaron alrededor de los brazos y las piernas.

Mi madre pataleó con fuerza y estrelló la parte posterior de la cabeza contra la cara de un soldado. Este maldijo, pero no la soltó. Yo forcejeé con las relucientes cuerdas, a pesar de que el pánico me complicó la tarea. Wugang lanzó unas chispas que aterrizaron sobre el cuerpo de mi madre. Las extremidades se le aflojaron y se quedó con los ojos en blanco; se desplomó en el suelo y sus faldas se desplegaron como el agua.

El terror me sacudió al verla inerte y sin fuerzas. *Está viva*, aulló mi mente, intentando sacarme de mi estupor. *Respira; su aura brilla.*

Wugang se acuclilló a su lado y agarró el hacha con más fuerza. Cuando la levantó por encima de ella, el miedo me invadió por completo y la magia brotó de mi piel y disolvió las cuerdas que me tenían sujeta. Me puse en pie y eché a correr hacia Wugang al tiempo que Ping'er se lanzaba hacia delante y cubría el cuerpo de mi madre con el suyo. Wugang maldijo y le lanzó a Ping'er una descarga abrasadora a la cabeza; el impacto la arrojó contra un árbol y los pétalos de olivo dulce cayeron sobre ella como un sudario.

—¡No!

Mi grito resquebrajó el silencio. Corrí hacia Ping'er y la envolví con los brazos; su cuerpo se sacudía de forma arrítmica, como una marioneta en manos de alguien inexperto. Noté una cálida humedad en las palmas; la sangre le manaba de una herida en la base de la cabeza. Canalicé mi energía de inmediato hacia la herida y la cerré lo mejor que pude, aunque seguía rezumando un fino reguero de sangre y su aura se estremecía de forma incierta.

Mi madre volvió en sí en aquel momento, parpadeó con rapidez y se puso en pie. Volvió la cabeza hacia nosotras con el rostro desprovisto de color.

—¡Ping'er! ¿Qué ha pasado?

Yo era incapaz de hablar y le dirigí una mirada cargada de odio a Wugang. Él no mostró remordimiento alguno y les dirigió un gesto impaciente a los guardias que nos rodeaban. La rabia se desató desde las profundidades de mi interior al tiempo que echaba mano de mi magia; un vendaval brotó de mis palmas y se estrelló contra los soldados que había más cerca. Unos cuantos más se abalanzaron sobre mí, pero yo había perdido toda sensatez y la violencia ardió insaciable dentro de mí. Tomé el arco y le lancé una descarga de Fuego Celestial a Wugang; sin embargo, su escudo centelleó y mi flecha quedó convertida en esquirlas brillantes.

Wugang extendió la mano y arrojó unos resplandecientes rayos de luz. Me agaché y su ataque pasó volando por encima de mí, crepitando con un calor malévolo. Me incorporé de nuevo y vi que Wugang se dirigía hacia mí; la sombra del laurel le cubría el rostro.

Se me ocurrió una idea.

—¡Corre, Shuxiao! Sácalas de aquí —le grité, e incliné la cabeza hacia el laurel.

Ella asintió una vez y echó a correr hacia mi madre, que yacía agachada sobre Ping'er. Shuxiao la apartó y levantó una corriente de aire para llevarse también a Ping'er; yo tensé el arco, con una descarga de Fuego Celestial crepitando entre mis dedos. Una expresión tensa apareció en el rostro de Wugang al tiempo que su escudo resplandecía con más intensidad, preparándose para mi ataque; sin embargo, en su lugar apunté al laurel y dejé volar la flecha.

La luz blanca se precipitó hacia el árbol y se enroscó alrededor del tronco como si fuera una cadena incandescente; abrasó la pálida corteza, que chisporroteó y desprendió humo…, pero las marcas ya estaban desvaneciéndose mientras la savia dorada se derramaba de nuevo por la corteza.

La sonrisa de Wugang se hizo más amplia y el pulso se me aceleró de impaciencia. El hombre pensaba que tenía la sartén por el mango, que solo él sabía que el árbol era indestructible. Se equivocaba; nuestra intención no era destruir el árbol. Eché a correr tras las demás y un fuerte chasquido quebró el silencio: la trampa se había activado. Unas ondas de fuego translúcido se precipitaron sobre aquellos que se encontraban debajo y los sumieron en un torrente de agonía. Los celestiales gritaron y levantaron resplandecientes escudos por encima…

mientras Wugang echaba a correr para ponerse a salvo, con su instinto de supervivencia en plena forma.

Eché a correr y un estremecimiento recorrió el aire, que vibraba de energía. Unas llamaradas de fuego y hielo pasaron disparadas junto a mí y estuvieron a punto de alcanzarme. Con la respiración agitada, eché mano de mi energía para urdir un escudo, aunque noté que uno se deslizaba ya sobre mí; su fría y poderosa energía me resultaba familiar. Y poco grata, a pesar de que una pequeña parte de mí se sintió, sin duda, aliviada.

Wenzhi acechaba desde los árboles, con la túnica negra ondeando y la mirada revuelta como un océano agitado por la tormenta. Movió la muñeca y unas lanzas de hielo salieron disparadas hacia mis atacantes. Al golpear el blanco, oí unos gritos por detrás de mí, y unos cuantos cayeron al suelo.

Las nubes descendieron del cielo y los celestiales echaron a correr hacia ellas; de ese modo, nos darían alcance. Me detuve de golpe e invoqué un viento feroz que rodeó a los soldados y frenó su avance. A mi lado, Wenzhi hizo fluir su magia y desató una tormenta de granizo; las puntiagudas esquirlas se unieron a mi vendaval y golpearon a los soldados que me perseguían. Nos compenetrábamos de forma tan eficiente como en el pasado, cuando habíamos luchado codo con codo en el Ejército Celestial; una época en la que yo lo consideraba honorable y le habría confiado mi vida.

—El avieso capitán Wenzhi —se regodeó Wugang, que estaba a cierta distancia—. No me sorprende que sigas frecuentando la compañía de un traidor. El emperador quedará encantado cuando le demuestre tu naturaleza traicionera. A aquellos que conspiran con el Reino de los Demonios también se los considera enemigos.

—Mejor que se le tilde a uno de demonio que serlo de verdad. Que ser alguien que agrede a los inocentes y se aprovecha de los débiles. —No negué sus falsas acusaciones, pues no serviría de nada.

—Los únicos culpables son los que se interponen en mi camino —se burló Wugang—. Algo que harías bien en recordar, al igual que tu desafortunado compinche.

Presa del odio, me consumió una oscuridad despiadada. Tal vez dentro de todos nosotros morase una bestia que solo despertase al vernos sumidos en las tinieblas más absolutas. Un pensamiento ardió intensamente en mi interior: Wugang pagaría por lo que había hecho. Eché mano de la magia y me encaminé hacia él, pero Wenzhi me agarró del brazo; sus dedos resultaron tan abrasadores como la escarcha.

—Vámonos —ordenó con el tono de voz que habían obedecido sin rechistar innumerables soldados.

—No. Ha herido a Ping'er —respondí, furiosa.

—Y te hará lo mismo a ti. Quiere provocarte; es una trampa. —Wenzhi señaló con la cabeza a los celestiales que ya volvían a ponerse en pie. Eran demasiados.

Reprimiendo la ira, me zafé de él y me alejé corriendo de los soldados hasta que me ardieron las pantorrillas. Wenzhi avanzaba junto a mí y ambos nos abrimos paso por el bosque, agachándonos por debajo de las ramas bajas. Al salir del bosque, vimos que mi madre y Shuxiao nos esperaban montadas en una nube; Ping'er se encontraba tumbada junto a ellas. Después de que Wenzhi y yo nos subiéramos de un salto, Shuxiao invocó un fuerte viento para elevar la nube. Una niebla oscura asomó de las palmas de Wenzhi y se espesó a nuestro paso, ocultándonos.

Ping'er dejó escapar un gemido. Me arrodillé junto a ella y la agarré de la mano, lívida y fría. La sangre seguía goteándole de la herida en la base del cráneo, y a mí se me hizo un nudo en la garganta al contemplar la carne desgarrada.

Cerré los ojos y le inyecté mi poder, igual que había hecho Liwei conmigo; dejé que brotara sin límite y ni siquiera me detuve al notar que el agotamiento se adueñaba de mis extremidades; la oscuridad amenazaba con engullirme y hacerme perder el conocimiento. No podía morirse; no lo permitiría. Sin embargo, no percibí ningún eco de calidez, y su sangre se atenuó hasta adquirir un tono mortalmente opaco. Utilicé más magia y la introduje en su interior —una y otra vez—, a pesar de que un sonido se abría paso a través de mi estupor; oí que alguien repetía mi nombre sin cesar y de forma cada vez más urgente.

—¡Xingyin, para! Acabarás drenándote —oí que gritaba Wenzhi. ¿Llevaba llamándome todo aquel rato?

—No puedo permitir que muera. —La idea de fracasar, de que no hubiera nada que hacer para salvarla me producía una angustia devastadora. Wenzhi me agarró de la mano y yo no tuve fuerzas para retirarla; me encontraba entumecida por el cansancio, por la agonía que me perforaba el pecho.

—Déjame a mí. —Me soltó y le puso los dedos en la frente. Entornó los ojos y una expresión de tristeza asomó a su semblante—. La herida es mortal; su fuerza vital ha quedado destruida. No conseguirás nada por mucha energía que le des.

Dijo aquello con suavidad, pero cada palabra me atravesó como una puñalada. Mientras los sollozos de mi madre me perforaban los oídos, volví a agarrarle la mano a Ping'er, negándome a darme por vencida.

Abrió los ojos de par en par y estos brillaron con una intensidad sorprendente, como iluminados por un fuego interior. Se le agitó el pecho y de sus labios entreabiertos escapó un aliento entrecortado. Me acerqué más a ella y coloqué la oreja justo encima de su boca.

—No sigas, Estrellita. Estoy cansada.

El miedo me atravesó el corazón como una daga y me lo desgarró. Me invadió el deseo desesperado de que *aquello* no fuera real, de que no le hubiera fallado, de que no estuviera muriéndose.

Agarró a mi madre con una mano temblorosa.

—Señora, ha sido un honor haberla servido. Un honor y una experiencia dichosa.

Mi madre abrazó a Ping'er con lágrimas surcándole las pálidas mejillas.

—El honor ha sido mío, querida amiga.

Ping'er movió la boca como si quisiera decir algo más, pero no le quedaran fuerzas. Entornó los ojos como si le costara ver; la oscuridad comenzaba a nublarle la vista. Se agarró a mí con más fuerza y yo le devolví el apretón con todo el amor de mi corazón…, pero entonces se zafó de mí y se llevó la mano al cuello; se desabrochó una cadena y me la colocó en la palma: la perla que le había visto una vez. En aquella ocasión la había notado cálida, pero ahora la recubría un frío invernal.

—La hija que nunca tuve. La que ha colmado mis días de luz.

—Sus palabras se oyeron claramente; una sonrisa radiante surcaba su rostro—. ¿Me llevarás a casa?

Asentí con fuerza, dispuesta a hacer cualquier cosa que la aliviase. Una oleada de esperanza estalló en mi interior ante aquella demostración de fuerza, pero esta se disipó de golpe cuando Ping'er volvió a dejarse caer, como si hubiera estado forcejeando contra los grilletes de su maltrecho cuerpo y no fuera capaz de seguir luchando.

—El mar —murmuró—. Allí es precioso.

Se estremeció y los párpados se le agitaron violentamente antes de quedarse inmóviles.

Los débiles llantos de mi madre quebraron el silencio mientras yo sofocaba los gritos que me trepaban por la garganta. Me incliné sobre Ping'er y me abracé a ella con fuerza, del mismo modo que ella me había abrazado a mí cuando era lo bastante pequeña como para acurrucarme entre sus brazos. Pero ya no se encontraba con nosotras, se había marchado para siempre... llevándose consigo una parte de mí.

PARTE
II

12

El viento emitía un fúnebre lamento mientras nuestra nube atravesaba el cielo. Mi madre tenía los ojos rojos y el pelo se le había deshecho y le caía sobre los hombros. Al posar la mirada sobre el cuerpo de Ping'er, me invadió un dolor desgarrador. Carente de toda vitalidad y calor, no era más que un caparazón.

Los recuerdos me inundaron: me asaltaron imágenes de Ping'er corrigiéndome la posición de los dedos sobre la flauta, enseñándome a tocar las cuerdas del qin, contándome los emocionantes cuentos que me habían sumergido en un mundo de aventura por primera vez. Las veces que me arropaba a la hora de dormir y me daba un beso en la frente cuando mi madre se entretenía demasiado en el bosque. Las lágrimas se me deslizaron por las mejillas. No quise enjugármelas ni sofocar aquellos recuerdos, pues era lo único que me quedaba de ella. El carácter irrevocable de aquel momento me resultó doloroso, la inmutabilidad de la muerte. Atrás quedaban los abrazos de Ping'er, nunca más volvería a llamarme por mi nombre. ¿Cómo soportaban los mortales semejante angustia, sabiendo que todos a los que amaban acabarían así?

Una ráfaga de viento sacudió las mangas de Ping'er. Al alisárselas le rocé la piel con los nudillos… absolutamente fría e inerte. Era una egoísta por pensar solo en mí. ¿Y qué había de la familia de Ping'er? ¿De mi madre? No solo la había perdido yo.

Le toqué el brazo a mi madre.

—¿Estás bien?

—El dolor y yo somos viejos conocidos. —Sus ojos eran como estanques opacos de desesperación—. Al menos nos tenemos la una a la otra.

En ese momento, quise hablarle de mi padre, dejar que una chispa de esperanza prendiese en aquella oscuridad impenetrable. No obstante, la promesa que había hecho me hizo guardar silencio, al igual que un sentimiento de vergüenza. Qué arrogante había sido al pensar que podía ayudar a mi padre, con cuánta imprudencia había actuado al robar al Emperador Celestial, creyendo que podríamos eludir su ira, al haberlo desafiado. Ahora Ping'er estaba muerta, nuestro hogar, reducido a cenizas..., y yo me encontraba perdida.

Wenzhi inclinó la cabeza y entonó con solemnidad:

—Que encuentre la paz eterna. Que tu madre y tú halléis la fuerza para superar el dolor. —Alargó una mano hacia mí, pero la retiró de inmediato y cerró el puño.

Shuxiao me abrazó con fuerza.

—Lo siento mucho. Yo también la echaré de menos.

La pena me atenazaba, y un sinfín de reproches reverberaba en mi mente. Si nos hubiésemos marchado antes, si hubiera sido más rápida... tal vez hubiera podido acabar con Wugang primero. Si lo hubiera tratado con la misma actitud despiadada con la que él había tratado a Ping'er, su sangre habría manchado el laurel y Ping'er seguiría viva.

—¿A dónde vamos? —preguntó Shuxiao al soltarme.

—A mi casa. Allí estaréis a salvo del Emperador Celestial —se ofreció Wenzhi.

Hice caso omiso de su sugerencia, a pesar de que tenía lógica. En el pasado, me había llevado al Muro Nuboso contra mi voluntad, y no tenía deseo alguno de volver. Aunque Whenzi quisiera ayudarnos realmente, ¿qué había de su despiadado padre? ¿Y de su malvado hermano? Noté cómo las uñas se me clavaban en la palma de la mano. No, no pondríamos un pie en aquel nido de víboras. No enterraría a

Ping'er allí, en un lugar desconocido al que había temido durante toda su vida.

¿Me llevarás a casa? Sus palabras resonaron en mi interior, abriéndose paso a través de la nebulosa miseria.

—Debemos llevar a Ping'er de vuelta al Mar del Sur —repuse de forma rotunda.

Wenzhi frunció el ceño.

—La reina Suihe no es benevolente ni tolerante. Si descubre que el Emperador Celestial os busca, se negará a acogeros; os considerará una amenaza para su pueblo.

No esperaba que la reina fuera a recibirme con los brazos abiertos. Éramos fugitivas, y allí no teníamos amigos ni parientes. Portadoras de malas noticias. Sin embargo, Ping'er jamás me había pedido nada. Era lo mínimo que podía hacer, ya que ella se merecía mucho más. Aunque nunca había expresado su deseo de volver, siempre hablaba del mar con un anhelo y una calidez inmensos, incluso durante sus últimos momentos. Por mucho que uno se alejase del hogar, el vínculo con este era indestructible; se encontraba profundamente arraigado a nuestra identidad, ligado a aquello en lo que nos convertíamos.

Mi determinación se volvió más firme.

—Cumpliremos el último deseo de Ping'er —respondí mientras mi madre asentía con la cabeza.

—Ve con cuidado —dijo Wenzhi con seriedad—. Por suerte, a la reina todavía no le habrán llegado las noticias. Al Emperador Celestial le interesa mantener el asunto en secreto, ya que tu huida podría ser vista como un signo de debilidad, un fracaso. Haced lo que tengáis que hacer y marchaos cuanto antes.

—Eso haremos —le dije, aunque anhelaba pasar unos cuantos días recuperando fuerzas y planificando nuestro próximo paso. Llorando todo lo que habíamos perdido.

—Sé que te echas la culpa de lo ocurrido —dijo Wenzhi en voz baja—. Recuerda que fue *Wugang* quien la golpeó. Y que el *emperador* ordenó el ataque a tu casa.

Levanté la mirada y capté la tensión en su semblante.

—¿Cómo te has enterado del ataque? —pregunté, aturdida.

—Tenemos informantes en la Corte Celestial. Por desgracia, el asunto se estaba llevando con tanto secretismo que no llegó a mis oídos hasta después de que los soldados se hubieran puesto en marcha. Acudí en cuanto lo supe.

—Gracias por tu ayuda —dije de manera solemne, desganada, sin fuerzas para nada más.

Wenzhi se arrodilló a mi lado y me puso una mano en el hombro. Su piel siempre me había parecido fría, pero ahora la notaba arder a través de mi túnica. O puede que fuera porque estaba congelada hasta lo más hondo y solo una frágil capa de hielo me mantenía en pie.

—Llora. Grítame. Pégame si quieres. Pero no me trates como a un desconocido. No finjas estar bien cuando no lo estás.

Su contundente compasión hizo que me desmoronase. El pecho se me encogió hasta que me costó respirar y las emociones se arremolinaron en mi interior. Noté que unos brazos fuertes me rodeaban los hombros y acurruqué la cabeza contra su firme complexión. Las manos se me movieron como si tuvieran voluntad propia, buscando consuelo de forma instintiva, y aferré los dedos a las solapas de su túnica como si me estuviera cayendo. No me acerqué, aunque tampoco lo aparté. Qué familiar me resultaba su abrazo y el consuelo que me proporcionaba… y cuánta falta me hacía en aquel momento, mientras me ahogaba en un vacío de desesperación. Una parte de mí quería permanecer allí, lejos de mi realidad devastada, a pesar de que mi orgullo me instaba a apartarme, a rechazar su contacto. Y aunque me odiaba por aquel momento de debilidad, me dio la impresión de que comprendía mi dolor, de manera que permanecí inmóvil hasta que la tensión disminuyó; noté que los músculos se me relajaban, tan laxos como las vides, a medida que me quedaba sin fuerzas. De mi interior brotaron entrecortadas bocanadas de aire y amargas lágrimas hasta que, de algún modo, aquella tirantez extrema desapareció y el agotamiento se apoderó de mí; los ojos se me cerraron y yo me sumergí en un sueño misericordioso.

El calor me acarició la piel. Mi mente dejó atrás el olvido en el que había estado sumida, pero yo me negaba a despertarme. El dolor que sentía en mi interior volvía a inundarme, implacable y agudo; me costaba respirar. En aquel momento noté una brisa fresca y agradable en el rostro, y algo despertó dentro de mí... algo que no se encontraba bajo la carga de la pena, el dolor o los remordimientos. Fragmentos de recuerdos agradables: de la primera vez que había contemplado el Mar del Este, y el asombro que sentí entonces, mezclado con la liviandad de la esperanza.

Abrí los ojos y la claridad del día me cegó. Parpadeé y vi a mi madre con la mirada perdida y a Shuxiao sentada a su lado. Miré a mi alrededor de forma instintiva para comprobar que nadie me perseguía. Al recordar mi momento de llanto descontrolado de la noche anterior, la vergüenza me recorrió. ¿Cómo podía haber llorado en los brazos de Wenzhi, los brazos de mi enemigo? Era una traición a Liwei y a mí misma.

Pero Wenzhi no era mi enemigo. Ya no, al menos.

—¿Dónde está? —pregunté.

—Tu amigo ha dicho que tenía que irse a casa, pero que volvería a buscarnos —respondió mi madre.

—Pareces llevarte bien con él. Mejor de lo que esperaba, teniendo en cuenta lo que hizo —comentó Shuxiao con curiosidad.

Mi madre entornó los ojos e irguió la espalda.

—¿Es el que te traicionó? ¿El demonio al que detestas?

Unos días atrás, habría estado completamente de acuerdo con ella. Sin embargo, todo lo que me había dicho Wenzhi y el hecho de que hubiera acudido en nuestra ayuda sin vacilar... me había afectado más de lo que habría querido. Aunque no enmendaba las cosas que habían ocurrido entre nosotros —nada podría enmendarlo— ya no era únicamente amargura lo que invadía mi corazón al pensar en él.

—Me traicionó. Lo despreciaba con toda mi alma —dije de forma entrecortada—. Pero también nos ha ayudado, más de lo que crees.

—¿Lo has perdonado? —preguntó Shuxiao con vacilación.

—No —respondí, tajante—. Y no volveré a confiar en él. Pero tampoco le odio.

—No puedes confiar en alguien que te engañó de ese modo. —Mi madre guardó silencio un momento, negando con la cabeza—. Sin embargo, de mí cuentan historias que no difieren demasiado de la suya. Wugang tenía razón: muchos creen que anhelaba el elixir, que se lo robé a Houyi para volverme inmortal. ¿Acaso no fue una vil traición? ¿No fui una cobarde y una egoísta, al margen de las razones que tuviese?

Jamás la había oído hablar con semejante angustia. Un pesar tan antiguo como reciente atormentaba su expresión. Tal vez la muerte de Ping'er le había hecho trizas el corazón, y todo el dolor que llevaba dentro se había derramado.

Le agarré la mano.

—Lo hiciste para salvarnos.

—Y solo tú y yo lo sabemos. —Esbozó una sonrisa triste y demacrada—. Aunque la historia sigue siendo la misma, la imagen que pintan los demás es muy diferente. Tu padre debió de odiarme, al igual que los mortales.

—No te odian —le aseguré—. Quizá porque perciben tu dolor. Igual que yo.

—Eso es lo que importa. —Me apretó la mano con fuerza—. Que aquellos a los que amamos entiendan lo que hicimos y por qué lo hicimos.

Le reconfortaría saber que mi padre lo entendía, que la perdonaba..., pero guardé silencio. Pensé en las razones que habían llevado a Wenzhi a perpetrar su engaño: su hermano, un monstruo retorcido, los crueles juegos de poder en los que solo sobrevivían los fuertes. Aun así, la situación no era la misma: una había estado motivada por la desesperación, y la otra, por una calculada maniobra de traición.

Wenzhi me había pedido que empezásemos de cero, pero resultaba imposible. La preciosa relación que había aflorado entre ambos jamás podría rehacerse. Esta era ya historia, de forma tan irrevocable como una varita de incienso quemada.

A lo lejos, la arena blanca se ondulaba con la brisa, que le confería el aspecto de unos rollos de satín claro. El océano turquesa reflejaba el cielo y la espuma nacarada salpicaba sus aguas. Los cocoteros de hojas frondosas y dorados globos de fruta se mecían al otro extremo de la costa. Sin embargo, a diferencia de la playa del Mar del Este, que florecía de vida, aquel lugar se encontraba completamente desolado.

—¿Y la ciudad? —preguntó mi madre mientras nuestra nube descendía.

—He oído que se halla sumergida: está sobre el lecho marino —nos contó Shuxiao.

Me quedé mirando el agua, que se movía a un ritmo incesante.

—¿Sabes nadar?

Shuxiao negó con la cabeza. Moverse por el agua no formaba parte de la naturaleza de los celestiales; sus lagos y estanques eran puramente ornamentales, repletos de lotos y adornados con cascadas y fuentes. ¿Qué necesidad había de nadar cuando se podía volar?

—Iré yo. Mi padre era pescador. Aprendí a nadar casi al mismo tiempo que a caminar. —Fue mi madre quien habló.

Su padre; mi abuelo. Era la primera vez que lo mencionaba. Rara vez hablaba de su familia mortal, la que había dejado atrás.

—Ten cuidado, madre. —Se me hizo un nudo en el estómago al ver las olas chocando violentamente entre sí.

Sin vacilar, mi madre se adentró en el mar hasta que el agua le rodeó los muslos. Se zambulló y se abrió paso entre las olas con movimientos suaves y seguros. Me protegí los ojos del sol y la seguí con la mirada hasta que no fue más que una mota lejana. El oleaje la elevó a gran altura y ella desapareció bruscamente. El pavor me recorrió al tiempo que Shuxiao y yo hacíamos avanzar nuestra nube, dirigiéndonos hacia el punto en el que ella había desaparecido. Estaba de los nervios; ya había perdido demasiado.

Las olas, cuyas crestas resplandecían doradas debido al reflejo del sol, se agitaron por debajo. Las aguas opacas ocultaban sus secretos a cal y canto; no vi ni rastro de mi madre ni de la legendaria ciudad del Mar del Sur. Eché mano de la magia con el corazón palpitándome a un ritmo frenético; transformé el aire en una lanza translúcida que atravesó el agua y se sumergió en las profundidades.

Vi un brazo agitándose y mi madre salió a la superficie mientras forcejaba con el oleaje. El viento se disipó a mi orden, el oleaje amainó y yo la agarré de la mano y la aupé en la nube.

Tosió, expulsando gotas de agua mientras yo le daba palmaditas en la espalda.

—Xingyin, ¿qué has hecho?

—No te veía. Creía que te había pasado algo.

—Soy capaz de apañármelas sola.

Se pasó una manga empapada por la cara y luego se escurrió el pelo y se lo recogió en un sencillo moño. Tenía el rostro demacrado y pálido, aunque parecía más joven, como si el agua del mar le hubiera quitado una capa de barniz; el barniz de una diosa inmaculada. Pude vislumbrar a la niña que había sido, los ecos de su despreocupada juventud en su tranquilo pueblo costero. Mi madre había ascendido a los cielos al convertirse en diosa y había tenido que dejar atrás a sus padres, su marido y su futuro. Y ahora había perdido a la fiel compañera que la había escoltado durante tantos años de soledad y desesperación. Algunos pensarían que era un precio insignificante a cambio de la inmortalidad y, sin embargo, nuestro dolor era eterno.

Conjuré una leve brisa y le sequé la ropa y el cabello.

—¿Qué has descubierto, madre?

—Cuanto más te adentras, más fría está el agua. La corriente se ha hecho más fuerte, como alejándome.

—Xingyin, aquí —me llamó con urgencia Shuxiao y señaló hacia abajo.

Seguí la dirección de su mirada; ¿me lo parecía a mí o en aquel punto el agua brillaba más y la espuma destellaba de forma iridiscente? Pasé la mano por encima y arrojé un flujo de energía sobre las olas, que resplandecieron como si un rayo de sol hubiera atravesado las profundidades del agua. Frente a nosotras apareció una hilera de caracteres:

Adéntrate en nuestras aguas sin aprensión,
con una lágrima eterna en tu posesión.

—¿Qué significa? —Shuxiao miró vacilante las agitadas aguas—. Las lágrimas se extravían en cuanto las derramamos.

—Ping'er me contó que las lágrimas de su pueblo pueden transformarse en perlas. —Rocé con el pulgar la perla que llevaba colgada al cuello, la que ella me había dado. No era solo un obsequio, sino una llave.

—La echo de menos —dijo mi madre con la voz apagada.

Me desabroché la perla y me enrollé la cadena de oro alrededor de los dedos.

—Llevémosla a casa.

Al meter la perla en el mar, oí un silbido y vi unas luminosas corrientes de burbujas, que ascendían en espiral; estas se entrelazaron y crearon un estrecho corredor que atravesaba el agua. La luz resplandecía desde las turbias profundidades e iluminaba el camino.

Envolví el cuerpo de Ping'er con espirales de aire, atándola a mí. Agarré a mi madre y a Shuxiao de la mano y juntas saltamos al pasadizo. Me preparé para un violento descenso, pero nos deslizamos por el túnel como plumas a la deriva. Por fin, aterricé sobre la arena leonada y la humedad me empapó los zapatos. La sal del mar hacía que el aire de allí fuera más pesado y espeso.

Permanecimos formando un círculo lo bastante ancho como para que una persona se tumbase en medio, rodeadas por muros de agua. El estruendo era enorme, aunque relajante, y me recordó a la cascada del Patio de la Eterna Tranquilidad. ¿Estaría allí Liwei? Deseaba que así fuera, y que estuviera a salvo. Una parte de mí, la más cobarde, esperaba que nunca descubriera que había estado llorando entre los brazos de Wenzhi. Aquello heriría a Liwei y, además, no había significado nada; nada en absoluto, me dije con fiereza. El ansia por hallar consuelo se había adueñado de mí, pues la pena me sofocaba. No había hecho nada malo, y aun así... me avergonzaba.

Una silueta apareció al otro lado; el agua se abrió como una cortina y vi que se trataba de un guardia. No estaba mojado, sino que tenía seco hasta el último mechón de cabello oscilante. Tenía los ojos negros delineados de un tono azul claro que contrastaba con su piel amarillenta. Llevaba una lanza en la mano y una capa brillante y translúcida ondeaba sobre su armadura de escamas turquesas con borde dorado. En su pulgar resplandecía un anillo de perlas engarzado en una gruesa banda de plata.

El guardia levantó la barbilla.

—¿Quién tiene la perla? —exigió saber.

Se la enseñé sin decir una palabra.

—No sois de los nuestros —dijo con un matiz de acusación en la voz mientras volvía la punta del arma hacia mí—. ¿Cómo la habéis conseguido?

—Fue un obsequio.

Señalé el cuerpo de Ping'er y el guardia se puso rígido. Nos examinó durante un momento antes de hacernos un gesto con la cabeza.

—Acompañadme. La reina Suihe querrá conoceros.

13

Seguimos al guardia a través del pasadizo que atravesaba las oscuras profundidades y las aguas se fusionaron a nuestra espalda, como encerrándonos; me recorrió un escalofrío. Las brillantes paredes líquidas me recordaban a los paneles de cristal del Palacio de Coral Perfumado, salvo que aquí las salpicaduras me humedecían la piel y el pulso se me aceleraba cada vez que alguna aleta o tentáculo asomaba por la superficie. Examiné al guardia, pues me parecía curioso que el agua resbalara por su figura en lugar de empaparle las ropas. Su capa, imbuida con algún encantamiento, brillaba intensamente. Hilo de dragón, la legendaria tela de los inmortales del mar que mantenía seco a aquel que se la pusiera.

Una puerta circular recubierta de nácar y salpicada con turquesas resplandecía al final del pasadizo. Alrededor del marco se enroscaba la elaborada talla de alguna criatura marina. De la cabeza le sobresalían unos cuernos dorados y curvados y en su rostro asomaban unos ojos bulbosos; la cola, llena de púas, serpenteaba a lo largo del suelo. Empujé la puerta, pero esta permaneció cerrada y un dolor punzante me recorrió la palma de la mano. Retrocedí, ahogando un grito.

—Utilizad la perla —ladró el guardia como si fuera obvio.

—¿Con ella se controla también el pasadizo? —Shuxiao dirigió un gesto al muro acuoso que se había formado detrás de nosotros.

El guardia asintió con la cabeza y colocó el anillo en el agujerito que la criatura tenía tallada en la pupila. La puerta se abrió y vi que una figura idéntica adornaba el otro lado. Los guardias que había junto a la puerta descruzaron las lanzas al vernos.

—¿Cómo se abre la puerta desde el otro lado? —pregunté.

—Del mismo modo —dijo con sequedad—. A menos que esté sellada.

—¿Por qué iba a estar sellada? —preguntó Shuxiao con una amplia sonrisa que invitaba a compartir confidencias.

El guardia parpadeó, rebajando ligeramente su actitud hostil.

—La reina Suihe ordena que permanezca sellada cuando acecha algún peligro o hay que capturar a algún intruso. Nadie abandona este lugar sin el permiso de Su Majestad.

Sus palabras me desconcertaron, pero al mirar al frente, mi disposición precavida se disipó. Unas motas plateadas salpicaban la arena y el sendero se encontraba bordeado de ondulantes algas esmeralda. Las caracolas de color crema, lila y rosa recubrían el lecho marino, y algunas destellaban con un tono cobrizo y dorado. Unas cuantas tenían forma de abanico o estrella y otras ostentaban elegantes agujas sobre los distinguidos conos, tan maravillosas como las que había visto años atrás en el mercado celestial. En lo alto se arqueaba una barrera translúcida que protegía la ciudad; a esta profundidad las aguas eran tan negras como la noche.

Al cruzar la puerta, noté una suavidad resbaladiza en la piel, igual que si estuviera atravesando una burbuja. Lo veía todo de manera sorprendentemente nítida y, si cerraba los ojos, podía imaginarme que estaba en la playa en lugar de cientos de metros por debajo. Unos farolillos de seda colgaban a lo largo del camino y arrojaban por todas partes su luminoso resplandor. Pasamos junto a unas hileras de caserones de piedra de color miel con amplios tejados de lapislázuli y ágata; unos relucientes corales se alzaban entre los caserones, tan vívidos como las flores silvestres.

Los inmortales del mar eran pálidos, el tono de su piel era de un amarillo claro, tal vez debido a que el sol no llegaba hasta allí. Tanto los hombres como las mujeres llevaban el pelo trenzado y enroscado en torno a la cabeza, y al volverse hacia nosotros, me fijé que en sus ojos, delineados con diferentes tonos azules, asomaba una expresión de curiosidad. Iban envueltos en brillantes capas de hilo de dragón que les caían hasta los tobillos como láminas de luz estelar.

En el centro de aquella maravilla de ciudad se alzaba el Palacio de la Perla Brillante, que tenía la forma de una caracola gigante y cuyas agujas cónicas se extendían como los rayos del sol. Unas perlas blancas, rosas y negras salpicaban las paredes doradas, y las frondas de las exuberantes algas, que poseían el tamaño de los árboles, ondulaban de forma elegante.

El guardia nos condujo al palacio a través de un largo pasillo que parecía rodear el recinto antes de abrirse a un enorme vestíbulo. Las columnas de ámbar se alzaban hasta el techo y estaban abarrotadas de hileras de cuentas de jade. El suelo estaba cubierto por unas exquisitas alfombras de seda azul y esmeralda bordadas con unas espirales plateadas que recordaban a las olas de la superficie. Los inmortales iban vestidos de manera magnífica, sus túnicas recamadas con hilo de oro resplandecían y unas relucientes joyas les adornaban los cabellos. Formaban dos hileras que conducían a la tarima del fondo, donde había una mujer sentada en un trono de coral carmesí, cuyas delicadas ramas se abrían con amplitud.

—Arrodillaos y tocad el suelo con la frente —ordenó con brusquedad el guardia—. Saludad a Su Majestad antes de atreveros a mirarla.

Reprimí una punzada de fastidio mientras me arrodillaba y llevaba a cabo una reverencia. Era aconsejable actuar con prudencia cuando una era forastera.

—En pie. —Una orden, aunque la voz cargada de matices de la reina la hizo pasar más bien por una invitación.

A tan poca distancia de la tarima, el aura de la reina Suihe me asaltó: formidable y distante, y sus poderes, listos para lanzarse contra el enemigo a la mínima, como un resorte. La túnica violeta, ceñida a la cintura con una cadena de zafiros, le llegaba hasta los pies. Sobre su negra cabellera reposaba un exquisito tocado elaborado con hojas de jade y flores de turquesa y unos flecos de cuentas de coral le caían sobre la frente. Su rostro lucía las suaves curvas de un albaricoque, aunque carecía de su cálido rubor.

—Hace mucho que los celestiales no nos honran con una visita. ¿Qué os trae por aquí, en especial exhibiendo un aspecto tan... desaliñado? —Esbozó una sonrisa que contrastaba con la mirada escrutadora de sus ojos.

Resistí el impulso de apartarme los mechones sueltos de la cara y alcé aún más la cabeza. El desdén de la monarca no era nada en comparación con la ira del Emperador Celestial. Cuidaría los modales tal y como mi madre me había enseñado, pero no pensaba acobardarme.

Antes de que pudiera decir nada, mi madre se adelantó un paso. Aunque tenía el pelo mojado y enredado y se había manchado la túnica blanca, se conducía con la misma dignidad que la reina.

—Majestad, no somos del Reino Celestial. Vengo a acompañar a mi amiga hasta su último lugar de reposo.

La reina desvió la mirada hacia el cuerpo de Ping'er.

—Verla así me duele. Su madre es mi criada principal, una fiel súbdita. —Le hizo un gesto a un joven inmortal, que se apresuró a colocarse a su lado—. Llama a la criada principal.

La reina se volvió hacia mi madre.

—Sed bienvenida, Diosa de la Luna. Habéis viajado desde muy lejos.

Las entrañas se me retorcieron, aunque no era ningún secreto que Ping'er había sido la criada de mi madre. Era poco probable que las noticias acerca del ataque del emperador hubieran llegado hasta el Mar del Sur, pero cuantas menos personas estuvieran al tanto de nuestra presencia, más seguras estaríamos.

Mi madre inclinó la cabeza.

—Gracias, Majestad. Agradecemos la amabilidad del Mar del Sur.

La reina Suihe sonrió con calidez.

—Os felicito por el perdón obtenido. Nos encontramos aislados del resto de los dominios, de manera que el acontecimiento no llegó a nuestros oídos hasta hace poco.

—¿Aislados, Majestad? —Intenté ocultar el tono agudo que adquirió mi voz, el sobrecogedor alivio que me embargó.

—No resulta sencillo llegar hasta aquí y sabemos mantener alejados a los intrusos.

La reina Suihe escudriñó mi rostro al dirigirse a mí; su curiosidad era evidente. No sabía quién era yo; habían transcurrido años desde el banquete de Liwei y seguro que mi presencia le había pasado inadvertida.

—Esta es mi hija, Xingyin, y su amiga, Shuxiao —dijo mi madre.

—La arquera celestial. —En la voz de la reina reverberó el reconocimiento—. El príncipe Yanxi del Mar del Este me ha hablado muy bien de ti.

—Su Alteza es muy amable. Fue un placer ayudarlo. —Me quedé un poco más tranquila—. Ya no sirvo al Ejército Celestial, Majestad. Me marché y volví con mi madre. —Esperaba que no me interrogase más.

—Qué hija tan responsable. —Se acomodó en el respaldo del trono, contenta de haber resuelto el misterio de nuestra presencia; ya no nos consideraba un acertijo que pudiera acarrear peligros ocultos—. Los monarcas de los Cuatro Mares nos reuniremos aquí dentro de poco. Hasta entonces, podéis permanecer en palacio si lo deseáis.

Estuve tentada de aceptar, pues me encontraba totalmente exhausta, pero recordé la advertencia de Wenzhi.

—Nos honra vuestra invitación, Majestad, pero no podemos quedarnos. No queremos causar ninguna molestia, aprovechándonos de vuestra generosa hospitalidad, ni...

—No es molestia —interrumpió la reina, frunciendo el ceño. No estaba acostumbrada a que rechazasen sus ofrecimientos. Se inclinó hacia delante y se dirigió a mi madre—. El funeral de vuestra fiel ayudante se celebrará dentro de unos días. ¿No deseáis presentarle vuestros últimos respetos?

Mi madre tragó saliva y se agarró la falda con los dedos. Me dirigió una mirada cargada de esperanza. Yo también deseaba con todas mis fuerzas permanecer allí y presenciar el funeral de Ping'er, ¿pero estaríamos a salvo hasta entonces? No obstante, otra negativa podría despertar las sospechas de la reina, ya que ¿quién rechazaría una invitación formal de la reina sin un buen motivo? Además, estaba convencida de que, por ahora, el emperador mantendría en secreto el ataque, dado que no era la primera vez que actuaba de forma furtiva. Lo que significaba que disponíamos de unos cuantos días de descanso para reponernos y llorar nuestras pérdidas.

—Gracias, Majestad. Os agradecemos vuestra consideración —dije al tiempo que mi madre y Shuxiao llevaban a cabo otra reverencia.

Dos inmortales entraron a toda prisa en aquel momento; vestían túnicas de color añil y llevaban el cabello recogido en un tocado de plata. Una oleada de sorpresa me recorrió al contemplar a la inmortal más joven. Capté reflejos de Ping'er en la forma de sus ojos y el arco de su nariz, aunque tenía la barbilla más puntiaguda y el rostro más delgado. ¿Sería su hermana? Me entraron ganas de abrazarla por el simple hecho de que llevaba la sangre de Ping'er… y de que compartía nuestro dolor.

La pareja se arrodilló en el suelo para saludar a la reina, que les dirigió un gesto para que se levantasen.

—Criada principal, estas son Chang'e, la Diosa de la Luna, y su hija.

Mientras la mujer, con el rostro encendido, separaba los labios para decir algo, la chica más joven profirió un agudo grito.

—¡Hermana! —dijo entre jadeos; cayó de rodillas junto al cuerpo de Ping'er y la sujetó en un abrazo inútil.

La criada principal retrocedió tambaleándose y nos dirigió una mirada cargada de acusación.

—¿Qué le ha pasado a mi hija? ¿Qué le habéis hecho?

—Criada principal, compórtate. —El tono de la reina poseía la dureza de un cuchillo enfundado en seda—. Dales a nuestras honorables invitadas la oportunidad de explicarse.

Las lágrimas resplandecieron en los ojos de mi madre y se deslizaron mejilla abajo. No se las secó.

—Agradezco la compañía que me brindó vuestra hija durante todas estas décadas. Ping'er ha sido una fiel compañera… y mi amiga más querida. Dio su vida para protegerme de un ataque feroz. Su último deseo era ser enterrada aquí y por eso la hemos traído.

La reina Suihe meneó la cabeza.

—Es una tragedia inmensa tanto para su familia como para vos. Criada principal, tienes permiso para proceder con los arreglos del funeral.

La respiración de la criada se había vuelto agitada y la garganta le subía y bajaba, repleta de palabras no expresadas, pero una mirada severa de la reina la hizo guardar silencio.

—Ping'yi, llévate el cuerpo de tu hermana —dijo con dureza la monarca.

Sin decir nada más, la criada principal se inclinó ante la reina y abandonó la estancia. Quise llamarla y explicarle la situación, contarle lo que Ping'er había significado para nosotras, compartir con ella nuestros recuerdos... salvo que aquello, en vez de un acto bondadoso, habría sido una crueldad. La vida que Ping'er había compartido con nosotras solo había sido posible porque se había separado de su familia. Había creído, como una tonta, que las tres lloraríamos por la pena que compartíamos, que aliviaría la angustia que me atenazaba el pecho. Después de todo, Ping'er había tenido la intención de dejarme al cuidado de su familia; podría haber pasado varios años allí si los soldados no nos hubieran perseguido, si no hubiese saltado al Reino Celestial.

Una lágrima se deslizó por la mejilla de Ping'yi, que contemplaba el cuerpo de su hermana con la nariz enrojecida. El líquido claro adquirió un tono blanco lechoso y se transformó en una resplandeciente perla que se precipitó hasta el suelo.

Me agaché y la recogí. Era suave y cálida, y tenía el mismo aspecto que la que llevaba colgada al cuello. Su luminosidad me recordó a las semillas de laurel, aunque su brillo era más sutil. Se la tendí en silencio.

—Gracias. —Alzó la mano y de su palma brotó una luz que envolvió a Ping'er y la elevó en el aire.

—¡Esperad! ¿A dónde os la lleváis?

No estaba lista para dejarla marchar.

—Mi hermana descansará con los espíritus de nuestros antepasados y, con el tiempo, pasará a formar parte de nuestro querido océano. —Posó la mirada en la perla que llevaba al cuello. A diferencia de su madre, su expresión no reflejaba animosidad, sino una profunda tristeza, cosa que todavía me dolía más.

—¿Por qué se marchó?

Quería saber todo lo que pudiera de ella; descubrir todas las historias que Ping'er no tuvo oportunidad de compartir con nosotras.

Ping'yi vaciló.

—Fue culpa mía. Estaba enamorada de nuestro amigo de la infancia, pero él le pidió matrimonio a Ping'er. Aquel día discutimos. Le dije que era una egoísta, la acusé de conspirar para echarle el guante. Se marchó al día siguiente. —Encorvó los hombros—. Creí que volvería al cabo de un año o dos. Pasaron diez años y luego décadas. Cuando por fin nos envió una carta, nos contó que se alegraba de servir a la Diosa de la Luna y que había encontrado su lugar en el mundo.

—No nos la merecíamos. —La vista se me empañó, las lágrimas se me aferraron a las pestañas.

Ping'yi examinó mi rostro.

—Vuestras lágrimas… ¿contienen también una parte de vos?

—No. ¿Por qué pensáis eso?

—¿Tan sorprendente resulta? —Esbozó una sonrisa reflexiva—. Las lágrimas se crean a partir de nuestras emociones más profundas, ya sean fruto de la dicha o de la pena. Forman parte de nosotros, como la sangre por la que fluye nuestra magia. Se dice que las lágrimas de algunos inmortales encierran un gran poder, que se manifiesta de formas inesperadas. Nuestras lágrimas, las de los habitantes del Mar del Sur, pueden transformarse en perlas, aunque se trata de un hecho poco frecuente que no ocurre más que una o dos veces a lo largo de nuestra vida. Un obsequio para nuestros seres queridos y también la llave de nuestro reino, para que siempre puedan volver con nosotros.

Me llevé las manos al collar y me lo desabroché. Se lo tendí, aunque me dolía entregárselo.

—Cundo Ping'er me la entregó, desconocía su significado. Por favor, quédatela.

Rozó la lustrosa superficie de la perla con las yemas de los dedos.

—Debía de quererte mucho. Y no, no me quedaré la perla; te la obsequió a ti. —Inclinó la cabeza en mi dirección—. Debo ocuparme de mi madre. Está desconsolada.

—Lo lamento. —Las palabras brotaron de lo más profundo de mi ser.

—Yo también. Por haberla obligado a marcharse, por no haberle dicho lo mucho que la quería y, sobre todo, por no haberle pedido que volviera a casa. —La tensión se apoderó de sus hombros y ella cerró los puños—. No sé cómo murió ni por qué, pero no permitas que haya sido en vano.

Asentí en silencio, aferrándome a aquel frágil consuelo. No apartaría el dolor ni ocultaría a Ping'er en algún lugar recóndito de mi mente. Abrazaría el dolor, puesto que significaba que la quería..., y nunca lo olvidaría.

14

Corrí las cortinas de gasa alrededor de la cama y me hundí en el mullido colchón. El cansancio me atenazaba el cuerpo y, sin embargo, era incapaz de dormirme; el dolor del pecho se me agudizaba cada vez que cerraba los ojos. Un suave tintineo interrumpió el silencio; la brisa movía las hileras de cuentas que bordeaban la entrada y las hacía entrechocar. ¿Cómo es que había viento a tanta profundidad? Tal vez se tratara de algún encantamiento, como el del brillante coral que alumbraba la habitación o el del suelo, que tenía el aspecto de la arena iluminada por el sol.

Finalmente, me levanté y me dirigí a la habitación de mi madre, que estaba al lado de la mía. Se había puesto una muda de ropa limpia que le habían proporcionado los criados. El blanco inmaculado era un color que mi madre llevaba a menudo, aunque el conjunto carecía de las vivarachas prendas interiores y de los llamativos ornamentos de seda que acostumbraba a lucir. Su aspecto era todo invierno, nieve y hielo. La luna de luto.

—¿No puedes dormir? —le pregunté.

La recorrió un escalofrío.

—Aunque me durmiera, no descansaría.

Tenía razón; aquella noche nos asaltarían demasiadas pesadillas.

Nos sentamos a la mesa, que estaba confeccionada con fragmentos planos de nácar dispuestos en capas, igual que las escamas de un pez. Encima había unos platitos de comida: tartaletas rebosantes de crema pastelera, pasteles de almendra molida y miel y relucientes discos de caramelo. Aunque no había probado bocado en todo el día, el intenso aroma me revolvió el estómago.

Mi madre tomó la tetera con las manos temblorosas y el líquido de color ámbar acabó derramándose.

—Déjame a mí, madre. —Se la quité de las manos con suavidad y nos serví una taza a ambas. Mi adiestramiento me había enseñado a fingir fortaleza cuando no la había y a conducirme sin vacilar aun estando herida.

Alguien llamó a la puerta antes de deslizarla y abrirla. Shuxiao entró con Wenzhi, que la seguía por detrás; este se agachó para no chocarse con las cuentas.

—¿Qué haces aquí?

Su presencia me sobresaltó, aunque debería estar ya acostumbrada a que apareciese cuando menos me lo esperaba.

—Te estaba buscando y en su lugar se ha topado conmigo —dijo Shuxiao con una sonrisa burlona—. Menudo despiste.

Él esbozó una sonrisa irónica.

—Le he preguntado a una de las criadas dónde estaba la habitación de la fierecilla, la que parece dispuesta a saltar a la yugular ante la menor provocación.

—Solo con aquellos que se lo merecen. —Lo fulminé con la mirada, aunque una parte de mí se sentía aliviada por sentir *otra cosa* que no fuera aquel dolor hueco—. ¿Cómo has llegado?

Wenzhi alzó un ornamento que llevaba colgado de la cintura, una perla negra adornada con una borla de seda de color violeta.

—Un regalo de la reina Suihe para que nuestros mensajeros puedan acceder a sus dominios. Cuando desafiamos al Reino Celestial, su estima por nosotros creció. Desde entonces, nuestra relación ha sido siempre cordial.

—¿Son vuestros aliados? —pregunté, sorprendida.

—El Mar del Sur no está aliado formalmente con nosotros ni con ningún otro reino inmortal. Aunque no nos prestaron su ayuda durante la guerra, tampoco se alzaron contra nosotros. La reina Suihe ha mantenido al Mar del Sur al margen de la guerra en múltiples ocasiones. No obstante, a pesar de contar con pocos enemigos, sus amigos son aún más escasos.

—¿Y qué es lo que sois vosotros? —pregunté.

Él se encogió de hombros.

—Ni lo uno ni lo otro. Ambas cosas. La reina Suihe es muy buena diplomática, algo que mi padre aprecia. Cambia de opinión de forma tan despiadada como el viento y tiene buen ojo para arrimarse al equipo ganador.

Se me revolvieron las tripas. El hecho de que sus lealtades fueran tan volubles no me tranquilizaba demasiado.

Mi madre le dedicó a Wenzhi una fría mirada.

—Os agradezco la ayuda. No obstante, tenéis mucho que explicar en cuanto al modo en que habéis tratado a mi hija.

—Es de lo que más me arrepiento —dijo él con seriedad.

Se produjo un tenso silencio, pero no me permití reflexionar sobre sus palabras.

—¿Traes noticias? —le pregunté.

—De momento podéis estar tranquilas. No se ha emitido ningún comunicado oficial en relación con el ataque a vuestro hogar; si el Reino Celestial buscase el apoyo de sus aliados, ya habrían hecho correr la voz. No obstante, quería asegurarme de que la reina Suihe no os hubiera encarcelado por puro capricho; no dudará en actuar ante la más mínima sospecha. Este palacio cuenta con muchas celdas inmunes a la magia y de las que resulta imposible escapar.

—Imagino que conoces bien dichos lugares —comenté.

Él sonrió.

—Lo suficiente para saber que mi casa te resultaría mucho más cómoda e infinitamente más segura.

—No pienso acercarme al Muro Nuboso —le dije sin rodeos—. No confío en los tuyos.

—Ni yo —convino él—. Pero prefiero un enemigo que va de frente a un amigo que puede apuñalarte por la espalda en cualquier momento.

—¿El Muro Nuboso? —repitió mi madre, aturdida—. ¿Dónde está eso?

—Es el Reino de los Demonios —le expliqué.

Mi madre retrocedió. Lo único que sabía de los demonios era lo que había aprendido en los cuentos, en los que aparecían representados como criaturas malvadas, crueles y horribles que se deleitaban con la carne y el sufrimiento de los demás. Durante mi infancia, me había consolado la idea de que dichos monstruos permaneciesen ocultos en las afueras del reino, donde solo los extremadamente valientes y temerarios se aventuraban. Ahora sabía que aquello no era más que una ilusión. Los demonios, tanto los que lo eran por sus actos como por denominación, no solo estaban por todas partes, sino que además no esperaban a que fueras a buscarlos.

—Al Reino de los Demonios se lo conocía en el pasado como el Muro Nuboso y formaba parte del Reino Celestial. Se los exilió por su magia, la cual había prohibido el emperador. No se… diferencian de los demás inmortales.

Al contarle a mi madre mi estancia allí, no había entrado en detalles, ya que yo misma ansiaba olvidarla. Además, no mucha gente hablaba de aquello, sobre todo en el Reino Celestial. La historia se reescribía al gusto del vencedor o se enterraba cuando la verdad incomodaba demasiado. Los habitantes del Muro Nuboso habían hecho cosas terribles; habían asesinado y lastimado a otros, ¿pero quién no había hecho lo mismo estando en guerra? El Reino Celestial tampoco era inocente, y luchar para defender el hogar era algo con lo que podía empatizar.

—¿Tan peligrosa era dicha magia? —preguntó mi madre.

—Toda la magia es peligrosa, sobre todo cuando se esgrime como un arma —repuso Wenzhi.

—Aunque algunos causan mucho más daño que otros. —Reprimí un escalofrío al recordar la mirada perdida de Liwei, el instante en el que me había hundido la espada en el corazón.

No, era incapaz de olvidar lo que Wenzhi me había hecho, las heridas invisibles que me había infligido: las consecuencias de sus arteros planes. Una frágil tregua entre ambos era lo máximo que toleraría. Confiaría en él únicamente cuando tuviésemos intereses comunes y no dudaría en utilizarlo en nuestro beneficio, al igual que había hecho él en el pasado conmigo. Y si volvía a traicionarme... me aseguraría de que mi flecha diera en el blanco esta vez.

—Nos marcharemos después del funeral de Ping'er —le dije—. ¿Has tenido noticias de Liwei?

Una arruga le atravesó el ceño.

—Su Alteza ya no está en sus aposentos; ha sido trasladado y se encuentra bajo vigilancia.

El miedo, hasta entonces contenido, se desató en mi interior; me asaltaron imágenes de Liwei encerrado en una celda sin ventanas, torturado hasta verse obligado a confesar alguna transgresión infundada.

—¿Por qué?

—Su Alteza se ha ganado recientemente un número sorprendente de enemigos. Su posición nunca había corrido tanto peligro y muchos contemplan la situación como una oportunidad única para escalar posiciones en su lucha por el poder.

Las entrañas se me retorcieron al imaginar a sus enemigos enviando a asesinos para eliminarlo, poniéndole veneno en la copa, siendo víctima de algún «accidente» cuidadosamente orquestado.

Al percatarse de mi angustia, Shuxiao me rodeó con un brazo y me acercó a ella.

—Nadie se atreverá a hacerle daño.

—¿Por su posición como príncipe? —dije esperanzada, aunque con un tono apagado.

—Por miedo a su madre —respondió ella con ironía.

El hecho de que la Emperatriz Celestial fuera ahora la mejor baza para mantener a salvo a Liwei no era algo que pudiese tomarme a la ligera. Por una vez, agradecía su carácter astuto y su despiadado rencor. No muchos se atreverían a contrariarla.

—¿Podrá protegerlo? —le pregunté a Wenzhi.

—Aunque lo intenta, la emperatriz se encuentra atada de manos. Su Majestad Celestial es quien ostenta el poder realmente y ella no puede desafiarlo, ya que tanto su posición como su propia seguridad peligrarían.

—¿Dónde han encerrado a Liwei?

Wenzhi entornó los ojos.

—No podrás entrar en el Palacio de Jade. Ni siquiera con mi ayuda.

—¿Por qué no? —pregunté.

—Tras el asalto al Tesoro Imperial, se han levantado guardas nuevas alrededor del palacio que impiden la entrada a toda persona ajena salvo a las designadas por el general Wu. —Wenzhi me dedicó una mirada cautelosa—. Han apostado más guardias en torno a los muros. No se dejarán engañar con facilidad, y menos cuando sobre ellos pesa la amenaza de los azotes o algo peor.

—Debo rescatar a Liwei —dije de forma categórica.

—¿Cómo, si el palacio está hasta arriba de guardias? Si te capturan, jamás te dejarán marchar y solo conseguirás empeorar la situación de Su Alteza —advirtió Shuxiao.

—Necesito que alguien de dentro del palacio me ayude —dije lentamente—. Las guardas no pueden socavarse desde fuera.

—¿Podrían ayudarnos tus informantes? —le preguntó Shuxiao a Wenzhi.

—No en un asunto tan peligroso; no arriesgarán su posición. Estoy al tanto de sus informes, pero solo responden ante mi padre. No moverá ni un dedo para ayudar al príncipe celestial. —Y añadió de forma reflexiva—. De todos modos, no serviría de nada. Para debilitar las guardas hace falta alguien con un rango lo bastante alto.

Tal vez el general Jianyun pudiera ayudarnos, pero su propia situación era delicada. Una sensación de malestar me erizó la piel al ocurrírseme otra idea; me asqueaba, pero era la que más probabilidades nos brindaba de lograr nuestro objetivo.

—Necesito tu ayuda para hacerle llegar un mensaje a alguien del Reino Celestial —le dije a Wenzhi.

—¿A quién? —preguntó Wenzhi con cautela.

Guardé silencio un instante, sosteniéndole la mirada.

—A la Emperatriz Celestial. —La firmeza de mi tono disimulaba la incertidumbre que me azotaba.

Mi madre palideció; Wenzhi escudriñó mi rostro. Tragué saliva para humedecerme la garganta, pero no dejé entrever ninguna de las dudas que me invadían.

—¿Lo harás? —insistí al ver que no me respondía.

Se inclinó hacia mí.

—Si es lo que deseas. Si lo has considerado a fondo.

—Xingyin, ¿es una broma? —preguntó Shuxiao—. La emperatriz jamás se reunirá contigo, y mucho menos te ayudará.

—A mí no —dije—. A su hijo.

No era tan ilusa como para creer que la emperatriz fuera a concederme ningún favor, sobre todo teniendo en cuenta que hacía un año había pedido entre gritos mi muerte. Sin embargo, a ambas nos unía algo más profundo que el odio: nuestro amor por Liwei, puesto que tanto ella como yo haríamos todo lo posible para salvarlo... incluso rebajarnos a llegar a un acuerdo con aquellos a los que más despreciábamos.

15

Jamás hubiera creído que me reuniría con la Emperatriz Celestial en una casa de té mortal. La reconocí a duras penas: se había deshecho de sus espléndidas prendas y ornamentos y había atenuado su deslumbrante aura. Iba vestida como cualquier otra aldeana, envuelta en una túnica de algodón y con una horquilla de madera incrustada en el cabello. Ya no llevaba las fundas de oro que le recubrían los dedos de normal, pero sus afiladas uñas no resultaban menos amenazadoras.

—Habéis venido. —Algo obvio, pues se encontraba frente a mí.

No se dignó a responder, y una expresión de desaprobación le surcó el rostro al posar la mirada en el desgastado suelo de madera, los taburetes de bambú y las vigas sin barnizar del techo. Arrugó la nariz al ver a un camarero pasando a toda prisa por su lado con una bandeja repleta de cuencos de sopa humeantes y platos con pescado y verduras. ¿Había elegido aquel lugar para fastidiarla, ya que era una mujer que se aferraba a la ostentación y al lujo como si le fuera la vida en ello? Tal vez, puede que incluso de manera inconsciente, aunque sobre todo para evitar cualquier trampa que hubiera podido tenderme en los Dominios Inmortales, donde tenía tomada la sartén por el mango. Era una prueba para constatar hasta dónde estaba dispuesta a llegar para salvar a su hijo… y el hecho de que se hubiera presentado significaba que estaba tan desesperada como yo.

Alcé la pesada tetera de porcelana y le serví una taza. No lo hice por respeto, pero mi madre me había enseñado que debía mostrar cortesía con aquellos que eran mayores que yo, con alguien que había aceptado la invitación que yo le había ofrecido.

Ella hizo caso omiso y se sentó en un taburete.

—¿Por qué me has pedido que nos reuniéramos aquí? —Su voz rezumaba hostilidad.

—¿Dónde hubierais preferido que nos viéramos, Majestad Celestial? ¿En el Palacio de Jade? Es mejor que nadie descubra que este encuentro se ha concretado. Además, es un sitio que nos proporciona tranquilidad a ambas, ya que la magia está prohibida.

Las mejillas se le sonrojaron tanto que parecieron teñidas de sangre.

—¿Cómo te atreves a hablarme como si fueras mi igual? No eres nadie, mientras que yo soy la emperatriz de la tierra y los cielos. ¿Has olvidado quién decide lo que está permitido o no?

—Vuestro esposo. Y confío en que preferís que no descubra que esta reunión ha tenido lugar. —De alguna manera logré aparentar un tono civilizado. Tratarla con desprecio solo me cosecharía una sensación efímera de satisfacción y su eterna enemistad.

Desvió la vista hacia la ventana. ¿Buscaba a los guardias que estaban esperándola fuera? No pasaban para nada desapercibidos; separados de los mortales, exhibían una postura rígida y una mueca de desprecio a pesar de los humildes ropajes que vestían. La vibración de las auras inmortales bullía en el ambiente pese a los esfuerzos por amortiguarlas. ¿Por qué no habían atacado? ¿A qué esperaba la emperatriz?

—Sé que me odiáis —dije sin preámbulos—. Mi padre asesinó a las aves del sol, pero lo hizo para salvar a los mortales.

—Podría haberlas detenido sin necesidad de acabar con ellas —gruñó.

—No tuvo elección. Era eso o dejar que destruyeran los Dominios Mortales. En el fondo, seguro que sospecháis quién le ayudó, quién tenía el poder para hacerlo —no dije nada más, pues me negaba a traicionar la confianza de mi padre.

Clavó la mirada en la taza, aunque no hizo amago de agarrarla; probablemente los toscos tallos de té que flotaban en la turbia superficie le desagradaran.

—Me has pedido que viniera. ¿Por qué?

—Por la misma razón que habéis venido vos. Por Liwei.

Cerró el puño sobre la mesa.

—Es culpa *tuya*. Tú tienes la culpa de que haya adoptado esa actitud rebelde y de que su padre esté en su contra. Eres la responsable de que haya caído en desgracia. El muy necio rechazó los esponsales con la princesa Fengmei... por ti.

Sus palabras me atravesaron como un puñal. Y lo peor era que no podía discutirle nada. Nadie podía negar que la princesa Fengmei era una novia más adecuada, alguien que habría aportado, además de sus considerables encantos, un ejército que defendiese a su prometido y una posición incuestionable en el trono del Reino del Fénix. A diferencia de mí, que me había encarado con su madre, robado a su padre y había huido como una criminal.

—¿Está Liwei en peligro? —Me invadió una sensación gélida; lo único que me consolaba era que la Lágrima Celestial había permanecido apagada todo aquel tiempo.

Volvió la cabeza hacia mí y me contempló fijamente de arriba abajo.

—De momento está a salvo. Los guardias a mi servicio lo vigilan para asegurarse de que nadie le haga nada. Bueno, deja de hacerme perder el tiempo y dime qué quieres.

—Sacar a Liwei del Palacio de Jade —repuse.

—¿Y si yo prefiero que se quede y le pida perdón a su padre? ¿Que, a cambio de su libertad, acepte los esponsales con la princesa Fengmei? —dijo lentamente, saboreando los dardos que encerraban sus palabras.

Le devolví la mirada reprimiendo una oleada de ira.

—Estoy segura de que ya lo habéis intentado y de que el hecho de que os encontréis aquí significa que Liwei se ha negado.

—A veces, todo depende de lo que haya en juego. —Sus labios adquirieron la forma de una medialuna carmesí—. Pregúntate *para qué* crees que he venido. ¿Para llegar a un acuerdo con una inútil que no tiene nada que ofrecerme o para conseguir algo que no tenía?

Por fin las cartas estaban sobre la mesa. La había invitado con buenas intenciones y, sin embargo, ella había pretendido tenderme una trampa. Quería tomarme como rehén para que Liwei accediera a su plan. Se me revolvió el estómago del asco y me alegré por no sentir miedo. Y sobre todo, por haberme anticipado a sus tretas, pues no era tan necia como ella pensaba. Al tratar con víboras, había aprendido a pensar como ellas. Me volví, de forma deliberadamente pausada, hacia el rincón de la casa de té donde estaba sentado Wenzhi; su enorme espada reposaba a la vista sobre la mesa. Al cruzar la mirada con él, levantó la copa y fingió un brindis, mientras que con la otra mano agarró la vaina de ónix del arma en un gesto de amenaza apenas velado. Le traía sin cuidado ofender a la Emperatriz Celestial, pues esta no tenía ningún poder sobre él ni sobre su familia, motivo por el cual le había pedido que me acompañase en lugar de Shuxiao.

A la emperatriz le ardió la mirada.

—El traidor. ¿Está mi hijo al tanto de esto?

—¿Está al tanto de vuestros planes para obligarlo a haceros caso? —Resultaba liberador no medir mis palabras, despojarme de la máscara de humildad que me había visto obligada a llevar en su presencia.

Echó hacia atrás el taburete y se levantó cuan larga era.

—No tengo nada más que decirte.

—Yo sí tengo *muchas* más cosas que deciros. —Reprimí una retahíla de insultos—. Decidme, ¿qué le ha pasado a Liwei?

Una larga pausa. Pensé que se marcharía en aquel momento, pero volvió a tomar asiento.

—Está retenido y siendo vigilado por aquellos que deberían hincar la rodilla ante él. Y habría acabado en una celda si no llego a intervenir yo; enfureció mucho a su padre.

—Liwei no ha hecho nada para merecer semejante trato —dije con fiereza.

—Es cosa del farsante inmundo de Wugang; está emponzoñando a mi esposo con calumnias acerca de nuestro hijo.

—¿Wugang? —El odio me abrasó como un trozo de carbón candente. Exhalé de forma pausada para tranquilizarme y concentrarme en el siguiente paso—. ¿Y qué hay del general Jianyun? ¿No puede interceder? —Era egoísta por mi parte preguntar, teniendo en cuenta los problemas con los que ya lidiaba el general.

—Al general Jianyun lo han jubilado; su título es meramente honorífico. Wugang convenció a mi marido para que le cediese el mando absoluto del Ejército Celestial. Siempre he creído que esa era la máxima aspiración del muy trepa, pero ahora es evidente que lo que busca es usurpar el puesto que le corresponde a mi hijo como legítimo heredero; pretende mancillar el trono con su sangre mortal y gobernar después de mi marido.

¿Me despreciaba también por mi ascendencia mortal; no solo por pertenecer a una casta inferior, sino por estar «contaminada»? Me traía sin cuidado. Por las venas de la emperatriz corría la sangre más noble del reino y, sin embargo, yo no la soportaba.

—¿Reemplazaría el emperador a su propio hijo y le otorgaría su posición a Wugang? —Aquello me parecía excesivo, a pesar de su naturaleza implacable.

Desplegó los labios y profirió un gruñido. Por más que me detestara, era obvio que odiaba más a Wugang.

—Wugang arriesgó la vida en una ocasión y prestó un enorme servicio a mi esposo. Desde entonces, le han llovido los honores. Mi esposo valora la lealtad por encima de todo, y Wugang ha sido siempre obediente y ha cumplido todas sus órdenes. Contó también con mi favor, hasta que sus aspiraciones resultaron evidentes: su ansia de gobernar en lugar de servir.

—¿Por qué sirvió Wugang a vuestro esposo tras la humillación a la que lo sometió? —inquirí.

—¿Acaso no se sentiría *cualquier* mortal eternamente agradecido después de que se le otorgara el don de la inmortalidad? —me preguntó con sorna.

La emperatriz miró impaciente hacia la puerta y yo reprimí la curiosidad. Las respuestas que más ansiaba conocer revestían un carácter personal.

—¿Por qué envió el emperador soldados a la luna? ¿Por qué le interesa mi hogar?

La razón oficial —que mi madre había menospreciado al emperador— se me antojaba hueca e insuficiente. No tenía ninguna lógica ni justificación más allá del deseo de quitarnos de en medio. La decisión de huir habría sido la misma, pero quería saber qué más debíamos temer.

La emperatriz arrugó las comisuras de la boca.

—¿Ahora ya qué más da? No te hace ninguna falta saberlo —replicó con dureza, aunque capté la vacilación en su voz. No tenía ni idea y aquello me inquietaba, pues el propósito del emperador era un misterio incluso para sus más allegados.

—A mí no me da igual —dije—. Mi casa acabó destruida y alguien a quien quería fue asesinada. A vos os trae sin cuidado, pero a mí no hay nada que me importe más.

—Lo que pasó fue culpa tuya.

—*No* fue culpa mía. —Había hecho todo lo posible por mantenerme alejada de los tejemanejes políticos de la corte; no quería formar parte de aquello.

—Alteraste la paz de la que gozábamos. El ejército se inclinó ante *ti*. El general Jianyun salió en tu defensa. Liwei desafió a su padre ante la corte, algo que nunca antes había hecho. Echaste abajo uno a uno los puntos de apoyo de mi esposo hasta que solo Wugang quedó en pie... y ahora no escucha a nadie más que a ese trepa.

Se me retorcieron las tripas, pero no aparté la mirada; la mínima debilidad la animaba a contraatacar.

—Jamás pretendí que nada de aquello se viese como un desafío. Cuando la grandeza se encuentra profundamente arraigada, unas meras sacudidas carecen de importancia.

Entornó los ojos hasta convertirlos en dos rendijas supurantes de odio.

—Las sacudidas acaban siendo terremotos.

—Aplacarlas solo creará más. Ningún poder es absoluto, como tampoco lo es la obediencia.

Se incorporó; cada uno de sus tensos movimientos rezumaba furia.

—No he venido a escuchar sandeces. Afirmas querer ayudar a mi hijo. ¿Cómo?

—Liwei no puede seguir en el Palacio de Jade. Wugang se lo quitará de en medio para asegurar su posición. —Decir aquello me asqueaba, pero decidí no andarme con rodeos con la esperanza de convencerla.

La emperatriz apretó los puños sobre la mesa. Sabía que decía la verdad; puede que, aunque no hubiera dado voz a sus preocupaciones, ella misma lo sospechase ya. Nuestros peores temores eran lo que más ansiábamos acallar.

Insistí:

—Ahora que los soldados están bajo sus órdenes, Wugang podría atacar en cualquier momento. Es tan despiadado como astuto, y no dejará que esta oportunidad se le escape. ¿Hasta cuándo podrán proteger vuestros guardias a Liwei? ¿Serán capaces de hacer frente al Ejército Celestial? —Me incliné lo bastante en su dirección como para verme reflejada en sus ojos—. Ayudadme a sacarlo de palacio.

No respondió. Casi era capaz de oírla sopesar los pros y los contras en su cabeza, calculando cómo aprovecharse de la situación. Deseaba salvar a su hijo, pero no que yo saliese airosa.

—¿Para qué me hace falta tu ayuda? —exigió saber.

La mera idea de necesitarme la sacaba de quicio. Sin embargo, aquella pregunta encerraba algo más que su desprecio; era una herramienta para obligarme a pedirle ayuda, para que fuese yo la que suplicase. No había ninguna necesidad; le prometería cualquier cosa que fuera capaz de darle, pues yo también necesitaba su ayuda.

—La Emperatriz Celestial no debe hacer nada que ponga en peligro su posición. —Mantuve una expresión neutra, disimulando el desprecio de mis palabras—. No podéis oponeros abiertamente a vuestro esposo. Si me ayudáis, me llevaré a Liwei y vos permaneceréis exenta de culpa.

Al ver que sus pupilas brillaban con más intensidad, proseguí.

—Ambas queremos que no corra peligro. Nuestro objetivo es el mismo.

—Claro que *no* —dijo, hecha una furia.

Había cometido un error al situarnos a ambas al mismo nivel. Detestaba tener que asociarse conmigo; se sentía rebajada.

—Deseo que gobierne el Reino Celestial y que se lo considere el monarca más poderoso de todos los reinos; que tanto los mortales como los inmortales pronuncien su nombre con reverencia desde el mismísimo momento en que empiezan a formar palabras hasta que la muerte los silencia. Yo deseo que se convierta en el inmortal más grandioso que haya existido jamás, mientras que tú quieres quedártelo para ti sola. Lo deshonrarás, igual que has hecho en el pasado ante su padre, la corte y el reino.

Negué con la cabeza.

—Jamás le he pedido que renunciase a nada por mí.

—Y sin embargo habrías permitido que le diera la espalda a su posición, su herencia y su familia. —Una sonrisa cruel le iluminó el rostro—. Aunque no habrías sido feliz. Liwei no está hecho para el tipo de vida que tú anhelas. Mi hijo está acostumbrado al lujo, a que lo adulen y lo veneren. Es blando de corazón; no te echaría la culpa directamente, pero quiero que te quede clara una cosa: tú sola nunca serías suficiente para él. El descontento se apoderaría de él y se transformaría en resentimiento. Y más tarde... en odio.

Sus palabras rezumaban la perversidad de una maldición. Había descubierto mis miedos más profundos y mis deseos más egoístas y los presentaba de una manera de lo más vergonzosa. No pude replicar, ya que no estaba diciendo ninguna mentira: *habría dejado* que le diera la espalda a todo aquello. Casi me había convencido de que era lo que él quería, en lugar de un sacrificio que solo me beneficiaría a mí. Un acto de cobardía, ya que resultaba más fácil que tener que asumir las obligaciones de la corona durante el resto de nuestra vida.

—No me fío de ti —siseó—. Afirmas querer ayudarlo, pero lo único que te preocupa es perder tu dominio sobre él.

—Podría decir lo mismo de vos. —Me contuve y reprimí las respuestas más despiadadas que se me ocurrieron. Por mucho veneno que escupiese por la boca, lo importante ahora era la seguridad de

Liwei—. ¿Qué tengo que hacer para que me creáis? —Me preparé, ya que en el pasado había hecho un trato con su marido y había estado a punto de perderlo todo. Esta vez me andaría con cuidado, aunque sabía que nada de lo que me pidiera sería de mi agrado.

—Solo tengo una condición. Una y nada más. —Su sonrisa irradiaba auténtico placer—. Te ha pedido matrimonio. Júrame que rechazarás su oferta y darás por finalizada tu relación con él.

—No. —Mi negativa, aun siendo fruto de la ira, brotó atemperada por una oleada de temor.

—Debes de abrigar dudas. ¿Qué otra cosa te impide aceptar? —Su tono era aterciopelado y su mirada, despiadada: una depredadora acechando a su presa—. No encajas en el papel de emperatriz ni eres merecedora de tal honor. La Corte Celestial no dejará jamás que lo olvides. Hablarán mal de ti a tus espaldas, ocultarán sus burlas bajo una sonrisa falsa, aguardando con ansia el día en que otra ocupe tu lugar; el inevitable destino de toda emperatriz.

Aunque cada una de sus palabras rezumaba rencor, estas ocultaban un inmenso dolor. Las infidelidades del Emperador Celestial eran ampliamente conocidas. Hice caso omiso del sentimiento de compasión que despertó dentro de mí; no se lo merecía.

—No pienso hacerlo. —Una declaración contundente, si no fuera por el temblor que se apoderó de mi voz.

—Pues mi hijo permanecerá en el Palacio de Jade, donde no se separará de mí.

La emperatriz se equivocaba, no iba a poder protegerlo. No obstante, era lo bastante arrogante y rencorosa como para convencerse de lo contrario.

—Lo sentenciaríais a muerte —me obligué a decir—. ¿Cuánto tardará Wugang en volverse contra *vos*? ¿Y entonces qué será de Liwei? Si desafiáis al emperador públicamente, lo único que conseguiréis es fortalecer a Wugang.

Frunció los labios. Aunque su plan de capturarme se había frustrado, seguía siendo un peón en sus manos. Lo único que tenía que hacer era fingir inocencia y difamarme, dos cosas que se le daban de maravilla.

—¿Qué alternativa tenéis? —insistí—. No podéis enviar a Liwei con vuestros parientes del Reino del Fénix, no mientras sigan siendo aliados del Reino Celestial.

—Habría estado a salvo allí si se hubiera casado con la princesa Fengmei. No te atrevas a decirme lo que puedo o no puedo hacer. No necesito *tu ayuda* para proteger a mi hijo.

Volvió a ponerse de pie y se acomodó la falda de la túnica con desprecio. Había creído que lo apremiante de la situación y su amor por Liwei bastarían para convencerla. La jugada me había salido mal; me había equivocado y me había puesto la zancadilla a mí misma al magullar su orgullo. Jamás dejaría que yo —una donnadie— se saliera con la suya. Iba a marcharse, pues el rencor se hallaba profundamente arraigado en ella, y se diría a sí misma que lo hacía por el bien de Liwei.

La desesperación me invadió. Una parte de mí quería que se marchase, quería rechazar sus repugnantes condiciones. Sin embargo, me había desentrañado mejor de lo que yo la había desentrañado a ella. Quería que Liwei se librase de mí y no aceptaría ninguna otra cosa. Y a pesar de mis quejas, la emperatriz sabía que daría el brazo a torcer, pues me negaba a jugar con su vida.

—Esperad —dije en voz baja. De mala gana—. Para que el plan funcione debéis echar abajo las defensas que me impiden entrar a palacio.

Se dio la vuelta, con una expresión triunfal en el rostro.

—Júrame que pondrás fin a tu relación con Liwei para siempre. Y que no se lo contarás a nadie. Júramelo por la vida de tu madre —exigió con una astucia implacable— y lo haré.

La furia me embargó, teñida de dolor. Sin embargo, su expresión de regodeo me arrancó de las profundidades de la derrota. No sería estúpida: salvaguardaría lo que pudiera de aquel naufragio. La obligaría a entregarme a cambio algo valioso.

—No he aceptado vuestras condiciones —le dije.

—No te queda otra.

—Claro que sí. Puedo quedarme de brazos cruzados y confiar en que mantengáis a Liwei a salvo. Si él muere, seréis *vos* quien le haya fallado, habréis matado a vuestro hijo. —A punto estuve de atragantarme con aquellas palabras tan crueles, pero conseguí hacerla estremecer.

—¿Qué quieres? —exigió—. Mis condiciones son las que son.

—Pues juradme lo siguiente: que nunca nos haréis daño a mi familia ni a mí sin un motivo justificado. —Al no responder, añadí rápidamente—. Y otra cosa más. Una petición de nada en comparación con lo que vos me habéis exigido.

—¿Qué? —siseó—. Se me está acabando la paciencia.

Debía parecer una petición sin importancia y no nacida de la más absoluta necesidad.

—Hay una persona en el Reino Celestial que me agravió en gran medida. Quiero que lo busquéis y lo confinéis en el mismo lugar donde está Liwei. Yo misma me encargaré de él.

—¿Qué ha hecho?

—No os hace falta saberlo. —Una revancha mezquina con la que le devolvía sus palabras de antes—. Pero no podéis hacerle daño.

Me dirigió un leve asentimiento, ya de mejor humor.

—¿De quién se trata?

—De Tao —respondí—. Su hermana es la aprendiz del Guardián de los Destinos Mortales, aunque ella no sabe nada de lo ocurrido. —No quería involucrarla. Lo único que quería era el elixir, y esperaba que no fuese demasiado tarde.

—Un conocido alborotador. —Un destello inquisitivo le iluminó la mirada—. Me han hablado de él.

Había accedido con demasiada facilidad. Traté de hallar algo que la obligase a cumplir su palabra de forma irrevocable, igual que había hecho ella conmigo. Liwei era la persona a la que más amaba, pero no podía pedirle que lo jurase por su vida. De manera que utilizaría aquello que más detestaba para presionarla.

—Si lo hacéis, cumpliré la promesa que os he hecho. No obstante, si faltáis a vuestra palabra, nuestro trato quedará anulado y no tendré compromiso alguno con vos. Podré casarme con Liwei y ocupar vuestro lugar como Emperatriz Celestial.

Levantó la barbilla.

—Cumpliré mi palabra. Eres una necia por creerte a su altura. *Nunca* serás la emperatriz.

—No tengo ningún deseo de serlo, sobre todo viendo las alegrías que el puesto os proporciona. —Una pulla muy cruel, pero ya me había arrebatado suficiente. Había negociado todo lo que había podido y, aun así, ella había ganado.

Palideció antes de sonrojarse intensamente.

—¿Trato hecho?

—Sí. —La palabra me dejó un sabor amargo en la boca.

Listo. Extendió los labios como una hiena recién alimentada.

—Mañana por la noche debilitaré las guardas para que puedas acceder a palacio sin temor a que te descubran. Usa un encantamiento de invisibilidad, haz lo que sea necesario para llegar hasta Liwei. Yo mantendré ocupados a mi marido y a Wugang, pero tú tendrás que ocuparte de los soldados que custodian a mi hijo. No puedo deshacerme de ellos sin levantar sospechas. Te advierto que si te descubren no te ayudaré. Será tu palabra contra la mía y nadie te creerá.

Desvió la mirada hacia el fondo de la estancia, donde se encontraba Wenzhi.

—El demonio no debe acceder a palacio; no puedo manipular las guardas que mantienen a raya a los suyos, puesto que son obra de mi esposo. Además, no puede relacionárselo con mi hijo; lo acusarían de traición y cosas aún peores. No debes hacer peligrar la vida de Liwei y tampoco debe haber ninguna duda de que todo es obra tuya.

Me obligué a tener la cabeza fría, a desvincularme de mis emociones.

—¿Dónde estará Liwei?

—Ha sido trasladado a los aposentos que se encuentran en la zona este del palacio. Me aseguraré de que el ladrón esté con él. Tendrás que actuar con rapidez y planear tu huida al dedillo; en cuanto se dé la voz de alarma, no dispondrás de mucho tiempo. —Un tono de advertencia tiñó su voz—. Si algo malo le sucede a mi hijo, te la devolveré con creces.

Me mordí el interior de la mejilla, domando el temperamento.

—Cumplid con vuestra parte del trato y yo haré lo mismo.

Sin decir nada más, la emperatriz atravesó la casa de té y desapareció por la puerta. Solo entonces me tranquilicé un poco y dejé caer la frente sobre las palmas de las manos; el corazón me dolía como si ella me hubiese clavado las garras en él.

16

Nuestra nube surcó los cielos rumbo al Mar del Sur, dejando atrás los Dominios Mortales. Sin la luz de la luna, las tinieblas se habían apoderado de la noche, ya que ¿quién se ocupaba de los farolillos ahora que mi madre se había marchado? Desde luego, nadie que pudiera desempeñar la tarea de forma tan eficiente. Aunque yo le había prestado mi ayuda en alguna ocasión, los faroles brillaban con más intensidad cuando los manipulaba mi madre, puesto que desprendían una luz más potente. ¿Qué pensarían los mortales de aquellas oscuras noches? Muchas casas reales debían de haber solicitado la presencia de adivinos y clarividentes para desentrañar el misterio, y lo más probable era que todos hubieran llegado a la conclusión de que se trataba de un mal presagio.

No se equivocaban.

—La cosa ha ido bien. —Wenzhi esbozó una sonrisa irónica—. Y con «bien» me refiero a que la emperatriz no te ha hecho detener y a que tú no has desenvainado ningún arma.

—Por los pelos —dije, tensa—. Podríamos haber saltado a la yugular de la otra en cualquier momento.

—Tal vez quieras reconsiderar la idea de emparentarte con esa familia.

—No voy a emparentarme con ellos.

Al ver que guardaba silencio y se le oscurecía la mirada, añadí apresuradamente.

—No juzgues tan a la ligera, que tu familia tiene *lo suyo*.

—No recuerdo haberte ofrecido a mi familia como alternativa —replicó suavemente.

Me ruboricé y le di la espalda.

—La emperatriz ha accedido a ayudar a Liwei a escapar. Yo lo sacaré de palacio.

—*Los dos* lo sacaremos —me corrigió.

—No, debo ir sola —le dije sin rodeos. La emperatriz no mentiría en relación con aquello: ella quería que yo tuviera éxito, sobre todo después de haberle prometido que no me casaría con su hijo—. El palacio está protegido contra los tuyos. No puedo arriesgarme a que acusen a Liwei de conspirar con el Reino de los Demonios.

—¿Prefieres que te descubran? ¿Por miedo a lo que pueda decir la gente? —preguntó secamente.

—Tu presencia podría ser lo que nos delatase —le dije.

—No puedes ir sola. Todos los soldados estarán alerta. ¿Quién dará la cara por ti si hay problemas? —Se acercó a mí y me obligué a mantenerme firme—. No te fustigues por lo sucedido en la luna, por aquellos que consideras tus errores. No tienes que salvar a todo el mundo movida por un intento equivocado de compensar los daños, porque te sientas obligada a ello.

—No lo hago porque me sienta obligada. Deseo salvar a Liwei más que nada en el mundo —dije con la voz tensa de la emoción contenida.

Su expresión se volvió indescifrable.

—He hablado de más. Sé lo que sientes por él.

Aparté la mirada; el daño que me había infligido la emperatriz era demasiado reciente. Se había asegurado de que yo fuera la que saliese perdiendo, aún si lograba mi objetivo.

—Tengo un plan. No correré peligro.

Al ver que se me quedaba mirando sin decir nada y con los brazos cruzados, añadí:

—Puede que solo un poco.

—No seas insensata. —Wenzhi adoptó un tono peligrosamente grave.

—No me llames «insensata» cuando mi mayor equivocación fue haber confiado en ti —le dije entre dientes—. No creas que eres el único que sabe lo que hace. Tengo tanta experiencia como tú, te he guardado las espaldas, igual que has hecho tú conmigo. Te engañé una vez y volvería a hacerlo.

Nos fulminamos mutuamente con la mirada; la brisa hizo ondear nuestras túnicas y nos alborotó el cabello. Los ojos le brillaban con intensidad; las únicas estrellas de aquella sombría noche.

—Tienes razón. El insensato soy yo por creer que las cosas pudieran cambiar. —Me sostuvo la mirada—. A ver, cuéntame cómo vas a irrumpir en el Palacio de Jade tú sola corriendo *solo un poco de peligro*. —Una pizca de humor atenuaba sus palabras.

—No voy a irrumpir. Pretendo desviar su atención, igual que hiciste tú la última vez, pero dentro de los terrenos del palacio.

—Ojalá no te hubiera ayudado esa vez —dijo con vehemencia—. Provocar una pequeña distracción en la entrada y sembrar el caos dentro del Palacio de Jade son cosas muy diferentes. ¿Qué planeas hacer?

—¿Lanzar unas cuantas flechas al Salón de la Luz Oriental? —Reprimí una carcajada al ver la expresión de su rostro, incrédula y ansiosa a partes iguales. Aunque la idea se me había pasado por la cabeza (sin duda habría sido satisfactorio), resultaría demasiado peligroso—. Aún no tengo ningún plan —confesé—. Pero ya se me ocurrirá.

Inclinó la cabeza.

—Antes no pretendía ofenderte. A veces puedes ser algo temeraria, pero no eres ninguna insensata.

Cierta emoción afloró en mi interior, aunque la sofoqué. Se hizo el silencio entre ambos al tiempo que nos adentrábamos en el Mar del Sur y nos abríamos paso a través del pasadizo submarino. Los guardias de la entrada no presentaron objeción alguna cuando les entregamos las perlas para que las examinasen. Mientras nos dirigíamos a palacio, me fijé en una de las caracolas. Blanca como la nieve y con forma de cono; idéntica a la que le había regalado a Liwei. Me agaché para recogerla y me asaltó un recuerdo: el del mercader exhibiendo con orgullo la mercancía en el mercado celestial.

Provienen de las aguas profundas del Mar del Sur... están hechizadas para encerrar el sonido o la melodía que más os guste, o incluso la voz de un ser querido.

Una idea empezó a tomar forma en mi mente. Detuve a la primera inmortal del mar con la que me crucé, una mujer regordeta ataviada de brocado lila.

—¿Hay algún mercader por aquí que venda caracolas? ¿De las que están encantadas?

La mujer parpadeó, sorprendida por el apremio con el que me dirigí a ella.

—El maestro Bingwen tiene una tienda junto a la fuente de coral. La reconocerás cuando la veas.

Mientras le daba las gracias, Wenzhi contemplaba dubitativo las caracolas esparcidas por el suelo.

—¿Por qué iba nadie de por aquí a comprar una de esas?

—No todo el mundo es capaz de hacer lo mismo que él.

Las calles que se encontraban apartadas del palacio eran más anchas y estaban flanqueadas por ondulantes frondas de color verde jade entremezcladas con corales de tonos vivos. Las brillantes paredes de los edificios tenían un barniz nacarado, y unas delicadas esculturas de figuras marinas de oro, plata y turquesa adornaban los tejados con forma de arco. Los portales circulares daban a exuberantes patios, aunque unos cuantos permanecían cerrados tras puertas de madera lacada. Un suave torrente de agua atravesó el aire y ambos seguimos el rastro hasta toparnos con una fuente hecha de coral azul y lila.

Al lado había un elegante edificio con columnas de caoba que tenían tallado un diseño de caracolas. Las ventanas con celosías estaban cerradas, al igual que la puerta, pero aun así llamé, hecha un manojo de nervios. Al no obtener respuesta, empujé el panel de madera, que se abrió con suavidad. Vacilé en el umbral, reacia a entrar sin invitación, a pesar de que no me sobraba el tiempo. El interior estaba oscuro y una densa humedad flotaba en el ambiente, dificultándome la respiración. Unas partículas brillantes revoloteaban por el aire como luciérnagas y las cómodas lacadas de rojo recubrían las paredes. Al bajar la mirada, me quedé patidifusa al contemplar el suelo sumergido bajo una capa de agua de mar luminosa. Sus resplandecientes tentáculos se deslizaban por los costados de los cajones y se filtraban en la madera como si de relucientes venas se tratase. Me preparé y entré en la habitación; el agua, fría como el hielo, me llegaba a los tobillos. Los farolillos del techo cobraron vida y un resplandor iluminó de golpe la estancia.

—La tienda está cerrada. ¿Quién sois? —exigió saber una voz airada.

Un inmortal apareció por la puerta que daba al fondo, el mercader de rostro ancho del mercado celestial. Al verme, arrugó la frente, como si intentase recordar algo.

—¡Pero si es la música! —Una sonrisa se dibujó en su rostro mientras se acercaba, vadeando el agua con facilidad—. Nunca olvido una cara. Sobre todo si es alguien con quien he cerrado un buen trato.

Solo lo había visto una vez, hacía años. No obstante, sus rasgos habían permanecido también en mi recuerdo; había sido uno de esos encuentros que dejan huella al margen de su fugacidad. Ahuequé las manos y las extendí a modo de saludo.

—Maestro Bingwen, espero que disculpéis nuestra intromisión.

—Los clientes son siempre bienvenidos. —Señaló el chapoteo del agua a nuestro alrededor—. Pido disculpas por las molestias. Es necesario para que el encantamiento se afiance y que las caracolas retengan los sonidos. Por eso hoy estaba cerrada la tienda. —Guardó silencio un instante—. Bueno, ¿qué se os ofrece?

—Necesito urgentemente unas cuantas caracolas.

Un destello iluminó sus ojos por debajo de sus cejas enarcadas.

—¿Urgentemente? Creo que es la primera vez que alguien pregunta por mi mercancía con tanto apremio. ¿Qué podéis darme a cambio esta vez?

Ojalá me hubiera quedado alguna pizca de todo el oro, la plata o las piedras preciosas con los que me había topado a lo largo de los años. Pero no existían demasiadas necesidades que los inmortales no pudiésemos satisfacer por nosotros mismos, ya fuera encantando a algún árbol para que diera fruta o conjurando agua del manantial más cercano. Era más una cuestión de si decidíamos hacer el esfuerzo o no, ya que recurrir a la magia resultaba a menudo más agotador que usar las manos.

Saqué la flauta de la bolsa y la hice girar una vez entre los dedos.

—¿Lo mismo que la vez anterior?

—Una canción por cada caracola —aceptó él—. ¿Cuántas os hacen falta?

—Ocho. Cuanto más pequeñas y anodinas, mejor.

—Muy bien. —El maestro Bingwen dio una palmada, se acercó apresuradamente a una de las cómodas y abrió los cajones de un tirón.

—¿Qué encantamiento encierran? —preguntó Wenzhi.

—Guardan cualquier sonido y luego lo reproducen cuando uno quiere.

—¿Cómo las descubriste?

No respondí de inmediato. La mañana que Liwei y yo habíamos estado deambulando por el mercado era uno de mis más preciados recuerdos, uno de los pocos días que habíamos pasado juntos en los que la felicidad había sido absoluta.

—Conocí al maestro Bingwen en el mercado celestial; me entregó una caracola a cambio de una de mis canciones.

—Salió ganando —comentó Wenzhi.

El maestro Bingwen volvió con dos bandejas en las manos.

—Elegid las que más os gusten.

Me ofreció una bandeja repleta de ejemplares de color blanco, gris y rosa; ninguno era más grande que mi pulgar. En la otra bandeja solo había ocho exquisitas caracolas dotadas de elegantes curvas y refinadas agujas. Algunas estaban espolvoreadas con oro o plata, mientras que otras exhibían el radiante rubor de una puesta de sol.

Alcé la flauta y miré a Wenzhi.

—No hace falta que escuches.

—Sería un honor. —Era lo mismo que había dicho cuando me ofrecí a tocar para él la primera vez. Y añadió con una sonrisa, sin enfadarse lo más mínimo—: Aunque si me ofreces otra taza de té me andaré con cuidado.

Entorné los ojos.

—*Ambos* hemos aprendido a andarnos con cuidado.

Se acomodó en un taburete de madera y dejó reposar las palmas sobre las rodillas mientras yo apartaba la mirada y prestaba atención a mi interior. La canción debía ser impecable para poder satisfacer el trato. Al llevarme el instrumento de jade a los labios, la familiaridad de su roce me tranquilizó. Tomé una profunda bocanada de aire y la hice fluir hacia la flauta; la melodía resonó con el júbilo del despertar primaveral, la calidez del aire y el canto de los pájaros. La siguiente melodía poseía un carácter lastimero, el dolor invadía cada una de las notas, que reverberaban produciendo una sensación de pérdida. Me concentré en la música, sin atreverme a pensar en su significado, ya que entonces el poco dominio que tenía sobre mis emociones podría venirse abajo. Toqué ocho canciones, haciéndolas fluir hasta las ocho caracolas dispuestas frente a mí; la fuerza de mis emociones creció y disminuyó con los ascensos y descensos de la melodía... hasta que, finalmente, lo hube volcado todo.

Al desvanecerse la última nota, el mercader me dirigió una reverencia.

—Gracias. Os confieso que he vuelto a salir ganando.

—Así es —convino Wenzhi con la mirada encendida.

Le devolví la reverencia al maestro Bingwen.

—Ha sido un trato justo. No hay intercambio mejor.

Wenzhi y yo abandonamos la tienda y volvimos a palacio mientras yo me aferraba al envoltorio de seda con las caracolas que llevaba en las manos.

—¿Qué vas a hacer con ellas? —quiso saber.

—Las utilizaré como señuelo —dije lentamente, ultimando los detalles del plan en mi mente—. Para hacer creer a los soldados que estoy en un sitio distinto.

Se detuvo en seco frente a mí.

—Deja que te ayude. Deja que vaya contigo —volvió a pedirme.

—No puedes. Y me cuesta creer que quieras ayudar a Liwei —dije disimulando mi sensación de inquietud.

Profirió un sonido de impaciencia.

—No lo hago por él, sino *por ti*.

—No debes seguirme —le dije.

—Si es lo que deseas. Aunque quiero pedirte una cosa a cambio de mi... conformidad.

—Preferiría que...

—Nada más que una promesa a cambio de la mía. Que permanecerás con vida. —Alzó una de las comisuras de la boca—. ¿Qué creías que iba a pedirte?

El rubor me reptó por la nuca.

—No tengo ninguna intención de morir.

—Si alguien te hace daño, lo pagará —afirmó amenazadoramente—. Aunque el plan es bueno —admitió.

Todo un elogio viniendo de alguien que había trazado cada paso de su plan de forma tan meticulosa que tuvo engañados durante años a los celestiales y luego me traicionó a conciencia. Ahora manteníamos una relación civilizada. ¿Casi de aliados? Sin embargo, cada vez que decía algo, no podía evitar sopesar sus palabras en busca del mínimo indicio de engaño. Resultaba infinitamente más fácil echar por tierra la confianza que reconstruirla.

Aun así, quería saber algo que me reconcomía cada vez que me topaba con él.

—¿Habrías matado... a los soldados celestiales que marcharon hasta vuestras fronteras?

—No —respondió sin vacilar—. La niebla era un mecanismo para confundirlos, para que someterlos fuera más sencillo. Los rehenes habrían resultado más útiles a la hora de conseguir la rendición del Reino Celestial. Algunos habrían muerto, algo que es inevitable en la guerra, pero habría salvado a los que hubiera podido. Los efectos de la niebla durante el caos de la batalla fueron inesperados... instigaron la sed de sangre y la violencia. No hallo placer atormentando a los demás. Eso es cosa de mi hermano.

La niebla me había afectado a mí también. Me quedé desorientada, asustada y confundida hasta que el Dragón Negro me rescató…, aunque no había sentido ningún impulso de herir a los demás.

Me miró fijamente a los ojos.

—¿De verdad creías que pretendía matarlos a todos?

—Sí —dije sin rodeos—. Ya que tampoco esperaba que me mintieras, me secuestraras y me encerraras.

—Te habría dejado marchar tras la batalla con los celestiales; no podía arriesgar la seguridad de mis soldados liberándote antes. —Hizo una pausa antes de decir con énfasis—. Lo siento, Xingyin.

—¿Volverías a hacerlo? —pregunté—. Si la respuesta es afirmativa, no te arrepientes de verdad.

—Me alegro de no encontrarme ya bajo el yugo de mi hermano, y que aquellos que me importan estén a salvo. No siento remordimientos por haber traicionado al Reino Celestial, pues son mis enemigos. Han herido y amenazado a mi pueblo. Al final, ambos reinos cometimos errores; ninguno fue un héroe durante aquella guerra. —Su expresión se volvió reflexiva—. A los celestiales se los considera los gallardos salvadores de los dominios; acaban con los monstruos, tienden la mano a sus aliados, prestan su ayuda para dar lustre a su reputación… Sin embargo, ¿cuántas veces han hecho caso omiso de otros que también están atravesando situaciones de necesidad? ¿Por qué son ellos los que deciden quiénes son malvados y quiénes no? Por cada acto de bondad que han llevado a cabo, una atrocidad ha permanecido oculta.

Sus palabras calaron hondo en mí. Me vinieron a la cabeza el castigo de mi madre, el exilio de mi padre, el encierro de los dragones… Todo el tiempo que dejaron que Xiangliu aterrorizase a los mortales, la destrucción de los Dominios Mortales a manos de las aves del sol. ¿Había sido un acto de crueldad insensible o mera indiferencia? ¿Pretendían que reinase la desesperación para que el rescate se celebrase el doble? No obstante, guardé silencio, sin dejarle entrever que nuestras opiniones podrían coincidir; las perturbadoras emociones que Wenzhi despertaba en mí no me hacían la menor gracia.

—Sí, eres muy consciente de la importancia que tiene el modo en que nos perciben los demás. Con qué facilidad me difamaste cuando te convino —dije en su lugar. El desprecio era un escudo perfectamente útil.

—Si pensaron mal de ti con tanta facilidad, su buena opinión no tiene ningún valor.

—Deberías oír lo que dicen de ti. —Una respuesta mezquina, pues era la única que tenía.

Se encogió de hombros.

—Me trae sin cuidado. Las únicas opiniones que me importan son las de mis seres queridos. Las tuyas, por ejemplo.

—No te haría ninguna gracia estar dentro de mi cabeza y escuchar lo que pienso.

Inclinó la cabeza en mi dirección.

—¿Es una invitación?

Retrocedí de inmediato.

—Jamás.

—Nunca lo haría sin tu consentimiento, aunque confieso que estoy de lo más intrigado.

—Te llevarías un buen chasco —repliqué.

Esbozó una leve sonrisa.

—Puede. Aunque espero que te equivoques.

Se me secó la garganta y dirigí mis pensamientos a terrenos menos pantanosos.

—Puede que el Emperador Celestial haya actuado mal, pero eso no significa que vosotros lo hayáis hecho bien.

—Al menos no nos las damos de héroes. —Y añadió con énfasis—: No me avergüenzo por habernos defendido, igual que tampoco lo hiciste tú cuando te enfrentaste a los que invadieron tu hogar. —Dejó escapar un suspiro suave y entrecortado—. No me arrepiento del resultado de mis esfuerzos, aunque me gustaría haberlos llevado a cabo de otra manera.

—¿Por qué? —pregunté sin pensar.

—Ya sabes por qué. Por mucho que intentes ignorarlo y fingir que lo que hay entre nosotros no existe. —El dolor de su tono me afectó sin yo quererlo, en contra de todo buen juicio.

—Dices eso porque ansías lo que no puedes tener. Solo quieres «ganar» —dije con dureza, haciéndome eco de lo que había dicho Liwei.

—Te aseguro que podría haberme quedado contigo. —Hablaba con una seguridad exasperante—. Podría haberos capturado a ti y a tu amado aquel día junto al Palacio de Jade. Algo de lo más tentador, y si lo único que hubiese querido fuera «ganar», lo habría hecho. Pero aspiro a mucho más; quiero que tú también me desees.

Tragué saliva con fuerza, obligándome a recordar su capacidad de engaño.

—Lo que quieres es imposible.

—Eres muy cabezota, Xingyin. Pero no te soy tan indiferente como quieres aparentar.

La ira prendió en mi interior y yo me alegré de poder aferrarme a ella.

—Aunque sintiera algo por ti, daría igual. No podré volver a confiar en ti.

—Confías lo suficiente para que te guarde las espaldas —señaló.

—Confío en que no me quieres ver muerta. Al menos, todavía no. Cuando nuestros objetivos difieren… En esos momentos es cuando importa de verdad la confianza, cuando su auténtico valor sale a relucir —dije con fiereza.

Se acercó más a mí, nuestras mangas se rozaron y su voz adoptó un tono cargado de intensidad.

—Pues que te quede clara una cosa, y lo juro por mi familia, mi reino y mi honor: cuando conseguí la corona y te perdí a ti, la victoria quedó despojada de todo significado. Me arrepentí de que todo acabara entre nosotros, de lo que destruí… pues nada compensó el haberte perdido.

Se expresó con un ardor y una pasión muy diferentes a su reserva habitual; despertó algo en mi interior que me costó reprimir. Y a pesar de haber levantado muros enormes para protegerme de él, sus palabras me llegaron al corazón de todas formas. Me reprendí a mí misma por permitir que mi determinación flaqueara. Si algo me había enseñado el pasado era que resultaba muy fácil hacer una promesa y después incumplirla. Ya no era ninguna ingenua; aceptaría su ayuda, pero nada más.

—No quiero oír nada de eso. Pertenece al pasado. —Un levísimo temblor sacudió mi voz, aunque esperaba que no se hubiera dado cuenta.

Escudriñó mi rostro con la mirada.

—¿No podemos dejar el resto en el pasado también? ¿El odio, la desconfianza y las mentiras?

—No. No me pidas más de lo que te ofrezco.

—Me conformaré con cualquier cosa que me des. Aunque no me impedirá aspirar a más, desear que te entregues a mí por completo, por mucho tiempo que me lleve.

No respondí, e ignoré la forma en que se me aceleró el pulso mientras seguía adelante. Y aunque era capaz de sentir su mirada en la espalda, no me di la vuelta. No permitiría que tales emociones me enturbiasen el corazón ni mitigasen mi determinación. El camino que tenía por delante estaba plagado de peligros e, incluso aunque tuviera éxito, cargado de dolor.

Sin embargo, un pensamiento se abrió camino en mi cabeza: que aunque nada de lo que Wenzhi dijera o hiciera podía justificar lo que había hecho, que aunque nunca hubiera sido el honorable inmortal que yo pensaba … tampoco era el monstruo que había creído que era.

17

O culta bajo un encantamiento de invisibilidad, traspasé volando los muros del Palacio de Jade. Contuve la respiración, casi esperando que me hubiesen tendido una trampa, que los guardias levantasen la cabeza y entornasen los ojos con desconfianza. Sin embargo, permanecieron en actitud calmada, con los dedos relajados alrededor del arma.

A aquellas horas los farolillos de palisandro ya estaban apagados y los pasillos, bañados en sombras. Las caracolas, que llevaba guardadas en la bolsa, tintineaban suavemente con cada uno de mis pasos. Me moví con rapidez; dejé una en el cuartel de los soldados que se encontraba junto a mis antiguos aposentos, y otra en el jardín de detrás. Otra más en el Recinto Exterior, oculta entre las piedras planas y grises que formaban el camino. Noté una opresión en el pecho al entrar en el Patio de la Eterna Tranquilidad; dolorosamente silencioso sin la presencia de Liwei, salvo por el estruendo de la cascada. Los recuerdos asomaban, pero no me atreví a entretenerme y metí una caracola blanca entre las raíces de un melocotonero. Abandoné el patio a toda prisa y escondí otra frente al patio de la emperatriz y dos más en la Cámara de Reflexión y en el Salón de la Luz Oriental. La última me la guardé en la mano, que me sudaba de los nervios. Me dirigí con cuidado al Patio del Sol Oriental, los aposentos del Emperador Celestial. Durante los años que había vivido en el Palacio de Jade, jamás me había aventurado allí, encantada de mantener las distancias.

Las puertas estaban adornadas con filigranas de oro en forma de vistosas espirales y salpicadas con discos de jade. Escalé el pálido muro de piedra y me dejé caer en el jardín. El aire parecía más fresco, impregnado con el poder del emperador. Los árboles de ginko cubrían el amplio jardín y los lotos amarillos florecían sobre un gran estanque. Me agaché y metí la última caracola —pequeña, de marfil y con forma de medialuna— entre los satinados pétalos de un loto. Me puse en pie y convoqué una nube. Los soldados inundarían aquel lugar al cabo de un momento.

Levanté el Arco del Dragón de Jade y tensé la cuerda con una flecha centelleando entre los dedos. Acallé la voz en mi cabeza que me instaba a proceder con cautela y me censuraba de forma mordaz, como habría hecho Wenzhi, y dejé volar la flecha, que trazó un llameante rastro en la oscuridad. Golpeó un árbol y la luz crepitó sobre la corteza; las hojas temblaron al caer. La magia se abrió paso por mis venas con un hormigueo y un vendaval azotó con fuerza el patio, desgarrando las ramas y sacudiendo el estanque hasta que los lotos se estremecieron. Un espectáculo imposible de pasar por alto. Había sido una ocurrencia descabellada, una broma... ¿pero qué mejor manera había de llamar la atención de los soldados de palacio? Provocaría una oleada de confusión y nos facilitaría la huida.

Los gritos interrumpieron el silencio. Me colgué el arco del hombro, me llevé la flauta a los labios y una canción fluyó a través del jade: la misma que le había regalado a Liwei. Oí acercarse unas pisadas y el terror me invadió; los pies se me movieron de forma instintiva para echar a correr, pero volví a plantar los talones en el suelo. *Todavía no.* Mantendría mi promesa con la emperatriz y sería el chivo expiatorio.

Contuve el aliento y detuve la melodía. Las pisadas sonaron más de cerca y un torrente de auras se desplegó a medida que los soldados accedían al patio; por suerte, no reconocí a ninguno. Oí sus gritos mientras se abalanzaban sobre mí blandiendo sus lanzas y espadas y alzando las manos para invocar sus poderes.

La magia se abrió paso a través de las yemas de mis dedos y ocultó mi presencia al tiempo que mi nube salía disparada hacia el cielo.

Por debajo, los soldados se montaban en sus nubes y los más rápidos ya se elevaban por encima del resto e intentaban darme caza.

Invoqué una corriente de aire y la arrojé hacia la caracola junto al estanque de lotos; mi canción comenzó a sonar y cada una de las notas se oyó de forma tan nítida como cuando la había tocado hacía unas horas.

Los soldados que estaban más cerca de mí se miraron confundidos y uno de ellos señaló el suelo de forma frenética.

—¡Está en el patio del emperador! —gritó.

—La vimos echar a volar —replicó el otro.

—¡Ha sido una distracción! ¡Pretende atacar a Su Majestad Celestial!

Agradecí la convicción del último soldado; el resto se dio la vuelta y sus nubes descendieron una vez más. Si dirigieron al patio apresuradamente y se unieron al grupo que se había quedado en tierra. Escudriñaron el jardín, buscando entre los árboles y abriéndose paso a través de los parterres. Uno de los soldados incluso urdió de forma diligente una red mágica para peinar el estanque, creyendo, tal vez, que me había sumergido en las oscuras aguas.

El elegante patio del emperador se encontraba completamente devastado; había salpicaduras de barro del estanque, el viento había arrancado los lotos y el camino ornamental estaba lleno de agujeros. Me entraron ganas de reír al imaginar la cólera de Su Majestad Celestial, aunque aquello no compensaba lo mucho que habíamos sufrido por su culpa.

Cuando la canción finalizó, los soldados se quedaron inmóviles y empezaron a murmurar entre ellos. Algunos se dirigieron otra vez a la entrada y otros se subieron a sus nubes. Conté hasta diez en silencio antes de arrojar un dardo de aire a la caracola del Patio de la Eterna Tranquilidad. La melodía resonó de nuevo, aunque de forma más tenue, desde más lejos.

—¡Al jardín de Su Alteza! ¡Deprisa!

Oí pisadas por debajo en dirección a mi antigua residencia. Más soldados aparecieron, atraídos por la conmoción; algunas de las nubes pasaron rozándome y yo contuve la respiración. No me tranquilicé hasta que todos hubieron descendido y el cielo quedó despejado.

Llevé a los soldados a una persecución frenética, activando una caracola detrás de otra; mi canción reverberó sin cesar por los terrenos, recorriendo los propios muros del palacio. Era un juego peligroso; uno que no podía permitirme perder, y se me estaba acabando el tiempo. Alguien se daría cuenta de lo que ocurría o yo cometería un error. El agotamiento me pasaba factura, me dejaba embotada y hacía que me pesara el cuerpo. Cuando los soldados se lanzaron en tromba hacia el ala oeste del palacio, me dirigí hacia el este, donde Liwei estaba prisionero.

Me escabullí en el pequeño patio repleto de bambús; un solitario manzano silvestre dejaba caer sus claros pétalos sobre la mesa de piedra de debajo. Había un grupo de guardias congregado frente a la entrada de un edificio bajo mientras otros patrullaban los alrededores. Intercambiaron unos susurros intrigados, extrañados por el jaleo, pero permanecieron en sus puestos.

En el interior de la habitación, la luz de un farol resaltaba la silueta de un hombre en la ventana. Liwei. El corazón me dio un vuelco al verlo. Examiné el patio y conté doce guardias. Tendría que abrirme paso con rapidez, de forma implacable, para despacharlos antes de que tuviesen la oportunidad de dar la voz de alarma. Aun así resultaría arriesgado, y acallé la sensación de culpa que me embargó. Mientras empezaba a acumular un torrente de magia, alguien me agarró la mano. Una desconocida. Le aferré la muñeca para quitármela de encima, pero ella se zafó de mí y me tomó el brazo por el otro lado.

—Espera —susurró con urgencia—. Es el cambio de guardia; más soldados están al caer. —Mientras decía aquello, otra decena de soldados aparecieron.

Me desembaracé de ella y la miré. Cejas curvas, una boca delicada y un ligero rubor en la piel. Parecía salida de uno de aquellos pergaminos pintados que representaban los ideales clásicos de belleza. Sus rasgos me resultaban ligeramente familiares, aunque era incapaz de situarla. Llevaba una espada atada a la espalda y sus oscuros ropajes

206 SUE LYNN TAN

se camuflaban en la noche. Levantó la cabeza y se llevó un dedo a los labios en señal de advertencia. Se movía con la precisión y la elegancia de una luchadora, lo que significaba que debía de haber pasado por un adiestramiento. Sin embargo, no era una soldado celestial, pues procuraba pasar desapercibida tanto como yo.

—¿Eres una de las guardias de la emperatriz? —le pregunté con cautela.

La mujer arrugó la nariz.

—La emperatriz preferiría verme muerta.

Ya teníamos algo en común. Me despertó simpatía, aunque su presencia seguía pareciéndome sospechosa.

—¿Qué haces aquí?

Contempló la silueta junto a la ventana.

—He venido a sacarlo. ¿No estás aquí por eso?

Asentí.

—¿De qué lo conoces?

—Es un viejo amigo.

Me tranquilicé al advertir su tono afectuoso, aunque también sentía curiosidad. Quería fiarme de ella, pero algunas alianzas resultaban frágiles y se desmoronaban ante el más mínimo contratiempo.

Posó la mirada en mi espada.

—Ahora que hemos decidido no matarnos la una a la otra, ¿quieres que colaboremos?

Sus modales destilaban una arrogancia propia de aquellos que habían nacido en el seno de una familia privilegiada.

—Yo no he decidido nada —dije con cautela.

Se encogió de hombros y cruzó los brazos.

—Muy bien. Despacha tú sola a los soldados.

La fulminé con la mirada.

—¿Sabes manejar el arma?

—Tan bien como tú —replicó.

—Por poco que dure, un enfrentamiento llamará la atención. Puede que alguien solicite refuerzos.

—Si los sujetas, yo me encargaré del resto —dijo, confiada.

—¿Piensas matarlos a todos? —Un ligero temblor invadió mi voz.

Lanzó un suspiro.

—Procura que se queden quietos y yo *intentaré* no matarlos.

Aguardamos hasta que el primer grupo de guardias abandonó el patio. Solo entonces desplegué mi poder mágico; creé unas espirales de viento con las que envolví a los guardias y los inmovilicé. Abrieron la boca, pero sus gritos quedaron amortiguados bajo las capas de aire que fui ciñéndoles alrededor a modo de capullo. Me resultaba difícil, al tener que lidiar con doce, y notaba el cuerpo tirante debido a la tensión. Miré con impaciencia a la mujer y vi que unos chorros brillantes de energía le brotaban ya de las manos en dirección a los guardias. Los chorros aterrizaron en el centro de la frente de los soldados, en el hueco del cuello, en sus muñecas y rodillas. Los hombres se resistieron con fuerza al principio —sin emitir ningún sonido— antes de quedarse inertes y desplomarse en el suelo; el pecho les subía y bajaba a un ritmo regular.

—¿Qué les has hecho? —pregunté.

—He encantado sus meridianos. Si se hubieran sacudido aunque fuera un poco, podría haberles dado donde no es. —Arrugó la nariz—. No habría sido agradable.

Era experta en magia vital. Antes de poder preguntarle nada más, el vello se me erizó y tuve la repentina sensación de que el peligro acechaba.

¿Cuándo se había detenido la música?

—¡Rápido! —la insté—. Debemos darnos prisa.

Corrimos hasta la habitación y abrimos las puertas. Liwei se encontraba allí, al igual que Tao, que abrió los ojos de par en par, sorprendido. Una oleada de alivio me sacudió cuando Liwei cruzó la estancia y alargó los brazos hacia mí… Sin embargo, domé mis emociones y negué con la cabeza.

—Tenemos que irnos.

—¡Tú! —dijo Tao entre jadeos con el rostro ceniciento—. ¿Cómo has…?

Me acerqué a él y lo agarré del brazo.

—¿Tienes el elixir?

Antes de que pudiera responderme, oí la voz de la mujer a mi espalda.

—¡Suéltalo!

Me lanzó una oleada de magia. Sorprendida, me aparté —aunque fui demasiado lenta— y me golpeó en un costado del cuello; unas dolorosas ampollas me recubrieron la piel de esa zona. Tao se zafó de mí y se escondió detrás de la mujer. Liwei me colocó la palma sobre la herida y canalizó su poder; el dolor desapareció de inmediato. Me encontraba sin aliento, y una mezcla de ira y sorpresa me invadió ante el ataque injustificado... hasta que caí en la cuenta.

Señalé a Tao.

—¡Has venido a por *él*!

La mujer abrió la boca, pero entonces volvió la cabeza hacia un lado. Yo percibí también el torrente de auras al otro lado del patio. La mujer abandonó la habitación a toda prisa, llevándose a Tao, y Liwei y yo echamos a correr tras ellos. Liwei invocó una nube de gran tamaño y todos nos montamos encima de un salto. Los soldados celestiales profirieron gritos, haciendo señas en nuestra dirección; unos cuantos se habían subido ya a sus nubes y procedían a darnos caza. Desplegué mi energía y urdí un encantamiento de invisibilidad que nos ocultó mientras volábamos hacia la puerta oriental. Me di la vuelta y lancé ocho llamaradas a las caracolas esparcidas por el palacio; estas quedaron reducidas a cenizas. No permitiría que el emperador desatara su ira sobre el maestro Bingwen ni sobre el Mar del Sur.

Liwei entrelazó su poder con el mío y conjuró un vendaval que nos propulsó hacia delante. A medida que nos aproximábamos a la puerta oriental, me preparé para un enfrentamiento, para que los guardias de allí tratasen de detenernos... Sin embargo, la zona estaba extrañamente desierta y nadie se apresuró a darnos caza mientras surcábamos los cielos. Si aquello había sido obra de la emperatriz, agradecía su perspicacia.

Solo después de haber dejado muy atrás las fronteras del Reino Celestial me permití relajarme. Miré a Liwei con el corazón acelerado.

Sin mediar palabra, salvó la distancia entre ambos y me estrechó entre sus brazos. Me recosté contra él, inhalando su aroma. Me invadió una sensación de ligereza, el alivio de volver a estar con él, aunque se encontraba empañado por el temor de lo que se avecinaba.

Me aparté de él, ignorando la aguda punzada que sentí en el pecho, pues el juramento que le había hecho a la emperatriz resonaba en mi mente. Ni siquiera me permití aquella indulgencia. Liwei dejó caer los brazos y retrocedió con la mirada ensombrecida por el dolor. Al no querer dar respuesta a su pregunta no formulada —al no querer mentirle—, me volví hacia Tao, y vi que otra nube se colocaba a nuestra altura y que la mujer se montaba en ella, agarrando a Tao de la mano.

Me lancé hacia delante y sostuve a Tao de la otra muñeca.

—¿Quién eres? ¿Qué quieres? —exigí saber.

—No es asunto tuyo.

—Sí que lo es cuando él me ha robado —repliqué.

—Debes de estar enfadada conmigo —empezó Tao.

—*Enfadada* no es la palabra cuando me mentiste, me engañaste y dejaste que cargase con las culpas —lo acorralé—. ¿Por qué lo hiciste?

—¡No era mi intención! Creía que había dos elixires, no uno —tartamudeó.

Recordé su extraña reacción cuando abrió la caja y mi cólera se disipó una pizca.

—¿Y el elixir?

—Ya… Ya no lo tengo.

Tomé una profunda bocanada de aire, intentando conservar la calma. Me había ganado el elixir, había derramado sangre igual que él. Tal vez, si no hubiera intentado engañarme… pensar aquello no servía de nada; lo más importante era recuperar el elixir, si es que no era ya demasiado tarde.

—Dime dónde está.

Tao se pasó la lengua por los labios mientras desviaba la mirada hacia la mujer. Me volví hacia ella.

—Te lo ha dado a ti. ¿Por eso lo ayudas?

—Suéltalo o te arrepentirás. —La mujer levantó la mano con tono amenazador y un resplandeciente torrente de magia atravesó el aire. Retrocedí para esquivarlo y solté a Tao. Sin perder ni un instante, la mujer tiró de él y lo subió a su nube. Mientras se alejaban, me descolgué el Arco del Dragón de Jade y apunté hacia la huidiza pareja, con una descarga de luz vibrándome entre los dedos...

—No. —Liwei se colocó delante de mí.

—¿Qué haces? ¡Se escapan! —grité, frustrada.

—Xingyin, la conozco. —Una ansiedad desconocida tiñó su voz al tiempo que desplegaba su magia; atrapó la nube de la mujer con una ristra de llamas y la arrastró de vuelta.

La mujer, con el rostro contraído por la furia, levantó la mano, dispuesta a atacarnos de nuevo, justo cuando Liwei dijo:

—Hermana Zhiyi, me alegra volver a verte.

18

—¿Hermana? —repetí, desconcertada, examinando a la mujer con más detalle.

Después de que Liwei la saludara, se había quedado paralizada, mirándolo con los ojos abiertos como platos. Al igual que antes, había algo que me rondaba la mente, una escurridiza sensación de familiaridad; un recuerdo afloró, como los acordes de una melodía que hubiese olvidado.

—Liwei, ¿es la mujer de tu retrato? ¿La amiga de la infancia que se mudó? —La primera vez que había estado en el Patio de la Eterna Tranquilidad, el pergamino me había despertado la curiosidad.

—Sí. —Sonrió de forma tan alegre, a pesar de las tensiones de aquella noche, que me animé—. Al principio no pude verle bien la cara y han pasado muchos años desde la última vez que estuvimos juntos.

La mujer —Zhiyi— se subió a nuestra nube y escudriñó el rostro de Liwei.

—¿Liwei? —Pronunció su nombre con vacilación, aunque con una ternura innegable—. Solo había una persona que me llamaba «hermana». Ha pasado mucho tiempo… eras un niño cuando me marché.

Bajé el arco y la flecha se desvaneció. Quienquiera que fuera, Liwei le tenía aprecio, por lo que no era mi enemiga.

—¿De verdad es tu hermana? —le pregunté a Liwei.

—En realidad no somos hermanos. Nos conocimos siendo yo niño. No me ha parecido de buena educación llamarla solo por su nombre, ya que es mayor que yo, y «tía» no me acababa de convencer.

Zhiyi se estremeció.

—Olvídate de lo de «tía». Ya eres adulto, puedes usar simplemente mi nombre. —Desvió la mirada hasta el suelo—. ¿Qué tal están tus padres? ¿Y tu padre, Su Majestad Celestial?

—Gozaba de buena salud cuando ordenó mi detención —dijo Liwei de forma escueta.

—Pero si eres su favorito, el que lo hace todo bien. —Se llevó un puño a la boca, como si temiera haber hablado de más. Con cuánta facilidad había hablado de la relación del emperador con Liwei, como si hubiera reflexionado sobre esta innumerables veces.

—¿Quién eres? —Mi tono era sosegado pero firme.

—Díselo —la instó Tao—. Tal vez así no me mate —murmuró, lanzándome una mirada cautelosa.

Zhiyi vaciló.

—Liwei, tenía que habértelo contado antes. Quise hacerlo, pero ella me daba miedo.

—¿A quién te refieres? —preguntó él.

—A la Emperatriz Celestial. A tu madre. Me prohibió hablar de ello.

Eché mano de mi energía de forma sigilosa y sin quitarle el ojo de encima. No creía que fuera hacernos daño *ahora*, pero mi intuición ya me había fallado otras veces. Tendría en cuenta todos los hechos: que, por algún motivo, la emperatriz había considerado a esta persona una amenaza para su hijo.

Liwei frunció el ceño.

—¿Y por qué iba a hacer eso?

Contemplé el rostro de la mujer, sus ojos… Tenían la misma forma que los de Liwei y eran tan oscuros como la noche. Fui una idiota por no haberme dado cuenta antes.

—*Sí* que es tu hermana —dije con un jadeo.

—Medio hermana —me corrigió, volviéndose hacia Liwei—. Tu padre también es el mío. Tu madre me ha detestado desde que era pequeña. En parte fue culpa mía. Yo era muy cabezota y no fui todo lo respetuosa que tendría que haber sido con mi madrastra. Tú y yo no teníamos demasiada relación al principio. Eras el favorito, el valioso heredero. —Pronunció aquellas palabras como si las hubiera tenido guardadas mucho tiempo.

—Debí de ser insufrible —dijo él de forma mordaz.

—No lo eras. Te tenía envidia por arrebatarme lo que yo creía que me pertenecía, por la atención que nuestro padre te prodigaba. Yo era joven. Insensata, en muchos sentidos. —Le tocó el brazo—. Con el tiempo llegué a quererte. Me dolió no poder decirte quién era.

—¿Por qué te marchaste? Te busqué, pero nadie quiso decirme a dónde habías ido —le dijo él.

Ella se secó las comisuras de los ojos con la manga.

—Dichosas lágrimas, hoy es un gran día. No te lo dijeron por el escándalo ocurrido. No podía permanecer en los Dominios Inmortales tras elegir casarme con un mortal. Aunque padre lo hubiese permitido, la Corte Celestial nos habría hecho la vida imposible.

—Un mortal —repitió Liwei, sorprendido—. ¿Eres... feliz?

—Más de lo que nunca imaginé. —Una radiante sonrisa le iluminó el rostro. Pero esta se desvaneció de golpe cuando volvió la cabeza hacia mí—. ¿Y tú quién eres? ¿Por qué reclamas el elixir?

Dejé de lado mi reticencia a desbaratar aquel tierno momento, pues el temor por mi padre volvió a asolarme.

—Tao y yo robamos juntos el elixir y luego él me lo robó. Ahora me pertenece —dije sin rodeos.

Liwei se quedó rígido a mi lado.

—¿Lo robaste?

—No te lo conté porque temía que fueras a detenerme —confesé.

—Lo habría intentado —dijo él de forma sombría—. ¿Y si te hubieran capturado?

—Tenía que hacerlo. Mi padre está enfermo —expliqué.

El rostro de Liwei se ensombreció, pero Zhiyi negó con la cabeza.

—Necesito el elixir para mi marido. Tiene los años contados.

La culpa me asaltó, mezclada con un sentimiento de profunda esperanza.

—¿Todavía tienes el elixir? ¿No se lo has dado a tu marido?

—Te aseguro que lo he intentado —se quejó—. Pero al ver la expresión de Tao, no quiso tomárselo. Al ladrón no se le da tan bien mentir como robar.

—¿Me devolverás el elixir? —Dejé de lado la pena, pues el elixir me hacía tanta falta como a ella. Un acuerdo amistoso se antojaba imposible cuando ninguna de las dos éramos capaces de ser imparciales; era como poner en una balanza la vida de mi padre y la de su marido. ¿Pero podría enfrentarme realmente a la hermana de Liwei para recuperar el elixir?

—¿Por qué el elixir no pertenece a Tao, si lo robasteis juntos? —replicó.

—Perdió su derecho sobre el elixir en cuanto me lo robó —respondí.

Tensó los labios.

—¿Sabes cuánto he esperado para esto? ¿Crees que los melocotones inmortales y los elixires crecen de los árboles?

—Los melocotones inmortales sí que crecen de los árboles —intervino Tao.

Ella le lanzó una mirada tan feroz que el chico retrocedió.

—Me refiero a árboles silvestres como esos. —Extendió la mano hacia el bosque que sobrevolábamos—. A mi marido y a mí se nos acaba el tiempo.

—Arriesgué la vida para conseguir el elixir; me lo he ganado. Si lo querías, debías haber ido tú misma a buscarlo. —No estaba siendo maleducada, sino que me limitaba a relatar los hechos, apelando a su sentido de la justicia; este era innato en Liwei, así que tal vez morara también en su interior.

Se mordió el labio.

—No podía acceder al Palacio de Jade; ya no se me permite la entrada.

Nos miramos de forma implacable; yo también podía ser egoísta. Tras un largo silencio, se metió la mano en la manga y sacó el frasco blanco de jade. El tapón de oro destelló con la luz del sol. Apretó la mandíbula y me lo lanzó.

—Ten. De todas formas, no se lo va a beber, no si le ha sido arrebatado a otra persona. Dichosa honorabilidad.

Acepté el frasco y lo aferré con fuerza. Recobré el buen humor, a pesar de encontrarse lastrado por una nueva desazón; la pesada carga de haberme quedado con lo único que podía salvar a su amado. Y lo cierto era que no tenía que devolvérmelo. A pesar de sus duras palabras, aquello era un regalo.

—Gracias —dije, con la voz cargada de emoción—. Mi padre se muere en el mundo inferior y casi no me queda tiempo.

—Tiempo —repitió ella con un deje de tristeza—. Resulta extraño que nos peleemos por algo que carece de importancia para los inmortales. Sin embargo, los mortales libran guerras y pierden la vida en su búsqueda de la eternidad. Un sueño imposible salvo para un puñado.

—Ojalá pudiéramos quedarnos ambas con el elixir —le dije con sinceridad.

—No te culpo. Pero que te quede claro: si mi marido no tuviera tantos escrúpulos, el elixir sería ya historia y yo no sentiría remordimiento alguno. —Suavizó el tono—. Pero entonces no sería quien es, y aún me queda algo de tiempo.

—Te lo compensaré —le prometí, sin tener la menor idea de cómo—. Si hay otro elixir, te ayudaré a obtenerlo.

—Gracias —dijo con solemnidad.

Ambas éramos conscientes de la improbabilidad de aquello, pero se lo decía de corazón.

—Debo marcharme —dijo Zhiyi—. Alguien tiene que dar de comer a las gallinas y a las vacas. He venido porque la hermana de Tao me ha enviado un mensaje diciendo que estaba en peligro.

—¿Gallinas? ¿Vacas? —Había creído que vivía en algún palacio o una gran mansión, como correspondía a la hija del emperador, a pesar de que hubiera perdido su favor.

Ella se echó a reír.

216 SUE LYNN TAN

—¿Tan horrible parece? Estoy conforme con mi vida. Los títulos, las coronas y los palacios tienen un precio —añadió en tono sombrío.

Me identifiqué con aquellas palabras. En el pasado había soñado que tal vez algún día Liwei y yo gozásemos de tanta libertad como ella, pero ahora... nunca podríamos.

Poco después, se marchó con Tao en su nube. Las emociones me inundaron al quedarme a solas con Liwei: alivio de que estuviera a salvo atravesado por una punzada de desesperación.

—¿Te alegras de haber encontrado a tu hermana? —Un torpe intento de retrasar lo inevitable.

—Sí, saber que tengo una hermana me llena de dicha. —Examinó mi rostro—. Pareces triste, Xingyin. ¿No te alegras de tener el elixir?

—Hubiera preferido que ella no tuviese que sacrificar su felicidad a cambio. —Era parte de la razón.

—Y yo. Pero Zhiyi no querría que te sintieras culpable —dijo con suavidad—. Aprovecha cada instante de alegría y disfruta de ella, pues es algo que no abunda demasiado.

Ojalá pudiera.

—¿Qué tal están tu madre y Ping'er? —preguntó.

La pena se me agolpó en la garganta y los ojos.

—Ping'er está... muerta.

Me agarró las manos.

—¿Qué ha pasado?

—Wugang dirigió el ataque celestial contra la luna. La mató. —Respiré hondo, intentando mantener la calma.

—Lo siento, Xingyin. —Se inclinó y me rozó con la cabeza—. Para ti era como de la familia. Yo también la echaré de menos.

—*Era* de la familia.

Las sombras se deslizaron entre ambos: pérfidas, oscuras y opacas. Su padre había vuelto a hacer pedazos a mi familia.

—¿Y tu madre? ¿Está a salvo? —preguntó.

Asentí, aturdida.

—Está en el Mar del Sur. Fuimos a devolver el cuerpo de Ping'er a su familia.

—Es lo que habría querido ella. —Vaciló, antes de decir—: Gracias. Has vuelto a salvarme.

—¿No decías que no debíamos darnos las gracias? —Sonreí, la primera sonrisa auténtica que había esbozado en mucho tiempo.

Se quedó pensativo un momento.

—Tal vez me equivocase. Darte las gracias también me hace feliz a mí.

Me deslizó las manos por los brazos y me acercó hacia él. Debería haberme apartado, pero tras el alboroto de los últimos días, no tenía la fuerza de voluntad suficiente. Me incliné hacia él y apoyé la cabeza en la curva de su cuello. Su contacto, tan familiar y electrizante a la vez, casi me hizo perder la determinación. La sangre se me subió a la cabeza y su cercanía me provocó un hormigueo. Deseaba apretujarme contra la calidez de su piel y que ambos nos dejáramos caer sobre los suaves pliegues de la nube. Se me aceleró el corazón y me aferré a él con más fuerza antes de obligarme a aflojar los brazos.

Retrasar el inevitable dolor no era más que una forma de despedirme por última vez. Me aparté de él y me odié por el destello de confusión que surcó su semblante. Tensó el cuerpo y dejó caer las manos a los lados. Seguramente le extrañaba mi cambio de actitud, tan distinto a mi comportamiento en la luna.

Unos mechones sueltos le cayeron por la frente y yo reprimí el impulso de apartárselos. Liwei no era mío; no volvería a serlo. Su madre se había asegurado de ello. Creí que podría soportarlo mientras él estuviera a salvo, pero resultaba mucho más duro de lo que había imaginado.

Me preparé, y el miedo me humedeció la piel.

—No puedo casarme contigo.

Abrió los ojos de par en par y su mirada se oscureció.

—¿Por qué?

Las palabras brotaron atropelladas, pues la emperatriz me había obligado a mentir.

—Por las desavenencias entre nuestras familias. Pensé que podríamos superarlo, pero me equivoqué. —Las acusaciones de la emperatriz eran ciertas en parte, aunque nunca me había permitido divagar sobre ellas, pues me asustaba lo que podría hallar. Aquellas semillas de duda se habían sembrado mucho antes, en el momento en que me había enamorado del hijo de mi enemigo.

—No somos nuestros padres. Encontraré el modo de arreglar las cosas.

Dio un paso hacia mí, pero me alejé.

—Tu padre engañó al mío para que renunciase a su inmortalidad. Lo obligó a llevar una existencia mortal. —La ira me invadió mientras continuaba hablando, utilizando la verdad como escudo—. ¿Y qué hay del encarcelamiento de mi madre? ¿Del ataque a nuestro hogar? ¿De la muerte de Ping'er? ¿Cómo voy a casarme contigo y unirme a tu familia cuando lo único que buscan tus parientes es acabar con los míos?

La fría vehemencia de mi voz era la de una desconocida. Jamás le había hablado de ese modo, ni siquiera cuando habíamos discutido en el Templete de la Melodía de los Sauces, cuando me acusó de engañarlo y cosas peores. No fue sencillo; a mí también me dolía. No obstante, eché mano de toda la determinación que me quedaba, de cada pizca de resentimiento que alguna vez había albergado contra su familia para mantenerme firme, clavándome las uñas en las palmas de las manos y perforándome la piel.

Liwei negó con la cabeza.

—Esto no es propio de ti, Xingyin. ¿Qué ha pasado? Puedes contarme lo que quieras, y al margen de lo que haya pasado, lo arreglaremos juntos.

Se equivocaba; no teníamos ningún futuro juntos. Había jurado por la vida de mi madre para mantenerlo a salvo. Me devané los sesos en busca de algo más que decir, algo que hiciera pedazos de manera irrevocable todo aquello por lo que habíamos luchado, lo que significábamos el uno para el otro…, aunque se me partiese el alma.

—Tal y como están las cosas… jamás podremos estar juntos. —Las palabras afloraron desgarradas.

—¿Es por él? —dijo Liwei en voz baja.

Wenzhi. ¿A quién si no iba a referirse?

A Liwei se le endureció el semblante mientras se inclinaba para examinar mi expresión.

—No eres capaz de olvidarte de él. —Una afirmación en lugar de una pregunta. Impregnada de tristeza y de una certeza irrefutable.

Se me secó la garganta. Reprimí la instintiva exclamación de protesta al tiempo que los pensamientos se me agolpaban en el cerebro. Me atormentaba ver su dolor, a pesar de que yo también estaba sufriendo, pero tal vez aquella fuera la única forma de cumplir la promesa que le había hecho a la emperatriz. No obstante, fui incapaz de dar voz a la falsa afirmación... Al final, mi silencio constituyó una confesión más efectiva que cualquier otra cosa.

—Por eso has dejado que viniera a visitarte, por eso has mantenido las distancias conmigo este último año. No te alejaste, pero tampoco te acercaste a mí. Incluso después de todo lo que hizo... —se interrumpió y me miró a los ojos— todavía lo deseas.

Me estremecí por dentro y aparté la mirada; aunque ya no sabía si era cosa de la confusión o de la culpa. Las mentiras y las verdades se encontraban tan estrechamente entrelazadas que ya no era capaz de distinguirlas.

—Lo siento. —De algún modo, me las arreglé para no vacilar mientras veía cómo la luz de sus ojos se atenuaba hasta que el negro fue lo único que quedó. Me odiaba por haberle dado motivos a Liwei para que creyese aquello con tanta facilidad, por hacerle daño, por hacernos daño.

—¿Qué vas a hacer? —preguntó.

—Nada. Después de lo que hizo, no puedo estar con él. —Fue un alivio poder hablar por fin con franqueza—. Pero tú, al igual que yo, te mereces a alguien que no tenga el corazón dividido.

—A mí me hubiera bastado. —Dijo aquello con tanta intensidad que me quedé sin aliento—. Te ayudaré a que te olvides de él. Podemos volver a ser lo que éramos.

—No —me obligué a decir—. No podemos reescribir el pasado ni prever el futuro. No sería justo hacer promesas que no podemos cumplir.

Me acercó una mano al rostro y me acarició la mejilla lentamente.

—Ya te dije una vez que mi corazón te pertenece, que siempre será tuyo. Espero que algún día vuelvas a quererlo.

Entonces se apartó de mí y unió las manos a la espalda mientras contemplaba el horizonte. El dolor en mi pecho se hizo más intenso, casi partiéndome en dos. Frente a nosotros, la curvatura del Mar del Sur resplandeció. Antes de adentrarnos en sus aguas, Liwei se lanzó un hechizo de invisibilidad y camufló su aura. Tal vez los guardias se hubiesen acostumbrado a mi presencia, puesto que no aparecieron para escoltarnos por el pasadizo. No obstante, no pensaba correr ningún riesgo, de manera que eché mano de la magia para ocultarles a los guardias que custodiaban la entrada la presencia de Liwei.

Uno de ellos me detuvo.

—¿Para qué es ese hechizo?

Me quedé mirando fijamente su capa de hilo de dragón.

—Para permanecer seca. Ya me he cansado de acabar empapada cada vez que paso por aquí.

Me hizo un gesto con la mano para que pasase; una expresión de desinterés le empañaba la mirada. Avancé por su lado disimulando mi alivio. Aquellos terrenos no estaban tan bien protegidos como los del Palacio de Jade ya que pocas personas llegaban hasta allí sin el permiso de la reina Suihe.

En cuanto llegamos al Palacio de la Perla Resplandeciente, conduje a Liwei hasta mis aposentos y me detuve en la puerta.

—Quédate tú con mi habitación.

—No somos desconocidos —dijo con fría cortesía—. No pasa nada porque durmamos en la misma habitación. Quédate la cama, no te molestaré.

Negué con la cabeza. No era de él de quien no me fiaba, sino de mí misma. Me marché y me dirigí a la habitación de mi madre.

Su sonrisa se desvaneció en cuanto me vio.

—Xingyin, ¿qué ocurre? ¿Por qué estás tan disgustada?

No dije nada, sino que me limité a abrazarla con fuerza; capté un ligero aroma a olivo dulce que, de algún modo, seguía adhiriéndose a ella. Me abrazó y me acarició la nuca con la palma de la mano, igual que hacía cuando era pequeña y necesitaba que me consolase. No insistió y yo no dije nada; el silencio era nuestro lenguaje del duelo.

Había aniquilado monstruos, me había enfrentado a enemigos despiadados, me habían apuñalado, alanceado y quemado, y sin embargo, los tormentos del corazón no resultaban menos atroces. Tal vez aquellos que nos proporcionaban más dicha tenían el poder de infligirnos el mayor sufrimiento. No sé durante cuánto tiempo lloré, pero dejé caer las lágrimas hasta que apacigüé la respiración y me quedé inmóvil.

Mi madre me apartó unos mechones de pelo húmedo de la cara.

—Tal vez creas… que el dolor jamás desaparecerá. Y aunque puede que te acompañe siempre, el sufrimiento se irá desvaneciendo con el tiempo, hasta que un día ya no derrames más lágrimas y solo conserves los recuerdos y la esperanza de que estos te despierten algún día una pizca de alegría.

El dolor no le era ajeno. Cuánta angustia debía de haber sentido al llegar a la luna tras separarse de su marido, sabiendo que no volvería a verle.

Me puse en pie y me sequé las últimas lágrimas. No era el momento de regodearme en la autocompasión. Mi padre me necesitaba. El mundo inferior albergaba innumerables peligros para un mortal: accidentes, animales salvajes, enfermedades que aparecían como caídas del cielo. Rocé con los dedos el frasco de jade que llevaba guardado en la manga. Noté una sacudida en mi interior, un valioso sentimiento de esperanza que florecía en el vacío que me invadía el pecho, el mismo sentimiento que me había acompañado toda la vida. Demasiado frágil para expresarlo en voz alta, pues no me atrevía a tentar a los caprichos del destino: que aunque yo misma tuviera el corazón partido, tal vez fuera capaz de recomponer el de mis padres.

19

El firmamento estaba repleto de estrellas, como si los cielos intentaran disimular la ausencia de la luna. Seguí las indicaciones que mi padre me había dado y llegué a su casa; las paredes encaladas contrastaban con el tejado, de un tono gris pizarra. Cuando me aproximé, la luz iluminó una ventana y proyectó mi sombra en el suelo. ¿Había percibido mi presencia, a pesar de no haber hecho ruido? Al fin y al cabo, no era un mortal normal y corriente.

La puerta de madera se abrió. Vi a mi padre en la entrada; el resplandor de la lámpara confería un brillo dorado a su pelo plateado. Al verme, parpadeó sorprendido, a pesar de que no había demasiadas cosas que pudieran tomarle desprevenido.

—Has venido —dijo con un tono teñido de sorpresa mientras se hacía a un lado para dejarme pasar.

¿Creía que no me presentaría? ¿Que estaría deseosa de deshacerme de la carga que, al parecer, constituía tener un padre mortal, al que uno olvida rápidamente en un reino donde los años no significan nada y la enfermedad no osa colarse? No sabía nada de mí, pero teníamos tiempo. Todo el tiempo del mundo.

Su casa se encontraba amueblada con una elegancia que me sorprendió, dado su sencillo exterior. Había un juego de té de porcelana azul y blanca sobre una mesa de valiosa madera de sándalo rojo que tenía metidos debajo unos taburetes en forma de barril. Las pinturas colgaban de las paredes; algunas ilustraban imágenes de templos y pabellones en medio de frondosos pinares. Una de ellas me llamó la atención, la de una mujer: mi madre, me di cuenta de pronto. No era la diosa que surcaba las nubes ataviada en seda, tal y como la representaban a menudo los mortales, sino que aparecía vestida con una túnica sencilla en medio de un jardín de peonías. El artista había captado las elegantes curvas de su rostro, la inclinación de sus ojos y, sobre todo, el resplandor de su expresión. Mortal e incandescentemente feliz.

Inhalé con brusquedad y percibí el aroma del incienso en el ambiente. Solo entonces me fijé en el altar lacado que había frente a la pintura con platos de peras, naranjas y bizcochos. Y en medio, un quemador de latón atestado de varitas de incienso consumidas.

—¿Por qué tienes esto? Madre está viva —solté.

Contempló la pintura con los hombros encorvados.

—Dicen que el humo del incienso les lleva a los dioses nuestras plegarias. No creía que fuese cierto, pero encendí las varillas cada día con la esperanza de que mis palabras llegaran, de algún modo, a ella.

Era un rasgo que ambos compartíamos: soñar con lo imposible, intentar que se cumpliera de todas formas. Noté una opresión en el pecho. A lo largo de todas aquellas décadas, a pesar de lo irrevocable de su separación, mis padres se habían anhelado el uno al otro. El dolor, los remordimientos y los malos entendidos que habían corrompido su pasado no habían disminuido su amor.

—Padre, no te hace falta el incienso. Volverás a ver a madre dentro de poco. Podrás decírselo tú mismo.

Las pupilas se le iluminaron con una intensidad imposible.

—¿Has encontrado el elixir?

Me saqué el frasco de jade de la manga y se lo tendí con ambas manos. La luz de la vela se reflejó en la filigrana dorada del tapón, que resplandeció como si estuviera en llamas.

—Pertenece al Emperador Celestial. ¿Cómo lo has conseguido? —preguntó con la voz ronca.

—Lo he robado. —No me avergonzaba de haberle arrebatado el elixir al emperador, aunque los remordimientos se habían apoderado de mí cuando Zhiyi me lo había cedido. Su Majestad Celestial ya nos había quitado bastante: la inmortalidad a mi padre, la libertad a mi madre y, ahora, nuestro hogar.

—Has corrido un gran riesgo, hija mía —dijo con seriedad.

Le lancé una sonrisa en respuesta. No iba a contarle lo que había arriesgado; no hacía falta que añadiera dicha carga a su conciencia. Lo importante era que volviera con nosotras.

Tomó el frasco y quitó el tapón. Percibí un aroma a melocotón tan intenso y exuberante que me inundó los sentidos. Cerró los ojos, se llevó el frasco a los labios y lo inclinó del todo; la garganta se le estremeció con cada trago. No mostró vacilación alguna, bebió con afanosa impaciencia. Después de todo, llevaba más de media vida esperando aquello.

Se produjo un silencio que únicamente interrumpió nuestra respiración. Permanecí con la cabeza agachada, casi sin atreverme a levantar la vista. La luz teñía las paredes con un intenso color ámbar. ¿Había salido el sol? Desvié la mirada hacia las ventanas. No, todavía era de noche, ni un atisbo del alba asomaba por el horizonte.

A mi padre se le aceleró la respiración y yo me volví hacia él. Se había inclinado sobre la mesa y sacudía la cabeza como aturdido.

—Muy amargo para tener una fragancia tan dulce. —Levantó la cabeza hacia mí y un escalofrío le recorrió el cuerpo—. ¿No hace frío?

Me puse en pie de un salto y busqué una capa mientras las dudas me carcomían: ¿se trataba de algún achaque mortal? ¿Acaso el emperador había dado el cambiazo y aquello no era el elixir? No obstante, la fragancia de esos melocotones era inconfundible.

Abrí las puertas del armario y tomé una gruesa capa del interior. Al volverme hacia mi padre… me topé con un extraño. Las arrugas habían desaparecido de su rostro, como la arena al quedar suavizada por la marea.

Tenía la mirada diáfana y el blanco de sus ojos resplandecía; el hoyuelo de la barbilla era más prominente que antes. Sin embargo, su pelo negro azabache se encontraba salpicado de blanco en las sienes, unas huellas del paso del tiempo que ni siquiera el elixir podía eliminar.

—Ha funcionado. Ya no me duele nada. —Apretó y relajó los dedos, alzándolos a la altura del rostro, asombrado—. Hija, solo aquellos que han experimentado una vida mortal hasta el final saben que esta nunca debe darse por sentada.

Una oleada de alivio me recorrió y aplacó la rigidez de mis extremidades.

—Padre, los inmortales también temen a la muerte. La debilidad puede apoderarse de nosotros, podemos morir —le recordé.

—Tienes razón. El peligro acecha en ambos reinos, pero el tiempo es un adversario carente de rostro y piedad. La batalla no resulta justa cuando el enemigo es inexorable y la derrota, inevitable.

Comprobé que no tuviera ninguna lesión.

—¿Te ha dolido tomarte el elixir?

Se agachó para recoger el frasco vacío.

—Tanto como si me hubieran arañado la piel con un centenar de espinas. Tu madre debió de sufrir también, aunque es fuerte —suavizó el tono al decir aquello.

Pensé en mi madre tomándose el elixir, en el miedo que debía de haberla atenazado. Aunque algunos la habían tildado de egoísta, se había comportado con valentía al intentar salvarnos, al adentrarse en una vida totalmente nueva y sumergirse en lo desconocido, dejando atrás todo lo que le era querido. Yo sabía mejor que nadie que, a pesar de haberse convertido en inmortal, una parte de mi madre había muerto aquel día.

El dolor y yo somos viejos conocidos, me había dicho. Pero eso no significaba que doliera menos.

No tardaría en devolverle a mi padre. Me invadió tal sensación de ligereza que, durante un momento, todas mis penas desaparecieron. Volverían en algún momento, pero por ahora, era un alivio haberme librado de ellas.

—Gracias, hija.

Hice una reverencia, buscando las palabras que se negaban a asomar, con el pecho henchido por la emoción. Me impresionó saber quién era: Houyi. El Destructor de los Soles. El Señor de los Dragones.

El marido de mi madre. Mi padre. Éramos poco más que desconocidos, nos unía el nombre y una conexión intrínseca. Pero entonces se me acercó y me rodeó con los brazos: mi padre me abrazó tal y como yo había soñado todos aquellos años.

Los rayos del sol, de un dorado claro, se filtraban por la ventana. Había amanecido; aquel no era un sueño que fuera a desvanecerse junto con la noche. No me atrevía a quedarme más tiempo. ¿Y si alguien había percibido nuestra presencia? ¿O el poder del elixir?

Un sonido gutural cargado de angustia rasgó el silencio. Levanté la cabeza de golpe hacia mi padre, que temblaba; tenía las venas del cuello marcadas.

—¿Te encuentras mal? —Lo agarré del brazo para ayudarlo a sentarse, pero se quedó rígido y me apartó.

—¡No te acerques! —Se tambaleó haca delante y estuvo a punto de caerse sobre la mesa. Se aferró a los lados con los nudillos blancos, igual que si se estuviera enfrentando a un enemigo invisible. La puerta se sacudió como si en el exterior se hubiese desatado una tormenta, pero el cielo estaba despejado. Hice caso omiso de su advertencia y lo agarré del brazo; su cuerpo se elevó en el aire como si una mano invisible lo hubiera agarrado por el tobillo. Su mano se me escurría y yo me aferré a él con más fuerza.

—Es el elixir —dijo con voz áspera—. Todos los mortales que ascienden a los cielos deben presentarse ante el Emperador Celestial.

No me atrevía a imaginar lo que pasaría si mi padre apareciese en el Salón de la Luz Oriental.

—Es demasiado peligroso. El emperador ha atacado nuestro hogar. Nos busca a madre y a mí.

Apretó la mandíbula y tragó saliva.

—No puedo resistirme. Es demasiado poderoso.

—¡Usa tu magia! —grité, echando mano de mis poderes.

Negó con la cabeza.

—No tengo. —Su tono rezumaba sorpresa.

¿Acaso le faltaba alguna cualidad al elixir? ¿Es que el emperador lo había dejado inacabado y hacía falta algún paso de vital importancia que solo él podía llevar a cabo tras ser entregado? Desplegué mis poderes y busqué con ellos la fuerza que se había apoderado de mi padre. Me traía sin cuidado que nos descubrieran, que los soldados celestiales vinieran a buscarnos, lo único que me importaba era impedir el ascenso de mi padre. ¿Qué más daban las leyes del cielo en un momento como aquel? A medida que mi energía fluía, la fatiga se apoderaba de mis extremidades, pues tras los sucesos de aquel día, se me habían agotado los poderes.

—No te sueltes. —Pronuncié cada palabra con dificultad.

Una luz plateada brotó de mis dedos y formó un resplandeciente escudo a su alrededor. No era suficiente, el encantamiento que tiraba de él se hacía más fuerte. Tenía los ojos abiertos como platos y el cabello le caía de forma salvaje por el rostro. Le agarré la mano con más fuerza, entumecida por el esfuerzo.

—La presión… viene de *mi interior* —dijo sin aliento.

Por supuesto. No era una fuerza que se hubiera abalanzado sobre él desde el cielo, sino que corría por sus venas tras haberse tomado el elixir. Me reprendí a mí misma por pensar que sería un asunto sencillo, que mi padre se lo bebería y ambos nos reuniríamos con mi madre. Ya debería saber que las cosas jamás eran tan fáciles.

Cerré los ojos y volví a echar mano de mis poderes; en aquella ocasión los desplegué por su garganta, tras el rastro del elixir, que brillaba igual que una serpiente reluciente. Un ruido sordo me invadió los oídos: su corazón, que latía demasiado rápido, extendiéndole el elixir por las venas. El dorado se entrelazaba con el carmesí; su sangre, más brillante que la de cualquier mortal, impregnada con aquella fragancia melosa, con la dulzura empalagosa de la fruta a punto de estropearse. Mis poderes le recorrieron las venas, liberándolo del dominio que el elixir ejercía sobre él. Un laborioso esfuerzo, como si estuviera intentando desenredar una telaraña plegada. Mi padre profirió unos sonidos ahogados, pero seguí adelante. ¿Le estaría haciendo daño? Sin duda así era, por las muecas que hacía, pero no me atreví a detenerme. Una breve pausa y lo perdería; se precipitaría rumbo al Reino Celestial, donde correría el mayor de los peligros. El cansancio me calaba hasta lo más profundo y notaba un dolor desde la base de la columna hasta el cuello, tan intenso que apenas podía mantenerme en pie.

Apreté la mandíbula y reprimí el impulso instintivo de dejar de utilizar mis poderes, que se desplegaron de forma desenfrenada y fueron eliminando la contaminación del elixir, hasta que, por fin, la fuerza que se había apoderado de mi padre se apaciguó. El rastro dorado que le recorría las venas se disolvió hasta quedar reducido a unos puntitos de luz; su sangre resplandecía ahora como la de cualquier otro inmortal. El olor a melocotón se desvaneció y dejó únicamente el de la madera y la tierra.

El cuerpo de mi padre se estremeció mientras descendía y, por fin, tocó el suelo con los pies. Aun así, me negué a soltarlo.

—¿Quieres llevarte algo? —pregunté.

Negó con la cabeza.

—Lo único que he anhelado siempre se encuentra en el reino de arriba.

Abandonamos juntos la casa y nos adentramos en la despejada mañana; el cielo era de un intenso color aguamarina y la calidez inundaba el aire. Nos montamos en la nube que había invocado y una ráfaga de viento se precipitó hacia nosotros y nos arrastró. Ninguno de los dos habló, a ambos nos faltaba el aliento; la ansiedad de lo acontecido durante la noche apenas comenzó a disiparse cuando las costas del Mar del Sur asomaron a lo lejos.

Antes de adentrarnos en las aguas, oculté a mi padre con un hechizo de invisibilidad, igual que había hecho Liwei anteriormente. Los guardias que custodiaban la entrada del palacio apenas me echaron un rápido vistazo y ambos accedimos al Palacio de la Perla Resplandeciente sin incidentes. Sin embargo, cuanto más avanzábamos, más demoraba él sus pasos.

—Padre, ¿te encuentras bien?

Esbozó una sonrisa tan radiante y efímera como una estrella fugaz.

—Hacía mucho tiempo que no me sentía así. —Se pasó una palma temblorosa por el pelo—. ¿Qué tal estoy?

Su pregunta me sorprendió. Estuve a punto de echarme a reír; de pronto, me sentía tan aturdida como él.

—No estés nervioso. Madre se alegrará muchísimo.

—No estoy nervioso. —Un leve temblor le sacudió la voz—. ¿Sabe que sigo vivo?

—No se lo dije. Cumplí mi palabra.

Se rozó la mejilla con las yemas de los dedos, como trazando las arrugas que en el pasado habían surcado su superficie.

—Mi rostro —dijo de forma entrecortada—. Qué tontería preocuparse por algo así.

Tomé de la mesa una bandeja de plata con incrustaciones de coral en el borde. Sin decir nada, se la acerqué para que contemplase su reflejo: un rostro más recio que bello, el rostro que aún amaba mi madre. Se quedó un buen rato mirándolo, aunque no me pareció vanidoso. Su expresión no reflejaba orgullo, únicamente... asombro.

Desvió los ojos hasta mí. Ahora que estábamos a salvo, por fin asimilé la situación: mi padre estaba en casa.

Golpeó con los nudillos la puerta de mi madre. Esta se abrió y ella apareció en la entrada, alternando la mirada entre mi padre y yo.

Ninguno dijo nada, ninguno se movió; era como si nos hubiéramos convertido en piedra. Aquella quietud jamás había formado parte de las fantasías que había albergado a lo largo de los años. Y *había* soñado con este día; eran unos sueños tan secretos, sepultados a tanta profundidad, que jamás me había atrevido a expresarlos en voz alta. No sentí ni un atisbo de la violenta alegría que había anticipado; no hubo lágrimas ni gritos ahogados ni abrazos amorosos. ¿Acaso habían sucedido demasiadas cosas? Cincuenta años no eran más que un suspiro para un inmortal y, sin embargo, para un mortal constituían más de media vida. Habían pasado más tiempo separados que juntos; tal vez necesitaran aprender de nuevo a estar juntos. Y aunque no soportaba pensar en ello, entre mis padres existía también una brecha implícita, tan vasta como los cielos que los habían separado. El robo que había cometido mi madre. El enfado de mi padre. El engaño de él al no descubrirse ante ella, dejando que llorase junto a su tumba. Las décadas de remordimientos, recriminaciones y sufrimiento que tal vez les costara olvidar.

—¿Houyi? —dijo ella por fin con un frágil susurro que brotó de su garganta—. ¿De verdad eres tú? —Su sorpresa se transformó en incredulidad y después... en éxtasis.

—Chang'e, esposa mía, por fin he vuelto —dijo él en voz baja y con una expresión ilegible en el rostro.

Las mejillas de mi madre adoptaron el tono encendido de las camelias y los ojos le brillaron como el rocío. Pero entonces se quedó paralizada e inclinó la cabeza.

—Lo siento, Houyi. Me tomé el elixir, *tu* elixir. Estaba muy asustada... Creía que estaba muriéndome y que nuestra hija se moría también. Los médicos me asustaron y los dolores llegaron demasiado pronto. Estaba sola. —Las palabras le salieron a trompicones. Su angustia, tan vívida como si todo hubiera ocurrido el día anterior.

Él no dijo nada. ¿Seguiría enfadado a pesar de lo que había dicho? ¿Podría perdonarla? Puede que un destello de rabia hubiese permanecido intacto y hubiese cobrado vida al verla de nuevo. Quizá todavía le echaba la culpa, aun de manera inconsciente. Y una parte de mí se preguntaba: ¿cómo no iba a echársela?

—Estaba furioso —empezó mi padre en voz baja—. Roto de dolor. Jamás experimenté una oscuridad como la de aquellos días, peor que la de cualquier batalla que hubiera librado, que la de cualquier pérdida que hubiera sufrido. La traición resulta más dolorosa cuando proviene de aquellos a los que amas. Puesto que sientes que se han burlado de ti por partida doble, y acabas destrozado y disgustado. Pues ni siquiera te queda el consuelo que más anhelas. Me atormenté preguntándome si aquel había sido tu plan desde el principio, si deseabas la inmortalidad más que a mí —dijo aquello lentamente, como si le hubieran arrancado las palabras—. Y cuando pasaron los años sin la más mínima señal por tu parte, sin el más mínimo mensaje... casi llegué a odiarte.

Mi madre profirió un sollozo estrangulado y se llevó el dorso de la mano a la boca. Me quedé rígida ante la dureza de mi padre, aunque también quise echarme a llorar por el sufrimiento que le había atenazado el corazón todo aquel tiempo. Mientras mi madre y yo nos habíamos tenido la una a la otra, mi padre se había quedado solo. Y comprendía cómo se sentía; sus palabras me habían hecho recordar la traición que había sufrido a manos de Wenzhi. Sin embargo, había sido testigo del sufrimiento y la angustia de mi madre y, al margen de lo que hubiera pasado mi padre, no dejaría que le hiciera daño.

Antes de que tuviera la oportunidad de decir nada, mi padre agarró a mi madre de la mano.

—Te vi visitar mi tumba por primera vez hace un año. Me obligué a no revelar mi presencia, pues te consideraba una traidora. Una parte se avergonzaba del anciano en que me había convertido, mientras tú desprendías tanta luz como el día en que nos casamos. Me dije a mí mismo que me bastaba con saber que estabas bien. Que todavía me llorabas. Por fin iba a encontrar la paz.

Guardó silencio un momento.

—Me equivoqué. Fue entonces cuando me di cuenta de que los últimos coletazos de ira se habían desvanecido y ya solo sentía tristeza. Me dije que no volvería a aparecer por allí, pues era una experiencia tormentosa… aunque no pude resistirme. Los días que no te veía me sumía en una mezcla de alivio y decepción, y cuando me topaba contigo, me sentía eufórico y desolado al mismo tiempo.

—No pude ir a buscarte —lloró ella—. No podía abandonar la luna. Y aunque hubiera podido, ignoraba a dónde te habías marchado tú, y si estabas vivo.

Se acercó a ella y la abrazó tan estrechamente que fue como si se hubieran fusionado en una sola persona.

—Yo también lo siento —susurró mi padre con ferocidad junto a su cabello—. Por haberte dejado sola y no haberte hecho caso. Solo pensé en mí y en lo que *yo* temía y quería que fuese verdad. Te habría dado el elixir. Debí ofrecértelo antes. *Jamás* os habría dejado morir ni a ti ni a nuestra hija. Tomaste la decisión que el miedo y el egoísmo me impidieron tomar a mí.

Se produjo un profundo y prolongado silencio. Podría haber caído un rayo, podrían haber aparecido unas bestias salvajes corriendo por el pasillo... y nada habría sido capaz de separarlos. Mi madre lo miraba como si fuera un cálido rayo de luz. El sol, la luna y las estrellas. Como si todo lo demás, incluida yo, se hubiera sumido en las sombras... y yo me alegré.

Me marché, intentando no hacer ruido. No oí ninguna palabra más a mi espalda, únicamente el crujido de la puerta al cerrarse. Mis padres debían disfrutar a solas de aquel momento. Ya tendría oportunidad de estar con ellos más tarde. Por primera vez en mi vida me invadió una profunda sensación de armonía: por fin dispondríamos del tiempo suficiente para ser una familia, para conocernos los unos a los otros como habríamos hecho si hubiésemos vivido en los Dominios Mortales, sin las aves del sol, ni dioses caprichosos ni elixires encantados.

20

Era primera hora de la tarde cuando volví a los aposentos de mi madre. Me costaba interrumpir la reunión de mis padres, pero no me atrevía a permanecer más tiempo en el Mar del Sur. Cuando el emperador descubriese la fuga de Liwei y mi participación en ella, se pondría furioso. No me cabía la menor duda de que tomaría represalias, y el estómago se me revolvió solo de pensarlo.

Además, habían enterrado a Ping'er según las costumbres de su pueblo. Aquella misma mañana, mi madre y yo nos habíamos arrodillado frente a su altar para presentar nuestros respetos por última vez. Se me había formado un nudo en la garganta al ver la lápida de ébano con su nombre grabado en oro. Aunque un sentimiento solemne de paz me recorrió al saber que se hallaba de nuevo entre los suyos, los dolorosos gritos de su familia y amigos me desgarraron el corazón.

Aparte del hecho de que no teníamos a dónde ir, ya no había ninguna razón para que permaneciésemos allí. Al entrar en los aposentos de mi madre, vi a mi padre sentado junto a la mesa, con el pelo suelto cayéndole de forma holgada sobre los hombros. La sonrisa de mi madre era más relajada y sus movimientos se habían vuelto más ligeros. Qué extraño me resultaba ver a mis padres juntos; extraño y absolutamente maravilloso. Sin embargo, sus conversaciones desprendían un matiz de ligera incertidumbre, como si estuvieran descubriéndose de nuevo: la forma en que mi padre miraba a mi madre para asegurarse de que siguiera allí, el modo en que a mi madre se le dilataban los ojos ligeramente al contemplarlo. Y cuando los dedos de ambos se rozaban, el momento de vacilación antes de que mi madre estrechara la mano de mi padre entre las suyas.

—Hija, te estoy muy agradecido. —Mi padre me dirigió una inclinación de cabeza—. Te agradezco la confianza, que me ayudaras a recuperar mi vida. Lo había creído imposible.

—Se nota que es hija tuya, Houyi —dijo mi madre con orgullo—. No recorre los senderos ya transitados, sino que forja su propio camino.

—Es hija *nuestra* —la corrigió él antes de levantarse y ponerme la mano en el hombro—. Llevo ausente muchos años.

Parpadeé para espantar las lágrimas que amenazaban con asomar.

—Podemos recuperar el tiempo, padre.

—Houyi, estás muy serio —le tomó el pelo mi madre antes de que la expresión se le ensombreciera—. Ya que has sacado el tema, ¿cómo pudiste dejarme creer que habías muerto? ¿Disfrutaste viéndome llorar frente a tu tumba? ¿Escuchando mis plegarias? De haberlo sabido, habría preparado los pastelitos de tus ofrendas con sal en vez de con azúcar.

Él se echó a reír y sus sonoras carcajadas me inundaron de calidez.

—Me habrían parecido igual de dulces. Me los comía todos después de que te marcharas, aunque la familiaridad de su sabor era un amargo premio de consolación. —Guardó silencio un instante—. En cuanto a tus plegarias, era incapaz de escucharlas desde mi escondite. Habrían constituido un consuelo, me habrían hecho abrigar la esperanza de que todavía me amabas.

—¿Por qué si no creías que visitaba tu tumba? —exigió saber ella.

—¿Por obligación? ¿Porque te sentías culpable? Tras décadas desilusionado, no tenía razón alguna para conservar la esperanza. Ignoraba que no podías venir. Intenté mantenerme alejado, pero confieso que iba siempre que podía. Cuando te vi otra vez, una parte de mí se atrevió a soñar de nuevo. Sin embargo, había pasado mucho tiempo; no podía permitir que te atases a un anciano. —Le acarició la mejilla y ella se inclinó hacia su mano.

—No me hubiera importado. Te habría reconocido en cualquier parte —susurró—. Las canas y las arrugas son los signos de una vida aprovechada al máximo.

—Sí, si ambos hubiésemos envejecido *juntos*..., pero no fue así. Me quedaba muy poco tiempo, así que creía que era mejor dejar las cosas como estaban, en vez de reabrir viejas heridas. Prefería que me recordases tal y como era.

Había tomado una difícil decisión, separarse de nosotras, como si fuera la parte enferma de una planta sin la cual el resto es capaz de prosperar. Y yo comprendía cómo se había sentido porque era tan orgullosa como él.

Alguien llamó a la puerta. Nos tomó por sorpresa, puesto que no recibíamos demasiadas visitas. Desde nuestra llegada, la reina Suihe nos había dejado a nuestro aire, como si hubiese olvidado que estábamos allí. Nosotras nos habíamos mantenido al margen de todo de buena gana, evitando los banquetes y las celebraciones; solo habíamos aparecido hoy para el funeral de Ping'er. Sondeé las auras antes de abrir la puerta y el alivio y la aprensión se arremolinaron en mi interior.

Liwei y Wenzhi aparecieron. Por la expresión hostil de su rostro y la rigidez con la que guardaban las distancias, se trataba de una coincidencia de lo más inoportuna. Liwei contempló a mi padre y luego a mí con una expresión solemne. De pronto caí en la cuenta de que mientras yo me había reunido con mi familia, él había quedado separado de la suya y su padre lo perseguía.

Liwei inclinó la cabeza a modo de saludo y unió las manos frente a él.

—Maestro Houyi, es un honor conoceros.

Wenzhi me lanzó una mirada de soslayo, un reproche mudo por haberle ocultado aquello, y acto seguido hizo una reverencia también.

—Maestro Houyi, vuestro regreso colma de alegría a vuestra familia.

Mi padre guardó silencio y les dedicó una mirada con los ojos entornados y el ceño fruncido que sin duda habría aterrorizado a muchos soldados. ¿Qué le había contado mi madre? En cualquier otra circunstancia, tal vez hubiera preguntado por los padres de Liwei o la familia de Wenzhi. Sin embargo, no creía que a mi padre le preocupara el bienestar del Emperador Celestial o el de nadie del Reino de los Demonios.

—Debería haberte creído cuando me contaste lo de tu padre —dijo Liwei. No se acercó a mí y aunque aquella nueva actitud reservada me dolía, era lo que había pretendido.

—¿No la creíste? —El tono de Wenzhi era mordaz.

—Incluso a mí me pareció improbable —dije de inmediato.

Liwei lo ignoró y se dirigió únicamente a mí.

—Me alegro por ti. Siempre me alegraré por ti.

¿Tenían aquellas palabras algún otro significado? Le había mentido acerca de Wenzhi y él se lo había creído con mucha facilidad… tal vez porque había tenido sospechas desde el principio. Me volví hacia Wenzhi y vi que me miraba con una expresión interrogante y los ojos brillantes. ¿Le extrañaba la actitud distante entre Liwei y yo? Si era sí, se iba a quedar con la duda, porque no pensaba contarle jamás la verdad.

—¿Qué haces aquí? —le pregunté a Wenzhi.

Meneó la cabeza como decepcionado por mi pregunta.

—Así me das las gracias después de que anoche distrajera a los guardias celestiales de la puerta oriental.

Me lo quedé mirando.

—¿Fuiste *tú*? Me prometiste que no interferirías.

Se encogió de hombros.

—Prometí no seguirte. Y no lo hice.

—¿Tuviste algún problema? —pregunté.

—¿Acaso estás preocupada por mí, Xingyin? —Inclinó la cabeza hacia mí.

Fruncí el ceño.

—En absoluto. Tienes talento de sobra para llevar a cabo una tarea tan trivial.

—Me alegro de que tengas en tan alta estima mis habilidades.

Reprimí una contestación vulgar y él sonrió.

—No fue tan sencillo como crees. Aquellos soldados se mostraban muy reticentes a abandonar sus puestos, y tampoco me atreví a entrar en el Palacio de Jade por miedo a que sonase alguna alarma. Tuve que usar la imaginación para alejarlos de las puertas y acabaron teniendo que perseguirme por medio Reino Celestial.

Reprimí un ligero sentimiento de preocupación por su seguridad.

—Gracias —le dije con cierta rigidez.

—Por ti haría eso y mucho más.

—¿Como secuestrarla, tal vez? —se burló Liwei.

Mi padre levantó la cabeza de golpe y se puso en pie, pero entonces mi madre le tiró de la manga y lo obligó a sentarse…, aunque su expresión siguió siendo atronadora.

Un destello peligroso asomó en la mirada de Wenzhi mientras se volvía hacia mí, haciendo caso omiso de Liwei.

—Casi deseo que las cosas no hubieran salido tan bien anoche.

—Me encanta que te hayas llevado un chasco. —Liwei esbozó una sonrisa casi salvaje, una que jamás había visto—. De haberlo sabido, habría vuelto antes.

—Dudo que hubieras podido volver sin la ayuda de Xingyin.

—Ya basta. —Los fulminé con la mirada—. Mi padre ha vuelto. No nos amarguéis la ocasión.

Se produjo un breve silencio antes de que Wenzhi agachase la cabeza.

—Si hay alguien capaz de resucitar a un mortal eres tú.

—El Dragón Negro se equivocó; mi padre no estaba muerto. De lo contrario, ningún elixir habría sido capaz de resucitarlo.

Liwei no me miró ni dijo nada. Debía de considerarme una desalmada para dirigirme a Wenzhi con tanta familiaridad. Para él, Wenzhi era el demonio que se había infiltrado en su reino, que había intentado destruir su ejército y me había capturado. Yo jamás olvidaría aquello... al igual que tampoco olvidaría las ocasiones en que había acudido a mi rescate ni las circunstancias que lo habían llevado a tomar ese camino. La parte buena y la parte mala de Wenzhi se encontraban tan estrechamente entretejidas que era imposible separarlas; constituían un confuso nudo de nuestro pasado y presente, todo lo que había sido para mí y lo que era ahora.

—Debemos marcharnos —dije con firmeza—. Ahora que Liwei se ha fugado, puede que el emperador pida ayuda a otros reinos para dar con él. La reina Suihe no tardará en enterarse de lo ocurrido.

—La reina velará por la seguridad de su pueblo, tal y como haría cualquier monarca —repuso Liwei—. No dudará en entregarnos para sacar partido.

Mi madre palideció.

—¿A dónde vamos a ir?

—Tenéis las puertas de mi hogar abiertas —se ofreció Wenzhi—. Ningún celestial osará pisar el Muro Nuboso.

—Ningún celestial querría poner un pie allí —dijo Liwei con desagrado.

Wenzhi lo miró con frialdad.

—Te invito a que te quedes aquí. De hecho, yo lo preferiría.

—No, no iremos al Muro Nuboso —intervine. Aunque Wenzhi quisiera protegernos, ¿sería capaz de mantener a raya a su familia?

—Vayamos al Mar del Este —dijo mi padre—. Los dragones nos mantendrán a salvo.

Aunque los dragones ya no estaban ligados a las perlas, todavía sentían un gran respeto y afecto por mi padre. Su sabiduría nos resultaría muy valiosa, a pesar de que no pudieran luchar contra el Ejército Celestial.

—El Mar del Este es aliado del Reino Celestial —dije con cuidado—. ¿Estaremos seguros?

—No desobedecerán los deseos de los dragones —me aseguró Wenzhi—. Los veneran demasiado.

—¿Nuestra presencia les acarreará problemas? —pregunté.

—Dadas las circunstancias, no hay solución perfecta —dijo mi padre con determinación—. Debemos tomar decisiones difíciles, hacer lo que creamos justo y no lamentar las consecuencias.

Al liderar ejércitos mortales, mi padre debía de haberse enfrentado cada día a decisiones tan imposibles como aquella, decisiones que le habrían carcomido la conciencia. ¿Cuántos soldados habían muerto siguiendo sus órdenes? ¿Cuántas familias había destrozado? Todas las guerras tenían un precio y a menudo pagaban las consecuencias los que menos se lo merecían.

Un fuerte golpe en la puerta nos sobresaltó.

—Diosa de la Luna. La reina Suihe solicita vuestra presencia y la de vuestra hija en el gran salón —dijo una voz.

Intercambié una mirada cautelosa con mi madre.

—Acudiremos con mucho gusto. ¿Cuál es el motivo de que Su Majestad nos haya mandado llamar? —Hablé con firmeza para evitar levantar sospechas.

—Nuestros invitados de honor han llegado y desean reunirse con vos —respondió el mensajero.

—¿Invitados? —Me asaltaron terribles pensamientos acerca del Emperador Celestial.

—Su Alteza el príncipe Yanxi del Mar del Este.

Me tranquilicé y me dejé caer contra la mesa. ¿Había acompañado a su padre a la reunión que iban a celebrar los monarcas de los Cuatro Mares? El príncipe Yanxi era amigo mío, mientras que su hermano, el príncipe Yanming, había estado a mi cargo durante nuestra misión en el Mar del Este. A pesar de los peligros y de haber estado a punto de morir, recordaba aquellas semanas con cariño, pues había experimentado por primera vez cómo sería tener un hermano menor.

—No tardaremos. Antes debemos cambiarnos de ropa —respondió mi madre, dándonos algo de tiempo.

—Avisad a Shuxiao —les dije a Liwei y a Wenzhi después de que el mensajero se hubiese marchado—. No dejéis que os vea nadie y esperadnos frente al palacio. —Vacilé, pues dejarlos juntos me parecía una idea pésima, pero mi padre atajaría cualquier tontería.

—Xingyin, tened cuidado —advirtió Liwei—. No os entretengáis, pero que tampoco parezca que tenéis prisa.

—La reina Suihe es muy astuta; pocas cosas se le escapan. No debéis darle ninguna razón para que sospeche de vosotras —aconsejó Wenzhi.

Asentí con gravedad.

—Partiremos en cuanto podamos.

En cuanto la reina nos lo permita, susurró en mi mente una vocecilla.

21

Nos dirigimos a la sala del trono con pasos acompasados para disimular nuestra inquietud. Como estrecho aliado del Reino Celestial, ¿estaría el príncipe Yanxi al corriente de nuestra situación? ¿Estaría obligado a informar a la reina Suihe? Me era imposible rechazar la invitación de la reina, pero notar en la espalda el peso del arco, envuelto de manera discreta en un trozo de seda, me reconfortaba.

El trono de la reina se encontraba flanqueado por sillas forradas con brocado y mesas lacadas en rojo. En cada mesa había un juego de té de porcelana de bordes dorados y unos platos con algas crujientes, relucientes nueces tostadas con miel, pastelitos de sésamo y pasteles de almendra recubiertos con una corteza hojaldrada. Las columnas de ámbar resplandecían como el oro al reflejar el sol y las olas de plata bordadas de las alfombras, a las que habían hechizado recientemente, se mecían a un ritmo relajante. Los jarrones de cristal rebosaban de caracolas brillantes y desprendían una dulce fragancia floral bajo la que subyacía el opulento toque del almizcle. En un rincón de la sala, una intérprete entonaba una balada inquietante; la mujer hacía vibrar con sus uñas pintadas las cuerdas de una pipa, cuyos ondulantes acordes constituían el acompañamiento perfecto para su refinada voz.

La reina Suihe tenía un aspecto resplandeciente, envuelta en ricos pliegues de seda de color amatista con orquídeas bordadas en hilo de cobre. Las flores con filigrana de oro y rubíes de su tocado se sacudieron cuando nos saludó con la cabeza.

—Mis honorables invitados están deseando saludaros —dijo con su melodiosa voz.

Antes de poder responder, alguien se abalanzó sobre mí desde un lado y unos bracitos me rodearon la cintura. Trastabillé hacia atrás intentando mantener el equilibrio.

—¡Príncipe Yanming! —Me agaché y lo abracé con fuerza—. Estáis más alto, Alteza.

—A lo mejor eres tú la que ha encogido. —Se echó a reír mientras me soltaba—. Dicen que eso es lo que les ocurre a los ancianos.

—Si soy una anciana, tendréis que tratarme con mucho más respeto —repliqué dándole un golpecito en el hombro.

—Pórtate bien, Yanming. ¿Qué pensará si no Su Majestad de ti? —lo reprendió el príncipe Yanxi.

Ambos nos enderezamos y yo uní las manos y me incliné ante el príncipe, consciente de la atenta mirada de la reina Suihe.

—Alteza, qué grata sorpresa.

—Mi padre me pidió que viniese en su lugar. Hubiese dejado a mi hermano en casa, pero me suplicó venir y no me dejó en paz hasta que accedí.

Por el rabillo del ojo, vi que el príncipe Yanming hacía una mueca burlona, la cual desapareció en cuanto su hermano se volvió hacia él.

La expresión del príncipe Yanxi se suavizó mientras le revolvía el pelo a su hermano pequeño.

—Ya vale, Yanming. ¿Qué diría padre?

Envidiaba su camaradería sin límites. Su estrecho vínculo, urdido con el cariño y la familiaridad de un pasado compartido.

—Me alegro de veros, aunque las cosas han cambiado mucho desde que nos vimos por última vez. —Más de lo que ellos eran conscientes, esperaba yo.

El príncipe Yanming suspiró.

—Me he aburrido mucho desde que te marchaste. Ya nadie entrena conmigo ni me cuenta historias que me gusten. Lady Anmei se pone a chillar en cuanto toco una espada, aunque sea de madera.

El príncipe Yanxi se volvió hacia mi madre e inclinó la cabeza.

—Diosa de la Luna, qué honor tan inesperado. Me habían llegado noticias de vuestra liberación, pero me sorprende encontraros aquí, tan lejos de casa.

El príncipe era astuto y no se dejaba engañar fácilmente. Me había apoyado cuando yo había intentado ayudar a los dragones, aunque sospechaba que aquello se había debido más a la veneración que sentía por ellos que a un deseo de frustrar al Emperador Celestial.

—Mi madre sufrió un ataque y su ayudante fue asesinada —dije con cautela, a pesar de que la voz se me entrecortó—. Era del Mar del Sur, así que la hemos traído a casa.

—Siento vuestra pérdida. —Vaciló y bajó la voz—. Me han llegado noticias, informes sin confirmar de un ataque por parte de...

—Fue una desgracia —dije con rapidez, con las tripas retorciéndoseme—. Unos intrusos se colaron en nuestra casa. Nos atacaron sin motivo. —Le sostuve la mirada y abrí mucho los ojos, a modo de advertencia silenciosa; esperaba que la hubiera captado.

—Tu madre y tú estaréis pasando por un momento difícil. Espero que halléis tranquilidad allá donde vayáis. —Sus palabras estaban cargadas de significado.

—Ese es nuestro objetivo, en cuanto Su Majestad nos permita partir.

El príncipe Yanxi asintió con seriedad.

—Su Majestad no debería tener ningún motivo para retrasar vuestra partida. Tendrá otras cosas de las que preocuparse; por ejemplo, de la reunión con los demás miembros de la realeza.

Me tranquilicé al oír sus palabras. Al margen de lo que el príncipe supiera, no nos pondría en evidencia.

—Alteza —llamó la reina Suihe—. Parecéis conocer bien a mis invitadas. ¿Nos haréis el honor de compartir vuestra conversación con el resto? Parece de lo más interesante. —Un deje de impaciencia impregnaba su voz. Los monarcas no estaban acostumbrados a compartir la atención en su sala del trono.

El príncipe le dirigió una sonrisa deslumbrante.

—Rememorábamos la época en que la Arquera Primera nos prestó su ayuda durante el levantamiento del gobernador Renyu.

—Majestad. —Hice una reverencia, disimulando las prisas—. Os agradecemos vuestra hospitalidad. Por desgracia, mi madre y yo debemos partir ya, pues hemos recibido noticias urgentes de casa.

—¿La casa que ha sido atacada? —Noté una ligera inflexión en su tono.

—Los autores han huido —dijo mi madre, disimulando mi desliz—. La luna ha permanecido a oscuras sin mí.

La reina se apoyó en el respaldo del trono frunciendo los labios.

—¿No os quedaréis para las festividades de esta noche? Mis invitados del Mar del Este se sentirán decepcionados si os marcháis tan pronto. Y a los monarcas de los Mares del Norte y del Oeste también les gustará conocer a nuestra escurridiza Diosa de la Luna.

—Aunque lo que decís es cierto, los asuntos relacionados con el hogar deben ser siempre prioritarios —dijo el príncipe Yanxi con suavidad.

La reina asintió.

—Muy bien. Si lo deseáis, alguno de nuestros guardias os acompañará hasta allí.

Mi madre hizo una reverencia.

—Gracias por vuestra amabilidad, Majestad, pero ya os hemos causado bastantes inconvenientes. Además, mi hija es una experta guerrera.

El príncipe Yanxi sonrió.

—Lo cierto es que sí.

Alguien me tiró de la manga y noté que una manita se me deslizaba alrededor del codo. Bajé la mirada y vi al príncipe Yanming con el rostro iluminado de esperanza.

—¿Puedo acompañarte? Me gustaría ver la luna. —susurró—. Aquí me aburro. Mi hermano está siempre reunido y no me deja salir sin él. Y siempre está mandándome callar.

Me agaché y lo miré a los ojos.

—Puede que porque siempre decís cosas de lo más escandalosas, ¿no, Alteza? Mi madre solía decirme a menudo que, si quería que se les diera importancia a mis palabras, debía hablar con más cuidado.

—Un discurso muy solemne teniendo en cuenta que yo era muy dada a dejar de lado la cortesía cuando hablaba. Sin embargo, el chico despertaba en mí el deseo de mantenerlo a salvo, de aconsejarlo para que se comportase mejor que yo.

—Hermano, estás siendo descortés con nuestra anfitriona —dijo el príncipe Yanxi con énfasis—. Además, Xingyin se marcha ya, y no tiene tiempo para entretenerte.

Le solté la mano con suavidad al príncipe Yanming.

—Me encantaría que vinieras de visita cuando las cosas se calmen un poco. Te enseñaré el tejado de plata de mi casa. El bosque de olivos dulces y los mil farolillos que podrás ayudarnos a encender.

Las típicas promesas que se les hacen a los niños para que se porten mejor, se burló una vocecilla en mi mente, a pesar del desconsuelo que me invadía. La última vez que había visto mi casa, las llamas la devoraban. ¿Quedaría en pie alguna parte? Lo ignoraba... y, tal vez, nunca llegara a averiguarlo.

Una sonrisa se dibujó en el rostro del príncipe Yanming.

—¿Me lo prometes?

Asentí como la embustera que era.

Oí unas pisadas que se aproximaban. En el salón entró un inmortal ataviado con una túnica de brocado que me resultó familiar y un sombrero negro adornado con una pieza plana de jade. Un mensajero celestial. Agarré a mi madre de la mano a modo de advertencia.

El mensajero se arrodilló ante la reina y alzó un pergamino —de grueso brocado amarillo con unas varas de sándalo en los extremos— del mismo modo que había sucedido la vez anterior. Cuando uno de los criados tomó el pergamino y se lo llevó a la reina, a mí se me secó la boca.

Aun así, no todo estaba perdido; el mensajero no nos conocía. Me obligué a sonreír, aunque temblaba por dentro. Nuestra única esperanza era marcharnos a toda prisa.

—Majestad, os damos las gracias de nuevo. Nosotras nos retiramos ya. —Hablé en voz baja, con la intención de pasar desapercibida, mientras mi madre y yo nos alejábamos del trono.

La reina Suihe asintió con la mirada clavada en el pergamino, dirigiendo la atención ya a asuntos de mayor importancia.

Mientras le dábamos la espalda al trono, el príncipe Yanxi entabló una conversación cortés con la reina. Le agradecí en silencio que la distrajera, que retrasara el inevitable momento en el que tendría que leer la misiva del Reino Celestial. No sabía lo que había escrito, pero noté un hormigueo en señal de alarma. Avanzamos a paso ligero entre las hileras de cortesanos, dirigiéndonos a la entrada, mientras yo reprimía el impulso de echar a correr.

—¡Alto! —La voz de la reina Suihe se alzó, tajante.

Los guardias que teníamos delante cruzaron las lanzas de inmediato y nos bloquearon el paso. Noté que se me revolvía el estómago mientras me volvía hacia la reina.

Tenía la piel cubierta de manchas rojas.

—Me decepciona enormemente que mi amabilidad se vea recompensada con mentiras —dijo enfadada, arrugando el pergamino en las manos—. Se ha informado a todo el mundo de que sois unas traidoras al Reino Celestial y unas prófugas de la justicia. Y se amenaza con tomar represalias a cualquiera que os dé refugio. ¿Sabéis todo lo que he tenido que hacer para mantener a salvo a mi pueblo? Y ahora nuestra seguridad peligra por culpa de un par de embusteras que se han presentado aquí con pretextos falsos.

El príncipe Yanming se zafó de su hermano.

—¡Xingyin no es ninguna embustera! El Emperador Celestial es…

—Pido disculpas por la mala educación de mi hermano, Majestad —intervino el príncipe Yanxi, lanzándole una mirada severa a su hermano—. ¿Tal vez queráis escuchar lo que la Diosa de la Luna y su hija tengan que decir? —Moduló cuidadosamente el tono para no mostrar parcialidad.

La única indicación que recibí para tomar la palabra fue una ligera inclinación de cabeza por parte de la reina Suihe. Por la dureza que reflejaba su rostro, no parecía dispuesta a entrar en razón, pero lo intentaría de todos modos.

—No os mentimos, aunque tampoco os contamos toda la verdad... Que fue el Emperador Celestial quien nos atacó de manera injustificada y nos obligó a abandonar nuestro hogar. Me disculpo por eso. No pretendíamos perjudicar a vuestro pueblo y nos disponíamos a marcharnos para evitar problemas. —Proseguí, a pesar de su expresión hostil—. En el Reino Celestial están ocurriendo acontecimientos extraños: ha habido cambios inesperados de poder y algunos consejeros leales y de confianza han sido relegados a un segundo plano. Se avecinan cambios, y no para mejor.

La mirada de la reina centelleó y una enigmática sonrisa se dibujó en sus labios.

—Hay algo en lo que no te falta razón: sí que se avecinan cambios, y yo tengo la intención de sacar provecho. —Se volvió hacia el mensajero celestial—. Informa a Su Majestad Celestial que, tal y como ha solicitado, he capturado a la Diosa de la Luna y a su hija. Permanecerán encarceladas aquí a la espera de su veredicto. A cambio, le pido que recuerde el valor de nuestra amistad.

El mensajero hizo una reverencia, pero, al contrario de lo que esperaba, no se marchó. Una luz verdosa le envolvió la mano en cuanto tocó el trozo de jade de su sombrero. Se oyó un suave repiqueteo y la piedra resplandeció con más intensidad antes de volver a apagarse.

—Su Majestad Celestial nos ordenó que le informásemos en cuanto hubiese noticias. No tardará en llegar —entonó.

—Le organizaremos una bienvenida adecuada —dijo la reina Suihe.

Me recorrió un escalofrío. ¿El Emperador Celestial iba a presentarse allí? ¿Sería Liwei la razón? Todos estaban al tanto de mi participación en su huida. El mensajero abandonó la estancia y yo me dirigí a la reina.

—Majestad, ¿podríais reconsiderarlo? Si nos dejáis marchar, contaréis con nuestra amistad y lealtad eternas. —Una oferta exigua, pero no disponía de nada más.

Dejó escapar una estridente carcajada que me puso los pelos de punta.

—¿Dejaros marchar? Os marcharéis, pero según mis términos. Prefiero contar con la amistad de alguien que tiene a su disposición al Ejército Celestial que con la vuestra. —Le dirigió un gesto brusco a un guardia—. Llévalas a las celdas. Ve a por su amiga y enciérrala también.

Me inundó una sensación de alivio, ya que les había dicho a Shuxiao y a los demás que abandonasen el palacio. Esperaba que huyeran, pues no tenía sentido que nos capturasen a todos. Podrían volver a por nosotras más tarde, y no me cabía ninguna duda de que sería así.

Oí el tintineo de las armaduras turquesas y vi el destello de unas espadas doradas cuando dos guardias se encaminaron hacia mí. Me acordé de que Wenzhi me había advertido acerca de que aquella prisión era impenetrable. No podía permitir que nos capturasen. Uno de los soldados hizo amago de agarrar a mi madre y yo le propiné una fuerte patada y lo aparté. Tomé el arco de inmediato, tras quitarle las telas que lo envolvían, y una descarga de luz se formó entre mis dedos.

Se oyeron unos gritos de pánico y vi que los invitados salían de forma atropellada de la sala. El príncipe Yanxi me lanzó una mirada ansiosa y yo le señalé la puerta con la cabeza y le dije que se marchara moviendo solo los labios. Como aliado del Reino Celestial, tenía las manos atadas. Ya había intentado distraer a la reina Suihe por mí, la había instado a que escuchase lo que tenía que decir, que era más de lo que podía haber esperado. El príncipe tomó a su hermano en brazos y se alejó del tumulto a toda prisa.

Tensé la cuerda del arco y apunté a la reina, la única persona capaz de proporcionarnos una salida.

—Ordenadles a vuestros soldados que se retiren. Dejadnos marchar y no nos sigáis —dije en voz baja y amenazante.

La reina curvó los labios y desplegó su magia en forma de puntiagudos fragmentos de hielo que se precipitaron hacia mi madre y hacia mí. Levanté un escudo de inmediato y apunté al hombro de la reina con el objetivo de herirla y no de matarla. La flecha atravesó el aire al tiempo que una barrera luminosa envolvía a la reina. Esta hizo una mueca de desprecio y alzó la otra mano; una reluciente oleada de energía tiró la flecha al suelo. El Fuego Celestial achicharró las alfombras, ennegreciendo los elaborados bordados, e hizo un tosco agujero en el suelo. Un temblor sacudió el recinto y volcó los jarrones de cristal; las caracolas acabaron esparcidas por doquier y pisoteadas por los cortesanos que huían.

Unos cuantos soldados de la reina nos rodearon a mi madre y a mí. Los apunté con otra flecha, dejando de lado los sentimientos que me provocaba el tener que enfrentarme a los compatriotas de Ping'er, pero algo silbó por el aire y una flecha translúcida golpeó al guardia que teníamos más cerca.

—¡Chang'e! ¡Xingyin!

La voz de mi padre. Noté el corazón henchido de la emoción al verlo entrar corriendo con el arco de plata ya preparado. Liwei, Wenzhi y Shuxiao lo seguían de cerca. Se oyeron unos gritos y los guardias de la reina echaron a correr hacia ellos. Sin perder ni un instante, conjuré una ráfaga de viento y barrí a aquellos que se encontraban más cerca de nosotras.

La magia atravesaba el aire y el ruido del metal al chocar reverberaba en el salón. Mi padre protegía a mi madre, lanzando una flecha tras otra; movía las manos a un ritmo vertiginoso. Una soldado se le acercó por detrás con la espada en alto, pero yo la derribé con una flecha que le atravesó el pecho; el cuerpo se le sacudió al tiempo que la luz crepitaba a lo largo de su armadura.

Los soldados del Mar del Sur rodeaban a Wenzhi y a Liwei; sus espadas conformaron un borrón dorado y plateado mientras despachaban a sus oponentes. Shuxiao se había enzarzado en un feroz enfrentamiento con otro guardia, el cual hacía chocar su lanza contra la espada de ella.

La reina Suihe señaló a Liwei con una mano temblorosa.

—¡El príncipe heredero celestial! ¡El emperador nos recompensará por atraparlo! ¡Pedid refuerzos!

Tres guardias echaron a correr hacia la entrada. Sin pensarlo, disparé a uno primero y luego a otro. Al tiempo que conjuraba otra flecha, el último soldado atravesó las puertas a toda prisa y pidió ayuda.

Me maldije a mí misma. Al cabo de un momento, más guardias aparecerían y bloquearían la única salida. Puede que ya estuvieran corriendo por los pasillos. Busqué de forma frenética una vía de escape: decidí obviar las paredes, pues la sala del trono estaba ubicada en el centro del palacio y tendríamos que abrirnos paso a través del único camino. Una hazaña imposible cuando nos superaban en número enormemente. Desvié la mirada hacia el techo abovedado y recordé las agujas decorativas y la estructura baja del exterior: una única capa de piedra nos separaba de la libertad.

Les hice señas a los demás para que levantasen sus escudos y fortalecí los que envolvían a mis padres. Acto seguido, tensé el arco, apunté hacia arriba y disparé una descarga de Fuego Celestial al techo. Esta dio en el blanco con un destello cegador y una telaraña de grietas recorrió la piedra con un estruendo inquietante. Una flecha de hielo —de mi padre— se precipitó hacia el techo tras la mía. El techo se sacudió y las grietas se extendieron aún más, dejando caer nubes de polvo. Me atraganté y tosí, en un intento por despejarme los pulmones, mientras los fragmentos de piedra caían como si fuera granizo; uno de ellos me atravesó el escudo y me arrancó un grito ahogado, pues me golpeó en el hombro. Otros escudos aparecieron por encima de mí, vibrando con la calidez de Liwei y resplandeciendo con la fría energía de Wenzhi... justo cuando una de las agujas se estrellaba a mis pies y se hacía añicos. A través del agujero del techo, vi que las oscuras aguas se ceñían alrededor de las barreras que recubrían la ciudad. Nunca antes me habían parecido tan acogedoras, ni el aire de aquel lugar se me había antojado jamás tan opresivo.

Los gritos resonaron en la estancia; los cortesanos que quedaban buscaban refugio. Los guardias ya no nos atacaban, sino que desplegaban su energía para crear escudos que protegieran a los más vulnerables. Me volví hacia la tarima y vi a la reina Suihe mirándome fijamente con una expresión cargada de odio. Jamás nos perdonaría los daños que habíamos ocasionado, y un escalofrío me recorrió al pensarlo.

Le di la espalda y corrí hacia mis padres. El viento brotó de mis dedos y urdió unas espirales de aire que nos elevaron a los tres; Shuxiao, Liwei y Wenzhi siguieron mi ejemplo. Atravesamos juntos el agujero del techo y aterrizamos sobre los alrededores del palacio. Me encontraba sin aliento, puesto que volar sin una nube requería un gran esfuerzo.

Por suerte, todo parecía en calma en el exterior. No se había dado la voz de alarma, tal vez porque en el salón del trono reinaba el caos. Sin embargo, los soldados de la reina podrían aparecer en cualquier momento, así como las tropas del emperador.

—Debemos ir con cuidado —advertí a los demás mientras nos acercábamos al pasadizo—. Si los guardias sospechan algo, sellarán el túnel... y es la única salida. Nos quedaríamos atrapados como unas luciérnagas dentro de un tarro.

Cuatro soldados custodiaban la entrada; no me sonaban de nada.

—¿Quiénes sois? ¿Qué asuntos os traen hasta aquí? —peguntó bruscamente uno de ellos.

—Somos invitados de la reina Suihe —respondí con toda la calma de la que fui capaz.

Otra guardia nos examinó y entornó los ojos.

—Su Majestad ha ordenado que el pasadizo permaneciese despejado para los invitados reales de los Cuatro Mares. Tendréis que esperar vuestro turno hasta que lleguen.

—La reina Suihe nos ha dado permiso para marcharnos hoy —dijo Shuxiao con una sonrisa.

Cuando la guardia negó con la cabeza, una luz brotó de la mano de Wenzhi y la alcanzó en un punto entre los ojos. Los demás soldados nos apuntaron con sus lanzas, pero Wenzhi desplegó sus poderes y los golpeó sin perder ni un instante. Los guardias cerraron los ojos y se desplomaron como si fueran trozos de cuerda.

—¿Por qué has hecho eso?

Coloqué la perla de Ping'er en la cuenca del ojo de la criatura tallada y la puerta se abrió.

Wenzhi se encogió de hombros.

—Eran maleducados y desconfiaban de nosotros. Mejor tomarlos por sorpresa.

Contemplé fijamente a los guardias inconscientes.

—¿Están...?

—Están dormidos. Te conozco y soy consciente de cómo prefieres proceder en este tipo de casos —respondió Wenzhi.

—No sabes nada de ella —dijo Liwei con frialdad mientras accedíamos al pasadizo.

—Ah, ¿no? —Wenzhi pretendía enfurecer a Liwei adoptando un tono burlón—. Xingyin y yo pasamos años juntos, nos enfrentamos a criaturas salidas de tus peores pesadillas y visitamos lugares que no podrías ni imaginar. Hemos acampado al aire libre, a los pies de los Dominios Mortales, nos hemos alojado en palacios y en tiendas. La conozco más de lo que la conocerás tú jamás, que te limitaste a estar con ella en un aula, rodeados de profesores.

Me puse como un basilisco al oír aquello y la rabia bulló en mi interior ante su arrogancia.

—Nada de lo que vivimos fue real; nada de eso tuvo el más mínimo significado.

—Fue real —dijo Wenzhi en voz baja—. A mí miénteme todo lo que quieras, pero no te mientas a ti misma.

Me dolía el pecho. Cuando me hablaba de aquella forma tan sincera, la barrera que había alzado contra él se desmoronaba un poquito más. Pero jamás me doblegaría, y esta vez sería más cuidadosa: mi corazón no podría soportar más dolor.

El ruido de la corriente atravesó el silencio, cada vez más fuerte; el muro de agua se alzaba ante nosotros: una mínima parte de la aplastante fuerza del océano. Alcé la perla de Ping'er y las aguas se abrieron. Recorrimos el pasadizo a toda prisa tras conjurar unas nubes que nos llevaran hasta la superficie; el fragmento de cielo en forma de círculo conformaba una imagen agradable.

El sol resplandecía, cálido y brillante, dando comienzo a su descenso. Mientras surcábamos las aguas, noté una brisa en el rostro, cargada de sal marina. Cerré los ojos e inhalé profundamente, pero entonces una fuerza invisible nos envolvió y tiró de nosotros hacia la orilla con tanta fuerza que caímos sobre la arena.

Me di la vuelta y me levanté de un salto; el deslumbrante resplandor del sol sobre la arena casi me cegaba. Noté que me recorría un escalofrío. No..., no era la playa lo que resplandecía, sino la armadura blanca y dorada de los soldados celestiales, encabezados por un inmortal que hacía girar una flauta de bambú entre sus dedos llenos de cicatrices.

22

—A rrodillaos frente a vuestro emperador y tal vez os brinde misericordia —ordenó Wugang.

Era incapaz de creer lo que veían mis ojos: llevaba una corona con incrustaciones de perlas sujeta con una horquilla con forma de dragón. Los soldados que estaban detrás de él agachaban la cabeza en un gesto de sumisión total.

—¿Emperador? —repitió Liwei, furioso—. Hablas con mucho atrevimiento, impostor.

La sonrisa de Wugang estaba cargada de malicia. Alzó el adorno de jade amarillo que llevaba colgado a la cintura; brillaba tanto que parecía de oro y tenía grabados dos dragones que rodeaban el sol. Solo una persona llevaba aquel sello; adueñarse de él estaba penado con la muerte.

—¿Cómo has conseguido el sello de mi padre? —El terror invadió la voz de Liwei—. ¿Qué le has hecho?

Guardó silencio durante un largo instante, exhibiendo un comportamiento deliberadamente cruel.

—De momento sigue vivo. Todavía me es útil, al igual que su corte. Debemos aparentar cierto orden. Sin embargo, los guardias y los criados que han seguido guardándole lealtad, que han intentado revelarse, no han acabado tan bien. —Wugang se encogió de hombros—. Por suerte, sus muertes bastaron para convencer a los más reacios.

Se me revolvió el estómago y me asaltaron las náuseas. Hablaba de aquellos asesinatos con muchísima facilidad, igual que le había arrebatado la vida a Ping'er sin más vacilación que la que mostraría al arrugar una hoja de papel. Aunque no podía afirmar con sinceridad guardarle respeto o cariño alguno al Emperador Celestial, aquellos que hacían daño a Liwei, también me lo hacían a mí. ¿Qué habría sido del general Jianyun y de la maestra Daoming? Me dije a mí misma que estarían bien; eran miembros importantes de la corte, por lo que resultarían rehenes muy valiosos. Y Minyi estaría a salvo en las cocinas. No me atreví a preguntar por ellos, no me atreví a dejarle saber que su seguridad me preocupaba, puesto que lo usaría en mi contra.

¿Qué había pasado? Los pensamientos se arremolinaron en mi mente a medida que encajaba las piezas: las extrañas palabras de la reina Suihe, el empeño de Wugang en difamar a Liwei, en aislar al Emperador Celestial de sus otros consejeros, asumiendo el control del Ejército Celestial. Había creído que su propósito era convertirse en su único confidente, en su heredero, no usurparle el trono al emperador, cuya posición había parecido siempre inalcanzable. Wugang se había asegurado de mostrarse siempre fiel al emperador, por lo que sus verdaderas intenciones habían quedado ocultas y nadie había sospechado nada. Lo había orquestado todo, no en nombre del emperador, sino para sacar provecho él mismo; para apoderarse de mi hogar y del laurel... y del poder que este podía otorgarle.

Wugang jamás les había perdonado al emperador ni a los inmortales la humillación que le habían infligido. Había esperado todo ese tiempo para llevar a cabo su venganza, al igual que había hecho con su esposa y su amante. Y aunque podía entender su dolor, aunque la Corte Celestial me era indiferente, aquellos que más me importaban se habían visto afectados por culpa de sus perversos planes; Wugang nos había destrozado la vida con la misma crueldad con la que los inmortales le habían amargado la suya.

—No eres más que un farsante, un vil traidor y un cobarde. —Liwei casi temblaba de rabia—. Mi padre confió en ti, te lo dio todo, ¿y así es como se lo pagas?

—Confiaba en mí porque acataba sus órdenes sin rechistar. Era su fiel *sirviente*. Me lo dio todo porque me había arrebatado lo demás, me obligó a abandonar los Dominios Mortales y a permanecer en este lugar maldito. Jamás olvidaré lo mucho que me atormentó cuando estuve a su merced; he esperado mucho para devolverle todo lo que me hizo.

—Te honró más que a cualquier mortal —dijo Liwei.

—¿Haciéndome inmortal? —Wugang dejó escapar una carcajada—. Qué arrogancia exhibís los de tu clase. No todo el mundo quiere vivir eternamente. Yo estaba conforme con mi antigua vida: con mi esposa, mi familia y mi trabajo, aunque a ti te parezca insignificante. Lo tuve todo hasta que uno de los tuyos me lo arrebató. Nos destrozó la vida por un capricho, por un momento de lujuria. Mi esposa no era más que un divertimento para él, pero los daños que causó fueron eternos: convirtió a mi amorosa mujer en una embustera despreciable, transformó todos mis sueños en pesadillas.

Respiraba de forma afanosa.

—Perdí el interés en todo. La desesperación me consumió y pensé incluso en quitarme la vida. ¿Pero por qué debía sufrir yo por los crímenes de *ambos*? Si la vida carecía ya de importancia para mí, ¿qué más daba si desafiaba a los dioses? Podría vengarme de aquella deshonra, hacerlos pagar. Haría que la vida valiese la pena. No he experimentado un momento mejor que cuando le corté la cabeza a ese inmortal. Yo, un indigno mortal. —Se aferró con fuerza a su flauta como si estuviera reviviendo el pasado—. ¿Crees que la inmortalidad es un don? Cuando nada te importa, es una *maldición*.

Intenté que la angustia de sus palabras no me afectara.

—¿Y qué hay de aquellos que han sufrido por tu culpa? Ping'er jamás te hizo daño y aun así la asesinaste. No eres mejor que aquellos a los que condenas.

Me descolgué el arco casi temblando y tensé la cuerda mientras una flecha centelleaba entre mis dedos. Los soldados se adelantaron y rodearon a Wugang; decenas de ellos, más de un centenar. A pesar de su aspecto pálido, el firme porte de los soldados no delataba miedo ni duda. Entorné los ojos intentando distinguir los rostros bajo los cascos; sin embargo el brillo que se reflejaba en sus armaduras resultaba demasiado cegador y la luz parecía bailar sobre su piel. Si disparaba la flecha, si nos atacaban, ¿podríamos huir?

—Yo no haría eso. —El tono de Wugang adquirió el matiz característico de un maestro al instruir a su alumno, y un poderoso escudo refulgió sobre su cuerpo.

Aparecieron dos soldados que llevaban a rastras a una inmortal. Llevaba el tocado torcido y tenía la túnica rasgada por un lado y llena de manchas oscuras. La Emperatriz Celestial. Me quedé de piedra y a Liwei se le entrecortó la respiración.

—¡Madre! —Liwei se dispuso a salir corriendo, pero yo me coloqué delante de él, con la flecha todavía lista.

—No —le advertí—. Es una trampa.

—Si lo que quieres es un rehén, yo ocuparé su lugar —gritó Liwei.

Reprimí una protesta y continué apuntando a los soldados. Estos hicieron caso omiso de la flecha; no mostraban ni un atisbo de aprensión.

—Qué hijo tan noble —rio Wugang—. Es una oferta muy tentadora. De esa forma me aseguraría de que *ella* tampoco hiciera nada estúpido. —Me lanzó una mirada cargada de maldad.

—Liwei, no te muevas —ordenó la emperatriz de forma tajante—. No estoy herida.

—¿Qué hace aquí mi madre? —exigió saber Liwei.

—Se la sorprendió intentando huir al Reino del Fénix. No podíamos permitir que hablase con la reina Fengjin y que esta le brindase el apoyo de su ejército. —La fría mirada de Wugang resplandeció como el bronce—. Me hiciste un gran favor al rechazar a su princesa. Fui capaz de aprovechar la grieta que se abrió entre ambos reinos… las desavenencias que se produjeron dentro de tu familia.

Reprimí un destello de culpa. Liwei no amaba a la princesa Fengmei y nada de lo que yo hiciera cambiaría eso. Wugang quería dividirnos aún más, sembrar la discordia, convertirnos en víctimas de su manipulación. Era su mayor habilidad. Contemplé a la Emperatriz

Celestial, atrapada entre los soldados. Aunque no tenía demasiadas ganas de rescatarla, Liwei no la abandonaría, y yo no pensaba abandonarlo a él.

—Mi mensajero me ha informado de que erais huéspedes de la reina Suihe. Aprenderá a elegir a sus acompañantes con más cuidado.

—La amenaza tiñó sus palabras; su repentino cambio de humor resultaba inquietante—. La reina tiene suerte de que no la castiguemos por daros refugio.

—La reina Suihe ignoraba nuestra situación. —No le debía gratitud alguna, pero era la verdad.

—A Su Majestad no se la engaña así como así. Te has vuelto más hábil; aún recuerdo lo bocazas que eras en la Corte Celestial, solicitándole al emperador peticiones de lo más burdas.

—Y yo recuerdo la serpiente taimada y complaciente que eras.

—Unas palabras muy atrevidas, a pesar del miedo que me atravesaba.

Al verlo tensar la mandíbula sentí una punzada de satisfacción, aunque sabía que mis insultos me saldrían caros. No era de los que olvidan un desaire.

Nos recorrió a todos con la mirada.

—Os agradezco que os hayáis escapado. Me habéis ahorrado la molestia de ir a buscaros.

—¿Cómo sabías que estaríamos en la playa y no debajo? —preguntó Shuxiao.

—Hay que saber en quien se confía —Wugang curvó los labios y gritó—. Os agradezco el consejo, Alteza. Habéis demostrado ser de utilidad.

Los soldados se separaron y dejaron ver al príncipe Yanxi, que agarraba con fuerza al príncipe Yanming de la mano. *Traidor*, me susurró una vocecilla en mi cabeza mientras notaba un nudo en el estómago. Sin embargo, el príncipe Yanxi me había ayudado antes sin tener ningún motivo. Y el terror se reflejaba en los ojos abiertos de par en par de su hermano; había visto la misma expresión en el Mar del Este, mientras huíamos de los sirenos. Wugang agarró al príncipe

Yanming y le puso las manos sobre sus hombros menudos. El príncipe Yanxi torció el gesto, invadido por el miedo.

Eran rehenes, no aliados.

Bajé el arco de golpe. No me atrevía a hacer nada que pudiera ponerlos en peligro. La muerte de Ping'er me había enseñado el significado de la pérdida.

Una nube tapó el sol y el resplandor nos dio un momento de tregua. Examiné a los soldados; las escamas doradas de las armaduras me resultaban tremendamente familiares, a excepción de los cascos que les cubrían el rostro. Y sin embargo... no eran soldados celestiales. Su piel no solo era pálida, sino que estaba salpicada de unas manchas de un blanco translúcido, como el hielo a medio descongelar. Sus facciones no se distinguían bien, eran como sombras en movimiento; rasgos tenues que se agitaban como reflejos en el agua. Unas venas luminosas les recorrían el cuello y se extendían por las mejillas y las sienes hasta desaparecer debajo del casco. Tenían dos huecos debajo de las cejas, donde dos pálidos orbes brillaban con un intenso halo. Me habían parecido ojos, pero no daban muestras de estar mirando nada ni de reflejar pensamiento alguno; vacíos, fijos y aterradores. Lo más desconcertante era la energía que emanaba de ellos y que hasta ahora había pasado por alto debido al tumulto anterior. Aunque las auras de los inmortales eran tan diferentes entre sí como las olas del mar, las de aquellos soldados eran idénticas, como unos ladrillos fabricados con el mismo molde.

Posé la mirada en un disco de jade engarzado en las escamas de la armadura, justo en la zona del corazón, si es que lo tenían. El disco tenía un único carácter grabado: 永. Eternidad. Una de las primeras palabras que mi madre me había enseñado a escribir. Aquello con lo que más soñaban los mortales, pero que constituía una pesadilla para Wugang.

Se metió la flauta en el cinto. La última vez que la vi, había sido un hacha monstruosa, y no me reconfortó nada que ya no considerara necesaria un arma. Los guantes que hasta entonces había llevado para taparse las cicatrices eran ya historia. Tal vez ya no temiera el desprecio de los demás.

Señaló a sus soldados.

—¿No son una maravilla? El ejército perfecto: Fuerte. Leal. Obediente.

—¿*Qué* son? —La respuesta asomó en el fondo de mi mente.

—Fíjate bien. ¿No reconoces a ninguno? —Adoptó un tono agudo a modo de invitación; apenas disimulaba el triunfo de su voz.

Escudriñé los rostros: todos ellos me eran desconocidos. ¿A qué se refería Wugang? Pero entonces posé la mirada en uno de ellos y me pareció reconocerlo vagamente: parecía uno de los soldados que nos había acompañado a Liwei y a mí al Bosque de la Eterna Primavera. Nos habían acompañado diez, pero ninguno había vuelto. No..., no podía ser él, a pesar de aquel escurridizo atisbo de familiaridad. Su rostro no transmitía el menor indicio de conciencia, y su expresión estaba a medio camino entre la de una persona viva y la de una muerta.

—Cómo te atreves. —A Liwei se le quebró la voz del asco—. Los celestiales caídos en combate reposan en el Cielo de la Armonía Divina, un lugar en el que reina la paz y donde descansa su espíritu inmortal. Solo entonces son capaces de alcanzar la verdadera tranquilidad y llegar a ser uno con el reino.

—Se cree que perturbar el sueño de los muertos y profanar la santidad de dicho lugar lleva acarreada una maldición. —Wenzhi entornó los ojos con desagrado.

—A los que ya están malditos les traen sin cuidado esas cosas —dije lentamente. El corazón de Wugang era estéril. Porque no le importaba nada ni a nada temía... y eso solo lo hacía mucho más peligroso.

La luz que emanaba de los ojos de los soldados despertó algo en mi interior, su pálido brillo se parecía al de...

—Las semillas de laurel —dije en voz alta, y retrocedí horrorizada—. Su poder era el de la regeneración y la curación, pero lo has corrompido de algún modo para llevar a cabo esto.

—¿Acaso los inmortales no están destinados a vivir para siempre en lugar de languidecer en una tumba? —se burló Wugang—. La resurrección es el mayor poder curativo de todos. El auténtico don de la eternidad.

Examiné los rostros inexpresivos de los soldados y las entrañas se me retorcieron como un nido de serpientes.

—Eres un monstruo. Lo que les has dado no es vida.

Ladeó la cabeza.

—Ah, no he sido yo solo.

—¿Qué quieres decir? —exigí saber.

Guardó silencio, sopesando su respuesta; rara vez dejaba de lado su faceta calculadora.

—En los Dominios Mortales hubo una vez un rey —dijo por fin—. Fue un gran conquistador, un político astuto, un valiente guerrero... que no le tenía miedo a nada, salvo a la muerte. Tras derrotar a todos sus enemigos, pasó el resto de sus días buscando el Elixir de la Inmortalidad.

Hablaba con la cadencia rítmica de un cuentacuentos y sus palabras me cautivaron en contra de mi voluntad.

—A este valiente rey le asustaba tanto la muerte que reunió un ejército que le protegiese en la otra vida. Durante décadas, innumerables trabajadores se esforzaron en crear miles de soldados de barro. Se les dio forma con arcilla amarilla, esculpiéndolos con sus propios rasgos distintivos, se les coció en los hornos, y después se los pintó y esmaltó. El ejército ideal, que cobraría vida y defendería a su monarca de todos los enemigos, incluso en la otra vida.

—¿De qué sirve un ejército de arcilla cuando uno se enfrenta a la muerte? —Me recorrió un escalofrío al imaginar todo el sufrimiento vivido para satisfacer la arrogancia ilimitada de un hombre y aliviar sus fútiles temores.

Wugang se apoyó la barbilla en los dedos.

—Ah, hablas como una inmortal privilegiada que jamás ha tenido que preocuparse por tales cosas.

—Me he enfrentado a la muerte. —Nos miramos a los ojos y noté un hormigueo en las cicatrices del pecho. Después de todo, había sido *él* quien había incitado al emperador para que me atacase.

—No de la misma manera. Todos los mortales, ya sean campesinos, guerreros o reyes, nacen con una única e inexorable certeza. Que, al margen de lo gloriosa o patética que sea su existencia, morirán. Ya sea debido a una enfermedad, a la guerra o a algún accidente, eso da igual, porque el resultado será el mismo.

Continuó hablando con la misma condescendencia, como si se tratara de una lección, una que no le había pedido. Lo dejé hablar. Wugang era muy reservado: era una oportunidad única para desentrañar el retorcido funcionamiento de su mente, para descubrir cualquier debilidad que pudiésemos aprovechar.

—Para los tuyos, la muerte no es inevitable. Es una elección, una apuesta, el camino que decides tomar. Le agradezco al rey mortal su clarividencia. Que haya inspirado... esto. —Extendió los brazos para abarcar a la totalidad de los soldados—. También corría el oscuro rumor de que los propios soldados del emperador habían sido sepultados vivos en el interior de aquellas cáscaras de arcilla. ¿Quién sabe? La tumba quedó extraviada hace mucho. No soy un monstruo. No conformé un ejército con gente viva, sino que me serví de los espíritus de los muertos. —Una expresión de avidez iluminó sus ojos—. Una pena que no le entregases al antiguo Emperador Celestial las perlas de los dragones. Habrían sido un maravilloso complemento para mi ejército tras morir a su servicio.

Me quedé helada. Me llevé la mano de forma involuntaria a la bolsa en la que guardaba la escama del Dragón Largo, pero la aparté enseguida. No involucraría a los dragones en los siniestros planes de Wugang.

Liwei tenía los puños cerrados y la boca tensa.

—Has violado todo principio de honor. A los muertos se los debe dejar reposar en paz, es una norma tan antigua como el propio reino.

—¿Honor? —La palabra brotó con fuerza de los labios de Wugang—. ¿Qué honor mostró mi esposa al burlarse de nuestra unión? ¿Y el inmortal cobarde que se acostó con ella a mis espaldas? Cuando por fin vengué el daño que sufrió *mi honor*, ¿fue justo que tu padre me gastase aquella cruel jugarreta y me convirtiese en el hazmerreír de su corte? —Levantó las palmas, llenas de cicatrices—. Hace mucho tiempo que aprendí que no merece la pena comportarse con honor. Ni tampoco sentir amor.

A pesar de su aparente indiferencia, se le quebró la voz; ¿sería pena? No sentiría compasión alguna por él. Al margen de lo que hubiese sufrido, solo él había tomado las decisiones posteriores. Había asesinado a Ping'er, destruido mi hogar, esclavizado a espíritus inmortales para crear un ejército de muertos. Su sufrimiento no era excusa para la maldad con la que había obrado.

—¿Por qué haces esto? —le pregunté con tanta firmeza como pude—. Ya te has vengado; tu esposa y su amante están muertos. ¿Por qué no rehaces tu vida en lugar de destruirlo todo?

—No están muertos —murmuró, como si hablase consigo mismo—. Sus gritos resuenan en mi mente. No me dejan en paz. Qué vergüenza me da haber amado a una mujer tan indigna. Alguien que me creía tan necio, tan insignificante, como para aceptar las migajas de afecto que me ofrecía mientras pisoteaba mi orgullo.

No era ajena al sufrimiento que provocaba el mal de amores, a la amargura que acechaba, impaciente por florecer.

—El amor es un privilegio, no una posesión. Somos incapaces de controlar nuestros sentimientos y aún más los de los demás. A veces amar significa dejar marchar; tanto por tu bien como por el de la otra persona.

—La respuesta de una necia. —La risa de Wugang sonó hueca—. Ahora soy el Emperador Celestial. Todos se arrodillarán ante mí y nadie se atreverá a despreciarme de nuevo.

Me estremecí al ver la ferocidad de su expresión. Pensé que estaba loco. Y si no, a punto de estarlo. No había nada que lo anclara a la realidad, que lo alejara del desastre. Incluso cuando sus facciones se suavizaron y una expresión calmada se deslizó sobre su rostro como el esmalte sobre la porcelana… no era más que un fino barniz, capaz de resquebrajarse ante la menor presión.

Wugang desvió la mirada hacia alguien que estaba detrás de mí.

—Houyi, el Destructor de los Soles. Me alegra verte.

Mi padre contempló a los soldados que nos rodeaban.

—No puedo decir lo mismo.

Wugang esbozó una mueca parecida a una sonrisa.

—Tenemos la oportunidad de cambiar el curso del futuro. ¿No quieres vengarte de los que conspiraron contra ti? Acéptame como emperador, júrame tu lealtad y la de tu familia... y te concederé el dominio de los Cuatro Mares. —Suavizó la voz, volviéndola más íntima—. Los que procedemos del reino inferior debemos unir fuerzas. ¿De quién vamos a fiarnos, si no? Desde luego, no podemos confiar en aquellos que nos trataron como a juguetes, bendiciéndonos o maldiciéndonos a su antojo.

Mi padre guardó silencio y Wugang prosiguió:

—¿No te alegras de que te reuniese con tu esposa?

Mi madre se puso rígida a mi lado.

—¿*Tú* enviaste la nota?

Wugang asintió de forma sombría.

—Me alegré de contribuir a vuestro reencuentro.

—Lo hiciste en beneficio propio, para desacreditar a mi madre y poder apoderarte de nuestro hogar —dije enfurecida, y casi temiendo que las palabras de Wugang pudiesen hacer mella en mi padre, que hasta el día anterior había sido mortal y había acumulado décadas de resentimiento contra el Emperador Celestial por haberlo engañado. Pero incluso si mi padre sintiera la inclinación de aliarse con Wugang... el talador seguiría siendo siempre mi enemigo.

—No me uniré a ti. No me gustan tus métodos —dijo mi padre sin rodeos—. Has atacado a mi esposa y a mi hija. Has asesinado a su querida amiga. Has profanado el lugar de reposo de los difuntos. Hay líneas que nunca deberían cruzarse.

—Qué decepción. —El veneno impregnaba el tono de Wugang—. Te creía el gran hombre que contaban las leyendas: ambicioso, despiadado e incisivo. Una espada afilada al máximo. Y ahora te encuentro romo y mellado. Tan patético como los mortales entre los que viviste, presa de una falsa moralidad y de emociones inútiles. En el pasado esgrimías el poder de los dragones: podrías haber aplastado a tus enemigos, desafiado al Emperador Celestial, tomado las riendas del reino. Pero elegiste una vida de aislamiento, situándote en una posición vulnerable. No es de extrañar que no alcanzases la grandeza entonces. No es de extrañar que sigas sin alcanzarla. Tal vez la gente conozca tu nombre, pero ¿ostentas en realidad algún poder? El amor te ha hecho *débil*.

La ira me abrasó las venas. Estuve a punto de abalanzarme sobre él, pero mi padre me detuvo posándome la mano en el brazo.

—No hace falta que luches por mí. —Se volvió hacia Wugang con la espalda totalmente erguida—. Cada uno elige su camino. En mi caso, elijo a mi familia en lugar de esas tropas inconscientes que te acompañan. Ningún soldado que sea íntegro estará dispuesto a seguirte, pues tienes el corazón de un cobarde: atacas en la oscuridad y temes a los disidentes; ansías la obediencia cuando no has hecho nada para merecértela. Has creado este ejército porque eres incapaz de ganarte la lealtad de los vivos. Aunque nunca te traicionarán, tampoco te respetarán, honrarán ni amarán.

Wugang curvó los labios.

—Hablas como un mortal en el ocaso de su vida, como un soldado a punto de colgar la espada. Tu esposa y tu hija son una carga. Por suerte, yo no cuento con nadie que me lastre. Si no te unes a mí, deberás rendirte. Si no eres mi aliado, serás mi enemigo.

Miré a mi padre, cuya pétrea determinación era un reflejo de la mía. Tras él, Liwei y Shuxiao negaban con la cabeza, al igual que Wenzhi. No, no íbamos a rendirnos. Sin embargo, al examinar a la horda de soldados que teníamos delante, me invadió el temor de que algo les pasase a mis seres queridos, los cuales se encontraban en aquella playa. Porque si no nos rendíamos, tendríamos que enfrentarnos a ellos, y no sabía si seríamos capaces de ganar.

Capté un movimiento sutil: el príncipe Yanxi ladeó la cabeza hacia Wugang. Estaba desesperado por liberar a su hermano, al igual que yo. Mientras Wugang tuviera al príncipe Yanming en sus manos, no podríamos atacar.

—Deja de mentirte a ti mismo, Wugang. —Fui deliberadamente maleducada y me dirigí a él con el nombre que tanto despreciaba. Algo destelló en sus ojos antes de desaparecer bruscamente. Había creído que detestaba su nombre porque le recordaba a sus raíces mortales, pero tal vez le traía recuerdos de todo lo que había perdido: sus padres, su familia, su esposa asesinada.

»Dices que te alegras de no ser presa del amor, pero *envidias* a aquellos que lo tienen —dije lentamente—. Asesinaste a quien más amabas, tu familia y tus amigos han muerto. Y ahora permanecerás solo toda la eternidad.

Mis palabras fueron despiadadas, pues pretendía provocar a Wugang para que actuase con temeridad, pero aun así estaban cargadas de vergüenza. Hundió los dedos más profundamente en los hombros del príncipe Yanming y al chico se le escapó un grito ahogado antes de morderse el labio.

La rabia estalló en mi interior a unos niveles peligrosos.

—Atácame si te atreves. ¿O prefieres esconderte detrás de un niño incluso teniendo a tus tropas cuidándote las espaldas?

Wugang dejó escapar un gruñido. Le dio al príncipe Yanming un fuerte empujón y lo tiró al suelo. Unas ondas de luz azul brotaron de las palmas del príncipe Yanxi y derribaron a los soldados que lo custodiaban; acto seguido, ayudó a su hermano a ponerse en pie y ambos echaron a correr hacia nosotros.

Levanté el arco, aunque mi padre ya le había lanzado una flecha a Wugang. Este se hizo a un lado y la descarga de hielo golpeó al soldado que estaba detrás... y se rompió en pedazos, como si se hubiera estrellado contra una piedra. El soldado ni siquiera se inmutó, no profirió ni un solo grito.

Un fulgor plateado asomó a las pupilas de Wenzhi. Al lanzarles a los soldados una resplandeciente oleada de poder, una expresión de repulsión cruzó su rostro.

—No poseen mente alguna a la que confundir, ni corazón al que infundir miedo. No se les puede aturdir ni adormecer. Y tampoco puedo leerle el pensamiento a Wugang. Ha venido preparado y se ha protegido.

Más soldados cerraron filas en torno a Wugang, mientras el resto se dirigía hacia nosotros. Sus guandao destellaron; una hoja curva plateada con el borde dentado montada sobre una larga vara de jade pulido. Se desplazaban como el viento, tan rápidos como una tormenta de arena. Un ejército letal.

El miedo me agarrotó los dedos, pero me obligué a curvarlos y disparé una flecha que se precipitó hacia el hombro del soldado más cercano. Una llamarada de fuego celestial le recorrió el brazo, dejando grietas a su paso hasta que la extremidad se le desprendió con un ruido seco. No salió ni una gota de sangre, aunque una humedad translúcida apareció en la piel del soldado. La criatura no se detuvo, aparentemente ajena a la pérdida del brazo e inmune al dolor o al miedo.

La Emperatriz Celestial se zafó de sus captores, y unas llamas carmesíes le brotaron de las palmas. Achicharró a unos cuantos hombres, que se detuvieron, y ella echó a correr hacia nosotros. Un soldado fue tras ella, pero yo le disparé una flecha y se la clavé en el muslo. La criatura se sacudió y cayó al suelo, donde se retorció mientras la luz crepitaba a su alrededor.

Liwei corrió hacia su madre, mientras las llamas ondulaban a lo largo de su espada. Un soldado saltó frente a él y alzó la guandao, pero yo le clavé una flecha en el disco de su armadura. El jade se fracturó y Liwei lo atravesó con la espada; las llamas envolvieron el cuerpo de la criatura y su pálida piel se derritió como la cera. Una luz deslumbrante brotó del pecho del soldado, el luminoso resplandor de una semilla de laurel, que se encontraba anidada donde debería estar el corazón. ¿Se la habría colocado Wugang? ¿De ahí provendría el poder de las criaturas? El soldado se tambaleó entonces; era el primer indicio de dificultad que presenciaba. Las manchas de su piel se espesaron —como el hielo al endurecerse en un lago— y el soldado se desplomó entre sacudidas; el brillo que emergía de las cuencas de los ojos se atenuó. Unas espirales de polvo dorado se deslizaron desde su cavernosa garganta y se elevaron en el aire, aunque no tardaron en desaparecer entre los rayos de sol. Deseaba con todas mis fuerzas que el espíritu volviera a hallar la paz que le había sido arrebatada... a pesar de que una oleada de alivio me recorrió de arriba abajo.

Aquellos soldados no eran invulnerables; se los podía destruir.

—Romped los discos de jade para llegar hasta las semillas de laurel de dentro —les dije a los demás—. Son vulnerables al calor, al fuego y a los rayos... usad lo que podáis.

Le lancé el Arco del Dragón de Jade a mi padre; su arco no le era de utilidad, pues la naturaleza del laurel era fría. Lo atrapó al vuelo; cerró la mano alrededor del mango con práctica facilidad. El arco se asentó entre sus dedos de una forma que solo había hecho conmigo. Mi padre tensó la cuerda y el Fuego Celestial centelleó entre sus dedos y salió disparado hacia el enemigo. Eché mano de la magia para protegernos a mis padres y a mí, y el resto hizo lo mismo. Desenvainé la espada y recorrí la hoja con el dedo, canalizando mis poderes hasta que esta desprendió un fuego bermellón.

Formamos un estrecho círculo: Liwei y el príncipe Yanxi estaban a mi derecha y Wenzhi a mi izquierda. Mi padre se hallaba al otro lado, con Shuxiao y la Emperatriz Celestial. Mi madre estaba situada en el centro junto al príncipe Yanming, y mientras, los soldados nos rodeaban como una serpiente monstruosa, encerrándonos en el interior de sus espirales. El aire se ondulaba con la fuerza de su energía al golpear nuestros escudos, los cuales permanecían en pie, aunque parecía que nos estuviesen golpeando en las tripas.

Era un enfrentamiento torpe, convulso y brutal. Liwei y yo lanzábamos llamaradas de fuego, mi padre, rayos, y Wenzhi y el príncipe Yanxi desviaban los ataques que recibíamos. Nos resultaba muy difícil herirlos, como si estuviésemos raspando una piedra con un trozo de madera. Y, aun así, los soldados siguieron avanzando, con la piel humeante, a pesar de perder extremidades por el camino... hasta que noté un calambre de horror en las tripas.

—¡Cuidado!

Me di la vuelta justo cuando Wenzhi hundía la espada en el soldado que estaba frente a mí y golpeaba el disco de la armadura. La punta arañó el jade mientras Wenzhi se aferraba a la empuñadura con fuerza y se le ponían los nudillos blancos del esfuerzo. Me agarré a su mano y canalicé mis poderes hacia su espada; las llamas brotaron a lo largo del metal y penetraron en el pecho del soldado. El disco de jade se agrietó y se rompió, dejando escapar un tintineo, y la espada de Wenzhi atravesó su cuerpo limpiamente.

No retrocedimos, sino que seguimos lanzando una lluvia de relámpagos y llamaradas de fuego. Poco a poco, más soldados fueron cayendo, la luz de sus ojos se desvaneció y los cuerpos se resquebrajaron como el cristal hasta que la playa quedó cubierta de fragmentos brillantes y el aire se iluminó con polvo dorado.

Sin embargo, ¿cuánto más podríamos resistir? Nuestros movimientos eran cada vez más lentos y yo notaba ya las extremidades entumecidas. Hacía un buen rato que nuestra formación se había deshecho; nos encontrábamos dispersos, formando una delgada línea entre el mar y las tropas de Wugang. No teníamos ninguna estrategia, ningún plan de ataque. Éramos un pelotón torpe y atolondrado: una impetuosa estocada por aquí, un golpe rápido por allá. El general Jianyun nos habría lanzado el libro a la cabeza si hubiera presenciado nuestra desastrosa actuación. Pero lo único que podíamos hacer en aquel momento era continuar luchando y hacer todo lo posible para seguir con vida.

Mi madre profirió un grito ahogado. Me di la vuelta y la vi sola y desprotegida mientras dos soldados se abalanzaban sobre mi padre. Un destello captó mi atención, y vi que una guandao se dirigía hacia ella con infalible precisión. Me lancé hacia allí, con un grito tomando forma en la garganta, pero entonces el arma se detuvo. El soldado ladeó la cabeza, con los ojos aún más brillantes, como si estuviera prestando atención a algo que solo él podía oír.

De pronto, se dio la vuelta y se abalanzó sobre Wenzhi. Este alzó la espada y desvió el golpe con el rostro invadido por la tensión. A medida que más soldados se acercaban, nuestros escudos se resintieron contra la implacable horda. El miedo me inundaba, pero me obligué a reprimirlo. Cada soldado que abatíamos era uno menos contra el que luchar.

Wenzhi retrocedió un paso con la respiración agitada.

—Han fracturado el escudo —advirtió. Mientras desplegaba su energía para rehacerlo, una guandao atravesó la zona dañada y se hundió en el hombro de Shuxiao. Una luz blanca crepitó a lo largo de la cuchilla mientras yo me lanzaba hacia ella y agarraba el mango para poder arrancársela. El arma se deslizó desde su interior con un sonido húmedo; la sangre recubría el metal, que había dejado a su paso una herida abierta. Me di la vuelta y atravesé al soldado en el pecho con la espada, haciendo añicos el disco de jade y vertiendo en la herida regueros de fuego. La criatura se estremeció antes de caer inerte al suelo.

Shuxiao tomó una profunda bocanada de aire mientras el cuerpo se le sacudía. Le apreté la mano, estremeciéndome al notar lo fría que estaba su piel.

—¿Estás bien?

Asintió, aunque la incomodidad le hacía fruncir el ceño. Liwei se agachó a su lado y le pasó la mano por la herida. La sangre dejó de manar, pero ella permaneció con el rostro ceniciento.

—Ten cuidado —advirtió Liwei—. Sus armas poseen una magia extraña que nos debilita. Es una suerte que se la hayas extraído enseguida. Se propaga como una enfermedad mortal, aunque son nuestros poderes los que se ven perjudicados y no nuestro cuerpo. Si no se cura, acabará drenándole la energía y agotará su fuerza vital.

—¿Puedes curarla? —La voz me temblaba.

Frunció el ceño.

—Aquí no. De momento lo he contenido, pero no aguantará mucho.

Shuxiao tenía la mirada vidriosa y la respiración agitada. Le apreté la mano con más fuerza.

—No te fuerces. Descansa. No dejaré que te pase nada.

A pesar de mis palabras, la desesperación me invadió. No podíamos ganar aquella batalla. Teníamos que huir, ¿pero cómo? *Los dragones*, me susurró una vocecilla en mi cabeza. No podían enfrentarse a aquellas criaturas, pero nos ayudarían a escapar. Aunque no quería tener que involucrarlos en el asunto con Wugang, no dejaría que Shuxiao muriese. Rebusqué en mi bolsa y rocé con los dedos el dragón de papel que el príncipe Yanming me había regalado antes de cerrarlos en torno a algo frío y plano. La escama del Dragón Largo.

Sumérgela en líquido para llamarnos, me había dicho.

Apreté los dedos alrededor de su fino borde y este me rasgó la piel. Froté la escama con la sangre, resbaladiza y cálida, que goteó.

Oí un leve grito a lo lejos. ¿Era el príncipe Yanming? Levanté la mirada y vi que los soldados los rodeaban a él y a su hermano. En medio del tumulto, no me había fijado en que habían acabado separados de nosotros. El terror se apoderó de mí al ver que un soldado se acercaba silenciosamente al príncipe Yanxi por detrás. Las llamas brotaron de mi mano y la criatura se echó hacia atrás para esquivarlas. Girando el brazo con elegancia, el soldado blandió la guandao en dirección al príncipe Yanxi; mi grito de advertencia se transformó en un aullido, las entrañas se me arrugaron como un papel quemado, pero entonces alguien se lanzó frente a la espada, con los bracitos aferrados alrededor de la cintura del príncipe Yanxi. Qué cálidos y suaves me habían parecido cuando me había abrazado. Hubo gritos y las armas chocaron, pero lo único que oí fue una especie de chapoteo horrible cuando la guandao atravesó el pecho del príncipe Yanming y esparció su sangre por la arena como si de lluvia se tratara.

23

La cuchilla chisporroteó y una descarga recorrió el cuerpo del príncipe Yanming; el hedor de la carne chamuscada colmó el aire. Apenas unas horas antes, había comentado que estaba más alto y ahora... tenía un aspecto de lo más frágil, con aquella enorme guandao sobresaliéndole del pecho. La sangre se acumuló y él se agarró la herida, de un rojo brillante. Su pequeño cuerpo convulsionó; tenía los ojos tan abiertos que un anillo totalmente blanco le rodeaba los iris.

El príncipe Yanxi profirió un grito gutural mientras se abalanzaba sobre el soldado y le atravesaba las tripas con una única y feroz estocada. La criatura se quedó rígida y se aferró a la guandao todavía con más fuerza.

—¡Sácale la cuchilla!

Corrí hacia ellos, sintiendo náuseas al ver que la amenazadora descarga todavía recorría al príncipe Yanming.

El príncipe Yanxi apartó al soldado y le arrancó a su hermano la guandao del pecho. El jadeo del chico, a medio camino entre un suspiro y un grito, me perforó como un clavo en el cráneo.

Cuando los soldados celestiales empezaron a acercarse a mí, aparté todo pensamiento, consumida por la rabia. Desplegué mis poderes y una tormenta me brotó de los dedos y derribó a todo aquel con el que se cruzó. Un uso imprudente de energía, un derroche que no podía permitirme, pero me daba igual, lo único que me importaba era llegar al príncipe Yanming.

Una ráfaga se arremolinó en el aire, un torbellino de agua y viento. El pelo me azotó la cara y unas gotas frías salpicaron por todas partes al tiempo que los Cuatro Dragones emergían de las profundidades del océano y cubrían el mismísimo cielo. Carmesí y amarillo, perla y negro, serpenteando en el aire con una elegancia majestuosa; la monstruosa presión que producían sus auras se acrecentaba a medida que descendían hacia la playa. Hundieron las garras doradas en las blancas arenas, que se ondularon a su paso como la niebla.

Oí unos gritos detrás de mí. Una refriega, el sonido del metal al chocar, antes de que los soldados se detuvieran de golpe, como si se hubieran convertido en piedra. Me di la vuelta y vi a Wugang sujeto con unas resplandecientes bandas de hielo y a Wenzhi apoyándole la espada en la nuca. Siempre al quite para aprovechar la oportunidad, debía de haber capturado a Wugang durante la confusión anterior. Los soldados miraron inexpresivos a Wenzhi y a su amo, a quien obedecían como si fueran marionetas.

Alcancé al príncipe Yanming, me arrodillé a su lado y lo agarré de la mano. Me recorrió un escalofrío al notarla rígida y fría. Su resplandor juvenil se desvanecía a toda velocidad, como las ascuas moribundas de una llama.

Sentí una presión tan fuerte en el corazón que creí que me iba a estallar.

—¿Por qué? ¿Cómo? —Ignoraba a quién me dirigía o qué respuesta buscaba... solo sabía que aquello era brutalmente injusto y que no estaba nada bien. Habría dado cualquier cosa por arreglar la situación.

—Los soldados nos separaron. —El príncipe arrugó la cara al hablar—. No debería haberme enfrentado a ellos; deberíamos haber echado a correr. La seguridad de Yanming tendría que haber sido lo más importante.

No encontré palabras para consolarlo, pues mi propio sentimiento de culpa me inundaba por completo. Wugang había venido a por *nosotros*; el príncipe Yanming era inocente, simplemente se había visto envuelto en el enfrentamiento. Se encontraban aquí por el tumulto que habíamos causado en el Mar del Sur. Incluso habían intentado ayudarnos... y una parte de mí deseaba que no lo hubiesen hecho. No había nada que compensase aquello.

Los cuerpos se amontonaban, pero ya no era capaz de distinguir a los aliados de los enemigos. Lo único que veía era un rostro tan pálido como la luna y unos ojos azules oscureciéndose. Una boca que temblaba al intentar hablar.

Agaché la oreja y percibí la calidez de su frágil aliento.

—No... te traicionamos. Nos encontraron. No te enfades.

Su palabras me sacudieron hasta la médula.

—Ya lo sé. —Intenté sonreír, pero me temblaban los labios—. No me enfado. Nunca me enfadaré contigo.

Le agarré con fuerza los dedos y eché mano de mis poderes, sin saber muy bien qué hacer a continuación. Podía curar heridas como cortes o quemaduras. Pero no aquella escarcha letal que brotaba de su interior, socavándole la fuerza vital.

Alguien me tocó el hombro y la calidez me sorprendió en medio de tanto frío. Liwei se arrodilló y le agarró la mano al príncipe Yanming.

La esperanza renació. La magia vital de Liwei era mucho más poderosa que la mía.

—Ayúdalo —le supliqué, aunque ya había desplegado sus poderes.

—Ten cuidado, Liwei. —La voz de la emperatriz sonaba muy lejana—. Asegúrate de no agotarte.

Quería hacerla callar y al mismo tiempo repetir su advertencia. No pretendía intercambiar una vida por otra, solo quería salvar al príncipe Yanming.

Los dragones se acercaron a mí; el sol vespertino encendía las escamas carmesíes del Dragón Largo e iluminaba sus garras doradas.

Posaron sus ojos ambarinos en los resplandecientes restos de los soldados que había apilados a nuestro alrededor como fragmentos de mármol tallado.

¿Qué eran esas criaturas?, el tono del Dragón Largo era suave y feroz a partes iguales y fluía con la pureza cristalina de un manantial de montaña.

—Espíritus celestiales a los que han sacado del Cielo de la Armonía Divina y resucitado —respondí de forma apática.

Los dragones se alzaron sobre sus patas traseras y sus crines ondearon al viento.

Un acto monstruoso. ¿Cómo ha sido posible?

—Por el laurel de la luna —respondió Wenzhi.

Ahh. Un suspiro cargado de dolor.

El silencio nos envolvió. El Dragón Largo desvió la mirada hacia mi padre con un destello de reconocimiento. Los demás dragones se quedaron inmóviles y la curva de sus mandíbulas se hizo más amplia. Como si fueran uno, inclinaron la cabeza hacia él, una imagen que me conmovió, incluso estando sumida en la desesperación. No habían conocido a mi padre siendo mortal; lo único que sabían del gran arquero Houyi eran las historias que habían oído durante su encarcelamiento.

Mi padre hizo una reverencia, devolviéndoles el respetuoso saludo a los dragones.

—Sí —dijo en voz baja, respondiendo una pregunta que le habían dirigido solo a él—. He vuelto.

La voz del Dragón Negro resonó entonces en mi mente:

Me alegro de haberme equivocado. Me alegro de que tu padre esté vivo.

—Habéis cumplido vuestra promesa; vuestra deuda está saldada —les dijo mi padre a los dragones—. Jamás debisteis estar ligados a las perlas. Si mis poderes no hubieran quedado debilitados, os habría liberado en cuanto os recuperasteis. Me avergüenzo de haberme vuelto complaciente y haberme conformado con el modo en que se desarrollaron las cosas.

—Qué escena tan tierna —se mofó Wugang—. Una reunión de viejos amigos, o más bien, de antiguos sirvientes con su amo.

Entorné los ojos con odio; el impulso de vengarme de él constituía un bálsamo momentáneo a mi dolor. Con una estocada en el cráneo, Wenzhi pondría fin a su abominable existencia. No nos hacía falta vivo; los dragones podían ayudarnos a huir de sus soldados.

276 SUE LYNN TAN

Crucé la mirada con Wenzhi. La misma marea oscura surcaba la mente de ambos, y él se aferró con más fuerza a la empuñadura de su espada. Habíamos quitado de en medio a otros monstruos por menos al servicio del Ejército Celestial.

—Soltadme. —La voz de Wugang vibraba con repentina urgencia. Puede que por fin se hubiera dado cuenta de que no íbamos a tener piedad con él—. Si me hacéis daño, mis soldados os destruirán.

—No son rivales para los dragones —mentí, pues sabía que los dragones no podían matar.

Por suerte, los dragones no me delataron, y el Dragón Negro abrió las fauces y le mostró dos filas de colmillos horriblemente afilados.

—Mis soldados estarán a la altura —repuso Wugang—. Los dragones son criaturas de agua. Su magia no puede dañar a mi ejército.

—Son capaces de hacerlos pedazos —repliqué.

—Si me matas, mi ejército asolará los Dominios Inmortales. —Wugang hablaba con toda solemnidad—. No quedará nadie en pie: acabarán con vosotros, con el antiguo Emperador Celestial, y con todo ser vivo del Palacio de Jade, del Reino Celestial y de más allá.

—¿Y cómo van a hacer eso si estás muerto? —preguntó mi padre.

Wugang contempló el sol, que ya se embarcaba en su ardiente descenso.

—No soy tan imprudente como para presentarme aquí sin asegurarme de poder salir ileso. Mis soldados no han atacado todavía porque su único propósito es garantizar mi seguridad. Pero si me *hacéis daño*, si seguís amenazándome y reteniéndome prisionero, se abalanzarán sobre vosotros como unos chacales sobre su víctima. Si no vuelvo al Palacio de Jade al anochecer, el primero en morir será el antiguo emperador. Miles de soldados arrasarán el reino y no dejarán a nadie con vida.

—¿Asesinarías a todo el mundo *después* de tu muerte? —dijo mi madre con un tono cargado de horror, haciéndose eco del mío propio.

—¿Qué más me da si los Dominios Inmortales acaban abrasados? Recordad que las vidas de todos no están en mis manos, sino en las vuestras.

Las tripas se me encogieron, pero reprimí el miedo.

—¿Miles de soldados? No tienes suficientes semillas de laurel.

—Oh, ya lo creo que sí. —Esbozó una amplia sonrisa mientras volvía la cabeza hacia el príncipe Yanming con deliberada malicia—. Y a veces, solo hace falta una para causar estragos.

Respiré hondo, intentando reprimir el impulso de golpearle. Hice memoria: la noche que huimos de nuestro hogar, un aluvión de semillas de laurel se precipitó al suelo...

No miente al hablar de su ejército, dijo el Dragón Largo. *Hemos percibido una perturbación en el Reino Celestial, la presencia de un enorme poder, distinto a cualquier cosa con la que nos hayamos topado... hasta hoy.*

Se me revolvió el estómago al pensar en la devastación con la que amenazaba Wugang, ¿pero cómo íbamos a dejarlo marchar? Miré a Liwei, que seguía atendiendo al príncipe Yanming; tenía la frente arrugada en señal de concentración mientras hacía fluir sus poderes.

—Es una amenaza sin fundamento —le dijo Wenzhi con frialdad a Wugang—. Aunque dispusieras de tantos soldados, ¿qué certezas hay de tus otras afirmaciones descabelladas?

—Ponme a prueba —lo retó Wugang con convicción—. ¿Te arriesgarías a equivocarte? ¿Acaso no me crees capaz?

La espada de Wenzhi destelló y le arañó la piel a Wugang; la sangre manchó el metal. Los soldados se incorporaron como si fueran uno solo y volvieron la cabeza hacia Wenzhi; sus ojos irradiaban aquella luz espeluznante mientras dirigían hacia nosotros las guandao. Wenzhi aflojó la presión sobre la espada con expresión sombría y los soldados bajaron las armas de golpe, a pesar de que siguieron clavándole sus miradas vacías.

—¿Te apetece volver a intentarlo, *capitán*? —se burló Wugang.

—¿Qué quieres? —exigió la Emperatriz Celestial.

—Dejadme marchar con mis soldados y nadie saldrá herido. —Wugang le lanzó una mirada indiferente al príncipe Yanming y yo cerré los puños—. Al menos, nadie más. Meditadlo con cuidado; mi oferta es generosa, y expira al anochecer.

Se dirigió a la Emperatriz Celestial.

—No te queda mucho tiempo, a no ser que prefieras que tu esposo sufra un final prematuro y el reino acabe devastado. ¿O deseas en secreto su caída por el daño que te ha causado?

La emperatriz se irguió.

—No todos creemos que la infidelidad deba ser castigada con la muerte.

Un gorgoteo captó mi atención. Volví la mirada al príncipe Yanming y la sangre se me heló de miedo.

—Lo siento, Xingyin —dijo Liwei en voz baja—. Se le ha agotado la fuerza vital. Es imposible restablecerla.

—Sigue vivo. Haz algo. *Lo que sea.* —Mi desesperación me volvía odiosa.

—De momento aguanta gracias a la energía que le queda, pero no tardará en desvanecerse. —La palabra *morirá* se sobreentendía.

Una idea insoportable, una cruel realidad. El príncipe Yanming apenas había raspado la superficie de un ciclo de vida mortal. La angustia se apoderó de mí, la misma impotencia desgarradora que había sentido cuando Ping'er murió.

El príncipe Yanxi le acarició la mejilla a su hermano.

—Aguanta, hermanito. Te llevaré a casa. Te pondrás bien. —Sonrió con calidez, aunque percibí la mentira en el modo en el que se le quebró la voz.

El príncipe Yanming curvó los labios.

—A casa. Con mamá. —Tomó una temblorosa bocanada de aire—. No dejes que se ponga demasiado triste.

Me doblé sobre mí misma, sintiendo como si alguien me hubiera hundido el puño en el vientre. Él *sabía* que se estaba muriendo; no podíamos ofrecerle ningún consuelo, ni mentiras ni promesas huecas. Cerré los ojos y desplegué mis poderes con vacilación. Confiaba en Liwei, pero tenía que intentarlo. Sumergí mi conciencia en el cuerpo del príncipe Yanming y evalué la opacidad de su sangre, que ahora carecía del resplandor propio de los inmortales. Su fuerza vital, que se encontraba escondida en las profundidades de su mente, ya no era deslumbrante y brillante, sino turbia y tenue. Le arrojé mi energía, deseando que prendiera como una chispa en la yesca. Una vez y otra, pero era inútil, mis poderes resbalaban como las olas al chocar contra una roca. Estaba sin aliento y con los nervios crispados por la fatiga. Oí los suaves sollozos de mi madre... ¿Cuánto tiempo llevaba llorando?

No podía salvarlo. Nadie podía.

Caí de espaldas, deseando hundirme en la arena. Deseando cerrar los ojos y dejar que el entumecimiento se apoderase de mí y me hiciese olvidar aquella agonía implacable. Y entonces... lo dejé estar. Había fallado a Ping'er. Había fallado al príncipe Yanming. No era ninguna heroína.

Mientras el príncipe Yanxi abrazaba a su hermano y le murmuraba unas palabras que no pude oír, mi padre me hizo un gesto.

—Debemos decidir qué hacer con Wugang.

Me obligué a aparcar a un lado la tristeza, pues todavía corríamos un grave peligro. La pena era una indulgencia que no podía permitirme. Mi espíritu clamaba por darle muerte a Wugang en represalia por aquellos a los que les había arrebatado la vida, pero fui incapaz de pronunciar las palabras; mi parte más sensata procuraba obrar con moderación para salvar a todos los que pudiéramos.

—¿Qué hay que pensar? ¡Soltadlo! —gruñó la Emperatriz Celestial—. Matará...

—Majestad Celestial —exclamó Wenzhi desde donde se encontraba—. Dudo que muchos de los aquí presentes fuésemos a llorar la pérdida de vuestro esposo. Últimamente se ha ganado unos cuantos enemigos. —Le dio a Wugang un golpecito con la espada—. Ofrécenos algo más, algo que tenga valor real: por ejemplo, disuelve tu ejército.

Liwei apretó los puños mientras se ponía en pie, pero yo le tiré de la manga en señal de advertencia. Wenzhi era experto en sondear a un oponente sin la ayuda de un arma, en arañar alguna que otra verdad, en descubrir el punto débil de un enemigo para obligarlo a ceder.

Wugang se echó a reír.

—No me tomes por idiota. Al príncipe celestial sí le importa el destino de su padre y, por eso mismo, también le importa a la hija de la Diosa de la Luna. —Esbozó una sonrisa burlona—. Y *tú* no obrarás en contra de sus deseos.

Me ruboricé al oír su insinuación, pero la expresión de Wenzhi permaneció inescrutable.

—Te olvidas de lo que soy capaz; no antepongo la razón al corazón. ¿Qué más me da a mí que el emperador muera? Me es más indiferente que su hijo.

Sus frías palabras me atravesaron. Aunque no era nada que no supiera ya, y sería una necia si creyera otra cosa.

—Sé de lo que *eras* capaz —dijo Wugang de forma críptica—. Te advierto que el ejército no obedecerá a otra persona que no sea yo. Ni se detendrán en el Reino Celestial, asolarán los Dominios Inmortales, incluso tus tierras y la de los mortales.

Wenzhi apretó la mandíbula.

—Pon fin a tus viles ambiciones, devuelve a los espíritus a su lugar de reposo y te dejaremos marchar. No tomaremos represalias. Podrás empezar una nueva vida, tendrás una segunda oportunidad para hacer algo de provecho…, aunque no te lo mereces.

—No. —Los ojos de Wugang eran dos trozos de hielo enfangado—. Prefiero morir con la certeza de haber satisfecho mis ambiciones y haber cumplido mi venganza que volver a empezar sin nada. Que los reinos acaben reducidos a cenizas si no puedo gobernarlos. No me asustas. He sobrevivido a mis peores pesadillas.

Levantó la mirada hacia el cielo cada vez más oscuro.

—El sol está a punto de ponerse. ¿Me dejaréis marchar o arriesgaréis la vida de todo el mundo? Puede que algunos sobreviváis. No todos, desde luego. Por no mencionar a los inocentes que habitan los reinos y cuya sangre manchará vuestras manos.

Reprimí una exclamación de protesta, el violento impulso de hacer sufrir a Wugang. Matar jamás me había producido satisfacción, pero en aquel momento habría acabado con él sin vacilar, habría disfrutado al ver su rostro retorciéndose bajo el crepitante Fuego Celestial, sumido en un tormento que conocía perfectamente. Sin embargo, no sería más que un desahogo inútil, una venda para una herida supurante que no tenía cura.

Busqué con la mirada a Shuxiao, que yacía en el suelo, alerta pero en silencio; un anillo púrpura le rodeaba los ojos, como si los tuviera amoratados. No teníamos alternativa; había demasiado en juego. Nos superaban en número y éramos vulnerables, pues habíamos quedado debilitados. Aunque escapáramos con la ayuda de los dragones... no podría cargar con las incontables muertes que se producirían en el Reino Celestial y los demás reinos. Ni siquiera con la del emperador, aunque solo fuese por Liwei.

Había perdido. *No*, me recordé a mí misma. Aquello no había terminado. Y si ganar entrañaba dejar que pereciesen innumerables inocentes... la victoria no sería tal.

—Haz que tus soldados se retiren y márchate. Dejarás que nos vayamos y no nos perseguirás —dije lentamente.

—Por ahora —accedió Wugang—. Tenéis un día de tregua.

—Nos dejarás en paz para siempre —exigí—. No queremos saber nada más de ti.

—Jamás accederé a eso —dijo con firmeza.

—¿Por qué no? —me quejé—. ¿Qué más quieres de nosotros?

No dijo nada, sino que se limitó a mirarme con aquellos ojos pálidos suyos. No iba a ceder ni nos iba a decir nada más.

—Una semana —repliqué. Se me ocurrió otra idea; una compensación, por pequeña que fuera—. Y dejarás en paz al Mar del Este. No les tendrás en cuenta este enfrentamiento.

—Muy bien. Su agravio se ha saldado con sangre. No habrá más represalias a menos que intenten algo en mi contra. —Wugang volvió la cabeza hacia el sol—. ¿Estamos de acuerdo?

—¿Cómo sé que no faltarás a tu palabra? —Una lección que me había enseñado la Emperatriz Celestial.

—Lo juro por el honor de mis padres. Los que me dieron la vida y a quienes aprecio aunque ya no estén. —Se llevó un puño al pecho—. Si rompo el juramento, que sus espíritus no hallen nunca la paz, que me atormenten durante toda la eternidad.

Le creí. Por mucho que me repatease, la muerte de Wugang no les devolvería la vida a aquellos que habíamos perdido y, al menos, contábamos con unos días de tregua. Cuando Wenzhi le apartó la espada del cuello y las bandas que lo maniataban desaparecieron, Wugang regresó a la seguridad que le ofrecían sus soldados. Lo rodearon de inmediato e inclinaron la cabeza, aferrándose a las guandao y listos para obedecer sus órdenes. Durante un instante, temí que faltase a su palabra, salvo que todavía conservaba una pizca de honor a pesar de haberse burlado antes de dicha virtud. Unas nubes descendieron hasta la playa, él se subió a una de un salto y su ejército salió volando tras él.

El príncipe Yanming dejó escapar una tos semejante a un gorgoteo. Me arrodillé junto a él. Las palabras brotaron de mis labios atropelladas; una oleada de terror me invadió, pues se nos acababa el tiempo.

—Lo siento, prometí mantenerte a salvo.

—Y eso hiciste. —Se pasó la lengua por los labios, tremendamente agrietados y pálidos. Le costaba respirar más que antes; cada dificultoso resuello era como una puñalada en el pecho—. Nunca te pregunté cómo eran los dragones.

¿Es que no los veía? ¿Había empezado la muerte a nublarle la vista, cubriéndolo con un manto de oscuridad? No podíamos salvarlo..., pero tal vez pudiésemos brindarle un último destello de alegría.

Me volví hacia los dragones e hice una profunda reverencia.

—Por favor, el chico os necesita.

Los dragones se aproximaron; sus enormes cuerpos taparon la curvatura roja del sol. La arena nos salpicó cuando azotaron el aire con la cola. El príncipe Yanming me soltó la mano con repentina impaciencia y la extendió hacia ellos. Abrió la boca, aunque ninguna palabra emergió de sus labios; no obstante, una intensa expresión de anhelo le iluminó la mirada al posarla en las magníficas criaturas. El Dragón Perla, con sus luminosas escamas del color de la luz de la luna; el Dragón Largo, ardiente como las llamas; el dragón de la noche más oscura y el que era tan dorado como el sol veraniego.

—¿Podéis salvarlo? —La desesperación impregnó la voz del príncipe Yanxi, al tiempo que se arrodillaba en señal de reverencia.

No poseemos dicho poder. Un dolor infinito reverberaba en aquellas palabras.

El Dragón Largo apoyó la cabeza con suavidad en la frente del príncipe Yanming; escamas carmesíes en contraste con una piel cenicienta. Un escalofrío recorrió el cuerpo del muchacho, aunque de deleite, según percibí. Se soltó de su hermano, que estaba agarrándole la otra mano, y se abrazó al cuello del dragón sin el menor atisbo de miedo.

—Sois reales —susurró el príncipe Yanming, apoyando la mejilla en la mandíbula del dragón mientras los demás se acercaban y formaban un círculo a nuestro alrededor. Una lágrima le rodó desde el rabillo del ojo y se desvaneció en la arena.

No tengas miedo, pequeño, le dijo el Dragón Largo, que tuvo la misericordia de dejarnos escuchar sus palabras. *Velaremos por tu espíritu. Podrás quedarte con nosotros tanto como desees o pasar a formar parte del mar cuando tú quieras.*

Los dragones se inclinaron hacia el chico con los ojos ambarinos iluminados y una amable sonrisa en las fauces. En respuesta, el príncipe Yanming les devolvió una sonrisa tan cálida y hermosa que un arrebato de optimismo floreció en mi interior. Pero entonces cerró los párpados y dejó caer los brazos, inertes, a los costados. Un leve suspiro abandonó sus labios y su aura se extinguió como la llama de una vela tras consumirse la mecha. Solo quedaron el silencio y el dolor devastador que me invadió el corazón.

24

Nos había dejado. Tenía la piel fría y las extremidades, laxas. Su resplandor se había extinguido como un farol apagado. El príncipe Yanxi se inclinó sobre el cuerpo de su hermano, con los hombros sacudiéndosele de dolor.

—Lo siento. —Aquellas palabras no eran más que un tenue eco del dolor que me embargaba. Quería decir muchas más cosas, pero era incapaz; cada frase inane se desmoronaba como la arena bajo mis pies. ¿Cómo iba a aplacar su dolor cuando yo misma me ahogaba en ese sentimiento? Había querido al príncipe Yanming durante el breve periodo que lo había conocido, mientras que su hermano llevaba queriéndolo toda la vida.

—Debemos marcharnos. Puede que Wugang cambie de opinión y vuelva. No debemos confiar ciegamente en que actuará con honor —advirtió Wenzhi.

—Lo llevaré a casa.

El príncipe Yanxi deslizó los brazos por debajo de los hombros y las rodillas de su hermano y lo acunó con firmeza mientras se levantaba lentamente. Clavó la mirada, sin brillo, en el rostro del príncipe Yanming, que permanecía anormalmente inmóvil, una máscara mortuoria que llevaría siempre.

Me invadió el impulso de acompañarlo, de presenciar el entierro del príncipe Yanming en el Mar del Este. Un impulso egoísta; no debía aprovecharme de su hospitalidad ni darles más quebraderos de cabeza, pues el reino iba a estar de luto.

Respiré de forma entrecortada y me arañé el labio con los dientes. Ya me había despedido; no podía pedirle más. Cerré los dedos de forma instintiva en torno al dragón de papel que el príncipe Yanming me había hecho; los bordes conservaban aún su firmeza. *Un recuerdo,* me rogó una vocecilla en mi cabeza. *Algo con lo que rememorarlo.* Sin embargo, no me hacía falta; permanecería vivo para siempre en mi corazón. Con los dedos temblorosos, metí el dragón de papel en la mano inerte del príncipe Yanming. Me incliné, posé los labios sobre su fría frente... y lloré. Las lágrimas me anegaron los ojos y me rodaron por las mejillas. Respiraba de forma entrecortada y con pesadez. Pues nunca más volvería a abrazarme, nunca más volvería a oír su alegre risa.

—Gracias —dijo en voz baja el príncipe Yanxi—. A Yanming le habría gustado. Siempre hablaba de los dragones. Sus historias eran las que más le gustaban.

El Dragón Perla se deslizó hacia él; sus escamas brillaban como nieve plateada.

Era un espíritu excepcional. Me encargaré de llevarlo en este último viaje. Os llevaré a los dos.

El príncipe Yanxi vaciló antes de hacer una reverencia.

—Será un honor.

El Dragón Perla agitó las crines, y una bruma envolvió a los príncipes del Mar del Este y los levantó hasta su espalda. El príncipe Yanxi se apoyó la cabeza de su hermano en el pecho con delicadeza. Qué tranquilo se lo veía; las pestañas, curvas como una medialuna, le rozaban las redondeadas mejillas. Ojalá pudiera engañarme a mí misma y decirme que estaba dormido, aunque ni siquiera en sueños habría permanecido tan quieto. El Dragón Perla se elevó en el cielo con un elegante salto y partió rumbo al Mar del Este. Me quedé contemplándolos hasta que se los tragó la oscuridad. ¿Se había puesto el sol? No me había fijado, pero ahora las estrellas nos iluminaban.

La Emperatriz Celestial miraba a los otros dragones con los labios fruncidos.

—Vamos, Liwei. Debemos marcharnos al Reino del Fénix. Estas criaturas no son de fiar; guardan rencor a tu padre.

—*No* son como vos —dije, embargada por la emoción—. Aunque tienen todo el derecho a estar molestos por su encarcelamiento, no son vengativos ni rencorosos. No os harán daño.

La ira destelló en sus ojos, pero me dio la espalda como si yo no hubiera dicho nada.

—Venerables dragones —dijo mi padre—. Debemos detener los abominables planes de Wugang. ¿Qué sabéis acerca de estas criaturas y los poderes del laurel lunar?

El Dragón Largo contempló los cuerpos mutilados sobre la playa con la mirada encendida; eran como una reluciente abominación que hubiera arrastrado la marea.

Nunca imaginamos que el laurel lunar pudiese ser utilizado para tales fines. Su poder es el de la regeneración y la renovación. Emplearlo para esclavizar a espíritus inmortales, apoderándose de la vida misma, es una vil perversión. Hay que detener a Wugang.

Me obligué a abrirme paso a través de la desesperación.

—Estos soldados son vulnerables al calor, pero aun así, no resulta sencillo derribarlos. Si el ejército de Wugang es tan grande como él afirma, la destrucción que causarán en los reinos será inimaginable.

—Su ejército depende de las semillas de laurel que tenga —comentó Wenzhi—. ¿Cuántas puede haber?

Me vino a la cabeza la imagen del resplandeciente árbol.

—Tantas como las estrellas del cielo.

No olvidéis que las semillas se regeneran aunque hayan sido arrancadas, advirtió el Dragón Largo. *Este horror no tendrá fin.*

—Wugang no podrá ampliar el ejército con tanta rapidez —intenté convencerme también a mí misma—. Tuvo que golpear el árbol con todas sus fuerzas antes de que dejara caer una semilla. Fue una casualidad que la última vez pudiera recoger tantas...

¿Casualidad? El Dragón Largo ladeó la cabeza de manera pensativa.

Las entrañas se me retorcieron como una hoja marchita. No había querido recordar nada acerca de la noche en que murió Ping'er; era reacia a ahondar demasiado en ello, a revivir el horror, los remordimientos y la pena. Pero ahora, me obligué a dejar vagar los recuerdos: la sangre de mi madre salpicando el laurel, las semillas precipitándose al suelo... el brillo en la mirada de Wugang al ordenar que la capturasen. ¿Y qué había de las extrañas palabras de antes, cuando había afirmado que no era el único creador de los soldados? Me clavé los dedos en la sien y afloraron más recuerdos: Wugang talando el laurel, las cicatrices de sus palmas volviéndose a abrir con cada golpe. Mi madre llorando en el bosque. Las dos imágenes se fusionaron mientras la sangre y las lágrimas de uno y otro se vertían sobre el luminoso árbol y se filtraban en sus raíces, su corteza... sus semillas.

Una oleada de pánico brotó en mi interior.

—Madre, el soldado de antes no te ha atacado.

—He tenido suerte —dijo ella lentamente—. Se ha detenido, casi como si me hubiera reconocido.

—Madre, Wugang se refería *a ti*.

Abrió mucho los ojos, igual que un ciervo asustado.

—¿A qué te refieres?

Suavicé el tono y la agarré de la mano.

—El general Jianyun dijo que las semillas de laurel no existían antes. Se dice que las lágrimas de algunos inmortales contienen parte de su poder. Todas aquellas noches que te pasaste llorando en el bosque... Las semillas brotaron de *tus* lágrimas.

Ella meneó la cabeza con firmeza.

—No. Imposible.

No quería tener razón, pero no podía ignorar los hechos.

—El laurel tiene parte de ambos. La sangre de Wugang es capaz de dañar el árbol y con la tuya se pueden cosechar las semillas.

La voz me tembló por las palabras que acababa de pronunciar y sus contundentes implicaciones: Wugang no nos perseguía por despecho, venganza u orgullo, sino porque mi madre, la Diosa de la

Luna, era el centro de todas sus conspiraciones y no pensaba descansar hasta apoderarse de ella.

—Yo no poseo magia alguna. ¿Cómo voy a ser la causante de algo así? —Se había quedado totalmente pálida, como si estuviera a punto de enfermar.

—Todos los inmortales poseen magia que se manifiesta de diferentes formas —explicó Liwei—. No significa que tu poder sea maligno, nada es intrínsecamente maligno en origen. Puede que ni siquiera seas consciente de que habita tu interior. De algún modo, el poder que le brindaste al laurel sin pretenderlo ha quedado contaminado, probablemente por culpa de Wugang.

Wugang no había querido que descubriésemos su auténtico propósito. Por eso nos había arrebatado nuestro hogar, nos había perseguido y había intentado aliarse con mi padre. Jamás nos dejaría marchar… y por eso debía acabar con él.

Mi padre le pasó un brazo a mi madre alrededor de los hombros.

—Si Wugang te captura, será capaz de recolectar todas las semillas que quiera. Su ejército será imparable y él gobernará la tierra y los cielos durante toda la eternidad. —Se volvió hacia los dragones—. ¿Nos prestaréis vuestra ayuda, amigos míos?

El Dragón Largo no respondió de inmediato. ¿Estaría consultando la cuestión con sus hermanos? Su voz resonó en mi mente y me sobresaltó; a mí y a todos, por las expresiones pasmadas de los demás.

Os ayudaremos en lo que podamos, aunque nuestras acciones se ven limitadas. Este poder es mucho mayor que el nuestro. Debemos proteger a toda costa a la Diosa de la Luna. El dragón guardó silencio y posó en mí su mirada ambarina.

El mal debe ser eliminado de raíz. Cortar las ramas del árbol no bastará.

¿Me hablaba solo a mí? Con qué claridad había interpretado el Dragón Largo mis intenciones: mi propósito egoísta de permanecer al margen de los problemas, de huir con mi familia, con la esperanza de que nunca nos encontraran. ¿Qué les debía yo a los Dominios Inmortales? Construiríamos un nuevo hogar en el mundo de abajo. Sin embargo, si Wugang lograba su objetivo, no estaríamos seguros en ningún sitio. No había nadie más peligroso que él, ya que no creía en nada, ni en las tradiciones ni en la historia ni en el honor. Carecía incluso de la preocupación innata que demostraba la reina Suihe por su pueblo. Cualquier atisbo de compasión o amor que pudiera haber existido alguna vez en su interior se había extinguido hacía tiempo, pues el odio le había consumido el corazón. Se nutría de la muerte y de la miseria; parecía anhelarlas. No le importaba si los reinos acababan derrumbándose con él. No conoceríamos la paz mientras alguien como Wugang reinase.

¿Por qué ansiaba el poder? Lo ignoraba. Tal vez porque no le quedaba nada más.

Noté cómo me invadía un gran pesar, un profundo malestar. Ya no podía permanecer al margen, esperando que el mal y las desgracias no nos afectasen. Ya lo había hecho antes y ahora... Ping'er y el príncipe Yanming ya no estaban entre nosotros. Sus muertes no serían en vano. Si lo dejábamos vagar a sus anchas, aquel mal se apoderaría del reino, devorándolo todo a su paso hasta que solo quedasen los gritos de los atormentados y el silencio de los muertos.

No se trataba de ningún honor; no quería cargar con aquello. Pero si me quedaba de brazos cruzados, lo perdería todo y a todos a los que amaba. Capté un destello de determinación en la mirada de mi padre y me alegré de no estar sola. Protegeríamos a mi madre juntos.

—Debemos destruir el laurel. —Hablé con la voz clara, sin dejar entrever el miedo que se desplegaba en mi interior, la tristeza que reverberaba como la cuerda de un instrumento al tocarla. El laurel había formado parte de mi infancia y le tenía mucho cariño. Sin tener la culpa de nada, había sido el receptor de toda una vida de sufrimiento debido al odio de Wugang y el pesar de mi madre.

—¿Es posible? —preguntó Shuxiao. Se movía con lentitud y el color le había abandonado el rostro; me invadió la urgencia de ponerla a salvo.

El Dragón Largo cerró los ojos, como sondeando sus propios pensamientos.

La naturaleza del laurel es fría, como la de aquellos que extraen la fuerza de la luna. Para destruirlo, necesitaríais las llamas más potentes de los dominios.

—¿Dónde podemos encontrarlas? —preguntó Wenzhi.

—¿En el Reino del Fénix? —me aventuré a decir—. Aquellos que dominan el fuego provienen de allí.

El Dragón Largo guardó silencio e inclinó la cabeza hacia la emperatriz.

—Madre, ¿puedes ayudarnos? —preguntó Liwei.

Consideré más probable que me hiciera pedazos, pero, sin duda, entendería que pararle los pies a Wugang tenía prioridad sobre todo lo demás. Al permanecer callada, dejé que mi voz adquiriese un matiz de desdén.

—Tal vez no sepáis nada al respecto. Quizá solo la reina Fengjin tenga la respuesta.

—Sé más que una ignorante como tú —siseó—. Te equivocas; lo que buscáis no está en el Reino del Fénix. La Pluma de la Llama Sagrada crece en la coronilla del ave del sol.

Ave del sol. Las palabras resonaron en el silencio y mi padre hizo una mueca de dolor. No creía que se arrepintiera de haber salvado los Dominios Mortales, pero eso no significaba que se regodease de su victoria.

—El ave del sol reside en la Aromática Arboleda de Moreras, los dominios de Lady Xihe. —La mirada de Wenzhi era penetrante y evaluadora—. Dudo que Su Majestad Celestial se entristezca si a la diosa le diese por atacarnos.

Tendría motivos para ello. Lady Xihe era la Diosa del Sol. Madre de las aves del sol; y mi padre había matado a nueve de ellas.

La emperatriz curvó los labios.

—No te atrevas a mirarme de ese modo. No soy ninguna embustera, al contrario que tú, espía traicionero. —Se volvió hacia mi padre—. Seguro que el asesino de mis parientes recuerda el día que los mató. Has sentido la potencia de su calor. Has visto las plumas de las que hablo.

Dejó escapar una carcajada quebradiza.

—Por tu culpa solo queda una, cuando antes eran diez. Mereces tener que arrastrarte ante Xihe y suplicarle misericordia, ser testigo del sufrimiento que le causaste a su familia.

Retrocedí un paso sin querer.

—Lady Xihe jamás nos ayudará, ni aunque los Dominios Inmortales acaben reducidos a cenizas.

—Pero debemos intentarlo —dijo mi padre con seriedad.

—¿Dónde está la arboleda? —le preguntó Liwei a su madre—. He oído que no es fácil acceder a ella.

—Sigue el rastro del descenso del sol, el sendero que el carro solar recorre al regresar a casa. Debes darte prisa y no quedarte rezagado. De lo contrario, tendrás que esperar al día siguiente. —La emperatriz hablaba lentamente, como desenterrando recuerdos del pasado.

Había estado muy unida a Lady Xihe —su relación había sido tan estrecha como la de dos hermanas— hasta que las aves del sol fueron asesinadas estando bajo su protección.

¿Y qué hay de la llave, Majestad Celestial?, insistió el Dragón Largo.

—¿La llave? —repitió Liwei.

Se confeccionaron tres llaves para tres amigas íntimas. Una se la quedó Lady Xihe; otra, la reina Fengjin. Y la última se le entregó a Su Majestad Celestial. Acceder a la Aromática Arboleda de Moreras sin llave ni invitación comporta la muerte.

—Pensaba contároslo. —Las mejillas de la emperatriz se tiñeron de rojo, pero yo ya había lidiado con embusteros mucho mayores. Tal vez el odio que sentía hacia mí fuera tan intenso que era incapaz de disimularlo, incapaz de decidir si prefería verme muerta o contribuir a una causa en su propio beneficio.

—¿Por qué no nos ayudáis? —le pregunté sin rencor—. Me detestáis y me consideráis inferior a vos. Pero Wugang me arrebató mi hogar y ahora os ha arrebatado el vuestro. Amenaza todo lo que nos importa, el reino en su totalidad. Detenerlo debería ser la prioridad.

—No me hace falta tu ayuda para eso —gruñó.

Liwei se interpuso entre ambas.

—Nos hace falta toda la ayuda posible.

El Dragón Largo me contempló fijamente y dirigió sus palabras únicamente a mí.

Las nueve aves del sol abatidas eran arrogantes, egoístas y caprichosas, pero no merecían aquel destino. Aunque tu padre les ahorró a los mortales una auténtica catástrofe, no debes olvidar que las aves del sol también tuvieron la mala suerte de verse involucradas en aquella farsa: ellas, en uno de los extremos, y tu padre, en el otro. A uno se le engañó con falsas promesas y las otras se vieron obligadas a pagar un precio imposible.

Hasta entonces, las aves del sol no me habían dado ninguna pena y les había echado la culpa por haber atormentado al mundo. Que el dragón me recordase que habían sido jóvenes e insensatas, que tenían una familia que todavía las lloraba... me hizo sufrir, pues yo había saboreado la amargura de la pérdida. Y sin embargo, mi dolor era incomparable con el pesar de una madre.

El dolor de Lady Xihe es inmenso, su rabia no ha quedado saciada, prosiguió el dragón. *Hierve cada mañana cuando el sol ilumina el cielo, ruge mientras lleva a la única hija que le queda en la carroza y recuerda a los que perdió. Vibra en los feroces latigazos con los que azota a su montura. Antes no era cruel, pero la tristeza le ha endurecido el corazón. El odio más poderoso es el que se infecta sin ser saciado.*

¿Por qué me cuentas esto?, le pregunté en el silencio de mi mente, sin querer que los demás se percatasen.

Solo tú eres capaz de aplacar el dolor de Lady Xihe. Solo tú puedes compensar los daños. La arboleda es el hogar del sol y, sin embargo, lo único que han conocido todas estas décadas es la oscuridad.

¿Cómo?, inquirí, casi suplicante. *¿Qué satisfaría a Lady Xihe excepto la muerte de mi padre o la mía?*

La muerte no tiene por qué pagarse con la misma moneda, pero hay que poner fin a la cadena de venganza y sofocar el odio engendrado... de lo contrario, arderán hasta convertirse en una llamarada desenfrenada que resultará catastrófica en estos momentos, cuando el mundo se encuentra al borde de su destrucción.

El dragón estiró el cuello hacia el cielo.

¿Quién hubiera imaginado que el destino de los reinos dependería de una única pluma? Alivia el sufrimiento de la Diosa del Sol. No dejes que el talador la convenza para que se alíe con él o la devastación lo asolará todo.

Oí la voz de mi padre.

—¿Qué ocurre, Xingyin?

—Padre, no debes ir —dije con rapidez, evadiendo la pregunta—. Lady Xihe no te mostrará piedad. Allí no estarás a salvo.

—Tampoco tendrá piedad contigo —me recordó.

—A mí no me conoce, pero a ti y a madre os reconocerá de inmediato —razoné—. Vuestra presencia solo la enfurecerá más. No tienes tus poderes; no podrás defenderte de ella. Deberíais marcharos a un lugar seguro con Shuxiao.

Venid con nosotros, se ofreció el Dragón Largo. *Nos encargaremos de los heridos.*

—¿Podéis curarla? —le pregunté al Dragón Largo.

Sí, aunque tardaremos un tiempo en purificar su sangre.

Incliné la cabeza.

—Os lo agradezco.

Me agaché junto a Shuxiao y le agarré la mano.

—Nos veremos muy pronto, amiga mía.

Sonrió débilmente.

—Cuenta con ello.

El Dragón Largo volvió la cabeza hacia mi padre.

¿Volverás a casa?

Mi padre asintió y me tendió el Arco del Dragón de Jade, y yo lo acepté tras vacilar un instante. Me recorrió una sensación de alivio al saber que permanecerían a salvo con los dragones.

El Dragón Largo se enderezó y azotó el aire con la cola. Una bruma luminosa se desplegó, envolvió a mis padres y a Shuxiao y los elevó hasta situarlos sobre su lomo. Cuando alzó el vuelo, vi que mi madre y Shuxiao permanecían rígidas, con los puños apretados, mientras mi padre no mostraba ninguna inquietud; debía de haber montado sobre los dragones innumerables veces.

Llamamos unas nubes para marcharnos. Cuando me dirigí a la nube de Liwei, Wenzhi me agarró del brazo sin apretar. Antes de poder zafarme, Wenzhi lanzó una mirada significativa en dirección a la Emperatriz Celestial.

—¿Prefieres ir con ella?

Se me revolvieron las tripas solo de pensarlo. Mientras me acercaba a la nube de Wenzhi, la expresión cautelosa de Liwei me remordió la conciencia. En cuanto ya nadie pudo vernos, me zafé de Wenzhi, a pesar de que su contacto —el de cualquiera— resultaba reconfortante en medio de todo aquel océano de dolor.

El viento soplaba de manera incesante, y yo agradecí el estruendo porque me permitió ahogar mis pensamientos. Wenzhi guardó silencio al principio, percibiendo, tal vez, que no estaba de humor para charlas.

—No te eches la culpa, Xingyin —dijo por fin—. La muerte del príncipe Yanming ha sido un accidente, una desgracia. Nadie podría haberla previsto. Tal vez haya sido cosa del destino, como dirían los mortales.

—No —dije con fiereza, y una llama prendió en mi interior—. No creo en el destino ni en la suerte ni en dejar que las cosas sigan su curso. Si así fuera, seguiría sirviendo a una mujer indigna del Reino Celestial, mi madre seguiría presa en la luna, mi padre habría muerto en los Dominios Mortales y… Ping'er y el príncipe Yanming seguirían vivos.

La opresión que notaba en el pecho se acrecentó.

—Si no hubiéramos huido, si hubiera matado a Wugang entonces. Si no hubiera acudido al Mar del Sur…

—Basta. —Wenzhi me agarró por los hombros con voz apremiante—. ¿Te equivocaste al querer proteger a tu familia, al querer recuperar lo que era tuyo? ¿Acaso deberíamos habernos rendido en la playa y haber permitido que Wugang nos hiciera prisioneros? Nos habría matado a todos… antes o después.

—Al príncipe Yanming, no. —Mi voz sonaba hueca—. Habría estado a salvo.

—¿Habrías intercambiado su vida por la de tu madre? ¿Por la de tu padre? ¿Por la de Shuxiao? ¿O... por la de tu amado? —Eran preguntas brutales, imposibles de responder, pero me sacaron del pozo de desdicha en el que estaba sumida, brindándome un momento de descanso.

Suavizó el tono.

—No asumas cargas que no te corresponden. Los actos de Wugang no son cosa tuya; habría ido tras el laurel y tu madre de todas formas. El príncipe Yanming ha muerto protegiendo a su hermano. De no haberlo hecho, el príncipe Yanxi habría muerto en su lugar; habría sido igual de horrible. No olvides que fue decisión suya, al igual que Ping'er tomó la decisión de salvar a tu madre. No menosprecies sus sacrificios; hónralos. No permitas que hayan muerto en vano. No dejes que esto acabe contigo.

—He cometido muchos errores. —Tenía la voz tomada por la emoción reprimida.

—Xingyin, nadie es infalible. Apóyate en el pasado para guiar tu presente, pero no dejes que se apodere de ti. Aprende de tus errores y no dejes que se conviertan en un punto débil. —Acercó la cabeza a la mía, con la voz cargada de intensidad—. Has hecho cosas buenas. Salvaste al Ejército Celestial. Liberaste a los dragones..., aunque confieso que en aquel momento me enfureció. —Esbozó una sonrisa irónica antes de volver a ponerse serio—. Has reunido a tus padres. Has luchado por lo que creías que era correcto cuando muchos otros se habrían rendido.

Me mordí el interior de la mejilla; su inesperada amabilidad derribó mis últimas barreras.

—Llora —dijo Wenzhi en voz baja—. Deja salir el dolor.

Estaba deshecha por dentro, como la noche en que me precipité al Reino Celestial, sola y asustada; como cuando el compromiso de Liwei, e incluso la traición de Wenzhi, me dejaron el corazón hecho pedazos. No sabía cómo, pero su lógica implacable y su empatía frenaron el torrente de desesperación en el que había estado ahogándome. Las lágrimas brotaron entonces y fluyeron en una corriente silenciosa... por todos aquellos a los que había perdido, por todo lo que ya no tenía remedio. Jadeé de forma entrecortada y me permití aquella debilidad, ya que no podía contenerla más.

Puesto que era incapaz de disipar el temor de que, al margen de lo que hiciera, la muerte y el sufrimiento me acompañarían con la misma certeza con la que la noche seguía el rastro del crepúsculo.

PARTE
III

25

El sol se había transformado en una brasa carmesí. Esperamos en nuestras nubes, ocultos a la vista y con el aura enmascarada. No era fácil llegar a la Aromática Arboleda de Moreras; la primera vez habíamos tardado demasiado, el sendero se había oscurecido ante nosotros y se había formado una barrera impenetrable que no pudimos atravesar. Desde que los días de tregua que nos había brindado Wugang habían llegado a su fin, jamás bajábamos la guardia por miedo a que nos descubrieran. Una tarea complicada, cuando la cabeza me volvía siempre al mismo punto y yo no dejaba de ver al príncipe Yanming entre los brazos de su hermano. Y cuando cerraba los ojos para deshacerme de aquellas abrasadoras imágenes, el frágil resuello del príncipe reverberaba en mis oídos.

—Xingyin, prepárate —advirtió Liwei.

Una ráfaga de energía sacudió el aire y un reluciente carro de jade blanco pasó a toda velocidad. Salimos disparados tras este y nuestras nubes jaspearon el cielo mientras seguíamos la estela de calor, manteniéndonos ocultos y a la vez asegurándonos de no quedarnos atrás. El fénix volaba a una velocidad impresionante, cada una de sus plumas conformaba una lengua de fuego que se retorcía y las chispas se desperdigaban a su paso como un manto de estrellas. Una majestuosa inmortal montaba a lomos de la criatura; llevaba el cabello negro recogido en un tocado de oro y topacio y una túnica bermellón que ondeaba al viento. El fénix tenía un resplandeciente arnés atado al cuello y ella llevaba la correa enrollada alrededor de la mano. Al echar el otro brazo hacia delante, unos látigos de llamas se desplegaron y azotaron al fénix. La criatura profirió un chillido y avanzó a toda velocidad, arrastrando la carroza por detrás.

Aquel arranque de velocidad nos había pescado desprevenidos la vez anterior, pero en esta ocasión estábamos preparados y nuestras nubes tomaron impulso para seguirle el ritmo. El telón del crepúsculo descendía ya y el resplandor del carro se desvanecía. Por primera vez, vislumbré claramente a la criatura que se cobijaba en su interior: un ser de luz incandescente.

El ave del sol, la última que quedaba. La tristeza se apoderó de mí al imaginar la existencia de la criatura, tan solitaria como lo había sido mi infancia, pero con el dolor añadido de ser consciente de lo que había perdido. ¿Reviviría en su mente las horrorosas imágenes de sus hermanos al ser abatidos, cuando cayeron del cielo, con las alas inmóviles, y su luz se desvaneció del todo? Yo había experimentado la agonía de perder a un ser querido, pero no me atrevía a imaginar la pérdida de nueve de golpe. Mi padre había salvado el mundo, pero también le había arrebatado a una familia sus queridos niños. Un acto de grandeza no mitigaba el sufrimiento causado, pues el amor no podía cuantificarse ni pesarse.

Todos los héroes eran villanos para el otro bando... y a ellos, mi padre debía de parecerles el mayor monstruo de todos.

Justo en frente, se alzaba un luminoso muro de mármol amarillo que rodeaba la Aromática Arboleda de Moreras. Unas espigas de oro rodeaban la parte superior igual que las púas de un peine y una poderosa magia serpenteaba, formando resplandecientes regueros, entre cada una de las puntas. El carro cruzó el arco de la entrada y las puertas se cerraron tras él. Su panel circular estaba dividido en dos, con unas alas de fénix talladas a cada lado, mientras las puntas de sus plumas doradas se entrelazaban en un abrazo perfecto. Dos cuerpos idénticos se arqueaban sobre el marco; en el centro, los cuellos de ambos se rozaban y se curvaban en direcciones opuestas.

Al aterrizar, noté un hormigueo sobrecogedor. Era una estupidez entrar en la morada de los enemigos de mi padre sin que me hubieran invitado. Sin que desearan mi presencia.

La Emperatriz Celestial permaneció en su nube.

—Liwei, deja que vayan ellos solos. Ven conmigo al Reino del Fénix. Debemos contarle a la Reina Fengjin la amenaza que Wugang representa para los dominios. Solo con la ayuda de los ejércitos del Reino del Fénix podremos recuperar lo que es nuestro. —Habló en voz alta, con la intención de que se la escuchase—. La reina Fengjin sigue dispuesta a retomar los esponsales. Una alianza resulta ahora más crucial que nunca. Un matrimonio uniría a ambas familias y nos proporcionaría un lugar en su corte, incluso si perdiésemos el Reino Celestial.

Aparté la mirada, intentando apaciguar mi corazón acelerado. La emperatriz era muy astuta; llevaba a cabo su jugada mientras Liwei ignoraba el trato al que me había visto obligada a llegar con ella. Creía que no quería casarme con él, que había renunciado a él por propia voluntad…, que llevaba a otro en el corazón, alguien a quien Liwei despreciaba por encima de todo. La oferta de la emperatriz era innegablemente tentadora. ¿Por qué no iba Liwei a casarse con la princesa? ¿Por qué no iba a hacer lo que era mejor para el reino, para su familia, tal y como había hecho en el pasado? No podía comportarme con egoísmo; no tenía derecho. ¿Qué más daba sufrir otra pérdida aquel día?

—No, madre. No me ofreceré a cambio de una corona. —Liwei habló con tal determinación, que la tensión que notaba en el pecho disminuyó.

—No seas necio —exclamó la emperatriz—. Lo recuperarás todo: tu posición, tu influencia. Ahora ya sabes lo que es estar sin ellas.

Él se apartó de ella y la expresión se le endureció.

—No vuelvas a pedírmelo.

—¡Eres un desconsiderado! ¿Y qué hay de tu familia? Hazlo por tu padre y por mí.

Su desesperación me sacudió. ¿Qué sentiría Liwei al presenciar aquello, cuando su madre había sido siempre tan altiva e inflexible?

—Madre, te honraré y te protegeré. Me esforzaré para que recupe-remos nuestra posición. Le pediré a la reina Fengjin que nos ayude como aliada, pero nada más —dijo—. Lo que no voy a hacer es casar-me con alguien a quien no amo.

La emperatriz maldijo entonces, escupiendo palabras cargadas de odio. Liwei le dio la espalda, con la mirada opaca, y a mí se me cayó el alma a los pies al verlo. La emperatriz extendió la mano detrás de él y luego la dejó caer; tenía la expresión crispada, pero no fruto de la rabia ni de la astucia, sino de un miedo feroz a haber alejado a la per-sona que más quería.

No obstante, no era de las que se hacía reproches a sí misma. Se volvió hacia mí y yo me estremecí.

—Esto es culpa tuya. Le allanaste el camino a Wugang.

—No es culpa de Xingjin —dijo Liwei de inmediato.

Sí lo es, susurró una voz en mi mente. Aunque Wenzhi había teni-do razón al decir que yo no había sido la que había tomado las deci-siones por los demás, nadie las había tomado por mí tampoco. Yo había querido liberar a mi madre, salvar a mi padre y ayudar a los dragones. Wugang era responsable de sus acciones, pero las mías le habían facilitado el ascenso al poder.

—Mi querido hijo —el tono de la emperatriz era férreo—. Recha-zaste un compromiso que habría asegurado tu posición. Como here-dero del Reino Celestial y yerno de la reina Fengjin nadie la habría puesto en duda. Tus sentimientos por esta donnadie te han hecho caer tan bajo como ella. Es hija del malvado Houyi y de la avariciosa mortal Chang'e… no es digna de ti.

Me acerqué a la nube de la emperatriz hecha una furia. No iba a permitir que volviera a menospreciarme. No le tenía miedo, ¿qué más iba a hacerme que no hubiera intentado ya?

—Sé lo mucho que valgo y lo mucho que vale mi familia. Mi pa-dre salvó a los Dominios Mortales. Mi madre me salvó a mí. Y aun-que no posea el regio linaje que tanto admiráis, *soy* digna de… —Me detuve antes de pronunciar el nombre de Liwei; el juramento que le había hecho a la emperatriz me había despojado de aquel derecho.

—Sois vos la que no sois digna de pronunciar el nombre de mis padres.

El calor chisporroteó en el aire. Impulsada por el instinto, me aparté al tiempo que la emperatriz hacía brotar de sus palmas unas lenguas de fuego bermellón. La magia se desplegó de mis propias manos y recubrió sus llamas, dándoles el aspecto de la escarcha. Apretó los labios y entornó los ojos, azotándome con más fuerza. Rechiné los dientes, esforzándome por no retroceder ante su ataque, pero conseguí resistir; desplegué mi energía y envolví sus llamas antes de extinguirlas y convertirlas en espirales de humo.

Dejé caer la mano y los últimos destellos de magia se desvanecieron. La emperatriz y yo estábamos plantadas la una frente a la otra, y la furia surcaba su expresión. Una parte de mí siempre había sabido que aquel día llegaría: que ella intentaría matarme o viceversa. Podría haberme protegido en lugar de sofocar su ataque, pero había *querido* desafiarla, demostrarle que no era tan insignificante como ella creía. Que, a la hora de la verdad, mi poder rivalizaba con el suyo de un modo que era más importante que cualquier título o corona absurdos; dos cosas de las que ella se había enorgullecido sobremanera, dos cosas que le habían arrebatado.

Wenzhi soltó la empuñadura de su espada, lo que indicaba que había estado a punto de intervenir, mientras Liwei se volvía hacia la emperatriz.

—Madre, ¿cómo has podido? —Su tono destilaba rabia.

La emperatriz me señaló con un dedo tembloroso.

—Me has engañado. Lo tenías todo planeado.

Me quedé mirando a la emperatriz con el semblante inexpresivo hasta que comprendí el significado de sus palabras y noté que se me quitaba un peso de los hombros. Me había atacado, a pesar de que no le había dado motivos. Había incumplido los términos del acuerdo al que habíamos llegado en la casa de té mortal... lo que significaba que mi promesa quedaba anulada. En un abrir y cerrar de ojos, podría solucionar el malentendido entre Liwei y yo, liberándonos de la malicia de su madre. Podríamos volver a estar juntos. Las palabras asomaron a mis labios: la promesa que le había hecho a su madre, la frialdad con la que lo había apartado, la mentira que le había contado acerca de Wenzhi.

Sin embargo, al contemplar el pálido semblante de la emperatriz, tenso por el disgusto, descubrí que no era tan cruel como para saborear un momento que ocasionaba tanto sufrimiento a otra persona, incluso si era alguien a quien despreciaba con todas mis fuerzas. No deseaba causar más desavenencias entre Liwei y su madre. No era el momento de dividirnos aún más, sobre todo cuando la amenaza de Wugang se cernía sobre todos nosotros.

Pero la verdad es que no era la única razón. No era tan noble como para guardar silencio solo por la emperatriz. Había otra razón escondida en las profundidades de mi corazón, una que temía analizar con demasiado detalle; me avergonzaba lo que podría descubrir... puesto que ya no estaba segura de que las mentiras que le había contado a Liwei para alejarlo de mí siguieran siéndolo. Por mucho que lo intentara, era incapaz de olvidar que había llorado en los brazos de Wenzhi, que me había consolado cuando más lo necesitaba, que sus palabras habían sofocado la angustia que casi había acabado conmigo en aquel momento. Me dije a mí misma que no había significado nada, que había sido un instante de debilidad..., pero aun así guardé silencio. Las rencorosas acusaciones de la emperatriz estaban cargadas de verdad. *No era* digna de Liwei; no por mi linaje, sino porque él se merecía algo mejor que una persona con el corazón dividido. Y no volvería a ofrecérselo hasta que le perteneciese por completo, hasta que hubiera despejado las dudas, hasta que estuviéramos a salvo.

Contemplé a la emperatriz con dureza.

—No he planeado nada; eso siempre ha sido cosa vuestra. Pero al margen del odio y las desavenencias entre ambas, seguís siendo la madre de Liwei. Y para mí es importante, aunque no compartáis mi opinión.

El rostro de la emperatriz recuperó algo de color y Liwei escudriñó mi expresión.

—¿Qué quieres decir, Xingyin?

—Simplemente que deberíamos dejar de pelearnos, porque de esa forma el único que sale beneficiado es el enemigo. —Desvié la vista para que no descubriera mi mentira.

Wenzhi fulminó a la emperatriz con la mirada.

—Aunque esta escenita ha sido sin duda fascinante, nos sigue haciendo falta la llave para entrar en la arboleda. ¿Nos la daréis? —Endureció la voz, como si esperara que ella se negase o llevase a cabo algún truco.

La emperatriz se volvió hacia Liwei.

—Te daré la llave, hijo mío. Lo único que te pido a cambio es un pequeño favor.

—¿Pretendes hacer un trato conmigo?

—Únicamente porque no entras en razón. —Su tono era casi zalamero—. Ven conmigo al Reino del Fénix para ver a la reina Fengjin. No puedes adentrarte en la Aromática Arboleda de Moreras.

—Debo hacerlo, madre —dijo él—. No puedo dejar...

—No irás y punto —repitió la emperatriz con vehemencia—. Prefiero destruir la llave que dejarte a merced de Xihe. Xihe me odia; la venganza corre por sus venas. Desatará su ira sobre ti, hijo mío, en respuesta a mis supuestas ofensas. Según ella, no fui capaz de proteger a sus hijos. Me culpa por su muerte.

—No le tengo miedo —repuso Liwei—. Si no nos dejas la llave, encontraremos el modo de entrar.

—No daríais ni tres pasos antes de que acabaran con vosotros —advirtió la emperatriz—. Solo aquellos que poseen la llave pueden acceder. Tendrá que entrar uno solo.

—Necesitamos la llave —le dijo Wenzhi a Liwei—. ¿Harás lo que te pide o tendremos que quitársela a la fuerza?

Como Liwei no respondió, la emperatriz añadió con astucia:

—Prometiste protegerme. La última vez los soldados de Wugang me sorprendieron antes de cruzar la frontera del Reino del Fénix. La tendrán muy vigilada, así que es más seguro si me acompañas.

Liwei apretó la mandíbula y asintió.

—Volveré aquí después de que hayamos hablado con la reina Fengjin y ni un minuto después. —Extendió la palma hacia su madre—. ¿Y la llave?

La emperatriz nos miró a Wenzhi y a mí.

—¿Quién de los dos va a entrar?

—¿Acaso importa? —repliqué.

Dejó escapar un suspiro de impaciencia.

—Debo entregarle la llave al que vaya a entrar. A nadie más.

—Yo iré —dijo Wenzhi de inmediato.

—No —le dije—. Debo ir yo.

—¿Por qué? —me preguntó con calma, mirándome a los ojos—. Sería un riesgo innecesario. Yo tendré más posibilidades de convencerla.

—Tiene razón, Xingyin —añadió Liwei con acidez—. Tiene habilidades idóneas para el engaño.

Wenzhi entornó los ojos.

—Al menos sirven para *algo*.

Estaba tentada de aceptar su ofrecimiento. Al margen de la lógica de su sugerencia, no quería ver a la diosa ni a su única hija, no quería ser testigo de la tristeza que mi padre había infligido. Pero no podía acobardarme.

Di un paso, pero Wenzhi se situó rápidamente delante de mí y extendió la mano hacia la emperatriz. Esta le agarró la muñeca a Wenzhi y colocó la palma encima de la suya. Se produjo un chispazo de luz escarlata y él retrocedió.

—¿Qué ha sido eso? —preguntó con la voz cargada de recelo.

—La llave se encuentra en mis manos. Por eso Xihe no pudo recuperarla. —Un deje de tristeza tiñó la voz de la emperatriz, que hundió los hombros antes de volver a erguirse—. No puedo entregártela. Es imposible entregar la llave a nadie que pretenda hacer daño a la diosa.

—No pretendo hacerle daño. Lo único que quiero es la pluma —dijo Wenzhi de forma escueta.

La emperatriz se echó a reír y me lanzó una mirada astuta.

—Siempre has sido resuelto y despiadado a la hora de lograr tus objetivos, capitán. En cualquier caso, no puedes acceder a la arboleda. —Se volvió hacia mí y su sonrisa se acentuó—. Hija del Destructor de los Soles. ¿Te adentrarás en el hogar de tu mayor enemiga?

Alcé la mano en respuesta. Sin perder ni un instante, la emperatriz unió nuestras palmas y el calor de su piel se desplegó por la mía; un tenue resplandor blanco nos envolvió, a diferencia de la intensa luz que había sacudido a Wenzhi. Apartó la mano y yo me examiné la piel, aunque no aprecié ninguna diferencia.

—Ya está —dijo sin rodeos.

Me dirigí a las puertas de la entrada y situé las palmas de las manos sobre las plumas talladas para abrirlas. Noté un cosquilleo y un calor repentino, y una luz ambarina recorrió las alas doradas de los fénix. Lentamente, como si despertaran de un sueño, los fénix movieron la cabeza y abrieron el pico y los párpados. Unas llamas diminutas danzaron en el interior de los rubíes que conformaban sus pupilas al tiempo que las criaturas alzaban las alas y permitían el paso a los dominios de la Diosa del Sol.

Liwei me agarró de la manga.

—No le cuentes a Lady Xihe quién eres. Si ves la mínima señal de peligro, márchate. Hallaremos otro modo. —Y añadió en voz baja—. No puedo perderte.

—Tú también debes llevar cuidado. —Deseé poder decir más, prometerle aquello que anhelaba oír.

—Ven, Liwei —instó la emperatriz—. Debemos marcharnos.

Liwei se acercó a la nube de la emperatriz con movimientos rígidos y se subió. Cuando la nube se elevó hacia el cielo nocturno, se volvió una vez para mirarme.

—Tiene razón —dijo Wenzhi en cuanto hubieron desaparecido—. Ni se te ocurra revelarle tu identidad a Lady Xihe. Espera a que esté dormida, toma la pluma y márchate.

Sería lo más seguro. Si le arrebataba la Pluma de la Llama Sagrada al ave mientras estaba dormida, podría escapar física y mentalmente ilesa. Sería una muestra de bondad para todos…, salvo que estaría vinculada a un sentimiento de cobardía. Un acto semejante no haría más que alimentar la furia de Lady Xihe, acrecentando la enemistad y empeorando las cosas.

¿Y si la diosa no sobrevivía?, me susurró una voz traicionera en mi interior. ¿No era aquella una causa digna, la de salvar todos los reinos? ¿No era aquel un dilema al que mi padre había tenido que enfrentarse? Sin embargo, noté una punzada de dolor en el corazón al recordar el sufrimiento de la diosa, la imagen de la solitaria ave del sol cuando en el pasado había habido diez. No podía hacerles más daño. No podía comportarme como una cobarde; si lo hiciera sería tan despreciable como Wugang.

No creía que Wugang hubiera nacido siendo perverso. Tal vez la semilla de la maldad yacía en todos nosotros. No obstante, aunque Wugang había sido traicionado de forma cruel, había elegido tomar aquel camino. Muchos de los acontecimientos de nuestra vida eran fruto del azar. Algunas personas debían pelear con uñas y dientes para salir adelante, debían luchar contra viento y marea, siendo víctimas de horrorosos temporales que otros superaban ilesos. Sin embargo, no podíamos culpar al destino de las decisiones que tomábamos; al igual que recogíamos las recompensas, también debíamos asumir las consecuencias. Y eran estos momentos los que nos moldeaban... y los que daban forma a aquello en lo que nos íbamos a convertir.

—No puedo —le dije a Wenzhi—. No después de todo lo que le hemos arrebatado a ella y a su familia. Se lo pediré.

Wenzhi se puso rígido.

—Xingyin, piénsatelo bien. Lady Xihe no es la típica inmortal benévola que te dará unas palmaditas y te felicitará por tu sinceridad antes de darte la pluma y dejar que te marches. Lleva alimentando su dolor tantos años como los que has vivido tú. Si descubre quién eres, te *matará*. —Tenía la voz áspera a causa de la emoción—. Y si lo hace, te aseguro que *yo* acabaré con ella.

La vehemencia de su voz me provocó un escalofrío. ¿Era por eso por lo que la emperatriz no había podido entregarle la llave?

—No le diré quién soy. La convenceré para que nos ayude.

—¿Vas a mentirle pero no a robarle? —Wenzhi me lanzó una mirada abrasadora—. Xingyin, ¿qué más da el honor cuando está en
juego tu vida?

—¿Qué sentido tiene la vida si no nos comportamos con honor?
Sin unos límites, no seremos mejores que Wugang.

—O que yo —dijo él con amargura.

—No era eso lo que quería decir. —En el pasado sí lo habría pensado. Pero ahora ya no estaba tan segura—. Lady Xihe entrará en razón; Wugang es una amenaza para todos. Si intenta atacarme, me
defenderé.

Wenzhi suspiró y me agarró la mano. Antes de que pudiera zafarme, sus poderes me envolvieron como una densa bruma, hormi-
gueantes y fríos; un poderoso escudo resplandeció en mi piel.

—Esto te protegerá. Si te ataca, corre. Te esperaré aquí. No podrá
con los dos.

Asentí, disimulando mi inquietud. Si Lady Xihe descubría quién
era, jamás me entregaría la pluma, sino que intentaría vengarse… y
no quería ni imaginarme lo que me arrebataría en compensación.

26

U nos resplandecientes orbes de luz flotaban en el aire igual que un centenar de lunas diminutas y arrojaban su luminoso brillo por todas partes. Las moreras brotaban de la hierba, tan doradas como las cosechas veraniegas del Reino Mortal. Sus exuberantes frutas se arracimaban en las ramas como hileras de granates entrelazadas con las hojas. El intenso dulzor de las bayas maduras impregnaba el aire, pues sus jugos rezumaban de sus frágiles pieles. Aun siendo preciosos, la forma nudosa de los árboles resultaba algo inquietante; el modo en que las ramas se retorcían y las raíces sobresalían del suelo transmitía cierta angustia. Por encima se alzaba un edificio de cornalina flanqueado por columnas de ágata y un tejado a varias aguas de tejas doradas. Unas tiras de seda ondeaban desde las paredes, danzando con ligereza al compás de la brisa.

Cuando me aproximé a la entrada, no vi ningún guardia, ni nadie que anunciase mi presencia. Me alegré; menos personal al que enfrentarme en caso de huida. Oí un tintineo por encima, un carillón que colgaba del tejado. La brisa hizo chocar los tubos de cobre y los discos de jade en una relajante melodía. Noté el corazón desbocado mientras alzaba la mano para llamar a la puerta. Un antiguo poder vibró desde su interior, el mismo que había entretejido en los muros que rodeaban la arboleda. La luz se filtró a través de la entrada y se desplegó sobre mí cuando la puerta se abrió y apareció Lady Xihe, la Diosa del Sol.

Aunque éramos de estatura similar, Lady Xihe parecía cernirse sobre mí, aun sin su tocado de piedras preciosas. Llevaba el pelo recogido con una serie de horquillas de rubí que conformaban un círculo y cuyas puntas eran tan afiladas como puñales. Tenía los ojos negros delineados con un tono dorado, igual que un halcón, y un fulgor, parecido al del amanecer, le teñía las mejillas. Unas delicadas líneas le recorrían la piel y formaban un intrincado patrón, como si fueran plumas, deslizándose por las curvas de su rostro hasta su puntiaguda barbilla. Unas garras emergían de las puntas de sus dedos; eran de un centelleante rojo, como si estuvieran bañadas en sangre. La luz de la cámara que había al otro lado proyectaba sombras sobre ella y le proporcionaba un aire amenazador. ¿O sería por la delgada línea que formaban sus labios y el poder que irradiaba ella, similar al del calor de una llama? Se parecía tan poco a mi madre como la tinta al agua, como el sol a la luna…, pero era, a su manera, igual de formidable.

—¿Quién eres? —No inclinó la cabeza ni me invitó a pasar; una actitud prudente, pues mi presencia podría resultar una complicación innecesaria. Después de todo, matar a un huésped sería una violación de las normas de hospitalidad.

Las mentiras que había practicado se me atascaron en la garganta. En medio del silencio, la diosa entornó los ojos hasta que estos se convirtieron en dos rendijas.

—Dime quién eres —repitió, esta vez con tono autoritario.

La cautela y el corazón rivalizaron en mi interior; el honor reñía con la autopreservación. Me asaltó la imagen del príncipe Yanming y noté que el pecho se me encogía de agonía. Las mentiras podrían haber brotado de mis labios con facilidad en el pasado, pero ahora se me atascaban en la garganta y era consciente de que no sonarían creíbles. Una parte de mí había cambiado para siempre desde que la sombra de la muerte se había colado en mi vida. Me afligía todo lo que la diosa había perdido, todo lo que había sufrido. ¿Me habría vuelto más débil? Tal vez, pero prefería creer que aquella era una fortaleza diferente. Por supuesto, no tenía intención de sacrificarme para que ella se cobrase su venganza, sin embargo, aquella era la oportunidad de hacer lo que los dragones habían deseado, de decir las palabras que deberían haberse pronunciado hacía mucho tiempo…, de intentar aliviar el sufrimiento de la diosa.

Uní las manos, las extendí y le dirigí una profunda reverencia. No estaba suplicándole clemencia, ni era tan ilusa como para pensar que aquello compensaría los daños.

—Lady Xihe, soy Xingyin, la hija de Chang'e y de Houyi.

—*Ya lo sé.* —Sus palabras destilaban una certeza incuestionable—. Quienquiera que te haya dado la llave, no te hizo ningún favor. Esta revela la identidad de quien la esgrime, ya que no tolero la presencia de farsantes en mi arboleda.

Maldije por dentro a la Emperatriz Celestial y me maldije a mí misma por no sospechar de que se tratara una trampa. Me la había entregado demasiado rápido, y a propósito, no me cabía la menor duda. Mi muerte la deleitaría, ¿o acaso yo era una ofrenda de paz que la emperatriz le brindaba a la diosa?

La luz de los orbes titiló y unas ráfagas de aire se levantaron y sacudieron las moreras. Por encima de mi cabeza, el carillón resonó con estridencia, oscilando con tanta fuerza que pensé que iba a romperse. Una oleada de temor me inundó; la misma sensación gélida que sentí cuando entré en la cueva de Xiangliu, cuando el veneno del gobernador Renyu me dejó inmóvil, cuando me desperté en el Reino de los Demonios y descubrí que mi amado se había convertido en mi peor enemigo.

Me protegí de forma instintiva al tiempo que Lady Xihe extendía la palma y me lanzaba unas llamaradas carmesíes. Las llamas me envolvieron por completo y me abrasaron incluso a través del escudo; el intenso calor era más potente que el del ataque de la Emperatriz Celestial.

El tono dorado de las pupilas de la diosa se extendió por completo por sus ojos y su piel irradió luz.

—¿Cómo *te atreves* a venir aquí? ¿Pretendías jactarte de mi miseria, incitar mi ira? —Cada palabra retumbaba como el golpe de un tambor.

—No, Lady Xihe. Os pido perdón en nombre de mi familia…

—¿Perdón? —Escupió la palabra como si le asquease—. Jamás.

—No me jacto de entender vuestra pérdida, pero me aflige de todos modos —dije apretando los dientes, intentando resistir la fuerza de su poder. No intenté sofocar sus llamas, no quería desafiarla; yo era su enemiga, pero ella no era la mía.

Se detuvo.

—¿Por qué no luchas? ¿Pretendes engañarme para que te muestre piedad? No hallarás ninguna.

—Os pido perdón —repetí con la voz ronca, proporcionándole más energía a mi escudo mientras las llamas lo atravesaban sin cesar—. He venido a suplicaros ayuda.

Dejó escapar una carcajada teñida de amargura.

—Qué casualidad que tengas remordimientos de conciencia precisamente ahora. Que solo te hayas presentado aquí cuando has necesitado algo.

Me quedé rígida ante su desdén, aunque me lo merecía.

—Hasta hace muy poco, desconocía las circunstancias que rodearon esta tragedia. Aunque la amenaza que se cierne sobre el reino es lo que me ha conducido hasta aquí, mis disculpas son sinceras y no he intentado mentiros, a pesar de que pude haberlo hecho.

—Si hubieras mentido, ya estarías muerta —gruñó—. ¿Cómo se te ha ocurrido pensar que iba a ayudar a la hija del Destructor de los Soles, el hombre que asesinó a mis hijos?

Aunque una oleada de vergüenza me tiñó las mejillas, me obligué a decir:

—No os pido ayuda solo en mi nombre. Los Dominios Inmortales corren un grave peligro, pues el trono celestial ha sido usurpado. Un terrible mal amenaza a los reinos de arriba y de abajo y el único modo de vencerlo es con la Pluma de la Llama Sagrada.

—Me da igual. —A pesar de lo ardientes que eran sus llamas, su voz sonaba gélida como el hielo—. El Reino Celestial me falló, en particular su emperatriz. Al margen de quien ostente el trono celestial, el sol saldrá y se pondrá como sucedía cuando tenía diez hijos, como sucede ahora que solo me queda una.

Su aura se desplegaba como los azotes de una tormenta y el ansia de violencia se reflejaba en su rostro con un brillo tan intenso como el de una espada recién salida de la forja.

—Eres una necia y una arrogante por presentarte aquí. Hoy vengaré a mis hijos. Hoy, tus padres llorarán sobre tu cadáver. Hoy, sufrirán una pérdida inimaginable y vivirán la peor pesadilla de cualquier padre.

El terror se adueñó de mí, pero me obligué a mirarla.

—No, Lady Xihe, no tenéis derecho a darme muerte. Sería una deshonra acabar conmigo cuando he acudido a vos de buena fe.

—Una mera formalidad a la que puedo poner remedio con mucha facilidad. Corre. Te daré caza, y entonces me cobraré mi venganza por fin.

Un mango de plata apareció en su mano y de este brotaron espirales de fuego; era la misma arma que le había arrancado aquellos agonizantes chillidos al fénix.

Noté un nudo en la garganta y la boca seca.

—Los Dominios Mortales corrían peligro. Mi padre...

—¡Asesinó a mis hijos! —gritó, furiosa—. Las razones me dan igual y carecen de todo significado para mí. —Su mirada relucía como el metal fundido—. Solo me queda una hija. Y ahora me cobraré una vida, la tuya, por las nueve que me arrebataron. Un intercambio exiguo, aunque me conformaré con ello.

Alzó la mano y las llamaradas se retorcieron como serpientes.

El sudor me recorrió la piel, fría y húmeda. Su poder era inmenso; no podía enfrentarme a ella sola. Tal vez lograse atravesar la arboleda y llegar hasta Wenzhi; podríamos luchar ambos contra ella..., aunque aquello no nos proporcionaría la pluma. Intenté conservar una apariencia de calma, pues mostrarle mi miedo podría avivar su ira, alimentar su sed de sangre... y conducirnos a un camino de no retorno.

—¿Mi muerte aliviará vuestro sufrimiento? ¿Os devolverá a vuestros hijos? —Hablé con rapidez para ocultar el temblor de mi voz—. No os he hecho nada. Si me hacéis daño, me defenderé y no soy ninguna debilucha. Aunque me arrebatéis la vida, la cosa no quedará ahí. Mi familia y amigos buscarán venganza. Os queda una hija, ¿también queréis arriesgar su vida? ¿Y si acaba teniendo que crecer sin su madre, tras perder a sus hermanos?

Desvió la mirada hacia la escalera que tenía detrás; tal vez allí fuera donde dormía su hija. Qué golpe más bajo, aprovecharme de los miedos de una madre. Detestaba amenazarla de aquella manera tan vil, pero esperaba hacerla reflexionar, atajar su plan de venganza y alejarla de la exquisita tentación de matarme. Ya se había derramado demasiada sangre.

—No he venido a enfureceros ni a haceros daño —dije en voz baja—. Un enemigo común nos amenaza a todos y la pluma es nuestra única esperanza. ¿Nos la entregaréis?

—*Jamás* os daré nada. Me trae sin cuidado lo que le pase al mundo. —Sin embargo, en su voz se percibía una nota de incertidumbre.

—Si los Dominios Mortales e Inmortales acaban destruidos, ¿a quién le importará si el sol se levanta o se pone? Vos sí apreciáis la adoración de los mortales, os gusta que os necesiten, que os amen, a vuestra hija y a vos. Es algo que atesoráis, el único instante del día en que podéis abstraeros y centraros en la tarea que tenéis por delante en vez de sumiros en el dolor.

Era a la vez una suposición y una certeza. Desde que tenía memoria, había visto a mi madre afanarse en encender los farolillos cada noche, pues aquel momento constituía un respiro del tormento al que la sometía su mente. Y cuando salía al balcón y contemplaba el mundo inferior, cuando escuchaba las canciones que le cantaban y veía las ofrendas que depositaban en su honor… hallaba consuelo en la adoración que los mortales le profesaban. Saber que la querían, que la necesitaban y la amaban, otorgaba a su vida un nuevo significado aún más valioso después de lo que había perdido.

Como Lady Xihe permaneció en silencio, continué hablando.

—Matarme solo os proporcionará una satisfacción efímera, porque la venganza no cura nada. Mi padre hizo lo que tenía que hacer. Vuestros hijos estaban destruyendo el mundo; vos misma los habríais detenido de haber podido porque los mortales os importan... porque brindan significado a esta vida eterna.

Su mirada perdió aquel tono dorado, aunque su aura seguía agitándose de forma amenazante. Azotó el aire con el látigo y las chispas se precipitaron como gotas de lluvia. Me preparé para su ataque, pero entonces se oyó un chillido y una ardiente criatura se alzó en el horizonte y se aproximó volando hacia nosotras, magnífica y totalmente aterradora. El fénix que había tirado del carro del sol aterrizó junto a la diosa. Su cresta era del color pardusco de un faisán y su cuerpo tenía la forma abarrilada de un pato mandarín, unido a un par de patas largas y gráciles. Sin contar la punta negra de sus alas, su plumaje era una impresionante algarabía de color; la cola, parecida a la de un pavo real y que se desplegaba sobre la hierba, estaba recubierta de plumas carmesíes y amarillas, azules y verdes, y cada una refulgía como si estuviera en llamas. Unos ojos oscuros y líquidos nos escudriñaron, con la luz reflejándose en las pupilas; cada una de sus garras tenía el ancho de la palma de mi mano. Abrió el pico y las puntas destellaron, tan afiladas como lanzas.

El fénix inclinó el cuello en señal de sumisión a la diosa, a pesar de que una indómita fiereza prendía su mirada. Irradiaba una energía poderosa y frenética, como un centenar de libélulas batiendo las alas. Extendió la cola y sus plumas se desplegaron como un arcoíris, aunque el sonido que dejaron escapar fue idéntico al de unas flechas silbando por el aire.

La diosa me señaló con el látigo.

—Si es cierto que deseas mi perdón, deberás enfrentarte a mi campeón: el fénix de fuego. Aunque sus llamas no son tan potentes como la de mi amada hija, es un luchador mucho más hábil. Si lo vences, te perdonaré la vida y te daré la pluma que buscas. —Alzó la cabeza, como si me desafiara a poner alguna objeción—. La sangre debe pagarse con sangre. Tal vez entonces los espíritus inquietos de mis hijos queden satisfechos y sus gritos eternos se apacigüen.

Asentí con una mezcla de miedo y alivio. Las palabras jamás habrían resultado suficientes para aplacar a Lady Xihe; yo tampoco las habría aceptado en compensación por las muertes de Ping'er y el príncipe Yanming. Ese tipo de deudas se pagaban únicamente con dolor y sufrimiento. Pero esperaba que aquello pusiera fin al asunto... o al menos que fuera un nuevo comienzo.

Entornó los ojos de forma reflexiva mientras contemplaba mi arco.

—Estas son las reglas: no puedes usar ningún arma ni la magia.

Negué con la cabeza.

—Debéis permitirme un arma.

—¿Te crees que no sé lo que llevas encima? —Mientras se dirigía a mí, una fuerza invisible me arrancó el arco de la espalda y lo arrojó al suelo. Otro arco, hecho de bambú, apareció frente a mí junto con un carcaj de flechas de madera.

No era de extrañar que la Emperatriz Celestial y ella hubiesen sido tan amigas. La naturaleza de ambas era dura e inflexible, y las dos llevaban a cabo tratos injustos.

—¿Esta es la honradez con la que se conduce la gran Diosa del Sol? —la desafié—. Un arma mortal no sirve de nada contra un fénix.

Lady Xihe se puso rígida y levantó la mano. La luz atravesó el arco y las fechas; la punta de estas últimas resplandeció con más intensidad. Hubiera preferido usar el Arco del Dragón de Jade, pero aquella era la expiación que exigía la diosa... y una parte de mí sabía que podía haberme exigido algo peor.

—Se me debe permitir protegerme. —No formulé ninguna pregunta, sino que lo afirmé.

—Muy bien —convino con frialdad, y alzó el látigo una vez más.

Me agaché y recogí el arco. Resultaba demasiado ligero; no era un arma adecuada.

—¿Qué pasa si pierdo?

—Morirás. —Una sonrisa desprovista de alegría le cruzó los labios—. Hay una razón por la que no soy yo quien se enfrenta a ti, así como por la que te he pedido el consentimiento. Ninguna corte de los Dominios Inmortales podrá objetar nada y tus padres no tendrán ninguna excusa para exigir venganza por tu muerte.

Su forma confiada de hablar me repateó.

—Si gano, se acabó. No seguiréis intentando vengaros de mi familia.

Una sonrisa carente de dicha asomó a sus labios.

—Si ganas.

Eché mano de la magia y la entrelacé con el escudo de Wenzhi, agradeciendo su capacidad de previsión y que no pudiera intervenir. No habría permanecido de brazos cruzados, un pensamiento que me provocaba alivio y a la vez empeoraba la tensión que sentía.

La diosa azotó el aire con el látigo y las llamas brotaron. El fénix alzó el vuelo, obediente, y extendió las alas antes de abalanzarse sobre mí. Unas lenguas de fuego escarlata le brotaron del pico y abrasaron mi escudo. Me eché hacia atrás y eludí el ataque al tiempo que tensaba de forma instintiva la cuerda del arco; esta me resultó desconocida y rígida. Una flecha salió volando hacia el fénix, que profirió un chillido y se hizo a un lado. Le disparé otra de inmediato al costado, pero la criatura se la arrancó como si fuera una astilla. El fénix se abalanzó hacia delante una vez más y atacó con ferocidad mis barreras. Sus poderes chocaron contra los míos, golpeando mi escudo; logró abrirse paso con las garras y arañarme el brazo. Un profundo corte me abrió la carne y yo proferí un grito ahogado. Al hacer a un lado a la criatura, me corté las palmas de las manos con las barbas de sus plumas, afiladas como agujas.

El fénix se arrojó hacia mí una vez más y me hundió el pico en el hombro. Me invadió una profunda agonía mientras retrocedía a trompicones y le disparaba una flecha al ala. La criatura apenas se inmutó y volvió a dirigirse hacia mí con las garras curvadas como hoces. Abrió el pico y sacó su fina lengua, manchada con el mismo tono oscuro que las moras; la dulzura del aliento estaba impregnada de un olor a humo. Sacudió las plumas y me lanzó unas llamas; yo todavía tenía el cuerpo dolorido por la violencia de su ataque…

Eché a correr, y mis pies golpearon con fuerza la hierba. El arco no me servía de nada, necesitaba ganar tiempo para trazar un plan. Esquivé las ramas nudosas que se cernían sobre mí y me abrí paso a través de los árboles. Me tropecé con una raíz, pero pude recuperar el equilibrio. El calor del fénix inundó el aire cuando echó a volar. ¿Estaba jugando conmigo? Era un blanco fácil, y atravesé el bosque a toda velocidad mientras mis pisadas resonaban en el suelo. Me adentré aún más en la espesura y abrí los brazos para golpear las ramas de los árboles, sacudiendo de forma intencionada sus hojas. Cuando la criatura se dio la vuelta y se aproximó, yo me arrastré sigilosamente en dirección contraria. Sin que me viera, trepé a una morera, raspándome las palmas con la áspera corteza. Me agazapé al abrigo de las ramas con el corazón acelerado.

Por encima, el fénix profirió un chillido mientras sobrevolaba el bosque, buscándome. El fénix me había arañado la manga y los cordones que me rodeaban la muñeca se habían soltado y colgaban holgadamente. Me los arranqué y me los metí en el cinto. Trepé a una gruesa rama y me apretujé contra el tronco para que no me viera. Otro grito atravesó el aire; el fénix, deseoso de sangre. Me daban ganas de desatar un vendaval y barrer a la criatura, pero las condiciones de Lady Xihe, por engorrosas que me parecieran, me tenían atada de manos.

Respiré hondo y capté el aroma dulce que impregnaba el aire. Recordé el olor dulce del aliento del fénix, las manchas de su lengua…, las moras; ¿acaso le gustaba su sabor? Me colgué el arco a la espalda, me agaché y me puse a arrancar moras del árbol, maduras y pegajosas; las fui depositando sobre la rama en montones de color rubí, grosella y negro. Aplasté unas cuantas y restregué la madera con su jugo almibarado; la fragancia se hizo más intensa, empalagosamente dulce y embriagadora. Los gritos del fénix se hicieron más estridentes y unas ráfagas de viento se levantaron a medida que sus alas se acercaban. ¿Habría olido las moras? Volví a ocultarme entre las ramas con una flecha preparada; tenía el cuerpo rígido por el terror y los dedos, fríos como el hielo.

El fénix se aproximó a mi árbol con la mirada fija en las bayas y abrió el pico con ansia. Tenía pocas posibilidades de atravesarle el cuerpo con aquellas flechas, pero ¿y su tierna boca? ¿El suave gaznate,

320 SUE LYNN TAN

la entrada a su cráneo? La bilis se me agolpó en el fondo de la garganta, pero tragué con fuerza. No quería hacer aquello, pero tampoco quería morir.

Salté hacia delante y apunté al pico abierto de la criatura, a la garganta escarlata que había al otro lado. Un disparo perfecto. Apreté los dedos con más fuerza y las emociones se arremolinaron en mi interior: miedo mezclado con asco y furia; me crispaba que nos hubiéramos visto envueltos en un enfrentamiento que ninguno de los dos deseaba. El fénix no había hecho nada malo. Era víctima de la miseria de Lady Xihe y únicamente obedecía sus órdenes. Y tal vez fuera una idiota, pero bajé el arco. El fénix profirió un chillido enfurecido, y un brillo asesino asomó a su mirada mientras se abalanzaba sobre mí.

Me dejé caer para esquivar su ataque y me aferré con fuerza a la rama, quedándome colgada. El fénix asestó una acometida en el lugar donde había estado yo hacía un momento y luego se dio la vuelta y se dispuso a lanzarse contra mí una vez más. Clavé las uñas en la áspera corteza a medida que me balanceaba a lo largo de la rama, preparándome para su inevitable regreso. Estaba temblando y me ardían los brazos por el esfuerzo. El fénix, que se encontraba justo debajo, vino derechito a mí, y yo me descolgué de la rama...

Me precipité al vacío y choqué contra la espalda del fénix. El dolor me atravesó y noté un calor abrasador; las plumas de la criatura me perforaban la carne como si hubiera aterrizado en un nido de alfileres. Eché mano de la magia y urdí un escudo más sólido, obligándome a concentrarme mientras el fénix se sacudía salvajemente. Me aferré a él con más fuerza y las barbas me arañaron la piel; me abrasaron incluso a través del escudo. Sin perder ni un instante, agarré los cordones que llevaba en el cinto y se los anudé alrededor del cuello, formando un tosco arnés. Tiré de él, tal y como había visto hacer a Lady Xihe cuando la seguimos, y la criatura profirió un chillido y salió disparada por el aire a un ritmo cegador. El viento me azotaba el rostro; los árboles y las nubes se convirtieron en un borrón mientras el fénix volaba en espiral, trazando círculos cada vez más cerrados, loco de rabia. Me aferré a él con fuerza, apretando los muslos en torno a su cuerpo; agarré las riendas y le dirigí súplicas y palabras tranquilizadoras hasta que por fin ralentizó el ritmo y el calor de su cuerpo disminuyó.

Solo entonces aflojé un poco los dedos. El fénix dio una vuelta alrededor de la arboleda antes de volar obedientemente hasta donde se encontraba Lady Xihe; el carillón de viento se agitó y emitió una inquietante melodía.

—Está vivo. No has ganado —gruñó.

Como si percibiera su disgusto, el fénix agachó la cabeza e hizo descender las alas hasta el suelo.

—No dijisteis que tuviera que matarlo —repliqué, deslizándome hasta el suelo desde su espalda—. Hubiera sido una pérdida innecesaria cuando simplemente seguía vuestras órdenes.

Vi que a la diosa se le habían quedado blancos los nudillos de apretar con tanta fuerza la empuñadura del látigo; las llamas brotaban más brillantes, como canalizando su furia.

—¿Cómo te atreves a fingir que te importa la vida de otro ser? Tú, la hija de ese carnicero de Houyi.

—No insultéis a mi padre —dije en voz baja y furiosa—. He cumplido mi palabra; he vencido a vuestro campeón. Sois vos la que intentáis no cumplir la vuestra. —A decir verdad, los términos no estaban del todo claros; cada una los habíamos interpretado según lo que más nos convenía.

Lady Xihe levantó el brazo, con el látigo centelleando, y yo llamé al Arco del Dragón de Jade, que voló desde el suelo hasta mí. Sin embargo, no tensé la cuerda. No quería hacerle daño, jamás había sido mi intención.

Pero me iba a defender.

El látigo descendió sobre mi cabeza y las crepitantes llamaradas de fuego se desplegaron. Hice brotar mi energía y creé una barrera de viento entre ambas. El fuego chocó contra la translúcida superficie, y la diosa enseñó los dientes mientras canalizaba sus poderes con más vehemencia y el calor se intensificaba. Las grietas se extendieron por mi escudo como telarañas, el fulgor de las llamas se abrió paso y yo noté un dolor casi cegador. Me tambaleé hacia atrás e hinqué los talones en el suelo mientras sellaba las grietas del escudo, jadeando por el esfuerzo. Lady Xihe gruñó y una luz carmesí iluminó sus palmas —tensé el cuerpo, preparándome para otro golpe—, pero entonces se detuvo y echó la cabeza hacia atrás, como si hubiera oído algo.

Vi un resplandor a su espalda, y a medida que se aproximaba, la oscuridad se fue desvaneciendo. La diosa se dio la vuelta y el látigo se le cayó de las manos.

—Hija mía —susurró, y se agachó para tomarla en brazos.

El ave del sol era del tamaño de una calabaza y tenía unos ojos grandes y solemnes. Mientras que el fénix era un arcoíris de colores, el ave era fuego encarnado. Tenía tres patas, del vivo color bermellón del atardecer, y un radiante resplandor emanaba de su plumaje amarillo. Una única pluma conformaba su copete, de un intenso tono carmesí con los bordes dorados, tan deslumbrante como el corazón de una llama.

Lady Xhie abrazó con fuerza a su hija y le dirigió unos murmullos en un lenguaje que no conocía. Solo atisbé sus lágrimas, que rodaron por su rostro, cuando levantó la mirada. Dejó escapar unos sollozos contenidos, aunque cargados de angustia; incluso después de todas estas décadas, el dolor seguía siendo inmenso. El ave del sol estiró el cuello y acarició a su madre, como si estuviera acostumbrada a aquellos arrebatos violentos.

Ver cómo acunaba entre los brazos a la única hija que le quedaba, ser testigo de la vulnerabilidad de aquella gran diosa, sumida en la miseria... me destrozó por dentro. La sangre manaba de mis heridas, tenía la carne desgarrada y abrasada... y sin embargo, no era nada en comparación con su sufrimiento, pues no existía magia alguna en el mundo que pudiera sanar aquel dolor. Solo el tiempo podría apaciguarlo, y aun así, los recuerdos de los inmortales eran eternos.

Sin saber muy bien lo que hacía, me arrodillé. Enderecé la espalda, extendí los brazos ante mí y me incliné hasta apoyar la frente en el suelo. No se trataba de un gesto artificioso para suplicar clemencia, sino que quería hacerle saber que lamentaba de corazón su dolor...

que la muerte de sus hijos nos había unido a ambas de un modo inexorable. No dije nada, pues no había palabras que expresaran la magnitud de su pérdida, el pesar que sentía por ella.

La calma se apoderó del ambiente. Oí un revoloteo y vi que el ave del sol planeaba hacia mí y me envolvía con su luminosa calidez. Me dirigió su sombría mirada y yo retrocedí, temiendo que fuera a atacarme; sin embargo, su expresión era amable y cómplice y reflejaba un dolor inenarrable. Abrió las alas e inclinó la cabeza. La pluma carmesí cayó de su coronilla; el eje palpitaba como fuego líquido, de un blanco incandescente. Sentí cierto optimismo, aunque no me atrevía a adivinar las intenciones del ave del sol... hasta que me tendió la pluma con su garra curva.

—Es... Gracias. —Qué palabra tan sencilla para ofrecer a cambio de un obsequio de valor incalculable; y, sin embargo, nada hubiera resultado más adecuado. La generosidad del ave del sol me conmovió profundamente, y yo decidí estar a la altura de semejante regalo.

—Su auténtico poder reside en el eje. Introdúcelo en la fuente de la energía de tu objetivo. Adelante, llévatela —dijo Lady Xihe con voz queda—. No te haré nada más, pero tampoco te prestaré mi ayuda. No vuelvas a poner a prueba mi misericordia; esta murió el día que perdí a mis hijos.

Tomó tiernamente a su hija en brazos y se alejó sin mirar atrás. Las puertas se cerraron tras ella y el carillón de viento se sacudió con una melodía lúgubre. Aunque se habían marchado, y con ellas su resplandor, el fulgor de la pluma mantenía la oscuridad a raya. Alargué la mano para recogerla, pero me detuve al notar las resplandecientes olas de calor que irradiaba, como si todo su poder hubiera quedado desplegado una vez arrancada. Urdí un recio caparazón de aire a su alrededor y me la metí en la bolsa. El encantamiento no aguantaría, el calor ya estaba deshaciendo la barrera; me estaba costando mucho mantenerla, pero lo prefería a quedar reducida a cenizas.

Me senté sobre los talones, temblando por las emociones que se arremolinaban en mi interior: alivio mezclado con remordimiento y atravesado con una intensa sensación de cansancio. No era tan presuntuosa como para creer que Lady Xihe nos había perdonado; eran heridas demasiado profundas. No obstante, tal vez hubiésemos llegado a una especie de entendimiento, y esperaba de corazón que tanto madre como hija volviesen a hallar la felicidad.

27

Me curé las heridas todo lo bien que pude, aunque el cuerpo todavía me dolía por la terrible experiencia. Solo entonces dejé la arboleda; las alas de la entrada se cerraron detrás de mí y las plumas talladas se entrelazaron en un estrecho abrazo. Wenzhi paseaba de aquí para allá frente a la entrada; relajó la expresión tensa de su rostro al verme.

—¿Liwei no ha vuelto? —le pregunté.

Mientras Wenzhi negaba con la cabeza, la luz brotó de mi bolsa y un repentino calor me abrasó. El encantamiento que había lanzado alrededor de la pluma se estaba debilitando. Metí la mano en la bolsa y rocé con el pulgar la abrasadora superficie de la esfera; desplegué mi energía para sellar las fracturas. A pesar de la calidez de aquel lugar, noté un escalofrío. Me hundí en el suelo, casi temblando de agotamiento.

Wenzhi se quitó la túnica exterior y me la puso sobre los hombros. Ambos cruzamos la mirada y yo me ruboricé sin pretenderlo. Aparté la vista y me concentré en su túnica, que era de seda gris oscuro y tenía nubes bordadas. Me vino a la cabeza el recuerdo de la última vez que había hecho aquello, en el tejado del Palacio de Jade, cuando nos consagramos el uno al otro… antes de que su traición nos separase.

Nunca más, me juré, y me quité la túnica de encima. Ahora éramos aliados, puede que amigos, pero por muchos murmullos inciertos que me invadieran el corazón, jamás volvería a ser su peón. Cuando la confianza se perdía, era imposible recuperarla; las grietas del vínculo roto permanecían incluso tras esmaltarlas de nuevo.

La mirada gris de Wenzhi adquirió un matiz severo.

—¿Lady Xihe te ha hecho daño?

El orbe desprendió otra oleada de calor y yo me estremecí.

—No, es la pluma. Quema mucho.

—Deja que te ayude.

Saqué la esfera de la bolsa y él me la quitó de las manos. Era un alivio cedérsela a otra persona, incluso aunque estuviera resistiendo el impulso de recuperarla. Al ver la pluma en manos de Wenzhi, recordé con incomodidad las perlas que me había arrebatado una vez. La pluma ardía y las barbas temblaban como si estuvieran vivas. Wenzhi la alzó para examinarla y una llamarada brotó del interior y le golpeó el hombro. Él ni se inmutó; se aferró a la esfera con más fuerza y una luz fluyó de sus dedos y envolvió el orbe con una capa de escarcha.

Seguí la pluma con la mirada mientras él se sentaba a mi lado. Antes de tener la oportunidad de pedirle que me la devolviera, me la tendió; ahora estaba fría y yo volví a metérmela en la bolsa y la cerré con un nudo.

—Gracias —le dije con rigidez—. Por haberme proporcionado un escudo antes. Y... por esto.

—Era lo menos que podía hacer, ya que ibas a ser tú la que se viera las caras con Lady Xihe. —Su voz adquirió un tono peligrosamente bajo—. ¿Qué es lo que te ha hecho?

No respondí y le miré la herida que le había hecho la pluma; tenía la piel enrojecida.

—¿Duele?

En sus labios se dibujó una leve sonrisa.

—¿Estás preocupada por mí?

Me encogí de hombros, fingiendo indiferencia.

—No. Resultaría inconveniente si murieras.

—Inconveniente —repitió lentamente—. Qué respuesta tan poco sentida.

Me negué a morder el anzuelo y responder y me volví para mirar la arboleda. Un tremendo resplandor emanaba de los árboles; las moras refulgían como si estuvieran en llamas. Su luz atravesaba la oscuridad de la noche y teñía el cielo de un tono rosa y carmesí. Lady Xihe y su hija no tardarían en montarse en el carro.

Wenzhi se recostó contra un árbol y cerró los ojos. Rara vez mostraba signos de incomodidad. ¿Le habría causado la pluma alguna herida interna? Las marcas del hombro le brillaban tanto como la cera derretida. Fruncí el ceño e, incapaz de contenerme, alargué la mano para inspeccionar la herida. Cuando me detuve, temiendo causarle alguna molestia, Wenzhi alzó el brazo y se llevó mi mano al pecho.

Una oleada de calor me recorrió el cuello. Aparté la mano y él me buscó con la mirada.

—¿De qué tienes miedo? —preguntó.

—De ti, no. —Elevé la barbilla—. Liwei no tardará en volver. Él te curará.

—Por torpes que sean tus intentos, prefiero sufrir en tus manos a que me atienda el mejor sanador del reino.

—No me he ofrecido a curarte —le dije con firmeza.

—Pues el príncipe celestial tampoco se ofrecerá. Sin duda, preferirá prolongar mi sufrimiento. Al igual que haría yo con él. —Esbozó una sonrisa irónica.

—Liwei no haría eso.

—Claro que no. —Su tono desprendió cierta aspereza—. Es el hombre perfecto. El más noble. Alguien que jamás te haría daño.

Mi silencio estaba cargado de reproche. Wenzhi sabía lo mucho que me había dolido cuando Liwei se comprometió con otra; un dolor distinto al de su calculada traición.

—He sido muy desconsiderado. —Inclinó la cabeza y apoyó un brazo sobre la rodilla—. En el pasado creía que pasaríamos el resto de nuestra vida juntos, cuando tú eras tan mía como yo soy tuyo. Últimamente apenas puedo pasar un momento a solas contigo.

—La relación que tenemos ahora... es más estrecha de lo que jamás creí que volvería a ser —le dije.

—Sí. Oírte pronunciar mi nombre sin odio ni recelo es un deseo que me ha acompañado durante el último año. A veces pensaba que siempre me detestarías... tal y como me merecía. —Dejó escapar un suspiro entrecortado—. Debería estar agradecido, pero no puedo evitar querer más.

—Jamás. —La voz se me quebró ligeramente—. Destrozaste lo que teníamos. Tendría derecho a odiarte para siempre.

—Pues ódiame, porque prefiero tu odio a tu indiferencia. —Sus ojos eran del color de los ríos en invierno; destellos de luz recorrían sus profundidades—. No puedo deshacer el pasado, pero mi esperanza reside en el futuro. Si me confías de nuevo tu corazón, hallarás la verdad que alberga el mío. Ya que eres la razón por la que me levanto cada día, la razón por la que vivo y respiro.

Pronunció aquella declaración con una pasión tan inquebrantable, que todo pensamiento me abandonó; me recorrió un calor inesperado. Tragué saliva con fuerza, esforzándome por disimular lo mucho que me había afectado, escondiéndome detrás de una máscara de indiferencia.

—A las palabras se las lleva el viento.

Me clavó la mirada.

—Entonces déjame que te lo demuestre con hechos.

Tenía el pulso acelerado y la respiración entrecortada. No distinguía qué emociones se agitaban en mi interior y tampoco quería examinarlas en profundidad. Se acercó lentamente hacia mí, como si le preocupara acabar espantándome. Debería haberme apartado, pero no lo hice. Su aliento me rozó los labios y su abrumador aroma a pino, a la brisa nocturna, a muchas cosas que quería olvidar, me inundó los sentidos. ¿Era capaz de oír los latidos de mi corazón? ¿La prueba de mi deseo, que tanto me esforzaba por reprimir?

Bajé los párpados y una calidez tentadora me recorrió la sangre. Pero entonces se detuvo y me acarició la mejilla con la mano.

—¿Esto te parece bien? —dijo con apenas un susurro.

Debería haberme apartado. Haberme levantado y echado a correr. Sin embargo, incliné la cabeza hacia él, como si un hilo invisible tirase de mí. Algo cambió en su expresión, oscureciéndose de deseo. Tragó saliva, justo antes de deslizar la mano por la curva de mi cuello. Su caricia fue firme pero tierna, y me atrajo hacia él con una pasión contenida que derrumbó mis últimas defensas. Posó la boca sobre la mía, curiosa y fiera. Abrí los labios y él aumentó la intensidad del beso, estrechándome con un anhelo que me dejó sin aliento. Ciñó el brazo a mi cintura en un agarre férreo y yo arqueé la espalda y noté la fría firmeza de su cuerpo. Una oleada de calor me recorrió la columna y percibí un destello de luz frente a mí, como una estrella en llamas. Tal vez aquella chispa hubiera estado siempre en mi interior, aletargada en vez de extinta. Tal vez anhelaba sentir algo que no fuera miedo o desesperación, aunque se tratase de aquellas confusas emociones que afloraban en mí. O tal vez fue cosa de sus sentidas palabras, del dolor que percibí en ellas.

Excusas. Mentiras para justificar la vergonzosa certeza de que una parte de mí aún lo deseaba, incluso después de lo que había hecho. Un punto débil que deseaba poder eliminar. Aparté a Wenzhi, casi temblando por el esfuerzo. Él me soltó de inmediato e interrumpió el abrazo; su seria expresión no reflejaba el gesto triunfal que había esperado encontrar.

—Me he preguntado todo este tiempo si solo él ocupaba tu corazón. Anhelaba saber si dentro me llevabas también a mí. —Un brillo feroz iluminó su mirada—. Todavía sientes algo por mí, aunque eres demasiado cabezota para admitirlo. ¿O es que tienes miedo?

—El deseo y el amor son cosas distintas. —Estaba ansiosa por desestimar lo que acababa de ocurrir entre ambos, por restarle importancia y apartarlo de mi mente. ¿Cómo era que me lanzaba a la batalla con toda facilidad y, sin embargo, cuando se trataba de aquellos asuntos, me comportaba como una cobarde?

—Así es —coincidió él—. Pero tú, Xingyin, jamás desearías a alguien por quien no sientes nada.

Su tono confiado me hizo hervir la sangre, pero no encontré las palabras para negarlo. Desvió la mirada hacia algo que había detrás de mí y yo me volví y vi a Liwei, totalmente petrificado, mirándome como si no me conociera.

28

M e levanté con torpeza, intentando encontrar las palabras. ¿Qué podía decirle?

No es lo que parece.

Puedo explicarlo.

No ha significado nada.

Salvo que sí que era lo que parecía y no podía explicar lo que acababa de ocurrir, ni siquiera a mí misma. En cuanto a la última afirmación... era incapaz de pronunciar aquella mentira. Al margen de lo que había ocurrido, aquello significaba algo, por mucho que deseara que no fuera así.

—¿Es lo que quieres? ¿Has tomado una decisión? —preguntó Liwei con firmeza, con la mirada desprovista de brillo.

—No. —Sentí un dolor en el pecho al ver su expresión dolida.

—¿Qué decisión? —preguntó Wenzhi. No le había contado cómo había puesto fin a mi relación con Liwei, las mentiras que le había dicho acerca de ambos.

—No te merece —dijo Liwei enérgicamente.

—Podría decir lo mismo de ti. —Wenzhi estiró las piernas y se puso de pie—. Tú, que renunciaste a ella para casarte con otra. La elección de un necio, algo que yo jamás haré.

—Solo la deseabas a tu manera. —Liwei se acercó, moviéndose con rigidez a causa de la ira—. ¿Acaso eres capaz de amar o solo la ves como una posesión?

—Lo que hay entre Xingyin y yo no es de tu incumbencia. Analiza tus propios defectos antes de ponerte a imaginar los míos. —Wenzhi endureció la expresión—. ¿Qué clase de vida pretendías ofrecerle? ¿Creías que sería feliz en el Palacio de Jade con la Corte Celestial? ¿Le habrías puesto una correa y la habrías convertido en un mero adorno que engalanase tu vida cuando tú mismo jamás te hubieras dignado a formar parte de la suya? No eres lo bastante fuerte para hacer lo que haga falta, para renunciar a lo que sea necesario para hacerla feliz.

Me reí con incredulidad y me volví para mirar a Wenzhi.

—Tú me encerraste. Me arrebataste los poderes. Intentaste imponerme tu voluntad, ¿y te atreves a hablar de lo que me va a hacer feliz?

—Sí, hice todo eso y me *equivoqué* —respondió Wenzhi con ferocidad—. Una parte de mí era consciente entonces, pero fui egoísta y tenía miedo. No quería perderte. Quería que tuviésemos la oportunidad de estar juntos, alejados de todo lo demás. De él. —Le dio la espalda a Liwei, salvó la distancia que nos separaba y se dirigió solo a mí—. Pero desde entonces me he contemplado en el espejo y no me ha gustado lo que he visto. Ojalá te dieras cuenta de que he cambiado. Si eres capaz de creer que él no volverá a hacerte daño... ¿por qué no crees lo mismo de mí?

—Porque lo que hiciste fue imperdonable —le dije con amargura—. Da igual si has cambiado o no; *nada* cambiará la clase de persona que fuiste, lo que hiciste, lo que destruiste.

Hizo una mueca, como si lo hubiera golpeado, pero su mirada permaneció tan brillante como el acero.

—Pues construyamos juntos algo nuevo.

—Ya basta de mentiras. —El tono de Liwei era áspero y despectivo.

Cerró sus largos dedos en torno al hombro de Wenzhi, pero este le agarró la muñeca y se lo quitó de encima.

—A ver si te atreves a hacer eso otra vez, Alteza. Libré mi primera batalla mientras tú aún estudiabas caligrafía y pintura.

—La educación que tú recibiste fue deficiente en *muchos* sentidos. —Liwei se echó hacia atrás y se llevó la mano a la empuñadura de su espada.

Me interpuse rápidamente entre ambos.

—Ya basta. No somos enemigos.

Se fulminaron con la mirada y finalmente se retiraron. Liwei me miró, dirigiéndome una pregunta tácita; ¿cómo no iba a hacerlo después de lo que había visto? Podría haber alegado confusión o arrepentimiento. Él lo habría aceptado sin rechistar, pero todos merecíamos algo mejor, pues aquellas mentiras no serían más que un bálsamo temporal... a pesar de que lo único que podía ofrecerle ahora mismo eran mentiras; a él e incluso a mí misma.

Pero no podíamos seguir así; estaban en juego asuntos más importantes. Aquel embrollo podíamos solucionarlo más tarde, cuando dispusiéramos de tiempo. Pero si fracasábamos... nada de eso importaría.

Los miré a ambos.

—Ahora lo más importante es detener a Wugang, una tarea imposible en sí misma. Debemos ser fuertes para lo que se avecina y juntos somos más fuertes que separados. —Me froté la nuca sin querer y me estremecí por el dolor que me provocaban mis heridas.

Al principio permanecieron callados, pero finalmente me dirigieron una inclinación de cabeza.

—Estás herida. ¿Qué ha pasado con Lady Xihe? —preguntó Liwei.

—He saldado viejas deudas. Se apiadó de mí.

—¿Se apiadó? —el tono de Liwei era de incredulidad—. Esas heridas no son meros rasguños.

—Tuve que enfrentarme al fénix. Fue el desafío de Lady Xihe a cambio de la pluma. —Noté una opresión en el pecho al recordar su tristeza—. Sabía quién era yo; podría haberme exigido mucho más. Perdió a nueve de sus hijos.

—No los mataste *tú* —me recordó Wenzhi.

—Y ella no me ha matado a mí —repliqué.

—¿Cómo averiguó Lady Xihe quién eras? —preguntó Liwei con seriedad.

Cerré los puños al recordar las artimañas de su madre, pero no era el momento de sacar el tema a colación. En cuanto nos hubiéramos ocupado de Wugang, no lo dejaría pasar.

—A la Diosa del Sol no se le escapa nada dentro de sus dominios.

—Has tenido suerte de salir con vida —repuso Wenzhi.

—Sí, y con esto. —Saqué la pluma, enroscada en el interior del orbe como un fragmento del sol. Las llamas recubrían el cañón y arañaban la barrera. No sentí ninguna satisfacción, sino más bien una carga casi insoportable por haberles quitado otra cosa más a dos personas que ya habían perdido demasiado.

—Debemos llevar la pluma al laurel. ¿Cómo burlaremos a los soldados que Wugang tiene apostados en la luna? —pregunté.

—La luna se encuentra bajo estrecha vigilancia para prevenir cualquier intrusión —advirtió Liwei—. Oí hablar del tema a los soldados mientras estuve encerrado; se preguntaban por qué se habían enviado tantas tropas para custodiar la luna cuando para proteger el Palacio de Jade no se tomaban tantas medidas.

Mi hogar se encontraba en manos de Wugang. Una sensación de amargura me corroyó por dentro al imaginar el Palacio de la Luz Inmaculada, tan tranquilo y pacífico, siendo el centro de aquel devastador complot. Me asaltó otro pensamiento aún más horrible.

—Mi fuerza vital se regeneró con tanta rapidez gracias al poder del laurel. ¿Y si los soldados de Wugang son allí más poderosos? ¿Cómo vamos a enfrentarnos a ellos en el lugar donde reside el origen de su poder?

—Es imposible —dijo Wenzhi con decisión—. Incluso si reuniéramos un ejército, Wugang percibiría nuestra aproximación y nos atacaría echando mano de todos sus recursos. Sería una carnicería.

—Y levantaríamos las sospechas de Wugang —advirtió Liwei—. Si descubre que tenemos la intención de destruir el laurel, utilizará todos los medios posibles para mantenerlo a salvo. Jamás podríamos llegar hasta él.

—Entonces debemos procurar que no se entere —convino Wenzhi.

Me animé al oírlos hablar de ese modo, sin resentimiento ni hostilidad.

—En el Mar del Este, tuvimos que hacer que fuera el gobernador Renyu quien viniese a nosotros —le dije a Wenzhi—. ¿Y si pudiésemos engañar a Wugang para que nos condujese hasta el laurel?

Tensó los labios mientras reflexionaba acerca de mis palabras.

—Solo hay una persona a la que Wugang dejaría acercarse al laurel —dijo Wenzhi por fin con una pizca de reticencia.

Guardé silencio, pues sabía a quién se refería. Sí, Wugang solo dejaría acercarse al laurel a una persona… y no porque confiase en ella, sino porque le brindaría la oportunidad de cumplir sus planes.

Mi madre.

—No. —Me daba la impresión de que me asfixiaba mientras le buscaba alguna pega a su sugerencia.

—La protegeremos. No sufrirá ningún daño.

Wenzhi no era de los que evitaba tomar decisiones difíciles. Una parte de mí quería arremeter contra él, incluso cuando una vocecilla en mi cabeza me susurraba que tenía razón. Era nuestra mejor oportunidad… tal vez la única.

—Los soldados cumplen las órdenes de Wugang, pero no le harán nada a tu madre —dijo Wenzhi—. Ya viste cómo se comportaron en la playa.

—Quizá, pero Wugang no tendrá reparos en hacerlo —argumenté—. Hará sangrar a mi madre para cosechar las semillas. No podemos dejar que se la lleve; no solo porque no pienso permitir que le haga daño, sino porque en cuanto Wugang se haga con ella, la victoria será suya.

Proseguí.

—Mi madre no dispone de magia, nada con lo que camuflar o desplegar el poder de la pluma. Wugang se percataría de inmediato de que la lleva encima, si es que esta no acaba con ella primero, y si perdemos la pluma… habremos fracasado.

Solo entonces me di cuenta de que estaba temblando. Liwei me tocó el brazo.

—Tienes razón. Hallaremos otro modo.

—¿Y si alguien se hiciese pasar por tu madre? —propuso Wenzhi.

Yo ya había hecho algo así; en el Mar del Este, había fingido ser Lady Anmei. Pero aquella artimaña no funcionaría en este caso.

—Wugang es mucho más astuto que el gobernador Renyu; no bastaría con un simple cambio de ropa. Conoce a mi madre porque se hospedó con nosotras, conoce su voz, sus gestos y su aura, y no se le van a olvidar.

—¿Qué tal un encantamiento? —sugirió Liwei—. Aunque los pocos que conozco son meramente superficiales, una ilusión del rostro y la figura.

Recordé el encantamiento que utilizó Tao la vez que nos colamos en la cámara del Tesoro Imperial, cuando me había hablado de otro hechizo.

—Me han contado que existe una magia muy poco habitual que es capaz de replicar no solo la apariencia de una persona, sino también su aura y su voz —añadí lentamente—. Si es cierto, yo podría hacerme pasar por mi madre.

Liwei frunció el ceño.

—Cada aura es única, igual que las huellas de nuestros dedos. Debe tratarse de una magia antigua, pues hoy en día no he oído hablar de ella.

—Antigua y prohibida —dijo Wenzhi con seriedad—. El Pergamino del Espejo Divino es uno de los encantamientos de la Mente más poderosos. Mientras se encuentra activo, resulta casi imposible que alguien detecte la diferencia.

—¿Un pergamino *prohibido*? —El tono de Liwei rezumaba aversión.

—Uno de los muchos que destruyó tu padre —respondió Wenzhi con frialdad—. Por suerte para nosotros, fueron restaurados.

—¿Dónde está? —le pregunté a Wenzhi. Puede que Liwei me considerara una hipócrita, dispuesta a utilizar cualquier método para salir victoriosa. Dadas las circunstancias, tal vez tuviera razón.

—El pergamino lo tiene mi padre. Es una de sus posesiones más preciadas.

—¿Crees que nos lo dará? —pregunté, asaltándome las dudas.

—Se lo pediré, pero desconfiará de mi petición. Mi padre no se fía de nadie. Ni de sus cortesanos ni de sus consortes, y menos aún de sus hijos. Cuanto más está en juego, más posibilidades hay de que te traicionen —dijo Wenzhi con gravedad.

Algo asomó a su expresión. ¿Estaba acordándose de cuando me había traicionado para quedarse con las perlas de los dragones? La codicia, la ambición y el miedo eran fuerzas poderosísimas que podían nublar el corazón y la mente.

Un pájaro trinó, un atento heraldo del amanecer. Wenzhi miró al cielo, que empezaba a iluminarse, teñido de carmesí y rosa.

—Volveré para hablar con él antes de que se marche a la corte.

—Te esperaremos junto a la frontera del Mar del Este. No me atrevo a permanecer aquí, pues Lady Xihe no tardará en salir.

Wenzhi asintió y alzó la mano para invocar una nube. Tenía el cuerpo cargado de tensión y la expresión sombría. ¿Le preocupaba tener que hablar con su padre? Qué extraña era la relación entre padres e hijos en la realeza. ¿Era el poder lo que enturbiaba el vínculo? ¿Las arduas expectativas del deber? El Emperador Celestial había menospreciado a Liwei por su falta de crueldad y ambición, mientras que el padre de Wenzhi temía que su hijo exhibiera dichas características en exceso.

Ni Liwei ni yo hablamos mientras volábamos hacia el Mar del Este. Caí en la cuenta de que era la primera vez que estábamos solos desde nuestra huida del Palacio de Jade, apenas unos días antes, aunque me daba la sensación de que habían pasado décadas. Ya no era la chiquilla que había llegado al Patio de la Eterna Tranquilidad, ni siquiera era la misma persona que le había ayudado a escapar. Algunos años transcurrían sin dejar huella en nuestra vida, mientras que un solo momento bastaba para trastocarla.

La muerte había acabado con una parte intrínseca de mí. Con aquella carga constante, le felicidad se me antojaba difícil de alcanzar. Liwei se encontraba a un palmo de distancia, aunque parecía que fueran diez y que hubiera un muro entre ambos. Contemplaba el cielo mientras unos cuantos mechones de su larga cabellera le caían por el rostro.

—¿Todavía te duelen las heridas? —preguntó.

—No. —Agradecía la distracción que me proporcionaban de mis otros dolores, los invisibles.

Se inclinó hacia delante y me tomó la mano. El calor de su energía penetró en mi cuerpo; me curó las últimas heridas y restauró mis poderes, que se me habían agotado hasta niveles preocupantes. Respiré aliviada al notar que recuperaba la fuerza en las extremidades.

—¿Qué ocurrió en la arboleda? —preguntó, apartándose—. Lady Xihe y su fénix son poderosos. ¿Cómo resististe sus ataques?

—Wenzhi me ayudó. Me proporcionó un escudo.

Contrajo el rostro.

—Tienes razón en que este no es el momento para discutir tales asuntos, pero quiero decirte algo: si estás confundida, es cosa suya. Es un maestro de la manipulación.

—No —dije lentamente—. Son mis propios sentimientos.

Clavó su oscura mirada en la mía; aunque en el pasado había sido capaz de interpretarla, ahora era insondable.

—¿Querías besarlo?

Aparté la mirada.

—Ojalá no lo hubiera hecho. —Aquello no respondía del todo a su pregunta, y no era lo que él quería oír.

—Lo que sientes ahora... creo que se te pasará. No dejes que nuble tus sentimientos.

La intensidad del tono de Liwei me sobresaltó. Al escudriñar su expresión, descubrí arrugas nuevas en su frente y en las comisuras de los labios. Aquellos días también le habían pasado factura.

—Liwei, ¿te encuentras bien? Debes de estar preocupado por tus padres.

—Mi madre disimula su inquietud, aunque está asustada. En cuanto a mi padre... —La voz se le entrecortó—. Debo volver al Palacio de Jade. Debo ayudarlo...

—Caerías de lleno en la trampa. Hay pocas cosas que los usurpadores de tronos ansíen más que echarles el guante a los herederos extraviados —dije sin rodeos.

—Matará a mi padre.

—No, Wugang es prudente. Mantendrá a tu padre con vida hasta asegurar su posición. Mientras no te capture sigue siendo vulnerable. —Y añadí de forma solemne—. Si Wugang quisiera matar a tu padre, ya lo habría hecho. —La verdad sin ambages ofrecía, de vez en cuando, el mayor consuelo.

Qué extraño me parecía que unas semanas atrás fuera el Emperador Celestial quien me aterrorizase, a quien detestase. Sin embargo, en comparación con la crueldad sin sentido de Wugang, el Emperador Celestial resultaba una opción más adecuada para el reino..., aunque no podía evitar pensar que Liwei sería un gobernante mucho mejor.

—¿Apoyará la reina Fengjin a tu familia? —pregunté.

—Las circunstancias son tan inciertas que la reina fénix no sabe muy bien si oponerse a Wugang. Ya no se trata de defender nuestra posición, sino de recuperarla... una cuestión mucho más difícil que requiere una mayor convicción.

Un vínculo más fuerte que el de unos meros aliados.

—Deberías casarte con la princesa Fengmei. —Aquellas palabras casi me asfixiaron, pero la princesa podría brindarle muchas más cosas de las que yo sería capaz: un reino, una corona, un futuro. Mientras que lo único que me había pedido Liwei a mí era el corazón, y ni siquiera eso podía ofrecerle.

—¿Quieres que me case con ella, Xingyin? —Una nota de tristeza tiñó su voz.

Reprimí el impulso instintivo de protestar y me obligué a decir:

—Debes hacer lo mejor para ti y para tu familia.

Me estrechó la mano con fuerza y durante un momento me perdí en el cálido recuerdo de su contacto.

—Siempre te has rebelado contra lo que la vida te deparaba, tuvieras o no esperanzas de salir victoriosa. Imaginaste lo imposible y te labraste tu propio camino cuando no encontraste alternativa. No renuncies ahora a lo nuestro.

—No soy quien tú crees —susurré—. He cometido muchos errores. He herido a las personas que me importaban, he fallado a aquellos por los que habría dado cualquier cosa por salvar. —Me arranqué aquella confesión de lo más profundo de mi ser.

—No, Xingyin… te has enfrentado a más dificultades que la mayoría. Las espadas más resistentes son las que se forjan con fuego. —Me dirigió una sonrisa, y vi un eco de mi antiguo compañero de estudios, pero acto seguido, su expresión volvió a ser sombría—. No me rendiré mientras tú no te rindas, permaneceré a tu lado mientras me lo permitas.

Mis emociones estuvieron a punto de desbordarse. Anhelaba su fuerza, su consuelo y su amabilidad, todo aquello de lo que me había enamorado y que aún amaba.

—No sé lo que quiero. Y ahora mismo, no importa.

—Dime, ¿sigues llevándome en el corazón?

—Sí. —No vacilé, pues era la verdad.

—Igual que te llevo yo en el mío. —Inclinó la cabeza hacia mí—. No saber y no querer son cosas distintas. Mientras haya esperanza, esperaré.

Antes de poder responderle, noté una vibración en el aire. Alcé la cabeza y miré a mi alrededor.

—El viento ha cambiado de dirección. Es más fuerte. Y más frío.

—Se aproximan unas nubes —me confirmó de forma sombría.

—Debemos marcharnos. Deben de ser los soldados de Wugang.

—Podrían ser los de Wenzhi. Otra trampa. —Tenía la voz teñida de sospecha.

Negué con la cabeza. La pluma habría supuesto una enorme tentación, y cuando salí de la arboleda, debilitada y herida, Wenzhi podría habérmela arrebatado con facilidad. Ignoraba lo que su corazón encerraba, pero no era deslealtad… al menos, ya no.

Mientras nuestra nube se elevaba, una fuerza nos golpeó por detrás y nos detuvo bruscamente. Me tambaleé, procurando no perder el equilibrio mientras nuestra nube retrocedía como un pez en un anzuelo. Estábamos atrapados. Me volví y vi a los soldados no muertos de Wugang acercándose a nosotros; eran seis, con la mirada vacía y un propósito mortal. Amenazadoramente silenciosos, con los labios sellados. Sus armaduras doradas y blancas destellaban y su piel translúcida parecía casi plateada; la luminosa telaraña de venas que recorría aquellos rostros resplandecía con la luz del alba.

¿Habría descubierto Wugang que teníamos la pluma? No, de lo contrario habría mandado a todo su ejército para arrebatárnosla. Ni siquiera los dragones conocían su existencia, solo la emperatriz, pues únicamente ella había sido amiga de la Diosa del Sol. Aquella debía de ser una de las patrullas encargadas de peinar los cielos en nuestra busca, puesto que Wugang iba tras mi madre.

Los soldados se dirigieron a nosotros; las cuencas de sus ojos brillaban como farolillos idénticos. Alzaron las manos al unísono y nos apuntaron con las guandao; la luz crepitó en las cuchillas y unas descargas salieron disparadas hacia nuestra nube.

Esta se sacudió con violencia, pero Liwei hizo brotar de sus palmas unas llamaradas de fuego que se envolvieron a uno de los soldados. No obstante, la criatura no se achicharró ni se desmoronó, tal y como había pasado en la playa. Un halo blanco le recorrió la piel y curó sus heridas, mientras los demás soldados atravesaron las llamas de Liwei como si fueran cintas. Tomé el arco y le disparé una flecha a uno de los soldados; la descarga de Fuego Celestial le golpeó el disco del pecho. El soldado se tambaleó hacia atrás por la fuerza del impacto, pero el jade permaneció intacto. ¿Lo habrían reforzado? Lancé otra flecha, pero un escudo se alzó en torno a los soldados y bloqueó mi disparo.

—Han aprendido a defenderse y a ayudarse los unos a los otros —dijo Liwei con la voz tensa.

Me fijé en los soldados que se acercaban, y la piel se me erizó al ver el destello maligno que emitían sus guandao. No tardarían en alcanzarnos.

—Entonces debemos golpearlos con fuerza a todos a la vez —dije.

Las llamas brotaron de las palmas de Liwei en dirección a los soldados, agitándose como una nube de fuego. Los soldados levantaron la cabeza a la vez; el gesto inexpresivo e indiferente de aquellos rostros resultaba escalofriante. Sentí un estremecimiento, pero me obligué a mantener la compostura y lancé una flecha hacia las llamas de Liwei. El Fuego Celestial dio en el blanco y fragmentó el ardiente cúmulo, que cayó sobre los soldados como un torrente abrasador. Un olor acre y amargo impregnaba el aire, el olor de la carne y la piel chamuscadas, si es que estaban hechos de tal cosa. Sin embargo, los soldados no emitieron ningún sonido cuando las pálidas heridas se les extendieron por el cuerpo como si fuera moho sobre fruta podrida.

Liwei desenvainó la espada y cercenó las ligaduras invisibles que sujetaban a nuestra nube. En cuanto nos desprendimos de ellas, la nube salió disparada hacia el cielo. La magia fluyó desde nuestros dedos, canalizando una ráfaga de viento que nos hizo avanzar a más velocidad. Nuestras túnicas ondearon de forma salvaje y el cabello se me soltó. Miré hacia atrás y vi a los soldados en el mismo punto donde los habíamos dejado, mientras una luz espeluznante les recorría el cuerpo y los regeneraba.

Se me revolvieron las tripas. Eran el arma perfecta: incansables e irreflexivos, rápidos y fuertes. Todo un ejército de aquellos soldados arrasaría los reinos igual que una hoz al cortar la cebada. Esta vez habíamos escapado, pero ¿y la siguiente? ¿Y si no quedara ya ningún lugar al que huir?

Nos dirigimos rápidamente hacia el sur, por encima de los frondosos bosques del Reino Celestial. Por fin, divisamos las arenas del Desierto Dorado en el horizonte. Una figura alta volaba hacia nosotros en una nube de un tono gris violáceo.

—He percibido vuestra presencia —dijo Wenzhi mientras se acercaba—. ¿Qué hacéis aquí?

—Los soldados de Wugang han dado con nosotros. Son más fuertes, apenas hemos logrado escapar —le expliqué.

—No podrán acceder al Muro Nuboso —me aseguró—. Tenemos un modo de bloquear el paso a visitantes no deseados.

—Sea cual fuere ese modo, tal vez no funcione con los soldados de Wugang —advirtió Liwei.

—Tal vez —concedió Wenzhi con el ceño fruncido—. Esperemos que Wugang no quiera poner a prueba de momento nuestras defensas. Ya tiene bastantes enemigos en el resto de los Dominios Inmortales.

—¿Has hablado con tu padre? ¿Nos ayudará? —le pregunté.

Su mirada tenía el mismo color que un mar embravecido.

—Su ayuda tiene un precio.

No debería haberme sorprendido. Parecía ser lo habitual con los reyes y las reinas; aquellos que más poseían eran reacios a prestar su ayuda sin sacar algo a cambio.

—¿Qué quiere? —pregunté con recelo.

Wenzhi me clavó la mirada y el tono de su voz se tornó más intenso.

—Xingyin, he intentado por todos los medios que mi padre cambiase de opinión.

El temor se abrió paso en mi interior.

—¿A qué te refieres?

—Mi padre nos dará el pergamino… como regalo de bodas.

29

E l aroma de la madera de sándalo que flotaba en el aire emanaba desde los incensarios de bronce que había repartidos por la estancia. Unas hileras de faroles de seda colgaban del techo y arrojaban su ardiente resplandor sobre las paredes de obsidiana. Los invitados reposaban sobre cojines de brocado, esparcidos por todas partes, y bebían de tazas de porcelana dorada. Había platitos de comida dispuestos sobre mesas bajas de caoba: empanadillas al vapor recubiertas con resplandecientes huevas de cangrejo, finas lonchas de cerdo asado aderezadas con salsa de jengibre y cebolleta, y delicados rollitos de primavera dorados y crujientes.

Los inmortales del Muro Nuboso parecían inclinarse por los colores vivos e iban envueltos en brillantes tonalidades de amatista y esmeralda, rubí y aguamarina. En comparación con ellos, yo debía de parecer una flor apagada, aunque los sirvientes de palacio me habían ofrecido una deslumbrante variedad de ropajes. Al no estar de un humor demasiado animado, escogí el atuendo más sombrío que encontré: confeccionado con una seda verde tan pálida que rozaba el gris. La falda tenía bordados unos crisantemos amarillos y estos se movían como agitados por el viento que se arremolinaba en espirales plateadas de hilo. Llevaba el cuello y las muñecas desprovistas de adornos y el pelo recogido con una cinta lisa de seda, cuyos largos extremos me rozaban la espalda.

—Hacemos buena pareja —comentó Wenzhi a mi lado con una ligera sonrisa en los labios.

—Por supuesto que *no*. —No me apetecía mostrarme complaciente. Se me retorcían las entrañas por estar allí, un lugar al que nunca
imaginé que volvería. La fragancia del incienso me obstruía las fosas
nasales y las oscuras paredes parecían cerrarse a mi alrededor; evoca-
ciones inquietantes que me asaltaron y a las que me aferré, recordán-
dome a mí misma que jamás debía bajar la guardia.

—Quería decir que nuestras ropas van a juego —dijo Wenzhi, y
su sonrisa se hizo más ancha.

Él también se había cambiado; llevaba una túnica de cuello alto
de color verde musgo con un dibujo de hojas bordado en hilo de oro
a lo largo del dobladillo. El color resaltaba los ángulos de su rostro y
el tono más oscuro de su piel. El corazón se me aceleró, pero reprimí
aquel impulso traicionero.

No había venido por capricho. Necesitamos la ayuda del rey
Wenming y yo tenía la esperanza de poder convencerlo para que olvidase sus indignantes condiciones. No había ido a representar el papel de una nuera dócil. Sería una espina, una víbora, el halcón con el
que Wenzhi me comparó una vez.

El rey Wenming estaba sentado en un trono de ébano sobre una
tarima; tenía la espalda erguida y la mirada, despierta y evaluadora.
Una ornamentada corona de oro reposaba sobre su cabeza, bordea-
da de cuentas de amatista que le caían sobre la frente. Sus ropas
eran de un apagado tono ceniza y contrastaban con las brillantes
vestimentas de las tres mujeres que había detrás de él, pues estas
llevaban las exquisitas túnicas bermellón, coral y lapislázuli salpicadas de perlas.

Wenzhi me condujo a una mesa baja en la parte delantera. Nos
sentamos sobre unos cojines planos de brocado y yo recorrí la estancia con la mirada, aunque mis ojos siempre volvían a la tarima. Según
los rumores, el rey Wenming no tenía reina sino numerosas esposas,
y supuse que las tres presentes eran las favoritas.

—Mi madre es la Consorte Noble de tercer rango, la que va vestida
de coral. Mientras que la Consorte Virtuosa de primer rango es la madre de Wenshuang —me explicó Wenzhi mientras levantaba la jarra de

porcelana y llenaba nuestras copas de vino—. Tener múltiples consortes es tan común aquí como en el Reino Celestial.

—¿Por qué conformarse con una cuando hay tantas? —Pronuncié aquello con un tono más mordaz de lo que pretendía. No me parecía justo que hubiera tanta gente dedicándose en exclusiva a una sola persona, ya fuera una reina o un rey, a menos que fuera por elección propia. De lo contrario, aquella pugna por el afecto y la posición constituía una situación poco envidiable.

Wenzhi jugueteó con el borde de su taza.

—Podría haber un campo repleto de flores y, sin embargo, yo solo necesitaría una.

—Algunas flores tienen espinas —dije con frialdad—. Y si las arrancas, te pinchas.

Desvió la mirada hacia mí.

—Esas son las más valiosas de todas.

Ignoré el vuelco que me dio el corazón y volví a centrar la atención en la tarima. Una sombra se cernió sobre nosotros y, al levantar la mirada, vi un par de ojos amarillos, tan brillantes como los de una serpiente. El príncipe Wenshuang. Noté algo caliente y amargo en la parte posterior de la garganta y el estómago se me revolvió con violencia. Recordé con angustia el modo en que había pegado su cuerpo al mío, su fétido aliento rozándome el cuello. Busqué de forma instintiva el arma que no llevaba encima, antes de cerrar los puños y posarlos, impotente, sobre mi regazo.

El príncipe Wenshuang iba ataviado con una resplandeciente túnica de brocado salpicada de amatistas y llevaba el cabello recogido en un tocado de oro. Unas ornamentadas sortijas le adornaban los dedos, los mismos con los que me había golpeado la mejilla y me había manoseado. Sentí una oleada de pánico, pero la reprimí. No pensaba acobardarme; era él quien debería huir.

—Nuestro gorrión ha vuelto —se burló él—. ¿Me echabas de menos?

Me daban ganas de darle un bofetón, pero en lugar de eso, le dirigí una mirada de desprecio.

—El cadáver de una rata sería mucho mejor compañía que tú.

Al príncipe Wenshuang se le tiñó la piel de rabia.

—Podría hacer que te desollaran por eso.

—Inténtalo. Recuerda lo que te hice sin mis poderes.

Mi tono era áspero, no transmitía ni la repulsión ni el miedo que él me despertaba.

—Piérdete, hermano. —Wenzhi se alzó cuan largo era, con la voz cargada de amenaza—. No olvides lo que te hice la última vez; sigues de una pieza gracias a que padre intervino. Te lo advertí entonces y te lo advierto ahora, mantente alejado si valoras tu vida.

El príncipe Wenshuang retrocedió estremeciéndose. Una feroz satisfacción me recorrió al verlo alejarse sin mediar otra palabra.

—Debería haberte protegido de él —dijo Wenzhi.

—¿Después de que yo te drogase y te diese por muerto? Qué noble eres —dije de forma frívola, intentando sosegarme tras el repulsivo encuentro.

Suspiró y me tendió la mano.

—Solo contigo, Xingyin. Ojalá no me despertaras unos sentimientos tan inconvenientes. —Al no moverme, añadió—. Dámela, aunque solo sea por guardar las apariencias. Mi padre cree que vamos a casarnos.

Asentí y deposité mi mano sobre la suya con suavidad; cerró los dedos alrededor de los míos. Se me aceleró la respiración a medida que nos aproximábamos a la tarima; los guardias se hicieron a un lado para dejarnos pasar, aunque no nos perdieron de vista ni un momento. Seguí el ejemplo de Wenzhi y le dirigí una reverencia al rey, inclinándome desde la cintura. De cerca, su aura nos inundó, tan resbaladiza y opaca como un estanque helado. Al levantar la cabeza, mis ojos tropezaron con los suyos, casi blancos y de una brillante iridiscencia, como la de los ópalos. Los ángulos de su rostro eran afilados y su cuerpo, esbelto y largo. Dos vetas finas y rojizas conformaban sus labios, que esbozaban una sonrisa carente de humor.

—Sé bienvenida, hija de Chang'e y Houyi.

Fue un saludo cordial, y su voz sonaba aterciopelada, aunque se me estremecieron las entrañas al oírla.

—Gracias, Majestad.

Una de las mujeres dio un paso adelante: la Consorte Noble, la madre de Wenzhi. Llevaba el cabello oscuro recogido con unas horquillas de jade de las que colgaban unas cadenas de coral que le llegaban hasta los hombros, de la misma vívida tonalidad que su túnica. Sus ojos redondos eran del intenso color marrón de los castaños y su rostro tenía forma de óvalo. A pesar de la delicadeza de sus rasgos, irradiaba una serena fortaleza.

Wenzhi se inclinó ante ella y su voz adquirió un tono más cálido que cuando se dirigió a su padre.

—Madre, esta noche tienes buen aspecto.

Ella le sonrió, rebosante de alegría.

—Gracias, hijo mío. Me alegro de que estés aquí. La Consorte Virtuosa dijo que no ibas a venir. —La madre de Wenzhi miró a la dama vestida de bermellón que tenía detrás, cuya boca exhibía una mueca de desprecio.

Mantuve una expresión serena mientras Wenzhi me dirigía un gesto.

—Esta es Xingyin.

—He oído hablar mucho de ti. —Su voz vibró de risa, pero se trataba de una risa cargada de humor, no de desprecio. Se quitó un brazalete de jade de la muñeca y me lo tendió; era de un tono vivo y translúcido—. Un obsequio.

—Os lo agradezco, Consorte Noble, pero debo rechazarlo. —Mi negativa afloró con rigidez, discordante con la generosidad del gesto.

Frunció el ceño mientras se ponía de nuevo el brazalete. Tal vez me considerase tímida o, más probablemente, una maleducada. Pero no deseaba el obsequio. Jamás me había gustado aceptar regalos de desconocidos, sobre todo, cuando ignoraba su auténtico precio.

—¿Te ha contado mi hijo cuáles son mis condiciones? —El rey lanzó aquellas palabras como si fueran dardos, clavándome su aguda mirada.

—Sí, Majestad, pero no entiendo la necesidad de esta unión —dije con cuidado—. Wugang constituye una grave amenaza para todos. Debemos unirnos para derrotarlo.

El rey Wenming tamborileó sobre el reposabrazos del trono de forma incesante y pausada.

—Mi hijo ya me ha puesto al corriente. Según él, el ejército de Wugang es casi invencible, capaz de destruir a un inmortal con una sola estocada. Puede que sean inmunes a nuestra magia, aunque eso aún está por ver.

Me animé al oír sus palabras. Tal vez fuéramos capaces de convencerlo con nuestra urgencia.

—Wugang no solo pretende gobernar el Reino Celestial, sino los Dominios Inmortales en su totalidad. Solo es cuestión de tiempo que ponga la mira también en el Muro Nuboso.

—En efecto —coincidió el rey con suavidad—. No obstante, eso no quita que tengas que pedirme un favor.

Tragué saliva con un nudo en la garganta.

—Necesitamos el Pergamino del Espejo Divino para detenerlo.

—Lo dices como si se tratara de una simple petición. Muchos han querido utilizarlo para perseguir sus propios fines. ¿Qué pretendes hacer con el pergamino? —Endureció el tono y dejó de mover los dedos.

¿Me consideraría una embustera? ¿Creería que conspiraba con su hijo para arrebatarle el poder?

—Si Su Majestad lleva a cabo el encantamiento sobre mí, podré acercarme lo suficiente a Wugang y acabar con esto. —No le conté el resto del plan; no confiaba en él.

—Padre, yo permaneceré al margen —enfatizó Wenzhi—. Serás tú quien ponga en práctica el encantamiento. Además, Xingyin carece de talento para ejecutar nuestra magia; no supone ninguna amenaza para ti.

—Eso lo decidiré yo —dijo el rey, levantando la mano.

Antes de que pudiera interpretar el significado de sus palabras, una luz violeta emergió de la palma del rey y se precipitó hacia mí. Intenté levantar un escudo, pero ya era demasiado tarde; la luz me golpeó y me provocó una sensación desagradable, como si me hubieran lanzado polvo a los ojos. Me retorcí mientras la molestia se intensificaba y noté unas punzadas en el cuero cabelludo. El pulso se me aceleró y me llevé los dedos a la cabeza, intentando desprenderme de aquel enemigo que se había abalanzado sobre mí sin previo aviso, sin ser oído, sin ser visto. Eché mano de mis poderes y me esforcé por levantar una barrera; una tarea que resultó tan inútil como arrebozar la porcelana con arena. La fuerza asaltó mis sentidos con más vehemencia, el dolor era cada vez más intenso y un grito tomó forma en mi garganta...

—¡Ya basta, padre!

La furia y el terror que desprendía la voz de Wenzhi se abrieron paso a través de mi sensación de aturdimiento. Desplegó una densa niebla que me envolvió y me liberó del malévolo dominio que su padre estaba ejerciendo sobre mi mente. Me agarró la mano con fuerza y sus poderes recorrieron mis venas con una energía revitalizadora. Recuperé el aliento, pero apenas podía moverme; seguía aturdida por aquella despiadada intrusión.

—¡Traición! —gruñó la Consorte Virtuosa, señalando a Wenzhi—. ¿Cómo te atreves a atacar a tu padre, nuestro rey?

—No le he atacado. —Wenzhi habló con una calma imperturbable; en su mirada destellaba un brillo peligroso—. No permitiré que nadie le haga daño, ni siquiera tú, padre.

Sus palabras despertaron en mí una sensación cálida, acentuada por el impulso de desdeñar su gesto protector. Pero guardé silencio por precaución, ya que aquel no era un lugar menos peligroso que la Corte Celestial.

—Las acusaciones de la Consorte Virtuosa son un disparate. El vino ha debido de subírsele a la cabeza —dijo la madre de Wenzhi con una radiante sonrisa mientras se inclinaba ante el rey—. Majestad, mi hijo no os ha atacado. Solo protegía a la chica, su prometida.

La tensión invadió el rostro del rey, que miró a Wenzhi con desagrado.

—Esta vez lo dejaré pasar, pero *jamás* vuelvas a levantarme la mano. Si pretendes gobernar, tendrás que ocultar mejor tus sentimientos.

Los últimos coletazos de agonía se desvanecieron, pero yo temblaba, encogida a causa de la terrible experiencia. Tenía náuseas y me sentía violentada. No obstante, levanté la cabeza y miré al rey a los ojos.

—No volváis a hacerme eso —le advertí, a pesar de los vestigios de miedo que aún sentía.

El rey sonrió como si saboreara mi incomodidad.

—Es fuerte —reflexionó en voz alta—. Sin embargo, tal y como dijiste, carece de talento para nuestra magia.

—La próxima vez, padre, fíate de mi palabra en vez de recurrir a esto. —Wenzhi seguía teniendo los puños cerrados.

—Solo me fío de mis ojos y mis oídos. Deberás aprender a hacer lo mismo en cuanto asciendas al trono.

Me enfurecía que el rey se hubiera atrevido a hacerme algo tan despreciable con la misma indolencia de quien se sacude una mota de polvo de la túnica. Me mordí la lengua y atemperé la rabia, alegrándome de no haberle mostrado mis pensamientos durante nuestro breve altercado.

No le habrían hecho ninguna gracia.

Un escalofrío me recorrió al pensar en la infancia y la juventud de Wenzhi, con un hermano que le habría asesinado de buena gana y un padre que veía comportamientos traicioneros por todas partes. No era de extrañar que se hubiera convertido en un estratega tan despiadado; había estado practicando desde que era un niño, guardándose de su propia familia, nada menos.

—Padre, ¿no he demostrado mi lealtad? —preguntó Wenzhi—. Deseo librar al reino de esta amenaza, ya que constituye un peligro mucho mayor que el Reino Celestial.

El silencio flotaba en el ambiente. El rey se acomodó en el trono con un brillo astuto en la mirada.

—Me pides un gran favor. ¿Cómo sé que no eres una espía celestial? ¿Acaso no los servías en el pasado? —La acusación afloró repentina e inesperada.

El rey pensaba de un modo tan retorcido... casi echaba de menos la furia contundente del Emperador Celestial.

—Majestad, no se trata de ningún truco. De haber mentido, ¿no lo habríais percibido? —Un desafío tan liviano que esperaba que mordiera el anzuelo.

Negó con la cabeza como diciendo: *eso no basta*. Descansó el codo en el reposabrazos del trono y apoyó la barbilla en el puño. La Consorte Virtuosa le ofreció una copa de vino, pero él la rechazó con un impaciente movimiento de la mano.

—El Pergamino del Espejo Divino es un tesoro muy preciado del reino. Solo puede usarse una vez. Es un encantamiento difícil de ejecutar y tiene un gran coste para aquel que lo lleva a cabo. ¿Eres digna de él? ¿Puedo fiarme de ti, una forastera que no comparte con nosotros ni la sangre ni el nombre? —Hablaba de forma deliberadamente lenta—. Otra cosa sería que fueras de la familia. Si quieres el pergamino, ya sabes cuáles son mis condiciones.

—¿Por qué queréis que me case con vuestro hijo, Majestad? —Una parte de mí temía su respuesta.

La risa del rey se parecía al sonido que hacían las piedras al chocar entre sí.

—No posees ni reino ni título alguno, aunque tu linaje es poderoso, como el de la magia que corre por tus venas. Mis informantes me han hablado de tus hazañas: de la posición que ostentabas en el Ejército Celestial, de los dragones, y sí, de la vez que desdeñaste nuestra hospitalidad y huiste.

Unas risas amortiguadas recorrieron la estancia y Wenzhi se dio la vuelta. La mirada que dirigió a los presentes las sofocó de forma tan eficaz como una espada desenvainada.

El rey se inclinó hacia delante y me clavó la mirada.

—Cásate con mi heredero y el pergamino será tuyo.

—No. —La negativa brotó de mis labios antes de poder reprimirla. Oír su exigencia de una manera tan implacable me sacudió. Pero me tragué mis palabras más hirientes, pues no podía arriesgarme a ofender al rey. Para él aquella no era una petición irrazonable. Los hijos de la realeza a menudo se casaban según las preferencias de sus padres, ya fuera para asegurar una alianza, fortalecer los lazos o resolver antiguas rivalidades.

Pero yo no pertenecía a la realeza y no era de las que obedecía órdenes, sobre todo las que provenían de monarcas autoritarios.

El rey esbozó una sonrisa astuta y señaló a Wenzhi.

—Vamos, ni que fuera un enorme sacrificio. Mi hijo no es desagradable a la vista. Y además, no es que seáis extraños; en el pasado te gustaba bastante.

Rechiné los dientes y Wenzhi me lanzó una mirada de advertencia. No me hacía falta que me lo recordase; no pensaba arremeter como una chiquilla petulante.

—Me honráis, Majestad. —Las palabras se deshicieron en mi boca como pan rancio—. Pero estoy prometida a otro.

No tuve ningún reparo en mentirle. Wenzhi se tensó a mi lado con el rostro impasible.

El rey se encogió de hombros.

—Esas cosas cambian con la misma velocidad con la que se pierden reinos.

—Un esposo no se intercambia tan fácilmente como un heredero. —Dejé que mi furiosa respuesta brotara de mi boca.

—Ah, te equivocas, querida mía. —El rey cambió de postura y apoyó las manos sobre las rodillas—. Ambos pueden perder la cabeza con la misma facilidad.

La amenaza se precipitó en el silencio como un ladrillo arrojado a un estanque. Sentí una oleada de alivio al saber que Liwei nos esperaba en el Desierto Dorado, a salvo de las despiadadas maquinaciones del rey.

—Su Majestad debe de estar equivocado —intenté convencerlo de nuevo—. Casarse conmigo no comporta ventajas. No puedo ofreceros poder, ni reino alguno ni aliados.

—Eso no es del todo cierto. —El rey bajó el tono hasta convertirlo en un susurro conspirativo—. Sé quién es tu padre… sé que acabó con ciertas criaturas celestiales, que comandó a los dragones. Su sangre y su fuerza fluyen por tus venas.

—Los dragones ya no están vinculados a él. Ya no responden ante mi padre. —Me puse en guardia, sin saber qué intenciones tenía.

—Un vínculo tan antiguo no resulta sencillo de romper. Si los llama, ellos acudirán. Además, el Muro Nuboso necesita la fuerza que puedes aportar a nuestro linaje, los hijos que darás a luz.

Me enfurecí al oír sus palabras. No me detendría a analizar el significado, pues si lo hiciera la rabia se apoderaría de mí.

—Lo que importa ahora es detener a Wugang. Antes de que sea imparable.

—Puede que ya lo sea. —El rey extendió las manos—. Wugang nos ha ofrecido una alianza. Sería prudente aceptarla. Al menos de momento.

Miré a Wenzhi, que negó con la cabeza.

—Mi hijo no sabe nada del asunto. Aceptaré la oferta del recién coronado Emperador Celestial si tú rechazas la mía. No le tengo ninguna estima al Reino Celestial; me alegra verlos humillados. Sin embargo, el ascenso de Wugang también nos amenaza. No en estos momentos, cuando hay presas mayores de las que apoderarse, como el Reino Celestial. Pero no tardará en ver atractivos nuevos horizontes, ya que su sed de conquista es insaciable. Y, habiendo ocho reinos, no se quedará satisfecho con uno solo.

—Entonces debemos detenerlo...

—De entre todos los reinos que conforman los Dominios Inmortales, solo el Muro Nuboso puede optar por esperar al momento oportuno —intervino el rey—. Para estudiar al enemigo, para fortalecernos mientras otros se ven debilitados, para eliminar antiguos rivales... y atacar cuando menos se lo espere.

—Wugang solo se hará más poderoso —advirtió Wenzhi—. Sus tropas se multiplicarán sin que nadie lo detenga, y en cuanto los demás reinos caigan, tendrá el control sobre sus ejércitos.

—Lo que quede de dichos ejércitos. —El rey hablaba con una insensibilidad brutal—. Tampoco vamos a estarnos de brazos cruzados; nos prepararemos para cualquier eventualidad. El nuevo orden podría favorecernos: ya estamos hartos de ser los parias de los dominios.

—Padre, ¿no lo dirás en serio...? —protestó Wenzhi.

El rey alzó la mano.

—Basta ya. Se me está agotando la paciencia.

Tal vez el rey llevara aislado demasiado tiempo y no comprendiera el peligro que corría el reino. O tal vez se tratase de una maniobra para obligarnos a ceder. *Para obligarme a mí a ceder*, pensé, furiosa.

—Si vamos a correr el riesgo de desafiar a Wugang, debemos estar bien posicionados para cuando el botín se reparta después de la victoria —manifestó el rey—. No queremos que se nos deje de lado una vez que ya no seamos necesarios. Todos los reinos reverenciaban al Señor de los Dragones. Ahora que ha regresado, una unión entre nuestras familias nos beneficiaría enormemente.

—Padre, ya te he dicho que no es eso lo que deseo —dijo Wenzhi con firmeza—. No de este modo.

La intensidad de su tono me sorprendió. A pesar de la seguridad con la que hablaba, una parte de mí se preguntaba si aquel había sido su plan. Él hacía siempre todo lo posible por ganar y se saltaba las reglas cuando le interesaba... sin embargo, no estaba fingiendo.

—No niegues que la deseas. —Las palabras del rey nos envolvieron como una serpiente—. *Así* retiene uno el trono; así te apoderas de lo que deseas. Creía que lo entendías; por eso te nombré heredero. Te perdoné por haber perdido las perlas de los dragones, pero no vuelvas a decepcionarme. —La amenaza impregnó su tono al añadir—: No olvides que tengo otro hijo.

—Jamás —espeté; la idea me revolvió el estómago.

El rey se acomodó en el trono; los ojos le brillaban como dos fragmentos de hielo.

—Hay formas de asegurar tu cooperación.

Retrocedí al recordar lo que me había hecho hacía un momento. Wenzhi me había prometido jamás usar conmigo ese tipo de magia, pero su padre no tenía tantos escrúpulos.

Wenzhi me dirigió con la mirada una súplica silenciosa para que confiase en él y se inclinó hacia el trono.

—Padre, gracias por tu sabiduría. Aceptamos tu decisión.

No me fiaba del todo de él, pero no tenía alternativa. Si me negaba, el rey se aliaría con Wugang o me obligaría a casarme con el príncipe Wenshuang: un destino peor que la muerte.

Con la victoria a su alcance, el rey Wenming aceptó la copa de vino que le ofreció la Consorte Virtuosa y la alzó en señal de brindis.

—La boda se celebrará dentro de tres días.

—No. —Busqué desesperadamente una salida—. Ahora debemos centrarnos en Wugang. La boda puede llevarse a cabo después.

—Quien toma las decisiones no eres tú. Si deseas mi favor deberás aprender cuál es tu lugar. Ve con cuidado —añadió el rey—, o esos tres días podrían reducirse a uno.

Me mordí la lengua e incliné la cabeza en aparente conformidad, incluso si un sentimiento de desesperación me inundó, como si me hubieran arrastrado a aguas demasiado profundas y no pudiera tocar el suelo con los pies.

—No pienso hacerlo —le dije a Wenzhi en cuanto entramos en mi habitación. Por suerte, no era la misma estancia en la que había estado encerrada en el pasado; esta estaba amueblada con caoba y brocado rosa y de las paredes colgaban pinturas monocromáticas de montañas en tinta negra.

Wenzhi cerró la puerta tras él.

—Xingyin, ya sé que no quieres casarte conmigo. A pesar de mis sentimientos, tengo el orgullo suficiente para no obligarte a unirte a mí. —Una sonrisa irónica se dibujó en sus labios—. Sé que de lo contrario, harías de mi vida un infierno.

Exhalé, un poco más tranquila, aunque había algo que todavía me molestaba. ¿Era resentimiento, por haberme visto metida en aquella situación? ¿Ansiedad por lo que me esperaba? Saqué un taburete y me dejé caer encima; la cabeza empezaba a palpitarme. El rey exigía que nos casáramos, pero no tenía intención de obedecerlo. Aunque si me negaba, no nos prestaría su ayuda. Mientras tanto, Wugang estaba buscando a mi madre y no tardaría en posar la mirada sobre el Mar del Este. Los Dominios Inmortales se encontraban al borde de la destrucción y nos estábamos quedando sin opciones.

—¿Crees que tu padre se unirá a Wugang o se trata de una amenaza sin fundamento?

—Mi padre no es ningún necio. Un amago de alianza bastará por ahora para mantenernos a salvo. —Hizo una pausa—. Padre está jugando a dos bandas, lo que mejor se le da. Mantiene a Wugang a raya con promesas vacías mientras hace lo posible por lograr sus propios fines.

—¿Por qué Wugang no os ataca?

—Porque prefiere tener un aliado en lugar de otro enemigo —repuso Wenzhi—. El Reino Celestial no volverá a cometer el error de subestimar nuestras habilidades; no las entienden. Además, contamos con guardas para protegernos. Aunque los soldados de Wugang no tienen conciencia propia, hay algo que les permite acatar sus órdenes… algo que podríamos aprovechar en caso de necesidad.

Escudriñé su rostro.

—¿Por qué se empeña tu padre en que nos casemos? Seguro que hay candidatas más adecuadas.

—Pocos reinos de los Dominios Inmortales considerarían la posibilidad de aceptar un compromiso con nosotros, una circunstancia que me alegra —dijo con vehemencia—. Te guste o no, Xingyin, sería una alianza poderosa… y de la que ambos nos beneficiaríamos. —Y añadió—: Una unión en la que ambos podríamos ser felices.

Sus palabras me afectaron más de lo que hubiera deseado; me sentía tentada de aceptar la ayuda ofrecida, de tomar el camino más fácil. Sin embargo, al margen de nuestro complicado pasado, detestaría formar parte de un matrimonio por conveniencia; jamás consideraría una unión de ese tipo. Ahora entendía la tensión a la que Liwei había estado sometido al acceder a los esponsales con la princesa Fengmei y por qué se empeñaba esta vez en rechazarlos. No me casaría con Wenzhi; no sería un títere al servicio de las retorcidas maquinaciones del rey. Aquella era mi vida… y el amor, o incluso la promesa de este, era lo que le daba sentido.

—¿Podemos retrasar la boda o intentar razonar con tu padre otra vez? —Dejé volar la imaginación—. ¿Y si alguien más se hiciera pasar por mí y llevase a cabo la ceremonia?

Wenzhi se apoyó en la puerta con una expresión inescrutable.

—Cuando mi padre toma una decisión, no hay quien le haga cambiar de opinión. Y no pienso unirme a ninguna desconocida, ni siquiera por ti.

—Ha sido una insensatez por mi parte —admití, aun cuando seguía buscando una salida—. ¿Podrías llevar a cabo tú el encantamiento en lugar de tu padre?

—Si lo estudio, sí —respondió—. Pero el problema es encontrar el modo de conseguir el pergamino. Debo andarme con ojo. Si pongo en peligro mi posición, mi madre quedará a merced de las demás consortes. La Consorte Virtuosa nos guarda rencor desde que su hijo se vio desplazado como heredero. Aprovechará cualquier oportunidad para hacernos daño.

En una familia tan venenosa como la suya, lo más seguro era situarse por encima de los demás. Por eso Wenzhi se había esforzado tanto por asegurar su posición. ¿Por qué iba a enfrentarse a su padre y arriesgarlo todo? Yo misma era reacia a sacrificar nada que tuviera tanto valor para mí, ya fuera mi madre, mi libertad o mi amor.

Pero ¿y si no había alternativa? ¿Dejaría que mi madre se enfrentara a Wugang sola e indefensa? ¿Podría quedarme de brazos cruzados mientras Wugang desplegaba a sus soldados? No. Jamás. No era tan despiadada ni imprudente como para arriesgar el futuro de los reinos. Mientras mi determinación vacilaba, me reprendí a mí misma. Debía de haber otro modo. Si seguía pensando que no lo había, dejaría de buscar.... Y entonces fracasaría seguro.

—¿Y si lo robo yo? —ofrecí, tan desesperada como un pescador al que solo le quedaba un cebo.

—No puedes. Mi padre lleva el pergamino siempre encima. Aquí. —Wenzhi se dio un golpecito en la sien.

Me lo quedé mirando.

—¿Cómo es posible?

—No resulta sencillo —concedió—. Consume una gran cantidad de energía. Solo los más poderosos son capaces de algo así, y solo ciertos artefactos pueden ocultarse de ese modo. Pero no hay lugar más seguro, ya que nadie puede robar los objetos ni tomarlos por la fuerza, no sin matar al recipiente y destruir el artefacto.

—¿Por qué no escondiste de esa forma las perlas de los dragones? —pregunté.

—Ah, lo consideré, aunque me alegro de no haberlo hecho. Tal vez estaría muerto y no porque me hubiera quitado de en medio mi hermano.

Alcé la barbilla.

—¿Crees que te habría matado?

—Sí, tal vez sin saberlo. El objeto está vinculado al núcleo de la fuerza vital de uno y abrirse paso hasta allí debilita enormemente a la persona. —Hizo una pausa antes de agregar—: Como hiciste tú una vez.

Lo había hecho para cercenar el vínculo de los dragones con las perlas, para liberarlos. La agonía, la desgarradora pérdida, no era algo que anhelara revivir.

Siguió hablando:

—Mantener el artefacto a salvo, protegido de nuestra energía interna, es extenuante y nos drena los poderes. No podía arriesgarme a hacer aquello teniendo en cuenta el inminente enfrentamiento con los celestiales. El más leve desliz y las perlas hubieran sido historia, y yo con ellas. Por eso mi padre no se aventura a salir de nuestras fronteras, pero eso siempre anda rodeado de guardias.

—Podrías haberle dado a tu padre las perlas para que te las guardara —comenté.

—La confianza debe ser recíproca. Siempre había conspirado y había conseguido lo que quería. Aquí era el único modo de sobrevivir... de prosperar. —Me sostuvo la mirada—. Descubrí demasiado tarde que había otro modo de hacer las cosas, que la confianza no tenía por qué ser una debilidad. Ojalá hubiera sido sincero contigo desde el principio.

—Habría dado igual; jamás habría accedido a ayudarte. —Eran palabras cargadas de rectitud, aunque la ira que debería haberlas acompañado se había desvanecido.

—Tal vez —dijo Wenzhi lentamente—. Pero quiero pensar que habríamos hallado un camino juntos. Que podrías haber entendido mi situación y que podríamos habernos ayudado sin hacernos daño.

Me mostré insensible.

—Un cuento de hadas.

—Mi madre siempre me ha dicho que jamás creí en los cuentos de hadas. La razón era porque me había topado con monstruos desde bien pequeño. —Esbozó una leve sonrisa—. Deja que te cuente cómo se desarrollaba todo en mi cabeza los días que me permitía soñar.

Sus palabras me provocaron una mezcla de emociones enfrentadas; una parte de mí sentía curiosidad y otra, la más sabia, tenía miedo.

—Tú no sientes afecto alguno por el Reino Celestial —comenzó él—. Tal vez podría haberle ofrecido a mi padre otra cosa en lugar de las perlas. Quizá podría haber renunciado a mi derecho al trono en cuanto hubiese asegurado la posición de mi madre. Podríamos haber abandonado todo esto y labrarnos nuestro propio camino, ya fuera en los dominios de arriba o en los de abajo.

—¿Habrías renunciado a la corona? ¿Después de todo lo que hiciste para asegurártela? —El tono agudo de mi voz mostró incredulidad.

El brillo de sus ojos rivalizaba con el de la luna.

—Si me lo pidieras, renunciaría a todo por ti.

Me quedé en blanco y noté un dolor en el pecho. Pero era lo bastante astuto como para decirme lo que creía que yo quería oír.

—No te lo voy a pedir. —De alguna manera, conseguí que no me temblara la voz—. Porque no cambiaría nada entre nosotros.

Una sombra cubrió su rostro.

—Eso que le has dicho a mi padre... ¿de verdad estás prometida al príncipe celestial?

—No. —No podía mentirle.

Se apartó de la puerta y vino a sentarse a mi lado.

—Debo preguntártelo, ¿me darías una oportunidad? Podríamos casarnos para complacer a mi padre y conseguir el pergamino. Y una vez que hayamos derrotado a Wugang, tendríamos toda la eternidad por delante. Te eximiría de tus votos en cuanto me lo pidieras: un mes, un año o una década después. Viviríamos como tú eligieras y no haríamos nada que no quisieras. Haré todo lo posible para hacerte feliz, incluso dejarte marchar cuando lo desees porque... te quiero.

Habló sin tapujos, de forma entrecortada, y la voz se le quebró un poco al pronunciar las palabras; aquello me conmovió más que cualquier declaración ensayada. No podía fingir que desconocía sus intenciones; me las había insinuado de cien formas distintas. Había intentado evitarlo, había preferido, como una cobarde, recorrer la superficie de lo que habíamos sido, en lugar de correr el riesgo de ahogarme de nuevo en sus profundidades.

Otro sentimiento me atravesó, algo inesperado: una punzada de alegría de que todavía me amase. Entre los escombros de nuestros sueños hechos añicos, destellaban las brasas de algo que era imposible extinguir, por mucho que lo hubiera intentado. Lo había amado y después lo había despreciado; había creído que lo odiaría siempre. Pero ¿cómo iba a odiar de verdad a alguien que me había salvado y a quien, a su vez, había salvado yo, a alguien a quien había amado? Contemplé su rostro, tan serio y solemne, y una oleada de calor me recorrió al recordar nuestro beso; más allá del deseo, había otra cosa que me asustaba, algo que podía destruir todo aquello por lo que había luchado si volvía a desatarse.

Se me aceleró el pulso y adquirió un ritmo errático. Casi me odié por tener aquellos pensamientos, una traición a Liwei y a mí misma. Pero no podía negar mis sentimientos ni avergonzarme de ellos, pues formaban parte de mí. El corazón era insondable y no podía domarse según nuestra voluntad. Algunos habrían pensado que estaba jugando con ellos. Que era una necia y una egoísta. Lo cierto es que yo también sufría, pues al tener el corazón dividido, saldría perdiendo hiciera lo que hiciera. Respiré hondo y reprimí mis emociones. No podía dejar que tales distracciones me nublaran la mente o hiciesen tambalear mi determinación... que me hiciesen desear algo que no podía permitirme tener.

—No. —Ignoré la punzada que sentí en el pecho—. Tú y yo no tenemos futuro.

Él se quedó rígido.

—¿Por Liwei?

Negué con la cabeza.

—Porque, al margen de mis sentimientos, jamás podría volver a confiar en ti, no a la hora de la verdad.

—Eres implacable, Xingyin. —Un rastro de tristeza impregnaba su tono.

Alcé la cabeza.

—Podría ser cosas peores.

El brillo de su mirada menguó, como las estrellas cuando se desvanecían al alba.

—Gracias por tu sinceridad.

—Gracias a ti también. —Noté una repentina opresión, un vacío en mi interior. Una puerta cerrada, una senda no transitada. Un futuro ignorado.

—¿Qué hacemos ahora? —pregunté—. ¿Cómo convencemos a tu padre para que nos dé el pergamino?

—Mi padre espera que se celebre una boda, así que tendremos que complacerlo. —La sonrisa no le alcanzó la mirada—. Intenta que no se te note lo mucho que te angustia la perspectiva de casarte conmigo, Xingyin. Una boda no tiene por qué equivaler a un matrimonio.

Aquella vez, no había ninguna barrera en mi ventana ni guardias frente a mi puerta. Después de que Wenzhi se hubiera marchado, fui a reunirme con Liwei en el Desierto Dorado. Unos destellos de fuego blanco iluminaban el cielo y la luz de las estrellas proyectaba su resplandor sobre las arenas, pero ni siquiera estas eran capaces de disipar el vacío causado por la ausencia de la luna. Mientras permanecíamos allí plantados, una cálida brisa sopló entre las dunas, impregnada de una intensa dulzura.

—¿Una boda? —repitió Liwei de forma impasible, con las pupilas más oscuras que la propia noche. Su expresión se volvió tempestuosa tras oír las exigencias del Muro Nuboso.

—El rey no piensa ceder. Es la única manera de conseguir su ayuda —expliqué.

Escudriñó mi expresión.

—¿Es lo que quieres, Xingyin?

—¿Cómo puedes pensar eso? —repliqué—. Lo último que necesito es que un perverso soberano dicte mi futuro. No es más que un medio para lograr nuestro objetivo.

—¿O es una excusa de lo más conveniente? No pareces particularmente desdichada, y pusiste fin a lo nuestro con bastante facilidad.

Su furia me dolió.

—Intenté negarme. El rey Wenming se mostró inflexible. Amenazó con aliarse con Wugang y cosas peores.

—No lo hagas —dijo—. ¿Y si algo sale mal?

—Wenzhi me ha prometido que no me va a obligar a nada.

Liwei endureció la expresión.

—No debes creerle.

—Confío en mis propios instintos, no en él. Tampoco quiere casarse a la fuerza conmigo —le aseguré—. Todo irá bien, aunque necesitaré tu ayuda.

—Lo que quieras. —Esbozó una ligera sonrisa—. Me encantaría dejar al novio incapacitado.

—Si me engaña, yo misma te ayudaré. —A pesar de mi sonrisa, mi tono no desprendía demasiado humor.

Dando un paso, Liwei acortó la distancia que nos separaba y me estrechó entre sus brazos. Cerré los ojos y me apoyé en él; noté la calidez de su piel a través de las capas de seda. Una parte de mí deseaba que aquel momento durase eternamente, solos los dos, igual que habíamos estado en el Patio de la Eterna Tranquilidad, mientras la fragancia de las flores de melocotón flotaba en el aire y una sensación ligera me inundaba el corazón al despertarme por las mañanas. Una dicha pura y sin complicaciones, un corazón íntegro. Ojalá pudiera dejar atrás el pasado, nuestras dudas y arrepentimientos. Los problemas que me abrumaban, el calor abrasador de la Pluma de la Llama Sagrada, que incluso ahora se abría paso a través de los encantamientos urdidos a su alrededor. Me costaba mucho conservarla intacta, evitar que me destruyera.

—Olvídate de él. —Me susurró Liwei en el pelo—. No es lo bastante bueno para ti y nunca lo será.

Reprimí el impulso de rodearlo con los brazos para aplacar su dolor y el mío. Para dejar que encontrásemos una pizca de dicha durante los breves instantes de los que disponíamos. El sueño de ser feliz era al mismo tiempo una fortaleza y un terrible punto débil, y no me atreví a sucumbir cuando el futuro seguía siendo tan sombrío. No prometería nada que no pudiera cumplir.

Me aparté de él y la pena ensombreció su mirada. El dolor me desgarró por dentro, implacable y agudo, pero me obligué a alejarme, aun sintiendo su mirada clavada en mi espalda. No me volví, por mucho que lo deseara.

El viento aulló sin piedad frente a mi rostro mientras yo cerraba los ojos y dejaba que las lágrimas me resbalasen por las mejillas. Ya no tenía que ocultarlas, puesto que nadie podía verlas. A pesar del calor que hacía en el Desierto Dorado, un escalofrío me recorrió, pues una vida sin amor era como una noche sin estrellas, y ahora únicamente me aguardaba la oscuridad.

31

Transcurrieron tres días que parecieron tres horas, repletos de elaborados planes y preparativos. Yo apenas participé; me limité a asentir cuando se me preguntaba por el bordado de mi vestido, las joyas de mi tocado o la comida que iba a servirse durante el banquete. Era una novia de lo más complaciente, una sumamente indiferente. Y mientras tanto, no dejaba de pensar en lo que se avecinaba, en la devastación que nos aguardaría si fracasábamos.

El día de la boda amaneció pálido y gris. No sentí ninguna alegría, solo un oscuro presentimiento similar al momento anterior a que la tormenta estalle, como cuando te tropiezas y sabes que vas a caerte. Contemplé mi reflejo en la superficie dorada del espejo. El pesado vestido de brocado era de un rojo intenso, el color de la alegría y de la suerte… *y de la sangre*, me susurró mi mente vigilante. La tela tenía bordados unos magníficos fénix en oro y turquesa y unas peonías con hojas verde jade. Llevaba un exquisito tocado de flores de color coral, con unas ristras de perlas que me caían hasta los hombros. Sobre mis ojos se arqueaban unas cejas en forma de medialuna; me las había depilado una diligente criada a la que no le habían importado demasiado mis muecas. Llevaba los labios y las uñas pintados de un brillante escarlata. Una parte de mí quería echarse a reír ante la intrascendencia de aquellos esfuerzos, pero me limité a apretar la mandíbula, frustrada. Nada de aquello iba a ayudarnos a detener a Wugang. ¿De qué servía darse un baño de pétalos de rosa o untarse el cabello con aceite de camelia y dejarlo tan resplandeciente como un río de tinta? Aquella era mi boda, pero yo no era ninguna novia.

Una criada me colocó un cuadrado rojo de satén sobre el tocado y me cubrió el rostro con él. Durante un instante, no pude respirar; el velo me sofocaba y el peso de la túnica ceremonial y el oro que descansaba sobre mi cabeza me abrumaron. Lo único que vislumbraba era una franja del suelo por donde la tela se abría; una asistente me tomó del brazo y me sacó de la habitación.

Cuatro personas llevaban el palanquín donde me metieron; una gruesa tela cubría las ventanas con celosías. Me levanté el velo y eché una ojeada a través de la cortina: vi un enorme templete con columnas de malaquita que se elevaban de las nubes violetas. La luz del sol incidía sobre el tejado abovedado y se reflejaba en las tejas. Al desviar la mirada hacia los invitados, las entrañas se me retorcieron. Me dejé caer sobre el asiento acolchado y entrelacé las manos sobre el regazo mientras escudriñaba con cuidado las auras entremezcladas. Por fin, percibí su calidez: Liwei se encontraba oculto en el cielo. Me quedé algo más tranquila, a pesar de ponerme a pensar en todo lo que podría salir mal: ¿y si nuestro engaño fracasaba? ¿Y si Wenzhi y yo terminábamos casados de verdad? ¿Cumpliría su promesa de dejarme marchar? Si era otro de sus trucos, puede que aquella vez acabase de verdad con él.

El palanquín se detuvo bruscamente y yo me golpeé la cabeza con el panel de madera de detrás. Me coloqué de forma apresurada la tela sobre el rostro al sentir la contundente aproximación del aura de Wenzhi. La cortina se sacudió y luego se abrió; Wenzhi metió el brazo para ayudarme a salir. Llevaba unos dragones dorados bordados en la manga de brocado carmesí, el contrapunto a los fénix que lucía yo. Un temblor me recorrió y el corazón me latió con tanta fuerza que pensé que se me iba a salir del pecho. Respiré hondo, posé la mano sobre la suya y me apeé del palanquín.

Caminamos hacia el templete a un ritmo pausado; la empalagosa fragancia del incienso y las flores me resultaba sofocante. Aplasté con las zapatillas de cuentas los pétalos esparcidos por el camino: una exuberante alfombra de azaleas, camelias y peonías. Cuando la brisa me acarició el velo, reprimí el impulso de arrancármelo. ¿Por qué las novias debían cubrirse? ¿Sería para evitar que huyeran al ver al novio?

Wenzhi se detuvo frente al altar y se arrodilló. Me acomodé a su lado sobre un cojín plano de brocado, con el pulso acelerado. Alguien me depositó en la palma de la mano tres varillas de incienso sin encender. Solo harían falta tres reverencias para que quedásemos unidos para siempre. Un silbido atravesó el silencio y el calor me envolvió la mano al tiempo que el incienso ardía; unas fragantes virutas de humo flotaron en el aire. Wenzhi y yo introdujimos juntos las varillas en el brasero de latón.

—La ceremonia va a dar comienzo —entonó formalmente una voz; probablemente se trataba de un alto cargo o de un anciano respetable del Muro Nuboso. Quienquiera que fuera, esperaba que Wenzhi lo hubiese sobornado a conciencia.

—En primer lugar, inclinaos ante el Cielo y la Tierra —gritó el oficiante que llevaba a cabo la ceremonia.

Me incliné, y el tocado se me reclinó de forma precaria hacia delante debido al peso. Me incorporé rápidamente y el oficiante prosiguió:

—En segundo lugar, inclinaos ante los padres y antepasados.

Mientras nos volvíamos hacia el rey Wenming, me alegré de que el velo ocultase mi tensa expresión al hacer la reverencia. Había excusado la ausencia de mis padres, ya que no pensaba darle al rey más munición que usar en mi contra.

El oficiante carraspeó.

—Finalmente, inclinaos ante el otro —exclamó con un ligerísimo temblor en la voz.

Aquel era el acto que nos uniría para toda la eternidad. Debería haberme situado frente a Wenzhi, pero algo en mi interior me incitó a permanecer inmóvil, como si me hubiera convertido en piedra.

Cuando un murmullo comenzó a extenderse entre los invitados, Wenzhi colocó la mano sobre la mía y me rozó la palma con el pulgar.

—Confía en mí —susurró.

No confiaba en él. Al menos, no del todo. Pero la intensidad de su tono me impulsó a moverme y me dio la fuerza para volverme hacia él. No era momento de vacilar. A través del velo, distinguí el dobladillo de su túnica escarlata y los relucientes bordados cosidos en la tela. Su aura, pegada a la mía, se desplegaba feroz y fría, firme y poderosa. El sudor me perló las manos y yo resistí el impulso de limpiármelas en el valiosísimo brocado de mi falda. Temblaba, tal y como correspondía con la imagen de novia dócil, y al doblar el cuello...

Un fuerte golpe de viento se desató en el templete y agitó la seda y el satén; el aroma de las azaleas y las camelias inundó el ambiente cuando la alfombra de pétalos se elevó en el aire. Los invitados profirieron gritos ahogados; algunos, encantados, y otros, sorprendidos e iracundos. El velo se me levantó y vislumbré los pétalos que caían como una lluvia fragante, rozándome la piel desnuda con plumosa suavidad. Una de las consortes del rey le colocó un abanico frente a la cara para protegerlo, pero él lo apartó con gesto impaciente. Y entonces Wenzhi alzó la cabeza y se puso en pie con deliberado énfasis, mientras yo dejaba que el velo volviera a su sitio y me erguía, como si estuviera enderezándome tras una reverencia que no había hecho.

El rito no se había completado, el ritual carecía de significado. No estábamos casados.

Me preparé para los gritos de indignación, para que se me ordenase tajantemente que llevase a cabo la ceremonia hasta el final. Pero nadie se dirigió a mí. De algún modo, había funcionado, el encantamiento de Liwei nos había proporcionado un valioso instante para poner en práctica el engaño.

—Las tres reverencias se han llevado a cabo, la ceremonia se ha cumplido. Que la pareja halle la felicidad eterna —exclamó el oficiante con entusiasmo—. Podéis levantar el velo.

El velo de satén abandonó mi rostro con suavidad. Parpadeé por la repentina luminosidad y me topé con la mirada de Wenzhi, del tono pálido de la luz del sol en invierno.

Los invitados profirieron una exuberante ovación. La sonrisa que iluminó mi rostro era real, y entrelacé los dedos con los de Wenzhi en un gesto fingido de armonía matrimonial. Wenzhi me condujo hasta el rey, que por una vez no estaba rodeado de guardias; sus consortes permanecían sentadas a su lado. Me alegró comprobar que el príncipe Wenshuang se encontraba ausente; tal vez, ofendido a causa de nuestro último encuentro.

El rey me perforó con la mirada. Por un momento, temí que se hubiera dado cuenta de nuestra treta, pero entonces le hizo un gesto a un sirviente, que se apresuró a llevarnos una bandeja con un juego de té de porcelana dorada adornado con el símbolo 囍, que representaba los sentimientos idénticos de júbilo de los recién casados que inician una vida en común. En nuestro caso, no podía ser menos acertado.

Me arrodillé en el suelo, tomé la copa y se la ofrecí al rey con ambas manos, tal y como dictaba la tradición. Él la aceptó y se la llevó a los labios, aunque no bebió. Esperé a que me tendiera el regalo de bodas, según la costumbre; normalmente se trataba de alguna joya u objeto de valor, pero lo único que yo quería era lo que se me había prometido. Sin embargo, el pergamino no apareció, y él tampoco dijo nada, sino que se me quedó mirando por encima del borde de la taza.

—Padre —vacilé al pronunciar la palabra—. La ceremonia ha terminado. ¿Me entregáis el pergamino?

Los invitados de alrededor intercambiaron miradas de desaprobación. Me consideraban una maleducada. Una mercenaria. Les resultaba inaudito que una novia exigiera su regalo, pero ¿qué me importaban a mí las muestras de respeto cuando me habían obligado a llevar a cabo aquella farsa?

El rey profirió una profunda carcajada. La mirada le brillaba como si me hubiera jugado una mala pasada.

—¿A qué tanta prisa, querida nuera? Aún queda el banquete y, luego, la consumación. En cuanto se lleve a cabo, ejecutaré sobre ti el Pergamino del Espejo Divino.

Me incorporé con brusquedad, dispuesta a protestar. Pero antes de que tuviera la ocasión de decir nada, algo silbó en el aire, pasó junto a mí y se hundió en el rey Wenming. Su cuerpo se sacudió violentamente y él abrió los ojos horrorizado al ver la lanza que tenía clavada en el pecho, con la punta empapada en sangre.

32

Una oleada de consternación me recorrió, aguda y punzante. Desvié la mirada rápidamente hacia Wenzhi, que tenía el rostro desencajado de horror. Llamó a los guardias y se puso de pie de un salto; le agarró la espada al soldado que tenía más cerca y echó a correr hacia el lugar desde donde se había arrojado la lanza.

El rey Wenming se llevó las manos a la herida, agarró el mango de madera y se lo arrancó del cuerpo. La lanza se deslizó con un sonido parecido al de la succión; la punta se desprendió y se disolvió hasta convertirse en un líquido grisáceo y espumoso que se entremezcló con su sangre. La lanza se le cayó de los dedos inertes. A su alrededor, las consortes revoloteaban como mariposas frenéticas. Solo la Consorte Noble —la madre de Wenzhi— tuvo la suficiente lucidez como para intentar sellarle la herida; sus poderes se desplegaron de las palmas de sus manos y se introdujeron en el cuerpo del rey. Sin embargo, la sangre siguió manando, teñida de un brillo oscuro, como si alguien le hubiera pasado por las venas un pincel empapado en tinta.

El rey Wenming gruñó como un animal y su aura desprendió una intención homicida.

—Traición —dijo entre jadeos—. Tú... y tus cómplices. —Me señaló con un dedo tembloroso y dejó escapar un destello violeta que me golpeó en la sien.

El dolor me inundó como si tuviera un centenar de agujas perforándome la cabeza de forma despiadada. Caí de rodillas, me arranqué el tocado y me tiré del pelo; notaba cada nervio del cuerpo en llamas y unos jadeos entrecortados brotaban de mis labios. Me aferré a toda prisa a mis poderes y levanté un escudo para protegerme y cercenar su dominio sobre mi mente, igual que había visto hacer a Wenzhi con anterioridad. El rey se desplomó en el suelo con convulsiones y sus consortes se congregaron en torno a él, llorando a moco tendido.

Por suerte, la agonía se desvaneció por completo, aunque no podía dejar de temblar, y los ecos de su tormento me recorrieron de arriba abajo. Exhalé de forma entrecortada un par de veces hasta que los músculos se me aflojaron y recuperé la fuerza en las extremidades. Me asaltó un pensamiento: no debería haber sido capaz de bloquear el ataque del rey con tanta facilidad. Ya había experimentado aquella agonía, había sufrido su implacable poder... lo que significaba que el rey estaba muy débil.

Alguien llamó a gritos a los sanadores y una risa escalofriante se oyó por encima del caos. El príncipe Wenshuang. ¿Cuándo había llegado?

—Es demasiado tarde. La lanza está encantada y le drenará la energía —dijo el príncipe Wenshuang con un tono cargado de aburrimiento mientras miraba fijamente a su padre, que se convulsionaba de agonía.

—Careces de esa clase de poder. —Wenzhi volvió al templete con el cuerpo tenso por la rabia.

Una sonrisa salvaje surcó el rostro del príncipe Wenshuang.

—Soy capaz de mucho más de lo que imaginas.

—¿Por qué, Wenshuang? —dijo el rey entre jadeos mientras intentaba incorporarse sobre un codo.

—Padre —escupió cada sílaba estrangulada por la rabia; cualquier asomo de indiferencia había desaparecido—. Si es que debo llamarte así después de haberme avergonzado ante todos. Me despojaste de mi posición y permitiste que mi hermanastro ocupase mi lugar. ¡Es de origen humilde, mientras que mi madre es la Consorte Virtuosa de primer rango!

Un agudo chillido atravesó el silencio. La Consorte Virtuosa no parecía conforme con las acciones de su hijo.

—Esto es despreciable incluso viniendo de ti. ¿Cómo te atreves a hacer algo semejante? —Wenzhi se aferraba con tanta fuerza a su espada que los nudillos se le habían quedado blancos.

El príncipe Wenshuang inclinó la cabeza hacia atrás y se echó a reír.

—Oh, me atrevo a hacer mucho más, hermano. Durante generaciones, muchos reyes longevos han acabado siendo víctimas de algún heredero impaciente. Aquel que ocupa el trono dicta el pasado y moldea el futuro, y yo ya no pienso quedarme al margen.

—Te olvidas de algo. Ya no eres el heredero. —Wenzhi había adoptado un tono más tranquilo, pero sus ojos eran dos fragmentos de hielo.

El príncipe Wenshuang hizo un gesto de desdén con la mano.

—Una nimiedad que no tardaré en remediar.

—Desafíame si te atreves; enfréntate a mí sin esconderte detrás de tus soldados. Demuéstrales quién está más capacitado para gobernar. De lo contrario, ¿quién te apoyará? ¿Quién te respetará? Un hijo que carece de honor y que ha asesinado a su padre. Alguien que no puede blandir ni su propia espada.

Wenzhi escogió cuidadosamente las palabras para incitar a su hermano a cometer una temeridad. Los días en los que el príncipe Wenshuang podría haberlo vencido habían quedado atrás hacía mucho, y como nos superaban en número, un combate singular era la mejor oportunidad que teníamos de seguir con vida.

Los invitados murmuraron y los más valientes asintieron. No obstante, el príncipe Wenshuang no mostró ni un atisbo de preocupación.

—No me vengas con tus trucos; me los conozco bien. No tengo que demostrarte nada a ti ni a nadie. Y quienes no me obedezcan que se atengan a las consecuencias. Como padre rechazó la oferta del Emperador Celestial, este estuvo encantado de aliarse conmigo. —Esbozó una sonrisa de suficiencia—. Mi trono a cambio de la Diosa de la Luna. Un intercambio más que justo. El emperador incluso me obsequió con esto. —Le dio una patada al asta ensangrentada de la lanza.

—Me parece que has cometido un error de cálculo bastante gordo —le dije con una sonrisa—. Mi madre no está aquí.

—Pero tú, su querida hija, sí. Aparecerá. No tengo más que esperar.

Los guardias nos rodearon y a mí se me cayó el alma a los pies al ver que nos apuntaban con sus armas. Eché mano de mis poderes y me preparé para atacar, con la magia revoloteando en las puntas de los dedos.

—Mis padres han regresado a los Dominios Mortales. No volverán por aquí. ¿Qué crees que te hará Wugang cuando vea que no cumples tu promesa? —Jamás una mentira me había provocado tanta satisfacción como cuando vi que la rabia enrojecía el rostro del príncipe Wenshuang.

—Si lo que dices es cierto —dijo—, no hay razón para que te mantenga con vida, después de todo.

El príncipe Wenshuang se abalanzó sobre mí, blandiendo la espada en mi dirección mientras las llamas escarlata recorrían la superficie de la cuchilla. Me eché a un lado, maldiciendo mi pesado atuendo, y me lancé un escudo sobre mí misma. Ciertamente, era un cobarde al atacar a alguien que no llevaba ningún arma encima. Wenzhi me llamó mientras le quitaba la espada a un soldado que tenía cerca y me la lanzó desde el otro lado del templete. Yo la agarré con destreza, la desenvainé y me di la vuelta a tiempo para bloquear el estoque del príncipe Wenshuang.

Me propinó una serie de golpes utilizando toda su fuerza bruta, aunque carecía de la elegancia innata de los espadachines expertos. Intercepté todos sus golpes y sus ataques se volvieron cada vez más feroces. Me costaba igualarlo en fuerza física y fue haciéndome retroceder hasta abandonar el templete y acabar sobre el lecho de nubes violetas. Me dirigió otro golpe, pero yo me aparté e invoqué una ráfaga de viento que lo estampó contra una columna.

Se levantó de un salto, con una expresión asesina en el rostro, y me lanzó un puñado de dagas llameantes. Me agaché y oí un grito furioso proveniente del templete. Wenzhi se abría paso hasta mí a través de los guardias del príncipe Wenshuang. Le propinó a uno una patada que lo hizo caer y atravesó a otro con la espada. Pero más soldados se arremolinaron en torno a él y yo ya no fui capaz de verlo. Se me cayó el alma a los pies. Cuando me disponía a echar a correr, un calor abrasador me azotó la espalda. Ahogué un grito y me di la vuelta hacia el príncipe Wenshuang; utilicé mi magia para sofocar sus llamas. Cuando su energía volvió a chisporrotear en sus dedos, hice brotar de las palmas unas ráfagas de aire y lo lancé de espaldas. Aquello me dio un momento de respiro antes de que se incorporase, tras rodar por el suelo, y se dirigiera hacia mí una vez más. Blandió la espada y a punto estuvo de golpearme en la cara antes de que yo retrocediera. Dio unos trompicones, y entonces me lancé hacia él y le di una patada en el vientre. Profirió un jadeo furioso mientras yo envolvía su espada con un resplandeciente torrente de energía y se la quitaba de las manos.

Seis de sus soldados echaron a correr hacia mí y me arrojaron descargas de hielo y fuego. Mientras intentaba recurrir a mis poderes, una flecha translúcida pasó volando junto a mí y se hundió en uno de mis oponentes con un ruido húmedo. Miré al soldado abatido, que se aferraba a una flecha de hielo manchada de sangre. La flecha de mi padre.

Se oyeron más gritos cuando Liwei y mi padre descendieron del cielo en una nube que se aproximó a mí. Mi padre movía el brazo de forma tan rápida que este era casi un borrón, y cada una de sus flechas daba en el blanco con una precisión infalible; mientras, Liwei lanzaba llamaradas de fuego y abrasaba a los soldados. Unos cuantos se apresuraron a huir, pero los más valientes alzaron un escudo y no cedieron terreno.

Su nube se situó frente a mí y mi padre alargó la mano.

—¡Vamos, Xingyin! ¡Debemos marcharnos!

Vacilé. Un paso y mis padres, Liwei y yo dejaríamos atrás aquel espantoso lugar. Pero fui incapaz de moverme; no quería, en realidad. Si nos marchábamos… Wenzhi moriría.

—No puedo dejarlo rodeado de enemigos.

Liwei se apeó de la nube con gesto inexpresivo y se colocó a mi lado.

—Pues lucharé contigo.

—Padre, debes permanecer a salvo en la nube —le insté—. Es demasiado peligroso que luches sin tu magia; tal vez no seamos capaces de protegerte. —Dije aquello último para presionarlo. Mi padre no era de los que se quedaba al margen.

Asintió de forma sombría.

—Os cubriré desde aquí. —Alzó su arco de plata y otra flecha destelló entre sus dedos.

Los invitados se habían marchado corriendo del templete. Se oyeron gritos de confusión y miedo. Mi padre disparó una rápida sucesión de flechas y Liwei y yo nos abrimos paso de vuelta hasta el templete, lanzando torrentes de magia que atravesaron el aire y chocaron contra los escudos de los soldados. Por fin lo vi, una figura ataviada con un atuendo carmesí, a juego con el mío.

Wenzhi y su hermano comenzaron a moverse en círculos. Ambos tenían el rostro perlado de sudor, y la luz que les brotaba de las palmas se reflejaba en sus armas. El príncipe Wenshuang trazó un amplio arco con la espada en dirección a la cabeza de su hermano; Wenzhi levantó la espada e interceptó el golpe. Forcejearon mientras el metal chirriaba, con el rostro invadido por la tensión. Wenzhi se aferró con fuerza a la empuñadura y sus manos adoptaron un tono pálido; el hielo se cristalizaba a lo largo de la cuchilla a medida que seguía adelante y hacía retroceder a su hermano, que se tambaleó hacia atrás. El príncipe Wenshuang recuperó el equilibrio y lanzó unas llamaradas carmesíes en dirección a Wenzhi, que desplegó unas olas de agua que envolvieron las llamas. La magia de ambos se arqueó en el aire, deslumbrante y peligrosa, y sus espadas chocaron a un ritmo frenético que me retorció las entrañas. Aunque Wenzhi luchaba con su elegancia y destreza habituales, me fijé en que contenía la fuerza y moderaba sus ataques... reacio a matar a su hermano.

Al ver que más soldados se dirigían hacia Wenzhi, canalicé mi magia y desaté un vendaval que los arrojó hacia atrás. A mi lado,

Liwei desplegó una oleada de fuego que mantuvo al resto a raya. Aquel iba a ser un enfrentamiento justo y un triunfo legítimo.

El fuego y el hielo se dispersaron y crearon una tormenta infernal. Todos los combatientes estaban cansados y la sangre y el sudor les empapaban la piel. Wenzhi alzó la espada solo para hacerla descender en el último momento; dio una vuelta y se la clavó al príncipe Wenshuang en las tripas. La sangre brotó en un torrente carmesí. El príncipe Wenshuang profirió un grito y la espada se le cayó de las manos; Wenzhi volvió a bajar el brazo y le colocó a su hermano el filo de la espada en el cuello.

Una oleada de triunfo me invadió, aunque acompañada por una sensación de inquietud. No resultaba sencillo saborear las victorias manchadas de sangre.

—Dame el golpe de gracia —gruñó el príncipe Wenshuang, entornando los ojos con odio.

Deseaba que Wenzhi levantara la espada, que desgarrara las tiernas venas que le recorrían a su hermano la garganta, que perforara el núcleo de su fuerza vital. Había envenenado a su padre, había atormentado a Wenzhi, había conspirado siempre contra él, incluso había intentado asesinarlo a sangre fría. El príncipe Wenshuang se merecía morir desde hacía mucho. Sin embargo, Wenzhi permaneció callado, a pesar de que no aflojó la mano ni dejó de mirarlo con dureza.

—No te voy a matar. En nombre de nuestro padre, te condeno a un exilio perpetuo. No llevarás nada encima ni te despedirás. Márchate y no vuelvas jamás.

No creí que fuera a mostrarle piedad a su hermano. Había pensado —esperado— que lo mataría como represalia. Después de lo de hoy, nadie le echaría la culpa. Era lo que Wenzhi me había enseñado hacía tiempo: *Mostrar piedad en una batalla significa quedar expuesto.* Una lección que me habría gustado que recordase hoy. Aunque sentí una oleada de abatimiento, pues una parte de mí temía que aquel gesto misericordioso fuese su perdición, también me invadió una calidez innegable.

El rey profirió un jadeo desgarrado y a Wenzhi se le arrugó el rostro de preocupación. Se volvió con la intención de acercarse a su padre —un error, me gritó mi instinto— y el príncipe Wenshuang se abalanzó hacia él, rápido como una serpiente y con una daga desenvainada en la mano. El metal destelló con un fulgor antinatural: estaba recubierto de un líquido resplandeciente; algún tipo de magia maligna o veneno. La mente se me quedó en blanco mientras echaba el brazo hacia atrás y le arrojaba mi espada. Esta atravesó el aire y se hundió en la base del cráneo de Wenshuang. El príncipe abrió los ojos de par en par y un ruido húmedo brotó de sus labios; el cuerpo se le sacudió con violencia antes de desplomarse en el suelo. La sangre se acumuló y el aroma metálico de la sal y la tierra quedó entremezclado con la persistente dulzura de los pétalos aplastados bajo nuestros pies.

Adornos propios de una boda que ahora engalanaban la muerte.

Se oyó un grito desgarrado de angustia. La Consorte Virtuosa corrió hacia el príncipe Wenshuang, se agachó a su lado y lo acunó entre sus brazos, profiriendo sollozos ahogados. El príncipe desvió la mirada hacia mí, vidriosa e incrédula; el zumbido de su aura ya se desvanecía. Los gritos desesperados de su madre me atravesaron. Yo temblaba, invadida por los remordimientos, pero el príncipe Wenshuang había sido un monstruo. No pensaba derramar ninguna lágrima por él.

Un silencio atónito se apoderó del templete. La mayoría de los invitados habían huido, dejando a los soldados que quedaban y a las compungidas consortes entre los cuerpos de los caídos.

El rey Wenming tosió; fue un sonido marchito y entrecortado. Wenzhi cayó de rodillas junto a él y movió los labios, formulando una pregunta que no alcancé a oír, aunque las doloridas sacudidas de cabeza de los sanadores constituían una respuesta en sí misma.

El rey se aferró a la mano de Wenzhi y se la llevó al pecho. Los brazos le temblaban, pero sus palabras resonaron con toda claridad:

—Mi hijo más fiel y leal —dijo con voz áspera—. Mi heredero y… el rey.

Entonces soltó a Wenzhi y ahuecó las manos, que desprendieron un repentino resplandor. Un sello imperial de jade púrpura apareció en sus palmas. Acto seguido, apareció un anillo de ónice, un frasco de jaspe y por último... los pergaminos, unas finas láminas de bambú dorado enrolladas. Los tesoros que el rey había protegido con su cuerpo, con su propia vida.

Wenzhi tenía la mirada brillante con lágrimas contenidas; agarró a su padre por los hombros y se inclinó hacia él. Su relación no había sido tierna ni afectuosa, pero el vínculo entre padre e hijo era eterno, incluso cuando se hallaba sepultado bajo capas de desconfianza y resentimiento. El rey tenía los ojos húmedos y, al desviar la mirada hacia Wenshuang, me pareció que lo que asomaba en ella era más pena que rabia.

No oí los susurros que intercambiaron Wenzhi y su padre, pero me compadecí de él. Había perdido a su padre y a su hermano el mismo día. Al margen de cómo lo hubieran tratado, el dolor era inevitable. No tendría oportunidad de reparar la relación, de pronunciar las palabras que podrían haber aplacado el dolor. La muerte era la última despedida.

Una sombra se cernió sobre mí, y al levantar la vista me topé con Liwei. Me apretó el hombro, un gesto silencioso y reconfortante, un alivio que agradecía. Mientras las consortes del rey proferían gritos de tristeza, Wenzhi levantó la cabeza y me miró desde el otro lado del templete con una tormenta de sentimientos arremolinada en el rostro. Pena mezclada con gratitud, sorpresa combinada con entendimiento.

Sabía que no se había tratado de un accidente. La muerte del príncipe Wenshuang pesaba sobre mi conciencia. Lo había hecho por mí y por Wenzhi. El príncipe Wenshuang era un auténtico demonio; jamás se habría detenido hasta que uno de los dos acabase muerto. Me habría amenazado a mí también, pues su odio era profundo. De manera que había asumido por Wenzhi la carga de tener que matar a alguien de su propia familia.

No me había mentido aquel día, hacía tantos años, en la caverna de Xiangliu. Matar se volvía cada vez más fácil.

33

Me encontraba junto al templete de malaquita, rodeada de nubes violetas. Qué diferente parecía sin la muchedumbre; habían retirado los pétalos y limpiado las manchas de sangre del suelo de piedra. El cabello me caía por la espalda anudado en una cola de caballo suelta; muy diferente al peinado de hacía unos días, cuando lo había llevado recogido en un tocado de oro y coral. Me había arrodillado ante el altar para casarme y, desde entonces, el Muro Nuboso había enterrado a un rey y coronado a otro. Wenzhi había actuado con implacable rapidez, ascendiendo a los que le eran leales y apartando a aquellos de los que desconfiaba. Su madre, la Consorte Noble, había sido honrada con el título de reina viuda y ejercía una posición de autoridad incuestionable, solo superada por la suya. Mientras que la capitana Mengqi, de quien yo había escapado en el pasado, era ahora la generala que dirigía el ejército. Yo no había asistido al funeral ni a la coronación. Era mejor olvidar mi existencia, ya que constituía un mal presagio: una novia bañada de sangre.

Debían de haber suspirado de alivio al ver que yo no era su reina. Nuestra farsa de matrimonio había quedado oficialmente anulada ante la corte. Nadie había hecho ninguna pregunta, pues la deferencia que se le brindaba a un rey no era la misma que al heredero. Los príncipes podían ser cuestionados, suplantados, se podía conspirar contra ellos…, pero a un rey debía obedecérsele.

No había tiempo de guardar el periodo de luto acostumbrado.

Nos habían llegado noticias de que las tropas de Wugang avanzaban hacia el Muro Nuboso y se congregaban a lo largo de la frontera. Cuántas vueltas daba la vida: la última vez que había estado en el Muro Nuboso, los celestiales habían acudido a rescatarme y ahora... prometían condenarnos a todos.

¿Sabría Wugang que recientemente se había producido un traspaso de poderes? Era poco probable, ya que Wenzhi había cerrado a cal y canto el palacio para evitar que las noticias se filtrasen. ¿O acaso Wugang estaría impaciente por cobrar el premio que el príncipe Wenshuang le había prometido? La llave de un poder infinito constituiría una tentación irresistible. Lo único cierto era que los reinos se hallaban al borde de una guerra, tambaleándose de forma tan precaria como una moneda dando vueltas sobre sí misma.

Percibí la presencia de otros inmortales y, al darme la vuelta, vi a Liwei, que se aproximaba a mí junto con mis padres. Mi madre y Shuxiao habían llegado justo antes de que las tropas de Wugang se acercasen al Muro Nuboso. Fue un alivio reunirme con ellos, aunque me habría quedado más tranquila si hubiesen permanecido lejos, ya que aquel se había convertido en el lugar más peligroso de los Dominios Inmortales.

—Wenzhi se ha estudiado el Pergamino del Espejo Divino. Lo llevará a cabo cuando yo esté lista —les dije sin preámbulos—. Wugang está muy cerca, así que debemos actuar cuanto antes. —Sentí un escalofrío, pero temer lo inevitable resultaba infructuoso; lo mejor era prepararse para ello.

Recordé el ceño fruncido de Wenzhi al examinar el pergamino, tras acercar a la luz las delgadas varillas de bambú. El plan le gustaba tan poco como a mí, pero si existía alguna alternativa, a ninguno se nos había ocurrido.

—Debes tener cuidado —me había recordado—. Aunque el pergamino te conferirá los atributos de tu madre, tendrás que prestar atención a tu forma de comportarte y a tus palabras. Debes engañar a la mente de Wugang además de a sus ojos y a sus oídos.

Mi madre carraspeó y aferró los dedos a su falda.

—Puedo hacerlo yo, si me dices cómo. No te arriesgues; es a mí a quien quiere.

—No, madre —le dije con suavidad—. Sin magia, no es posible cargar con la Pluma de la Llama Sagrada ni desatar su poder. Wugang utilizará tu sangre para recolectar las semillas de laurel, y el ciclo no acabará nunca, pues brotarán más. Aunque los dominios al completo se unieran para luchar contra él, sería demasiado tarde.

—¿Y qué pasará contigo? ¿Y si fracasas? —insistió mi padre—. Wugang no tendrá ninguna piedad.

—Al menos, en ese caso, no conseguiría las semillas de laurel. —La voz me tembló, pero reprimí el terror antes de que devorase mi frágil determinación.

Mi madre posó la mano sobre la mía.

—Podríamos marcharnos y volver a los Dominios Mortales. Nuestro auténtico hogar. No tenemos que quedarnos aquí.

Me permití fantasear por un instante, imaginar una vida en la que no tuviésemos que preocuparnos del peligro, de que nos descubrieran o nos capturaran. Una vida en la que no tuviese que lidiar con el desafortunado destino del mundo, puesto que no era un honor, sino una carga. Huir no sería un acto vergonzoso, ya que ¿qué les debía yo a los Dominios Inmortales?

Aparté de la mente aquellos peligrosos deseos. La tentación de dejar unos asuntos de tanto peso en manos de personas mejores que yo. Sin embargo, aquellas eran las fantasías de alguien que carecía de vínculos con el mundo. Era a *mis* seres queridos a quienes Wugang perseguía, a quienes había hecho daño... y los Dominios Inmortales se habían convertido en nuestro hogar.

No quería llevar a cabo aquella misión, pero ¿quién si no iba a hacerlo? No era arrogancia ni orgullo lo que me impulsaba, sino la certeza irrefutable de que yo era la que más probabilidades tenía de engañar a Wugang, de acercar la pluma lo suficiente al laurel, de destruirlo. Si me quedaba de brazos cruzados, lo perdería todo, y todos mis seres queridos morirían.

¿Era así como se había sentido mi padre el día que partió para enfrentarse a las aves del sol? Siempre había creído que la grandeza corría por sus venas, que era valiente y sabio, tal y como debían ser los héroes. Lo habían felicitado por su valentía, pero sin duda debió de haber estado un poco asustado... de morir, de no volver a casa con su familia, ¿no? No obstante, ningún otro podría haber esgrimido aquel arco, ningún otro arquero podría haber derribado a las aves del sol. De no haber sido por él, los Dominios Mortales habrían quedado destruidos y mi madre y yo habríamos muerto.

Tal vez, en el fondo, los actos heroicos no fueran cuentos tan bonitos. Palabras como *honor* y *valor* se encontraban aderezadas por la necesidad y por la cruda realidad: no había elección.

—Debo hacerlo. —Escudriñé el rostro de mi padre, con la esperanza de que me dirigiera un asentimiento de cabeza, con el anhelo de hallar alguna señal de confianza. Tal vez fuera lo que la mayoría de los hijos buscaban, al margen de su edad: una aprobación que solo sus padres podían brindarles.

Mi padre arrugó la frente, como cuando se hallaba sumido en sus pensamientos. Disfrutaba sobremanera aprendiéndome sus estados de ánimo y sus gestos, reuniendo todos aquellos hilos, tejiéndolos y dándoles forma hasta convertir a mi padre en algo más que un nombre en un libro, que una silueta en mis sueños. Y cómo detestaba que me arrebatasen aquella oportunidad después de que por fin nos hubiéramos reunido.

—Hija —dijo mi padre—. Lo haré yo. El Pergamino del Espejo Divino también funcionará conmigo.

Negué con la cabeza.

—Hará falta más que un parecido físico para convencer a Wugang. Tú conoces a madre en su faceta de esposa, cuando era mortal. Yo la conozco como la Diosa de la Luna. No será fácil embaucar a Wugang, pero lo convenceré. ¿No es eso lo más importante en este tipo de situaciones? ¿Acaso no asignas a cada soldado la misión para la que mejor preparado está?

—Wugang acabará matándote —exclamó mi madre.

—No si lo mato yo primero. —Alcé la barbilla—. No pienso morir. Voy a poner fin a esto.

—¿Cómo evitarás que Wugang perciba la Pluma de la Llama Sagrada? —preguntó Liwei.

Esbocé una sonrisa radiante e imbuí mi voz con falsa confianza.

—Con el mismo encantamiento que me permite llevarla encima.

—No funcionará —dijo Liwei de forma rotunda—. Estoy percibiendo la pluma ahora mismo.

Tenía razón. Incluso estando sujeta a todos aquellos encantamientos, la pluma irradiaba ondas de calor que chocaban contra su escudo.

—Me la guardaré aquí. —Me di unos golpecitos en la sien, como si se tratara de un asunto sencillo.

—¿En el *interior* de tu fuerza vital? ¿Igual que hacía el rey Wenming con sus artefactos? —El tono de Liwei era de incredulidad—. El más mínimo desliz y la pluma te incinerará.

—No cometeré ningún desliz. —Me había convertido en una actriz muy buena, con la mirada imperturbable y el tono sosegado. Porque si me acobardaba, si mostraba la más ínfima inquietud, multiplicarían sus esfuerzos por detenerme.

Finalmente, cedió.

—Permaneceré por los alrededores. Si corres peligro, acudiré en tu ayuda.

Se llevó los dedos a la Lágrima Celestial que le colgaba de la cintura y rozó la piedra transparente.

Mi madre le tiró a mi padre de la manga.

—Ven, Houyi. Vámonos.

—No he acabado…

—Ya se lo dirás después. —El tono de su voz estaba cargado de significado; se dio la vuelta y mi padre fue tras ella.

Liwei los siguió con la mirada.

—Después de todos estos años, volvieron a encontrarse y a estar juntos. Es una gran historia de amor, como dirían los mortales.

—Sí —coincidí—. Aunque mis padres habrían preferido quedarse solo con las partes buenas y no tener que pasar por todo ese sufrimiento.

—Ningún amor es perfecto.

—Solo en los cuentos de hadas —reconocí—. Y si ese fuera el caso de mis padres, nadie conocería sus nombres.

—¿Es ese un precio razonable? —preguntó.

—Para mí, no —dije, pensativa—. La fama es la forma en la que el mundo te ve, tu vida según se la imaginan los demás. Algo fugaz, tan caprichosa como el humo y fácil de deformar a través de la malicia.

La expresión de Liwei se ensombreció; ¿se estaría acordando de lo rápido que su corte lo había difamado y abandonado? Yo tampoco podía olvidar la facilidad con la que los demás se habían creído los rumores acerca de mí.

—La auténtica felicidad proviene del interior, de la satisfacción con uno mismo. Y aunque puede que sea más humilde y más sosegada, no existe nada más valioso y duradero —añadí.

—Podríamos tener eso —dijo él con dulzura—. Podríamos volver a ser felices, si nos lo permites.

Me empapé de su imagen: de los rasgos esculpidos de su rostro, de la forma en que la luz se reflejaba en sus ojos, resplandeciendo sobre su oscura superficie. Se acercó hacia mí; su túnica azul se arremolinó con la brisa y su resplandeciente cabello, recogido en una cola, osciló a su espalda. Tenía el mismo aspecto que cuando nos conocimos junto al río. Las cosas habían cambiado mucho desde entonces y, sin embargo, él seguía siendo el mismo joven rebosante de compasión, igual que yo era la chica con fuego en el corazón. Aunque aquella vez, las llamas tal vez me consumieran.

Dejé caer la mirada, apartando aquellos recuerdos nostálgicos.

—Pensemos en el presente antes de pensar en el mañana. Debemos concentrarnos en lo que se avecina.

Me tocó la barbilla con la mano y me alzó el rostro hacia el suyo.

—Ojalá pudiera decirte que no fueras.

—Me alegro de que no puedas.

Sin mediar palabra, apoyé la cabeza en su pecho y lo rodeé con los brazos, arrebatándole el calor durante un instante de consuelo. Cuando me abrazó con más fuerza, yo deslicé los dedos hacia su cintura y rocé la suave esfera de la Lágrima Celestial. Con un destello casi imperceptible de mis poderes, absorbí el fragmento de mi energía que contenía la piedra; nuestro vínculo había quedado cercenado. Al apartarme y romper el abrazo, los remordimientos me perforaron el corazón hasta el punto que creí que se me iba a partir.

—No quiero perderte —me confesó en voz baja—. Estoy muerto de miedo.

Quería decirle muchas cosas: palabras tranquilizadoras y cargadas de promesas, pero estas se me atascaron en la garganta. Pues lo cierto era que... yo también estaba muerta de miedo.

Aquella noche fui incapaz de dormir. Por el profundo sosiego del ambiente, supe que la medianoche había quedado atrás hacía mucho y que el amanecer se encontraba más próximo. Me levanté y crucé la habitación para abrir de par en par las ventanas. Mientras entraba el aire, me llegó el rumor de unos árboles desconocidos y la inquietud hizo que se me erizara la piel. Volví a sentirme como una niña, asustada de los monstruos que acechaban en las sombras. Incluso entonces había querido arrastrarlos a la luz para poder mirarlos a la cara, pues nada podía ser más aterrador que las pesadillas que habitaban en mi mente.

Esta vez no era así.

Alguien llamó con suavidad a la puerta; no esperaba visita a aquellas horas. Hice brotar una luz de la palma de la mano y encendí un farol; me puse apresuradamente una túnica amarilla y me anudé una faja a la cintura. El cabello me caía suelto sobre los hombros.

—Adelante. —Agarré el arco de la mesa, más por costumbre que porque creyera que corriera auténtico peligro.

Las puertas se deslizaron y Wenzhi apareció en la entrada. Bajé el arco de inmediato.

—¿Estás segura, Xingyin? —preguntó con seriedad—. No hace mucho, querías clavarme una flecha.

—Hace no mucho, te merecías eso y más.

—¿Y ahora?

El tono de su voz y el brillo de su mirada despertaron algo dentro de mí.

—¿Qué haces aquí, Wenzhi? ¿No tienes otras cosas que hacer a estas horas de la noche: peticiones que leer, ayudantes de la corte a los que aterrorizar? ¿Dormir, tal vez?

Llevarte concubinas a la cama. Aquel inoportuno pensamiento me atravesó, y lo desestimé de inmediato.

—Sin duda —convino, apoyándose en el marco de la puerta—. Hay otros muchos sitios donde *debería* estar y que resultarían más acogedores que tu frío recibimiento.

—Tal vez deberías irte a esos lugares —respondí con frialdad, cerrando la puerta, pero levantó la mano con rapidez y agarró el panel de madera.

Solo entonces me fijé en su atuendo; no estaba acostumbrada a verlo vestido con tales galas. Su túnica de brocado verde musgo tenía bordados unos dragones que se elevaban entre remolinos de sedosa niebla, y llevaba un cinto de eslabones de plata. Sobre su cabeza reposaba una corona —distinta a la de su padre—, un tocado de oro engastado con una esmeralda.

—Yo tampoco podía dormir —me confesó—. ¿Me acompañas?

Vacilé.

—Es tarde.

—No está lejos —me aseguró.

Cuando asentí y me aparté de la entrada, él se adentró en la habitación y se dirigió a las ventanas. Frente a estas había ya una nube flotando, como si Wenzhi hubiera sabido que aceptaría.

—¿Por qué no salimos por la puerta? —pregunté.

Arrugó la nariz.

—No soy como mi padre. No quiero ni necesito tener a un guardia pisándome los talones todo el rato.

Y no había demasiadas situaciones de las que no pudiese salir airoso él solo.

Trepó por la ventana y se dejó caer sobre la nube. No tomé la mano que me tendió, sino que salí agarrándome al marco de madera. La nube se elevó y rodeó el palacio, mientras el viento me alborotaba el cabello. Cuando nos detuvimos, me volví hacia él con las cejas arqueadas.

—¿El tejado?

—Sé lo mucho que te gustan —dijo alegremente.

Noté una tirantez en el pecho. Se refería a las veces en las que yo había hallado consuelo en el tejado de mi habitación del Palacio de Jade, contemplando el cielo y añorando mi hogar. Y, aun así, había sido también el lugar donde ambos nos habíamos prometido al otro, y donde casi le había disparado para huir. Hice a un lado el pasado, tanto las partes buenas como las malas, pues siendo el futuro tan incierto, aquella noche no las tendría en cuenta.

Las baldosas eran de una piedra iridiscente que brillaba como si la hubiesen sumergido en el interior de un arcoíris. No obstante, la auténtica belleza de aquel lugar residía en el horizonte infinito que lo rodeaba. En el aire flotaban farolillos encendidos, a los que mecía una brisa encantada. Los tejados arqueados de los edificios de debajo refulgían como joyas. Y al otro lado del banco de nubes, asomaba el Desierto Dorado, tan reluciente como el polvo de estrellas.

El viento le alborotó a Wenzhi el cabello, echándole largos mechones sobre el rostro.

—Gracias por acompañarme. Aquí es donde venía siempre que quería estar a solas. Llevo mucho tiempo queriendo traerte, incluso antes de saber lo que significaba.

Se sentó y apoyó el brazo sobre una rodilla levantada. Aunque su expresión siempre había sido distante e ilegible, su semblante desprendía un nuevo tinte de seriedad.

—¿Qué es lo que te preocupa? —pregunté.

—He querido ser rey desde que mi hermano empezó a atormentarme a mí y a aquellos que me importaban. Cada insulto, cada injuria, me impulsaban a buscar el favor de mi padre a cualquier precio.

Rara vez hablaba de su pasado; lo había mencionado una vez, cuando descubrí su traición. En aquel momento no había querido escucharle;

nada habría justificado sus actos. Esta vez, escuché sin acritud y sin enfadarme, y por primera vez en mucho tiempo, sin buscar mentiras en cada palabra.

—Mi padre no era cariñoso ni amable; no obstante, era más ambicioso que cruel: nos empujaba siempre a ser mejores. En parte porque se acordaba de la época en la que éramos un reino débil y oprimido, los parias de los Dominios Inmortales. —Se le oscureció la mirada—. Y ahora ha muerto y yo llevo la corona. No supone ningún triunfo. Aunque tal vez fuera inevitable, nunca quise abrirme paso a través de una senda manchada con la sangre de mi familia para conseguir el trono.

—Eso no puede cambiarse —le dije en voz baja—. Serás un buen rey. —No eran palabras huecas de consuelo. Los soldados lo habían venerado, respetado y amado. Una rara combinación que pocos gobernantes conseguían.

Guardó silencio durante un instante.

—He venido por otra razón. No sé cómo, pero se ha corrido la voz acerca de la muerte de mi hermano y de mi padre. Wugang ha exigido que entreguemos a tu madre. Si lo hacemos, nos dejará en paz. Si no... ha amenazado con tomar represalias de inmediato.

—¿Qué vas a hacer? —¿Qué *podía* hacer él? La responsabilidad de un monarca era para con su reino. Wenzhi siempre había dejado claras sus prioridades, ¿y qué era yo para él? Ya ni siquiera una novia falsa.

—Mis consejeros quieren concederle la petición. Antes, Wugang no nos tenía en el punto de mira. No iba a atacarnos porque disponía de perspectivas más atractivas, porque pensaba que tal vez fuéramos a aliarnos con él. Pero eso ha cambiado.

—¿Nos entregarás? —No creía que quisiera traicionarnos, pero ya no podía darnos cobijo, ya no podíamos contar con su ayuda.

—Es lo que mi padre hubiera hecho. No estamos preparados. Un ataque resultaría catastrófico. Deberíamos ganar tiempo para enfrentarnos a él en otra ocasión.

Noté un vacío en el pecho, a pesar de que no debería haber esperado otra cosa. Pero intentaría razonar con él igual que habría hecho con cualquier otra persona.

—Nunca fuiste de los que buscan victorias rápidas y dejan de lado la perspectiva global de las cosas. Ceder a Wugang no es la respuesta.

—Confundes mis intenciones —dijo de inmediato—. Eso es lo que me han aconsejado que hiciera, lo que habría hecho mi padre..., pero no lo que voy a hacer yo. Entregar a tu madre solo nos ofrecería una tregua temporal, pues Wugang se haría invencible. Arrasará con los Dominios Inmortales como si fuera una plaga y cuando ya no quede nada, nos devorará. Puede que por ahora se presente como aliado, pero sin duda será nuestro enemigo en el futuro. Mi padre también se dio cuenta, y por eso prefirió ayudarnos, aunque también habría tratado con Wugang con el fin de cumplir sus objetivos.

Me sostuvo la mirada.

—Sin embargo, esa no es la única razón. Confieso que *tú* eres un fuerte aliciente para pensar en un plan alternativo.

Procuré que no se me ablandara el corazón.

—Tal vez podamos aprovechar la oportunidad y utilizar la situación en beneficio propio.

Asintió a regañadientes, pues también había pensado en aquella posibilidad.

—No me hace ninguna gracia. Será peligroso.

—Sí —convine—. Pero no tanto como dejar que Wugang campe a sus anchas.

Aun así, era demasiado pronto. No estaba preparada... y no sabía si alguna vez llegaría a estarlo.

—Es la mejor opción. No puedo aparecer así porque sí; Wugang sospecharía enseguida de que se trata de una treta. —Hablé con rapidez antes de que el terror sofocara mis palabras—. Haz lo que esperan de ti, lo que haría cualquier gobernante prudente ante esta amenaza. Entrega a mi madre. Salvo que iré yo en su lugar. Deja que Wugang piense que nos tiene donde quiere, que la victoria está a su alcance. Le dará una falsa sensación de seguridad y...

—Se lo harás pagar. —Wenzhi terminó la frase por mí, con una expresión sombría—. Aunque Wugang no aceptará nuestra conformidad así como así. Cree que yo, a diferencia de mi padre o de mi hermano, me negaré a aliarme con él. Sabe que jamás entregaría de forma voluntaria a la Diosa de la Luna porque es tu madre.

Me acordé de lo que Wugang nos había dicho en el pasado, las miradas conocedoras que nos había lanzado a Wenzhi y a mí.

—No funcionará si Wugang sospecha lo más mínimo, si pone a prueba mi disfraz. ¿Y si rechazas sus condiciones? Haz que uno de los palaciegos le ofrezca la información a Wugang a cambio de una recompensa. Dejaré que me capturen y que me lleven hasta el laurel.

—Una quimera que plasmará lo que él espera. —Asintió—. Podría funcionar. En cualquier caso, debemos preparar nuestras tropas para enfrentarnos a él; en parte para seguir con nuestra estratagema, pero también para protegernos. Creo que está decidido a atacarnos. Ha enviado a demasiados soldados a la frontera para que se trate de una simple excursión.

Tenía razón, pero la idea de que se desatase una batalla me revolvía el estómago.

—Sería lo más prudente. También distraerá a Wugang y dividirá sus fuerzas; lo mantendrá ocupado y de ese modo no se cuestionará ni examinará nada con demasiado ahínco. Estará impaciente por recoger las semillas que le proporcionen la victoria, y ahí radica su punto débil. —Fruncí el ceño mientras me asaltaba otra preocupación—. ¿Cómo harás frente a su ejército? Te harán falta aliados.

—Enviaremos un mensaje a los demás reinos. No obstante, llevamos aislados tanto tiempo, que dudo que alguno acuda a la llamada.

—Un enemigo común convierte a los adversarios en aliados. —Del mismo modo que yo estaba protegiendo a aquellos contra los que había luchado en el pasado.

¿Con quién más podíamos contar? Los dragones no eran instrumentos de guerra, pero podrían resultar muy valiosos en cuestión de defensa. Su apoyo podría ser determinante para que el Mar del Este se pusiera de nuestro lado, aunque su corte se encontraba de luto. El Mar del Sur había dejado muy claras sus alianzas cuando intentó capturarnos para ganarse el favor de Wugang. No teníamos contacto alguno con los mares del Norte y del Oeste y no disponíamos de tiempo para cultivar relaciones con ellos. El Reino del Fénix siempre había estado aliado de forma muy estrecha con el Reino Celestial; sin embargo, quedaba por ver si sus lealtades se consagraban a la familia gobernante o al propio reino. Si se unían a Wugang, sería terrible.

—Le enviaré un mensaje al príncipe Yanxi y Liwei otro a su madre. Tal vez ella pueda convencer a la reina Fengjin —dije.

Se puso en pie e inclinó la cabeza.

—Gracias. Te pido disculpas por haber interrumpido tu descanso. Déjame que te acompañe de vuelta. —Me miró a los ojos y dejó escapar un ligero suspiro—. Me prometí que no diría nada; ya has tomado tu decisión. Pero jamás te olvidaré. Tal vez ese sea mi castigo.

—No es eso lo que deseo. —Me levanté y me coloqué a su lado—. Después de todo, somos amigos. Y queremos lo mejor para el otro.

—¿Amigos? —repitió tras una pausa—. Sí, me gustaría contar con tu amistad. Agradeceré cualquier faceta tuya que decidas brindarme.

Antes de que tuviera ocasión de responder, me estrechó entre sus brazos; su piel, que por lo general estaba muy fría, me abrasó. No protesté, sino que cerré los ojos e inhalé el fresco aroma que desprendía. Y cuando apartó los brazos, noté un ardor en los ojos del que me libré parpadeando; una parte de mí lloraba el final de algo precioso... que jamás había tenido la oportunidad de empezar.

34

U n rastro de nubes bajas salpicaba los cielos, ya que los inmortales volaban de aquí para allá. En el horizonte se fraguaba una tormenta, no de viento ni de lluvia, sino de sangre y traición, cargada de antiguos rencores. El Reino Celestial había sido derrocado por alguien de herencia mortal y el Muro Nuboso defendía a quienes los habían expulsado de sus fronteras. Los Cuatro Mares volvían a estar divididos; en cuestión de días, antiguas alianzas se habían desmoronado y otras nuevas se habían forjado. Era como si alguien hubiera puesto el mundo patas arriba. Puede que los Dominios Inmortales jamás volvieran a ser lo que fueron en el pasado, y no me di cuenta de cuánto lo lamentaba hasta que me enfrenté a su pérdida.

Liwei y yo sobrevolamos las Montañas Cerúleas, una desigual cordillera situada al norte del Muro Nuboso y al oeste del desierto. La luz del sol se reflejaba en la armadura dorada de Liwei, mientras que yo llevaba únicamente una túnica azul oscuro y el arco colgado a la espalda. Detrás de nosotros volaban Shuxiao y mis padres.

Wenzhi ya estaba allí con su soldados y se afanaba por reforzar las defensas debido a la inminente confrontación. Voló hacia nosotros y unos destellos de bronce danzaron sobre su armadura negra. Llevaba una enorme espada sujeta al costado y una capa verde que se arremolinaba por detrás de él.

Cuando su nube se aproximó a la nuestra, inclinó la cabeza en señal de saludo.

—Creemos que las tropas de Wugang no tardarán en atacarnos. Mañana o pasado.

—¿Has tenido noticias de los demás reinos? —preguntó Liwei.

—No. Tal vez no se presenten —respondió Wenzhi, tensando las comisuras de la boca.

A lo lejos, se congregaban los soldados del Muro Nuboso y su sombra se extendía sobre las pálidas arenas. En el pasado me habían infundido mucho terror, pero ahora deseaba que hubiera más. *No son suficientes*, me susurraba una voz en mi cabeza. No eran suficientes para enfrentarse a los mortíferos soldados de Wugang, el vasto ejército blanco y dorado que acechaba como una serpiente monstruosa en los márgenes del desierto y las nubes.

El viento arreció y el cabello me azotó la mejilla. Al apartármelo, vislumbré un resplandor en el horizonte. Unos soldados ataviados con armaduras azules y plateadas volaban hacia nosotros, liderados por el príncipe Yanxi. Se me encogió el pecho al recordar la última vez que lo había visto, con el cuerpo de su hermano en brazos. Aunque el príncipe Yanxi mostraba una expresión sombría, nos saludó a Liwei y a mí con calidez. No obstante, se quedó rígido al ver a Wenzhi.

—Majestad —Hablaba con fría formalidad, y me resultó extraño oír dicha denominación dirigida a Wenzhi—. El Mar del Este no marcha en nombre del Reino de los Demonios. He venido para vengar a mi hermano.

Wenzhi inclinó la cabeza.

—Aun así, agradecemos vuestra ayuda. Para ser aliados no hace falta que seamos amigos.

Se oyeron unos gritos estridentes, acompañados por el vaivén del aire. Unos soldados con armaduras de bronce atravesaron el cielo a lomos de magníficos fénix. Dejaron un rastro de chispas carmesíes a su paso; su plumaje resplandecía tanto como si estuvieran cubiertos de llamas y los arcoíris revoloteaban desde sus colas. Entre ellos se alzaba la Emperatriz Celestial; siempre la consideraría la emperatriz, al margen de que ocupara el trono o no. Casi no la reconocía; la determinación iluminaba su rostro, que se encontraba desprovisto de su habitual malicia o tensión. ¿Sería un atisbo de quien había sido en el pasado? ¿Acaso su amargura había nacido de la desilusión que le había provocado el matrimonio, de que la vida en el Reino Celestial le hubiese cortado las alas? No me caía mejor, pero tal vez la comprendía un poco más.

La emperatriz se detuvo junto a nuestra nube y se bajó de su montura con facilidad.

—La reina Fengjin se unirá a nuestra lucha contra el villano Wugang —anunció con orgullo.

—Agradecemos su ayuda —dijo Liwei, y añadió—: Al igual que agradecemos la tuya, madre. Debes de haberla hecho cambiar de opinión, pues la reina no parecía demasiado dispuesta a ayudarnos.

—Debemos detener a Wugang. —Le lanzó a Wenzhi una mirada mordaz—. No lo he hecho por ti; estos soldados no luchan por los demonios. No podría importarme menos lo que le ocurra a tu desdichado reino.

La mirada de Wenzhi centelleó.

—A mí tampoco me importa lo que le ocurra al Reino Celestial, puesto que ya ha caído.

La emperatriz torció los labios, pintados de rojo, y soltó un gruñido; Liwei carraspeó.

—No sirve de nada que nos insultemos. Nos alegramos de contar con refuerzos.

—En efecto. —Wenzhi esbozó una sonrisa burlona—. Es una suerte que, aunque la mayoría de los Dominios Inmortales nos odien, a Wugang lo detesten todavía más.

—Como debe ser; Wugang es la mayor amenaza a la que nos hemos enfrentado —dijo mi padre, y pasó desde la nube de Shuxiao a la nuestra. Llevaba el arco colgado a la espalda, y asomaba como una medialuna plateada. Mi madre lo siguió, con el rostro pálido y desencajado.

—¿Te encuentras lo bastante bien como para estar por aquí? —le pregunté a Shuxiao de forma ansiosa.

—Lo suficiente y, además, me aburría como una ostra. Cualquier cosa es mejor que pasarme otra semana en cama y a base de brebajes asquerosos de hierbas. —Se estremeció y se cruzó de brazos—. Los dragones son sabios y poderosos, pero sus medicinas dan asco.

—Más vale tomarse una medicina amarga a que una herida mortal acabe contigo.

Examiné los ejércitos y me tranquilicé, aunque al mismo tiempo jamás había estado de peor ánimo. ¿Cuántos sobrevivirían a la batalla? ¿Cuántos volverían con su familia? Ni Wugang ni sus soldados mostrarían ninguna piedad; no creía que fueran capaces de ella.

Desvié la mirada hacia la franja de nubes que estaba al otro lado de la cordillera, a la que antes había evitado examinar con demasiado detalle. El ejército de Wugang resplandecía como la luz del sol reflejada en la nieve. Junto a ellos se encontraban las tropas del Mar del Sur con su armadura turquesa. Se decía que a la reina Suihe se le daba bien escoger el bando ganador, pero esperaba que en esta ocasión su evaluación hubiera sido errónea. Había otros soldados a los que no reconocí, vestidos con armaduras cobrizas y verdes.

—Los Mares del Norte y del Oeste se enfrentarán a nosotros —observó Liwei secamente—. No eran aliados nuestros, pero es un duro golpe. Esperaba que se mantuvieran al margen.

—La reina Suihe debió de convencerlos para que ayudaran a Wugang durante la reunión de los Cuatro Mares —dije.

—Hay algo que debemos hacer antes de que comience la batalla —dijo Liwei—. Necesitamos que alguien que esté familiarizado con el Palacio de Jade vaya a rescatar a mi padre, al general Jianyun y a los demás cortesanos encarcelados. De lo contrario correrán grave peligro, pues Wugang los utilizará como rehenes.

Shuxiao hizo una reverencia.

—Iré yo. El general Jianyun siempre se ha portado bien conmigo y con todos los que estábamos a sus órdenes.

—Algunos de mis soldados pueden acompañarte. —Wenzhi dirigió un gesto a la inmortal que estaba detrás de él y la soldado dio un paso adelante e hizo una reverencia. Al enderezarse, la generala Mengqi me lanzó una mirada hosca; sin duda, recordaba cómo la había engañado en el pasado.

—Generala Mengqi, reúne un grupo y dirigíos al Palacio de Jade —le ordenó—. Shuxiao, antigua teniente del Ejército Celestial, se encargará de dirigirlos.

La generala apretó los labios mientras estudiaba a Shuxiao.

—Majestad, ¿está capacitada para ponerse al mando? No arriesgaré la vida de nuestros soldados así sin más.

—Tan capacitada como tú —repliqué con cierta tensión en la voz—. Y a ella cuesta más engañarla. —Una mofa mezquina, pero no pensaba quedarme de brazos cruzados si insultaban a mi amiga.

Shuxiao entornó los ojos.

—Después de que todo acabe, podrás comprobar mis capacidades con el arma que más te guste.

Por su bien, esperaba que la generala Mengqi no eligiera el arco.

—Menuda pataleta infantil. No exhibas esa actitud tan impulsiva cuando la vida de mis soldados está en juego. —Mengqi le lanzó una mirada amenazadora, aunque cargada de curiosidad.

Shuxiao le dio la espalda de forma deliberada.

—Xingyin, ten cuidado. —Dijo aquello lanzándole una mirada a mi madre, con las palabras cargadas de significado.

La agarré de la mano.

—Tú también. Nos veremos cuando volvamos.

—Hasta entonces —convino ella—. Nos pondremos al día con una jarra de vino.

—¿Estás lista o tienes que despedirte de más gente? —preguntó con brusquedad la generala Mengqi.

Shuxiao esbozó algo que parecía más una mueca que una sonrisa.

—Empiezo a arrepentirme. Preferiría enfrentarme a celestiales no muertos. —Sacudió la cabeza y fue tras Mengqi. Se subieron a una nube y, manteniendo las distancias, echaron a volar hacia los soldados del Muro Nuboso.

El sol descendió y una sensación de calma nos envolvió, cargada de penumbra y una pizca de alivio. Aquella noche no se produciría ningún enfrentamiento. Las batallas se llevaban a cabo por las mañanas, las cuales ofrecían deslumbrantes promesas de gloria, un rayo de esperanza. Las noches eran para ocultarse en las sombras y lamerse las heridas, para proferir gritos ahogados y dejar que los miedos campasen a sus anchas…, para poner en práctica oscuros engaños.

Wugang no tardaría en ir a buscar a mi madre. Con la batalla a punto de librarse, iba a necesitar una nueva cosecha de semillas de laurel para restituir a sus tropas, que habían quedado reducidas. El miedo y la anticipación rivalizaron en mi interior, no porque ansiara meterme de lleno en una situación peligrosa, sino porque estaba de los nervios. Notaba el ardor de la Pluma de la Llama Sagrada a través de mi bolsa, estrellándose contra las barreras tejidas a su alrededor. No sabía durante cuánto tiempo podría soportar aquel drenaje de mis poderes; me costaría mantener la farsa.

—Madre, debemos llevarte a un lugar seguro —exclamé para que lo oyeran los espías de Wugang y así abrirle el apetito. Se había enviado a uno de los cortesanos del Muro Nuboso para que le facilitase a Wugang el paradero de mi madre a cambio de una posición privilegiada. Una mentira oculta dentro de otra mentira.

Mi madre y yo volvimos volando al palacio del Muro Nuboso y nos dirigimos a su habitación. Estaba elegantemente amueblada con muebles de caoba; la oscura madera tenía incrustaciones de nácar iridiscente. Unos quemadores de incienso de bronce flanqueaban la entrada y yo me había acostumbrado ya a su intenso aroma.

Me ayudó a vestirme con uno de sus atuendos; me echó la túnica de seda blanca sobre los hombros, me colocó el fajín bermellón alrededor de la cintura y le ató unos cuantos adornos de jade. Por último, me recogió el pelo y me lo sujetó con unas horquillas de oro antes de deslizarme una peonía roja por encima de la oreja.

La tensión que notaba en el pecho se acrecentó. ¿Era la familiaridad de sus gestos lo que me afectaba? Parecía como si hubiera vuelto a la infancia y ella estuviera vistiéndome. Qué fácil me había parecido la vida entonces, casi como deslizarse por un lago en lugar de tener que atravesar aquellas turbulentas aguas.

—Ping'er no habría estado de acuerdo. —Mi madre tenía la mirada brillante debido a las lágrimas contenidas—. No habría querido que corrieras semejante riesgo, ni siquiera para vengarla. Siempre quiso que fueras feliz y estuvieras a salvo.

Noté un nudo en la garganta.

—No se trata solo de venganza. Es algo más importante que todos nosotros. Quiero que Wugang pague por lo que ha hecho, pero sobre todo, es mi deber hacer esto. Es un tirano, un loco despiadado al que no le importa que su ejército lleve a cabo una masacre espantosa. Ya ha matado a mucha gente, y matará a muchos más si no se le detiene. ¿Qué futuro nos espera bajo su reinado?

Me volví y la miré a la cara.

—Antes pensaba que el mundo exterior no importaba, siempre y cuando a nosotras no nos hicieran nada. Me enorgullecía de no sufrir los inconvenientes de la soberbia y la ambición, y solo me preocupaba por mi hogar, mi familia y mis seres queridos. Me equivocaba. —Se me quebró la voz—. Por mucho que intentásemos permanecer al margen, nos vimos envueltas en problemas. Nos arrebataron nuestro hogar. Nos dieron caza. Perdimos a seres queridos.

El mal debe ser eliminado de raíz. Las palabras del Dragón Largo resonaron en mi mente.

Mi madre me puso la palma de la mano en la mejilla y yo me apoyé en ella. No dijo nada, pero el amor que reflejaba su rostro descongeló un poco el hielo que se había apoderado de mi corazón.

Un golpe en la puerta interrumpió aquel tierno momento. Mi padre, Liwei y Wenzhi entraron y yo me puse en pie y tomé el Arco del Dragón de Jade. Noté que me transmitía una descarga de energía, como si percibiera mis intenciones. ¿Llevaba esperando aquello todo ese tiempo? ¿Había sido yo simplemente la encargada de custodiarlo? Daba igual. Debía habérselo entregado a mi padre hacía mucho, pero había sido demasiado egoísta; incluso me había sentido aliviada cuando rechazó la oferta la primera vez. Me dolía renunciar a él, pero en el lugar al que me dirigía no me hacía falta y me alegraba de haber encontrado por fin a su auténtico dueño.

—Padre, es tuyo. —Hice una reverencia y alcé las manos para ofrecerle el arco.

Él lo hizo a un lado.

—Quédatelo, Xingyin. Yo no lo necesito.

—El Arco del Dragón de Jade te pertenece —repetí—. Quédatelo.
El Fuego Celestial es capaz de derribar a los soldados de Wugang.
Con él, madre y tú podréis protegeros. Procura no quedarte sin fuerzas. —En aquel momento me interrumpí y me sentí algo tonta, como
si intentara enseñarle a un pez a nadar. Aquella arma era una exten-
sión de su brazo.

No hizo amago de tomarlo, pero la cabezonería era un rasgo que
ambos compartíamos. Lo agarré de la mano, le separé los dedos y le
dejé el arco. El jade resplandeció y una luz recorrió el marco por debajo de nuestras manos unidas, igual que la primera vez que lo había
tocado yo; noté la piel fría y luego caliente. El dragón tallado se retorció y se estremeció antes de volver a quedarse inmóvil.

Y entonces, la llamada que siempre había notado proveniente del
arco se desvaneció. Lo solté y se lo dejé a mi padre en las manos. Un
dolor me atravesó, como si me hubiera despedido de un amigo; no
creí que fuera a echarlo tanto de menos. Blandir el arco me había hecho sentir especial. Poderosa. Fuerte. Pero no me hacía falta para ser
todas esas cosas.

—Los soldados de Wugang están en camino. Debemos darnos
prisa —dijo Wenzhi.

Asentí, y Wenzhi se sacó el pergamino de la manga y desplegó las
amarillentas tiras de bambú, repletas de diminutos caracteres. Al pasar la palma de la mano por encima —resplandeciente de poder— los
caracteres saltaron del pergamino y flotaron por el aire como si fueran polillas oscuras.

—El encantamiento solo puede llevarse a cabo una vez —advirtió, y me agarró las manos con firmeza.

—¿Qué debo hacer? —pregunté.

—Mira a tu madre. Ten presente en todo momento la imagen de
su rostro en la mente —me indicó.

Examiné los esbeltos ojos de mi madre y las cejas que se arqueaban
de forma delicada por encima. La piel del color de la luna, el cabello

oscuro como la noche. De pequeña, había deseado parecerme a ella y ahora, la consumación de aquel deseo podía significar mi muerte.

Los poderes de Wenzhi vibraron desde sus dedos y su energía me recorrió con la fuerza de una tormenta. Las pinceladas negras que conformaban los caracteres se separaron y me rodearon como si de una cadena se tratara, arremolinándose en torno a mi cuerpo, recorriéndome las extremidades y el rostro un instante antes de filtrárseme en la piel como tinta derramada. El dolor me atravesó, como si alguien estuviera grabándome las palabras en la carne. Proferí un jadeo ronco y el sudor se me acumuló en la frente.

Wenzhi me apretó más las manos.

—¿Paro?

Negué con la cabeza y apreté los dientes.

—Sigue.

El dolor se acrecentó hasta que me costó respirar. Lo notaba en cada poro de mi cuerpo, en la piel, los huesos y los dientes, que me apretaban y me abrasaban como si estuviera rehaciéndome, formada de barro y forjada al fuego... igual que aquellos soldados que Wugang había mencionado, los que custodiaban la tumba del emperador mortal. Cuando ya no pude soportarlo más y un grito afloró por mi garganta... la agonía disminuyó y dejó a su paso una leve palpitación que me recorrió el cuerpo y una tensión desconocida, como si entre Wenzhi y yo se extendiera el más delgado de los hilos.

Cuando me soltó las manos, me tambaleé hacia atrás y me agarré a la mesa. La vista se me nubló antes de volvérseme a aclarar. Me llevé los dedos a la cara, me los pasé por la barbilla, por el delgado arco de la nariz y los pómulos.

Mi mirada se topó con la de mi madre, que abrió los ojos de par en par con incredulidad.

—Tu rostro —balbuceó.

—¿Ha funcionado? —Oí su voz cantarina emergiendo de mi garganta.

—Sí. Funcionará mientras el encantamiento siga activo —dijo Wenzhi.

—¿De cuánto tiempo dispongo? —pregunté.

—De todo el que necesites. —Inclinó la cabeza hacia mí—. Procura no desplegar el poder de la pluma mientras se encuentre en tu interior. Protégete en todo momento.

—Lo haré —le aseguré.

—¿Percibirá Wugang tu magia? —preguntó Liwei con ansiedad.

Miré a Wenzhi y este negó con la cabeza.

—Quedará enmascarada junto con tu aura.

Se trataba de un hechizo poderoso. No era de extrañar que su padre hubiera guardado aquel pergamino con sus posesiones más preciadas.

—¿Te supone mucho desgaste? —pregunté.

Sonrió.

—Lo soportaré todo el tiempo que haga falta.

—¿Cómo lucharás? —me interesaba saberlo.

—La generala Mengqi dirigirá el ejército en mi lugar. Tú y yo estamos unidos a través de este hechizo; no puedo alejarme demasiado de ti. Permaneceré a una distancia prudencial. —Arrugó la frente; la inquietud se reflejaba en su rostro. No le gustaba dejar a su ejército en manos de otra persona; sin embargo, algunos enfrentamientos no se ganaban en el campo de batalla.

—¿Y si los soldados de Wugang detectan tu presencia? —le pregunté.

—Yo iré con él —dijo Liwei.

Wenzhi se puso rígido.

—Me arriesgaré a enfrentarme solo a ellos.

—A mí me parecería fantástico —replicó Liwei—. Pero no pienso correr el riesgo de que el encantamiento se vea interrumpido. Esta noche, te protegeré igual que protegería a Xingyin.

Wenzhi vaciló antes de inclinar la cabeza en señal de aceptación. Una oleada de calidez me inundó el corazón al presenciar aquel intercambio; una profunda sensación de paz. Había muchas razones que los enfrentaban —uno era el heredero celestial y el otro el rey demonio—, y yo me alegraba de ya no ser una de esas razones.

—Yo también os acompañaré —dijo mi padre. Me alegraba que pudieran contar también con él, que fueran a protegerse mutuamente.

—¿Cómo desplegarás los poderes de la llama? —me preguntó Liwei.

—En cuanto me acerque lo bastante al laurel, desharé el encantamiento que la confina. Wugang estará demasiado distraído intentando salvar el laurel como para impedirme la huida —dije con suavidad. Solo hablaría de ese modo alguien que estuviera seguro de su éxito... o un mentiroso con mucha experiencia.

Wenzhi entornó la mirada.

—¿Ya sabes por dónde vas a desplegar los poderes de la pluma?

—Por las raíces. —Por ahí era por donde el laurel se había bebido la sangre de Wugang y las lágrimas de mi madre... y así era como yo lo destruiría.

A pesar de mis respuestas simplistas, no era un asunto sencillo. Había demasiadas cosas que podían salir mal, innumerables escenarios terroríficos que había reproducido en mi mente para ir más preparada. Mi mayor temor era que Wugang percibiera que se trataba de una trampa, que me reconociera y destruyera la pluma antes de que tuviera la oportunidad de desatar sus poderes. Lo que significaba que tendría que mantener la farsa hasta el último momento... y apenas dispondría de tiempo para escapar.

Levanté la vista y vi que Liwei me miraba fijamente. Tal vez percibiera el pavor que me espesaba la sangre, la ansiedad que me atenazaba por dentro.

—Ten cuidado, Xingyin. En cuanto desates el poder de la pluma, escóndete. No te enfrentes sola a Wugang. Acudiremos en cuanto nos necesites.

—Si Wugang descubre la farsa, si el vínculo entre ambos queda cercenado, lo percibiré de inmediato. Aunque no nos veas, no estarás sola —me aseguró Wenzhi.

—Ya es casi la hora —dijo mi padre. Ahora que el plan estaba claro, no mostraría ninguna duda. Una parte de la batalla se ganaba en el interior de la mente.

Miré por la ventana, ocultando el rostro. La luz había empezado a menguar y un resplandeciente velo violeta cubría el cielo, evasivo y fragante, lleno de misterio y prometedor. Sin embargo, una sensación hueca de entumecimiento me envolvió y yo uní las manos para ocultar los temblores. Exhalé una vez y luego otra hasta que, por fin, la respiración se me apaciguó. Solo entonces me atreví a mirarlos, y memoricé cada uno de los queridos rostros. Unos recuerdos valiosos que me mantendrían a flote en el infierno que me esperaba.

—Deberíais marcharos antes de que llegasen los soldados de Wugang. —No sabía cuánto tiempo podría seguir conservando aquella máscara de serenidad.

Mi madre me dio un abrazo, rodeándome con fuerza el cuello y los hombros. Tragué con fuerza e inhalé la tenue dulzura de su aroma, intentando hacer caso omiso de las lágrimas que brotaban de sus ojos y se precipitaban sobre mi túnica. Me soltó y abandonó la habitación de forma apresurada. Liwei y Wenzhi me dirigieron una reverencia y se enderezaron con expresión solemne. Les devolví una inclinación de cabeza, con la garganta repleta de palabras que me había quedado sin decir y el corazón invadido de emociones reprimidas mientras se marchaban. Al cabo de un momento, mi padre se marcharía también.

—Padre, espera. —Una exclamación involuntaria que no pude reprimir. Ya me había enfrentado anteriormente a situaciones terribles, ya había estado al borde de la muerte; no obstante, aquella era diferente. La carga era casi abrumadora, pues lo que estaba en juego era mucho mayor: no solo mi vida y la de mis seres queridos, sino la de todos los mortales e inmortales de los reinos de arriba y de abajo. No podía fracasar; no me atrevía. Pero aun así... ¿sería capaz de triunfar?

Mi padre se acercó a mí.

—Hija, ¿qué ocurre?

—¿Cómo te sentiste al enfrentarte a las aves del sol? —Una pregunta vacilante.

—Asustado —dijo sin rodeos.

Su respuesta me reconfortó y apaciguó mis nervios.

—¿Por qué lo hiciste?

El dolor le ensombreció el rostro. En aquel momento pareció mayor, un eco del mortal con el que me topé la primera vez, encorvado a causa del paso del tiempo.

—No quería. Sabía que lo pagaría caro, ya que los dioses las tenían en alta estima. Sin embargo, si no acababa con ellas, todos a los que amaba perecerían.

—No quiero hacerlo. —Mis palabras brotaron con un grito bajo—. No soy valiente; tengo miedo. No soy ninguna heroína. —No me avergoncé de compartir aquellos pensamientos con él. Él sabía mejor que nadie el precio que debía pagarse, las decisiones difíciles que se debían tomar.

—Sí que lo eres —me dijo, emocionado—. Los necios no temen al peligro y a los imprudentes les da igual, y solo los que son realmente valientes prosiguen a pesar de todo.

Me puso la mano, firme y cálida, en el hombro.

—Tuve que elegir entre las aves del sol o el mundo. Y junto con el mundo, mi esposa, tú, que eras la hija que aún no había nacido, mis amigos y todos los demás seres vivos. No hay nada más valioso por lo que merezca la pena luchar.

Alargó la mano y me abrazó; me acarició la parte posterior de la cabeza con la palma.

—Estoy orgulloso de ti, hija mía, lo lleves a cabo o no. No te avergüences si no puedes. Dímelo y hallaremos otra manera.

No había otra manera.

—Houyi, ¿está bien Xingyin? —Mi madre apareció en la entrada y me lanzó una mirada ansiosa.

—Gracias, padre.

Fue un alivio haber expresado aquello en voz alta, enfrentarme a los demonios interiores que me atormentaban. Y aunque todavía tenía una tarea imposible por delante, ya no me sentía tan sola.

Me soltó.

—Recuerda, hija mía, cree en ti misma, en lo que haces…, pues eso nadie podrá arrebatártelo.

Entonces se fue. Todos se habían marchado y cada uno de ellos se había llevado una parte de mí. Cuando las puertas se cerraron y sus pisadas se desvanecieron, se instaló a mi alrededor un silencio cargado de aprensión.

Me miré en el espejo y el rostro de mi madre me devolvió la mirada. Hurgué en mi bolsa y saqué la esfera translúcida que contenía la pluma. Se estremeció como si estuviera viva, cada barba en llamas, brillando con un resplandor dorado. Al tocarla se calentó, tensándose contra las limitaciones que la constreñían. Exhalé de forma entrecortada y desplegué mi magia hacia el interior, dirigiéndola al núcleo de mi fuerza vital igual que había hecho ya una vez, el día que liberé a los dragones. Lo desgarré y el brillante charco se derramó, incandescente con la luz de los cielos. No vacilé, me apoyé el orbe en la frente sin pensar, cerré los ojos y dejé que mi magia lo envolviera. La pluma me abrasó al atravesarme la piel y la carne, como un guijarro al hundirse en la arena húmeda, abriéndose paso hasta el núcleo de mi fuerza vital.

El calor era de una intensidad asombrosa, y no perdí ni un instante en tejer un escudo a su alrededor; lo reforcé hasta el punto en que ni un alfiler habría sido capaz de atravesarlo.

Ya estaba listo. La cabeza me palpitaba como si un martillo estuviera golpeándome desde dentro. ¿Cómo había sido capaz de soportar aquello el rey Wenming? Volvería loco a cualquiera. Me desplomé en la cama con un escalofrío y se me escapó un sollozo antes de poder reprimirlo, porque la vida jamás me había parecido tan oscura como en aquel momento, cuando el amor la iluminaba.

35

Aparecieron enseguida y noté cómo sus auras se aproximaban sigilosamente: reflejos idénticos que poseían la quietud del hielo. Oí unos jadeos procedentes del pasillo que estaba al otro lado y algo pesado que golpeó el suelo con un ruido sordo. Me estremecí al pensar en los guardias, pero entonces la puerta se abrió de golpe y mis temores se volcaron hacia dentro.

Vi a ocho soldados de Wugang en la entrada, con manchas parecidas a la escarcha salpicándoles la piel y los ojos iluminados con aquel espeluznante resplandor. Intenté sentir una chispa de odio hacia ellos por haberle quitado la vida al príncipe Yanming, pero era como intentar odiar una flecha que había dado en el blanco. Aquellas criaturas no eran más que armas, aunque mucho más mortíferas que cualquiera con las que me hubiera topado.

Cuando dos de ellos me agarraron por los brazos, me puse a gritar y forcejear, reprimiendo el impulso de luchar en serio. Rocé con las zapatillas una piedra dentada y los hilos de seda se quebraron y las cuentas del bordado quedaron esparcidas por el suelo.

Una nube enorme flotaba frente a la entrada. Uno de ellos me dio un empujón para que me subiera. Estuve a punto de darme contra uno de los soldados cuando la nube levantó el vuelo. Parpadeé y examiné su rostro. Me dio la impresión de que aquel era más joven que el resto, algo extraño cuando aquellos seres parecían atemporales y no del todo vivos. De sus ojos hundidos emanaba la misma luz, pero noté algo más: la sombra de un recuerdo, un eco de la persona que había sido en el pasado... y un pavor descarnado al ver en lo que se había convertido.

No podía ser él. El príncipe Yanming era un inmortal del mar; su espíritu no yacía en el Cielo de la Armonía Divina. Su hermano se lo había llevado al Mar del Este. Un torrente de emociones me sacudió y un pensamiento aterrador me asaltó: ¿y si aquellos a los que los soldados de Wugang mataban permanecían, de algún modo, sometidos a su voluntad?

—¿Príncipe Yanming? —susurré con el corazón en un puño, rechazando aquella idea. Cuando no mostró ninguna señal de haberme reconocido, volví a intentarlo, eligiendo las palabras con cuidado—. ¿Te acuerdas de tus padres? ¿De tu hermano? ¿Del Mar del Este?

El soldado levantó la cabeza ligeramente; si no hubiera estado mirándolo, no me habría dado cuenta. Seguí la dirección de su mirada vacía y capté un destello de zafiro y perla en el horizonte: el mar, inundado de estrellas nocturnas. Entreabrió los labios y clavó los ojos al frente como si buscara algo... aunque quizá no lo supiera. Tuve la esperanza de que alguna parte de él hubiera permanecido inmaculada, de que aquel poder vil no hubiera llegado a profanarla, de que los dragones estuvieran, después de todo, velando por él.

—Márchate —le dije en voz baja, sin saber muy bien si podía oírme o entenderme—. Vuelve al Mar del Este. Busca a los dragones; ellos te protegerán.

Pareció agachar la cabeza en señal de asentimiento. De forma tan leve que tal vez fuera mi mente jugándome una mala pasada, mostrándome lo que quería ver, pero me aferré a aquella indómita esperanza. Temblé, reprimiendo las náuseas que me provocaba pensar en lo que me esperaba; en lo que podría costarme el éxito y en las incalificables consecuencias del fracaso. Respiré hondo y procuré mantener la calma. Una mente despejada era la mejor arma cuando una había renunciado a todo lo demás.

Nuestra nube se dirigió al norte, hacia el Desierto Dorado. No me atreví a buscar indicios de la presencia de mi padre, Liwei o Wenzhi.

En ese momento únicamente estaba concentrada en la pluma que portaba en mi interior, en mantenerla de una pieza... y en seguir con vida. Oí gritos y llantos provenientes de abajo y al bajar la mirada se me heló la sangre.

Reinaba el caos. El ejército de Wugang había atacado antes de lo previsto. Ambos bandos se encontraban sumidos en el fragor de la batalla y unos torrentes de magia iluminaban la noche. Me asomé por el borde de la nube y me quedé de piedra al ver los furiosos monstruos que acompañaban al ejército de Wugang. Un enorme jabalí con rostro de mortal cargó contra una tropa de guerreros del Muro Nuboso y los ensartó en sus curvados colmillos. La sangre salpicó el aire —una leve bruma— en medio de gritos desesperados y súplicas. Una luz espeluznante iluminaba la mirada del jabalí; sus colmillos resplandecían del mismo modo que las guandao de los soldados, con el mismo poder malévolo.

Una sombra se cernió sobre mí al tiempo que un monstruoso tigre alado se precipitaba hacia el suelo y hundía las garras en una soldado del Mar del Este y la lanzaba por los aires. Su grito quedó amortiguado por un golpe funesto, pero la criatura no se detuvo y se abalanzó sobre otra víctima.

Taowu. Qiongqi. Bestias legendarias, conocidas por su crueldad, pues habían devorado a innumerables mortales e inmortales hasta que el Ejército Celestial acabó con ellas. Y ahora, Wugang las había resucitado para que lo sirvieran, para sembrar la devastación en los reinos.

Me clavé las uñas en las palmas. Ojalá pudiera luchar junto a nuestros soldados, ojalá hubiera podido ayudarlos. Pero no sería suficiente. Podría detener a uno de los monstruos, tal vez... a un puñado de soldados..., ¿pero a miles?

Un destello de luz atravesó el cielo con el fulgor dorado del verano. El Dragón Amarillo pasó volando, azotó el aire con su cola repleta de púas y levantó un vendaval. La fuerza del viento golpeó a Qiongqi y el tigre alado abrió las garras; su víctima cayó en picado con un grito, pero el Dragón Negro salió disparado y el soldado aterrizó en su

espalda. Más abajo, el Dragón Largo, con sus resplandecientes escamas, les despejó el camino a los soldados que huían de los embates de
Taowu. El dragón abrió las enormes fauces y unos torrentes de agua
golpearon al jabalí y lo hicieron rodar por la arena.

Aunque estaba aterrorizada, noté una sensación de ligereza. Oí
unos agudos chillidos y los fénix se unieron a la refriega en una ráfaga de plumas brillantes y garras. Volaban en círculos y sus colas ondulaban por detrás como arcoíris en la oscuridad. La Emperatriz
Celestial volaba entre ellos, a lomos de su montura, con una lanza en
la mano. La envolvía un feroz resplandor, como si fuera un pájaro
cuya jaula se hubiera abierto y pudiera desplegar por fin las alas y
echar a volar. Flanqueando al Ejército Fénix se encontraban las tropas
del príncipe Yanxi; atacaban a los ejércitos del Mar del Norte.

El sol no había salido todavía y las nubes estaban ya empapadas
de sangre. Las brillantes arenas del Desierto Dorado —que tan impre-
sionantes se veían desde la azotea del palacio— relucían ahora con
una humedad oscura. ¿Cuántas vidas se perderían? La muerte se daría un buen festín aquella noche, atiborrándose de la mesa inmortal
de la que una vez la habían expulsado.

La desesperación me invadió, sudorosa y fría. Quería cerrar los
ojos ante la pesadilla que se desarrollaba delante de mí, pero me obligué a contemplarla, mordiéndome el interior de la mejilla hasta dejár-
mela en carne viva. Aquel horror era lo que nos esperaba si Wugang
triunfaba: una eternidad de caos, destrucción y muerte. Y no quería ni
pensar en lo que les sucedería a los espíritus de aquellos a los que sus
criaturas asesinasen. No era solo una batalla por los dominios, sino
por su propia alma. No vacilaría, no podía fracasar.

La nube se desvió bruscamente y se elevó más. Aparté de la mente la devastación que estaba llevándose a cabo debajo, ya que por
delante tenía mi propia batalla que librar. Durante un rato todo se
sumió en el silencio. Y, mientras, la pluma forcejeaba contra los poderes que la constreñían, golpeándome el cráneo. Mi energía fluía de
forma constante para mantener en su sitio las barreras, y yo sentía
tanta tensión que pensé que podría estallar en cualquier momento.

Por fin, vi en el horizonte el tejado plateado de mi hogar. Las tejas se habían agrietado y estaban carbonizadas, faltaban varias, y una parte de la hilera inferior se había desprendido. Un regreso a casa muy diferente del anterior, cuando había sentido una alegría rebosante de anticipación; lo único que sentía ahora era una angustia fulminante mezclada con una implacable punzada de miedo.

Hacía más frío de lo que recordaba; el sosiego estaba teñido de desolación. La noche jamás me había parecido tan opresivamente espesa, con los farolillos apagados y la tierra, otrora luminosa, tan opaca como la ceniza. En el aire flotaba cierto aroma a canela entrelazado con un olor a humedad, un vestigio de humo rancio. Recorrí con la mirada los muros ennegrecidos, el camino de piedra agrietada, el fragmento de la entrada donde una columna de nácar se había alzado en el pasado. Había sido una pesadilla recurrente que había tenido de pequeña: volver a casa y encontrármela en ruinas; en silencio, sin las voces de mi madre y de Ping'er.

La nube se deslizó hasta el suelo. Antes de que pudiera apearme, un soldado me empujó hacia delante. Me tropecé con la falda, pero otro me agarró del brazo y tiró de mí. Me enfurecía que me tratasen como a un animal; sin embargo, su brusquedad carecía de malicia, se trataba más bien de indiferencia al ejecutar una tarea asignada. Me alegré de que el soldado más joven permaneciese en la nube, inmóvil, aunque no dejaba de desviar la mirada hacia el cielo. ¿Pretendía alzar el vuelo? Rezaba para que así fuera.

Los soldados me condujeron a rastras por un sendero que conocía a la perfección, serpenteando entre los olivos dulces; podrían haberme tapado los ojos y aun así me habría orientado sin dificultad. Oí un crujido, el suave murmullo de las hojas del laurel que se alzaba sobre mí. Su corteza plateada parecía más oscura que en el pasado, envuelta en sombras; o tal vez fuera que ya no le daba la luz de la luna.

Wugang estaba allí de pie y un reflejo iluminaba su mirada de halcón. Las escamas doradas de su armadura le cubrían el pecho y los brazos hasta llegar a las muñecas. Llevaba su enorme hacha atada a la espalda, con una borla verde colgando del mango de bambú. Un poderoso escudo resplandecía a su alrededor y, al verlo, el alma se me cayó a los pies. Ya podía olvidarme de tomarlo desprevenido. Incluso en compañía de sus soldados, seguía con la guardia en alto.

Unió las manos, aparentemente encantado.

—Chang'e, me complace volver a verte. Hacía tiempo que esperaba este momento.

Me enfurecí ante su falsa cordialidad. Entornó los ojos con expresión inquisitiva y yo me deshice de mi mirada desafiante, temblando por lo mucho que me estaba costando no golpearle; esperaba que confundiera mi actitud con miedo.

—Soltadla. —Hizo un gesto de indiferencia con la mano.

Los soldados me soltaron de inmediato e inclinaron la cabeza hacia él.

—Espero que no te hayan incomodado mucho —dijo—. Mis soldados pueden mostrarse demasiado entusiastas al obedecer mis órdenes.

Qué educado parecía, como si yo fuera su invitada de honor. Como si se interesara por mi bienestar y no tuviera en absoluto la intención de derramar mi sangre.

—¿Por qué me has traído aquí? —La voz de mi madre afloró de mis labios.

—Creo que ya lo sabes, Diosa de la Luna. —Hizo un gesto con el brazo en dirección al laurel.

¿Cuántas veces había trepado por sus pálidas ramas y tirado de sus semillas, admirada por su exquisita belleza? Lo único que veía ahora era la misma luz etérea que proyectaban los ojos de los soldados y los monstruos de Wugang, a los que había resucitado pero no devuelto la vida, condenándolos, en cambio, a una esclavitud y una muerte eternas.

—Atadla al árbol —ordenó Wugang.

Un gélido escalofrío me recorrió. No imaginé que fuera a *atarme* al árbol. ¿Cómo iba a escapar? El pánico se apoderó de mí y forcejeé con ganas, dándoles patadas a los guardias.

Es lo mejor, me susurró una voz en mi interior, mi parte valiente y sabia. Solo había una forma de introducir la Pluma de la Llama Sagrada en el laurel y para ello Wugang debía permitirlo. Estar atada al árbol me facilitaba las cosas, de eso no había duda, aunque el hecho de estar atrapada no me proporcionaba demasiado consuelo. Las yemas de los dedos me hormigueaban, pues anhelaba desplegar mi magia, apartar a los soldados y huir. El mismo impulso que me había llevado a triunfar a pesar de estar sumida en la desesperación, a eludir una muerte segura, era ahora un obstáculo que mellaba mi determinación.

Me obligué a permanecer inerte y agaché la cabeza para disimular mi agitación. Los soldados de Wugang me colocaron los brazos alrededor del árbol y unas cuerdas de luz me sujetaron las muñecas, se deslizaron alrededor de mi pecho, cintura y rodillas y me inmovilizaron en un abrazo forzoso. Noté el mordisco de la corteza en el cuerpo, como si estuviera pegada a una columna de hielo.

No me hizo falta fingir pavor: estaba temblando; me aterrorizaba la idea de que Wugang descubriese el engaño, que yo pudiese fracasar... o acabar muerta. Había sopesado los peligros, me había preparado para lo que me esperaba. Había creído que me retendrían a punta de espada, que me amenazarían y me herirían; sin embargo, también había fantaseado con una huida inmediata. Era rápida y disponía de una magia poderosa. Lo único que debía hacer era darles esquinazo en el bosque que conocía como la palma de la mano. No esperaba que me atasen como si fueran a sacrificarme; aunque era lo que iban a hacer. Aun así, aunque el miedo me helaba la sangre, una oleada de alivio me recorrió al pensar que no era mi madre la que se encontraba allí.

Ahuyenté el miedo y tanteé mis sujeciones con cautela. Se trataba de una magia extraña y me sentía tentada a ponerla a prueba, pero me preocupaba despertar las sospechas de Wugang. Un dolor repentino me atravesó por dentro; era el poder de la pluma desplegándose. De inmediato canalicé mi energía para fortalecer el escudo, incapaz de permitirme ni un instante de distracción. Con el pecho agarrotado por la desesperación, cerré los ojos y me esforcé por mantener la calma. Me asaltaron imágenes de mis padres, de Liwei y Wenzhi, de

Shuxiao, del príncipe Yanming y de Ping'er. Noté que la columna se
me endurecía, que un calor se extendía a través de mí.

Aquellos que son verdaderamente poderosos no necesitan amor.

Eso me había dicho Wugang justo en ese mismo lugar.

Te equivocas, le respondí silenciosamente. *El amor es lo que me da
fuerzas para hacer esto. Para detenerte.*

Jamás había tenido tanto que perder, ni tanto por lo que luchar.
Levanté la mirada y me topé con la de Wugang. ¿Cuándo se había
acercado tanto? Reprimí la bilis que se me acumulaba en la garganta,
el miedo que me agarrotaba los miembros. La cabeza me ardía como
si la tuviera repleta de brasas, la Pluma de la Llama Sagrada empezaba a atravesar su revestimiento con oleadas de calor. Era el momento
de actuar, antes de que Wugang se diera cuenta, antes de que me
golpeara… ya que ¿qué ocurriría si me dejaba inconsciente?

Deshice de un tirón los encantamientos que envolvían a la pluma
y canalicé mi energía para atravesar su eje y fragmentarlo. Mi magia
recorrió cada uno de los fragmentos, creando un fino escudo para
protegerme del poder de la pluma; y fue eso mismo lo que me mantuvo con vida. Incluso a través de aquella barrera, el despiadado calor se filtró en mis venas hasta que mi sangre ardió como si fuera
fuego líquido. El sudor me chorreaba por la frente y el cuello y la túnica de seda se me pegaba a la espalda. Inhalé una bocanada de aire
fresco que me alivió levemente mientras reprimía las ganas de des-
moronarme. *Un poco más*, me urgí a mí misma, intentando mantener
la compostura. El tiempo apremiaba. Necesitaba que Wugang me atacase para liberar el poder contenido en mi interior, antes de que me
consumiera por completo. Sin embargo, aguardó con una sonrisa
triunfante en el rostro, como si estuviera saboreando el momento…
mientras yo ardía por dentro.

No pensaba esperarlo; tomaría la iniciativa en su lugar.

—Aún no es tarde para reconsiderarlo —le dije a Wugang con
ojos de cordero degollado—. Si le devuelves el trono al emperador, si
pides clemencia, tal vez te perdone. —Mi voz era suave y mis palabras, afiladas como agujas.

Wugang desplegó los labios y profirió un gruñido feroz. Atravesó el aire con el hacha y me propinó un corte limpio tras otro a lo largo del brazo. El dolor me abrasó, suave como la seda. La sangre manó, salpicada de manchas doradas provenientes del poder de la pluma; ardiente, desprendiendo un aroma a hierro y carbón. Unos finos regueros me recorrieron los brazos, se precipitaron sobre las ondulantes raíces y se hundieron en la cada vez más oscura tierra. Con cada gota de sangre, el poder de la pluma abandonaba mi cuerpo; suponía un alivio, por corto que fuera, ya que el calor se filtraba en el árbol al que estaba encadenada y yo notaba ya que la corteza del laurel se calentaba.

Proferí un ronco jadeo al tiempo que la sangre abrasada me recorría las venas. El calor irradiaba de mis poros y me recorría la piel mientras las cuerdas que me mantenían sujeta se disolvían. Había quedado libre, aunque apenas me percaté, pues me consumía una agonía inconcebible. El olor acre del humo me ahogaba los pulmones y un chisporroteo me inundó los oídos. Solo el más fino de los hilos me mantenía de una pieza, el encantamiento que me vinculaba a Wenzhi. Me agarré a él como si estuviera ahogándome, aferrándome al único consuelo en medio de aquella pesadilla, mientras mi sangre seguía fluyendo hacia las raíces del laurel. Este ardería en cualquier momento.

Igual que yo.

Wugang había levantado la cabeza hacia las ramas y tenía el ceño fruncido. Cuando la sangre de mi madre había bañado el laurel la vez anterior, las semillas se habían desprendido como ciruelas maduras tras una sacudida. Tal vez pensase que el proceso había sufrido un retraso o considerase que había cometido un error de cálculo al ver que la sangre de la Diosa de la Luna no daba sus frutos.

El laurel se estremeció; la corteza se achicharró y empezó a salir humo. No obstante, su resplandeciente savia se derramó de inmediato y se curó a sí mismo. La desesperación me inundó. ¿Por qué no se destruía? ¿Por qué no resultaba suficiente? Y entonces caí en la cuenta: el poder que me protegía de la pluma, protegía también al laurel.

Iba a fracasar porque todavía intentaba salir indemne, porque tenía miedo.

Pero aquel no era el camino. Si fracasaba, Wugang me mataría junto con todos aquellos a los que amaba. En realidad no tenía elección, al igual que no la había tenido mi padre al enfrentarse a las aves del sol, pero aun así era algo que debía hacerse.

Me aferré al laurel con más fuerza y cerré los ojos. Ni siquiera me lo pensé, me adentré en mi interior y eché abajo las barreras que me protegían, eliminé los escudos que envolvían los fragmentos de la pluma: todo lo que me mantenía a salvo. Cuando el último se desmoronó, el calor invadió mi cuerpo: un verano abrasador, una llamarada furiosa. Quedé... hecha trizas. El vínculo que me unía a Wenzhi se desvaneció, su encantamiento se deshizo mientras la piel me escocía y se me estiraba; el dolor me atravesó las extremidades. Mi sangre manó y se derramó a través de los cortes que tenía en los brazos; se llevó consigo los últimos vestigios del poder de la Pluma de la Llama Sagrada y se hundió en las raíces del laurel. ¿Sería suficiente?

El calor abrasador que notaba en el cuerpo se desvaneció, aunque me dejó totalmente exhausta. Era incapaz de moverme. Tenía la piel empapada de sudor y, aun así, temblaba. El humo me impregnaba el aliento, y un sabor amargo y polvoroso me recubrió la lengua como si hubiera estado masticando ceniza. Era un milagro que todavía respirase, que aquella brizna de vida que me quedaba, tan frágil y fugaz, no se hubiese apagado aún.

Abrí los ojos y el resplandor me hizo parpadear. Las ondulaciones se apoderaron de las superficies lisas y los temblores sacudieron lo que tendría que permanecer inerte, hasta que las llamas parecieron engullirlo todo. Unas grietas profundas resquebrajaron la corteza plateada del laurel, de la que brotaban humo y savia, aunque esta ya no tenía un tono dorado, sino que era de un rojo cobrizo, como entremezclada con mi sangre. Sus pálidas ramas ardieron con un silbido y le proporcionaron al árbol una corona de llamas.

—¡No! —El rugido de Wugang era muy distinto a su habitual actitud de calma.

Su arrebato no recibió más que silencio. Sus soldados se volvieron hacia él, esperando sus órdenes. Obedientes. Alertas. Impasibles. El miedo no anidaba en sus corazones; ni tampoco la lealtad, ni el amor ni el honor. Todo aquello de lo que Wugang se había burlado, todo lo que había despreciado y ridiculizado. Sentimientos que eran capaces de obrar maravillas en tiempos de desesperada necesidad.

Un chirrido desgarró el aire cuando las grietas se desplegaron por el tronco del laurel, haciéndose más grandes y profundas… un instante antes de que se partiese por la mitad. Las brillantes semillas se transformaron en trozos de carbón y quedaron reducidas a cenizas que se llevó el viento en forma de nubes de hollín.

Los soldados de Wugang se detuvieron. La luz se desvaneció de sus ojos, que titilaron hasta que solo quedaron las cuencas vacías. Un líquido claro les recorrió el rostro y el cuello, como el hielo al descongelarse al sol. Se les desprendieron trozos de las extremidades con un chasquido, deshaciéndose como figuras de arcilla mal hechas. Al desplomarse en el suelo, un polvo dorado brotó de los cuerpos retorcidos y se elevó en el aire. Se oyó un murmullo parecido a un enorme suspiro. ¿Era arrepentimiento lo que desprendía? ¿Alivio? Deseaba con todas mis fuerzas que aquellos espíritus recuperasen la paz que les había sido arrebatada. Las motas brillantes se desvanecieron en aquel instante, dejando únicamente un silencio sobrenatural y un tocón carbonizado donde hacía un momento se había alzado el laurel, rodeado de oscuras franjas de tierra húmeda.

Se acabó… Había destruido al ejército de Wugang. La terrible devastación, la horrible amenaza había llegado a su fin. Inspiré de forma entrecortada y cerré los ojos. El terror que había dominado mis pensamientos y me había afligido durante aquellos interminables días había sido tan profundo… que me costaba creer que se hubiera esfumado. Una agradable sensación de ligereza me recorrió, un momento de tregua después de todo el dolor. Los reinos estarían a salvo, junto con mis seres queridos. La batalla frente al Muro Nuboso debía de haber finalizado de forma abrupta, ya que los soldados y los monstruos de Wugang habrían desaparecido. No habían muerto, ya que en realidad nunca habían estado vivos.

Al llegar el alba, el sol se elevaría sin obstáculos sobre los Dominios Inmortales.

Yo no lo vería.

Wugang se cernía sobre mí con la expresión roja de cólera y su aura desprendía una espesa furia asesina. Me llevé los dedos al rostro y me rocé el hoyuelo de la barbilla y la curva de la mejilla. Volvía a ser yo misma.

—¿Cómo es posible? Su aura, su voz... —Wugang se aferró con más fuerza a la empuñadura del hacha. No iba a perder el tiempo dirigiéndome palabras enfurecidas, pues no serviría de nada. La muerte era la única manera de expiar mis ofensas.

Le devolví la mirada sin miedo; ya me encontraba vacía, ¿qué más podía hacerme? La Pluma de la Llama Sagrada me había abrasado, me había arrebatado cada ápice de fuerza. Era un milagro que siguiera todavía con vida, aunque la oscuridad eterna me acechaba. Lo único que me quedaba eran la piel y los huesos, y el aliento marchito de los pulmones. ¿Se habrían sentido así Ping'er y el príncipe Yanming? No era tan terrible como me había imaginado; la fatiga me invadía, un peso me oprimía las extremidades como un sudario de piedra y, sin embargo, una sensación de ligereza revoloteaba en mi interior como si estuviera a punto de ser libre...

—Xingyin.

La voz de mi madre me sacó de mi enfebrecido aturdimiento. ¿Cuándo habían llegado? Levanté la vista y me topé con su mirada. En ella percibí dolor, un profundo terror... tan oscuro como el abismo que se abría ante mí. Junto a ella estaban mi padre, Wenzhi y Liwei; su nube había salido disparada, aunque... ya era demasiado tarde.

Me incorporé con dificultad, apoyándome sobre un codo. Me costaba respirar y la sombra del hacha de Wugang se cernía sobre mi rostro. No me quedaban fuerzas para esquivar o bloquear el golpe que, sin duda, me iba a propinar. Respiré hondo y el aire fresco me inundó los pulmones, impregnado con la dulzura de los olivos. *Por fin en casa*, me susurró una vocecilla en mi mente.

Wugang levantó el hacha. Al margen de lo que hubiera perdido, se cobraría su venganza. Era un maestro en exprimirla al máximo. Cerré los ojos, incapaz de soportar el terror que reflejaba el rostro de mis seres queridos. Si volvieron a pronunciar mi nombre, no lo oí. Un escalofrío me recorrió. Qué extraño me resultaba tener frío cuando hacía apenas unos momentos me abrasaba. Algo silbó y se precipitó hacia mí. Me preparé para sentir dolor…, pero lo que fuera pasó volando junto a mi cabeza, y yo oí un grito ahogado por encima. Abrí los ojos y vi una flecha de Fuego Celestial incrustada en el pecho de Wugang. Tenía la boca abierta, igual que un pez boqueando fuera del agua; otra flecha se hundió en el centro de su frente; una descarga le recorrió el rostro y el cuello, se desplegó a lo largo de las cicatrices que le surcaban las palmas. Retrocedió un paso, tambaleándose, y luego otro. Una bocanada de aire abandonó sus labios, y él pronunció el nombre de una mujer con una exhalación atormentada. ¿Su esposa? ¿Todavía la amaba? Se me encogió el corazón ante aquella idea. Había sido despiadado, pero con nadie tanto como consigo mismo.

Wugang se desplomó de rodillas y cayó sobre la hierba. Se estremeció violentamente y parpadeó a un ritmo frenético antes de abrir los ojos como platos y quedarse inmóvil; el color abandonó su rostro y su piel adquirió la palidez de los pétalos de debajo. La muerte por fin se había llevado al mortal que se había abierto camino hasta conseguir la inmortalidad, que había derrocado al Emperador Celestial y redefinido los Dominios Inmortales.

No sentía pena por él, pero tampoco me invadía el triunfo por haber vengado a Ping'er y al príncipe Yanming. En mi interior no quedaba nada salvo un vacío, un hueco gélido. Las piernas me flaquearon y me desplomé en el suave abrazo de la tierra. Oí unos pasos: mis padres, Liwei y Wenzhi se acercaban corriendo a mí. Me atormentaba y me alegraba a partes iguales tenerlos tan cerca.

Mis grandes amores, mis más profundos pesares.

Wenzhi tenía el rostro lívido, el tono plateado de su mirada se había opacado hasta adoptar la coloración de la pizarra. Incluso en mi estado, aquella imagen me sacudió. Algo no iba bien; su poderosa aura se había atenuado. Cayó de rodillas a mi lado y dejó escapar un suspiro gutural. Extendí la mano, al igual que él, y nuestros dedos se rozaron, se entrelazaron casi por instinto. Qué fría tenía la piel... ¿o sería la mía?

Levantó la mano y me acarició la mejilla.

—No he disuelto el encantamiento. Espero que fuera suficiente.

—¿De cuánto tiempo dispongo? —le había preguntado antes.

—De todo el que necesites —había respondido él.

Había sido yo quien había roto el vínculo, no él. Y lo entendí de inmediato. Había seguido manteniendo el encantamiento activo, no se había desligado de mí, ni siquiera cuando el encantamiento le drenó hasta la última pizca de poder. Había sacrificado su propia vida para mantenerme a salvo. ¿Por qué? ¿Por su reino o por los dominios? En el fondo, sabía la respuesta; él mismo me la había dicho.

Porque me quería.

No de la manera egoísta del pasado, cuando yo no había sido más que un medio para un fin. En aquel entonces me había deseado, pero no había estado dispuesto a entregar nada que convirtiera su amor en algo que mereciese la pena. Jamás pensé que haría algo semejante, que me antepondría a todo lo demás. Yo había sofocado mis emociones, me había aferrado a los principios y al orgullo, engañándome a cada paso. Me había negado a creer que podía cambiar, hasta que él me había demostrado —de forma irrefutable— lo mucho que me amaba. Más que a la corona y al reino por los que una vez me traicionó.

Más que a su vida.

Podría haberme puesto a llorar, pero no me quedaban lágrimas, las llamas habían arrasado con ellas. Unos gritos silenciosos de agonía me obstruían la garganta. Sentía un dolor abrasador, como si me hubieran arrancado del interior algo vital.

—Lo siento. —Pronuncié las palabras con un susurro entrecortado.

—Yo también lo siento. —El pecho le subía y bajaba, agitado, pero esbozó una leve sonrisa—. Vive. Sé feliz.

Se volvió hacia Liwei y ambos intercambiaron una larga mirada, carente de hostilidad o rencor. Liwei inclinó la cabeza en un ademán respetuoso. Wenzhi cayó hacia atrás y dejó escapar un resuello entre dientes.

Aquello sí me provocaba agonía y no el fuego que me había recorrido las venas ni los cortes del hacha. Le agarré la mano con todas mis fuerzas. Siempre había tenido la piel fría, pero jamás la había notado tan inmutablemente gélida.

—Te quiero —le dije a Wenzhi. Solo ahora comprendí que era cierto, a pesar de todo lo que yo había hecho por destruir dicha verdad.

No era el momento de comportarme con orgullo ni resentimiento, solo tenía cabida la sinceridad. No estaba traicionando a Liwei. Lo cierto era que los amaba a ambos. Tal vez me convirtiera en mala persona, pero no era algo que hubiera hecho adrede. La brecha que me dividía en dos el corazón… solo advertí su existencia después de que se hubiese formado. Por extraño que pareciera, era lo que me conformaba en conjunto… pues cada uno de ellos era una parte de mí.

Wenzhi esbozó una sonrisa feroz y radiante. Mi amigo, mi enemigo, cuyo amor y cuya traición le habían provocado a mi corazón los surcos más profundos. Una cosa no quitaba la otra, pero lo cierto era que el Wenzhi que me había traicionado jamás se habría sacrificado de ese modo. La fantasía de lo que podría haber sido afloró en mi mente: si Wenzhi hubiera nacido en otra familia, al igual que yo. Una familia que no se hubiese visto contaminada por el poder, el sufrimiento y los secretos. Habríamos sido felices, tal y como él me había prometido. Tal vez hubiera tenido razón al decirme que nuestra relación jamás había tenido la oportunidad de empezar porque ya había otro que ocupaba mi corazón. Y después, yo había perdido la confianza en él… para siempre, según creía. Solo que en aquel momento me di cuenta de que lo había perdonado hacía mucho. Que todavía lo amaba… y que era demasiado tarde.

Me miró a los ojos y un temblor lo recorrió. Me aferré a él con más fuerza, más asustada de lo que jamás había estado, como si aquel sencillo gesto bastara para que permaneciese a mi lado. Pero entonces su sonrisa flaqueó y los párpados se le cerraron, recubriendo el turbulento gris. Dejó escapar un suspiro y el pulso se le ralentizó. Su aura se fue desvaneciendo hasta que todo lo que lo hacía especial... desapareció.

La pena hizo estragos conmigo igual que una bestia feroz. La agonía desgarradora no me dejaba respirar ni moverme, cada instante constituía una eternidad de oscuridad. La certeza de que no tardaría en seguirlo apenas me proporcionaba consuelo. Tal vez entonces encontrase el sosiego que se me había escapado durante tanto tiempo.

Alguien me apartó de Wenzhi, de la dolorosa placidez de su cuerpo, otrora fuerte y poderoso. Con las últimas fuerzas que me quedaban, me volví hacia Liwei y mis padres. Apenas pude soportarlo. Tenían los ojos enrojecidos y llorosos, anegados de dolor. Liwei me tomó de las manos y su contacto insufló un eco de calidez al frío que me envolvía. Su energía se derramó en mi interior con un torrente de calor; me proporcionó un alivio superficial, semejante al de un sol desprovisto de calidez y una luna carente de luz. No me quedaba fuerza vital, por lo que no podía canalizar su magia. Quería decirle que se detuviese. Que estaba harta de sufrir, de tener que despedirme, y que por dentro ya estaba muerta.

No me habría hecho caso ni aunque hubiera sido capaz de hablar en ese momento; su magia me recorría como la lluvia, deslizándoseme por la piel mientras yo seguía desvaneciéndome. La vista se me llenó de destellos, como estrellas arremolinadas en el cielo. Dejé caer la cabeza en el suelo y posé la mirada en Wenzhi. Qué apacible parecía, qué joven y sereno; las preocupaciones habían abandonado su rostro. El rocío de la mañana bañaba la hierba sobre la que estaba tendida. Todo seguía sumido en sombras, los farolillos seguían apagados. Ojalá hubiera podido contemplar su resplandor una última vez.

—Os quiero —susurré. Me dirigí a Liwei. A mi madre y a mi padre. A mi hogar, donde yacería para siempre.

Y entonces fui libre. Abandoné el caparazón que era mi cuerpo y floté por encima. Me invadía la ligereza, la calma. Sentí un amor que no estaba teñido por el dolor, una alegría desprovista de pesar, y la promesa del infinito. Contemplé la carnicería que había frente a mí. Wenzhi. Wugang. Los restos destrozados de aquellos soldados.

Liwei profirió un grito que me habría desgarrado el corazón si todavía latiera. Mi padre agachó la cabeza con pesar y rodeó a mi madre con un brazo; el llanto de ella reverberaba en el aire y sus lágrimas se precipitaban al suelo. Un temblor sacudió la tierra y los farolillos que nos rodeaban cobraron vida de repente, brillantes y luminosos. La luna se despertaba impaciente por saludar a su dueña después de tan larga ausencia.

Mi madre se apartó de mi padre y se arrodilló a mi lado para tomarme de la mano. Las lágrimas le corrían por el rostro y caían sobre las raíces marchitas del laurel.

—Xingyin —decía entre sollozos una y otra vez, con la dolorosa cadencia de la pérdida.

Vi que algo brillaba; del tocón del laurel manaba un reguero de savia dorada. Recorrió la madera entre las grietas carbonizadas y se derramó por el suelo. La tierra se iluminó y la calidez propia de un estallido veraniego inundó el aire; una fuerza me arrastró de vuelta hacia mi cuerpo y el dolor y la pena se apoderaron de mi conciencia una vez más.

Tomé una profunda bocanada de aire y me incorporé de golpe. Contemplé a mi madre, que me miró incrédula y con los ojos abiertos de par en par, antes de rodearme con los brazos y estrecharme con fuerza. Noté una calidez estremecedora recorriéndome la piel y las venas. Por encima de su hombro, vi que el tocón del laurel se desmoronaba y que su resplandeciente savia se tornaba marrón, esparciéndose como arena sobre el cuerpo de Wenzhi. Sus pulmones permanecían inmóviles, estaba tan falto de vida como una piedra.

—¿Está...? —No pude pronunciar la palabra.

—Está muerto —dijo Liwei con la voz ronca.

—¿Por qué él y no yo? —estallé, irracional debido al dolor.

Mi mente encajaba ya las distintas piezas. De algún modo, las lágrimas de mi madre habían revivido el laurel. A este le quedaba el poder suficiente para salvarnos a uno de los dos y me había elegido a mí. ¿Había obedecido los deseos de la Diosa de la Luna? ¿O era que el laurel me había entregado un último obsequio? Pues tras todos aquellos años que me había pasado jugando bajo su sombra, tal vez también me conociera.

Sin embargo, aunque la vida palpitaba de nuevo en mi interior, al mirar a Wenzhi me di cuenta de que una parte de mí seguía muerta y que ninguna clase de magia sería capaz de resucitarla.

36

Wugang había muerto. Su ejército era historia. No obstante, las cicatrices de su breve reinado no desaparecieron, y algunas eran tan profundas que nunca llegarían a sanar. ¿Le habría alegrado saber aquello? Yo creo que sí. Ahora sería inmortal de un modo que le proporcionaría más satisfacción que los años infinitos que el emperador le había otorgado y que él había desperdiciado por culpa del odio y la venganza. No se lo merecía; se merecía que lo olvidasen, que su nombre quedara reducido a cenizas junto con su cuerpo. En cuanto a mí, lo ahuyentaría de mis pensamientos, pues era indigno de ocupar el mismo lugar que aquellos a los que había perdido, a los que todavía atesoraba con cada fibra de mi ser.

Eché un vistazo por el Salón de la Luz Oriental y posé la mirada en el cuerpo de la Emperatriz Celestial, que se encontraba en un ataúd de cristal sobre la tarima. Había muerto en combate, igual que una heroína, y ya se habían compuesto canciones en su honor. Al arrodillarme frente a su cuerpo en aquella ocasión, sentí por primera vez el respeto que el gesto transmitía.

Sus magníficos ropajes de brocado plateado tenían bordados unos fénix dorados, cuyas colas de tonalidad arcoíris otorgaban un toque de color en medio de un océano de asistentes vestidos de blanco, como si el invierno se hubiera apoderado del Salón de la Luz Oriental. Una corona de perlas y plumas doradas le adornaba el cabello; ¿era la misma que había cautivado mi imaginación infantil en el pasado? Tenía las manos entrelazadas sobre el estómago; las brillantes fundas de sus uñas contrastaban con su pálida piel. Un artista notablemente diestro le había maquillado el rostro, dejándole las mejillas radiantes y los párpados repletos de un polvo brillante. Estaba preciosa, puesto que el sueño eterno había apaciguado la tensión de sus rasgos. O puede que ahora la viera con otros ojos: veía la persona que había sido y en quién podría haberse convertido si la vida hubiera tomado otro rumbo.

Qué extraño que me dejara removida por dentro, que me provocara aquella sensación desconocida de compasión. La Emperatriz Celestial había amenazado a mi madre, me había obligado a huir de casa, había conspirado en mi contra y me había despreciado siempre que había podido. Nos había separado a Liwei y a mí. Habría dictado mi sentencia de muerte sin el menor titubeo. La había temido, le había guardado rencor e incluso la había despreciado. Y aun así, era la madre de Liwei y también lo había amado. Ahora que había muerto, todos los problemas que habían aflorado entre ambas no parecían tan trascendentes, como si se tratara de sombras en la oscuridad. Jamás podría haberla querido, pero tampoco me salía odiarla, al margen de lo que hubiera hecho.

En el asiento de al lado, Liwei cambió de postura. Se irguió, con los hombros echados hacia atrás y la frente en alto ante el interminable flujo de personas que llegaban para presentar sus últimos respetos a la emperatriz. Su madre habría estado orgullosa de él; no mostró ni el más mínimo atisbo de debilidad.

Alargué la mano con la intención de consolarlo, pero al ser consciente de que todas las miradas estaban puestas en nosotros, la retiré. No era mi promesa a su madre lo que me reprimía, pues había quedado anulada el día que me había atacado. Se trataba de otra cosa... de aquel dolor incesante que sentía en el pecho desde aquel pesaroso día en la luna.

El Emperador Celestial se encontraba presente; por una vez no portaba la corona. Llevaba una cinta blanca de luto atada alrededor de la frente, la misma que llevaba Liwei; los largos extremos le rozaban la espalda. Era la primera vez que veía al emperador desde su desafortunada celebración de cumpleaños. En el pasado me había maravillado la atemporalidad de su rostro, pero este se hallaba ahora surcado por la tristeza; tenía el cuerpo encorvado, como si hubiera perdido algo vital. Me resultaba extraño que la muerte de su esposa le hubiera afectado tanto cuando nunca antes había parecido sentir demasiado afecto por ella. Tal vez solo valorásemos las cosas tras perderlas. Enterré aquel pensamiento, pues una punzada de dolor me atravesó.

El emperador y Liwei se pusieron en pie y se acercaron a la tarima lentamente. Tras ellos iba Zhiyi, la hermanastra de Liwei. Los funerales eran un asunto de familia y reunían incluso a quienes estaban distanciados. Se arrodillaron frente al ataúd y apoyaron la frente y las palmas en el suelo; una, dos y tres veces. Una última reverencia a la emperatriz. Liwei se levantó, alzó las manos y envolvió el ataúd en un halo de luz. Este flotó hacia el lugar donde yacían los espíritus de los celestiales fallecidos, el restaurado Cielo de la Armonía Divina. Seguí el ataúd con la mirada y vi una corriente de chispas en forma de fénix que se elevaba junto a él rumbo al cielo.

En cuanto concluyó la ceremonia, los asistentes rodearon a Liwei y unos cuantos me saludaron con la cabeza. Mi presencia los confundía, el hecho de que me sentase con la familia real a pesar de no ostentar ningún cargo oficial. Ser el centro de atención me preocupaba menos aquellos días, pues tenía la cabeza inmersa en asuntos más importantes: recuerdos valiosos, remordimientos del pasado y el rostro de los caídos. Me perseguirían durante el resto de mi vida.

Las siguientes semanas se entremezclaron unas con otras. Liwei me había ofrecido aposentos propios, pero preferí quedarme en mi antigua habitación del Patio de la Eterna Tranquilidad, en frente de la suya. Tal vez una parte de mí había esperado hallar el sosiego que había experimentado allí en el pasado, recuperar algo de lo perdido. Aquel lugar había sido mi refugio, pero ahora sus muros me resultaban cada vez

más opresivos y la fragancia de las flores obstruía el aire. Me despertaba por culpa de las pesadillas y me incorporaba temblando y empapada de sudor frío, intentando ahuyentar el recuerdo del calor de la
pluma, de los escalofríos que habían recorrido a Ping'er, del cuerpo
sin vida del príncipe Yanming... y de la luz al desvanecerse de la mirada de Wenzhi.

El Emperador Celestial no regresó a la corte. Permaneció en su
patio, donde se negaba a recibir a la mayoría de las visitas. ¿Seguía de
luto o es que aún estaba recuperándose de su encarcelamiento a manos de Wugang? No creía que lo hubieran tratado bien. No creía que
la vergüenza que le producía el haber sido rehén de alguien al que
había despreciado y considerado un mero mortal lo abandonara jamás. El peso del reino recaía ahora en Liwei, cuyo deber era aliviar el
terror en el que había estado sumido. Reparar las alianzas deteriora-
das y reconstruir todo lo que había quedado destruido.

Tenía muchas preocupaciones y arduas responsabilidades. No era
nada fácil ser monarca, o al menos uno bueno. Por suerte, estaba rodeado de buenos consejeros como el general Jianyun y la maestra
Daoming. A petición de Liwei, yo lo acompañaba a la corte, donde
escuchábamos los interminables informes y peticiones. Permanecía a
su lado, ofreciéndole todo el apoyo que podía, aunque interiormente
me desvinculaba de las duras miradas que me dedicaban los cortesanos, de las constantes rivalidades para conseguir su favor y de asuntos tediosos que no me interesaban. Algunos días era incapaz de
soportarlo y lo único que deseaba era salir corriendo y permanecer en
la tranquilidad de mi habitación. Aunque ni siquiera allí hallaba demasiado sosiego, puesto que me encontraba atrapada en la sombría
soledad de mi mente.

Lo más difícil eran las noches, ya que las sombras que me envolvían se prolongaban todavía más, volviéndose más densas, hasta que
lo único que veía era oscuridad. Me revolvía en la cama e inhalaba
profundas bocanadas de aire impregnado de la fragancia de la primavera, aunque lo único que habitaba mi corazón era el invierno. Un
anhelo me consumía cada vez que pensaba en mi hogar. Mis padres

no se instalaron en el Reino Celestial, tal vez porque deseaban estar a solas después de todo lo que habían tenido que soportar. Tal vez guardasen recuerdos demasiado inquietantes de aquel lugar, de los cotilleos y el rencor, de los secretos y las mentiras. Comprendía cómo se sentían, porque yo también lo detestaba.

El favor que Liwei me mostraba avivó las especulaciones acerca de un inminente compromiso entre ambos. No mencionó nada del asunto y yo tampoco saqué el tema. Cada vez que intentaba imaginar mi futuro, notaba un calambre en el pecho y una sensación indescriptible de anhelo se apoderaba de mí. En su día, la amenaza de Wugang había enturbiado mi futuro; sin embargo, no era nada en comparación con los tormentos a los que ahora me enfrentaba, ya que era una batalla que no podía ganar, un enemigo contra el que no podía luchar. Porque aquellos demonios... provenían del interior. Solo encontraba consuelo cuando Shuxiao estaba conmigo, aunque no tardaría en marcharse para volver con su familia. Todo el mundo seguía adelante, intentando hallar la felicidad. Todos salvo...

Ahuyenté aquel pensamiento ingrato. Era un milagro que estuviera viva, rodeada de mis seres queridos. ¿Pero por qué me sentía tan vacía?

La última noche de Shuxiao, cenamos juntas. Fue como en los viejos tiempos, salvo por los dos criados que permanecían detrás de mí. Se preparaban para recibir órdenes incluso cuando simplemente me daba por carraspear y se aseguraban en todo momento de que nuestras copas y platos estuviesen llenos. Cuando les sugerí amablemente que se marchasen, intercambiaron unas miradas tan doloridas, que fui incapaz de insistir.

Suspiré, la cabeza empezaba a dolerme por el peso de los adornos de oro y jade que le había permitido a mi sirviente colocarme en el cabello. Pasaba los días sumida en un estado de apatía, sin que me importase qué atuendo llevar o qué hacer, sin ganas de disfrutar de todo lo que en el pasado me había proporcionado placer, ya fuera la música, la comida o el vino. A menudo me descubría pensando en la Emperatriz Celestial, me preguntaba si habría

tomado decisiones diferentes en caso de que hubiera podido vivir de
nuevo su vida. Nunca sabría la respuesta a aquello... y puede que
ella tampoco lo hubiera sabido.

Shuxiao frunció el ceño mientras me servía un trozo de ternera
estofada en el plato. Le siguieron un montón de gambas y judías sal-
teadas junto con un grueso trozo de pescado cocinado al vapor con
vino y jengibre.

—¿Por qué no comes? —preguntó—. ¿Estás disgustada porque
aún no se ha fijado la fecha de la boda? ¿O te preocupa que el emperador no os dé permiso?

Alcé la copa y me bebí el contenido de golpe; el vino me quemó al
bajar por la garganta.

—Tal vez debería estar sola —dije con desgana.

El amor iba acompañado de dolor, y yo ya había tenido suficiente.

Shuxiao miró a los sirvientes y bajó la voz.

—¿No quieres casarte con el príncipe Liwei? —preguntó con su
franqueza habitual—. Piensa en todos esos arrogantes cortesanos que
tendrán que inclinarse ante ti.

—Me gusta la idea. —Esbocé una leve sonrisa al imaginarme en-
trando en el Salón de la Luz Oriental y ver a toda la corte hincando la
rodilla como si de una ola se tratase. Una idea de lo más tentadora: fa-
vorecer a los que habían permanecido a mi lado y humillar a los que
me habían despreciado. Aunque sería una satisfacción que no duraría
mucho. No era la vida que quería, al margen del poder que ostentara.

Shuxiao escudriñó mi expresión.

—¿Por qué estás tan descontenta? No me refiero solo a hoy; estás
así desde que volviste.

No le había hablado a Shuxiao de mis sentimientos por Wenzhi. Yo
misma acababa de darme cuenta de lo que sentía, y todavía estaba asi-
milando lo que significaba él para mí, lo que había perdido. Me di la
vuelta y le hice un gesto a una de las criadas; de pronto, me alegré de
que estuvieran allí, ya que podía usar su presencia como escudo contra
aquellas preguntas inquisitivas. Esta se apresuró a acercarse y me dirigió una profunda reverencia con las manos extendidas. Aquellas

muestras de veneración me inquietaban más de lo que me complacían, aunque había aprendido a fingir indiferencia.

—¿Podrías traernos unas bolas de arroz dulce? Las que están espolvoreadas con cacahuetes triturados y azúcar.

Minyi, que dirigía las cocinas, me había enviado unas cuantas con el almuerzo. Me las había comido sola en aquella misma mesa, pinchando, una tras otra, aquellas bolitas almohadilladas, como si pudiera ahogar mi tristeza en dulces. No había funcionado y se me revolvía el estómago al recordarlo, incluso si mi parte más débil anhelaba tener algo con lo que distraerse, el fugaz placer recorriéndome la lengua.

—Shuxiao, ¿seguro que te tienes que marchar? —pregunté—. El general Jianyun vuelve a dirigir el ejército. Los seguidores de Wugang han sido apartados. Las cosas volverán a ser como antes.

—Ni siquiera entonces me gustaba demasiado. —Se rio y apoyó los codos en la mesa—. Y aunque hubiera sido así, he cambiado.

Igual que yo. En el pasado, lo único que había querido era reunir a mi familia, reconstruir mi hogar y pasar la vida al lado de Liwei. Y ahora que todas esas cosas estaban a mi alcance, la felicidad seguía dándome esquinazo. La victoria no era tan dulce como me había imaginado, o tal vez me había costado demasiado cara.

—¿A dónde vas a ir? —pregunté.

La mirada de Shuxiao adquirió una expresión ausente.

—A casa. Llevo fuera demasiado tiempo. Mi hermano ocupará mi lugar en el ejército. Es mayor de edad y es lo que quiere. Para mí siempre fue una cuestión de deber.

Disfruté de la calidez de su alegría, aunque la echaría mucho de menos.

—¿Y qué harás?

—Nada. —Alargó la palabra, saboreándola—. Será estupendo pasarme unas cuantas décadas no haciendo nada.

El pecho se me encogió de envidia al pensar que tal vez yo jamás llegaría a ser tan libre. Me avergoncé, porque no se merecía aquella reacción.

—¿Nada? —repetí con una sonrisa—. ¿Qué opina tu nueva amiga, la generala Mengqi, de ese plan?

No era más que una suposición burlona. Las dos habían orquestado el rescate del Emperador Celestial y los prisioneros del Palacio de Jade. De algún modo, la animosidad entre ambas se había transformado en reticente respeto. Después de aquello, Shuxiao había mencionado a la generala unas cuantas veces; yo había creído que se trataba de simple amistad, pero un profundo rubor se le extendió por la nuca. Jamás la había visto tan afectada y me sentí emocionada y a la vez asustada por ella. Sacudí la cabeza y me desprendí de mi inquietud. El amor no hería a todos los que le tendían la mano.

Shuxiao me ofreció una sonrisa a modo de respuesta.

—Vendrá conmigo ahora que… las cosas han cambiado en el Muro Nuboso.

Me estremecí. *Ahora que Wenzhi ha muerto*, era lo que habría dicho si no sospechara que aún lo lloraba.

—Me alegro por ti —le dije mientras se levantaba para marcharse.

Se inclinó hacia mí y me abrazó.

—Permítete ser feliz.

Era lo último que me había dicho Wenzhi. Había deseado que fuera feliz, sabiendo que no iba a poder estar conmigo. Los ojos se me llenaron de lágrimas, pero parpadeé para espantarlas; notaba un dolor tan intenso en el pecho que me costaba respirar.

Alguien llamó a la puerta y una de las criadas se apresuró a abrirla. Zhiyi entró en la habitación; el dobladillo de su brillante túnica verde casi rozaba el suelo. En la falda llevaba bordadas unas orquídeas lilas y unos pájaros azules que desplegaban las alas y piaban.

Inclinó la cabeza en señal de saludo.

—Me marcho mañana y quería despedirme.

Disimulé la sorpresa.

—Es muy considerado de tu parte.

En la mano sujetaba un melocotón inmortal. Maduro, con un luminoso rubor que emanaba de toda su piel.

—Liwei me lo ha dado para mi esposo. Estos melocotones prolongan la vida de los mortales si estos no sufren ninguna enfermedad. Dispondremos de tiempo hasta que nos dé el elixir. Liwei ha prometido entregárnoslo, aunque pasarán años antes de que esté listo.

—Me alegro de que os lo vaya a dar —le dije con toda sinceridad. Todavía me sentía mal porque hubiera renunciado al elixir, que mis padres hubieran encontrado la felicidad a costa de la suya. No había olvidado la promesa que le hice; la cumpliría, aunque ella no me lo hubiera exigido, aunque ya no se tratara de un asunto urgente. Los juramentos más vinculantes eran los que se hacían con el corazón.

—Debo marcharme —dijo Shuxiao poniéndose en pie.

—Buen viaje. —Le tendí las manos y ella me las estrechó con fuerza. No quería despedirme de ella, pero entonces me soltó las manos y se marchó.

Zhiyi desvió la mirada hacia las criadas que revoloteaban a mi espalda.

—Dejadnos a solas. —No levantó la voz, pero su tono destilaba una autoridad inconfundible. Sin mediar palabra, las criadas se apresuraron a marcharse y cerraron la puerta tras ellas.

—¿Es que todos los miembros de la realeza nacen con esa habilidad? —pregunté.

Tomó asiento y se acomodó las faldas alrededor.

—Cuando vivía aquí, prefería estar sola. Había demasiadas personas que me espiaban en nombre de mi madrastra.

—Siento que tuvieras que pasar por eso. —Por enésima vez, me sentí agradecida por la infancia que tuve, a pesar de lo simple y solitaria que fue.

—Volveré cuando fijéis la fecha de la boda —me dijo con una sonrisa radiante; un eco de Liwei destellaba en sus ojos negros—. Dentro de poco seremos hermanas.

¿La boda? Sus palabras, cargadas de sinceridad y certeza, me sorprendieron; eran muy distintas a los susurros de la corte.

—Liwei y yo no estamos prometidos.

Su sonrisa desapareció.

434 SUE LYNN TAN

—¿Por qué pareces tan asustada? Creía que era lo que deseabas, que querías a mi hermano. Desde luego, es lo que creen los demás.

Le devolví la mirada sin inmutarme, cansada de que los desconocidos se entrometieran en mis asuntos.

—Eso es cosa mía y de Liwei.

Su expresión se endureció y ella se puso en pie.

—Te lo advierto: no juegues con los sentimientos de mi hermano. De lo contrario, no te lo perdonaré.

Se dirigió a la puerta sin decir una palabra más.

—¡Espera! —Una pregunta afloró a mis labios, una que no sabía que quería formular—. ¿Te arrepientes? ¿De aquello a lo que renunciaste para vivir en los Dominios Mortales?

La corona había sido el legado de sus antepasados, pero para mí sería un grillete.

Al principio no dijo nada, sino que se limitó a juguetear con los brazaletes de jade que llevaba en la muñeca.

—No, porque obtuve algo mucho más valioso. Cuando hay amor suficiente, no supone ningún sacrificio. —Tenía la mirada clavada en mí—. Una pregunta a cambio de la tuya: ¿quieres a Liwei?

—Sí. —Una pausa mínima, aunque decía la verdad. Siempre lo querría, pero las dudas seguían atenazándome.

Ya que aunque Liwei había sido mi primer amor, había amado a otro después. A alguien que había dado su vida por mí y de quien no podía olvidarme. Estaba aprendiendo que la muerte tenía la gentileza de atenuar los pecados, permitiéndonos recordar las bondades de una persona. Cuando Wenzhi vivía, lo único de lo que yo me acordaba era de su traición y sus errores. Pero ahora por fin podía pensar en él sin que la amargura mancillara su imagen, y todo lo que había dicho y hecho desde que lo había dejado volver a formar parte de mi vida adquiría un nuevo significado.

—Me alegro. —Vaciló antes de añadir—. Si no, lo más amable sería terminar ya con lo vuestro.

No respondí, molesta por su atrevimiento; últimamente estaba bastante irascible. Pero también sentí una punzada de alivio al descubrir que había otro camino. Podía elegir, por difícil que fuera tomar la decisión.

El cielo amaneció despejado y azul. Liwei y yo estábamos sentados en el templete del Patio de la Eterna Tranquilidad. Se oía el rumor de la cascada al precipitarse en el estanque y los pétalos de las flores de melocotón caían de los árboles. Liwei le hizo un gesto con la mano al criado para que se marchase y tomó la tetera para rellenarme la taza, igual que había hecho cuando estudiábamos juntos, cuando solo estábamos los dos. El criado le dirigió una mirada de reverente admiración mientras se inclinaba y, acto seguido, nos dejó solos.

—En los Dominios Mortales es otoño —dijo Liwei.

Asentí y le devolví la sonrisa. Al colocarme la taza delante, me rozó la mano con la manga; las garzas plateadas del bordado volaban por el brocado azul. Llevaba el pelo recogido en un tocado de oro y zafiro, igual que en el pasado. Casi podía imaginarme que tras aquello nos dirigiríamos a la Cámara de Reflexión en lugar de al Salón de la Luz Oriental, desde donde Liwei gobernaba el reino. A efectos prácticos, era el emperador.

Me entregó una caja de madera que tenía pintada una mujer ataviada con una túnica verde, un cinto carmesí y unos adornos de oro en el cabello. Las nubes se arremolinaban en torno a sus pies y un orbe de plata resplandecía por encima.

La recorrí con los dedos. Mi madre, la Diosa de la Luna, tal y como la plasmaban los mortales. Al abrir la tapa, me llegó un aroma intenso y meloso. Dentro había cuatro pasteles de luna con un diseño de dragones y fénix en la parte superior de la corteza. Liwei sacó uno y lo cortó en ocho trozos con un cuchillito. Me ofreció uno; la yema de huevo de dentro, en forma de medialuna, destacaba en contraste con el resto del relleno de color marrón oscuro. La pasta de semilla de loto era densa y dulce y la corteza se me deshacía en la boca. La yema le proporcionaba un toque salado al dulzor que equilibraba los sabores a la perfección. Mastiqué con los ojos cerrados y me imaginé a los mortales comiendo lo mismo mientras escuchaban la leyenda de Houyi y los diez soles, así como la de Chang'e al ascender a la luna. Noté una tirantez en el pecho; el deseo de ver a mis padres.

—Liwei, quiero irme a casa. No puedo quedarme aquí. —Mientras hablaba, me invadió un sentimiento de urgencia. El modo de alejarme de las pesadillas que me atormentaban era aquel: marcharme del Palacio de Jade, con sus interminables ceremonias y reglas, alejarme de los cortesanos y de los criados, de las cargas del reino.

Palideció y curvó los dedos sobre la mesa.

—Xingyin, iba a pedirte que te casaras conmigo. Mi padre se retira a una vida de aislamiento. Me ha pedido que tome posesión del trono, que me convierta en emperador.

Me lo quedé mirando de forma inexpresiva; notaba una opresión en mi interior, como si me estuviera asfixiando. Aquel había sido siempre el legado que iba a tener que continuar, pero incluso cuando fantaseaba con un futuro juntos, creía que dispondríamos de unos cuantos siglos más hasta que su padre renunciase al trono. Había sido mi única esperanza y consuelo.

—Sé que llega mucho antes de lo que imaginábamos. Que no es lo que quieres.

—Debo marcharme —dije lentamente, y la decisión se solidificó mientras pronunciaba las palabras; sabía que estaba haciendo lo correcto, a pesar de que el dolor que sentía en el corazón se hizo más intenso.

Su mirada centelleó al agarrarme la mano.

—¿Por qué te tienes que marchar?

—Quiero irme a casa —repetí, soltándole la mano; no era un gesto fruto de la petulancia, sino que no podía permitir que nada me hiciese vacilar.

Se produjo un pesado silencio mientras nos mirábamos.

—Sé que aquí no eres feliz. Ojalá pudiera marcharme contigo —dijo por fin—. Pero no puedo abandonar a mi padre ni a mi reino. No hay nadie más que pueda gobernar en mi lugar.

—Lo entiendo. —No lo decía por decir, ya que él tenía tanto derecho a elegir como yo. Teníamos que mirar por nosotros, aunque el hecho de que nuestros caminos se hubiesen separado me dolía en el alma—. Este es tu sitio. No hay nadie que pueda gobernar mejor que tú. Jamás te habría pedido que dejaras tus deberes de lado.

—Tienes todo el derecho a pedirme lo que quieras —dijo con fiereza.

—No quiero darte más quebraderos de cabeza. —Sin embargo, de no haberlo hecho, no habría descubierto lo que en realidad deseaba; lo que me hacía falta y él ya no podía darme.

Tragué saliva con fuerza y me puse en pie.

—Tal vez sea demasiado tarde para lo nuestro, Liwei; nuestra relación ya no podrá volver a ser lo que era.

Mis palabras no encerraban resentimiento alguno, solo tristeza, puesto que a mí también me dolía pronunciarlas.

Liwei se puso en pie y me estrechó entre sus brazos. Me apoyé contra él una última vez, retrasando el inevitable dolor. Sin embargo, aunque su calidez se filtraba a través de mi túnica y de mi piel, ya no me alcanzaba el corazón.

—Siento haberte fallado —me susurró junto al pelo—. No tienes que tomar la decisión ya. Puedes marcharte a casa y volver aquí cuando estés lista. Te esperaré.

—No me has fallado; he sido yo quien nos ha fallado a ambos. —En ese momento se me quebró la voz—. En el pasado acepté que esta fuera nuestra vida. Y ahora no puedo soportarlo. Soy más débil de lo que pensaba. Estoy cansada de intentar ser fuerte. Y no... no puedo olvidarme de él. No quiero.

—No tienes por qué enfrentarte a esto sola —dijo aquello con tanto ardor que mitigó una parte de la frialdad que sentía en mi interior—. Te ayudaré a olvidarlo. Seremos felices, como en el pasado. Serías una emperatriz muy buena.

Claro que no.

Muchos considerarían la vida que me ofrecía como algo salido de un cuento de hadas, pero para mí sería una pesadilla. Un escalofrío me recorrió la columna al imaginarme lidiando durante toda la eternidad con los asuntos del Reino Celestial. Teniendo que soportar las luchas interminables por el poder, las miradas condenatorias de los demás, impacientes por que diera a luz a un heredero.

¿Me volvería una arpía al verme atrapada en una vida como esa? ¿Cuánto tardaría nuestro amor en quedar empañado? ¿Cuánto tiempo pasaría antes de que se transformara en resentimiento, y más tarde… en odio?

Me aparté y contemplé su hermoso rostro, aquellos ojos oscuros que tanto me gustaban. ¿Sería mi corazón lo bastante fuerte como para que volviera a quedar hecho añicos? De algún modo, me las arreglé para hablar, a pesar de la agonía que me destrozaba.

—No puedo casarme contigo ni vivir aquí. No sería feliz y también te haría infeliz a ti.

Guardó silencio durante unos instantes.

—Me digo a mí mismo que el pasado ya no importa, que no debería envidiar a los muertos. Sin embargo, al veros a los dos en la arboleda de Lady Xihe, al ver lo mucho que lloras su pérdida… no puedo evitar preguntarme si lo habrías elegido a él de haber estado vivo.

En el pasado lo habría creído imposible, pero mi desesperación constituyó un desagradable despertar. No podía negar que mis sentimientos por Wenzhi eran más profundos de lo que había creído. No podía ignorar el dolor que me invadía al pensar en él, la aguda aflicción de la pérdida.

—No debería haber muerto y menos por mí —dije con un hilillo de voz.

—No creo que se hubiera sacrificado por nadie más. —Escudriñó mi rostro, dirigiéndose a mí con dulzura—. No te culpes por su muerte. No te aferres a la miseria, alejándote de todo lo demás, ni pienses que no mereces ser feliz. Él quería que fueras feliz.

Entonces debería haber seguido vivo.

Acallé aquel pensamiento imposible e ingrato. Al contemplar el rostro de Liwei, el dolor que sentía en el pecho se acrecentó. Habría resultado tremendamente sencillo aliviar nuestro sufrimiento con una única palabra, una caricia, una promesa. Pero no sería justo; no recompondría la parte de mí que estaba hecha trizas, si era que existía algo capaz de sanar mis heridas. Mientras el dolor invadiera mi corazón, no habría espacio para el amor. Las lágrimas me obstruían la garganta; la tenía tan tensa que parecía que alguien estuviera estrujándomela. Di media vuelta y salí del patio sin atreverme a volverme, a pesar de que las extremidades me temblaban y un escalofrío me helaba la piel.

Daba miedo rechazar el futuro que alguien te ofrecía, adentrarte sola en lo desconocido. Pero aquella era mi vida y no pensaba huir… aceptaría la oscuridad, el dolor y todo lo demás. Cuando mirabas a la muerte de cerca, cada momento posterior constituía una victoria; una nueva esperanza, un nuevo comienzo. Y yo ya no tenía miedo.

37

Una conejita correteó entre mis pies; su resplandeciente pelaje era del mismo tono que el jade blanco más inmaculado. Me agaché y la tomé entre los brazos. Le acaricié la cabeza y se acurrucó contra mí, con las largas orejas pegadas al cuerpo.

Me dirigí con ella hacia mi casa, que había sido restaurada tras la devastación sufrida. El tejado emanaba un brillo plateado y se habían reemplazado las tejas rotas. Las marcas de quemaduras de las paredes habían desaparecido y las columnas de nácar volvían a estar intactas, alzándose orgullosas del suelo. Ojalá las otras heridas que se le habían infligido fueran tan fáciles de reparar.

Las puertas se abrieron y aparecieron mis padres. Mi madre se había deshecho de su túnica blanca habitual y llevaba una de color rosa brillante atada a la cintura con un fajín lila. Llevaba el cabello adornado con una peonía roja, igual que siempre. Se acercaron a mí y la cálida sonrisa de ambos hizo desaparecer la tirantez que notaba en el pecho.

Mi padre señaló con la cabeza la conejita que llevaba en los brazos; el animal hundió el hocico en el pliegue de mi codo.

—Pensé que a tu madre le vendría bien algo de compañía después de que te marcharas.

—¿Me habéis sustituido por un *conejo*? —Me sentía indignada, pero aun así tuve ganas de reír. Era una sensación liviana, como si el frío que se aferraba a lo más profundo de mi ser se atenuara.

Mi madre sonrió.

—Es más tranquila que tú.

En eso estaba de acuerdo.

—¿Cómo se llama?

—La llamamos Yutu.

Mi madre trazó los caracteres en el aire: 玉兔

—Conejo de jade. Le pega.

La conejita me clavó los ojitos de color rubí mientras volvía a acariciarle la cabeza. Cuando la dejé en el suelo, brincó alrededor de mi madre antes de volverse a adentrar en el bosque.

Cuando entré en el Palacio de la Luz Inmaculada, me fijé en los nuevos detalles: una mesa auxiliar de madera en el pasillo y unas alfombras de seda en tonos vivos que reemplazaban a las que habían quedado chamuscadas por las llamas. De las paredes colgaban pergaminos con pinturas de caballos y soldados y los jarrones de porcelana estaban repletos de tallos recién cortados de olivo dulce. ¿Los habría cortado mi padre para mi madre?

Mi padre caminaba a mi lado con el arco del Dragón de Jade colgado a la espalda; seguía exhibiendo la cautela de un soldado. Percibí la energía del arma, aunque se trataba más bien de un saludo afectuoso y no de la ansiosa llamada de antaño. No salió volando en mi dirección; se encontraba cómoda de permanecer con mi padre. Y a pesar de la punzada que noté en el pecho, no me arrepentí de la decisión que había tomado.

—Padre, ¿has recuperado los poderes? —pregunté.

Flexionó los dedos y volvió a cerrarlos.

—Una parte. Soy capaz de tensar el arco con más facilidad, pero es como subir una cuesta muy empinada. —Una sonrisa torcida se dibujó en sus labios—. Aunque aquí no me hace falta, es un consuelo haberlo recobrado.

Si el laurel siguiera en pie, tal vez habría acelerado el restablecimiento de mi padre, igual que hizo conmigo. Pero se había desintegrado tras desplegar los últimos vestigios de sus poderes para revivirme. Miré por la ventana que daba al bosque de olivo dulce; allí donde antes se alzaba el laurel, ahora solo se veía el cielo.

—¿Y Liwei? —Mi madre había hecho gala de un gran dominio de sí misma al no haber preguntado antes.

—En su casa, igual que yo estoy en la mía.

No dije nada más; tenía las emociones a flor de piel.

—¿Ha sido decisión tuya? —Un matiz amenazador tiñó la voz de mi padre.

—Sí —me apresuré a decir—. Quería volver a casa. Él no tiene la culpa.

—Aquí siempre eres bienvenida. —Mi madre vaciló antes de añadir—: ¿Piensas volver? Creía que tú y Liwei... —Su voz se apagó mientras ella intercambiaba una mirada ansiosa con mi padre.

—No, Liwei tomará posesión del trono. Y yo... no —dije sin rodeos.

Mi madre me abrazó sin decir nada más. Cerré los ojos y sentí que la pesadumbre en mi interior disminuía un poco. Qué suerte tenía de estar allí; era tremendamente afortunada por poder contar con mis padres y haber podido reconstruir nuestro hogar. No obstante, sentía un profundo dolor y debía tratar de superarlo. No sabía cómo, pero tenía claro que no mejoraría convirtiéndome en la Emperatriz Celestial, viviendo una vida que no era la mía.

Instalarme de nuevo en casa me resultó tan sencillo como a un pez moverse por el agua. Todo transcurría igual que en el pasado... y a la vez era distinto. Algunas noches me despertaba desorientada, con el rostro empapado en sudor y un grito apenas formado en la garganta. Casi esperaba oír las pisadas firmes de Ping'er por el pasillo. Cuando alguna puerta crujía, me daba la vuelta con el corazón acelerado, albergando la imposible esperanza de que fuera ella; pero entonces la realidad volvía a asentarse y yo recordaba que ya no se encontraba entre nosotros. Sin embargo, me reconfortaba saber que una parte de ella permanecería allí, entrelazada con nuestros recuerdos.

Algunos cambios fueron buenos. Cumplí por fin mi sueño de pasear por el bosque de olivo dulce con mi padre, de sentarnos a la mesa los tres juntos. Hablábamos de cosas triviales: de lo que cocinaríamos la próxima vez, de las reformas que le haríamos a la casa, de las flores que íbamos a plantar... y era como música para mis oídos. Empecé a practicar el tiro con arco con mi padre. Colocábamos las dianas en el bosque y él me corregía la postura y la forma de sujetar el arco al lanzar las flechas. Y si cuando le tocaba el turno a él yo veía cosas mejorables, me las guardaba para mí, igual que habría hecho cualquier hija responsable; al menos por el momento. Eran instantes de lo más valiosos, y aunque no llenaran del todo el vacío que sentía en el corazón, me lo colmaban de otras maneras, proporcionándome una felicidad distinta a la que había perdido.

Algunas noches me hacía cargo de la tarea de mi madre y encendía cada farolillo a mano, agradecida de contar con una labor que me entretuviese, que me brindase la oportunidad de sumirme en mis pensamientos. A medida que encendía los farolillos, me imaginaba la luna brillando con más intensidad y arrojando su resplandor sobre el mundo de debajo, donde los mortales volvían la cabeza hacia el cielo.

Aquellas noches no temía estar a solas con mis recuerdos ni quedarme dormida, tras acabar totalmente agotada. La mirada iluminada de mi padre cada vez que contemplaba a mi madre, la sonrisa que le dedicaba ella a modo de respuesta... aquello me llenaba de alegría y me provocaba un dolor indecible. Porque a pesar de lo que me decía a mí misma, no podía evitar anhelar el amor que compartían. El amor que yo había despreciado, desdeñado y destruido.

Los años se sucedieron uno tras otro, se deslizaron como la lluvia hasta que perdí la cuenta de todos los que transcurrieron. Fue una época buena, en la que crecimos como familia de un modo que nunca antes habíamos podido experimentar. La mente sanaba de forma más lenta que el cuerpo, pues se trataba de heridas más profundas y costaba más reparar aquello que no se veía. No supe en qué momento tuvo lugar, pero las partes fragmentadas de mi interior comenzaron a recomponerse, a curarse, si no perfectamente, al menos lo suficiente como para sentirme casi yo misma. Ya no me despertaba entre jadeos, pronunciando los nombres de aquellos a los que había perdido, rememorando el fuego que me abrasó las venas en su día o el terror que me invadió cuando Wugang hizo descender el hacha sobre mí.

Mis recuerdos se habían vuelto más amables, y los más crueles habían quedado atenuados, entretejidos con fragmentos alegres: Ping'er, contándome historias de los Dominios Inmortales mientras yo me sentaba embelesada frente a ella. El príncipe Yanming, con el rostro colorado mientras blandía su espada de madera.

Y Wenzhi...

Todas esas partes de él que me habían conmovido no una, sino dos veces, atravesando incluso las barreras que había levantado para protegerme. Su inteligencia y su voluntad indomable, su crueldad y su ternura, su forma de suavizar la expresión al mirarme. Y, sobre todo, lo mucho que me había amado y el hecho de que hubiera dado la vida por mí.

A medida que el dolor se atenuaba y su intensidad se desvanecía, otra cosa ocupaba su lugar. Un sentimiento de inquietud idéntico al que me había embargado siendo niña, cuando ansiaba conocer nuevos horizontes. Fue un alivio que aquella chispa volviera a prender en mi alma, que el vacío en mi interior quedase sustituido por el deseo... de algo más.

Me percaté de una simple aunque cruel certeza: aquel ya no era mi hogar.

Me marché y visité a Shuxiao. Vivía con Mengqi al sur del Reino Celestial, en una zona tranquila rodeada de bambús, a la sombra de unas montañas grisáceas y azuladas. Una sensación cálida me invadió al ver la casa de piedra y el tejado arqueado de tejas rojas: el hogar con el que mi amiga había soñado siempre y que compartía con su compañera de vida. Me llenó de calma poder sentarme con ella y charlar como en los viejos tiempos, a la sombra de los árboles del patio. Me alegré de que hubiese encontrado el amor, a pesar de que yo añoraba lo mismo.

Imposible, se burló mi mente. Me había enamorado dos veces y en mi corazón no había espacio para más.

Me preparé para dirigirme a mi siguiente destino: el Mar del Este. Era algo que debía hacer para acallar las despiadadas voces que moraban en mi interior, para aliviar el dolor que aún me desgarraba. Desconocía si aquel joven soldado había sido el príncipe Yanming —jamás lo sabría— y dondequiera que estuviese su espíritu, esperaba que hubiese encontrado el sosiego que merecía. La promesa de los dragones constituía un gran consuelo y los días en los que me trataba a mí misma con amabilidad, imaginaba que había hallado la felicidad con las criaturas que más quería, y que ellas lo querían a él también.

El Palacio de Coral Perfumado me despertó el mismo asombro que en el pasado, con sus luminosas paredes de cuarzo rosa elevándose desde las aguas de color zafiro. Sin embargo, una pesadez me embargaba y atravesé lentamente el arco de cristal que conducía a la entrada. Los guardias no me permitieron pasar y le pidieron a un criado que fuera a buscar al príncipe Yanxi, aunque no tuve que esperar mucho. El príncipe me saludó con cordialidad, aunque exhibía una sonrisa sombría. El hecho de verme le habría traído recuerdos desagradables y dolorosos. Cuando cerré los ojos e inhalé una bocanada de aire marino, casi pude oír la risa de su hermano y el repiqueteo de sus pisadas al correr hacia mí. Levanté la cabeza y el pulso se me aceleró de anticipación, pero entonces otros recuerdos me sacudieron: el de su pálido rostro un instante antes de que la guandao le atravesara el pecho. Ah, los surcos del dolor eran profundos. Igual que Ping'er me había dicho una vez: *Algunas cicatrices permanecen grabadas en nuestros huesos.* Y yo había pensado entonces: *Y algunas son capaces incluso de hacerlos trizas.*

—¿Puedo verlo? —Mi tono era vacilante, una parte de mí esperaba que se negase. ¿Qué derecho tenía yo a aparecer por allí? No era pariente ni teníamos una relación cercana. Pero había querido a su hermano y había llorado su pérdida, ¿acaso aquello no me daba derecho?

Por suerte, asintió.

—Es lo que Yanming querría. Siempre se alegraba al verte.

Lo seguí por el palacio con un nudo en el estómago; me inquietaba lo que podría encontrarme. ¿Un frío altar de piedra oculto en una habitación solitaria? No tenía de qué preocuparme: habían construido una preciosa zona conmemorativa en un jardín de coral bañado por los rayos del sol. En el centro había un altar lacado de ébano y nácar; encima reposaba una placa de madera de sándalo grabada con el nombre del príncipe Yanming, flanqueada por dos velas idénticas que ni siquiera la brisa apagaba.

El príncipe Yanxi y yo guardamos silencio con la cabeza inclinada y las manos entrelazadas. No hacía falta encender el incienso que los mortales utilizaban con la esperanza de que sus palabras llegasen al cielo. No obstante, susurré una plegaria y pensé que tal vez el viento se la llevara allí donde su tierno espíritu reposara, ya fuera en el océano que tanto le gustaba, con los dragones, o aquí, en su amado hogar. Una humedad me recorrió las mejillas. Incluso después de todo aquel tiempo, aún me quedaban lágrimas.

Dejé escapar un ronco sollozo.

—Prometí protegerle y fracasé.

El príncipe Yanxi habló con un tono suave y solemne.

—Yo también me echo la culpa. Si pudiera volver atrás, no me habría llevado a Yanming al Mar del Sur, lo habría puesto a salvo mucho antes. Pero no es culpa nuestra. Debemos poner fin a este ciclo constante de remordimientos que solo nos conduce a la desesperación. No es lo que Yanming habría querido. Poseía un espíritu alegre, rebosante de amor y risa, y así es como quiero recordarlo. No del modo en que murió, sino cómo vivió.

Aquellas palabras fueron un bálsamo para mi dolor, un recordatorio de que aunque la muerte formaba parte de la vida, esta formaba parte también de la muerte. Que no todo estaba perdido. El príncipe Yanxi guardó silencio, tal vez dándome tiempo para que recuperase la compostura. Al igual que él, yo también me había martirizado, sumida en la soledad de mi mente, preguntándome si podría haber salvado al príncipe Yanming si hubiera actuado con más rapidez, si hubiera matado a Wugang la primera vez que tuve ocasión. Un centenar de «y si», de incógnitas y posibles desenlaces me atormentaban, tan fugaces e intangibles como la niebla al amanecer. Los remordimientos, por muchos que fueran, no podían modificar el pasado.

Permanecimos allí durante horas, hasta que la luz de la luna tiñó el lugar con tonos blancos y plateados. Finalmente, me puse en pie e hice una reverencia.

—Gracias —le dije al príncipe Yanxi—. Me marcho ya.

—¿A dónde irás? —me preguntó.

No me invitó a que me quedase. Y aunque lo hubiera hecho, no habría sido tan insensible como para aceptar. Les ahorraría a sus padres el tener que verme. No había matado a su hijo. Habría dado la vida por él... y, sin embargo, tenía las manos manchadas con su sangre.

Abandoné el Mar del Este con un anhelo desesperado por dirigirme a algún lugar nuevo, que no hubiera quedado mancillado por el pasado. Me invadía el deseo de vagar y deambular, de ahogar los sentidos con paisajes desconocidos en bosques esmeralda, montañas plateadas y océanos vírgenes. Había un lugar que me llamaba sobre el resto, un lugar del que me había mantenido alejada, puesto que temía reabrir viejas heridas que nunca habían llegado a curarse del todo.

Por fin, me rendí y me dirigí al Desierto Dorado; atravesé las resplandecientes dunas mientras el sol caía a plomo sobre mi cabeza. Si en el Reino Celestial prevalecía la primavera, en el desierto imperaba un verano despiadado. Dormía por las tardes y caminaba de noche, cuando hacía más fresco, bajo la luz de la luna. Algunas noches me quedaba dormida sobre las ásperas arenas y solo me despertaba el feroz resplandor del día... y esas eran las ocasiones en las que mejor dormía.

Al llegar a la frontera del Muro Nuboso me quedé paralizada; la imagen de aquellas cambiantes nubes violetas me sacudió y las emociones se apoderaron de mí. A través de las noticias que me llegaban, me enteré de que tras la muerte de Wenzhi se había producido un gran enfrentamiento por el poder. Su madre, la reina viuda, había salido victoriosa y tras ascender al trono, demostró que era una gobernante capaz y sabia. Igual que lo habría sido su hijo de no haber tenido la mala suerte de amarme.

El Muro Nuboso prosperó y sus habitantes dejaron de ser los parias de los dominios. Los inmortales se aventuraban con toda libertad en aquel lugar que tanto tiempo habían temido y ya no era tan habitual pronunciar la palabra «demonio». Me invadió el repentino impulso de viajar hasta allí, al lugar donde había conocido tanto la angustia como la esperanza. No obstante, la madre de Wenzhi no querría ni verme, y con razón, pues había perdido a su querido hijo por mi culpa. No, no podía imponerle mi presencia ni reabrir viejas heridas. No era amiga mía; no tenía por qué brindarme su paciencia, por mucho que deseara llorar con ella lo que ambas habíamos perdido. Lo mejor que podía hacer por ella era desaparecer.

Me consolaba levemente el hecho de saber que tras la muerte de un inmortal, su espíritu moraba por nuestro reino, ya fuera en los cielos o en los Cuatro Mares. A pesar de que su conciencia se había desvanecido, al menos ellos no desaparecían del todo. Para alguien inmortal, la muerte era un concepto extraño sobre el que reflexionar, ¿pero qué otra cosa iba a hacer cuando se había llevado a mis seres queridos?

Levanté la cabeza e inhalé profundamente. Una parte de mí —la que todavía sufría— ansiaba el aire de aquel lugar, el rastro de Wenzhi que percibía entre aquellas nubes. Algo difícil de comprender, imposible de definir. ¿Lo notaba debido a nuestra cercanía, a causa del encantamiento que nos había vinculado y que lo había matado? O tal vez fuera mi mente, que me trataba con bondad y creaba espejismos para aliviar el dolor.

Caí de rodillas y contemplé su tierra, sumiéndome en mis recuerdos. Hubo un tiempo en que quise olvidarme de todo lo que tuviera que ver con él, y ahora atesoraba cada recuerdo en el corazón, incluso los que me lastimaban, puesto que eran lo único que me quedaba. Había creído que lo odiaba, deseaba apartarlo de mi vida, sin saber que mis sentimientos por él estaban más arraigados de lo que pensaba.

Cada vez que él había intentado recuperar lo que con tanta temeridad había destruido, yo lo había alejado, pues me daba demasiado miedo examinar los sentimientos que despertaba en mí.

—Lo siento —dije en voz alta. Últimamente no hacía más que disculparme—. Fui demasiado orgullosa y cabezota para darme cuenta de lo que sentía, para entender lo que intentabas decirme. Te quería... y aún te echo de menos.

Con las manos unidas delante de mí, apoyé la frente en la arena. Sopló una brisa fresca impregnada con un leve aroma a pino, tan conocido y preciado que el dolor que sentía en el pecho se acrecentó hasta que me quedé sin aliento. Cerré los ojos y levanté el rostro; inhalé la fragancia del viento hasta que el dolor se atenuó, expresé entre susurros todas mis esperanzas y sueños frustrados, aquellos que jamás se harían realidad... e imaginé que, allá donde estuviera, él me oiría.

Me consolé a mí misma con cuentos de hadas.

38

Perdí la cuenta de las veces que volví a la frontera del Muro Nuboso; se había convertido en un ritual sin el cual me sentía perdida. Aquel lugar que había despreciado en el pasado constituía el único bálsamo para mi tristeza, a pesar de que tampoco estaba exento de dolor: percibía ligeramente el espíritu de Wenzhi, pero este iba a permanecer para siempre fuera de mi alcance. Quizás estuviera siendo cruel conmigo misma; lo más amable sería olvidarlo…, pero no dejaría que su recuerdo se desvaneciera.

El viento soplaba aquel día en ráfagas feroces, cargado de inquietud. Dejé fluir la magia para estabilizar la nube sobre la que volaba. El clima era extraño y una sensación de malestar me había revuelto el estómago desde que había salido de la luna aquella mañana. Frente a mí, el Desierto Dorado asomó en tonos apagados, teñido de ceniza bajo el oscurecido cielo. Lo más prudente habría sido dar media vuelta, pero la impaciencia me impulsó a seguir adelante. Ningún enemigo podía ser peor que aquellos a los que me había enfrentado ni a los que acechaban en mi mente.

Bajé de un salto y me encaminé hacia las nubes. Alcé la barbilla con un nudo en el estómago, preparándome para el torrente de recuerdos, la sensación de consuelo entrelazada con otra de tormento que me habían llevado hasta allí todas las veces, como si tuviera una cuerda invisible atada al corazón.

No había nada.

Me recogí las faldas y eché a correr hasta que dejé de oír el crujido de la arena bajo los pies y noté, en su lugar, el suave abrazo de las nubes. Era una temeridad aventurarme en el Muro Nuboso, pero me daba igual. Cerré los ojos y busqué desesperada un eco de la presencia de Wenzhi, aquel suave roce en mis sentidos, pero lo único que encontré fue un sosiego hueco. ¿Había perdido la cabeza o sería que por fin había vuelto en mí? Puede que durante todo aquel tiempo no hubiese habido nada, solo la falsa manifestación de mis deseos. Si la curación era aquello, no quería sanar.

No, fuera lo que fuere, había sido real; no era de las que se conformaban con delirios y sueños. El miedo y el resentimiento afloraron en mi interior, amargos y espesos, pues incluso *aquello* me había sido arrebatado. No sabía qué había pasado, pero lo averiguaría. Y solo había una persona que podía tener las respuestas que yo buscaba o el poder para exigirlas.

Llamé a mi nube y puse rumbo hacia los cielos. Los dragones tallados que coronaban el Palacio de Jade resplandecían como si estuvieran en llamas mientras subía las escaleras de mármol blanco y pasaba junto a las enormes columnas de ámbar que sustentaban el tejado de jade a tres aguas. Unas pálidas volutas de humo se elevaban desde los quemadores de incienso salpicados de joyas y el aroma del jazmín flotaba en el aire. Los guardias de la entrada no me detuvieron, sino que me dejaron pasar sin mediar palabra.

Llevaba años sin aparecer por allí, pero mis pies todavía sabían a dónde dirigirse. Atravesé el Recinto Exterior y el Recinto Interior en dirección al Salón de la Luz Oriental. A esas horas la corte estaría reunida con el Emperador Celestial. Vacilé junto a la puerta. No iba a ser un encuentro sencillo. Al margen del ávido escrutinio de la corte, aquella sería la primera vez que viera a Liwei desde que me había marchado. Aunque yo misma había tomado la decisión de marcharme, también me había dolido. Allá donde fuera, oía hablar de él: del joven Emperador Celestial, hecho del mismo material que los sueños. Poseedor de una benevolencia y una sabiduría desmesurada para su edad, y aunque no se había anunciado todavía ningún compromiso, era solo cuestión de tiempo. Los emperadores debían engendrar herederos.

La idea me fastidió; una antigua manía que se desvaneció de forma tan abrupta como había aparecido. Cuando entré en el salón, se hizo el silencio. Los cortesanos se volvieron hacia mí; algunos se quedaron tiesos al reconocerme, mientras que los que habían sido nombrados más recientemente fruncieron el ceño ante mi interrupción.

—Los peticionarios deben esperar fuera hasta que se los llame —me advirtió un cortesano con las fosas nasales dilatadas.

Otro unió las manos y le dirigió una reverencia a Liwei.

—Majestad Celestial, ¿aviso a los guardias?

—No. —La voz de Liwei tronó con una autoridad irrefutable—. Ella siempre es bienvenida.

Una expresión de envidia apenas velada iluminó la mirada de los cortesanos, aunque algunos sonrieron con sinuosa tranquilidad. Al pasar junto a la maestra Daoming y al general Jianyun, agaché la cabeza en señal de saludo. Me alegró verlos allí, gozando de gran favor. No era muy habitual encontrar consejeros sabios que no tuvieran miedo de dar su opinión.

Al acercarme a la tarima, me envolvió el aura de Liwei: cálida, resplandeciente y dolorosamente familiar. Al levantar la mirada hacia el trono de jade, me invadió una ternura impregnada de pesar, aunque desprovista de arrepentimiento. No habría sido feliz a su lado ni podría haberlo hecho feliz, pues yo anhelaba algo que ya no existía.

El semblante de Liwei era una máscara regia que no dejaba entrever ninguno de sus pensamientos. Su túnica de brocado amarillo tenía dragones azules bordados y una pesada corona de oro y zafiro reposaba sobre su cabeza. Las hileras de perlas de la corona de su padre habían desaparecido y yo esperaba no volver a oír el amenazante ruido que emitían al entrechocar. Su aspecto era magnífico, propio del emperador que era, concediendo audiencia a una plebeya.

Descendí hasta el suelo, uní las manos y las extendí frente a mí. No me lo había exigido, pero todos esperaban que lo hiciera y yo no pensaba faltarle al respeto. Al levantar la cabeza, advertí que entornaba la mirada ligeramente mientras me indicaba que me levantara. Aquello le gustaba tan poco como a mí, y vi como cerraba el puño. Si todavía fuera el príncipe, podría haberlos despachado a todos, a los cortesanos, los criados y los guardias. Pero aunque el emperador ostentaba un poder mayor, también estaba más limitado por las formalidades, el decoro y el peso de las infinitas expectativas; al menos, aquellos gobernantes que se esforzaban por estar a la altura de su posición.

—¿Qué haces aquí, Xingyin?

—Majestad, debo preguntaros algo. —Hablé con formalidad, empleando un tono cauteloso. Cada palabra que pronunciase sería sopesada y examinada. Cuánto echaba de menos la sencillez del pasado, cuando solo estábamos nosotros dos en el Patio de la Eterna Tranquilidad; sin embargo, aquellos días se habían desvanecido de forma tan irrevocable como el agua al filtrarse en el suelo.

Liwei inclinó la cabeza.

—Pregúntame lo que quieras.

Lo más prudente era mostrar moderación, pero estaba demasiado ansiosa por saber lo que ocurría.

—Majestad Celestial, ¿cuál es el motivo de que un espíritu inmortal abandone nuestros dominios? —Guardé silencio un instante antes de añadir—: Ya no lo percibo.

Se enderezó, y sus hombros parecieron tensarse bajo la túnica.

—¿A quién te refieres?

—A Wenzhi. —Su nombre sonó como una nota desafinada. Aunque había soñado con él, lo había susurrado en mi mente... jamás pensé que volvería a pronunciarlo en voz alta, y menos en aquel salón celestial.

—¿Llevas buscándolo todo este tiempo? —Un deje de tristeza teñía su voz.

—Sí.

—¿Y qué has encontrado? —preguntó.

—La sombra de su presencia, como un sueño sin rostro. —La voz me tembló al recordar los ojos de Wenzhi al cerrarse, su pecho exhalando su último aliento—. Sé que está muerto, pero creía... creía que parte de su espíritu había permanecido en el Muro Nuboso... hasta ahora.

Guardé silencio, advirtiendo lo absurdas que eran mis palabras, lamentando ya la impaciencia que me había conducido hasta allí, el hecho de haberme aferrado únicamente a un espejismo.

En el salón reinaba un silencio tan profundo que estaba segura de que todos eran capaces de oír el murmullo de mis mangas al moverse, el resuello que abandonó mis labios. Liwei se inclinó hacia delante, con la mirada oscura y opaca.

—Wenzhi está en el mundo inferior, pero no como tú lo conoces. Todavía no.

Fui incapaz de moverme, me lo quedé mirando con los ojos como platos, entumecida. Y entonces asimilé el significado de sus palabras; una ardiente sensación de ligereza me inundó, a pesar de que un centenar de preguntas se arremolinaron en mi mente. La incredulidad rivalizó con un desesperado sentimiento de esperanza que se negaba a ser domado, puesto que llevaba enjaulado demasiado tiempo. Estaba temblando; mi corazón todavía intentaba dilucidar lo que mi mente empezaba a comprender. Mi padre había mencionado las pocas veces que los inmortales acababan en los Dominios Mortales a petición del Emperador Celestial, como cuando lo había enviado a él para acabar con las aves del sol. Una rara excepción que requería el permiso del emperador y la promesa de volver después a los cielos.

Liwei era ahora el Emperador Celestial.

—¿Wenzhi es mortal? ¿Cómo es posible? Murió —dije, vacilante.

—Tuvo suerte; su conciencia se conservó junto con su espíritu inmortal, algo nunca visto.

—El laurel. —Se me hizo un nudo en la garganta al recordar los restos de la savia esparcidos sobre el cuerpo de Wenzhi—. Me devolvió la vida. Y también salvó una parte de él.

—¿Por qué su espíritu no se había marchado hasta ahora? ¿Por qué no antes?—La voz me temblaba, la magnitud de aquella revelación todavía se desplegaba en mi mente.

El Guardián de los Destinos Mortales dio un paso adelante y se aproximó a la tarima.

—Al principio no pudimos hacerlo. Su espíritu estaba muy debilitado; no sabíamos si era lo bastante fuerte como para soportar una existencia mortal, la única manera de que pudiera volver sin perder su yo inmortal. —Se acarició la barba de forma reflexiva—. Sin embargo, con los años su espíritu se fortaleció poco a poco, como si algo lo estuviera ayudando a restablecerse; una circunstancia de lo más inusual. Solo entonces se le pudo enviar a los Dominios Mortales.

—Pero eso pasó después de que el laurel quedase destruido, su poder ya no existe. —Incluso ahora, no me atrevía a creérmelo del todo, pues temía que no fuera real, que la felicidad me fuera arrebatada de nuevo.

—No ha sido el laurel. Sino tú —dijo Liwei con suavidad.

Todas las veces que había vuelto al Muro Nuboso... ¿Había sido Wenzhi capaz de percibirme también? ¿Mi presencia le había brindado consuelo del mismo modo que la suya me lo había brindado a mí? ¿Había estado intentando volver conmigo? Debería haber sabido que vendría tras de mí si pudiera. Las lágrimas brotaron de mis ojos y se precipitaron al suelo de piedra; ¿cuándo habían aflorado? Detestaba llorar delante de la corte, pero era incapaz de dominar mis emociones: la euforia que me invadía, la alegría incandescente.

Liwei alzó la mano y me indicó que subiera a la tarima. Me adelanté y un criado se apresuró a colocar una silla junto al trono de jade. Fue un alivio poder hablar con él aparte, sin que nos oyera su corte, a pesar de que todas las miradas estaban puestas en nosotros.

—¿Por qué no me lo contaste? —Mi pregunta no encerraba resentimiento, solo asombro.

—No queríamos que te hicieras ilusiones por si acaso. Tampoco pude mandarlo a los Dominios Mortales hasta haber ocupado el trono, hasta poder hacerlo de manera segura —explicó Liwei.

—Te estoy muy agradecida. —Qué inadecuadas resultaban aquellas míseras palabras—. Te lo compensaré —añadí con fervor.

—No me debes nada, ni siquiera tu agradecimiento. —Esbozó una leve sonrisa—. Si tuviéramos que llevar la cuenta, la deuda que tengo contigo es mayor. Lo importante es tu felicidad... te mereces ser feliz más que nadie.

—¿Has hecho esto por mí? —Un doloroso sentimiento de gratitud brotó en mi interior.

—¿Qué otra razón iba a haber? Desde luego no lo he hecho por él. He visto lo mucho que has sufrido; eras una sombra de ti misma. Debes de haberlo... Debes amarlo mucho. —Dejó escapar un suspiro, entrecortado y suave—. Las dificultades que haya atravesado en el mundo inferior han sido esenciales para fortalecer su espíritu inmortal, para acelerar su regreso. No es tarea sencilla hacer frente a las adversidades de los Dominios Mortales, ya sea una enfermedad, una pérdida o un desamor.

Se me retorcieron las entrañas al oír aquello último. *Lo traeré de vuelta.*

—Debo pedirle un favor al Emperador Celestial —dije lentamente.

Él no vaciló.

—Pídeselo a tu amigo. Porque somos amigos, ¿verdad?

—Sí, siempre lo seremos.

Una promesa y una despedida.

Algo abandonó mi interior, la carga que había estado soportando todo aquel tiempo. Una sensación de ligereza ocupó su lugar y el alivio me invadió, pues la brecha que me había recorrido hasta entonces por fin podría cerrarse, incluso mientras notaba una punzada de dolor y una parte de mí aún se resistía a abandonar el sueño que había albergado durante tanto tiempo. Mi vida había estado tan íntimamente entrelazada con la de Liwei que era como arrancarme una parte de mí misma. Sin embargo, jamás lo olvidaría. Siempre lo querría, a pesar de que mi corazón ya no latiera por él.

Liwei alzó la mano y toda la corte se inclinó ante él. Quería que oyeran lo que iba a decir a continuación para que no quedara ninguna duda.

—Xingyin, hija de la Diosa de la Luna y del Guerrero del Sol, en agradecimiento por el servicio prestado al reino al destruir el laurel eterno y acabar con Wugang, pide lo que más deseas y te será concedido.

Me levanté y me situé frente al trono. Uní las manos y le dirigí una profunda reverencia. Desempeñaría mi papel; le honraría de aquel modo para que nadie pudiera echarle nada en cara. Me había ganado el derecho a solicitar mi petición y lo haría con orgullo.

—Majestad Celestial, lo único que deseo es el Elixir de la Inmortalidad.

Liwei asintió.

—Será tuyo. Ya hay uno casi listo… —Se interrumpió y una mirada de inquietud se reflejó en su rostro.

Un recuerdo afloró en mi mente y se abrió paso a través de la neblina de emociones: Zhiyi mostrándome el melocotón, la alegría que se apoderó de su rostro al hablar del elixir que Liwei le había prometido entregarle a su marido. ¿Y qué había de la promesa que yo misma le había hecho? Pero no había prisa, tenía un melocotón inmortal, me susurró una voz dentro de mi cabeza, ya que no quería esperar.

Me volví hacia el Guardián de los Destinos Mortales.

—¿Wenzhi está a salvo?

El honor dictaba mis acciones, pero si eso entrañaba poner en riesgo su vida, no creía que pudiera hacerlo. Si solo disponía de una oportunidad, no pensaba renunciar a ella, aunque mi alma acabase mancillada.

El Guardián asintió.

—Goza de buena salud y vive en un lugar llamado Ciudad de las Nubes Plateadas. Aunque se tropezase con diversos peligros en el mundo inferior, aunque muriese… no afectaría a su auténtico ser. En cuanto sea devuelto a los cielos, recuperará su forma inmortal, sus recuerdos y sus poderes.

Con aquellas palabras pretendía tranquilizarme, pero los puños se me cerraron al pensar que alguien pudiera hacerle daño. Al margen de que se tratase de alguien mortal o no, se lo haría pagar. No obstante, me obligué a mantener la calma, a pensar. Wenzhi estaba vivo, se le devolvería todo lo que había perdido, volvería a estar conmigo.

Escudriñé el rostro de Liwei y capté el brillo vacilante de su mirada. Si le pedía el elixir, no se negaría a dármelo. Su hermana no tendría por qué enterarse jamás; vivía en el mundo inferior. Se hizo el silencio; mis deseos rivalizaban con mi parte más generosa y una voz interior me gritaba para que no fuera idiota, para que me aferrase a la felicidad que tenía a mi alcance; ya había esperado bastante. Y, sin embargo, ¿podía incumplir mi promesa cuando le debía la vida de mi padre? ¿Podía cargar a Liwei con aquella decisión? El hecho de tener que faltar a su palabra le dolería.

Mientras seas mía y yo tuyo, disponemos de todo el tiempo del mundo.

Era lo que Wenzhi me había dicho cuando le pedí que me esperase, cuando descubrió mi identidad. El principio del desmoronamiento de nuestra relación y, sin embargo, aun estando sepultadas bajo las mentiras, los sentimientos habían sido ciertos. Tendríamos tiempo; me aseguraría de ello. Sería mucho más significativo, mucho más valioso, si nuestra alegría no era empañada por la vergüenza y la culpa. Puesto que me atormentaría haber roto mi promesa, haberme quedado dos veces con algo que otra persona tenía derecho a reclamar para sí. No pensaba renunciar a Wenzhi, jamás podría renunciar a él; más bien, retrasaría nuestro reencuentro.

Habíamos hecho mal muchas cosas, pero esto lo haríamos como era debido. Empezaríamos de cero, habiendo establecido una base más sólida, para brindarnos la oportunidad que nunca tuvimos. La oportunidad que merecíamos.

Hice otra reverencia.

—Majestad Celestial, deseo dos elixires. El primero para vuestra hermana y el segundo para mí. —Las palabras me supieron amargas; hacía un momento el corazón me rebosaba de alegría, y ahora se me encogía, abatido. No era tan noble como para llevar la situación con facilidad; las entrañas se me retorcían de resentimiento y anhelo.

Liwei asintió con la cabeza y relajó la postura.

—¿Estás segura? Pasarán años; tal vez décadas.

—Yo pago mis deudas —dije—. Siempre que se elabore otro elixir, esperaré.

Puede que, después de todo, hubiese aprendido el arte de la paciencia.

—Te prometo que te lo entregaré.

Pronunció aquella promesa solemne ante su corte, aunque no hacía falta; me fiaba de él.

Crucé la mirada con la de Liwei y una sensación cálida me recorrió al hallar comprensión en su rostro. Un único pensamiento me consumía: Wenzhi estaba vivo y sería Liwei quien me lo devolvería. Mi mundo se había vuelto del revés y, sin embargo, jamás había sido tan perfecto.

Liwei se levantó y se acercó a mí; sus poderes nos envolvieron a ambos, dándonos algo de intimidad. Nadie podría oír lo que dijera a continuación.

—Quiero decirte algo más. Ojalá no te hubiera dejado marchar la primera vez, porque incluso cuando volviste a mi lado, tu corazón ya no solo me pertenecía a mí. Después, cuando te marchaste, debí haberte acompañado. Debería haberte ayudado a sanar.

—No esperaba que vinieras conmigo. Tienes obligaciones que atender —dije.

Negó con la cabeza.

—Debería haberte antepuesto a todo lo demás. No debería haber hecho falta ni que me lo pidieras. Sabía que lo estabas pasando mal, que no eras feliz aquí. Creía, de forma egoísta, que bastaba con estar juntos.

—Habría bastado, habría sido más que suficiente…, pero he cambiado, al igual que tú. La vida nos ha moldeado de manera distinta. —Tenía la voz tomada por la emoción—. Siempre te estaré agradecida por haberte apiadado de una chica que no tenía nada y por haber compartido tu vida con ella.

Inclinó la cabeza.

—Igual que yo siempre te estaré agradecido a ti, Xingyin.

Me metí los dedos en la manga y tomé algo que siempre llevaba conmigo. La horquilla lacada, su promesa de un futuro que ya no nos pertenecía. Se la devolví y sentí como si alguien me estuviera clavando un cuchillo en las costillas... ¿o acaso me lo estaba sacando?

—No la merezco.

No pretendía ser cruel, pero era la verdad. No merecía su amor porque no podía entregarle el mío a cambio.

Su mirada era tinta y sombra.

—Quédatela como símbolo de amistad. No es de nadie más. Ve a buscarlo. Sé feliz.

Alargó el brazo y me rozó la mano; su conocida caricia me provocó una punzada de dolor.

Aunque era un dolor del bueno, de esos en los que la recuperación aguarda al otro lado.

39

El amanecer tiñó el cielo con vetas de un rosa dorado. Me dirigí sobre una nube hacia los Dominios Mortales y aterricé a las afueras de la ciudad. Alrededor había un alto muro de piedra y sobre la entrada en forma de arco colgaba una placa lacada en negro que rezaba:

银云城

CIUDAD DE LAS NUBES PLATEADAS

Allí era otoño, la época en la que las hojas cambiaban el verde por un tono rojizo y el frescor se enhebraba en el aire. A pesar de lo temprano que era, las calles estaban repletas de puestecillos y atestadas de mortales. Algunos llevaban cestas de paja y otros tomaban de la mano a sus hijos mientras serpenteaban entre la multitud. Las gallinas cacareaban en las jaulas de ratán, había jarras de porcelana de vino apiñadas en una mesa y juguetitos de madera amontonados en otra. Uno de los puestos desprendía un delicioso aroma a tortitas crujientes de sésamo y empanadillas de cerdo que se entremezclaba con el olor agrio de los restos de comida esparcidos por el suelo. Unas figuritas de azúcar con forma de pájaros y flores captaron mi atención, pero me alejé a toda prisa de los mercaderes que anunciaban a gritos sus mercancías.

Tal vez debería haber esperado a tener el elixir, quizá debería haber dejado que Wenzhi viviese en paz su existencia mortal, pero fui incapaz de permanecer al margen. Aceleré el paso por el camino de piedra, a pesar de que no sabía a dónde me dirigía. Se me soltaron mechones de cabello y se me pegaron en la frente y en el cuello. El corazón se me aceleró incluso cuando me recordé a mí misma que Wenzhi ni siquiera recordaría mi nombre. Aún no.

Los recuerdos afloraron en mi mente: las batallas que habíamos librado, las veces que nos habíamos salvado el uno al otro. Amistad y amor, traición y enemistad, transformándose en algo nuevo, mucho más fuerte y valioso. No había creído que pudiera cambiar, no había querido que lo hiciera. Solo durante los terribles instantes de su muerte me había dado cuenta de que era el único que podía hacer que me sintiese entera, incluso cuando había sido él el que me había hecho trizas. Porque al destrozarme con su traición, se había destrozado también a sí mismo. A pesar de mi frialdad y mi intención de apartarlo, a pesar de mi indiferencia y mi resentimiento, había luchado de forma incansable por nosotros, intentando demostrar la profundidad de sus sentimientos, su sinceridad y su amor… un amor desinteresado del que jamás imaginé que fuera capaz.

Una gran mansión se alzó ante mí; tenía las paredes blancas y un tejado arqueado recubierto de tejas de color verde musgo que reflejaban la luz del sol. Los pinos oscilaban por encima de los muros y junto a la puerta lacada colgaban unos faroles blancos que se mecían con la brisa. Frente a la casa correteaba un caballo y un joven sujetaba las riendas mientras el animal golpeaba el suelo con impaciencia.

Wenzhi estaba allí; sentía su presencia, al igual que la había sentido en su reino. Mortal o inmortal, lo reconocería en cualquier parte. Me detuve de golpe, me sacudí la túnica lila y me ajusté el fajín carmesí que llevaba alrededor de la cintura. La seda tenía bordados unos crisantemos en suaves tonos rosados, las flores características de aquella estación. A pesar de mi impaciencia, la vanidad me había empujado a cambiarme. Había extrañado el placer que producía enfundarse un buen vestido, el deseo de realzar mi aspecto. Me invadía el impulso de acercarme a la puerta y llamar, aunque sabía que no me reconocería. Para él solo sería una desconocida de lo más desconsiderada; alguien que se presentaba a deshora, sin invitación ni causa justificada.

La puerta se abrió y salió un hombre alto con el cabello negro recogido en un moño. Su túnica estaba confeccionada con un elegante brocado añil y alrededor de la cintura llevaba ceñido un fajín de seda. Me quedé allí plantada y lo contemplé embelesada: sus pómulos esculpidos, sus labios finos, sus ojos claros bordeados de gris. Una tonalidad poco común entre los mortales, la misma que había visto en sueños durante aquellas noches largas e inquietas. Sus rasgos y su figura eran ligeramente diferentes. Tenía la complexión de alguien menos acostumbrado a la batalla, aunque seguía estando fuerte; era más alto y desprendía un aire más erudito. No obstante, su aguda inteligencia se reflejaba en su mirada y se conducía con la misma gracia natural.

Era él; estaba tan segura de ello como de mi propio nombre. Me invadió una alegría desesperada que me recorrió las venas, iluminada con el resplandor de los cielos. En mi rostro se dibujó una sonrisa. Quería reír de la euforia que me inundaba al ver que no se trataba de un sueño. Estaba vivo.

Wenzhi pasó por mi lado y se detuvo. Al darse la vuelta, nuestras miradas chocaron, y entonces noté un cosquilleo en la piel, como si me acariciaran el rocío de la mañana, la brisa de otoño, la nieve recién caída. Al sorprenderme mirándolo fijamente, noté que el rubor me trepaba por la nuca. Parpadeó, sorprendido por la intensidad de mi mirada. No esbozó sonrisa alguna, su rostro no reflejó ninguna señal de reconocimiento. Su expresión era idéntica a la de la primera vez que nos vimos: fría. Inaccesible. Indiferente.

El joven que sujetaba las riendas del caballo se inclinó ante él con deferencia.

—Ministro Zhao.

Mientras Wenzhi asentía con la cabeza en señal de saludo, me devané los sesos en busca de algo que captase su interés e impidiese que se marchara, pero entonces se encaminó en mi dirección y se detuvo de golpe, como si estuviera reprimiendo aquel impulso.

—No pretendo ofenderos, pero ¿nos hemos visto alguna vez? —Su actitud era cautelosa.

Me quedé con la mente en blanco.

—Sí, nos conocimos hace mucho. No os acordaréis.

Entornó los ojos.

—Me disculpo por no poder ubicaros. No os habría olvidado.

¿Se trataba de palabras huecas de cortesía? ¿O el tono profundo que adoptó su voz y la forma en que su mirada se demoró en mi rostro encerraban algo más?

Una mujer apareció por la puerta y se acercó a él. Su rostro tenía forma de lágrima, el esbelto puente de su nariz se encontraba salpicado de pecas y llevaba el lustroso cabello recogido de forma elegante. Colgada del codo llevaba una cesta lacada de tres pisos que le tendió a Wenzhi.

—El desayuno. No olvides tomártelo esta vez.

Su esposa, ¿quién si no? Algo me perforó el pecho y me causó todavía más dolor cuando Wenzhi le dio las gracias, esbozando una sonrisa familiar. No tenía derecho a sentirme así. Me había olvidado, había rehecho su vida; se había enamorado, casado e incluso tal vez había tenido hijos. Debería alegrarme de que estuviera vivo, de que hubiera encontrado la felicidad allí. Debería haber bastado, y mucho más…, si yo fuera mejor persona. Pero era una criatura celosa y egoísta y me costaba sofocar aquel estallido de emoción irracional. Wenzhi me había amado, había muerto por mí…, pero yo había rechazado su amor entonces y él ahora no se acordaba de mí. Deseaba llorar y reír por el modo en que el destino le había dado la vuelta a la situación y me debatí entre las ganas de abrazarlo y de darle una patada en la espinilla. ¿Cómo había podido esperar que siguiera siendo mío cuando se había olvidado de mi nombre? Cuando yo ya no era más que una sombra fugaz en su mente, el eco de una canción que jamás volvería a recordar. Al menos, no durante su vida mortal.

Tal vez sintiendo mi ávido interés, la mujer me miró con curiosidad antes de volverse hacia Wenzhi. Tras intercambiar unos cuantos susurros con él, regresó a casa.

—Vuestra esposa es muy considerada. —Siempre había sido de las que metía el dedo en la llaga antes de que esta cicatrizase, de las que dejaba al descubierto la desesperación.

—¿Esposa? —repitió, ladeando la cabeza—. Es mi hermana.

—¡Vuestra hermana! —El alivio me recorrió. Prefería, con mucho, aquella hermana a su horrible hermano inmortal—. Es muy considerada al pensar en vuestro bienestar. Muy amable y gentil y… —Me mordí la lengua, consciente de que me había puesto a divagar.

—Ministro. —El criado se inclinó de nuevo, y añadió con urgencia—. El consejo os espera.

—Debo marcharme —me dijo.

Asentí, aunque no quería que se marchara. Aquel breve interludio era una gota de agua en una garganta reseca, una estrella en una noche solitaria.

—¿Podemos volver a vernos? —Sus palabras brotaron teñidas de incredulidad, como si no pudiera creer que estuviera preguntando aquello.

Esbocé una sonrisa cálida y acogedora.

—Si así lo deseáis.

Sacudió la cabeza como si intentara despejársela; cómo deseaba ser capaz de leerle los pensamientos.

—Sí. Pero no quiero imponeros mi compañía. —Se tensó antes de añadir—: Podéis negaros. No me lo tomaré a mal, aunque me sentiré decepcionado.

—¿Tenéis por costumbre invitar a salir a desconocidas? —pregunté como quien no quiere la cosa, aunque un escalofrío me recorrió.

—Es la primera vez. No obstante, me da la impresión de que os conozco —dijo lentamente, como si intentara desentrañar sus propios pensamientos—. Podría pedirle a mi hermana que nos acompañase también, si eso os tranquiliza, aunque os interrogaría sin compasión. —Incluso ahora, intentaba aprovechar la más mínima oportunidad para salirse con la suya.

—No hace falta —respondí—. Con que vengáis vos será suficiente.

—Os agradezco la confianza. —Echó un vistazo al tranquilo vecindario con expresión sombría—. Puede que acabéis de llegar, pero esta ciudad es muy peligrosa. No aceptéis invitaciones de cualquiera. Si surge algún problema, podéis…

—Sé apañármelas sola —le aseguré.

Sentí una oleada de calidez al comprobar que, incluso ahora, seguía preocupándose por mí. Desde luego, no sabía quién era yo ni quién había sido él; ignoraba que el mundo mortal no suponía ninguna amenaza para mí. No obstante, él sí corría un gran peligro en aquel reino y, si me lo permitía, permanecería a su lado y velaría por él hasta que volviéramos a reunirnos en los cielos.

Esbozó una sonrisa lentamente.

—Estoy seguro de que sí. —Guardó silencio un instante, antes de decir—. Si queréis, mi ayudante puede acompañaros a casa.

Negué con la cabeza.

—Vivo lejos de aquí, en el norte. Aunque vengo a menudo.

Esperaba que a Liwei no le importara la infracción.

—Me alegro de oírlo. —Se subió sin esfuerzo en la silla y agarró las riendas con una mano mientras acariciaba el cuello del caballo con la otra—. ¿Os gusta el vino de olivo dulce?

—Sí. —El corazón me dio un vuelco al oírlo mencionar mi bebida favorita. Tal vez, en el fondo, una parte de él todavía se acordara de mí.

—Hay un local junto al lago, el salón de té Sol y Luna. Las vistas al atardecer son preciosas y sirven el mejor vino de la región. ¿Nos vemos allí mañana antes de que anochezca? —Esbozó esa lenta sonrisa que me aceleraba el pulso.

—Allí estaré. —Se lo prometería aquel día y todos los días que viniesen después.

Lo seguí con la mirada mientras se alejaba al galope sobre el caballo, hasta que torció la esquina al final del sendero. Solo entonces levanté la cabeza y contemplé el sol. Los rayos dorados surcaban el cielo despejado y disipaban las persistentes sombras de la noche. El futuro se extendía ante mí, sin obstáculos, lleno de luz. Jamás lo había visto tan claro, jamás me había parecido tan brillante.

Había creído que mis esperanzas se encontraban sepultadas a tanta profundidad que jamás podría desenterrarlas. Pero descubrí que mis pensamientos vagaban de nuevo hacia el mañana y las infinitas posibilidades que me aguardaban. No albergaba sueños grandiosos ni nobles; no fantaseaba con derrotar monstruos ni llevar la paz a los reinos, ni siquiera con nada relacionado con mi madre ni con mi padre... eran sueños más humildes y sencillos, que solo tenían que ver conmigo.

Al día siguiente, cuando el sol comenzara su descenso, cuando el día diese paso a la noche, me dirigiría al salón de té junto al lago. Wenzhi me esperaría en el jardín, con la túnica verde oscuro ondeando al viento mientras contemplaba el paisaje, tan maravilloso como me había prometido, con los rayos escarlata del sol fragmentándose sobre las aguas plateadas. A medida que me acercara, él se volvería y esbozaría una sonrisa. Si una punzada de familiaridad le atravesaba el corazón, no sabría lo que significaría..., pero un día, se lo contaría. Bajo el oscurecido cielo violeta, tomaríamos vino de olivo dulce en tazas de porcelana y charlaríamos como solíamos hacer en el pasado: sin tapujos, sin vacilaciones ni recriminaciones. Incluso puede que yo volviera a reír, pues casi había olvidado el sonido de la risa. Durante los días y las semanas posteriores, me enseñaría la ciudad donde vivía: sus senderos bordeados por cipreses, los puentes arqueados, los elegantes edificios de piedra y madera. Tal vez me abriera las puertas de su casa y me presentara a su hermana. Y en su jardín, a la sombra de los pinos, leeríamos los cuentos clásicos del reino, antiguas leyendas y bellos poemas. Algunas tardes incluso podríamos tocar juntos el qin, con nuestros instrumentos colocados uno al lado del otro mientras la música de cada uno fluía en perfecta armonía. Y durante los festivales en los que los mortales se congregaban para encender farolillos y depositarlos en el agua, cuando prendían varillas de incienso y rezaban a los dioses, le susurraría mis propios deseos, aguardando el día en que nos reuniéramos de verdad, ya fuera en aquella vida o en la siguiente que viviese él.

No había sido mi primer amor, pero sería el último.

Aquellos eran los sueños que albergaba. Aquellos eran los recuerdos que anhelaba crear con él, la promesa de un futuro repleto de alegrías sencillas aunque inmensas. En el pasado, mientras lidiaba con la traición de Wenzhi, me preguntaba cómo habrían salido las cosas si hubiéramos sido dos personas normales y nuestro pasado y nuestro presente estuviesen desprovistos de cargas. Ahora disponíamos de la insólita oportunidad de empezar de nuevo. Sí, todavía me asustaban los años que teníamos por delante, cuando me conociera de nuevo. ¿Cambiarían sus sentimientos tras recuperar la inmortalidad? Tal vez en el futuro solo me aguardaran desengaños, pero yo no era de las que se rendían antes de que la batalla diera comienzo. Disfrutaría del tiempo que tuviéramos. Aprovecharía la oportunidad y la exprimiría del todo, pues sabía lo que era que me la arrebatasen. Lo había perdido una vez y no volvería a perderlo.

Una vocecilla en mi cabeza me susurró que no merecía semejante felicidad cuando los rostros de los muertos aún me atormentaban. La silencié, pues ahora era más sabia. El tiempo que había pasado deambulando sin rumbo aparente no había sido en vano. Me hacía falta recuperarme, aprender a vivir con el dolor y descubrir los secretos que guardaba mi corazón y que durante tanto tiempo me habían eludido.

Aquellas heridas y cicatrices no volverían a hundirme. Honraría a aquellos que había perdido manteniéndolos vivos en mi interior, no apartando la alegría ni negándome a vivir. Ya no volvería a cerrarme al amor, lo aceptaría en todas sus maravillosas y devastadoras manifestaciones; el mayor poder del mundo, capaz de colmar tanto de bondad como de maldad el corazón de los dioses y los mortales. Pues éramos criaturas complejas repletas de matices, capaces de hacer cosas maravillosas y terribles… capaces de cambiar, porque nuestra naturaleza no era algo permanente como las estrellas del cielo, sino que fluía como los ríos hacia un horizonte desconocido.

Todos conocían la historia de cómo mi padre había derribado a los soles, de cómo mi madre había ascendido a los cielos; no obstante, en ocasiones lo importante de aquellas leyendas no era el cómo sino el porqué. Puede que algunos nos considerasen débiles por sentir amor, pero nos proporcionaba una fuerza que no sabíamos que poseíamos. Ya no huiría ni dudaría. Abandonaría las sombras de mi pasado y me enfrentaría a lo que estuviera por venir. Vivir una vida llena de amor era vivir sin remordimientos.

Por fin estaba en casa.

DRAMATIS PERSONAE

LA LUNA

XINGYIN (星银 | Xīngyín): Hija de Chang'e y Houyi; su nacimiento le fue ocultado al Emperador Celestial. Antigua compañera de estudios del príncipe Liwei y Arquera Primera del Ejército Celestial.

CHANG'E (嫦娥 | Cháng'é): Diosa de la Luna y esposa del arquero Houyi. Siendo mortal, se tomó el Elixir de la Inmortalidad de su marido, se convirtió en inmortal y ascendió a los cielos.

PING'ER (平儿 | Píng'er): Fiel ayudante de Chang'e e hija más joven de la Criada Principal del Mar del Sur.

REINO CELESTIAL

LIWEI (力伟 | Lìwěi): Príncipe heredero del Reino Celestial, hijo del Emperador y la Emperatriz Celestiales.

EMPERADOR CELESTIAL: Emperador del Reino Celestial, quien gobierna también los Dominios Mortales.

EMPERATRIZ CELESTIAL: Esposa del Emperador Celestial, emperatriz del Reino Celestial.

SHUXIAO (淑晓 | Shūxiǎo): Teniente del Ejército Celestial y amiga íntima de Xingyin.

WUGANG (吴刚 | Wúgāng): Mortal condenado a talar el laurel de la luna. El Emperador Celestial lo convirtió en inmortal.

JIANYUN (建允 | Jiànyǔn): General del Ejército Celestial que se encargó del adiestramiento de Xingyin y Liwei.

ZHIYI (芷怡 | Zhǐyí): Hija del Emperador Celestial, hijastra de la Emperatriz Celestial, hermanastra del príncipe Liwei.

GUARDIÁN DE LOS DESTINOS MORTALES: Funcionario de alto rango que supervisa los Dominios Mortales.

DAOMING (道明 | Dàomíng): Maestra de habilidades mágicas de Xingyin y Liwei.

HUALING (华菱 | Huálíng): Antigua Inmortal de las Flores.

FEIMAO (翡懋 | Fěimào): Arquero del Ejército Celestial que colaboró en la derrota de Xiangliu, la serpiente de nueve cabezas.

MURO NUBOSO-REINO DE LOS DEMONIOS

WENZHI (文智 | Wénzhì): Segundo hijo del rey Wenming y la Consorte Noble de tercer rango. Príncipe heredero del Muro Nuboso, antiguo capitán del Ejército Celestial.

WENSHUANG (文爽 | Wénshuǎng): Hijo mayor del rey Wenming y la Consorte Virtuosa de primer rango. Antiguo príncipe heredero del Muro Nuboso.

WENMING (文铭 | Wénmíng): Rey del Muro Nuboso, también conocido como el Reino de los Demonios tras su separación del Reino Celestial.

CONSORTE VIRTUOSA: Consorte de primer rango del rey Wenming, madre del príncipe Wenshuang.

CONSORTE NOBLE: Consorte de tercer rango del rey Wenming, madre del príncipe Wenzhi.

MENGQI (梦绮 | Mèngqǐ): Generala del Ejército del Muro Nuboso.

MAR DEL ESTE

YANXI (彦熙 | Yànxī): Primer príncipe del Mar del Este y heredero al trono.

YANMING (彦明 | Yànmíng): Príncipe menor del Mar del Este, hermano de Yanxi.

YANZHENG (彦峥 | Yànzhēng): Rey del Mar del Este, padre de los príncipes Yanxi y Yanming.

ANMEI (安美 | Ānměi): Una dama de alto rango de la Corte del Mar del Este e institutriz del príncipe Yanming.

MAR DEL SUR

SUIHE (绥河 | Suíhé): Reina del Mar del Sur.

PING'YI (平一 | Píngyī): Hija mayor de la Criada Principal del Mar del Sur y hermana de Ping'er.

BINGWEN (炳文 | Bǐngwén): Un renombrado comerciante de caracolas del Mar del Sur.

REINO DEL FÉNIX

FENGMEI (凤美 | Fèngměi): Princesa del Reino del Fénix, hija de la reina Fengjin. Anteriormente prometida al príncipe heredero Liwei del Reino Celestial.

FENGJIN (凤金 | Fèngjīn): Reina del Reino del Fénix.

EL SOL

XIHE (羲和 | Xīhé): Diosa del Sol y madre de las diez aves del sol.

AVES DEL SOL: Los diez hijos de Lady Xihe. El arquero mortal Houyi abatió a nueve. Solo queda una, encargada de iluminar los reinos.

LOS CUATRO DRAGONES Y RÍOS

EL DRAGÓN LARGO: Líder de los Cuatro Dragones del Mar del Este. Creador del Changjiang (长江) en los Dominios Mortales, conocido también como el Río Largo.

EL DRAGÓN NEGRO: Creador del Heilongjiang (黑龙江), conocido también en los Dominios Mortales como el Río Negro.

EL DRAGÓN PERLA: Creador del Zhujiang (珠江), el Río Perla de los Dominios Mortales.

EL DRAGÓN AMARILLO: Creador del Huanghe (黄河), el Río Amarillo de los Dominios Mortales.

HOUYI (后羿 | Hòuyì): Marido de Chang'e, la Diosa de la Luna, y padre de Xingyin. Señor de los Dragones y destructor de las aves del sol, tras haber abatido a nueve de ellas.

Agradecimientos

Quiero dar las gracias de todo corazón a los lectores de *La hija de la Diosa de la Luna* que han acompañado a Xingyin también durante *El corazón del guerrero del sol*. Vuestros comentarios me han ayudado a superar las dificultades que se me presentaron a la hora de escribir este libro, que fueron muchas. A los libreros y bibliotecarios que le han dado una oportunidad a la bilogía y se la han hecho llegar a otros: os lo agradezco mucho.

A Naomi Davis, mi agente literaria, cuya empatía, perspicacia y consejos me han ayudado a capear muchas tormentas. ¡Me alegro mucho de que estemos juntas en esto! Muchas gracias a BookEnds Literary Agency por todo su apoyo.

A David Pomerico, mi editor en los Estados Unidos: en pocas palabras, la bilogía no existiría de este modo sin ti. Me alegro mucho de que hayamos compartido la misma visión desde el principio. Has abogado por estos libros de manera magnífica y tus perspicaces ediciones han elevado la obra inmensamente. A Francie Crawford y Jori Cook: sois increíbles, agradezco mucho todo lo que habéis hecho y me encanta trabajar con ambas. Muchas gracias a la maravillosa Mireya Chiriboga, a Rachel Weinick y a Rachelle Mandik por vuestra inestimable ayuda con el manuscrito y vuestra paciencia en relación a mis notas y ediciones. Gracias a Alison Bloomer por el precioso diseño interior. Gracias también a Liate Stehlik y a Jen Hart.

Es una gozada y un privilegio formar parte de la familia Harper Voyager del Reino Unido, y trabajar con mi fantástica editora, Vicky Leech Mateos: tu agudeza y tu orientación me han ayudado a superar este año tan lleno de retos. También tengo la suerte de trabajar con las increíbles Maddy Marshall y Susanna Peden, y no podría haber tenido un equipo mejor. Un agradecimiento especial a las maravillosas Natasha Bardon, Leah Woods, Sarah Munro, Elizabeth Vaziri, y a Robyn Watts, la hacedora de sueños de los libros y las ediciones especiales.

Hay muchas personas de HarperCollins por todo el mundo que han contribuido a que estos libros se encuentren en las estanterías. Gracias a los equipos de HarperCollins Canadá, a los equipos internacionales y a todos los que han trabajado en la bilogía: estoy muy agradecida.

Me alegra enormemente contemplar las cubiertas de *El corazón del guerrero del sol*; la resplandeciente luminosidad combina a la perfección con la evocadora noche de *La hija de la Diosa de la Luna*, y ambas son perfectas de manera diferente. No hay palabras que me permitan expresar lo mucho que me gustan, lo bien que han captado el corazón de la historia. Gracias, Kuri Huang, por tu impresionante ilustración de la cubierta estadounidense; estoy enamorada de cada exquisito detalle y no dejo de encontrar cosas nuevas cada vez que la miro. Muchas gracias a Jason Chuang por ilustrar y diseñar la fantástica cubierta del Reino Unido. Me encanta todo: las formidables flores y el simbolismo, la intrincada destreza artística y los llamativos colores. Gracias también a Jeanne Reina y a Ellie Game por ocuparse de la dirección artística en Estados Unidos y en el Reino Unido, respectivamente.

No me imagino una narradora mejor para estos libros que Natalie Naudus: ¡gracias por dar vida a los personajes tal y como me los imaginaba!

Me parece de lo más surrealista que la bilogía se haya traducido a varios idiomas, ¡y tengo muchísimas ganas de ver las próximas ediciones! Muchas gracias a Katherine Falkoff por ayudarme a llevar estas historias a otras partes del mundo y a las editoriales que han dado cabida a estas obras.

Hablo sobre los sueños que se hacen realidad, pero hay algunos que jamás habría podido imaginar cuando comencé mi andadura editorial.

Fue un placer colaborar con FairyLoot en *La hija de la Diosa de la Luna* y *El corazón del guerrero del sol*. Gracias a la increíble Anissa de Gomery y al maravilloso equipo de FairyLoot por sus exquisitas ediciones, más bellas de lo que jamás habría imaginado. Las conservaré como oro en paño; os estoy muy agradecida tanto a vosotros como a vuestros lectores.

Gracias también a Fox & Wit, a Mysterious Galaxy Book Crate, Satisfaction Box y Emboss and Spines: ¡me ha encantado ver las fotos y los *unboxings*! Aunque adoro el arte, por desgracia no se me da nada bien, así que estoy muy agradecida a todos los artistas increíbles que han dado vida a los personajes de formas diferentes y asombrosas; entre ellos se encuentran Grace Zhu, Rosie Thorns, Arz28, Katie, Xena Fay, Yingting, Marcella, Julia y Azurose Designs, que diseñaron un pin impresionante.

Escribir puede ser una experiencia tan agotadora como solitaria. Había veces en las que apenas salía a la calle, cuando vivía por y para el manuscrito. Quiero darle las gracias a mi marido, Toby, por su infinita comprensión, por ser mi primer lector y mi crítico más severo, por ayudarme a desenmarañar las partes más complicadas de la trama (o, al menos, por dejarme divagar sin poner trabas), y a mis queridísimos hijos, Lukas y Philip, por mantenerme anclada al mundo real. No sería nada sin mi familia y les estaré eternamente agradecida a mi madre, a mi padre, a mi hermana, a mis primos, tías y tíos. Gracias a Julia y a Christian por su apoyo y consideración durante el periodo más ajetreado de mi vida, cuando se acercaba la fecha de entrega.

Gracias infinitas a Sonali Singh y a Jacquie Tan por su amistad, por leer los primeros borradores, por sus comentarios sagaces y resueltos y por aguantar mis mensajes histéricos de última hora: ambas sois un pilar de apoyo para mí. Gracias a mi querida amiga Eunjean Choi por formar parte de mi periplo de escritura desde el principio, por tu amabilidad y por darme ánimos. A Lisa Deng por sus acertados consejos en relación a palabras y nombres chinos y por tolerar mis muchas preguntas. A mis amigos de todo el mundo: soy incapaz de expresar lo mucho que aprecio vuestro apoyo, enviándome fotos con mi libro desde todas las partes del mundo... ¡y algunos incluso habéis tenido la amabilidad de leerlo! Muchas gracias a los autores que he tenido la suerte de conocer a lo largo de este viaje, quienes me han aconsejado, han compartido sus conocimientos conmigo y me han hecho el favor de leer el libro y reseñarlo.

Como no suelo usar demasiado las redes sociales, les agradezco a los lectores y a mi equipo que me hayan enviado publicaciones con las que, de otro modo, no me habría topado. Mi más sincero agradecimiento a los lectores, bookstagrammers, blogueros, booktubers, y a la comunidad de BookTok y sus increíbles creadores de contenido. Aunque no he podido responder a todo el mundo —y no me atrevo a dejar comentarios en publicaciones en las que no se me ha etiquetado—, me habéis emocionado con vuestras palabras, vuestras espectaculares fotos, *reels* y vídeos. Gracias, Melissa e Isabel, Steph, Lauren, Cait, Elle, Luchia, Katie, Cath, Sam, Danica, Giota, Tatiana, Shanayah, Ishtar, Gemma, Lina, Caitlin, Jenn, Jean, Tammie, Pamela, E-Lynn, Kevin, Bella, Amelia, Sonia y Jenna; seguro que me dejo a muchos otros, ya que estoy escribiendo esto contra reloj y con la fecha de entrega a la vuelta de la esquina. Gracias a los encargados de las presentaciones durante la gira de promoción de *La hija de la Diosa de la Luna* y a toda la gente maravillosa que contribuyó. Les agradezco mucho a los libreros y bibliotecarios el maravilloso trabajo que hacen al apoyar a los autores, a Kalie, Kel, Jennifer, Steph, Michelle, Dayla, Gabbie, Dan, Mike, Rayna y Meghan.

Hace unos años, mientras escribía *La hija de la Diosa de la Luna* sobre la mesa del comedor, durante los pocos momentos en los que me permitía soñar... ni siquiera entonces imaginaba hasta dónde me llevaría el libro. Sé que he repetido muchas veces lo agradecida que estoy, pero lo digo de todo corazón; doy gracias por la gente que me rodea, por la oportunidad de escribir, por los lectores, sin los que todo esto no habría sido posible, y te doy gracias a ti por haber llegado hasta aquí.

Sobre la autora

Sue Lynn Tan escribe historias fantásticas inspiradas en los mitos y leyendas de los que se enamoró cuando era una niña. Nació en Malasia y estudió en Londres y Francia antes de establecerse en Hong Kong con su familia.

Su amor por los cuentos comenzó con un regalo de su padre, una recopilación de cuentos de hadas de todo el mundo. Tras devorar todas las fabulas que encontró en la biblioteca, descubrió los libros de fantasía, y pasó gran parte de su adolescencia perdida entre numerosos reinos mágicos.

Cuando no está escribiendo o leyendo, le gusta explorar las colinas y los lagos que rodean su casa, los templos, las playas y las calles estrechas y sinuosas. También agradece tener a mano el té con bolitas de tapioca y la comida picante, la cual por desgracia no sabe cocinar.

Encuéntrala en www.suelynntan.com, o en Instagram, @suelynntan.